本書由全國古籍整理出版規劃領導小組資助出版

時代出版傳媒股份有限公司
安徽教育出版社

國家清史編纂委員會・文獻叢刊

桐城派名家文集

4

劉開集

主編 嚴雲綬 施立業 江小角

圖書在版編目（CIP）數據

桐城派名家文集. 第4卷，劉開集 / 嚴雲綬，施立業，江小角主編.
—合肥：安徽教育出版社，2014
ISBN 978-7-5336-7878-4

Ⅰ.①桐… Ⅱ.①嚴…②施…③江… Ⅲ.①中國文學—古典文學
—作品綜合集—清代 Ⅳ.①I214.91

中國版本圖書館 CIP 數據核字（2014）第 143601 號

桐城派名家文集 ④劉開集
TONGCHENGPAI MINGJIA WENJI

出 版 人：鄭 可
質量總監：張丹飛
策劃統籌：吳壽兵 錢 江 夏業梅
責任編輯：錢 江 唐 秀
裝幀設計：何宇清
責任印製：王 琳

出版發行：時代出版傳媒股份有限公司 安徽教育出版社
地 址：合肥市經開區繁華大道西路 398 號 郵編：230601
網 址：http：//www.ahep.com.cn
營銷電話：(0551)63683011，63683013
排 版：安徽創藝彩色製版有限責任公司
印 刷：安徽新華印刷股份有限公司

開 本：787×1092 1/16
印 張：34.25
字 數：476 千字
版 次：2014 年 10 月第 1 版 2014 年 10 月第 1 次印刷
本册定價：300.00 元
全套定價：5480.00 元

國家清史編纂委員會出版委員會

總序

戴逸

二〇〇二年八月，國家批准建議纂修清史之報告，十一月成立由十四部委組成之領導小組，十二月十二日成立清史編纂委員會，清史編纂工程於焉肇始。

清史之編纂醞釀已久，清亡以後，北洋政府曾聘專家編寫清史稿，歷時十四年成書。識者議其評判不公，記載多誤，難成信史，久欲重撰新史，以世事多亂不果。中華人民共和國成立後，中央領導亦多次推動修清史之事，皆因故中輟。新世紀之始，國家安定，經濟發展，建設成績輝煌，而清史研究亦有重大進步，學界又倡修史之議，國家採納衆見，決定啓動此新世紀標志性文化工程。

清代爲我國最後之封建王朝，統治中國二百六十八年之久，距今未遠。清代衆多之歷史和社會問題與今日息息相關。欲知今日中國國情，必當追溯清代之歷史，故而編纂一部詳細、可信、公允之清代歷史實屬切要之舉。

編史要務，首在採集史料，廣搜確證，以爲依據。必藉此史料，乃能窺見歷史陳迹。故史料爲歷史研究之基礎，研究者必須積累大量史料，勤於梳理，善於分析，去粗取精，去僞存真，由此及彼，由表及裏，進行科學之抽象，上升爲理性之認識，才能洞察過去，認識歷史規律。史料之於歷史研究，猶如水之於魚，空氣之於鳥，水涸則魚逝，氣盈則鳥飛。歷史科學之輝煌殿堂必須矗然聳立於豐富、確鑿、可靠之史料基礎上，不能構建於虛無飄渺之中。吾儕於編史之始，即整理、出版文獻叢刊、檔案叢刊，二者廣收各種史料，均爲清史編纂工程之重要組成部分，一以供修撰清史之用，提高著作質量，二爲搶救、保護、開發清代之文化資源，繼承和弘揚歷史文化遺産。

清代之史料，具有自身之特點，可以概括爲多、亂、散、新四字。

一曰多。我國素稱詩書禮義之邦，存世典籍汗牛充棟，尤以清代爲盛。蓋清代統治較久，文化發達，學士才人，比肩相望，傳世之經籍史乘、諸子百家、文字聲韻、目録金石、書畫藝術、詩文小説，遠軼前朝，積貯文獻之多，如恒河沙數，不可勝計。昔梁元帝聚書十四萬卷於江陵，西魏軍攻掠，悉燔於火，人謂喪失天下典籍之半數，是五世紀時中國書籍總數尚不甚多。宋代印刷術推廣，載籍日衆，至清代而浩如烟海，難窺其涯涘矣。清史稿藝文志著録清代書籍九千六百三十三種，人議其疏漏太多。武作成作清史稿藝文志補編，增補書一萬零四百三十八種，超過原志著録之數。彭國棟亦重修清史稿藝文志，著録書一萬八千零五十九種。近年王紹曾更求詳備，致力十餘年，遍覽群籍，手抄目驗，成清史稿藝文志拾遺，增補書至五萬四千八百八十種，超過原志五倍半，此尚非清代存留書之全豹。王紹曾先生言：『余等未見書目尚多，即已見之目，因工作粗疏，未盡鈎稽而失之眉睫者，所在多有。』清代書籍總數若干，至今尚未能確知。

清代不僅書籍浩繁，尚有大量政府檔案留存於世。中國歷朝歷代檔案已喪失殆盡（除近代考古發掘所得甲骨、簡牘外），而清朝中樞機關（内閣、軍機處）檔案，秘藏内廷，尚稱完整。加上地方存留之檔案，多達二千萬件。檔案爲歷史事件發生過程中形成之文件，出之於當事人親身經歷和直接記録，具有較高之真實性、可靠性。大量檔案之留存極大地改善了研究條件，俾歷史學家得以運用第一手資料追踪往事，了解歷史真相。

二曰亂。清代以前之典籍，經歷代學者整理、研究，對其數量、類别、版本、流傳、收藏、真僞及價值已有大致瞭解。清代編纂四庫全書，大規模清理、甄别存世之古籍。因政治原因，查禁、篡改、銷燬所謂『悖逆』、『違礙』書籍，造成文化之浩劫。但此時經師大儒，聯袂入館，勤力校理，盡瘁編務。政府亦投入巨資以修明文治，故所獲成果甚豐。對收録之三千多種書籍和未收之六千多種存目書撰寫詳明精切之提要，撮其内容要旨，述其體例篇章，論其學術是非，叙其版本源流，編成二百卷四庫全書總目，洵爲讀書之典要、後學之津梁。乾隆以後，至於清末，文字之獄漸戢，印刷之術益精，故而人競著述，家嫻詩文，各握靈蛇之珠，衆懷崑岡之璧，千舸齊發，萬木争榮，學風大盛，典籍之積累遠邁從前。惟晚清以來，外强侵凌，干戈四起，國家多難，人民離散，未能投入力量對大量新出之典籍再作整理，而政府檔案，深藏中秘，更無由一見。故不僅不知存世清代文獻檔案之總數，即書籍分類如何變通、版本庋藏應否標明，加以部居舛誤，界劃難清，亥豕魯魚，訂正未遑。大量稿本、鈔本、孤本、珍本，土埋塵封，行將澌滅。殿刻本、局刊本、精校本與坊間劣本混淆雜陳。我國自有典籍以來，其繁雜混亂未有甚於清代典籍者矣！

三曰散。清代文獻、檔案，非常分散，分別庋藏於中央與地方各個圖書館、檔案館、博物館、教學研究機構與私人手中。即以清代中央一級之檔案言，除北京第一歷史檔案館所藏一千萬件以外，尚有一大部分檔案在戰爭時期流離播遷，現存於臺北故宮博物院。此外，尚有藏於沈陽遼寧省檔案館之聖訓、玉牒、滿文老檔、黑圖檔等，藏於大連市檔案館之內務府檔案，藏於江蘇泰州市博物館之題本、奏摺、録副奏摺。至於清代各地方政府之檔案文書，損毁極大，但尚有劫後殘餘，璞玉渾金，含章蘊秀，數量頗豐，價值亦高。如河北獲鹿縣檔案、吉林省邊務檔案、黑龍江將軍衙門檔案、河南巡撫藩司衙門檔案、湖南安化縣永曆帝與吳三桂檔案、四川巴縣與南部縣檔案、浙江安徽江西等省之魚鱗册、徽州契約文書、内蒙古各盟旗蒙文檔案、廣東粤海關檔案、雲南省彝文傣文檔案、西藏噶厦政府藏文檔案等等，分別藏於全國各省市自治區，甚至清代兩廣總督衙門檔案（亦稱葉名琛檔案），英法聯軍時遭搶掠西運，今藏於英國倫敦。

清代流傳下之稿本、鈔本，數量豐富，因其從未刻印，彌足珍貴，如曾國藩、李鴻章、翁同龢、盛宣懷、張謇、趙鳳昌之家藏資料。至於清代之詩文集、尺牘、家譜、日記、筆記、方誌、碑刻等品類繁多，數量浩瀚，北京、上海、南京、廣州、天津、武漢及各大學圖書館中，均有不少貯存。豐城之劍氣騰霄，合浦之珠光射日，尋訪必有所獲。最近，余有江南之行，在蘇州、常熟兩地圖書館、博物館中，得見所存稿本、鈔本之目録，即有數百種之多。

某些書籍，在中國大陸已甚稀少，在海外各國反能見到，如太平天國之文書。當年在太平軍區域内，爲通行之書籍，太平天國失敗後，悉遭清政府查禁焚燬，現在中國，已難見到，而在海外，由於各國外交官、傳教士、商人競相搜求，攜赴海外，故今日在外國圖書館中保存之太平天國文書較多。二十世紀，向達、蕭一山、王重民、王慶成諸先生曾在世界各地尋覓太平天國文獻，收獲甚豐。

四曰新。清代爲傳統社會向近代社會之過渡階段，處於中西文化衝突與交融之中，産生一大批内容新穎、形式多樣之文化典籍。清朝初年，西方耶穌會傳教士來華，携來自然科學、藝術和西方宗教知識。乾隆時編四庫全書，曾收録歐几里得幾何原本，利瑪竇乾坤體儀，熊三拔泰西水法、簡平儀説等書。迄至晚清，中國力圖自强，學習西方，翻譯各類西方著作，如上海墨海書館、江南製造局譯書館所譯聲光化電之書，後嚴復所譯天演論、原富、法意等名著，林紓所譯茶花女遺事、黑奴籲天録等文藝小説。中學西學，摩蕩激勵，舊學新學，鬥妍争勝，知識劇增，推陳出新，晚清典籍多别開生面、石破天驚之論，數千年來所未見，飽學宿儒所不知。突破中國傳統之知識框架，書籍之内容、形式，超經史子集之範圍，越子曰詩云之牢籠，發生前所未有之革命性變化，出現衆多新類目、新體例、新内容。

清朝實現國家之大統一，組成中國之多民族大家庭，出現以滿文、蒙古文、藏文、維吾爾文、傣文、彝文書寫之文書，構成爲清代文獻之組成部分，使得清代文獻、檔案更加豐富，更加充實，更加絢麗多彩。

清代之文獻、檔案爲我國珍貴之歷史文化遺産，其數量之龐大、品類之多樣、涵蓋之寬廣、内容之豐富在全世界之文獻、檔案寶庫中實屬罕見。正因其具有多、亂、散、新之特點，故必須投入巨大之人力、財力進行搜集、整理、出版。吾儕因編纂清史之需，賈其餘力，整理出版其中一小部分；且欲安裝網絡，設數據庫，運用現代科技手段，進行貯存、檢索，以利研究工作。惟清代典籍浩瀚，吾儕汲深綆短，蟻銜蚊負，力薄難任，望洋興嘆，未能做更大規模之工作。觀歷代文獻檔案，頻遭浩劫，水火兵蟲，紛至沓來，古代典籍，百不存五，可爲浩嘆。切望後來之政府學人重視保護文獻檔案之工程，投入力量，持續努力，再接再厲，使卷帙長存，瑰寶永駐，中華民族數千年之文獻檔案得以流傳永遠，霑溉將來，是所願也。

二〇〇四年

前言

桐城派興起於清代康熙之際，延續至民國初年，前後達兩個世紀之久。其陣營之壯大，内涵之豐富，在中國文化學術史上，實屬罕見。近百年來，社會變遷，貶之者較多，譽之者亦不乏人，分歧頗大。自上世紀八十年代以後，在解放思想大潮的推動下，不少學人已不約而同地認識到：作爲清代文化學術領域内一種重大的存在，桐城派是一個繞不過去的話題。可以説，没有對桐城派系統、深入的研究，要想寫好清代文學史、學術史、文化史，當非常困難。而且，不少桐城派作家的社會實踐活動，涉及清代社會的諸多方面，如政治、經濟、軍事、教育、學術、文藝等，有些影響至爲深遠；且其詩文中史料甚豐，值得治史者細心發掘。然而，由於種種原因，桐城派所受到的學術關注，還很難説與其重要的歷史地位、影響相稱。很多研究有待於深化，不少的領域還是空白。文獻資料的搜尋、整理則長期停留在分散、零星的狀態。

桐城派名家文集係國家清史編纂委員會文獻組的規劃項目。此項目的確定與實施，無疑使桐城派文獻資料的整理工作邁入了一個新階段。其便利學人，推進桐城派研究的作用，自不待言。桐城派自興起、形成，歷經發展、變化，兩百多年中，直接或間接與桐城派相關聯的作者，可能近千人。影響所及，北達京都，南逾五嶺，東及吴越。文獻遺存十分豐富。我們此次從其發展過程中選擇各個階段的若干代表人物的文集，編纂整理，試圖爲廣大讀者提供一套大體上能體現桐城派不同階段特徵的文獻資料；在以歷史發展綫索爲主的基礎上，適當兼顧地域的因素。本着上述意圖，文集收入的作家爲：戴名世、方苞、劉大櫆、姚範、姚鼐、吴德旋、陳用光、方東樹、姚椿、管同、劉開、姚瑩、梅曾亮、吴敏樹、曾國藩、龍啓瑞、戴鈞衡、王拯、方宗誠、張裕釗、黎庶昌、薛福成、吴汝綸、賀濤、范當世、馬其昶、姚永樸、姚永概，共二十八人。持此一編，基本上可以感知桐城派演化的不同階段的根本特徵，亦能從中窺探清代社會某些方面的情景。

文集分甲、乙兩編。甲編收入姚範、吴德旋、陳用光、方東樹、姚椿、管同、劉開、姚瑩、吴敏樹、龍啓瑞、戴鈞衡、王拯、方宗誠、薛福成、馬其昶、姚永樸、姚永概等十七位作家詩文集。因爲在本項目擬訂規劃時，上述十七位作家的詩文尚未見到整理本出版，所以此次編纂、整理時，盡力求全：在對其已刊刻作品進行校勘、標點的同時，又儘可能蒐集其未刊稿，希望由此提高資料的完整性。乙編爲戴名世、方苞、劉大櫆、姚鼐、梅曾亮、曾國藩、張裕釗、黎庶昌、吴汝綸、賀濤、范當世等十一位作家的文章選集。上述作家，或爲桐城派開宗立派的大師，或爲推進桐城派轉變、發展的巨匠，其詩文本當全部匯録，但考慮到均已有整理本出版，因此本文集以其文選入編，雖然未能以全貌示人，但經過編者認真選擇、整理的文選，當亦能在基本方面體現出各位作家的文章風貌。

國家清史編纂委員會、國家清史編纂委員會項目中心與文獻組對桐城派名家文集的編纂十分重視，給予了多方面的指導與扶持。安徽省哲學社會科學界聯合會、中共桐城市委員會、桐城市人民政府從始至終對整理工作提供各項支持，諸多實際困難得以化解。顯然，若無上述各方面的關心，文集必然很難完成。時代出版傳媒股份有限公司安徽教育出版社一向重視文化傳承，扶持學術，毅然承當了文集的出版工作。在此，謹對一切關心、支持本項目的機構、人士深致謝忱！

桐城派名家文集乃是文化學術界第一次較大規模的桐城派文獻資料整理工程，難度可想而知。而我們則學力有限，每每有力不從心之憾。因此，文集内難免有不少疏誤之處。出版之後，希望得到廣大讀者的積極回應，給予指正。

嚴雲綬　施立業　江小角

二〇一一年九月廿五日

凡例

一、桐城派名家文集分甲、乙兩編； 甲編收入姚範、吴德旋、陳用光、方東樹、姚椿、管同、劉開、姚瑩、吴敏樹、龍啓瑞、戴鈞衡、王拯、方宗誠、薛福成、馬其昶、姚永樸、姚永概等十七位作家詩文集，乙編爲戴名世、方苞、劉大櫆、姚鼐、梅曾亮、曾國藩、張裕釗、黎庶昌、吴汝綸、賀濤、范當世等十一位作家選集。

二、凡收入甲編的名家文集均保持其原刻本編次。不同年代刊行的文集或詩集按其刊刻年代先後編排。有輯佚稿者按文、詩分類編年，附於原刻文集之後； 年代不明者，酌情處置。

三、每位作家文集前之整理説明，簡要説明作家、著作版本的主要情况。甲編各文集後附録清人所撰寫的年譜、附記、墓志銘等相關資料。

四、底本之選擇兼顧底本完整性與準確性兩原則。若兩者不能兼顧，則以訛誤少、校刻精之本作底本，其殘缺部分以他本配補。

五、凡底本不誤而他本誤者，一般不出校記。

六、底本之明顯的版刻錯誤，如因形近致誤的『己』、『已』、『巳』之類，可以依據上下文予以辨識者，逕改之，不出校記。

七、凡底本之訛、脱、衍、倒，確有實據者，予以改正，并以符號標識。以圓括號表示誤字或應删之字，改正之字置於括號後； 以方括號表示增補之字。

八、文中脱漏、殘缺或難以辨識之處用方框表示。

九、底本與他本文异，但義可兩通、難以取捨者，以校記説明。一般虚字有异而文義無殊者，可不出校。

十、文字盡量保持原貌，通假字、异體字一般均依原文，不改爲現代通行體，亦不求統一。過於冷僻之字可酌改爲通行字。文中如有外文詞語之翻譯與現在通行譯法不同者，不作改動，仍存原譯。同一譯名在文集中前後相异者，亦存原譯，不予統一。

十一、校記力求簡短，摘引正文時僅舉所校詞語。校記置於該篇篇末。

十二、文中引文與原書小异但不失其本意者，不改動亦不出校。節引原書文字大异且失其原意者，出校説明，但不改正。

十三、標點符號依照一九九六年中華人民共和國國家標準標點符號用法的規定使用。考慮到古代漢語的特點，原則上不使用省略號、破折號、着重號和連接號。

十四、凡直接引用的文字用雙引號表示，若引文中復有引文，則加單引號。古人引書多述其大意或節略其文，凡此等處不用引號。

劉開集

徐成志　點校

整理說明

劉開（一七八四—一八二四），字明東，一字孟塗，號方來，安徽桐城人。乾隆四十九年生於桐城孔鎮一貧寒書香世家。『生半歲而孤』，其母吳氏忍死自守，饑寒之中，廛而相活。十四歲上書鄉先輩姚鼐，受姚鼐稱賞並寄予厚望，遂爲姚門高足，姚瑩稱其爲『姚門四傑』之一。劉開十八歲起便奔走四方，徧遊幕府，傭書養母，廣歷名山，交遊賢俊，也未敢薄制舉之業，但卻『四擯於有司』而不能一獲，終生爲縣學生員。道光元年，應亳州之聘爲修州志，道光四年閏七月死於亳州，終年四十一歲。

劉開去世前，其詩已有前集十卷雕版，至去世時版已損。開沒後，其友姚瑩『急造其家訪遺稿，得後集二十二卷，缺第八卷，文十卷，駢文二卷』。又得姚柬之捐資，姚元之主其事，於道光六年刻印，並重刻其前集。（據姚元之劉孟塗傳）此外尚有：光緒己丑桐城劉氏開雕劉孟塗先生遺集（遺詩）二卷，及論語補注三卷、大學正旨二卷、中庸本義二卷、孟子拾遺二卷、廣列女傳二十卷等。

本次點校整理，收錄劉開除經學著作和廣列女傳之外的全部詩文。

底本爲：

1．劉孟塗集　四十四卷，清道光六年夏同里姚氏檗山草堂刊本

內含：孟塗詩前集十卷、孟塗詩後集二十二卷（缺第八卷）、孟塗文集十卷、駢體文二卷。

2．劉孟塗先生遺集　二卷，光緒己丑桐城劉氏開雕，俞樾署檢。

校本爲：

1．孟塗初集　十卷，安徽省圖書館藏清刻本，未注版本，卷首有曾燠序，蔣礪堂、韓桂舲等題辭。書簽標『清嘉慶間刻本』。簡稱『初集』。

2．劉孟塗全集四十四卷，民國四年上海掃葉山房石印本。簡稱『掃葉本』。

3．孟塗駢體文二卷，食舊堂叢書本。簡稱『食舊堂

本』。

4．國朝十家四六文鈔　清王先謙輯，光緒乙丑長沙王氏刊藏本。簡稱『王氏文鈔本』。

5．後八家四六文鈔　清光緒辛巳雕版。

6．國朝駢體正宗續編。

本次點校中校勘文字包括以下幾種類型：

1．校補，以校本文字補底本缺佚。如：

〔一〕壯，本缺，據王氏文鈔本補。

〔二〕夕，本缺，據初集補。

〔三〕本詩原本在楚中懷石甫後，無題。校初集補題及夾註。

2．校改。以校本文字改底本文字，同時注明底本原文字。如：

〔一〕建業，本作『采石』，據初集改。

〔二〕尚，本作『高』，從掃葉本改。

3．保留底本文字，注明校本異文，兩存其說。如：

〔一〕弗察，初集作『失傳』。

〔二〕『先生』下兩句初集作『先生嘯傲碧雲端，多少珊瑚拂釣竿』。

〔三〕陳，掃葉本作『言』。

徐成志

二〇一〇年五月

目録

文集卷八　序……一〇三

文集卷九　記……一一二

文集卷十　傳　祭文 …… 一二四

孟塗詩前集　十卷 …… 一三六

詩前集卷一　五言古體 …… 一三六

詩前集卷二　七言古體……一四七

詩前集卷四　五言律詩……一七二

詩前集卷七　七言今體律詩……二〇〇

詩前集卷八　五言長律

詩前集卷九　五言絶句

詩前集卷十　七言絕句……二三〇

詩後集卷四……二五八

詩後集卷五……二六四

詩後集卷十 …… 二九四

詩後集卷十七

詩後集卷十八

孟塗文集　十卷

文集卷一　論

說心上

五氣集而神發，心之靈明著焉。心本虛，有性則實；性本靜，因心而動。謂心一於虛乎？不可；謂心一於實乎？亦不可。心者，虛而實、實而虛者也。謂心偏於靜乎？不可；謂心偏於動乎？亦不可。心者，靜而動、動而靜者也。

唯聖人之心能虛能實，能動能靜，而不役於虛實動靜。夫惟不役於虛實動靜，故虛足以涵三才之象，實足以立萬化之原，動足以應天下之機，靜足以裕神明之用。此其道在窮理而其功在寡欲。窮理非盡天下而求之也，知要而已矣；寡欲非僅去邪之謂也，慎思而已矣。知要則知務其大而心專於一，慎思則思不出位而誠無不通。專則有功，誠則不妄，勿淆於物，勿擾其天，如是乃靜。靜不失常，故動不踰節。唯不失常也，故其本立；唯不踰節也，故其用行。由是，嗜欲既盡心乃虛，理足於中心乃實。彼役於虛實動靜者，虛則不能實矣，中無所有也；靜則不可動矣，未能有爲也。雖然，彼所謂虛亦非虛，其所謂靜亦非靜也，此異學之弊也。

夫心，任其所至，則蕩不知檢；驟而束縛之，強之使靜，則憧憧不寧，萬慮紛起，是欲靜反動也。故必導之以學，使心專於所業而不坐馳，使深入其中而不慕乎外也，使之與義理相習而近於自然也，久之乃可言靜。今遽語學者以主靜之學則失矣。且夫心之官雖尊於耳目口體，而非假耳目口體之好，用之於中正則無以檢束其心，而何能靜以直內。古人制外以養中，殆以此歟？吾因爲之說曰：心有主則一，無主則二，有物則滯，無物則神。

說心下

心出於氣也而又生氣，性出於道也而又生道。何以知其故也？

夫天地之氣結而爲人，其精英者融集成心，心固出於氣矣。然心之所向謂之志，志之所至氣亦至焉，非心之所以生氣乎？一陰一陽之謂道。繼之者善也，成之者性也。在天爲道，賦於人爲性，性固出於道矣。然喜怒哀樂謂之情，其未發者謂之性，性之不偏倚者謂之中。中者大本，和者達道。有中而後發爲和，非性之所以生道乎？由是觀之，心、氣、性、道無二理，彼此未可離；心、氣、性、道有定名，天人亦不容混。此義之不可易者也。

夫無不可之者心也，有不可入者亦心也。無不可之者，心之無方；有不可入者，物之無間。非物之果無間也，識不足以見之也。故心之無方者以義爲閑，物之無間者須學乃入。夫學之功未至，則心之能不盡，而其量亦無由充，故致知者即所以求盡心也。

盡性說

以事觀事而事弗見，以身觀事而事見矣。以身觀身而身弗見，以心觀身而身見矣。以心觀心而心弗見，以性觀心而心見矣。以性觀性而性弗見，以天觀性而性見矣。是故，以事觀事則泛，以身觀事則切而有要焉；以身觀身則疎，以心觀身則密而能精焉；以心觀心則虛，以性觀心則實其所藴焉；以性觀性則末，以天觀性則推極其本焉。易曰：『窮理盡性，以至於命。』夫以身觀事，以心觀身者，『窮理』之功也；以性觀心，以天觀性者，『盡性』之功也。能盡其性則知天矣，此即所謂『至命』也。古之聖人，存養之功至久則性安，則天夫然。故身與事一而不知有事，心與身一而不知有身，性與心一而不知有心，天與性一而不知有性。夫所謂性與心一者，人心純乎道心而無以間之也；所謂天與性一者，吾性與天地合德而忘其爲己有也。然性不能自動，所以妙性者謂之心，心之用有未盡，則性之分有未全。故孔子言『盡性』，而孟子言『盡心』。

義理説

三代而上，義理本乎人情，而聖人之言理也寬；三代而下，義理勝乎人情，而儒者之言理也密。夫情勝理則無節，理勝情則難行。義理與人情兩不相勝，則人心平而天下安。

聖人知人心不能即安於義也，故文武之道有張有弛，大學之法有藏有修、有息有游，凡以使之安於教也。善則嘉之，不能者矜之，言不爲過高，行不求至難，心不欲已甚，凡以便於人情也。後儒不顧人情所安，而以義理之言束縛天下，嚴之以儀節，多之以防閑，於是乎有操勵之學，有專敬之功，論非不是而人莫能久從，則是言理太密之過也。

治天下者，法令簡易，庶民安之；網愈密，則奸僞愈生。君子之教學者亦若是而已矣。夫孝弟忠信，節之大者也；起居動作，行之細者也。先其大而後其細，則學以漸而深，功以漸而嚴。今爲學之初而即繩以禮法，言笑不敢稍苟，動履不敢即安，天下於是始不勝其煩苦而決去之。苟求於一事，責備於一人，天下賢士亦無以深服其心，此皆理勝情之弊也。故義理與人情合而爲一，而後爲王者之道。

聖人之學，措之於躬則心安，施於天下則教行。記不云乎：『以義度人則難爲人，以人望人則賢者可知。』聖人以人望人，故其言理也寬；後儒以仁望人，故其言理也密。夫言理者由寬而入於密，亦勢之必至者也，而其失也，遠乎人情，然其持論之正又烏可奪哉！

明德解

心性合而爲明德。有心則洞照不昧，可以謂之明，不可謂之德；有性則衆理咸備，可以謂之德，不可謂之明。故明德者合心與性言之也。古之論心性者詳矣。一心也而以爲有人心焉，有道心焉；一性也而以爲有氣質之性焉，有義理之性焉。夫曰『人心』、曰『氣質之性』者，以其爲身之靈爽，心之神智，人所得於二五之精，以周萬物而應萬事者也。其體湛然而無不徹，大學之所謂『明』者，其在是乎？曰『道心』、曰『義理之性』者，以其爲四端之體，萬善之原，人所受於天地之中，以實其神明而藴爲固有者也。大學之所謂『德』者，其在是乎？故心與性雖殊名，而實無異致也。明德雖兼性與心而總爲秉彝之良也。古人於心性而必別之爲人、爲道、爲義理、爲氣質，明其不可雜而混也。既別之而又同謂之心、同謂之性者，明其不可雜而二也。夫論性者煩辭累說不得其要，大學以『明德』括之，而心性之本然見焉。學者所宜深思熟究也歟！

治術論

天下無不變之道，無不壞之法，無不敝之學。雖以孔子之聖皆有流弊，子夏之後爲田子方、莊周是也。堯以天下授虞舜，而魏晉竊之以爲禪讓；周公踐阼輔成王，而王莽竊之以成篡弑。名之所在，奸僞之所托，聖人不能豫止也。是故，天下之事，不爲則已，苟爲之，斯有假之者矣。不創則已，苟創之，斯有因之者矣。故事無全利，亦無全害。變而通之者時也，推而行之者人也，因世變人心之不同，故道與時爲轉移焉。因緩急輕重之各有其宜，故法隨人爲得失焉。夫有得不能無失者勢也，求其得而不使遽至於失者，立法之初意也。救其失以歸之於得者，守法之變通也。法窮於是乎參之以時，時得然後能通其變，識時者謂之達人。

夫人無全能，物有偏勝，生人之用，莫急於水火，不可一日離矣。然水火之性，能生人亦能殺人，在人善用之也。故聖人不能使天下之盡有利也，擇其利之多者行之，斯可矣；不能使天下之盡無害也，去其害之甚者行之，斯可矣。故賢愚各安，海内大治。後之君子，乃欲盡除其害而興利，使人皆有善而無惡，此致亂之由也。故曰：擇福莫如重，擇禍莫如輕，古之所謂良法美意，亦就善之多者言之也，非謂其全無一失也。所謂久而不敝者，亦就其可繼者言之也，非謂其永世無患也。夫能使永世無患，莫如得人。得其人，則通於時宜，隨在可補偏救弊。

夫道不可輕變者也，法不能坐聽其壞也，學不能坐視其敝也。道變而後權詐之說出，法壞而後苟且之制興，學敝而後禮義之節衰。得其人治之，則諸病皆可立去。得人在乎造學，學隆然後正人多、治道洽。是以君子作養人才，鼓舞善類，寬小過而取大節，務使忠直盈朝，同心幷力，而小人不得乘之。如是而道不行、法不立、學不振，世變人心不出於正，緩急輕重不得其宜，則是孔子之言無裨於天下，而君子自此不敢論治。

先主得人論

吾嘗以爲，三代而下，號稱得人者莫盛於先主，亦莫奇於先主。何者？帝王之興，其佐命之賢，必極一時之選，然智略有餘而或急於功利；獨先主所得，其人皆卓絕古今，揆以聖賢之義，亦無不合，此其所以獨異也。

夫諸葛忠武之比隆伊呂爲聖人之亞，不必言矣，即壯繆之威名氣燄，蓋乎一世，行誼闇與古合；張車騎之義烈無前，死生不變；趙將軍之智勇無擅，殊識冠羣，皆各有獨絕之美，固將帥中第一流人也，而同萃於一時不亦難乎！吾故曰：得人莫盛於先主也。且夫能公天下之利而後可以收天下之士。當楚漢時，士之廉潔好義者歸項羽，而奇才異能頑頓無恥者，爭歸高祖，以高祖能榮之以爵，重之以祿也。先主無尺寸之柄，起於流離困苦之中，從之者不獲享富貴之樂，轉徙道路，出百戰之力，僅免於死，而皆敬事無懈，矢志不離，誘之不動，此亦前古所無者矣。吾故曰：得人莫奇於先主也。且先主料敵制勝之才不及魏武，席已成之勢不及仲謀，而卒能伸大義於天下，興偏安之業，成鼎足之勢者，以得人之力也。觀其病篤而告武侯，以馬謖爲不可重用，則其知人之識，有君子所不及者矣。

夫國以有人興，以無人廢，能知人而善用，則致治撥亂之要已操之無遺。古聖人所謂『不下席而天下治』者，胥不外乎是，豈獨先主已哉！

夏禹儉德論

古今之世變，本於風氣。風氣之變，其始也有所自來，其終也有所必至。聖人知其變之所由來也，而善爲之□，知其勢之有必至也，而先爲之防。是以習俗能定於一天下安，率由之常而不知聖人轉移之迹。

昔者洪水既定，天地告平成矣，民治以安。舜乃和之以六律、八音，飾之以山龍藻火，天下之治漸入於文也。夫風氣既開，則其勢將不可復止，人心由是變焉，製作由是起焉，繼之者踵事而增之，不數百年，而樸者可盡改爲華，則文之盛也不待成周之世矣。使其文不至於遽盛者，禹之力也。禹承舜之後，節衣服、陋宮室，躬行儉約，以率臣民，豈故爲是勤苦哉？誠以治啓文明而人心即不安於簡陋，懼其更有以文之也。且患難初平，民自勞而趨逸，自苦而就樂。夫逸則荒，樂則淫，不有以節之，則嗜欲將至無度而情僞日生。故豫防其失，以貶損爲德，以樸素相尚〔一〕，使民治復於隆古。自是以後，歷殷至周，而文治乃極其盛。夫當風氣初變之時，以一人振厲天下之習，至千百餘年而變，始至極焉，非禹其孰能之也？

是故，天下之美不可以遽盡也，有不盡以待後人則善矣。且夫世變由於天運，而風氣習俗實操之聖人，唯聖人因時以制宜，建中以立極，斯能以人力奪天，非徒儉德之足法也。而區區補救已然之後者，其斯爲目前之治也與！

【校】

〔一〕尚，本作『高』，從掃葉本改。

賈誼論

君子不得志於時者，或見知於異世，異哉？以賈生之才，當時不能盡其用，而後之人亦莫白其志，此可爲歎息者也。夫生以弱冠之年，負命世之略，其規畫深切利弊，近則救時，遠可以復古，雖聖賢處此，無以易其計。使其不死，文帝必終用之，而漢治庶幾比隆前古。史稱誼之所陳，帝以次施行，則帝之於生，雖不即用爲公卿，未始不聽其言矣。其不盡行其言者，以其早卒也。夫早卒，生之不幸，亦漢之不幸也。漢用生一言，而七國之變終不能越梁而害漢，生之謀且見效於數十年後矣。使生不能盡其才者，天爲之也。

生之遇漢文也，初爲博士，遷爲中大夫者有年，謫爲長沙王傅者又踰四年。既還，爲梁王傅者又有年。時見天下制度不立，匈奴侵邊，乃發憤而陳爲治安之策。彼自以恩遇最深，受知已久，故不辭痛切。陳〔一〕之雖出，以太息流涕而不爲過，安得謂立談之間遽爲人痛哭耶？且蘇氏亦知，賈生之死爲梁王死耶，非因漢文之不能用而死耶。梁王勝墮馬薨，生自傷哭泣，宜也；毒恨不食，歲餘竟以悲死，則情之過於厚也。觀過可知仁矣。夫過於仁不失爲君子，而況爲其主乎？爲主死而義不忍獨生，誼之死誠未可以厚議也。而子瞻乃以爲不用而死，豈不誣哉！方生謫長沙後，文帝思之，既召還，見於宣室，前席而聽其論，自以爲不及，乃用爲梁王太傅。夫梁王，帝之愛子也，少而好學，故令誼爲傅，不親信之而能若是乎？生既在梁，而朝廷數問以得失，不思用其策而待之如此乎？親之信之，且思用其策矣，尚何不遇而自殘之有？且夫有志於利國者，必不急於謀身；有高世之識者，必無營祿之念。以王者之佐而猶以功名得失之見度之，何淺之乎！

論生也，至稱生之才志而貶其識量，亦不能得其實。夫生之量，固未見其爲小，而識亦未見其不足也。昔者絳侯讒生矣，及絳侯繫獄，生上言，遇大臣宜有禮，以此諷上，量小者固如是乎？夫識既足以洞今古，明禮制，防未然之患，致累世之安，而猶以爲不足，何也？吾意蘇氏所謂不足者，不知深交大臣以圖進用而遂其志也。夫必深交大臣而後可以得志，此固賈生所不願爲也。以此論生之識，則誠乎其不足也。且蘇氏嘗善司馬光矣，光事有不便，軾獨立異同。夫光爲道義之臣，與絳灌不同日論矣。己尚不欲強合，而謂生爲之乎？當生過湘水，爲文以弔屈原，蓋自恨遇讒而不得行其道也，非介懷於失職也。若以當時之縈紆鬱悶爲生病，然則屈原之放逐又何以怨乎？世徒見蘇氏有不善處窮之言，遂謂生之夭絕由於遷謫不用，雖名臣如孫文定，亦謂生鬱長沙爲少不更事，是皆讀漢書不詳之過也。

夫所貴乎論人者，爲能平心以察實也。考之不詳，知之不審而輕於立議，是徒逞一己之意見而使前賢蒙垢於異世也。夫蘇氏，其失之偶者也。近時士君子論古，大抵類此焉。已矣，古之人，有所謂屈於一時而伸於千載者，難盡以望之後人矣。賈生之志尚不能見白，況其他乎？然則爲古人者不亦難乎！然子瞻之論生，其意固有在也。彼謂生不愛其身，而已數被斥逐，九死無恙，爲能善處困也。彼且以爲量優於生也。嗚乎，三代而下果有優於生者其人哉！

【校】

〔一〕陳，掃葉本作『言』。

荀卿論

蘇子瞻以李斯之亂天下出於荀卿，吾師惜抱先生辨之，以爲秦壞先王之制始於商鞅，不始於李斯。斯之相秦，并未用荀卿之道，其論明且篤矣。然子瞻豈不知荀卿過不及是，而故欲文致其罪哉？彼意不在荀卿，假荀卿而發也。

夫荆公之學雖不及荀子，然其所本者王道，所稱者禮樂，其高言激論，未嘗不相似也。子瞻見荆公欲興三代之治而執拗不通，終以僨事，故論荀卿而直指之曰：『意其爲人，必剛愎自用，而自許太過。』此非切中介甫之失乎！新法之立，托於先王，其意本以治天下，而非以亂天下，其黨章惇等，假其說以快報復，卒至病國害民，流毒海內。此雖羣小之罪，未始非荆公爲之階也。故因李斯之禍而追咎於荀卿，亦事之適相類者也。荆公廢夫子之春秋，以天下之賢人君子爲不足用，特激於一往之意氣以孤行己見。其後紹述之者，乃欲舉天下之善類而悉去之，忠良盡矣，國亦旋壞，此固荆公所不及料者也。故曰：其父殺人報仇，其子必且行刼。又曰：荀卿特以快一時之論，不知其禍之遽至此也。嗚呼，是亦可謂垂涕泣而言之矣。

子瞻論古之文，多借諷時事。如始皇論及此篇是也。彼言『法宜平易，以戒人主之果殺』，此則隱指執政亂國，而推原致禍之由，其意一也。吾師所論者，明荀卿之賢，以斥其誣，爲是非之公言之也。余所謂者，原子瞻之心而略其辭，兼時事之實言之也。

楊墨辨

天下有聲聞過情者，即有罪浮於實者。子貢曰：『紂之不善，不如是之甚也。』孔子曰：『衆惡之，必察焉。』察者，原其心定其實也。

夫楊墨之禍仁義，有害於聖道，夫人知之，不待言矣。然當其時，學者雖宗其法，而世主不從其言，何者？天下方以攻取征伐爲事，所尚者兵家之謀，縱横之策，而墨子之學，徒爲當世學者所稱，其用本於節儉而行以慈愛，與殺人善戰之意相左，故其術不能行於列國，而天下未至於懼害。秦既強盛，以殘刻暴虐亡其社稷，咎在專用刑名，非楊墨之害也。漢定天下，百餘年矣，而嚴刑峻法，猶沿秦之餘習，此商鞅申韓之流毒於天下後世者深也。而韓退之以爲，秦亡天下，卒滅先王之法，其患由於楊墨肆行而莫之忌。夫楊墨信有過矣，必以商鞅申韓流毒之罪加之楊墨，亦楊墨所不受也。夫衆惡之而不察其實，是以有過甚之言也。楊墨之患在亂聖人之道，孟子辭而闢之，使孔氏之旨、仁義之言復明於天下，功亦偉矣，不必多爲之辭以爲孟子重。且周之末，諸子衆說相競而起，自兵謀縱橫而外，可以病民誤世者，不知凡幾。孟子不屑拒者，以其出於權變詐力；唯楊墨託名道德，恐其近理亂真，不得不急排之，以維正學。且其所謂『無父無君』者，亦『充類至義之盡』言之耳。充楊氏之道，可以至於無君；充墨氏之道，可以至於無父。而後世之服習孔孟者，或有君父之名而無其實，則何也？是又昔者楊墨之所竊笑也。

讀詩說上

古之教者始於人情，故論平而行之有效；後之教者純以天理，故論高而行之無功。古之爲教，使人樂之；後世爲教，使人苦之。孔子之教有四，以文爲先。文莫大乎六經，經之垂爲恒教者有三，以詩爲冠。

夫詩者，所以治人之性情也。以古人之憂樂，動天下之心思，使之出於正而已矣。樂正之所崇，下學之所事，自成周以來，罔不由之。故學而有得者，必通乎詩。是故，多聞強識，精於名物之訓，可以爲博矣，未可以爲善讀詩也；感物造端，升高作賦，可以爲大夫矣，亦未可爲善讀詩也。古之善爲詩者，施之於爲政，用之於立言，故先王之教以詩也，可以正人心焉，可以善風俗焉。君子之學於詩也，可以厚性情焉，可以變氣質焉。夫難變者莫若氣質，惟詩能之。至於變化氣質而其功用大矣。孔子論爲學之序，首曰：『興於詩。』言感發心志，舍詩則無自也。又曰：『小子何莫學夫詩？』言初學之要，必先之以詩，而後本末鉅細可以漸底於成也。其告伯魚曰：『人而不爲周南召南，其猶正牆面而立。』言修之於身，而化成於國，王道必起自近也。夫教亦多術矣，而感人之速，化人之深，無如詩之顯且易也。自古聖賢未有不得於詩教而能造於大中至正之域也。後世以聲律詞藻爲詩，舍六藝之正，以求一言一韻之工，於是五七言之體興，而三百篇之誦讀視爲具文。教之所以端其趨向，學之所以淑其性情，皆置而不講矣。嗚呼，此人心學術所以不如古與？

夫聖人之爲教也，固不能奪天下之所安，而予之以所難也，亦因其情而利導之也。夫詩者，所以順人情而導之以正也。順情而導，則其教易行而學易入。故詩爲雅言之首，而學者之始事必由是焉。是故，善讀詩者因古以觸今，感物以見志，沉潛乎諷諭，反覆乎篇章，而慈仁忠孝之意油然自生。父子以恩，君臣以篤，兄弟以和，夫婦以順，朋友以厚，此皆天性之發於中而不能自已者也。夫天性之發，非出於矯飾，故詩之移人情也，亦動於自然，而非有所苦焉。且夫強之入者去必速，貌爲合者神易離，惟詩之感人也，因其天真之動，故雖草野閭巷，亦觸於歌泣而不自禁。唯人之感於詩也，本於中心之誠，故能歎慕流連，遂被其潛移而不自覺。此詩之爲道，所以爲治心之方，入德之門，而賢愚皆可共勉者也。夫溫柔敦厚者，詩之旨也；纏綿悱惻者，詩之情也。人必有纏綿悱惻之實意，而後可炳爲事功，藴爲道德，否則鋪張砥礪，亦僞而已矣。故正人心、善風俗，莫要於詩。故讀二南，可以奮興，列國可以諷刺，正雅可以則，變雅可以怨，豳可以圖始，頌可以樂成。故詩者中和之用，人之所不能忽者也。故繹其辭，歌其聲，婉而不隱，直而不犯，和而不隨，怒而不迫。躁心得釋焉，矜氣得平焉，容止得安焉。故詩之始，可以厚人性情；其繼也，可以變化氣質。夫氣質變，乃可入道，詩之功至此成焉。故有志聖賢之術者，不敢須臾離詩，非徒以之澤躬而已。後之才士，既不知古人之所以爲詩，故流蕩而不知檢；後之儒者，又擯詩爲詞章，而不知因人情而示之則，故幷置三百篇之宗旨而不以之爲教。於是專以禮義之說防閑天下，而天下終決而去之，是強制其心而非性所樂從也。是以能暫而不能久，陽奉以名而陰吝以實也。夫先王之昭法垂戒，孔子之開示初學者，其言具在也，而必別爲名目以曉世焉！是亦讀詩不詳之過也。

讀詩說中

然則讀詩之法奈何？曰：從容諷誦，以習其辭；優遊浸潤，以繹其旨；涵泳默會，以得其歸；往復低徊，以盡其致；抑揚曲折，以循其節；溫厚深婉，以合詩人之性情；和平莊敬，以味先王之德意。不惟熟之於古，而必通之於今；不惟得之於心，而必驗之於身。是乃所爲善讀詩也。

然則詩之爲教也，得非創懲之意少而誘勸之意深乎？曰：其誘勸也，即所以爲創懲也。顏子不云乎：『夫子循循然善誘人。』夫聖人之教賢者，尚必誘掖以至於道，況中材以下乎！夫詩者，先王誘引天下之人而歸之於善也。禮者，先王整一天下之人而納之於軌也。夫人有血氣心知之性，好惡形焉，嗜欲紛焉，驟而束之禮法，則理不足以勝其欲，先王於是誘之以詩。故詩者詠歌其志也，所以使人沈潛於古誼、流連於物情也，所以感發其善良而導掖其心思也，所以動人惻怛之懷而深以愛慕之誠也。夫心既與善相入矣，既與善漸覺相安矣，尊君親上之誼藹然溢於寸衷，然後教以禮義而示以儀節，別以等威而飾以文章，動作有常，進退有度，夫是以視爲宜然而不至扞格也。且古朝廟燕享之地，其分秩然有辨，猶恐禮勝而離，必歌詩以通上下之情，以聯君臣之誼，何況教誨庸衆，導啓後學，非藉詩以誘掖之，安能遽束其身於軌物哉！夫心感於善，則不善自不足動其中。故詩之用，主於誘勸而懲創，即寓其際也。故君子之爲教也，其過者抑而裁之，其不及者誘而進之，以明吾道，以伸吾學，要期於有濟而已。

程朱之教人也，以窮理主敬爲宗，夫主敬則誠善矣，而初學者或不能致其力。程朱之言如此，孔子所以教人者如彼，故因論語之言而推衍之，使後之君子有所折衷焉。

讀詩說下

夫子告伯魚曰：『不學詩，無以言。』夫學詩所以能言者，豈非以理達氣和，故言之有序與？豈非以熟悉於列國之風土民情，故使於四方有專對之才與？抑或有得清風肆好之旨，故論答之際言之成文與？是三者皆所謂能言矣，而不盡是也。

夫古聖賢立言，未有不取資於詩者也。道德之精微，天人之相與，彝倫之所以昭，性情之所以著，顯而爲政事，幽而爲鬼神，於詩無不可證，故論學、論治，皆莫能外焉。故中庸言理之無聲無臭，其義精且密矣，而必即詩言以推之；孔子閒居，言五至三無，其辭美且盛矣，而必以近於詩者明之。其他如孝經之所述，禮記大學之所稱，坊記表記緇衣之所引，無不取徵於詩，何者？理無盡藏，非觸類旁通則無以見。夫詩者，觸類可通者也。觸類可通，故言無不盡，引而伸之，其義愈進焉。古人之於言，有因事及詩者矣，子貢之悟切磋是也；有因詩及事者矣，子夏之悟禮後是也；有詩如此而意如彼者矣，孔子因『緡蠻黃鳥』而悟人之當止，因『執轡如組』而悟爲天下之道是也。若夫旨已暢而言已盡，復假詩以致其反覆之意，以寄其詠歎之情，則自古立言之體皆然。此詩之所資者大而不盡，在夫辭令之善也。夫言其一端而已用，是知古人讀經，其求得於身而切於用也，有如此夫。

書無逸後

易曰：聖人之情見乎辭。余讀無逸而不自知，慨歎之何從也。嗟乎，周公之情，其見於此矣。

公以爲天下之事，無不成於勞而敗於逸也，故述民生之細故，稼穡之艱難，以告主焉。其意與豳風相出入。豳風勤而不怨，無逸安不忘危。豳風民樂於趨上，無逸上勤於恤下，其憂之也深，故不覺其言之長也。其言之愈摯，故不覺其旨之永也。夫典謨之言大矣，美矣，盛矣，然莊嚴肅穆讀之可以起敬。至於一篇之中，反復致意，使人低徊而不能釋，未有如無逸者也。夫聖賢之意既盡於辭矣，而情有未已，則浸淫以伸之，詠歎以出之。夫無逸者，聖人詠歎之書也。詠歎之言，多出於憂患，公之作此，其亦有爲乎？繼此者其惟立政乎？下此者其惟秦誓乎？立政以用人爲急，故叮嚀誥誡之意周；秦誓因悔過而作，故憂思感歎之意切。是三篇者，雖王伯不佯而皆言復情深，莫不有咨嗟太息之誠，一往無窮之慮。書也，而近於詩矣。夫三百篇之可服膺，不必專在抑詩也。而南容日三復白圭以自勵其失，夫各有所當也。書以七觀爲重，不在無逸立政與秦誓也，而余時取是三篇以味乎其言，亦各有所取也。

讀荀子

荀卿有云：主好要則百事詳，主好詳則百事荒。痛哉言也！古之論治者未有如此之切要也。三代以下，家國天下之得失，盡乎是矣。夫古勵治之君，救時之吏，於民生國是，無不備求至熟，然用力勤而成功少者，則以其好詳之過也。荀卿之學，其醇雖不及孟子，而明於禮制，曉於世務，有管子之通達，而無其挾私用術之見，蓋正而不失之迂者也。其推闡道義，稱説先王，於儒術多有發明，特其辭過激耳。至論治理之當否，則切中事情，得其大體，真經世有識之言，惜身不見用，未展其所學。夫儒者之言治詳矣，世變時殊，其説即不能行，荀卿一言而百世之利病悉見。然非生於亂世，激發當時，亦不能爲此議也。且諸儒之言多文，而荀卿獨簡直捷當，痛快深切，則與其人之性亦適相類云。

讀呂覽

秦相呂不韋集賓客爲是書也。其言道德，專以貴生養身爲主，無卓絶異於人者。要其大旨，實莊生之棄餘耳。然綜貫古今，瑰麗宏博，且所載多舊聞軼事，而三代典故猶有一二之可考於後，此好古者所不能廢也。夫不韋以詭術取富貴，而復託名著書，與儒生爭千古之長，雖曰好名，不猶愈於居高位而蔑棄學術者乎。鄉使身不見殺，終相始皇以有天下，必將緣飾先王之禮文，以博世俗稱譽，而焚書坑儒之禍不作，三代之遺制必不至蕩蔑無存矣。然不韋好士，致食客數千，與四公子同。而四公子之著述無聞於後，即魏無忌兵法，當世所艷稱者，亦至今不傳焉。而不韋乃獨以此書顯名後世，至見採於禮經，斯可謂善於竊名者矣。夫不足稱者，其人也；有可取者，其書也。夫人亦視乎所託而已。道義之説，往古之事，君子修之以成其德，賈人假之尚足以成其名，而當時之有權位者，其智量反賈人之不若，悲夫！

書山海經後

以古書爲盡可信乎？山海經之言怪物，太史公存而不敢論矣。以古書爲不可信乎？東方朔之識異鳥，劉子政之辨械人，皆取徵於山經，其所載固非妄也。然則何以折衷？曰：吾聞諸陸子愉云：山海經者，禹鼎之圖說也。禹鑄九鼎象百物，使民知神奸，凡天下山川草木禽獸鬼神之殊狀，莫不備列。故九鼎者所以圖其形也；山海經者，所以載其說也。形著於鼎矣，而不能詳其故，必假說以明之，故山海經之稱引繁焉。自禹鼎亡而是經獨存，儒者見其多言怪物，遂疑非古聖之書，不知昔之爲此書者，專以備紀怪異，使天下洞知百物之形狀而不惑，蓋與鼎圖相爲經緯者也。世儒既不睹鼎之遺象，則是書之蒙譏於千古也宜哉。

書素問後

上古聖人之訓，後世有不得聞者矣。其散見於遺文逸史者，單詞片語猶或寶而重之，求其連篇累辭、言之成文、本末畢具者，未之見也。若素問者，雖未必果出於黃帝，而奧衍奇博、窮極精微，蓋非秦以下所能爲也。意者周末良醫，守所傳於古，術所聞於師，遂推衍以成此書，與先儒推崇不廢，已有論及之矣。其言五行之紀，較月令之辭尤古；其言六氣生疾，與左氏醫和之言相爲表裏；其言五運終始，爲後世陰陽家之所祖述。信乎，淹貫賅洽，兼三才之蘊而莫之易也。嗟乎，事有重於古而輕於今，言有當於前而忽於後者衆矣。醫之爲術，後世列於方技，而古帝王子養群生、參贊化育，所以盡人物之性，以遂天地之和者，原不欲一夫之戕其命，是雖一術之微，亦必使曲盡其道。故其時歲無疾癘，民無夭折，固由政教之和，亦未嘗不有資於此也。夫古聖人孜孜以講求者，初未敢以爲小道也，後世爭爲無益之學，而切於民生者畧焉。是書流傳雖古，世人徒以醫家之言目之。此好學之士所以歎息夫世變也與！

書韓退之伯夷頌後

韓子所以推崇伯夷者，美矣，至矣，蔑以加矣。然彼非無爲言之也。伯夷當商周革命之際，獨顯斥其非，且以一死存萬世君臣之義，固其立行之高，亦所見之能決也。夫聖賢之事何常亦決於義而已矣。賈子曰：貪夫殉財，烈士殉名。故士之有志者無得失之見易，無毀譽之見難。不惑於流俗之是非也易，不動於君子之臧否也難。伯夷行一己之安，且以衆聖人之行爲恥，而近世之抗志希古者，乃爲一凡人之毁譽所奪，此退之所以慨乎其言之也。且退之亦嘗負當世之謗矣。夫不爲天下所共非者，必不能成一人之是。當退之卓起波靡中，爲衆人所不能爲，犯天下之不韙，其所謂豪傑之士信道篤而自知明者，雖頌伯夷倘亦有自任之意乎？且彼排二家於千載之下，挽頹波於八代之餘，百折九死不易其志，是誠舉世非之而不惑者矣。故其論古於伯夷有深契云。

書毛穎傳後

人之情有不可以理解者。韓退之之闢浮屠也，其辭有益於世教者也，而柳子厚不以爲然。其爲毛穎傳也，辭之近於滑稽者也，而子厚見而驚歎。豈嗜好之偏，古人亦有不免者耶？非也。柳之於韓，業同而趨向異者也。韓子志在明道，故力排異端，以維聖學；柳之致力於文辭也，與韓同，其好奇亦同，故得此傳急欲與之角力而不敢懈。其不能拒浮屠者，根本之學不足也。且柳以遠竄不復，與世永棄，故遺物放志，有取乎釋氏之言。韓柳之不能強合如此。君子之取友唯其是而已矣，奚必以同乎己爲賢哉！

書退之與于襄陽書後

學者多薄于公之爲人而譏退之不宜與書。豈惟世儒，即余亦嘗病之矣。然退之豈輕於自待、妄爲言以干人者哉！彼必有以取之，抑或其貧不得已也。

昔夫子嘗言衛靈公無道，而稱楚昭王知大道矣。然子於楚昭一見則去，於衛靈公則眷眷不置，適衛者再焉。豈惟衛靈，於公山召則欲往，於佛肸召則又欲往。何夫子急於行道，不擇人而自輕也？又何以一言若彼而行若此也？孟子其知之矣。不曰交以道、接以禮乎？夫天下諸侯，賢否不同，安能必其盡當！吾意，其能以禮來者，以禮相接可也，雖聖人不拒也。其不能以禮來者，則以禮自守可也，雖聖人不能強也。賢如楚昭，而蔽讒不用吾子，子亦不克留，爲其無信人之專也。不賢如衛靈而禮貌加厚，子亦不忍遽恝，爲其有好善之誠也。韓子致于公書，或以其才之通於文學而尚可以言與，觀其復書曰『子之言是』，則于公非不能知人者。此退之所以有取爾也。不然，夫豈不知此咫尺之義也。且退之無可厚議者也。世之譏退之者，非以其求知於公卿貴人乎？非以其迫於饑寒而微祿是急乎？夫公卿之勢位與天子孰貴？微祿之需與尊官要職孰重？退之直行其是，發言不顧君上，起而屢躓，爵位不足以係其心。彼於人主且不稍爲貶屈，而何有於公卿貴人乎？死生且不避忌而何有於微祿乎？所以始求遇於先達者，貧不得已，非其本志也。且彼以文章相與，非以勢合也。故君子之與士大夫也，有善則必取之，不必過於苛也；有失亦必知之，不欲爲之諱也。夫于公能用文武，是其才智之可取也，故退之於此書則盛稱之；其急於聚斂，是其爲政之顯失也，故於送許郢州序則切規之。君子之不苟於異同如此，此以知其非妄爲言以干人者也。

夫論人者當略其迹而求其心。以伯夷之清，遠不善如恐其及，而孔子特舉其不念舊惡；以柳下之和，無不可以隨衆，而孟子重稱其介，觀人必於其深也。後儒論人，但於〔一〕其迹而已矣。且獨不見夫呂覽之言乎？季氏刼公家，孔子欲論述則見外，乃受養而爲之說，魯國以訾孔子。聖人且不能見諒於人，況退之乎？吾昔讀朱子之書，於退之有深病焉。既而考孔子之言行，於退之乃深信焉。夫論人亦折衷，孔子可矣。論韓子者，亦取其大節，觀其全行，毋苛於一端，斯得矣。然則退之致書襄陽，於道果爲是乎？何其爲是也？有韓子之志則可，無韓子之志則諂也。

【校】

〔一〕於，本作『以』。據掃葉本改。

文集卷二　論

學論上

天下人心風俗之所以轉移者無他也，視學之明晦而已矣。夫學者修之一室而措諸當世，成於一時而應於久遠者也。政治之污隆，人才之升降，未有不自此出也。昔者明代之末，天下争爲講章語錄之學，束三代兩漢之書不觀，其君子以高論爲賢，其庸流以道聽成習，業病於空疎，功廢於苟簡，學術之弊甚矣。然當時賢才輩出，氣節功業卓越今古，是何也？天下之學皆以躬行實踐爲先，爲士者莫不宗法程朱以砥礪於實用，故學雖不博，而行誼不愧古人，即私淑陽明者亦皆有奇節偉行之可稱。彼其觀感之效，切於稽古之功也。我朝治教休明，淹通宏博之士相繼而起，一改前代固陋之學。於易則采漢經師之遺，於尚書則糾僞孔傳之失，於禮則探賈鄭之奧，於春秋則破孫胡之鑿，於詩則折衷小序集傳而兼核草木鳥獸蟲魚之名，其用意可謂勤矣，援據可謂富矣。然詳於名物度數而或畧於義理之是非，其後嗜古者益以博爲能，以多爲貴，而不顧理之所安，厭故而喜新，以功令所載爲泛常，以先儒所言爲迂闊。於是獵奇好異之習興，而躬修心得屏而不論，因之以進取，加之以希時，紛華奇其外，利欲亂其中，而所謂學術者不可言矣。是以，人才衰敝不克振起，習俗日以浮薄，天下之士能取科第者足以爲才矣，而不通治術無傷也。有多聞博辨者足以稱賢矣，而立身之有虧無損也。驟而語以忠信廉節之事，則驚愕而不欲聞；詢以家國天下治安之計，則茫無一得。是非智量之果不如昔也，其病起於學之不明，而士不以躬行實踐爲事也。夫不以躬行實踐爲事，則名節不足重，而道德文章功業舉皆爲無用之具，而可以不必致力，唯取利祿之便於身而已，此乃學之所以壞也，世風之難淳未必不由此也。夫所取於學古有獲者爲能，多識前言往行，以淑其躬也。今之君子，不師古人之言行而唯剽竊是從，排擊是務。夫道無不在，漢宋儒者之言皆各有所宜，不可偏廢也；而程朱所以爲後世宗者，以其所嚴辨者皆綱常名教之大，禮義廉恥之防，是非得失之介，可以激發心志、品節性情，所係於日用出處者甚切。故國家禮之重之，布其說於甲令，用以扶植世道、綱紀、人倫。今也寸長之人皆厭薄程朱而口不稱，豈朝廷所以崇學教士之意乎？且世之言漢學者，皆宗康成矣，康成德足以長人，智足以避禍，節足以勵俗，彼之所知也。不慕其名德而但取其記誦之精，此可爲善學康成者乎？且朱子之與康成固異世相需者也，有得於先聖之微言者，不可遺前代之禮制；有識量之淵雅者，不可無道義之權衡，二者恒相需爲用。今不各從其善而徒挾門戶之私，是所争者小而所失者大也。夫勤搜廣採之有功，不如從容涵濡之所得爲多也；異文軼字之資人者淺，不如流風遺韻之入人者深也。故趙岐以季札諸賢爲準程而所成不朽，韓愈取法於孟子而爲百世師。夫以先儒爲不必法者，其志行必不能越乎流俗也。志行不越乎流俗，則學爲無用，措諸當世，不足以濟人；應於久遠，反足以壞俗。而君相何以收得人之效哉？吾願天下有風教之責者，考政治污隆之由，察人才升降之故，而以學爲急焉。畧明代學士之失而取其行，師國初君子之善而鑑其弊，則人心風俗之所以轉移者，未嘗不有賴也。

學論中

士溺於習久矣，正學之難明如此。苟有君子出而救之，將屏棄諸說而專以義理之言教天下乎？是又不然。

夫作始者必慮其終，矯枉者無過於直，漢學未嘗無裨於人也，唯自矜其博，而盡委宋儒一代之書，棄之不觀，所以成末流之習，而決裂古先之訓也。善治天下者，去其已甚而不必盡事更張；善論學者，本於至公而不必盡同己見。擇善而從，使不善者歸於善而已矣。夫吾之所以尊師程朱者，非黨於宋也，爲其所論者大，所持者正，切於民彝而裨於實修，可以維持風教於不墜也。其兼取漢儒而不欲偏廢者，非悅其博也，將用以參考異同，證明得失，可以羽翼夫聖道也。今欲挽頹波而敦名節，以義理是非摩厲天下，則宋儒之說不可易矣。設因此而遂斥漢學以爲無用，豈所謂善變舊俗者乎？

夫國初諸賢，唯力矯明代之弊，故推崇漢儒以爲讀書稽古者勸，非敢有意薄宋賢也。而沿其習者，日新月盛，遂至輕議程朱，議之不已，遂至攻擊。夫攻擊已非後學所宜也，然其所譏者猶在典章名物之細，此固非宋人之專長而程朱所不暇致力者也，猶可爲彼恕也。其後抵程朱者乃并及所論之義理。夫義理乃宋儒之所獨精，攻其短而并沒其長，豈非昧直道之公而過爲已甚之言乎？無惑乎？士心不服，而潛心好古之儒莫不發憤太息，思攘臂而争之也。今天下亦悟宋學之宜遵矣，亦知義理是非之切於用矣，而風氣不能遂變者，以當世無倡之者也。人心同然之理鬱而未發，苟在上之君子有以倡之，則應之者必衆，化之者必速。士習可以振而禮教可以興，此非徒士類之幸，誠國家之福也。然吾恐矯枉過直者，將因世儒之失而並欲委棄漢儒之書，則又因咽而廢食也。夫因咽廢食非達人之通見也，然而不能免者，理有以信其然，勢有所必至也。矯明代空疎之習者，其流必以宋賢爲非；矯近代繁碎之學者，其流必將以漢儒爲陋。此偏勝之弊，非可以力解也。爲治者不失之因循，則傷於急切，見其利而遺其害，此政術之通患也。講道藝者此重則彼輕，此入則彼出，救其已然而弊即生於未然，此學術之通患也。唯天下明哲之君子爲能酌輕重之宜，權古今之變。當其移風易俗之時，豫計其流弊之所極，而有以立其至；當不易之歸善，取其可繼過，去其太甚，要使道術明於天下而治與學皆歸於有濟而已。

夫宋之與漢也，其學固有大小緩急之殊也，其交相爲用一也。合之則兩得，離之則兩失。有大賢者出，兼漢宋之長而折衷於孔孟，不快一時之論而先百年之憂，取漢儒之博而去其支離，取宋賢之通而去其疎畧，本之以躬行，導之以惻怛，論篤而心公，然後衆議可得而定，積學不至於偏。不然，則漢宋之學且疊爲盛衰，而言義理考證者，其相争必至數百年而不能已也。夫事得其中而後可以杜天下之弊，論得其平而後可以息天下之争，是不能無望於後之君子也已。

學論下

漢宋之學既不可以偏廢，而輕重先後之差，學者所以致力，可得聞乎？

夫學者，所以學爲人也。故曰學之爲父子焉，學之爲君臣焉。必明於倫紀之訓，身心之則，始能踐義理之安。宋儒之學一以是爲宗，此初學之所宜急也。先其大者、急者以立其本，然後邇之事父，遠之事君，庶無忝乎爲人。而漢儒之博聞强記，則多識之功也。其能兼治漢學者，可以爲通儒；其不能多識者，亦不失爲正士。此宋學之所以異於漢，而後、先、輕、重不辨自見矣。且夫君子之學，知法孔氏而已，何漢宋之有哉？學之判爲漢宋也，自近世之人名之也。門户之見執而不能化也。然其弊古亦有之矣。蓋孔子之後，儒分爲三，源一而支派殊也。而惟曾氏之傳得其正。故學唯求其是耳，其源流之分合同異，不必論也。

夫道至孔子備矣。然韓愈之求孔氏也，於孟子始；後儒之求孔氏也，於朱子始。夫學孟子則誠得矣，然孔孟之旨，至程朱而始明其要歸；學問之事，至程朱而曲盡其纖悉。故有志孔孟者，不能不階於宋儒，非以程朱爲極則也。程朱之生也近，其始末易詳，其言委曲明暢而易曉；而孔子之道，則如天地之運，用而無迹也；孟子之學如江河之浩，博而無涯也。學者驟窺焉而不知所措，舍程朱之言，則無以施其用力之方而得所從入之徑，此前代所以奉爲標準也。然使終其身於宋儒之説，而不能上會聖人之微意，則又非古人徙義之學。蓋宋儒四子之功深於窮經，朱子之於經各有發明，而其精力則萃於集注也；程子之易傳取義至精，而他經則未遑成書也。故宋儒之明大義、闡微言、開迪後學，其識宏矣。而聖經之藴奥，則不敢自謂能盡也。夫經之深不可窮也，猶海之無盡藏也。爲宋學者徒守五子之書，而不知專力於全經，其所造何能遠乎？且程朱弱冠之時，即鋭志學聖人者也。學聖人不至而始成爲巨儒，學程朱不至則爲明代之儒者而已矣。

夫漢唐之際，宋儒之學未出也，而漢之明禮制者則有賈生，述王道者則有董子，唐之倡絕學者則有韓退之，是皆不愧聖人之徒也。自宋儒表章聖學，人才雖盛，求有如賈、董、退之其人者，終不可得。此無他也，賈、董諸君生於聖學湮晦之時，研窮六經，推本三代，以一人而盡古聖賢之言行以蓄其德，故其所成者大。元明諸儒，承是非大明之後，舉天下而唯一賢人之言是遵，是以所見不宏，積不厚，而業不能更進於古也。夫聖無過孔子矣。孔子言必稱先王，自稱爲『好古敏求』，又曰『述而不作』，聖人之師古，如此其勤也。夫學孔子而不統觀夫堯舜禹湯文武周公之迹，則祖述憲章之功不見，而夫子所以能成其聖者且不能知，而況學宋儒乎？夫惟不囿於宋儒，而後可僅爲宋儒，然此但可爲中人以上言之也。是故天下魁傑之士，不希迹聖道則已，苟從事於此，始焉不取法程朱，則無以爲進德之基；終焉不驗以古聖之行，則無以日新其德。

夫天下之事，萬變不齊也，人之情亦百出不窮也，宋儒執一定之義以繩天下，而不知變通之用，是可與立，未可與權也。夫程朱有功孔子者也，而衡以孔氏之意，則其不合者尚多焉；而僅以博聞強記自命漢學者，其於爲學之輕重先後且未能別，而遂可謂『服孔氏之教』者乎？

問說

君子之學必好問，問與學相輔而行者也。非學無以致疑，非問無以廣識。好學而不勤問，非真能好學者也。理明矣而或不達於事，識其大矣而或不知其細，舍問其奚決焉？

賢於己者，問焉以破其疑，所謂就有道而正也；不如己者，問焉以求一得，所謂以能問於不能，以多問於寡也；等於己者，問焉以資切磋，所謂交相問難，審問而明辨之也。書不云乎：『好問則裕。』孟子論求放心而并稱曰『學問之道』，學即繼以問也。子思言尊德性而歸於道問學，問且先於學也。古之人虛中樂善，不擇事而問焉，不擇人而問焉，取其有益於身而已。是故，狂夫之言聖人擇之，芻蕘之微先民詢之。舜以天子而詢於匹夫，以大知而察及邇言，非苟爲謙，誠取善之宏也。三代而下，有學而無問。朋友之交，至於勸善規過足矣。其以義理相咨訪，孜孜焉唯進修是急，未之多見也，況流俗乎！是己而非人，俗之同病。學有未達，強以爲知；理有未安，妄以臆度。如是，則終身幾無可問之事。賢於己者忌之，而不願問焉；不如己者輕之，而不屑問焉；等於己者狎之，而不甘問焉。如是，則天下幾無可問之人。人不足服矣，事無可疑矣，此唯師心自用耳。夫自用其小者也，自知其陋而謹護其失，寧使學終不進，不欲虛以下人，此爲害於心術者大，而蹈之者常十之八九。不然，則所問非所學焉。詢天下之異文鄙事以快言論，甚且心之所已明者問之人，以試其能；事之至難解者問之人，以窮其短。而非是者雖有切於身心性命之事，可以收取善之益，求一屈己焉而不可得也。嗟乎，學之所以不能幾於古者，非此之由乎！

且夫不好問者，由心不能虛也。心之不虛，由好學之不誠也，亦非不潛心專力之故。其學非古人之學，其好亦非古人之好也，不能問，宜也。智者千慮，必有一失。聖人所不知，未必不爲愚人之所知也。愚人之所能，未必非聖人之所不能也。理無專在而學無止境也。然則問可少耶？周禮『外朝以詢萬民』，國之政事尚問及庶人。是故，貴可以問賤，賢可以問不肖，而老可以問幼，唯道之所成而已矣。孔文子不恥下問，夫子賢之。古人以問爲美德，而并不見其有可恥也。後之君子反爭以問爲恥，然則古人所深恥者，後世且行之而不以爲恥者多矣。悲夫！

持盈論

盛則必衰，滿則必虧，天下莫不同之。即君子之道，亦不免也。名節盛而黨錮之禍興，道學盛而僞學之患起。物忌太盛，非徒世運之咎也。

積財踰萬而盜窺焉，積書踰萬而火敗焉，天非不知積書之愈於聚財也，而災即隨之者，數不可盈也。夫天之惡盈也甚於其惡不善也，人之惡滿也甚於其惡不義也。齊桓公以義會葵丘，而畔者九國，以其矜也；王莽之包藏禍心，而始皆悅之者，以其下人也。夫天道之於人情，亦不甚相遠矣。高者抑之，卑者揚之，一定而不可易；善則福，惡則禍，理之宜然者也。善有時而禍，惡有時而福，數之適然者也。虛則無不福，滿則無不禍，理數之皆然者也。理不可過，數不可極，無論善惡，自損者益，伊古迄今，百不失一。

有盛即有衰，有喜即有戚，君子小人，迭爲禍福，聖賢知其如此，故應天不以樂而以懼，接人不徒愛而加以敬。柔能克剛，弱能勝強，是以積微而彰，持盈戒滿，爲道紀綱，非惟聖賢爲然也，雖天地亦不敢自處於盈焉。非天地之力有不敢也，道固如此，天地不能違也。是故，天不滿西北，地不滿東南，天地且自居不足也；日中必昃，月盈必虧，日月且不能長盛也；春夏生長，秋冬斂藏，四時且有退位也；飄風不終日，急雨不終朝，風雨且不敢過常也。夫天地日月、四時風雨所不能者，而人敢居之乎？夫舜之五臣子孫皆有天下，以其功德之及於民者鉅也。天之篤生孔子，其前世之德必遠倍夫諸聖人之積累矣。而孟僖子所稱者，不過曰『恭』，夫恭者，道之所興，天之所佑，神之所福也。而從事君子之學者，可以察盛衰盈虧之故，而不必徒以善惡論天道矣。

貴齒論

古之時，天下無生而即貴者也。故雖天子之元子亦比於士，當其入學必與衆齒焉，所以明有尊也。天下無生而終賤者也，故雖在庶人，年踰八十以上，天子必加禮焉，所以明有敬也。尊齒敬老之義，始於朝廷，及乎天下，罔不同之。自三代以來，未之有易也。今世情之賤老而貴少者何也？新進之人多，速成之念重，學不以序而名可倖得也，此所以鄙老爲無用而輕視齒也。

班固有言：古之學者耕且養，三年而通一藝，用力少而蓄德多；三十而五經立，使之優遊其心志，以漸通夫修己治人之道也。故當其未出之時，而所以開濟民物之理，已講之熟矣；及至四十，道明而德立，乃可以仕。至於五十，更事既多，乃可以服官政。夫仕不必盡待四十，服政不必盡待五十，然而以是爲斷者，豈非養恬靜之風、杜浮競之習哉！且古人三十而通五經，學既成矣，必遲之十年而始貴以仕，蓋欲以漸摩夫學問，諳練夫時事也；且欲以涵養其性情，增益其智識也。是以出而圖君，措之裕如，澤加於生民，功垂於方策。後世學務早達，束髮成童即期以富貴。所尚者非通經也，應舉之文也；所求者非致用也，干祿之術也。終身出處之事而旦夕圖之，賢者不能寬以歲月以深其稽古之功，愚者無所勞其心思而皆有驟獲之意。一旦得志，授之以政，無怪其不知所措矣。學之出於鹵莽，治之所以敗壞，豈不由此。是以舉世紛擾，澆薄成習。士競急於利祿，年甫踰三十而不登第者，則咸有不遇之感，遲暮之悲。嗟乎，亦知古人是時尚未敢言仕耶夫！昔之以衰老爲懼者，恐其德不加修而行不能力也。後人以衰老爲懼者，其未達則歎進取之無望，其既達則恐豪華之難久也。故世有宿儒耆彥，學行重於一時，而後生初學輒輕侮之而不爲加敬，而其人亦自傷朽鈍，無復毅然之氣，此何故也？古之人以其身爲仁義道德之身，年彌高則識彌進，而令聞日隆，故天下皆以齒爲貴。後之人以其身爲聲色貨利之身，年愈衰則力愈耗而不能有爲，故天下遂以齒爲賤也。

夫齒者先王所以尊之、敬之而不敢忽者也。國家優老之典未嘗不隆也，而世情以早達爲重，馴致其習，以至厭棄老成。三代如彼而貴，後世如此而賤，可以觀人心之變矣。

隱逸論

天下有無用於朝廷而實關於世教者，隱逸是也。

夫隱逸者，起於上古抱道之士，自高其節，不慕富貴；其次則憤世嫉俗，辭榮祿以就所安；其次則知時之終不可爲，而伏身田野；又其次則不得志於時，遂絕意進取。雖所處不同，要皆志行之不屈者也。春秋而降，隱逸之著名者衆矣，而最爲孔孟所稱者，莫如伯夷、叔齊。伯夷隱居北海，不仕亂世，孟子稱爲『聖之清』，又曰：『聞伯夷之風者，頑夫廉，懦夫有立志。』誠以振厲末俗，足以爲百世之表率也。是故，有伊尹之任，而後之君子始知以擔荷世道爲重；有伯夷之清，而後之君子始知以輕棄人爵爲高。故隱逸者盛世所不諱，而賢聖皆有取爾也。其身雖不欲效力當時，而其風固可以激揚士氣，敦崇名節，未始無裨於國家之風俗也。竊怪夫元明以前何隱逸之多，而明以後高蹈之風日微，何也？豈禮治休明，人才畢用，而野無遺賢與？然治莫盛於唐虞矣，以唐虞之隆，尚有巢由之介，而後代之隱逸無聞者，政教爲之也。

夫隱逸者，古時仕進之一門也。其人不必意在仕進，而人主固亦以此爲求賢之途也。漢時嘗令郡國舉遺逸矣，唐時詔求山林之士矣，猶懼其有抑滯也，於是有不求聞達之科以致之。六朝尤重隱士，無其人則朝以爲羞。迄於宋興此風未衰，故种放以處士而驟至通顯，林逋不願仕則賜粟以表其高。夫三代以下，隱逸之人，其心雖不爲祿，未嘗能忘乎名也。其假隱以爲仕宦之捷徑者不足論矣，即真有高尚之操如嚴光何點其人者，亦未嘗不有意爲名高也。若既薄榮祿而又全無爲名之見，則遁世不見知而不悔者矣，此惟聖者能之，而豈可望之隱士乎！

且夫習俗無定向也，人才有由成也，視上之所爲而已矣。上徒以爵祿待士，則容悅之人進矣；上以正學造士，則守道之人進矣；上求有用，則才畧之人出矣；上求忠諫，則氣節之人出矣；上求遺賢，則隱逸之人出矣。上之所向，俗之所趨也；上之所棄，俗之所背也。彼隱逸者，其元明以下俗之所背乎？自王安石以經義取士，明代用爲制舉之學，驅天下之人而出於一途，率天下之才力心思而萃於時藝，凡古所列衆科之目皆不用之求士矣，況隱逸乎！天下之士既輾轉於制舉之業，而不克自振也，又知上之不以隱逸爲重也。且樂富貴而厭貧賤，人之性也，彼其所以甘處巖穴者，自以不能強合於世，而終有見知時耳，若使淡泊枯槁以終其身，而朝廷不見知，有司且置之不問，彼亦何樂而爲是絕特之行耶？且彼縱不欲榮身，獨不思有聞於世耶？寧有苦心志、敝身體、捐祿位、棄榮名而甘此寂寂者耶？既不予之以利，復不畀之以名，則天下之有志義道功業文章者，皆不足以相勸，獨隱逸然耶？

且以後世之時勢度之，即有不爲利祿、不爲名高，如古抱道之士，亦不能自成隱逸之行。非力有不堅也，勢不能也。昔介子推之母能與子偕隱，梁鴻之妻親操井臼而相敬如賓，禮教昌明，閨門之內得行其義，何俗之美也！後世功利嗜欲中於人心者深，仁義廉恥舉不知爲何物，天下習以軒冕爲重，有不志於進取者則群以爲不才，國人怪之，鄉里賤之，師友議之，而其親戚妻子亦阻之，其父兄且引大義以責之，如是尚何能遂其高隱之志乎！此所以自明以來數百餘年而流風遂泯也。其勝國諸賢當革命不仕者乃義之所限，非其心之不欲仕也。故士之守道與才畧氣節，尚有後先間出者矣，而隱逸遂至絶迹。當此之時，苟真有抱高尚之操者，出於波靡之後，則其益於人心風俗，轉愈於功業氣節，以其爲數百年之所不爲也，而其人竟不可得。即有其人，亦不能決志隱逸，何也？無百畝之田以自給也，無菽水之資以奉親也。夫自堯舜以迄唐宋，所以欲求隱逸者，如此其衆也；所以作養而成者，如此其久也。有明三百年已耳，數千年重之而唯恐其或遺，一朝棄之而消除殆盡，則政教轉移之有權，而習俗之囿人者甚也。

夫無隱逸則天下無廉節，無廉節則士不知有恥，其爲患豈淺鮮哉！夫不能慕伯夷之清，必不能效伊尹之任，所謂有不爲而後可以有爲也。孟子之任近於伊尹矣，所以尊崇伯夷者，爲世道人心計也。彼其身雖不可得而用，而能起百世之頑懦，斯亦足矣。吾故曰：隱逸者，無用於朝廷而實關於世教也。

春秋責賢者備論

記有之言豈一端而已夫？各有所當也。春秋責賢者備，其古人言之一端者乎？於春秋之通義則不然矣。而後之儒者寬於責己，嚴於論人，使天下之賢人君子抱遺恨於千載，皆此言有以誤之也。

孔子曰：『躬自厚而薄責於人』，又曰：『無求備於一人』，其論管仲則亟予其功而畧其過，是孔子未嘗苛論夫賢者也。趙穿之弑靈公，宣子未始不與聞焉，春秋書『盾弑君』，盾本有不可逃之罪，非因其爲良大夫而過繩以法也。公羊不云乎：『春秋善善也長，惡惡也短』；左氏稱：善人爲國之紀。祁奚之救叔向，以爲將十世宥之。夫好善且及子孫，宥善且及十世，而況其身之微失乎。以其爲賢人而寬之，則有之矣，未聞其更加刻也。夫大易之用，主於扶陽抑陰，故易爲君子謀，不爲小人謀。夫君子乃天下古今所共宜矜情者也。君子成人之美，不成人之惡。聖人之樂與人善，意如此，其厚也。儒行言『過失可微辨而不可面數』，聖人爲賢者愛名，心如此，其至也。夫以人情澆薄、習俗頹靡，苟有拔出儔類者奮於其際，是世教所關而道術所賴者也，猶將旌許之以勸學者。今一有未至而津津議之不已，不亦沮天下向善之心乎？昔夫子不輕許人，然於子桑伯子則稱其簡，於令尹子文則稱其忠，於陳文子則稱其清，夫子未嘗没人之善也。夫有子張之復問，而後以『未知仁』爲答，若使不詢及於仁，則子已贊其忠清而無貶辭矣。何責備之有焉？夫責人之詳始於孟子。孟子當百家競起之時，聖道汩於邪說，故抑管晏，排陳仲子，非嚴於諸賢而好爲深論也，不得已也。以爲不如此則理不明而孔子之道不尊也。後儒承聖學大明之後，是非顯出，而於前代賢者攻詆，殆無完膚，毋乃非忠厚之道乎？且賢者固不可測，其迹如是，其心未必然也。其所成之學行可知，其所處之時地難懸斷也。而一切齊之以空文，執之以定見，何由盡其詳悉哉？是故，爲治不求備於人，始可以盡天下之賢才；論學不求備於人，始可以平天下之心志。

夫自有責備賢者之言，小人得以自寬，君子相率畏忌，速天下之爲不善而阻天下之爲善，使天下獨被其辜，皆自此一言倡之也。故吾博考春秋之義，遍徵諸孔子之言，采公羊、左氏之所記，會大易、儒行之用心，孟子之不得已者由彼，後儒之過爲論者以此，然後知向之所守者乃一端之言，非春秋之通義也。

論古上

甚哉人情之難言也。大學傳曰：『好而知其惡，惡而知其美者，天下鮮矣。』余讀之而感且歎曰：是其偏也。豈惟於人有之，即論古亦不免也。

夫君子之衡人也，以義之是非，不以己之嗜好。昔者孟子嘗以伯夷爲隘矣，以柳下惠爲不恭矣，至論其敦風厲俗，則尊爲百世之師，且與伊尹、孔子幷稱爲聖，其不願由者如此，而所推崇者如彼。是以，理各有宜而不能執爲一也，人求其是而不必合於己也。此所以爲聖賢之言也。後之君子，同乎己則喜，異乎己則怒，無服善之公，有爭勝之念。其於古人，見爲是則不知其非，見爲失則不計其得；甚者拘其迹而不察其心，苛其小而轉昧其大。夫度理而不審者，常有此矣。度理審而不得其情，得其情而不揆其時勢，尚不足以定古人之賢否，而況以好惡爲軒輊乎？嗟夫！後之君子，行患其少，言患其多。

古人所行者道，道則後世可共知者也，可能言者也；所存者意，意則當世有不欲自白者矣，有不能盡知者矣。後之人何由盡測之？世儒好爲議論，妄以己見臆度，而古賢奸之隱微不辨。於是，一事之短遂賅其終身，一語之善遂信其平素。嗚乎，古之人亦有幸不幸者耳！其僥倖於一夫，受誣於千載，不盡由昏庸之口也。

論古下

曰：然則，後之論古者其盡非乎？

曰：非執於己見則狃於舊聞也，其失均也。且後世之谿刻論古也何爲也哉？以爲出於憎愛與？則古人之於後世，非有恩怨之相值也，非有美惡之相形也，宜無所用其偏也。然而熟之於誦讀，接之於夢寐，其嚮慕如不及者，必其性之相近者也。否則，其言之有當於心也；否則，其所能者己亦思習之也；否則，其所處之境同也。其故爲排抑者，必性之所不愛，己之所不能學者也。不必其人之果無取也。其不敢顯爲倒置者，必天下公是公非而不可易也。然則謂能免於愛憎，吾不信也。夫義理之安，人心之同，然聖賢以之爲立論之準，今乃以私意昧直道，不亦異乎！夫識不足以見物，非智也；不能平其心以論人，非公也；執一例相繩而不揣其難易，非恕也。不公、不恕，謂之不仁。夫不仁之人，以好高務勝爲名，假聖賢正說以文其陋，妒人所能，覆己所短，專爲違心之言，欺人之論，以自表異。彼於古人且可以逞，何有於世之賢哉？

嗟乎，士亦自行所安而已矣。高明者務歸於檢，沈潛者務崇其基。有不疑，疑則必闕；有不言，言則必慎。其交人也，善者以爲師，不善者以爲戒。若夫以攻擊爲能，寬於繩己，嚴於責人，輕於論古，是乃今士之所長，而昔賢所不敢出者也。

論官

君子欲行王道，必由近以達遠；欲通政術，必由下以逮上。上則宰相近乎君，下則令長近乎民。近乎君者勢易行，近乎民者事易知。宰相得人，則官無不賢；令長得人，則民無不理。

民者地氣風化之所係，國是人心之所存者也。唯民邇於令長，唯令長習於人民。嫻其地利，歷其物産，悉其土宜。是故，知爲縣令而後能爲郡守，知爲郡守而後能爲監司，知爲監司而後能爲節鎮，知爲節鎮而後能爲宰相。何者？事熟於己，經理諳之有素也。記不云乎：『知事人，然後能使人。』然則能爲守令遂可以無不宜乎？是又不然。人之能，各有所偏。回溪曲港，非輕舟不能達，至涉大海、歷風濤，必高檣巨舫而始坦然無恐。古之人有才，堪一試而不克當大任，黄霸守穎川，治行爲天下第一，及履相位，無所建明。故世有能勝縣令而不可爲郡守，能勝郡守而不可爲監司，能勝監司而不可爲節鎮，能勝節鎮而不可爲宰相。何者？器量有廣狹，職分有攸宜也。

然天下官治之修，其始必端自宰相。人君能用賢相以進退百官，則自節鎮以至令長各以次得人，而萬物莫不就理，所謂近乎君者勢易行也。夫朝廷爲法令所自出之地，州縣爲政事所必先之地。講求治具，必於有司之職求之，所謂近乎民者事易知也。然有司間有得人，而大臣之賢不世出。有司之善曰清，曰慎，曰勤，而不足以盡大臣，大臣治舉其要，徒清必至於絶物，徒慎必至於畏事，徒勤必至於侵官。是故，有司於天下之事貴其有所知有所能，大臣於天下之事不必盡知不必盡能。夫不盡知者，非不欲知也，力之所精唯知人而已矣；不盡能者，非不欲能也，力之所專唯能用人而已矣。能知人、能用人，則凡天下之所知所能者，莫要於是，而大臣無餘事矣。日月之光，其照亦有所不及。通治體者不察及秋毫，後世君子往往以大臣之尊而下代有司之任，是所得者少而所失者多也。

夫明於細者必蔽於大，自非周公之聖，諸葛之才，鮮能洪纖俱悉。故孟子之論仁智，必以急先務、急親賢爲要，夫以事及人則所被猶隘，以人及人則天下不爲遠矣。余觀於前古而不能無感，作論官。

知己説

韓子云：『非知之難，處知者實難。』悲夫，士以遇知己而名著，亦有得知己而遂至行虧名辱者，可不懼哉！余觀穆生在楚，以未設醴而去，未嘗不怪其惄然徑行，負疇昔知遇之意。及見後世君子，處鄉里之間，其才氣學識卓然異乎衆人，一旦受當事之知，遂心馳勢利，變剛正之操以事媚悦，所求未獲，已爲天下所非笑，然後知古人不屈道以徇私者，乃善處交遊以全人己之美也。君子上交不諂，下交不瀆。是故天子有不召之臣，王侯有不屈之士，將軍得揖客而身益重。如使受知者皆讒諂面諛，希迎意旨，圖旦夕之安而忘其所有事，卒使世之論者謂下無可取之賓，而上無知人之明，此豈遇合中之美事哉！人之相知，貴相知心。光武知嚴光之不能屈，而不繩以君臣之法；獻子有友五人，皆無獻子之家。故士之自負也愈大，則其自待也愈重。抱傑出之奇材、逢破格之賞識，而即欲順從求悦者，是不以道義自處而又以世俗之心待君子也。夫輕合者必易離，故其始必有所甚難，而其終也至於久遠而不廢。信陵之客三千，其最難屈者莫若侯生及毛薛二公，然卒賴其力以建功人國，顯名天下。嗟乎，非常特達之士，亦未必不終爲人用也夫！固可以禮屈而不可以勢束也。持尺寸之絲以系北溟之鵬，雖欲爲之迴翼，豈可得哉！然而，有子夏之賢，猶未免出見紛華而悦，吾誠爲士之有志於立身者憂其繼也。

越遊解

方來子歸自京師，偃息茂林者踰年，出遊於越，將浮會稽，闚禹穴，兼探天臺雁宕之勝。於是浙之賢士大夫及同遊之相契者咸見而慰焉。既過從累月，有進而言者曰：『君之來也，余始聞而喜，既而歎。』方來子曰：『敢問何謂也？』客曰：『吁，何子尚不知而待吾言也。夫賢豪不違時以表異，壯士不依俗以立名，萬鈞之弩恥於再發，千歲之豹巧於深藏。故古君子得時則行其道，不得時則行其意。茹苦食淡以全吾真，逃名棄知與古爲鄰。夫是，故物莫能怍而世無與争。今子學聖人之術非一日矣，力破藩籬，獨抉微奧，萬物呈露，神無遁機，其智識不可謂不卓；窮海入天，探道之源，性命疑似，析及幽元，其造理不可謂不深；孰究往古成敗之迹，以待有爲，其學不爲無用；作爲文詞，雷動雲施，取精經史，接迹風詩，其言不爲無物；横歷四海，無所貶屈，炎隆在前，不事媚悦，其執節不爲不固。然而四擯於有司，不能一獲；交遍於當路，不能救貧。夫如是，其可以已矣。今猶混迹車蓋，役志囂塵，屈洪流之量，以狥世俗之情，竊爲吾子不取也。夫入山者恐其不深，入世者恐其過深，子獨不見夫景星慶雲乎？百年一見，間世一出，故世目以爲異；神草瓊枝與凡卉競秀，則衆人輕之，牧豎踐之矣。』

方來子攝衣謝曰：『痛乎，子言之切也！非子愛我之深不能及此。然子睹其表未見其裏，知其一未知其二。夫君子嚴以持己，寬以責人，故身不修、學不進，咎也，遇不遇命也，得不得時也，雖在失志而不敢即形諸辭色者，達士之宏度也。知其無益而不敢遽以不肖之心待世者，仁人之用心也。故蘭生空谷，不絶聞者之慕；金産江漢，不拒工人之採；寶玉無翼，而集千乘之庭；明珠無足，而走五都之市；大宛名馬，萃於西秦；嶺南翡翠，溢乎中國；以求之者衆也。銅山西移，洛鐘東應，石鼓在地，桐魚發聲，以相感者氣也。故鳳凰不可致而或棲於梧竹，鳴鶴不可蓄而或巢於松林，何者？物各有相須，人各有相與。夫必獨立而後可以行義，決絶而後可以明志，則是伊尹之五就近於自媒，孔子三至衛近於干祿，孟氏三宿去齊近於戀位也。夫理義者，天下所同也。趨舍者，一人所獨也。昔者鄭子真耕於谷口，嚴君平卜於成都，司馬季主賣卜於長安，彼皆得老氏之道以獨善其身，非吾夫子之通義也。夫吾夫子徧干七十諸侯，垂老尚無所遇。當時，微生畝譏以爲佞，荷蕢譏以爲鄙，子路不悦屢形於色，然終不以此易趨者，非隨俗也，以爲心異而迹不妨於同也。遊乎清而食乎清者龍也，遊乎濁而食乎清者螭也。夫子以爲上不及龍而僅自同於螭，今奈何人一不得意遂云潔清以離俗哉！孟子不云乎：「愛人不答反其仁，禮人不答反其敬。」今天下賢者，皆識形勢、工言語、善容止、伺顔色、逆意旨，而余不知忌諱，言輒獲咎，動即乖宜，是拙也；拘咫尺之節，不能摧剛爲柔，變直爲曲，是迂也；與時彦接處而妄以古人自期，是愚也。高言放論，揮斥今古，而大人先生不罪其狂；捷於爲文，拙於作書，四時之音問不親，而知己不怪其疎闊，是厚我者。有人久困裋褐，恥謁要津，形迹自外，進退若窮，而先達未嘗相忘，稱之或不絕口，是愛我者。有人讀其文而歎爲異才，聞其名而願得一見，甚且憫其遇而悲其屈抑，是愛而慕、矜而惜者。亦有其人施焉而未能報，感焉而無以酬。由此觀之，世何負於余而欲決然長往乎？夫決然長往絕世獨立者，乃枯槁之士所以名高，非有志濟時者所敢遽蹈也。且夫目不窺金匱石室之藏，不知載籍之富；足不窮四瀆五嶽九塞之境，不知造物之大；心不取資於高山大川風土人物之殊俗異狀，則無以廣其蘊蓄而泄其靈奇。故古聖人仰觀以測高，俯察以極遠。黃帝正名百物，訪道幾徧天下。章亥步四極，伯益名山川，子產博物能識汾神，管子奇才乃賦地員，司馬遷遍遊河海江淮、南至昆明、西抵空同，韓退之以天下安危在邊，故六月而至鳳翔。此古帝王聖賢奇人傑士，未有不盡環宇之勝，加意於方域土產人情之變，而舉其纖悉者。孟子出於戰國，干戈紛擾，轍環所及，不過中州；朱元晦崛起南宋，偏在一隅，不睹北方文物之衆，中土形勢之全，故於禹貢不能措筆。古人生當亂離割據，抱四方之志而未能遂，太息痛恨於時地之阻，良有以也。今幸四海一家，皇靈遠被，西域諸國，盡在版圖；南方越裳，沐浴德化；草木獻秀，川岳貢奇；海外大西，殊珍異貨之來都市者，雲聚山積；行者萬里，無戒途之警。此亦千載難逢之盛也。士生其際，不以此時覽皇輿之壯，馳域外之觀，而乃欲擅勝丘壑，以高蹈自命，不亦狹乎！且古高蹈之流，其始固未有即安於一室者也。郭林宗有人倫之鑒，識拔羣彥，周流六合，乃歸田里；鄭康成受學於諸儒，遍歷南北，學業既成，退隱北海。此二君子皆抱不世之才，負上智之質，猶且琢磨德器，砥礪風塵，賴師友之資，獲遊歷之益。今我貧也，而又失學，言則美矣，而不絕乎道；行誠高矣，而不諧於俗；遊雖遍夫名區，而重巖曲澗、深溪絕壑之散在九州者，尚未能盡探；文雖廣及夫鉅公賢卿、名人才俊，而瑰異絕特、閎識高節之匿處巖穴者，尚未得把晤以罄其淵深。方欲挾卷裹足，自天臺雁宕，西入終南，上仇池而窮隴塞，躡峩眉而下川峽，訪求異聞逸士以增所未知； 然後歸守邱壑，以待時命，結茅爲居，採蔬自給，若終見棄黜，則將冠桑葉之冠，服蘿薜之服，濯清泉，坐幽石，揖麋鹿而爲群，坐野老而命酌，相與話聖世之桑麻，樂田間之日月，續絶業於已墜，剖群疑於未析。榮辱不知，中常自得，斯時從子之教，豈爲晚乎？ 夫坐而嘯傲，俯仰天地，無慕乎外者，此吾之素志也； 留心斯世之務，欲公其善於人，而庶幾乎一日之用者，亦夙昔之懷也。 非常之物，其利不能及衆； 舉世榮之，聖人弗寶焉。 子徒高我以景星慶雲，而不知吾志在和風甘雨也； 寵我以神草瓊枝，而不知吾願爲菽粟布帛也。 雖然，子所言者真藥石之論也，賢士大夫及同遊之相契者或不能見此也，吾固欲聞之而不可得者也，惜今之不能行也，請書諸紳以期異日。』

客於是避席而起曰： 『吾子何爲是言！ 鄙人愚昧，向徒觀子之迹，今乃見子之心也。 不叩洪鐘，安聞異響。 甚矣，子志之遠而量之宏矣。 僕所言者真淺測君子矣。 願具十日之糧，從子於會稽，以傾素蓄而備聞緒論。』

文集卷三　書

與姚石甫書

石甫足下：　別子蓋有年矣。　玉石之助，豈惟念之，亦允望之。鄉人自嶺南歸者，道子意氣甚盛，令聞有加焉。然吾子所以自期者，當不止此。　夫塗無險易以至爲貴，學無遲速以成爲歸。　白璧不琢不可以爲重器，美錦不製不可以爲麗服。　是生質未足恃也，所以文之者盡其飾也。故馬或一蹶，而終至千里；　士或迅起，而不能復振。何者？　志溢於既獲，功怠於垂成也。　今習古先之訓，而漸勢能之榮；　矜一曲之奇，而掩宏通之識，狃於情之所安，而昧夫義之所向，竊爲有志者惜之也，子其慎之夫！　盛時不可再，絕業無晚成，古人之歎息致慨，良有以哉！　吾深自慙。

復陳編修書

辱賜書，勉以專志、勤學，奮力君子之道。詳味辭恉，何其望之深而教之切也。夫以天下學者日苟且徇世俗之好，而閣下乃卓立波靡之中，抗志百代之上，於數千里外津津以道義相講習，非古儒者之用心而能若是乎！所示作文之法，極當於義，然亦有鄙見欲質諸左右者。

夫文之本出於道，道不明則言之無物。文之成視乎辭，辭不修則行之不遠。識足以見之，學足以至之，氣足以舉之，才與力足以斡旋之，如是而已。所貴乎學者，爲其能以一而致四者之美也。致此有道，爲之以漸，不亟不徐，勿舍其鉅而圖其細，勿事其末而置其本。今夫水掘之平地，雖費千人之勞，其流不敵溪曲，其用不過灌溉。若夫出自大河江漢，挾百川奔四海，動而爲波瀾，潴而爲湖澤，激蕩瀠洄，初無待乎人力，是何也？其所積者厚，所納者衆，而所發者之有本也。夫古人之潛心德藝而不徒規規於文字間也，其知此矣。彼蓋於天地萬物，無一不獲爲己有。誦百家浩渺奇博之言，以富其所蓄；遠取乎八荒之殊狀異態，以開其壅蔽而破其拘墟，使己之性與物通，神與境化，而後八風七音之入乎耳，九文六采五章之接乎目，二氣四時群變萬化之觸於心者，皆可得之以爲文焉。

自唐宋以降，世之考文辭者不可勝數，然終身爲之而不知其法者比比皆是。求有人焉，得前人意義，不失古文矩矱，已罕遇可貴矣；而能奪其才力，傾其蘊蓄，出其陸離光怪，洩其悲憤幽鬱，以自成爲一家之言，前後不必同轍，彼此不妨異趣，於以明聖人之道，窮造化之微，極人情物態之變者，蓋數百年之間未之多見也。是豈氣運有升降，而天地生才亦有所限而不輕出與？抑豈識不足以立其本，學不足以擴其基，氣不足以充其辭與？將才與力，有工絀厚薄大小之不同，而所造亦隨爲進退。與夫八家未出之前，法未備而文日益奇；八家既行之後，法愈密而文日益下。非法之足妨文也，衆美既具，奇無可加。夫如是，故取境也難。且古賢獨擅之長，既不可與争；而兼取各家之長，以歸一人之熔鑄，則力又有所不逮。於是偏於才者或縱横求異，不知古人之去取裁制，而決裂乎法外。偏於學者或平易近理，不知古人之波瀾變化，而拘守於法中。曾子固醇而不肆，蘇明允肆而不醇，兼之者僅昌黎也。此在昔人尚以爲難，況後世之嗇於才而弱於學者哉！夫文猶兵也，善用之達於精微，不善用之即泥於往迹。是故，孫武之書所以教天下之戰也，然韓信以之破敵，而馬謖則以之亡師；軍陣之制所以成士卒之列也，然諸葛以之運奇，而武穆不以之制勝。何則？兵無常形，文無定法。故聖人云：『神而明之，存乎其人。』韓退之曰：『氣盛則言之短長與聲之高下皆宜。』苟不能潛心德藝以養其氣，而徒規規於文字之末，是猶掘地求水而不溯源於大河江漢也。

閣下稟絶人之資，深稽古之學，親受法於姬傳先生，所以明道修辭，紹正傳而振絶緒者，固將有在。開以淺陋，過蒙姬傳先生賞識，期許靡涯，名不稱實。每欲殫精極思，自致其業之稍就，不幸制舉之學敗之於其中，時俗之累擾之於其外，而又身遭困阨。凡人世所稱險阻艱難者，無不備歷其境。同鄉望溪先生謂：文章者，窮人之具。夫文之所以足貴者，以其能明聖人之道，究造化之微，極人情物態之變。今第以之爲窮人之具，固已用失其宜；乃至求爲窮人之具而且不可得，此尤可悲而歎也。然而漁於水者不以未得魚而自碎其罟，射於藪者不以未獲禽而自斷其弓，力於學者不以未遭時而自棄其業。開雖無過人之行，然得失榮辱之分定之素矣，何敢因窮約奪志乎？所以旦夕愧憾者，誠恐學不加進，上負姬傳先生知人之明，下負閣下相期之意耳。至於窮達有時，隱顯有命，一聽乎彼蒼之位置而已。

承荷教誨，忻感無既，然蓄疑義而不就正有道，是深其蔽也。故敢以□□□□之説畢之左右。開頓首。

上蔣礪堂大司馬書

開年少窮居，博究群藝，雖力不足自奮，然嘗有意於當世之畧。竊惟我國家德化四溢，名臣叠興，創建之始，俊彥聿升，昌謨日進。於是魏裔介辨舉劾之實，王益朋陳五府之利，粘本盛定攷績之法，胡爾愷、雷一龍等正漕儲之制，而一時封疆大吏，莫不殫思竭誠，興利除害，上贊至治，下播民休。故蔡公士英布惠於江右，秦公世楨、何公可化振聲於江左。朱公昌祚、王公元曦、趙公廷臣剔蠹於兩浙，涵浸煦嫗以植庶生。其後鄂文端公以殊政異績入爲宰相，田李諸公各懋厥功，乃心民瘼，蕩汚滌垢，移風易俗，以迄於神聖相承，重熙累洽。股肱心膂，罔非正人。而明公又負海內蒼生之望，受天子特達之知，威控百粤，政高一時，聲聞之隆，與昔者諸公，後先炳映。夫效忠畫策於法令初定之日，其事顯而盡人易知；通變消慝於化施積盛之餘，其迹隱而神明獨運。不張聲色，而動出於萬全，事絕夫僥倖。有嚴有翼，匪亟匪徐，保惠乃庶民以光輔社稷。此明公之所優爲，而天下亦以此屬之也。

開聞無超世之才者不足以圖艱，無兼包之量者不足以容物，無強毅之力者不足以任重。是故，效有所不計，名有所不趨，利弗能撓，害弗能卻。無大無小，恢其有餘，何信何疑，決之自若。行吾所安而不即求知於上，治在有濟而不必自以爲功，隱隱紛紛，吏民自服。黄河出於西塞，放乎中夏，大曲小曲，不求合百川而百川自赴之者，所挾者宏也； 飄風起於北海，入乎南冥，拂秀振槁，不求撓萬物而萬物自震動者，所積者厚也。是以，士會用而晉盜自去，溫公相而邊釁自息。且夫水之清者無魚，人之察者無徒。今明公清風廉節，顯於天下，而慈祥惻怛，近乎人情，是非清之難也，清而不刻之難也。洞然萬類，纖悉無隱，而提綱舉要不侵衆職，非明之難也，明而不察之難也。飭勵吏治，以齊士習，以靖民風，而從容坐鎮，上下恬然，不覺其擾，是嚴而有方而不失之苛也。凡此數者皆爲政之大體也，自古大臣未有不如此而能有裨於天下者也。今明公誠體而行之，是士會之賢不專美於晉，而溫公之烈可將望之今也。

夫兩粵之在前明，爲邊患也久矣。自王文成平定諸塞，而西粵之盜以息，東粵之境未克悉寧。夫粵東有金玉犀象之富，有瑇瑁珠璣之産，其珍異甲於天下也而穀粟常苦不足。沿海四千餘里所重唯海防也，而乘波狎浪，操奇出勝，其水師不如閩地之精； 柘林南頭之間，大鵬靜海之際，備至密也，而遏海之要區近地，無羣山峻嶺以爲屏捍，其形勢不及浙地之險，然而賊不得肆其毒者，何也？天子威靈震薄海內，大臣効力。蔡逆既殲，其衆各自攜二，我軍得乘其瑕，而彼亦不能不就撫也。夫撫之亦誠善矣，然古之成大功者不惟能弭目前之憂，而并有以消未然之患。目前之憂有形，未然之患無形。有形者事近，而可慮也淺，無形者事遠，而可慮也深。君子思患而豫防，此在明公，必有道以善其後矣。開不敢妄論近事，謹按往古洋匪興禍之由，以上質明擇。

夫海濱所恃以禦盜者兵也，而兵之弊在不畏官而畏盜； 所恃以爲安者民也，而奸民之不法者或且食賊之餌，甚者爲之接濟，甚者爲之嚮導。揆厥所自，訓練無素，恩信不立，故兵不用命也。吏不能安輯，斯民窮而不克自存，故激而至於從亂也。夫以濱海之廣，貧民之衆，不勤本業，全依海以爲命，此禍之所由生而盜之所以不能除也。其良民畏法而不敢爲奸者，賊至則被其害矣； 而爲賊肆虐者，久亦不能倖生。故開愚以爲，粵東近洋之民，生於海而亦死於海，此仁人之所歎息者也。夫既不能止其不以海爲生，雖欲救其不死於海而不能也。如欲救之，莫若使民遂其生； 欲遂其生，莫如崇儉而務本。夫粵俗，喜奢而惡樸。器用之制，服玩之飾，宴飲之費，天下莫之過也。上下相化，比戶同之，民貧而亦飾爲富。故財力日形其絀，多植龍眼、荔枝、橙橘之屬而不事禾稼，奪有用之地以供無益，故境廣而食不充，州郡近海者十之七，務商者衆，務農者寡。家無粟米之蓄，而仰給於外；苟獲一日之利，而遊惰不勤四體。一旦禁洋，勢不至於爲盜，無以自全矣。今遽奪其所習而改其所從，雖聖人不能。但爲上者體國奢示儉之意，各以樸素相尚，則物不騰踴而民力以寬。講求農務，使民重力田而輕逐末，以耕爲業，以粟爲貴，行之既久，亦漸可以足食。夫粵之食非徒急於民也，廣州有鎮，虎門有鎮，碣石有鎮，南澳有鎮，而且雷瓊有鎮，高廉羅有鎮，所以爲軍糧計者，不可須臾緩，軍食亦孔繁矣，而海又耗之，倍所入以糴粟，商民唯利是趨，粟〔一〕安得不出外洋而耗於海也？是又奪軍民之食而資盜以糧也。夫以粵地內虛，食之者如此其衆，用之者如此其急，而生之者又寡，耗之者又多，民安得不告困也？然而有可幸者，曆歲無饑饉之患，四鄰無閉糴之虞，故得以坐食無恐。然及是時而不早爲之所後，將何以待之？故必崇儉重農，以紓物力，以厚民生。根本既立，精神折衝。夫然後可以靖內逆、弭外患，可以揚軍威，可以議海禁。夫海禁寬則有以長亂，海禁嚴又無以裕商，番船不至則商病，商病則國課易虧，是亦非計之得者也。故出汛之時可禁，而收汛之時不必禁。舟之大者可禁，而小者不必禁。其不禁者以通商賈之利，以便小民之私；其必禁者以防舟之出洋，以絕民之從逆。此昔人所圖久安之道也。今者海洋無事，可勿論此矣。然昔之時，盜與民別；今之時，盜與民混。昔之盜藏於外洋，今之盜苟潛內地，往來邊邑，莫之能稽。我之虛實彼皆知之，我之動靜彼先得之。將以爲民耶，彼其狼子野心，恐不克久安於良善而不爲賊也；以爲賊耶，彼且群就安撫，以祈倖免，則又已貌爲民也。嗟夫！使彼果能終其身爲民，豈非粵之幸而民之福耶？凡此者，皆明公所知之已悉者也，所籌之已熟者也。急之，則生其變而害且速；緩之，則釀其禍而害日深。明公宏猷絕識，必有以處此矣。區區坐井之見，何足以當夫萬一！

然唯明公德望之隆，事功之著，位勢躋於臺輔，而草野邇言亦得上陳於前，此正見明公之所以爲大也。山峻千仞，而人立表計焉；海環八埏，而人以蠡測焉。夫開之於明公，亦若是而已矣。且明公以超世之才，兼包之量，強毅之力，馭軍輯民，所以靖內安外，通變消慝，以絕未然之患者，固措之裕如而不可以恒情度。由是而興利除害，移風易俗，上以副天子之知，下以慰海內之望，近可以紹國朝之名臣，遠可以追昔賢之駿烈，敷厥已能恢所未至，蓋非常之勳而亦旦夕易致之事也。而開之干冒尊嚴，以發其倡狂之論者，誠以明公勵志求治，留意人才，故自忘其芻蕘之賤與塵露之微也。昔韋南康之勳名比於諸葛，而津津焉以陸贄爲意；韓魏公之事業無愧於伊周，而獨以蘇軾爲國士。今明公固將抗志二公，而世有陸贄蘇軾其人，當亦日星之照所必及者也。

傳曰『狂夫之言，聖人擇焉』。伏惟明公，諒其愚而恕其妄。幸甚。

【校】

〔一〕本作『栗』，誤。據掃葉本改。

上曾賓谷方伯書

古有生並世而不得一見者，當其時，不知後之君子相與惜之。昔者先生持節淮南，綱紀人物，獎掖士流，揚頹起靡，不遺厥力，四方想望，以爲大雅復作，人才有歸。當此之時，多學之士得以炫其博，能者得肆其才，辨者得騁其辭，巧者得効其技，拙者亦欲自奮其身。爭美競異，各求當君子之一顧。而先生亦皆進之門下，抑高使平，削枉爲直，教之翼之，維之植之。舉海內之磊落不齊者，一歸之於陶鑄之中，而無不各如其分，且無不各得其所。於是遐邇聞風趨而赴之者，如渴驥之奔大川。一人之名，傾動天下，意氣之盛，蓋近時未易見也。而開曩時以年幼伏處，不獲躬與其際，既而出遊四方，得遍交賢士大夫，而先生又移節東粵，相距數千里。夫近未有以接其光，遠又無以聞其教，然則天下之遇合，其信有數乎？

雖然非常之人不世出，天既使之生，又使之并時，未嘗不欲其合，然而有不能即合者，後先不相等，貴賤不相聞，而上下之分殊也。故日星常麗乎天，明珠自潛於淵，高與深各止其所而卒莫能接耀。故賈誼負王佐之畧，不遇吳公不識爲奇才；郭泰爲人倫之表，不逢李膺不知其德器。今有先達之彥如先生，後進之士如開而尚不得相值，是千里之馬未進於伯樂之前，荆山之玉未達於卞和之門也。是使上無以副好賢之望，而下無以慰仰止之思也。且夫爨下之材，中郎取之；秋毫之末，離朱察之。今先生之識，非特中郎離朱之明也。開之所學，亦非爨下秋毫之細也。藴奇者有日，積盛者有日，舍之爲川嶽，舒之爲風霆，於先生而不有以發之，吾又將誰發之哉！

夫士之不輕瀆於上大夫者爲分定也。然趙壹自通於羊涉，韓愈致書於襄陽者，爲道同也。天下有先生，開不敢拘咫尺之義而不一申其嚮往之誠。天下有開，先生亦不能不屈滄海之大以加意於江河也。昔杜牧有經國之才，不得志於李贊皇，至今人以爲歎。今先生之愛才禮士，振拔孤寒，遠紬夫贊皇。開私心自計，與其見惜於後世，毋寧就正於當時，故謹道區區之誠如此，惟先生鑒之。開再拜。

上韓中丞書

桂舲先生閣下：開聞昔者孫明復之謁范文正也，異無所見，美無所著，奔走道路，一羇旅之士耳。然文正親其言語容貌而敬禮之者，知其後之必克有以自振也。故孫明復退而修行，窮經著論，興起後學，顯名朝廷。故世以文正爲知人，而以明復爲不負所知。若使明復當初見之時，其業已精，其道已成，則文正之嘆識未必不更有進也。若使如文正之好賢，而世有曠代異士，藴經國之畧，負絶羣之識，旁羅萬物，洞徹今古，則其遇合又非徒如明復已也。今夫開固陋之士也，與明公生同江南，而學無以自達，亦嘗側聞風采，竊慕治行，仰岱嶽之高，而俯河海之深者，蓋有日矣。思以片長薄蓄求正於通人，而未審明公之果不我棄否也？此所以奉尺寸之書而上瀆也。

開非有所干而言也，亦非敢謂才足以動明公之知也。開知明公宏無不納，隱無不搜，然不敢以自必也。且以天下之大，賢豪之衆，咸待品題於明公，此開之所以不忍自棄也。是故，明公未有以知開也。明公誠有以知開，則開雖千里奉教，不足以爲勞；抗言妄論，不足以爲罪；曳裾而前，造門而請，不足以爲冒昧。豫章生於崇山，隱蔽霄漢，吞吐雷雨，及匠石取之而後得成其材；良銅出於赤堇，其精毓地，其光洞天，及歐冶用之而後得鑄爲器。由是觀之，士之所以能發名成業者，非獨其才之異也，亦所遇有不同也。是以王粲收譽於中郎，劉勰乞重於沈約。是故，明月之珠，不能自發其耀；連城之璧，不能自定其價；魯縞鄭紵，不能自名其纖；燕鋒趙鍔，魏鋏齊鋋，不能自見其利。夫智有所不及，力有所不施，巧有所不逮。故雖有絕足，必賴康衢；雖有英奇，必藉先達。明公以學行文章致天下之士，則士固已至矣，若欲破其格以收奇才，則渤海尚有千里之鯤，岐山尚有九苞之鳳，丹田有未採之元英，滄洲有未獲之瑤碧，此不得不爲明公惜也。是竹箭之秀未足以盡東南之美也。而明公以不世之資，專閫外之寄，縝理繁劇，不覺其勞，靜鎮雅俗，潛消其慝，軍安無事，民受其福，而能於宣政之餘，詠歌升平，禮賢接士，是其所蘊者深矣。方將熏釀兩漢，含茹六代，恢召郇之風，掩吉甫之雅，馳騖乎文囿，三辰競明，五嶺比峻，變東粵爲名區，拓南海爲淵府，然後入覲天子，以揚鴻休，以頌豐美，拜采菽之賜，沭蓼蕭之澤，進退禮樂，左右典謨。方之往古，則八伯之播化也；稽之先烈，則忠獻之儒雅也。

開聞大川之所注，鱗介無不歸之者，然其中有蛟螭焉；鄧林之所在，衆鳥無不托之者，然其內有鸛鶴焉。伏惟明公推大川之量，垂鄧林之蔭，而不罪夫狂簡，使范文正知人之明，復見於今日，幸甚。謹再拜。

致鮑覺生學士書

開少負氣，遊歷四方，遍察物情風土之異，縱觀乎人士之林、文章之藪，嘗感發世俗而私自太息，以爲天下不盡無才，不皆寡學，不徒專事利祿而無特出之士，然蔽於積習，入焉輒溺。識奪於爲人，功疎於爲己，積漸相安，遂以不振。故苟欲風氣之變，非杜其端、塞其源，力持其要以振厲之不可。然而轉移之機，不見於所已成，而兆於所由起。方其始也，必有出羣絕俗、負當代之望，以作人興學爲己任者倡之於上；及其繼也，必有通經學古、負宏達之名，以敦風立節爲己任者應之於下。無以倡之，則其勢不行；無以應之，則其言不顯。是上與下固相待以行其志而各成其美者也。雖然，有慮以風裁自高，罕與天下賢士相接，譽隆於上而意不通於下，雖鋪張大雅不可謂之倡；苟隨以取容、奔競以希悅，中無特識而望風附和、道聽塗説，雖千里同聲不可謂之應。夫倡與應固各有其實，不爲標榜之名，而爲道義任其責者也。是故，唯在上之君子，始能以一人之力而倡天下；唯在下之君子，始能合天下之志以應一人。

上能倡而不必應，下可應而不可倡，此其故何也？昔李元禮以名節振天下之靡，而郭林宗起而翼之，舉世爭自樹立；歐陽學士崛起景祐之末，以文章風義勵多士，而布衣蘇洵亦以雄文奇畧爲之左右，其子軾轍相繼師法，海内翕然信從，風俗丕正，莫不知講習歐陽子之書。此所謂能以一人倡天下、能合天下應一人者也。當是時也，若使上有元禮永叔之賢，而下無郭太明允其人以遙相應和，則氣之感也不宏，説之行也不遠，而庸流十百，雖得之亦何足同志哉！而草茅之碩儒傑士，無司風教者以爲之前，則雖智可以經國家而不敢論當世之畧，識足以達今古而不可破習俗之非，學足以盡天人而不敢犯天下之不韙，非故以明遜也，下焉者雖善不尊，不尊不信，是以不能有所先也。故曰上能倡而不必應，下可應而不可倡。故倡者公卿以下之所不得辭，而士庶之所不敢蹈者也。上能倡而不爲，而下乃有倡之者矣。故漢唐之季及有宋之衰，流弊已甚，政令所不能至者，清議必及之，學士大夫所不能言者，草野必發之。故伊川程子，以處士而伸正論於天下，而道術賴以維持於不墜。夫維持道術而僅恃一處士，此豈人國之盛事哉！然而不能咎之者，上有揚清激濁之責，而不樹風聲以昭鼓勸，是明以風教之任盛否之權授之韋布也。然則欲收其權而任其事，亦但患倡之不力，而不必患應之無人矣。金鍾在前，而絲竹之音不從者未之聞也。

先生之才名冠天下，高文典册重於廟廊，士得一言爲幸，而開以爲是乃氣運之所係，而非徒一時之顯名。曩者吾鄉望溪海峯諸先生以文章爲天下之宗主者數十年，是時風氣未有以異也。自是以後，士以襲取爲博，艱深爲古，排擊爲功，其所謂學術者日壞；以猥鄙爲性情，以詭異爲脫化，遠遺漢唐而近取蕪陋，其所謂風雅者日卑而未已也；見利則奮，狗俗爲能，其立身行己日不可言。凡此數者，皆風氣之變之極者也。夫極則未有不復者也，姬傳先生既已持其緒而力救之矣。然以退居而不欲與世爭異同，故能存一綫於紛紜之中而亦卒莫之勝也。且夫後先固相代者也，當此之際，使世無倡之之人則已，苟有其人，微先生將安委哉！然遽以此意求之當世，則萬無一合，而終不可以易。何者？君子當先天下而圖其實，後天下而收其名；先萬物而不敢言讓，後萬物而不敢言成。德行學問之故，爲風氣所係者本，非一人之具，天下之公事也。天下之事當與天下共明之。天子且不欲自私，庶人亦可得而棄，其得爲而學又足以勝任者，豈惟先生力當倡之，即開亦將有志於應之者矣。且夫道之所在，不以王侯而貴，不以匹夫而賤，人心之所同然，發於一夫之口而不爲寡，騰於千人之口而不爲衆。今積習已深，通人心且生厭，如使先生杜端塞源，力持其要以振厲之，則轉移之機可決之旦夕也。

開向從姬傳先生遊，已深知先生學識卓絕，文采雄出，當時心竊慕之，而欲得一陳所見，而迂拙無能之身，恐未有以當夫君子。今既遊江右，覽其山川名勝，遍識其賢卿大夫，訪求所謂畸人奇士，遂抵武昌以獲詣君子之門，以爲攬漢水大別之巨觀異狀，而又得見先生，則庶可慰疇昔嚮往之懷，而此行爲不偶也。唯先生不罪其狂論而俯教之，則不獨開受其賜而上下相得之，故倡與應之所以相待者，亦將不無所賴焉。開再拜。

上萊陽中丞書

開聞天下有不可得之人，無不可爲之事；有不明之道術，無不成之人材。是故水溢於黎陽，汎乎西北，極乎東南，其爲患甚鉅也，有王景以董其役，則洪水皆爲平川；突騎横行於郊，叛臣迅發於外，薄海震驚，其爲勢可懼也，有文成以定其亂，則九州安如磐石；禮教陵夷，衆說紛出，天下無復忌憚之心也，有程朱以明正是非，則綱維絕而復續，大義晦而復明。是數公者，固不敢輕望之後世。然苟有絶類離倫之人，處有用之時，挾得爲之勢，思以一身而應千變，一息而籌百年，則必發大難收大功，任萬鈞之負而不爲重，歷九折之地而不爲險，窮千仞之溪而不爲深。何者？彼其中之所藴，實足周事物而無遺；志之所存，實足貫金石而不變。以此而行，雖謂天下無難事可也。

十室之邑必有忠信，以四海之大不可謂無才。萃百家於片簡之中，搆萬言於一日之内，其才不可謂不奇。然考其立身之節則不合古人，問以經世之猷則未知大體。此非徒志識之不足也，無有以破其蔽，無有以啓其聰，則是道術未明故也。古之時，道義著於上下而人有定志，其學必明於人倫，通於物則，精以察禮樂之原，微以驗風化之動，故處則爲賢士，出則爲良臣，以經守天下之常，以權濟天下之變。方其盛也，舉四方之英俊以歸於化育之中，而無一人之枉其才，無一物之乖其分；及其衰也，俗雖淪於僭亂而人猶知以名義自閑，故潔身高蹈之流，寧違衆以辭榮，不屈身以趨俗。彼其所以遲回珍重而未忍釋者，誠以禮義之切於厥躬，舍之則無以自立也。今也不然，所學不過訓詁，所習不過舉業，間有矯然自異者，亦徒知攻文辭勤記問，不求之宏綱大用，而津津於一名一物之間；不慕古人之修德立行，而專攻一言之小失。其始也特立異以求名，其繼也遂相習以成俗。數十年以來，道聽途説之流，視當時風氣所尚而致力其間，於是襲取近人之辭以爲古，獵取僻陋之書以爲博，敢爲不經之言以欺衆。内無補於身心，外無益於家國。夫是以學術益壞，而人才日至於衰惰而不克振起也。嗟乎！不有君子，其孰能救其弊？

明公以天挺之英，負海内之望，廉儉自持而人不以爲矯，明見庶物而人不以爲察，嚴肅御下而人不以爲猛，抗直言於明廷而不爲過激，崇文樂道、禮賢好士而不爲求名。此其平日之挾持踐履，有以取信士民而厭服遠邇之懷矣。所謂天下有不可得之人者，亦庶幾乎可見於此矣。然鳳凰翔雲霄之上，必須揚九野之音；豫章起高崗之巔，必須垂千畝之蔭；賢豪處名位之隆，必須著一代之烈。此非天下之過求也，責任日重，上之所倚者不輕；聞望日高，下之所期者愈切。是故，富鄭公之爲宰輔，德業炳於千古者也，而明允憂其無成； 范文正之爲司諫，風節耀於一時者也，而永叔謂其失望。古君子道義相規，舍勢位而言天爵，不以德望之高出今人爲可喜，而以功業之未及古人爲可憂； 不以一人能行斯道爲天下之宗，而以天下未臻斯道爲一人之責。孔子曰：『己欲立而立人，己欲達而達人。』且夫抱非常之材，處有用之時，挾得爲之勢，如明公之在今日而猶有不舉之事，難斷之行，此理所必無。而明公所以悉心殫慮以求濟斯民而不失此邦之望者，正可於秉節之初以卜之也。

開聞爲政莫若得民，而士者民之耳目也。民無定見，隨士之氣習爲轉移，故化民必以士爲先。士之賢否係乎學，學之得失係乎道術。夫道術之與政事，其迹若不相關，然何晏以清言倡士流，舉天下相率爲老莊之學，卒至廢紀綱之務； 王安石以新學參天政，舉天下相激於變更之法，卒至貽生民之患。故道術之明晦，非徒人才之憂，乃社稷之大計也。伏願明公宣禮教以正人心，崇氣節以厲風俗，破尋常之格以待奇才，何賢俊之不至？ 畧勢分之崇以親正學，何儒術之不明？ 恢江海之量以容善言，何視聽之不廣？ 以躬行實踐造人才而天下之大本立，以有用之學詔後進而古今之治體明。抑其欲速之心，養其敢爲之氣，施之以惻怛之意，動之以鼓舞之機，振百年積習之餘，開一時事功之始。如是則士氣立而民風可移，俗學除而真儒日出。達則佐君圖治而民獲其澤，固可以爲蒼生致樂利之休； 窮則脩德於鄉而人法其行，亦可爲國家任教化之責。所謂事有緩而實急者，此類是也。昔宋興幾及百年，朝綱粗立而士節未張，以寇萊公之賢，猶求使相於王子明之門，則習俗之囿人深矣。及范希文起而正之，以禮節廉恥風天下，而士始争自磨濯，以奔競爲非，以諂諛爲恥，言必忠信，行必義方，苟非有道干進者則天下共棄之。故元祐之間，賢才輩出，名節凜然，卒無有舊時之敝習者，文正之力也。此豈人情前後之故有不同與？ 以作於上者有人，則舉世翕然知所趨向，其善者固有以激發自強，即不肖者亦不敢不勉強砥礪以自新也。然則挽頽風而導善政，亦視乎明公之所爲而已。

若夫民風吏治有關乎利弊而切於事情者，開固心識之而猶未敢遽瀆焉，且又明公之素所熟悉而無俟小子之徑言也。傳曰：『唯善人爲能受盡言。』越石父云：『士屈於不知己而伸於知己。』是故有雄略者始可馭雄才，有奇識者始能識奇士。投夜光之璧於宋人之前，雖輝足以照乘車而無以異於燕石；鼓雲和之瑟於齊王之側，雖音足以入韶樂而無以愈於吹竽；談治平之策於寡畧之人，不唯無以見長而反足以獲罪。今開之敢爲此説而自忘其疎賤者，誠知明公德器宏深，必能容芻蕘之論，而世俗之情不足以度大君子之懷也。

昔韓退之上書於執政，唯急於干祿而求効力當時，故君子譏其躁進。今開之所言者，乃世道人心之大端，學術風氣之流弊，非僅爲一人求知之計也。明公不以年少狂率而懈好賢之心，則開將走謁門下，以親聆先達之教矣。謹再拜。

上阮芸臺侍郎書

開聞明公以興起斯文爲己任，堤障頹波，羽翼聖説，拔出英奇而力掖之，爲鳳爲麟咸受甄育。自士大夫以逮衡茅，凡有一能，罔不賓禮；海内之人，識與未識，願屈下風。開始聞而慕，繼而自疑，久乃私喜過望而不能自抑，其嚮往之誠也。

夫千仞之溪，百尋之澗，有珠伏其際，芝生其側，非不美且異也，然而不能自耀於通衢者，地勢阻絶，高下之分殊也。故日以垂照而萬物發其光，雨以下布而羣生沃其澤。蓋自三代以降，公卿之能下士者鮮矣。智屈身晦，無以振之，孰發其聲？無以啓之，孰揚其明？求賢之風微，而上與下交，不得其用。今明公獨好士不倦，降泰山之高以就土壤，屈河海之大以納細流，意氣所感雲蔚星聚，雖以開之固陋，不足有當於高深。然竊自思念，不得於先未必無望於後，不及獲一日之遇未必不受千古之知，姑俟其學之成，庶幾可奉教於明公夫？是以感歎仁風而望而生慕。

然繼而自疑，以爲古賢者之遇合，有幸有不幸者焉。其幸者得以盡發其奇，不幸者或稍見厥長而不得全著其美。夫九苞之鳳非一羽之文也，九淵之龍非一鱗之異也，而見者不能遍識。以孔子之聖，且不知子羽之有德行；以裴度之賢，且不知韓愈之達政事。而開年幼寡識，又遠不逮古賢，文奇而不濟於用，理得而不通於時，行能自勵而不諧於俗。其不至偃蹇無聞幸矣夫，何足以當君子之知？而明公又負品藻之名，具空群之識，如衡之平不能遁其輕重，如鑑之明不能掩其美惡，如繩墨規矩之無心，而物自不能欺以曲直，罔以方員，而況遍取天下之士，異無不錄，俊無不登，所謂非常特達者皆所習見。而開是時自顧其身，縱或有當於高深，猶惴惴焉懷不及之慮也夫！是以積而生疑。夫惟自疑，故學以力而進日速，而猶不敢自信其可以遽見明公。

既而循習之久，乃始爽然自奮，以爲君子之取善也寬，其責人也恕。嚴其分以繩豪傑之全才，拓其途以收天下之衆技。明公如以宇宙之能事而求之一人之身，則古之賢人有不能盡者矣，開何有焉？如但取其長而不論其短，責其巨而不苛其細，挹其精英而不拾其煨燼，則今人之所能者開亦能之。學不敢謂博也，而古今名物之理，天下國家之務，典章度數之精，身心性命之奧，固素所講求而能得其樞要；識不敢謂精也，而以之判可否，決得失，辨幾微之分，明隱顯之情，則自謂無過；才不敢謂異也，而以之論道德之要，闡聖賢之業，窮庶物之變，震金戛石，摛爲文辭。至於出深入高，鉤玄啓妙，蕩滌羣垢，橫騖四恣，江河之流，日星之明，風霆之聲，取之左右，運爲固有，則雖坐古人而進退之，與之角力競勝，亦無愧容。夫以開近日之所學如此，而道亦將有成，果可以獲知於當世之賢，而明公又切於求士，且無責備之心，是非明公不足以知開而非開亦不足以辱明公之知矣，此所以私心過望而不能自抑其嚮往之誠也。夫過爲虛言以自譽者是妄也，君子弗爲也。苟爲謙巽以沒其實者是僞也，君子亦弗爲也。

古之人言出於誠，内之無所愧，外之無所忌，爲其身之足以副此言也，爲其人之足以聞此言也。其人而果足聞此言也，則非謙巽之可以蓋其陋，亦非自譽之可以飾其長。東方朔上書於天子，高自稱許，昔人不以爲怪，今何異之有哉！然則開之不自揣量而上瀆聽聞者，亦知明公必不以此見罪也。非徒不見罪而已，必能有以知開也。然開與明公相距千里，不獲躬覩喬嶽以聆所未聞，明公亦何由相信之深而從而教之哉？惟俯諒其愚誠而恕其狂率之咎也。幸甚。

上陳笠颿方伯書

開聞天下非任政興教之難也，而得人才爲難，亦非宇內英彥之乏其人也，而所以董勸作養以底於成者，則曠世而不獲數見。論者皆曰：潛志典墳騁能詞翰者，吾羅而致之，可謂才矣；出之於絕港窮壑而加以噓植，俾得掇巍科以躋身通顯，可謂成矣，開未敢以爲然也。

夫一技皆可爲才，通顯亦成業之基，然古之賢人所以修身砥行，恢綱維用，以任天下國家之責，其立意有先於此者矣，其挾持有大於此者矣。夫豐於遇而嗇於行，志未伸而道已屈，甚非君子之所自待也。是故天下有非常之士，蘊奇於內而通變於外，一身之微周慮四海，一室之暇進退千古，坐徹治機，舉樞抉要，其才足以見知，而義不苟同於流俗，亦不敢求合於當世，而世人亦遂忽之而不加察。其知之者，徒震其意氣迅發，聲聞炫爍，言論之卓越，文藻之絕倫，而不克盡其所蓄；而知能盡其實者，又力不足以拯其窮；而其力足以振之者，又或專其心於敷政而不暇以禮士爲急。而當是時，有能以禮士爲心者，則又勢位殊絕，分尊於上，寒賤無由自通，故其美終以弗見。蓋珠不能自出於淵，玉不能自離於璞，而識其奇以寶之者，厥惟卞和。雕之琢之，飾以藻繡，用爲圭璋，制爲琖豆，而可登於廟堂者，則又存乎玉人之功。故寶器之成，誠非倉卒之事也；人才之成，亦非適然之數也。方其未遇知己，智隱而未發，能掩而未彰，英鋒利鏃頓折於風塵之競逐而幾莫辨其用。及其獲賞鉅公，立起其僕，坐滋其槁，使之脫累專業，於是道積於躬，德升於朝，施被於野，風霜表其志節，雲雷大其經綸，則非教誨扶植之加其意無以致此。是故才之生也由天，拓之者在己，成之者在人，而其受知也蓋有時焉。曠古同感，何至今而獨異。

明公以命世之英，當柱石之任，識超羣俊而長若不足，治高一時而益欲求精；加惠赤子，既煦嫗之，又教翼之；固已澤彌乎遐邇，頌溢乎士民，而又好賢樂善，孜孜焉惟恐不及；屈公卿之尊，以致山林之傑，務使賢能之無一遺，而士之有奇才絕識，率皆傾心賓禮，隆之以儀節而厚恤其身家，即寸長薄藝稍能適於用者，亦不見擯於門牆之外。而凡車騎之所至，星馳雲集，巖穴響應，異者有以盡其長，懦者亦有以生其奮。而況開之景慕喬嶽，已非一日，但以微賤，不克上達於聽聞，而加之年少淺學，輕心疎節，懼無以當於高深；而居之所限，又阻於溯洄，而不得長奉教君子之前。今者客遊江右爲節鉞所臨之區，庶幾能竊聆緒論以拓所未知，而明公又入覲天子，遠莫之值。開時在南州，感昔者徐穉陳蕃之事，仰以思夫明公而俯以自顧其身，未嘗不慷慨太息，以爲士之遇不遇誠有時也。夫以明公之好賢如此，開之企望明公覬可以受知如此。而江右之賢士碩儒與公卿大夫，幸皆不以開爲固陋而使得遍識，而獨不獲一接光塵於明公，則信乎其不遇矣。夫已見者既得以發猖狂之論，而願見者尚無以慰平昔之懷，此開之所以不能已於言也。

今幸明公歸自京師，旦夕且至潯陽，而開尚未返里，天其或者使開得覩夫清光，竊聆緒論，以拓所未知也，則非徒開之幸，而士林之幸也。十年之望，一日卜之，故敢奉書，瀆於左右，而謹獻所爲文如此。至其才之可成與否，而不惜董勸作養之力，則是爲上者之事，司牧之貴，明公之惠也。開不敢望焉。

文集卷四　書

與蔣礪堂宫保論治書

礪堂先生宫保閣下：

丙子在京師重奉誨言，自兹以來，四閲寒暑，先生移節全蜀，政績益隆，民情悦服，比戶相慶，盗賊以息，邊防以固，是以朝廷旌其功，遐方慕其德，峨山高其望，岷江流其澤，海内之士罔不望風稱美。而開卿慈沐惠，久浹肌髓，竟未嘗以一言奉陳左右，非敢忘也。自以受知最深，迄今未有成立，無以上慰厚望，故欲言不知所從也。且先生勳聞日高，門下之希聲附景者日衆，而開身在貧賤，故於形迹之間，敢爲其疎不敢爲其親也。然近有鄙見，欲質諸高明，敢竭愚陋，唯先生擇焉。

蓋古今圖治之大要不外人才，人才出處之大端不過學問、政事。夫學何爲者也？所以習爲政也。夫政何爲者也？所以行其學也。二者合之則有以相成，離之則有以相病。然古人未有不合之者也。兵農禮樂講之於平時，用之於旦夕，故學可通於政。仕優則學，周公晝見士七十，夕讀書百篇，故政可通於學。是故，不知政者未可與言學也，不知學者未可與言政也。唯學通於政，故子路之於軍旅，冉有之於財賦，公西華之於賓客，皆熟悉於力學之餘。唯政通於學，故詩可以諷諫，春秋可以斷獄，論語可以致太平，皆得力於從政以後所謂相須爲用者也。夫學而後仕，則其知有素；仕不廢學，則其能益精。此古人學術所以盛，治功所以懋，而天下所以不枉其才也。今天下亦猶古也，人才不甚相遠也，其性情其智識未必盡有異也，而所成皆不如古者，由學與政離而二之也。爲士者日從事於章句聲律，於天下國家之務概不敢知，一旦授之以政，則扞格而不能通；爲上者日勤於案牘之勞，而不知成敗得失之迹，人心風俗之利病，每有舉措，或貽當世之譏，其弊在不通古今，此皆政與學分之過。是二者其勢非不可以合也，而人各安於所習，故其途日分。夫唯途分，故天下視學與政爲二事。夫既以記誦詞章爲學，以簿書條例爲政，則安得不分爲二事也？是以學與治交，不得其用，爲學自不必及夫政，爲治自不遑及夫學，各處日不暇給之勢，而卒以枉用其勞。夫既甘於徒勞，將各致其力之不暇，而何能相須爲用也？匪徒不相用也，且有以相病：專於學矣則有妨於政，專於政矣則幾於廢學。夫學與政本不相妨也，本不能偏廢也，而其勢必至此者，其所謂學者非古人之學，而所謂政者非古人之政也。然則古之道術可知矣：所謂學者，敦實修求有用而已。古之治術可知矣：所謂政者，識大體善用人而已。是故修之於己，則約而易明；施之於民，則簡而易從。舉善則衆勸，崇教則俗興，寬而非疎，嚴而非密，御衆不以術而以誠，毋棄大謀細，毋舍重圖輕，毋煩令，毋峻刑，毋急效，毋近名。若是者，不嚴而治行，不肅而教成。以此言學謂之有用，以此言政謂之有功。是乃古人所以圖治而皆先生力之所能。知此者得，反此者失。然而得者少而失者多，何也？天下之奇才異能盡疲其精以爲文士，此非古人所謂敦實修也。天下之循吏才臣徒欲奪吏胥之職，此非古人所謂識大體也。於是有苛細以爲勤，迫切以爲能，嚴刻以爲直，先不急之務，敝無益之神，矯而不得其平，高而不近於情，若是者不學之故。夫知古而後可以鑒今，知今而後可以法古，知古然後能權事物之宜，知今然後能通天下之變，其功皆由於學，此上與下所俱急也。昔霍子孟之勳勞無愧於伊尹，而班史譏其未學；寇萊公爲相，功在社稷，而張益州亦有微辭。夫霍光之小心持重，萊公之奇才大節，尚不可無學術，然則有用之學問，古名賢大臣所不廢者也。今之公卿大夫，悉心勵治者有人，雅好文藝者亦有人，而每指學問政事爲二途，是始以記誦詞章爲學，以簿書條例爲政也。其不能及古人，安知不由於此。

竊惟先生治高寰宇，功如此其宏，德如此其劭，望如此其重，澤如此其深，而又通知古今，識大體，善用人，則合學問政事爲一而可以追古人者，先生庶幾克任，非徒所莅之境民情悅服，比戶相慶已也，將使海內之士望風稱美者日進而有加焉。小子不才，雖不克有成立，樂先生治近前賢，而因以自輸其誠。且開於先生受知最深，迹則疏而義則親，故其進言也，不爲世俗之辭，而獨獻芻蕘之議，不爲一身之得失，而謬及天下之是非。伏望恕其妄而教其愚。幸甚。

與阮芸臺宮保論文書

芸臺先生：

執事不奉教命，忽踰四年，感戀之私，未間時日。先生政高兩粵，威播八蠻，勳業之彪炳，聲聞之熏爍，海內之人莫不誦之，何俟小子之言。所欲言者，文章而已。

本朝論文多宗望溪，數十年來未有異議。先生獨不取其宗派，非故爲立異也，亦非有意薄望溪也，必有以信其未然而奮其獨見也。夫天下有無不可達之區，即有必不能造之境；有不可一世之人，即有獨成一家之文。此一家者，非出於一人之心思才力爲之，乃合千古之心思才力變而出之者也。非盡百家之美，不能成一人之奇；非取法至高之境，不能開獨造之域。此惟韓退之能知之，宋以下皆不講也。五都之市，九達之衢，人所共由者也；崑崙之高，渤海之深，人必不能至者也，而天地之大有之。錦繡之飾，文采之輝，人所能致者也；雲霞之章，日星之色，人必不能爲者也，而天地之大有之。夫文亦若是而已矣。無決堤破藩之識者，未足窮高邃之旨；無摧鋒陷陣之力者，未足收久遠之功。縱之非忘，操之非勤。夫宇宙間自有古人不能盡爲之文，患人求之不至耳。衆人之效法者，同然之嗜好也，同然之嗜好尚非有志者之所安也。夫先生之意豈獨無取於望溪已哉，即八家亦未必盡有當也。雖然，學八家者卑矣，而王遵岩唐荆川等皆各有小成，未見其爲盡非也。學秦漢者優矣，而李北地李滄溟等竟未有一獲，未見其爲盡是也。其中得失之故亦存乎其人，請得以畢陳之：

蓋文章之變，至八家齊出而極盛；文章之道，至八家齊出而始衰。謂之盛者，由其體之備於八家也，爲之者各有心得，而後乃成爲八家也；謂之衰者，由其美之盡於八家也，學之者不克遠溯而亦即限於八家也。夫專爲八家者，必不能如八家，其道有三：韓退之約六經之旨，兼衆家之長尚矣，柳子厚則深於國語，王介甫則原於經術，永叔則傳神於史遷，蘇氏則取裁於國策，子固則衍派於匡劉，皆得力於漢以上者也。今不求其用力之所自，而但規彷其辭，遂可以爲八家乎？此其失一也。漢人莫不能文，雖素不習者亦皆工妙，彼非有意爲文也，忠愛之誼、悱惻之思、宏偉之識、奇肆之辨、詼諧之辭，出之於自然，任其所至而無不咸宜，故氣體高渾難以迹窺，八家則未免有意矣。夫寸寸而度之，至丈必差，效之過甚，拘於繩尺，而不得其天然，此其失二也。自屈原宋玉，工於言辭，莊辛之説楚王，李斯之諫逐客，皆祖其瑰麗。及相如子雲爲之，則玉色而金聲；枚乘鄒陽爲之，則情深而文明。由漢以來，莫之或廢。韓退之取相如之奇麗，法子雲之閎肆，故能推陳出新，徵引波瀾，鏗鏘鍠石，以窮極聲色。柳子厚亦知此意，善於造練，增益辭采，而但不能割愛。宋賢則洗滌盡矣。夫退之起八代之衰，非盡掃八代而去之也，但取其精而汰其粗，化其腐而出其奇。其實八代之美，退之未嘗不備有也。宋諸家疊出，乃舉而空之，子瞻又掃之太過，於是文體薄弱，無復沉浸醲鬱之致，瑰奇壯偉之觀，所以不能追古者未始不由乎此。夫體不備不可以爲成人，辭不足不可以爲成文，宋賢於此不察而祖述之者，並西漢瑰麗之文而皆不敢學，此其失三也。且彼嘉謨讜議，著於朝廷，立身大節，炳乎天壤，故發爲文辭，沛乎若江河之流。今學之者無其抱負志節，而徒津津焉索之於字句，亦末矣。此專爲八家者所以必不能及之也。

然而有〔一〕志於爲文者，其功必自八家始。何以言之？文莫盛於西漢，而漢人所謂文者但有奏對封事，皆告君之體耳，書序雖亦有之，不克多見，至昌黎始工爲贈送碑誌之文，柳州始創爲山水雜記之體，廬陵始專精於序事，眉山始窮力於策論，序經以臨川爲優，記學以南豐稱首，故文之義法至史漢而已備，文之體製至八家而乃全，彼固予人以有定之程式也。學者必先從事於此而後有成法之可循，否則雖鋭意欲學秦漢，亦茫無津涯。然既得門徑而猶囿於八家，則所見不高，所挾不宏，斯爲明代之作者而已。故善學文者，其始必用力於八家，而後得所從入；其中人進之以史漢，而後克以有成。此在會心者自擇之耳。然苟有非常絶特之才，欲争美於古人，則史漢猶未足以盡之也。夫詩書退之既取法之矣，退之以六經爲文，亦徒出入於詩書，他經則未能也。夫孔子作繫辭，孟子作七篇，曾子闡其傳以述大學，子思困於宋而述中庸，七十子之徒各推明先王之道以爲禮記，豈獨義理之明備云爾哉！其言固古今之至文也。世之真好學者必實有得於此，而後能明道以修辭。於是乎從容於孝經以發其端，諷誦於典謨訓誥以莊其體，涵泳於國風以深其情，反復於變雅離騷以致其怨。如是而以爲未足也，則有左氏之宏富，國語之修整，益之以公羊穀梁之清深，如是而以爲未足也，則有大戴記之條暢，考工記之精巧，兼之以荀卿揚雄之切實；如是而又以爲未足也，則有老氏之渾古，莊周之駘蕩，列子之奇肆，管夷吾之勁直，韓非之峭刻，孫武之簡明，可以使之開滌智識，感發意趣；如是術藝既廣而更欲以括其流也。則有呂覽之賅洽，淮南之瓌瑋，合萬物百家以泛濫厥辭，吾取其華而不取其實。如是衆美既具，而更欲以盡其變也，則有山海經之怪豔，洪範傳之陸離，素問靈樞之奥衍精微，窮天地事物以錯綜厥旨，吾取其博，而不取其侈。凡此者皆太史公所遍觀以資其業者也，皆漢人所節取以成其能者也。以之學道則幾於雜矣，以之爲文則取精多而用愈不窮，所謂聚千古之心思才力而爲之者也。而變而出之又自有道，食焉而不能化，猶未足爲神明其技者也。有志於文章者，將殫精竭思於此乎？抑上及史漢而遂已乎？將專求之八家而安於所習乎？夫史漢之於八家也，其等次雖有高低，而其用有互宜，序有先後，非先生莫能明也。且夫八家之稱何自乎？自歸安茅氏始也。韓退之之才，上追揚子雲，自班固以下皆不及，而乃與蘇子由同列於八家，異矣！韓子之文冠於八家之前而猶屈，子由之文即次於八家之末而猶慙。使後人不足於八家者蘇子由爲之也，使八家不遠於古人者韓退之爲之也。

吾鄉望溪先生深知古人作文義法，其氣味高淡醇厚，非獨王遵巖唐荆川有所不逮，即較之子由亦似勝之。然望溪豐於理而嗇於辭，謹嚴精實則有餘，雄奇變化則不足，亦能醇不能肆之故也。夫震川熟於史漢矣，學歐曾而有得，卓乎可傳，然不能進於古者，時藝太精之過也，且又不能不囿於八家也，望溪之弊與震川同。先生所不取者其以此與？然其大體雅正可以楷模，後學要不得不推爲一代之正宗也。學史漢者由八家而入，學八家者由震川望溪而入，則不誤於所向，然不可以律非常絕特之才也。夫非常絕特之才必盡百家之美以成一人之奇，取法至高之境以開獨造之域，先生殆有意乎？其不安於同然之嗜好宜也。方將摩崑崙之高，探渤海之深，煥雲霞之章，揚日星之色，恢決堤破藩之識，奮摧鋒陷陣之力，用之於一家之言，由是明道修辭，以漢人之氣體運八家之成法，本之以六經，參之以周末諸子，則所謂爭美古人者庶幾其有在焉！然其後先用力之序，彼此互用之宜，亦不可不預熟也。

蒭蕘之見皆先生所已知，不揣固陋，瀆陳左右，且以當面質也。近日斯文寥落，甚矣，唯先生可聞斯言，唯開敢爲此言，伏惟恕狂簡之咎，而加之以教。幸甚。

【校】

〔一〕『有』，本作『而』，誤。據掃葉本改。

與張古餘太守書

開聞天下唯知己之前可以盡言，亦惟知己之前不敢以盡言。何者？懷盡交竭歡之慮，而不欲以一人之情屢瀆君子之聽也。開之識先生有年矣。以先生治行之卓絕，器量之宏博，學識之淵雅，重乎當時，四方之士所仰望而不得一近者，而獨於開也目之爲異才，遇之以國士，其所以下施者不可謂不厚。以開之固陋，力不足以乘時，學不足以顯衆，而又疎落寡合，不屈志以徇俗，而獨見禮於先生，坦懷徑行而不厭其直，放言高論而不斥爲狂，其所以受知者不可謂非幸，而獨不敢盡言於前者，其故何也？蓋古者有不能屈之賢，今者無不可致之士。古者士難見而得之也易，今者士易見而得之也難。此非賢不肖之相去者遠也，勢也。

古之時田有定制，民有恒産，躬耕樂道，足以終身。是以有得於中而無求於外，歌出金石而義薄富貴。當此之際道重而勢輕，人才多聚於岩穴，故雖以千乘之尊，厚幣盛禮，駟馬躬造於門，欲一見而不可得。後世民不受田，富者跨連州郡，貧者至無一頃之業，雖以聖賢處此，不能不爲菽水之養而仰給於諸侯。當此之時，勢重而道輕，人才盡散於天下，故即一命之職盡好賢之誠者，其力皆可以得士。然而天下之士終不能致，而所致者卒非士也。其弊在實不立於下而效不收於上也。

夫抱非常之畧者必有不可奪之志。古之君子德修於身，足不出戶，而中外重之。彼其所以不屈於王公、不撓於勢利者，非苟以鳴高而已。其謀足以靖民，其學足以經世用，其人立可享其利，采其言亦有補於行。故當其未得之也，不難以匹夫之卑上與君相爭咫尺之禮節；及其既獲知也，一日之契合而即輸終身之誠，籌百年之計。是故當時諸侯有不知，知之必效其用，夫是以難見而易得也。及至後世，士各以一長取合當世，所求不過衣食。爲上者習知士之可以類致也，知名之可以奔走天下也，一日倒屣而四方之客皆至，不取其定命之宏猷而徒取浮華之文藻，不勗以立身之大節而但勗僥倖之浮名。其幸而得志者率皆奔競形勢，上無裨於國家，下無光於知己。而其常列於前者，亦不過孟嘗之多士、翟公之賓客而已。是以海內紛紜，機智相軋，下以利趨其上，上以勢束其下。門左皆士而實無一士，終身取才而不得一才。故英雄豪傑之資皆掩於庸衆之中，而無以自見。夫既無以見異，則亦將高舉遠逝、沉匿自晦而已矣。於是當事者有才難之歎，而偃蹇道途者抱不遇之悲，此之謂易見而難得。以爲上之不急於得耶？然今之賢卿大夫亦嘗枉車騎而訪之，降辭色以禮之矣。然考其實多不稱所聞，故積而生厭，來者日衆，饑寒困迫之求給者爭集於一身，故不勝其煩。於是始舉天下之所謂士者而委之不顧，此非在上之過也。以禮賢好士之心，無有以副之，而使之既厭且煩，則是爲士者有以取之也。

然遂以此薄天下士乎？則又不可。昔吕申公見士不克稱意，退以語程明道，明道曰：『願勿以此懈好賢之心也。』申公瞿然謝之。夫天下固自有才，非其人莫遇，遇非其時莫顯。相馬者必求之牝牡驪黃之外而後可得騏驥，相士者必有會於流俗風塵之外而後可得奇傑。且夫拘於習者不可與道古，狃於常者不可與言變，局於暫者不可與圖成。今有特出之英，遇先進之彥，其美無不見知，而知或有未之盡者，則時爲之也。昔趙清獻公始不識周茂叔之賢，久乃執手歎息，澹臺滅明見夫子而歸，數年而後見重。夫有蓋世之才而不爲君子所知者，其才必不足稱； 有蓋世之才而遽爲君子所深知者，其節亦必不足稱也。千仞之山不自名其高，百尋之溪不自言其深。因一顧之知而即欲傾所蓄以遽陳於前者，是斗筲之器也。故凡古今之相與有成者，皆不能無所待也。何獨以昔賢相得之契而旦夕期之！言固有以序而進，而交固有以漸而深者。故曰非其人莫遇，遇非其時莫顯，蓋爲此也。

今開之寡學，何能妄希賢士。然因先生期許過分而轉有不敢自棄者。其學雖未有成，而從事於聖賢之術，固有志於立行者也。其才雖未足有爲，而推尋時務固必求有用者也。往者，先生不以爲不才而進教之，退將欲有言以盡懷於左右，而先生布政聽訟，日不遑食，是以不敢輕瀆。而開又倉卒以歸，未舒所見，徒以區區之詞章進於大雅之前，夫豈足見十年之用心、明一夫之厲節也！是則開之所願達於先生者且不得盡言之，而先生亦何由盡知之哉。開少不自量，讀書興發，往往拊髀自惜，欲馳騁於當世。其後困而客遊，以朋友贈答之故，不能不肆力於詩歌詞賦，雖頗以此見稱於先達鉅公，而顧非始願之所及。蓋士有競一韻之工，獲一言之譽而忻然色喜者，亦有辭屈一世之雄、氣奪千夫之席而自視不足者，彼其志固各有在也。故開嘗發憤太息，以爲不通於古今之務，盡天下之名勝而見天下之達人，則雖獲軒冕之榮與文章之名，亦無以自樂。今先生固世所謂達者，而開以身家之累，山水之勞，暫遊門下，不獲盡出其所疑以聆宏通之論，雲漢望之，而覿而失之，夫豈無憾。昔李膺主持風裁，舉世鮮有容接，獨樂聞符生之言。開遠不及符融，至於論說千古之廢興，指陳四海之利弊，抉造化之微蘊，明禮樂之要歸，雖曰未逮，而實有志於萬一。虞翻云：『得一知己可以無憾。』開之狂直，不合於時，惟激發意氣，感歎知遇，風霜不渝其懷，寒暄不變其節，矢之不搖而誘之不動，竊自比古之義烈夫莫爲之後，雖盛不傳。開以淺識，何能上益高深，唯當盛典壯觀，鴻文鉅制，庶幾能效所長。若使先生建牙秉節，敷德恢仁，樹非常之宏勳，沛無窮之愷澤，滌弊累世，振聲遐方，起沉槁於川原，改士庶之觀聽，則開將聳筆以俟，興頌作歌，述紀功之碑，銘志恩之鼎，必能踴躍風發，鼓鐘其節，金玉其辭，以揚駿烈而報所知。

昔蘇洵上書於歐陽永叔，自敍其文章獨得之事，歐公不以爲誇，當時不以爲妄，彼固爲知己而發也。今開之肆言不忌，有所見不敢以隱，有所能不敢以諱，蓋亦以先生爲知己，故昔之所不敢盡言者，今且畢數之無遺，而不知者必以是爲自誇而笑其狂。而開以爲是不以世情待先生而特以古人望之先生也。且有忌諱而不直言，是欺也，非所以施於君子。當吾世而不悉陳之於先生，則是可與盡言者寡矣。唯先生恕其狂率而深鑒其心，取其樸誠而教其未至也。幸甚。

與蔡雲橋太守書

雲橋先生閣下：

去歲孟秋舟過池陽，得奉清教，荷蒙賞識，以感以慙。而先生過推拙文，比之賈董，開驟聞而驚，始之以懼，繼之以喜。始而懼者，以先生獎許踰分而不克仰承也；繼而喜者，以見知於君子爲不易也。

夫自宋以後，學爲古人之文者，無慮十數家。卑者獲其粗，高者獵其精，淺者滯於貌，深者略其形。求不失八家之意法者，尚難其人，況以菲質何能蹈漢人之門庭？而先生乃以此見許，是以豫章之材而望之朽株，以鍾鏞之稱而被之瓦缶也。開是以受之而增愧也，愧故懼也。既而思天下之知遇無常，知之固有以見其能，不知亦未必遽形其拙，唯見知於賢人君子乃可貴耳，而先生固今之賢人君子也。德惠以和，政寬以嚴。其治池郡也，周知民隱，安良除慝，四境之內，莫不被其澤。其攝吾郡也，不苛而政行，不煩而民從，遠近之衆，莫不誦其聲。而又深知學問之利病，文章之流派，夫豈輕爲言以譽人者。而開乃得此於先生，是不啻寵我以章服而惠我以瓊瑤也。開是以被之有榮施也，榮故喜也。

且夫春風之吹物也，無有榮枯小大而莫不中其竅。會開從事文章者十餘年，於古人用心之甘苦、得力之淺深，竊有以窺其微而得其方，雖功不能至，而志之所向實不欲終囿於八家之囊括也。先生之言固不敢當，於私心未嘗不有深契焉，夫春風之吹物何以異是。即開歷遊海內，遍識名卿大夫，而能如先生之相知者亦不多見。古人所謂得此可以不恨者非虛語耳。然則自茲以往，吾其不求知於世矣，得見取於君子斯足矣。然感之深則報稱愈難，明鏡在前，不敢不正其形；樂師在堂，不敢不調其聲。然則自茲以往，吾又不敢恃君子之知而私喜自足矣。終之以奮勉，以仰慰知己斯可也矣。

抑又聞之：士患不遇知己，知矣或患不深。若開受先生破格之知，而所治與敝廬又近在百里，其奉教左右而受益於高深者方未有量也。開別後遊浙未歸，是以不得以言請質。今歸至皖城，以歲暮不獲趨謁，謹書所以感戴之誠，以聞於執事。唯先生教之。

上汪瑟庵大宗伯書

洪惟我國家禮教振興，士習丕變，學術之盛遠軼前代。自顧亭林以博學達用名天下，於是閻百詩殫智於經，萬季野肆力於史，梅定九之天學擅中西之長，顧景范胡朏明之地學盡古今之變，江慎修則考明典章，戴東原則兼精小學，而篤行學道則陸清獻顔習齋爲之冠。夫學不自盛，必有所由起。時則有魏環極湯文正李安溪倡之於上，而孝感熊公又力主之，繼其武者則韓城張公及儀封中丞，俱刻志勵學，以斯文爲己任。則是諸公之能維持風教也。當此之時，益都馮相國、崑山徐司寇、長洲韓宗伯亦以宏獎自負，雖所尚不同，醇駁互見，而俱欲引掖善類作成後進，於是宏通淵雅之士出於其時者甚衆。則是諸公之能振拔英俊也。自是以降，楊文定以名臣碩儒爲學者宗，鄂文端公身兼將相，勳業隆矣，而加意於人才學術拳拳不衰。迄乾隆之初，朱高安孫文定輔翼聖明，扶植世道，是以正學昌明，賢才疊出，道術與治術咸臻其盛。

今明公以經術明德受三朝之知遇，爲人倫之表率，正色直辭而世聳其節，廉介自持而世誦其清，獨立不倚而世高其守，洞悉民隱，嘉惠多士，而世信其仁，固已望重朝野，爲士儀型。夫正人得位，天下有以卜斯道之昌，此乃君子救時有爲，所以自展其學而允符人望也。宜深思國家關係所至重、人心世教所永賴者，力而圖之，以稱四海仰期之意。且明公才高遐邇，學窮天人矣，而猶抗志先典，力追前修，津津焉如恐不及，而況司文已久，以古誼造天下之士，論文不專一能也，而以本於性情得其真者爲當；論學不分漢宋也，而以篤於倫理踐其實者爲歸。此誠教士之急務，可以破近時學術之通蔽，而明公又降高屈深，憐才好士，慈祥惻怛之忱孚於衆心，凡一藝一長莫不採錄，是以邑無棄彥，野鮮遺良，金不敢愛其聲，玉不敢愛其光，齒角之獸不敢自秘其堅利，羽毛之鳥不敢自隱其文章，爭奇獻異并集君子之堂，而明公於是策其已能，進其未至，因其才之高下而皆有以造就之，而又精於鑒別，不輕爲許可，使近似者不得亂其真，故士之被容接者莫不以爲幸，而其未見者莫不以爲歉。即有匿處自高不求知於世者，亦莫不發憤太息，願得一輸其誠。而開之所以仰望高深者，猶不止此。

竊以致治在乎得人，明道必先勸學，由湯文正以至孫文定，其時司風化者言必本躬行，學必求致用，百年之間風氣出一。士皆爭自磨濯，故學有資於世教。由乾隆中葉以至於今，學者徒以博雅爲宗，而不法古人之行誼，故名節政績皆不逮曩昔，而學未切於人心。今明公教人獨能屏門戶之習，息異同之見，而一以彝倫爲本，則學之大體已得，此亦風氣將返之機，而舉世所視爲向背者也。夫障巨川以挽頹波，度今之時，明公安得不躬任之也。

且名節之立也，由士氣之振。昔範文正公秉政，激揚士氣，敦崇名節，能養而加之以教也。識孫明復於未遇，爲士人而印碑，是其能養也；授張横渠以中庸，誨狄武襄以春秋，是其能教也。故有宋習俗之美，咸歸善於文正。夫治平既久，人心漸溺於安，士習亦即歸於惰，此亦今昔之恒情也。非激而厲之，不足以扶其衰而起其懦。往者朱文正公網羅天下之英少，掖起天下之孤寒，自經學文章以至詩賦，靡不見登，故博聞多識，殊能異技皆在其門。然文正好善從長，責人甚恕，嘉其才矣而不欲苛求其德，恤其身成其名矣而不必盡責以道義。記不云乎：『子產衆人之母也，能食之，而不能教也。』〔一〕夫朱文正亦天下士人之母也，然文正既歿，而在位之賢人君子出其門者爲多，豈非好學稽古之效耶？由是觀之，國初諸賢以節行厲天下，而所得者幾媲美於前人；朱文正以文學厲天下，而所得者各擅美於當代。然則謂治術不出於道，人才不本於學，吾不信也。明公之文與行，固朱文正所深許而天下所共尊者，既以學問造士，而又歸重倫紀以敦本崇實，則得人之効安在不可以兼國初諸賢與朱文正之美也。夫有其志有其學而無其時，君子不能爲也。有其志有其學又有其時，君子不能不爲也。今明公志古人之志，學古人之學，而又統禮教之任，總文章之權，兼保傅之尊，不可謂無其時矣。夫非常之人不易出，難得之時不可失，當此之際而不力挽風氣使復於正，天下後世將爲明公惜之。

方今人各立異，行不由衷，謂聖賢於己，何急不勝。其好名之見，而始殫志於學。高者狂而不知所裁，卑者靡而不克振立。治義理則近於鄙俚，而不免語録之習；治考證則鄰於瑣碎，而不權是非之宜；治文章則各執一偏，非囿於形模即裂乎規矩。凡所謂經世之畧可以備天下之用者，皆置而不講。屏棄陸清獻顔習齋之篤行實踐，而以爲空疎無當；宗法顧亭林閻百詩之博學通識，而不能專其一長。於是言經既不適於用，言史又無裨於身，言天則蔑古太甚，言地則是己太篤，言典章則因康成而信讖說，言小學則從許慎而疑經文。口詆程朱，志存利禄，今人其心，古人其迹，視彼家國，無關休戚。非得大君子整齊學術，洗滌心志，救其偏而正其失，則其流將不可止也。夫取善之途貴寬而成善之途貴一。不寬則無以收天下之賢豪，不一則無以正天下之趨嚮。以孔子之聖，所與不皆中行，此以知取善之宜寬也；以孟子之善教，所言必專主仁義，此以知成善之宜一也。不因短棄長，不以小廢大，是之謂寬；勗之以修己治人之要，勉之以大中至正之歸，是之謂一。夫人才猶百物也。百物不一其形，人才不一其性，唯良工能因天下物之所宜，而攻治之以利於用；唯良相能合天下萬有不齊，而陶鑄之以歸於中。夫是，故物不虚其美，人不枉其能。若必先執一定以取人，則人將希合風氣，而世之負有奇才者必不能強其性以求合，如是亦相率出於僞已耳。夫忠信嚴正可以迹取也，廉潔恬退亦可以貌襲也。時之所趨，孰於世情者即能變巧佞而爲方恪，故取人過嚴，其弊也可以得僞學，不可以得真士。何者？僞學能俯仰因時，真士不屈己希上也。故古之君子，其進人也唯其賢而已，唯其才而已，不必盡有合乎己。其勉人也唯其性之所近而已，唯其義之所安而已，不必其能諧於人。唯立身之大節，治世之遠猷，則必使之各悉力於是而不能稍爲寬假。此取善之寬，而裁而成之必出於一途而後當也。後之君子，於天下之士始也致之不廣，無所核以知其才，繼也迪之不力，無所勵以光其德。人才之所以難幾於古昔，職此之由。唯明公大公無我，盡祛其弊而用其善，以長養萬物爲心，以曲成庶類爲貴。則克董勸之又克鼓舞之，將之以至誠，輔之以多術，其於教學庶丕變而日振，其於教治庶丕進而日休。若此者，天下胥惟公是賴。夫道有鉅有細，事有重有輕，圖其鉅責其重，治乃有成。崇善毋偏，乃得其中； 矯枉毋過，乃得其平。學定於一，存乎得人。且夫形端者影端，源清者流清，急先務敦實行，則儒術以明，賢才以登，風氣將自正，是惟君子之功。開之所仰望高深者如是而已。

開幼寡學，不克自奮於時，唯於古人文章嗜之不倦，自少迄今，好言當世之畧，凡禮樂兵刑以及河海鹽漕諸務，無不講求其實，以究其可行否。又性愛山水，縱歷九州，覽其名勝； 遍遊幕府，交天下賢俊以廣其聞見，亦未嘗敢薄制舉之業，而困於諸生者且踰十年。向者明公視學安徽，開方試童子，不足以有當也。而明公嘗殷殷垂問，且欲一觀所業，左君德慧，時述公言，開心竊以爲感。昌黎所謂不敢私其大恩，未嘗不引爲知己。惜邇時學業未成，不克有以奉教。後十年來，沉潛於九經三史，出入於諸子百家，涵泳其語言，激蕩其志氣，而饑寒奔走，又有以鬱發其心思。自幸道之稍成，可以就正賢人君子。於是東南之遊既盡，乃北抵京師，見在朝公卿，退與館閣諸君上下其議論，而明公方出使於浙，未克趨謁以備聞緒論。

夫並世有大賢而已不得一見，此士君子之所憾也。以明公自昔見愛之至意，而開懷願見之誠，竟不獲一吐衷曲，此亦私心所未盡者也。且天下賢士大夫開幸得遍識，而獨不克侍教於明公，則是昔日之知爲虛而終無以開其固陋也。開近者年已三旬，伏處田里，使與世之爭進取者並論，則開無能爲矣。使較之於清端公通籍之年，則開猶未敢言不遇也。區區向往之誠，不能自已。故敢以言自達，並陳其管見如此。伏願明公念人才學術之所由盛，風氣習俗之所由變，治術與道術相須爲用而不可判之爲二，取善與成善各有其宜而不可執以爲一，遠法范文正之激揚士氣，近取魏環極湯文正之維持風教，則天下被其賜者且不可量，非徒一人之受知已也。如明公不罪其妄而恕其愚，則昔所願奉教不能者或更竭誠於異日焉。啓塞陋而裁狂簡，將於明公是期。若徒以振拔英俊之言瀆陳於大君子，尚非小子所以仰望高深也。謹再拜。

【校】

〔一〕禮記·哀公問：『子產猶衆人之母也，能食之，不能教也。』

與光粟原庶常書

易曰：『君子以朋友講習。』孟子曰：『友也者，友其德也。』昔者山濤阮籍之流以風流相高，當時號爲七賢，後世亦多有稱述之者。夫以吾徒之索居寡歡，苟得有同心相賞者，且恃以自慰，而況昔賢之明智敏識，卓乎不羣，其彼此意氣之盛，豈不足以傾一時之彥而盡交遊之美耶！吾是以有慕乎諸君子之相與也。然語有之：與善人居，久之則與之俱化。以山公之賢，諸子之才，何不可有所取益，乃徒極燕遊之歡，論說之敏，各以才辨自炫，而遂成其性情之偏不可移易，豈非力足以進是而學無以及之耶？吾又不能不爲諸君子惜也。

君與余交有年矣，其經術之邃，學識之精，議論之卓越，余往時愛而畏之。而左君筐菽、張君阮林、姚君石甫皆後君而交者也。夫此數人者，各以古人砥礪而不甘於習俗。方其始之相得也，德業自期，賢豪自命，津津然唯恐不及，相規以道義而勉以力學，蓋不徒極燕遊之歡、論說之敏矣。而余是時猶有疑焉。以爲世不患無超世獨出之才，而患無歷物不渝之志。而少年負氣之所期許者，恐其久有不可恃也。而諸子方勵志勤行，固可無慮乎此，今者諸子之道已成耶，吾不得而知也；其或未成耶，吾亦不得而知也。獨怪數年以來各奔走於利祿而困於身家之累，不聞有講習之意，勸勉之言，以爲制舉既得，遂可肆意而不必勉力也。則凡有志者不出此，而豈所以論諸子乎！以爲今且不及而姑待夫異日也，吾未見有所待而能成者也。

天下之能如諸子者罕矣。有其才而卒安於高明放達，不克用力於道，此七賢之所以各成其性情之偏而不能有進也。吾子勉之！後人之惜吾徒，亦猶吾徒之惜古人。吾與子俱不能坐受其咎，可不力歟？且夫士有志而德不成，朋友之過也。子將何以益余哉！因書以遺君，且以示筐菽諸子。

與鄭夢白刺史書

夢白足下：

自丁丑初冬以至於今，別三年矣。思慕德音，不能自已。足下政績聞於上，操守信諸人，惠澤加乎民，循聲昭乎遠。開雖不得躬睹，亦嘗聞而志之，且樂爲人誦之。

開自遊浙後，遍覽名勝，山之清、湖之秀、石之奇、海之浩渺，都邑人物之繁盛，亭臺池館之瑰麗，皆取於目而注於心，無以盡其情狀，悉舉而致之於詩。平居竊自深念，世之愛我者衆，而相知之深莫先乎吾子。卞和之知玉，知之於未剖時也。惜開腐於才而弱於力，不能乘時進取，甚孤厚意。然於學問之事或可報稱萬一。始吾徒疲其力於詩歌詞賦也，今乃肆志於文章。吾之於文，非天有意成就之，乃吾強力以致之者也。天未嘗與吾以優遊閑曠之時，使得舒其心志。吾力排得失，捐憂樂，屏身家之累而爲之。天又驅吾以奔走，勞吾以聚散，淹吾以歲時，困吾以道路。大江之波濤，張其勢之險惡以相恐，旅舍之風雨，出其聲之愁苦以益悲。吾不使有以動吾中也。堅其志，厲其氣，滅情於聞見，凝神於專一，必欲以自奮其奇，吾非徒自矜勇敢之力也。平心以求得，有知不敢不爲，有能不敢不盡，有不能不敢不學，有學不敢不至；操之恐其蹙，縱之恐其馳，直而使之曲，圜而使之觚；經取其正，史取其通，子取其精，而吾之文章以成。雖不敢比美古人也，竊不敢後乎古人。然未嘗請質於吾子，則開尚未敢勇於自信也。

近者由浙至南昌，聞足下政成名美而心樂之。而開別後所曆與學之所得者，亦足下之急欲知者也，故敢以奉聞。開將赴贛州王太守之約，與足下所治甚近，倘攝衣相訪足下，其待我於萬山之中。

爲陶方伯檄郡縣修志文

夫化民之要風土爲先，圖治之方志乘爲重。非徒以考古蹟徵文獻而已，將以熟悉山川道里之險易，土宜物産之纖悉，人情謠俗之好尚。故政必因其地而施，教必順其俗而化。故志書之裨於政治不細，有心民事者之所必需，誠宜與會典相輔而行者也。

本司自下車以後，夙夜勵治，訪求郡國利病與民生疾苦，思欲興利除害，整一民風，敦崇禮教，以爲鑑往即所以知來，因俗而後能通變，故博徵郡縣志書以觀舊迹。而志乘寥落，或有或無。夫已修者年遠漸湮，未修者事闕不録，心甚惜之。

安徽自明季分省以來，至我朝雍正□年增設布政使司，迄今幾及百載，省志未經特修，後先曠廢，無所統記。且以通省之廣，政務繁劇，人才輩出，仕宦接踵，薰沐聖化如是之久，而忠貞、賢孝、節烈、文藝之實鬱而不彰，城郭、溝渠、兵農、刑政之迹無可參稽，此非所以仰承先典垂信來兹之道也。現已議修省志，務在網羅遺佚，區別洪纖，昭示久遠，以備江表一方之故實。先行通飭各府州縣，無志書者各宜速修，有志而歲久者亦宜續修，以光盛舉。書成呈核，俟作省志時用資採録，庶幾鑑往知來，因俗通變，足爲化民圖治之一助。夫興墜起廢，使已然之迹燦然具明，未來之人有所矜式，此亦守土之責也，願與有志者共成之。

昔周禮稱大司徒之教，必先知土地之圖，而夏官之職司土地者，必曰萬民利害爲一書，禮俗政事爲一書。故管子負天下之才，而地員一篇於土物極其精悉。故知土地者政治之所由出，志乘者都邑人物之總會，未有不知此而能爲循吏者。今天子右文興教，周知民情，精研古籍，而安省號稱人文淵藪，乃至志書闕廢，文獻無徵，因陋就簡，不亦甚乎！夫天下事有緩而實急者，此之謂也。今雖勉力即修，猶懼事有遺佚，畧而未全，若復因循，則曠遠難稽，後有爲者，不能成完書矣。爲此布告通屬，咸知此意，勿徒視爲具文。

文集卷五　書

與朱魯岑書

余求友於天下以輔吾學，後以得交足下爲喜。蓋聖人之道廢而興，明而晦，支離而潰決者千數百年矣。吾學焉而未有得，知焉而未能行，非沉靜而有明識者不足與於斯也，天其或者使吾得助於子乎？

夫自仲尼歿後，衆說紛起，皆各具一端之善，離而漸失其真。至孟子出而正之，黜邪祛僞，故孟氏爲之綱，荀卿爲之紀，而先王之道義以明。遭秦火後，六藝幾於廢絕。漢興，賈太傅明於道術，通於世變，於是儒學漸興。董仲舒酌其要歸，劉子政拾其遺緒，鄭康成闡經學於兩漢之末，王仲淹振禮教於五季之餘。是時佛已盛行，韓退之乃排異端以伸正學。迄於有宋，程朱崛起，然後會微言於千載之上，精理內析，大義外昭，斯固宋賢之功，亦累世申明其義，愈推愈精，積漸以致此也。故自宋以前，諸儒之論道義，雖不及程朱之密，然其裨於天下後世者甚大，未可以此而遂輕彼也。

夫先河而後海，古之通義也。元明以來，程朱之書著爲功令，士遵一說，罔敢他議，其學之顯爲異同者蓋有三焉，其流派之變爲俗學者蓋有二焉。人才盛衰於是乎定，學問臧否於是乎分，不可不知也。曹月川與薛文清爲明儒之冠，世皆以主敬窮理爲宗矣。陽明苦其拘也，乃創立良知之旨，以曉天下，強經傳以附己說，以靜悟爲主，以簡易爲功，以博文強記爲多事，舍中正平實而欲進於自然高明。其言性也欲過於孟子，其言理也多雜於釋氏。然其氣節功業振動一世，士多趨之，始猶未盛行，後其徒當國，天下於是乎競爲心學，援彼禪宗入我儒術，則陽明爲之也。李塨學於顏習齋。習齋之說先以躬耕養親爲本，次習道藝以備天下之用，自以爲孔子之學而詆程朱爲非，於是李塨尊之，王崑繩悅之。然習齋之行不愧古人，習齋之道有裨實用，其功太刻苦而不堪也，其言雖異致而實與程朱無二也。李塨強爲判別，妄爲排擊，欲抑程朱而伸師說，用意既過，見亦左焉，則習齋倡之也。

自明季及乎國初，學病空疎，士漸舍宋而趨漢矣。由是，顧炎武尊康成而不及宋儒，閻若璩論程朱而不敢譏議，朱彝尊則微辭竊詆以揚其波，毛奇齡則肆言力攻以煽其焰。而當是時，前有李文貞，後有方望溪，皆力主宋學，不尚奇博，風氣未能盡變也。及戴震東原氏出，以淵雅之識負宏通之譽，又承天下厭故喜新之後，於是考糾諸經，精小學，明度數，證前代之遺制，力亦勤矣。然其學則博，其言則偏，以躬行爲不足尚，以程朱爲不足法，而司風化者又羽翼之，士於是乎外行而內文，先利而後義，能博而不能通。學則不切於身，用則無關於國，風氣之患及乎朝野，中乎人心，則東原成之也。是三君子者信有失矣，而恪遵宋賢者其流或變爲俗學焉。是非程朱之咎也，學之者之過也。夫所貴乎程朱者，謂其理得而言當也。傳注之後變而爲講章，則非宋儒之舊也，自蔡虛齋陸清獻以下未之能免也。論著之後變而爲語錄，則非立言之體也，自顧文端胡敬齋以下未之能除也。謂斯二者不足病諸君子則可矣，謂非其學之失不可也，謂諸君子持論之正，立言之謹，循之而無弊，不至如姚江之決裂，人亦信之矣；謂其識見卓絕，能發前賢之覆，則吾不知也。

夫自程朱之後，曹月川薛文清之徒，其流派若此；陽明習齋之徒，其異派若彼。異者非矣而其中有是，不可奪也；同者是矣而其中有非，不可安也。吾子請擇於斯：將從其異而是者乎？亦從其同而非者乎？抑不論同異而但取其是乎？其或置諸子同異是非於不論，而但以程朱之行爲法乎？抑或上溯荀卿及漢唐諸儒，以觀彼得力之所自乎？不然，則將專求之六經，以折衷於聖人，執其本以量其末，天下之大事物之衡可坐而定也。夫孔子既歿，聖道之傳與時爲廢興，因人爲明晦。或支離以蔓其辭，或潰決以破其義。是以得於文者多，得於理者寡；知其迹者多，會其義者寡；守其常者多，識其變者寡。故惟好學深思、見卓而心平者，爲能析其精而參其微也。吾子沉靜而有明識，其亦嘗致力否乎？且言考證者急漢宋之分，言義理者爭朱陸之辨。於此有人焉，負豪傑之才，躬聖賢之學，和同於朱子陸子之說以善其用，是亦可謂難矣，是孫徵君奇逢之所以爲儒宗也。吾惜其言鮮發明而甚慕其爲人，子亦有意願學之乎？

天下諸友既散處不可見，喜吾子在里而勤於道也，故歷陳學術之異同、得失及風氣之所以變者貽焉，願吾子勉爲之，兼以輔吾之不逮也。

與姚幼楮孝廉書

開白幼楮足下：

自奉教命，過蒙見推，矜許之辭，溢乎情實。非僕之多能，乃足下之好善也。自古文人賢士同時，罕能相服。班固之與傅毅，才相若也，而固之輕詆毅者矜其能也。至王粲之與鄭元，術不同也，而粲之必難元者，嫉其名也。袁盎之與家令，蘇軾之與伊川，皆君子也，而其始之交惡者性不近。故異世則或相慕，并世則必相非，賤近而貴遠，人之恒情。因之以得失，加之以愛憎，不可改矣。今足下負絕人之姿，過自貶損以輸誠鄙人，一除末世高己卑人之習，此誠今昔所難得者。自顧闇陋，無能仰裨高明，謹陳所得，俟吾子自擇焉。

子之所以稱僕者，非苟爲譽也，亦將有以取之也。僕之不見棄於君子者，非有殊能絕技也，又非僕言語智術足以動衆也。直以阨窮未遇，志鬱而不揚，道屈而不光，無以洩奇騁怪，遂并其平昔悲憤抑塞之思，磅礴兀奡之氣，激說放恣之狀，所謂橫溢四出不可一世者，盡發之於文章。足下從事於斯者有年，才不謂不高，識不謂不堅，力不謂不厚，所望底於成者，其要曰『專』。夫專非囿於一家之謂也，博求之以觀其美，擇取之以會其全，約守之以致其力。求之不博，無以盡諸家之長也；取之不擇，無以萃衆善之精也；守之不約，無以成獨擅之美也。守之約，爲之力，窮日夜之勞，孜孜不倦如是，其可謂專乎？未也。唯好乃成，唯一乃精。棄紛華，薄嗜欲，謝塵霧，盡屏去當前之所營。目不兩視則明，耳不兩聽則聰，心不並用則神，循習之久，變化自生。羿之所以善射，秋之所以善奕，皆出於此。故吾近日之於文也，不苟同，不矯異，無富貴利祿之在吾心，非故爲薄之也；無寒暑燥濕之在吾身，非故爲忘之也；無往來酬酢之在吾目，非故爲遠之也。吾出乎自然而不自知焉。當其屬思得意，舉天下之物不足勝吾心之好，畢生所急不能奪一日之功，吾所得力於專者如此。至於學之成與否，未敢知也。

今足下之用力亦篤矣，然才大者涉獵必廣，情多者嗜好必紛。幸祈有以自節，以專其志。然足下與僕居則同里，生則並時，未始不自表其能也，未始遽忘乎名也，未必其性之果相近也。然而虛衷屈己，不以其所長者沒人之能，其過古賢士文人遠矣。且足下以絕人之資，過推闇陋，里中聞之。得毋訊子有服善之公而無知人之明乎？漸寒，惟力學自愛爲望。

與倪顥符書

余所遭極人世至難之境，每發憤太息而悄然以悲；及讀書至原憲安於窮巷，曾子室不舉火，歌聲出乎金石，又不能不肅然以起也。曰：嗟乎，士之懷才負異不克早自振者，豈惟一世然耶！古之人有先我而受其困者矣。夫不能與古賢同其困者，亦必不能與之共其榮。今者之失，安知不爲異日之得耶？今者之屈，安知不爲異日之伸耶？吾與子當求其所以自立而已。夫遇合無常而趨向有定，故挾持者事業之本，志節者操行之表，氣識者立名之符。願足下勵厥學行，勿以俗情困志。蛟産於深山，其精未出，土人得掘而食之；及其挾風濤走江河推山轉石，雖萬衆之勇莫之禦也。然當其時之未至，而蚯蚓之鳴其側而躍其前者不知凡幾矣。夫惟冥然無覺，不稍見其智力，至使人欲取以食而不與較，故能保其精氣，蓄其神奇，以致雷雨而置身於滄海碧虛之際。然則士之懷才負異而困於遇者，視彼倖得之榮，既無歆羨之足云，又何憤懣之有哉！

與陳燮樓書

修德而有獲於躬者吾不得而見之矣，若其志意慷慨、才識魁傑、卓然軼乎流俗，則吾黨之士亦多有之。蓋鴻鵠恥與燕雀爲羣，騏驥不與罷驢同驅，故諸子各以自負其奇。然局於此而已矣，未足語道德之淵微也，未足語賢聖之極致也，未足以論變化之機究天人之奥也。是志之不逮而業之不專也，非唯其境之足爲累也。

夔樓幼負異質，博涉百家，治經必探其微，論史必抉其要，文辭其末事耳，亦能倜儻横肆，卓犖不群，有古人之遺美焉。然秉性簡傲，多否而少可，以是不諧世俗。世俗皆非且笑之，而君意氣自若，獨與余雅相愛重。余歷遊天下，不遇者有年矣，君不以爲拙而顧以爲賢；余有所作必出以示君，君或規所不及。余既服其識，且嘉其直諒，故寄託之懷，俯仰之娱，晤言之樂，必與君共之。昔晉許元度在都，劉真長十詣焉，當時以爲密。余既獲交於君，每與言論，不自覺其暱近，而君猶落落如故，不一加親，豈所謂君子之交者耶！嘗試以叩君，君俯笑不言，且自若也。嗟乎，以君與余相得之深而猶若是，此余所以益敬而世俗之所以不諧也。君閉戶績學，不識生計，一卷之外，無所營心。夫吞舟之魚豈能自適於溝壑！吾憂君之窮而不能振也。

又體安頹放、物我任情，蓋古巖棲服食之士有以此養生適性者矣，未聞其能研精極深也。君子之學也，必沉思以求之，精義以致之。君識多兼通業鮮經意，吾懼君之疏而不克入道也。向者吾黨諸子，其所成已可見矣，而君無以自力，是卓然軼乎流俗者有人，而希迹古賢者終未見也，豈不惜哉！願足下幸鑒察，勿罪。

再與倪潁符書

余讀史至梁鴻之遯迹遐壤，陶潛之樂志邱園，當時心竊慕之，而身不欲蹈之。自曆風塵以來十有四年，饑寒奔走困其外，榮辱得失擾其中，童僕之與居，冠蓋之與遊，力疲於浮文，實衰於虛譽，雖欲縱情閑曠以求旬日之娱，亦無由可致，然後知古人之決棄世俗者誠非過也。當此之時，匪惟心慕之而不置，亦且身蹈之而不得矣。

且夫人情又烏可定乎？與生俱來者情也，與境俱遷者亦情也。昔者孝標歸隱於東陽，延之晚屏夫權要，弘景求縣宰不遂乃挂冠入山，此皆非無志於利祿者也，猶能舍紛華以就所安，況素薄榮進、甘心泉石者哉！其長往不返不亦宜乎？夫天地之所以給人者無窮，而人之取給於斯世者有定。故嗜好紛則學不克以有成，嗜好泯則身又無以自樂。以子路之賢，不能忘雄心於一劍，情固各有所適也。余於物無好，唯肆志文章，溺之不倦。夫縱耳目之欲者喪精，極思慮之勞者損神，故嘗欲稍屏棄之而終不忍暫釋。然則古人之所樂者其亦如此矣。稽康之於琴，劉伶之於酒，非必其有所托，亦所性之相近也，强之以他物則不能矣。余之於文章，其亦稽生之琴，伯倫之酒乎？

別後必有心得，近復何以自樂？余客遊多暇，聊書古人之高蹈與一已之嗜好以貽子，蓋亦倦而求息之意也。善自愛，毋多憶。不宣。

與楊玉峰書

使吾近日振厲神志、閉戶而有以自得、無索居之歎者先生也。先是余遇先生於金陵，心竊異之，倉卒不能盡其懷。余遊四方，先生居里中，亦無由相接。後余返里靜處者逾年，甚苦無與談者，忽從者報曰先生且至，余驚喜不自禁，蓋今方授徒孔鎮也。自是余與先生數相過從，言論無虛日，風雨不能間，而寒暑未嘗輟也。余素不出酬接，每時至先生館舍，道旁觀者竊異之。余將別君，期以冬月相見。始吾常以里居爲苦也，今且心樂之不厭矣，以先生在吾鎮也。先生性惠氣和，深於經而優於文，守正而不迂，與人言必誠。夫義之必精，學之必講，文之必成，經字之不可輕易，則吾既得聞命矣。客遊不可常，歲月不可忽。軒冕方遠而泉石漸親，先生將何以教我焉？

再與魯岑書

自別足下後，意緒忽忽，如有所失。非無酒食不足以慰我饑渴也，非無弦歌不足以解我憂勞也，是以泛舟大江，入乎皖口，休乎雷池，出胸中之奇以與萬物相遭，晝參之友朋，夜考之書史，未始不恨吾子之不在側也。

鳥有去故林、別儔匹而棲於叢薄者，每風起則回向鳴號，雖有千仞之山、百尋之木、嘉蔭繁盛不以爲樂，其觸於境而發於聲者性也。夫人世離別之感亦若是而已矣。且人情於聚散之難恝者尚不能自遣，況中心好之者乎！吾之於子非真心誠好之，又將口誦身法、膏粱而藥石之也。自吾去京師、歸鄉里、遊吳越，內肆力於典墳，外溺情於山水，頗有以自娱。唯久與里中諸子暌阻，無以辨晰疑義，證明心得；然偶有適意，亦未嘗舍諸君子而獨樂也。故吾入重山、俯深谷，縱心孤往，窮巖壑之幽遐，則思栗原焉；走高原、馳曠野，悲歌慷慨，見風沙之驟起，則思石甫焉；過戰場、歷關塞，指陳九州之險要，激昂論古，則思筐菽焉；登層臺、覽勝迹，咏歌千載之成敗，揮斥無前，則思幼楷焉；滌清流、沐惠風，見雲日開霽，魚鳥閒適，有自得之趣，則思吾子焉。吾未嘗一日忘諸君與吾子也。

子之學識宏矣，操行篤矣，於昔賢其庶幾乎所不足者，唯亮特之才、愷惻之情耳。夫才不可強而情則可以自盡者也，願終勉之以進於古。吾之交子也，近之則見其可親，遠之未見其可疎；其與子言也，終日不覺辭之多，累日不覺意之盡。栗原諸君子既不時相譔矣。幸吾子在里，惟須時惠德音，飾我以文繡，佩我以瓊玉，飫我以甘醴，則吾之受賜不徒慰饑渴而辭憂勞矣。

方當窮居無事時，行業俱未可知，幸自寬，毋過爲高論。

答胡小東比部書

初夏得吾子手札並覺生侍郎書，俱已捧誦。蒙足下垂念鄙陋，所以慰藉者甚殷。兼聞足下二子新殤，甚爲駭歎。既而思之，子年方少壯，必産英奇，而此時悼惜之情，固自難免。愛之與痛交結於中，最能傷人，願勿以此過悲。燕地早寒，七八月間草木有蕭條之色，朔風乍起，人有寒態，斗酒自勞，莫慰言笑。願足下保重弱體。

刑曹事繁，兼之酬應，子以四周之才，揮之有餘。然事無巨細，欲其無失，莫不由心，亦宜節勞自愛。學問之道，既已從政，不能復事呫嗶，然處得其宜，有濟於物，未始非古人之學。詩歌爲吾子所長，必能成名。然在官之暇，有餘力自可爲之，若不得間亦不必深求，但使涵咏性情。深於悲喜，則悱惻在中，無往非詩人溫厚之致。異日推而行之，可以惠彼羣黎，慈我善類。

京師人物聚處，友朋相與，何以爲歡？忘勢分而厚交遊，商略人文，含吐風雅，則覺生侍郎可親。識度曠遠，超然塵俗之外，身在軒裳而趣深山澤，有稽阮遺意，則栗原之志可風。磊落慷慨，懷忠貞之性，篤實而有志節，則筐菽之論可聽。至若論當世之略，進退千古，其人不可接，其言如可聞，則鄙人在里。雖遠猶近，久遲作答。時因便羽，聊抒情素。開頓首。

與吴岳卿書

岳卿四丈足下：

暌離踰月，未奉德教。思慕之隱，不言自深。

先生氣質和易，踐履淳篤，如金之純，不假陶鑄；如玉之溫，不藉雕飾。豈惟性生，亦學之力。然至平者水，風激焉乃有波濤洶湧之聲；至靜者山，雲出焉乃有奇譎變幻之狀。蓋所積者大，故蘊蓄宏深而動不可測。先生學既平實而志欲宏毅，或者有取乎此。

天下之大，人才紛出，爲者衆而成者寡，其弊雖各不一，而失於因循者爲甚。是以志過其才，言浮於行，學焉不以其序，論焉不得其平，於古人之道，雖竊其近似而去之實遠。果能知所從入，利祿不移，優遊浸潤以會其通，勇敢精進以致其力，志堅而行之以專，則何爲弗成？先生潛修多暇，靜以前賢爲師，動以良友爲輔，若近有心得，幸明以相告。

賢從子方才高藝多而功不可過雜，內則六經，外則諸子，當擇其性之相近者，終日從事，則簡而易精，可以適性，可以養疾，可以成名。方君竹吾與先生時相往還，聞將有冀北之行，然故土可懷，北園之山水竹石，亦復可留，爲我謝方君，幸有以自樂，勿事遠遊。徐君六襄出處自如，進退皆裕。仕優則學，聖有明訓。里居無事，其用功之獲益，奚若必不至如開之客遊廢業，疲於山川，倦於風雨，自失良時。言不盡意。開頓首。

與張允諧書

開白允諧足下：

僕志與行違，動與時乖，世俗之所笑而鄉里所竊譏者。足下不以爲狂愚，愛之過甚，且言於衆曰：『人知劉君之有才而不知劉君之有識，人知劉君之有爲而不知劉君之有守。』甚矣，子之稱我也，美矣，過矣，聞者且駭異矣。足下與僕相知雖久，接處不踰數旬，而朋友之交深處久者或不能見及，是子何所取而爲斯言耶？以爲虛詞見許耶？子素不爲虛詞以爲阿其所好耶，子固非阿人者也。意者偶有所見而未察之審耶。

僕學行不逮古君子之萬一，吾子之言適足以增愧，然夙昔所自期者亦不敢薄。夫古之人有智周夷險嘯歌一室而身任天下之重者，吾學焉，未能竊慕其志焉；古之人有潛神毓德蕭然自足不知有宇宙之大者，吾學焉，未能竊高其風焉；古之人有寂然靜鎮粹然溫潤是非不競於懷喜愠不形諸色者，吾學焉，未能竊偉其度焉。三者既不可幾矣，於是徒以文詞自娛，出入乎窮愁，馳騁乎道義，縱及於汪洋奇譎而無涯，大之爲川嶽，細之爲塵介，窮極變化之思，無裨學問之實，若是者可以爲才乎！責以事則不能應，問以疑則不能決，長於爲人，短於謀己，若是者可以爲識乎！馳逐塵軌，困躓夷途，年踰三旬，遊倦四海而窮不自給，無儋石之儲，若是者可以爲有爲乎！人爲其先己爲其後，人爲其巧己爲其拙，人動而得己靜而失，獨立無侶，強於心而弱於力，若是者可以爲有守乎！

雖然，子之過稱我也，愛之甚而望之深也，將以破世俗之惑而排鄉里之議也。僕雖不克勝，亦不敢不勉焉。足下亦宜蕩滌思慮，茂厥實修，使朋友之相知接處者得以取善而獲益，勿如僕之行不逮志，動不適時，而不免狂愚之誚也。謹白。

文集卷六　序

贈周海樵先生序

士有舉世知之不爲衆、一人知之不爲寡者，此誠可以自喻不敢以言諸人。余既迂且拙，雖謬爲當時稱許而性不能強合，今來廬陽，遇海樵先生，日夕過從，縱言今古，窮匝月之娛，猶覺其促。先生學行庶幾古人，而於開過爲譽辭，君子之愛人固如是耶！先生曰：『吾生平不妄許可，所以稱子者自謂能知子也。』夫以太牢享飛鳥則必驚，以章服衣麋鹿則必決。然則世人之知我誠不敢當，先生之知我又不敢辭矣。然余亦自負能知先生者也，故於別也不能已於言。

贈萬香海序

異哉，京師人衆中之有香海也！其居久而窮無性也。直〔一〕木不可曲之以爲器，方柄不可強之以納鑿，蓋非自今日始矣。香海以磊落不羈之才，絕類離倫之識，而又負奇好氣，不少貶屈，是以所如不合而卒至於窮也。余識香海於望江，別十年而始遇於京師，驚喜傾懷，各相慰藉。香海尊君荔村先生嘗官方伯矣，香海少時有豪華公子之名，輕財重交，時異勢殊，人情輒變，此亦世俗之常，無足異者。香海寧窮忍困，不輕詣夙昔交遊之要人，其節誠高而志亦足悲矣。魯人有得赤水之珠者，其寶氣異於常珠，問其值，曰：『千金。』居十年，無售之者。有貴人至，聞其異，使人謂之曰：『持珠來，吾且與爾千金。』魯人拂然曰：『吾珠可就觀，不可持視也。』貴人以爲迂怪而置之去。香海之高，安知世人不以爲迂怪與！

【校】

〔一〕直，本作『道』，據掃葉本改。

贈吳子方序

昔者吾黨之人才嘗盛矣，以吾與栗原、筐菽、石甫諸君之同聚鄉里也。遊讌之與俱，言論之與共，文章道義之相與磨礪而講習，是豈不足以極友朋之盛乎！居數年而諸君各以事去里，又未幾而阮林卒。阮林才高志堅，其爲學勇敢精進。阮林卒而同類孤，吾黨之意氣爲之不振矣。天固奪吾阮林而將益吾以幼榰也。幼榰歸自京師，遇余於皖城，旅舍爲竟夕之談連句之歡而未盡其中之所蓄。其後吾來京師，於栗原坐次得小東焉；吾歸鄉里，於邂逅之頃得魯岑焉。吾訪理菴先生，於深言之下得子方焉。馳驟人物，出入天淵，雄辭奇語，淩厲無前，氣吞羣岳，志高時賢，此幼榰之長也。沈潛理義，入其奧府，珮玉而趨，不失步伍，此魯岑之長也。志欲希古，學能研深，好善不倦，接物以誠，此子方之長也。雖處喧競，不易素懷，規員矩方，通變之才，此小東之長也。之數子者皆有志向道者也，皆後栗原筐菽諸君而起者也，然其奇氣迅發，識解超絕，拔出儔類，吾黨之人才於斯復盛矣。吾交子方爲最久，子方在里中與吾相見不過五六日，而胸中之奇已鬱勃怒出不可過抑，他日之樹立於斯世者且不可量，豈徒文學炳燿、身名俱顯、爲交遊之榮已哉！

贈陸子愉序

自吾遊江右之次年，始獲交陸君子愉，交半年而遽別，別四年而復遇於江右，遂相與商畧今古，錯綜人物，探幽微抉奧衍，剖疑似之未明者，各證所聞，歸於至當。於是江右士大夫多與余有舊，聞余之來而欲道故者争相待矣。余一再至輒輟，唯於子愉一日不見則思，見則旦以繼夕未嘗倦，或意本他往，足已造君，余亦不自知其故也。豈非以去聖久遠，人材雜出，奇氣異能多聞博辨，及一術一藝之名於世者所在不乏，未聞於先王之道，聖人之術，稍能窺其崖畧。獨子愉抗志古先，精思遠索，不以饑寒寂寞易其素向，而又放浪於浩博無涯之書，肆意於奇譎倜儻之文，以激蕩其志氣，且又不背乎道。是誠可與論古，可與共學，世俗或屏謝弗稱而吾夙夜所亟求而不得者耶！充之以理義，澤之以詩書，優遊之以歲月，專其力而守之不遷，吾未能測其所至也。余既以見君爲喜，而復以將別爲憂。感數年聚散之不常而冀君學之有成也，於是乎言。

贈龔若士檢討序

京師爲才俊飛騰之地。公卿大夫之所聚，四方冠蓋之所趨，文士碩儒、山人羽客之所嚮往，各炫厥長，馳騁形勢，雷動雲合，聲發嚮應。處其際者類多比辭，合采飾容，止弋聲譽，窮智畢力，以争進取，而憒時矯異者則又屏棄人事絶施報，離群羣立以名高。故人才莫盛於斯，亦莫雜於斯。

龔君若士以弱冠入詞館，性寡交遊、惡奔競，亦不欲離羣絶物，居閒則取遺經及賢人之傳説端坐而誦習之，沉潛反復，含其英而味其旨，意有所獲，不求人知。人皆善動，君獨守之以静；人皆務華，君獨固之以實。率是而行，庶幾其專一不雜而可近於道乎！惜乎吾遇君之晚也。至平而至奇、至難而至易者，聖人之術也。入而求焉，無在不適於用，得其毫末，器識固已異矣。是故志莫貴乎篤，力莫貴乎堅。苟誠思之未有不通，苟誠爲之未有不成。石之穿也由於一滴之溜，江之盛也由於濫觴之泉。龔君識既英敏，日進不懈，如是而加之，意博而取之，精而索之，得而據之，優遊以博其趣，涵泳以得其天，將必有手舞足蹈而不能自已者。其視世之争進取者，得失固何如也！

余來京師，自公卿大夫以及文士碩儒、山人羽客莫不與交，而四方冠蓋之來者亦時相接處，獨樂聞君之言，以爲有志於道而可以匡所不逮。然則今日之遇君，又何晚之有哉！惜乎，吾將別君而去也。

贈左筐菽序

始余不知年少聚處之樂也，今雖念之，亦無及矣。余交筐菽十有四年，傾蓋之始歡聚累月，其後離合之迹不可勝紀。而筐菽以忠信直諒爲同輩推許，尤長史事，於成敗治亂洞如指掌。當時士大夫頗有知筐菽者而不能拯其貧，良可嘆也。噫，古義之難行久矣。鼓瑟於吹竽者之門，則掩耳不欲聽，筐菽雖欲不窮，得乎？憶乙亥之春，余與筐菽粟原同詣城西黄將軍祠，時天寒雪甚，相與呼號痛飲，放論人物，上下今古，一縱一横，戶外聞者莫不驚以爲異。酒酣興發，則步出高臺，遥瞻遠矚，激昂慷慨，想見靖南侯〔一〕之風烈。自斯一别，忽已三年。不獨夙昔傾蓋之歡邈乎莫追，即城西之遊已爲陳迹。余既潦倒無聊，而君之興闌亦減矣。身家之累足以困人如此哉！以筐菽沉毅之姿、英鷙之氣，而亦不能免，然則賢者致慨於交謫，子路致傷於缺養，豈欺我乎！抑又聞之：不遇盤根錯節不足别利器。筐菽抱經世之志，其境之困乃所以鍊其才而增其識，願終勉之而已。余思筐菽不見，感舊遊之分散而離合之無常也，作此以貽之。

【校】

〔一〕本作『候』，誤。據掃葉本改。

贈齊梅麓刺史序

余讀漢書，見宣帝慎重守令，詔書愷切，深得致治之畧。守令爲親民之官，而令與民尤近，國家賦税之供，學校之教，兵刑法令之具，皆由斯而起。未有不洞悉民事、德能養人而可爲名臣鉅儒者。我朝於清端公以循吏而立殊勳，孫文定朱高安皆起家縣令，致位宰輔，正色立朝，功施炳耀。雖其志量學識卓絶出羣，抑亦諳練之有素也。

同鄉齊梅麓刺史，少爲諸生即以文采知名當世，爲翰林時則以學行重於京師，及改尹金匱，又以政績聞於江左。余識刺史於梁溪，接其言論風度，和易可親，溫其如玉，恂恂然意常自下。及斷獄決事，不侮鰥寡，不畏强禦，抗意直行，無所貶屈。至興利除弊，有關於民生大計，不難以一身而履衆人之所難，雖大府之前，慷慨極言，毅然不奪，卒使當事者動容改聽。而刺史辭氣雍容，直而不亢，辨而不激，可謂難矣。刺史於甲戌歲饑，籌理賑務，良法美意，當時推爲東南第一。余得其啟事之牒，觀之反覆，推尋起立，嘆曰：世固有委曲詳盡如此之善者乎！莫謂古今人不相及，今之所行，何遽不如古也！

夫天下未嘗無才，才美而不本於學，則發焉而必不中節，施焉終不合古。有其才有其學而或出於矯飾，非中心之自然，則生平所長，適足以自文其僞。有其才有其學又有其誠，斯能以實心行實政矣。而或求治太急，自行其是，不能平其情以察物，則其失又鄰於偏。故著賢聲者有人，而真能如漢之循良終未之獲見。刺史知古知今，達於實用，寓精明強幹於悃愊之中，凡所舉措，一本於慈祥惻怛之懷，此真開所求不得者。願刺史慎守此意，勤而行之，恢而廣之，由細以推至大，自始以迄於終，矢之不變，行其所安，異日將爲國擔荷重任，則於清端之所建樹，孫文定朱高安之所敷布，亦不過能充其量而已。

昔韓退之愛慕陸歙州之爲人，至形諸文辭，所謂樂道人之善也。今開本此意作文以贈刺史，且望刺史加勉以底於成也。

送宋思安歸里序

昔吾嘗奮發踴躍，慷慨悲歌，振袂起舞，舉抱樸語以示座客曰：『震雷不能細其音以協金石之和，日月不能私其耀以就曲照之惠，大川不能促其涯以適遠濟之情，五嶽不能削其峻以副涉者之欲，廣車不能脅其轍以苟通於狹路，高士不能樽其節以同塵於流俗。故與奪不汩其神者至粹者也，利害不雜其和者極醇者也。』言未卒，而聞者皆譁然非之。余於是乃取經史百家之渾渾灝灝噩噩，與夫縱橫磅礴、汪洋洶沸、震蕩霹靂者以奇其趣；觀蒼穹八極、天宗地宗、走飛叢植、鱗介之精神也以蕩其機；察元會運世、飈霖天怒、陰凝陽散、祲象雲錦、虹電之變化也以廣其識。然後俯仰一世而不知其大，始終古今而不知其久，進退鬼神而不知其幽，視天下得失憂樂若一蟻之在蚪而一塵之在淵也。如是者而人益譁然非之。余於是乃求類己之人以共學，今年春始得宋君思安以友焉，相與論君子之學，治亂之勢，人心之變，物態之殊，以舒其幽憤之思，以吐其不平之氣，而吾之趣益奇，機益蕩，識益廣，益不自覺其奮發踴躍、慷慨悲歌、振袂起舞也，而何計人之非之！雖然，猶有當爲足下言者。夫古人之學也必先正其志，彼鴻鵠之不爲燕雀所期者崇也，華嶽之不爲丘壤所積者厚也，賢豪之不爲曲士所存者異也，行矣審之。於是宋君復問其爲學之道，余復舉昔日之言以告之曰：尊其內，卑其外，實其事，虛其心。

送吳孝廉至京師序

世稱爲豪士者，必多抑鬱不平之鳴，周覽八荒之志。吳君之挾策而走京師也，儻其人與？抑人有言曰：仲連唯不見所欲，是以能頡頏於一世，遇勢利之弗移也。然則鷹隼之高飛於雲漢，虎豹之長嘯於山林，其所謂頡頏者焉足恃哉？吾子之所以自待者厚矣，然天下非無才之足患，有才而守不固者之爲患也。行矣勉之。不平之鳴非至德之華也，八荒之志未若千古之心也。爲洲沚之瑌瑨無爲鐘山之粹玉。與子其擇之矣。

送方士吳君序

必使天地萬物之所有者悉備於一身，則將殫才智、疲神力、博究典墳、遍窮六藝及諸子百家之術，外歷九州四海，覽飛潛動植之種類，觀風雲雷雨、日月星辰之變幻，目無停機，耳無遺響，心無留思，與陰陽造化寢處一室，孜孜仡仡，終其身於勤苦之途，其勢猶懼不遂。匪若是也，遺高遠而趨平實，畧多能以求一得，則專精之極，神明自生，雖一術一藝，守其業不遷亦足以名世。

吳君幼好道術，破産求師，既有所得，則專一業以聞於時，善堪輿家言，與人語多奇中，豈所謂畧多能以求一得者耶！余之識君也，因鄭柳門先生。時君客南州，與余一見，若舊相識，酒酣放論，言無不盡，且以余爲知己。吳君家廣豐，在信州東北，其地水多西流，山形連亘爭雄，靈奇而孤露，不鍾於榮貴顯達，而層出異士。君之磊落而遇窮，儻亦地氣然耶！君好直言，不求説世俗，其所能者余皆通其説而不克精也。

君將返里，余適有浙西之行，以君之專精一業而愧余愛博學貪，徒終身於勤苦之途而不能遂也。因作此送君，且以規吾失。

姬傳先生八十壽序

天下風氣之變，其勢及於數十百年，而其始則起於一人之定向。方其習之未變，舉世安於固陋而不知振，有明道者爲之抉其蒙而發其聵，而大義之微者以昭。及其弊之既成，舉世習知爲非而不能正，有明道者爲之挽其頹而矯其失，而流俗之靡者以興。故夫人才之盛衰，學術之明晦，悉視其人之一身，而其身之存，天且默相之以繫世運。

往者明季之衰，士大夫以議論相高而畧於稽古。言道學則拾講章之末，言文章則襲語録之遺，其弊也疎而不博，陋而不文。至國初諸君子出，始以宏通淵雅爲宗，考名物必極其精，證經史以補其闕，而聰明奇傑之士翕然從之，學各成乎專家，語必參乎古訓，其淹貫該洽固遠軼乎前代矣。然相習日久，矯枉弊生，善者既有以見其長，而誕者反有以恣其妄。立説争鳴，求異自見。攘古人之善而以爲多聞，訓一字之微而以爲典要。而其甚者則又希合世風，詆排先哲，居心已乖乎正，豈獨立論之偏？而一唱百和，浸尋於顛倒而莫可止也！夫是以天地民物之理存而不明，修己治人之方置而不問，設使顧閻諸君子生於今日，亦必歎其流弊之甚而思有以救之者也。

惜抱先生卓起波靡之中，力持正議以詔後學，以古誼爲必可循，以俗論爲不可惑。其窮理也不强其説之所歸而務得其是，其誨人也各從其性之所近而必要其成。本之以經術，發之以文辭，證之以事故，而實之以性情，心術以道其真慮。夫天下習義理者之遊心高遠而薄視典物，矜考據者之專心制度而不通理宜，其勢必至於相争而不已也。故兼取古人之長，使之相反而可相資，而必義理爲主以正其原，考證爲輔以致其確，不似調停漢宋者之漫無重輕之序，而又必先反之於躬行實踐以植其基，而後可底於成也。蓋聖賢之道散之在天地民物，行之在修己治人，微與造化通其源，廣與萬物共爲體，惟程朱實能會之於心而體之身。漢唐諸儒雖云掇拾先典，表章遺經，而及此者蓋鮮。降至近日，衆説紛行，微先生力伸此論，而士幾不知有真學矣。然先生退居講學，不與世儒一争異同，而天下之以名義自愛不阿習俗者皆倚以爲重。即至衆論隨俗、行各趨異，而聞先生之名及語以立身學古之事，未嘗不咨嗟太息以爲不可幾也。非天相之以繫世運而能若是乎！然則享大年逢曠典，上荷朝廷之殊恩而下播士林之詩歌者，非一身之榮，乃天下斯文之幸也。

開久辱門下，愧不能有所成立。竊見先生以一身爲人才學術之攸賴，而即所以壽天下後世於無窮也。爰書以爲獻。

徐將軍壽序代

京師爲天府奧區，而古北口地據上游，扼幽燕形勝之全，坐控密雲，握其要害，屏翰王室，屹然爲畿輔第一重鎮。環密雲以外稱鎮者有三：在宣府者統十有二城，在正定者統十四州邑，在永平者有馬蘭之險，爲遼左咽喉。皆各隸密雲軍府，聽其部署進退，罔敢後先。密雲西南又有居庸之險，紫荆、倒馬之關，崇崕刺天，阻絕軌轍。然俱界燕晉之交，形勢雖險，尚近内地。獨古北口斗出邊陲，北逾京師且三百里，沙漠叢雜，風氣勁悍。天子重其地以爲都城之北門，非勇畧素著曆久親信之臣，未嘗輕授斯任。又北而東，地介熱河，爲乘輿臨幸之區，扈遊校獵之所。飛騎絡繹，日於密雲是經，爲守臣者隨蹕迎鑾，肅躬凛心，奔走恐後。密雲之爲鎮，既内以藩衛京師，又外以擁護圍場，所以壯聲勢奮武威者，胥於是乎賴。故雖負才望，苟非精勤慎密、克明克斷、竭誠不懈者，亦不足允踐斯職。

秋，潭元戎以功授古北口提督，受命之後，自鎮將參領以至隊長伍伯，罔不兢兢震惕，各勤乃事，四境内外，千里之遠，曲巷之隱，皆若親聞誡諭之言，躬覩車旗之至。畏威屏息，莫敢作姦。天子知公有果毅之才，故授茲重鎮，任以要職。國有爪牙惟公是寄。公亦感奮知遇，孳孳勤勤，剔蠹消慝，必至盡乃已。是以號令所布，陰豁陽開，春雷秋霜，恣其運用，蓋欲以整齊軍政，綏靜遐荒，丕揚我皇靈及乎北海。

始公以整儀尉遷雲麾使，年二十有二爲陝安延安府參將，明年調任甘肅，又二年遷任湖南衛州，又九年積功至福建建寧鎮總兵，奉命防海；又踰年以獲洋盜晉提督銜，賞戴花翎。公於是以親老乞養，不許，改調直隸正定。至嘉慶癸酉以本鎮兵赴滑縣助勦衆寇，事平擢鎮古北口。次年扈蹕召見，賞穿黄馬褂。前後十數年中，南翦蔡牽，北殲林逆，奏凱論功，公皆立績行間，躬與其事，受朝廷之殊榮，隆以賜錫，可謂盛矣。當海賊之未平也，公自建寧移守三沙海岸，三沙故積弊地，地瘠民譎，素與盜通，官軍每出則敗。公乃糾合義勇，請於大府，給以重資，勸以忠義，衆皆感悅，軍聲乃振。始猶有非之者，然率賴其力以資守禦，每戰有功。公之勇略素著，精勤慎密，上結主知者類皆若此。性耽風雅，所過名山大川，必留題詠。著有盤山雜詠三沙紀事草若干篇。氣挾風雲而才兼文武，信乎賢者之不可測也。

今九月二十五日届公五旬，某等忝與嗣君爲同官，謹以密雲爲京輔重鎮，國家所以賴公，而公所以能仰邀恩眷者，備書之以爲祝。

孫寄圃節相七十壽序代

今皇帝嗣位之踰月，整齊庶官，勤求至治，旌顯重臣，以兩江總督孫公德望素隆勳勞丕著，即加太子少保銜以褒耆德。越歲乃稱元年，海內鼓舞，以誦新政。天子首重用賢，登庸選弼，謂莫如公。時公入覲京師，遂晉協辦大學士，仍留督兩江，所以委付中外之任者如此其重。天下之士見朝廷既首相公，且使一身兼古周召之職，忻忻然各相稱慶，以爲明良際遇，千載一時，庶幾主臣同德，知無不爲，復躋隆古之盛。而公是歲之冬適届誕辰，士大夫謀頌公之德業，懼無以盡夫高深，某於是乃言於衆曰：

夫黄河之流非一曲之奇也，泰山之雲非一朝之積也，九層之臺非一材之工也，公以宏謨碩學精識偉度受三朝之知遇，在純廟時已負柱石之望，在仁宗時叠膺金城之寄，身任封疆者二十餘年，凡民生國是以及吏治之纖悉，人情風土習俗之利弊，罔不周知，舉無遺策，動有成效，故能德惠孚於士民，威名振於遐邇。我皇上處藩邸之日，知公名已久，故御極之始，即隆以鼎鉉之司，深資倚畀，有言必聽，有計必從，蓋信公有素矣。其致此非常之寵錫豈偶然哉！

且天下地美而難治者無如兩江。水陸之所交，風氣浮澆，物力耗屈，有財賦之名而無其實，有江海之防而馳其備。地廣政繁而治難盡一也，積弊已深而驟難轉移也，民多文巧而易作僞，官吏愈衆而事反不舉也，鹽漕河工兼統之務交集於前而勢難並顧也。急之則擾，緩之則弛，簡御之則不盡，分應之則難支。公之始至也，推誠信，布大公，修戎政，勵官箴，治之以坐鎮，養之以和平。其靜山嶽，其動風霆。不張以聲，不厲以色，疏滯滌弊，軍民咸悅。政得其要，幾決於先，何劾非奸，何舉非賢。四境之内既肅，三江之治益和，削其煩，除其苛，令之所及，聞者謳歌。於是鹽法久壞，商人告困，公察知其故欲除嬴額，免彼宿逋，請於天子，商力以紓。匪徒裕商，乃以利國。引既流通，其效斯得。漕法因循，運丁肆凶。公奏治之，吏法乃行，弁不敢爭。大河安瀾，於茲十載，河督黎公，忠慎且勤，熟諳河務，履潔矢清。公虛己聽從，不爲同異，扶而式之，俾行其意。表言其勳，力排部議。南河所以獲安，黎公得伸其志而不搖奪者，公之力也。夫臣事君以人，尊賢而使盡其能，此雖子皮之於國僑未之過也。凡此數者，皆國家之大計，公熟度力行無所避忌，事屬一方而功在天下，非宏謨碩學精識偉度以社稷爲心者，孰能與此？

公始以鴻儒回翔館閣，出膺外任，屢著勳績。其撫粵也，則嚴於海防，知招撫之不能息患而不急於求功，若是者人服公之正；其撫滇也，則加患邊鄙，綏輯蠻獠，若是者人服公之仁；及其督全楚也，安民除盜寬嚴得中，若是者人服公之平。今公久歷兩江，聲聞日高，歷三朝之寵榮，兼數十年封疆之閱歷，是以舉世無遺，策勳有成，效矢精勤，忠誠之心出之以老成練達。夫能培東南元氣以植後先，圖治之根本而無近名之見者，此公之素志也。宜其德望之隆，勳勞之著，上契宸衷，稱其論奏，爲公忠體國之大臣，可謂榮矣。方且調元贊化，夙夜競競，以求副聖主登庸選弼之至意，所以籌久遠之規、宏休和之治者，必將恢其量如黃河之流，廣其澤如泰山之雲，崇其基如九層之臺，而由是希美周召，賡歌明良，以致隆古之盛。然則天之畀公以殊遇，假公以大年，康強矍鑠而動作不衰者，蓋將以福斯民於無窮，非公一身之慶已也。

某奉命衡文，雖與公相接未久，竊有以得其深，敢舉公德業之懋、蒼生愛戴之誠，及天子所以倚任而大夫所以稱慶者，悉書之以爲公壽。

沈曉堂七十壽序

古者道術治體統以學而人才出於一，後世學與治術二而人才之途分。古時士習六經，凡兵農刑政之事無不推尋致詳，故內以資身心而出可備天下國家之用。至記誦辭章之學興，士溺文藝，不知經世之畧，而通達時務熟悉人情風土之變者，反出於幕僚英俊之士，而賢者有所不逮。豈惟世變亦學之過也？

沈曉堂先生以儒士參江右幕，能詩，精吏事，以例官廣西，自荔浦遷西林主薄，歷任皆以能名。及擢太平府知事，大府深重之。有要議得一言爲決，屢欲任以州縣，先生以目視不及力辭。後台謙齊中丞移撫粵西，以禮迎致，時黔粵之交苗匪猖獗，中丞遠出防禦而省中幕府事機悉以專聽，且許權宜行事。先生理繁籌巨，咸中要密，於明斷中行以敬慎，使中丞無內顧憂，賊患以寧，而中丞得以成功。然先生積勞病足，遂以思恩通判引疾。臺中丞知其廉而好施以至於貧，又嘉其不受同官之餽也，乃贈重資使歸，以稱相報之意。自遊幕從宦，周旋於江右粵西者數十年，所在皆務仁厚，惟斷獄不苟從，輕其言以屈法伸情爲不得其情而適以長亂，識者韙之。昔文中子謂：『無赦之國，其刑必平。』自士大夫以姑息爲仁，凡理無可寬亦強求曲宥，漏網者既不知恩，受禍者終以蒙怨。非明於治體，必不能排積習以平衆情。而先生獨見及此，可謂通達時務之變，而言學者惜未之究也。

余始識先生於星子署中，大令鄭君近之善學而能經世者也，素爲余言先生梗概，今再至南康，而先生適以十一月某日晉七十觴，諸君子争謀所以壽先生且索文於余，余固好言兵農刑政之事而不甘於記誦詞章者也，故樂爲之序。

呂幼心明府六十壽序

古之牧民也逸，今之牧民也勞。古之爲循吏者事約而功倍，今之爲循吏者事繁而功半。是非才智之不相及，時勢異宜故也。其有能德加於黎庶，效著於遐邇而治功與古循吏並者，則其挾持必有過乎昔人者矣。蓋古之時法令至簡，民情甚樸，一邑之內得專行之，故其治易舉而其政易行。如魯恭之治中牟，陳實之治太邱，宋登之治汝陰，皆以純德化民，馳聲海內。後世民風士習已不如昔，而布政者日疲於簿書之煩，奔走送迎之節，凡有舉措，有義可行而格於例者矣，有心能赴而力不暇及者矣，有勢已舉而梗於上者矣，其所以擾治而撓計者事且百出，故非有過乎古人之才，必不能致古人之治。而我國朝神化四溢，循良疊興，守令之悉心利民者，所在類不乏人。至於才足以有爲，守足以勵俗，理繁劇之務，抉隱慝之情，消患於未形，應變於倉卒，不動聲色而吏民畏懷，賢愚翕服者，則自於清端公以後未之多見也。

吾師幼心先生以英傑之姿膺民社之重，前後兩蒞吾桐，仁以愛民，禮以勸士，信以折獄，義以恤災。其去也民思之如違慈母，其來也民愛之且呼神父。害則爲之除，利則爲之舉，靡風以變，積習以振。今仲秋之廿有四日，士大夫爲先生晉六旬觴，競製文詞爲壽，而開以爲，先生之循聲，遍天下之名公鉅卿與夫賢人君子無不知之悉矣，何俟乎人之多言！而吾邑士大夫所以必頌揚治績而稱述德行者，蓋其嚮慕之隱、愛戴之誠，有發於中而不能自抑者也。而開昔者以文章受先生之知，又義不可無言，然開非一人之私言也。開聞先生之致治也，四境之內，民與民相慰，士與士相慶，而婦女童稚亦相聚而祝於室。其相慰者曰：自公之來此，困者以起，僕者以興，僞者以詘，冤者以明，富者得以保其業，貧者得以安其生，終日晏然不知有紛擾之患者，公之惠也。其相慶者曰：自公之嚴於校士也，而後人知勉於力學；自公之明於飭俗也，而後人不狃於作非。強者無以肆其毒，弱者有以伸其情，公如冬日之陽，夏日之陰，無私於人而人自親。其相祝者曰：天災流行，公實救之。我饑公食，我寒公衣。室家得以相保，流徙得以安歸，出之於溝壑而至有今日，公之賜也。公爲吾儕坐不安席，行不憚遠，晝爲輟餐，夜爲忘寢，以蘇吾命，以安吾居，吾儕小人其何能益公？惟願公受福於天，迓祉於神，壽考且寧，爲王國楨，保艾爾後，以熾以興。此四境頌公之實也。

開既習聞其語，因以歎民之所以戴先生如此，而先生所以致此者，其來蓋有自矣。夫廉吏不患無德而才不足以幹事，能吏不患無才而德不足以固節。先生以一身兼廉能之行，而又本之以至誠，行之以平易，不立異，不求名，故能德加於黎庶，效著於遐邇，事難於古人而功與之並。虞詡所謂『志不求易』者非耶？開見先生以循吏獲慶爲士民之休，竊幸今日之躬與其盛，而樂爲世人言也，於是以夙昔所知與聞於衆者書之，以爲獻。

外舅倪醒齋先生六十壽序

古有足跡不可得窺而素履可得悉者。始吾徒誦其言，今乃見其人矣。外舅醒齋先生以古昔自期，學行自勵，生平不求合於人，人亦卒莫能強其合。甥劉開時相過從，側聞緒論者蓋非一日，雖未足以盡先生之蓄也，而竊得其意之所從與行之所至。然未遽以白於衆者，以爲非特能斯者難也，知斯者亦不易也。今歲五月下澣戚里爲先生晉六十觴，各謀所以壽先生，開於是乃作而歎曰：是言之不可已者夫！夫獻諛之辭，非先生所樂受，而言之近飾又非開所敢爲。然則書厥實以昭美善，其亦君子善頌之意乎！小子不敏，請畧述其梗概。

先生少孤，自立於學，於書罔不究覽，每有疑義，必折衷於至當而未嘗苟有異同。既不囿於古人，又不奪於習俗，其識慮有如此者。性愛恬靜，恥干謁，杜奔競。所居非在巖穴而與世自遠，城市聞其名而罕得見其人。其節行有如此者。爲名諸生，文採雄出一時而意常自下，所交皆名流正士；後以其學訓厥子弟，子弟各有成立，蜚聲庠序，行且掞藻石渠矣。而先生猶若不足，汲汲焉以經術爲望。開嘗叩之，先生曰：『此吾先人之志也。吾雖不能得之於身，猶願吾子孫之能通經也。經學之不講而徒思博青紫爲榮，非吾所以承先志也。』由是觀之，可以知先生之所存矣。其官休寧學博時有裨於學校，士習者竭力建舉，縣令以先生議正，奪之不能及。其去任，士民攀留弗置，衣冠祖送而懇懇不忍別者通邑皆是，作爲詩歌以紀其事而美其行者不可勝數。夫有司操賞罰之權，加惠於民而民愛戴之者有矣，未有秉鐸而□深有爲動人慕悅至於如此者也。昔漢經師耄年稱經不衰，先生自少以迄於今未始一日廢書，雖當造次紛競亦必手一編以自娛樂，可謂好學不厭者矣。至其與朋友交久而能敬，在親密而不狎，處嫌怨而無争，始終有誼而進退以道，終其身無忿辭厲容，此豈所謂好禮不倦者乎！夫隱士以矯物爲高，故流於僻；才士以勝人爲得，故流爲矜；善士以容衆爲和，故流爲同。先生不矯異，不矜奇，不隨衆，而動於性之自然，故適其天。是故初聞先生之名而未及相接者，未有不以爲異者也。親其風采，熟其言論，久乃益重先生。

開幸得常相過從，辱先生之厚愛而稍聞其梗概，故妄附於君子之善頌，謹以先生意之所存與行之所至而人不盡知者，備書之以爲獻。知先生必不以言陋見哂，亦必不以爲獻諛之辭而卻之也。

韋芙岡明府七十壽序

癸未之秋，芙岡明府以七十介觴之辭來請於余。余不敢辭，亦不敢爲飾言，謹舉明府居官之大要、爲政之實迹以爲獻曰：

唯地非政不治，唯政非人不行。其有能殫厥心、勵厥力，以克奏乃效，則百爲以洽，庶士以和，小民以懷。故吏才不必出於一，期於有濟；學術不必定於一，期於實用。仕不在顯在利民，任不在久在有功。秦漢以後，守土之職唯縣令最近民事，次則郡守，由郡守而上其權漸重，其事漸易，而不知大體或反難稱其任。由郡守而下，其權愈輕，其事愈難，而苟有實心，尚克自盡其職。惟我芙岡明府以好學而兼吏才，其曆官江浙，殆庶幾其能盡職者乎！

明府初以四庫館議敘出佐太邑，其後以知縣用，一權新城，又權宜興，一授清河、長洲，所至皆有異績，頌者不置。其令新城也，勤於聽訟，速其來，去其擾，官無留獄，事無再訊，減下戶輸錢之直以便民之納漕者，而豪紳奸民皆屏迹不至公庭。維時明府之政不嚴而治肅。其令清河也，不敢以繁劇亂守，不敢以災害而隱民疾苦，不敢以重獄而多延無辜。維時明府之政不勞而惠行。其令宜興也，以夏旱勸疏百瀆。百瀆爲一邑水利所係，下通太湖，潦則藉以宣洩，旱則資其灌溉。時百瀆堙塞，乃募近地之民濬之使深，兼用以工濟賑。維時明府之政不費而施宏，惜規畫未盡，明府調任長洲，邑人德而思之。既至長洲，欲紓民以培元養，凡兩徵漕賦，皆減收數以寬衆力。然明府自是亦滋窘矣。當此之際，三吳地旱穀貴，乃請於大府，諭富民出糶，毋減價毋外運，不旬日而穀以平，民賴以生。維時明府之政不強而民從。所以殫心勵力克奏乃效者若此。夫牧民者先公而後私，損上以益下。明府厚於民而薄於己，每遷任時民皆阻道攀送，且有樹生位者。其斯謂『仕不在顯在利民』乎！前後官清河者三年，官長洲者二年，在新城宜興者各未逾年，而興利除害、善政多舉，其斯謂『任不在久在有功』乎！

明府自幼嗜學，其世父約軒中丞深器重之，又與從兄懋齊太守同習藝業，其得力於家訓者淵源有自。然則，學苟達用何必定在詞章也？才苟濟世何必定出一途也？明府始見賞於歸晚霞方伯，繼受知於明果泉中丞，所以遇之者甚厚，其仕不至於顯、任不至於久者，天也，非人也。然所至皆有異績，明府亦可無憾。今明府老矣，猶健步強飯，自被議去官後，優遊自適，不以得失介懷，凡安先敦本之事，罔不次第舉行。有子筮仕豫州，諄諄以效力王家，無忝家聲，爲勗所志，不忘君國，所言不外道義。其獲天相而登壽考，不亦宜乎！

余忝列戚誼，素知明府好學而兼吏才，故特書居官之大要，爲政之實迹，以爲唯明府始可謂之盡職。且以此言作介觴之獻。

文集卷七　序

論語補注自序

士病於窮經久矣，四子之學弊益甚焉。言宋者流爲空虛固陋之習，言漢者溺於瑣碎紛紜之說。二者相反而不克相成，是以注釋愈廣，益離夫經，考證雖繁，無適於義。夫言以明道，不惟聖人之意是從，而惟門戶之見是主，不亦惑乎！開治論語，不敢私逞夫己見，亦不敢苟同於先儒，夫亦曰求合孔氏之旨而已。其有足相發明者，必審擇而後折衷，不欲廣引炫博，懼其雜而無當也。其或注有未安者，但存疑以備一說，不必肆爲攻擊，懼以妄而獲咎也。夫妙義所在，無事外求，『伐柯伐柯，其則不遠』，即以聖人之書證聖人之言，其可知者十得九焉。力雖未逮，願以斯爲準。若曰言以明道而是非不謬於經，則於開也何有？至於棄孔氏之本義，爭漢宋之異同，守此則非彼，斯又開之所不敢蹈者也。

廣列女傳自序

余既廣劉向列女傳之類，而總括古今以來所紀事實，且各以一頌論次其後，非故爲是好事也。蓋自古聖王修德成化，既已躬行，端其本矣，而又以爲起化之漸、行道之先必自內始，故本之以公宮之教，申之以女史之戒，機杼盥饋之必親，衣帨巾櫛之必嚴，威儀動作之必謹，禮以防身，度以明義，尸祭以觀其德，歌詩以達其志。是以教成於內而順成於外，言則有彤管之美，行則有瓊琚之節，出則有翟茀之章，所以昭婦順善風俗也。春秋之際，內習已漸弊矣，然其秉禮者貞而難犯，稱古者辨而有辭，蓋以其時傅保之教、鞶袠之箴猶未盡廢，而先王遺澤浸潤已深，如魯敬姜黔婁妻之流，豈獨嫻於禮節習於古訓哉！觀其所論，殆庶幾乎與聞聖人之道者也。及至秦漢，學術壞而女教益衰，士大夫既無躬修足法，而女子日習於邪侈，其善者僅以文詞自炫，才藻相矜，舉凡服用起居之制，飲食奉祀之典，言語授受之經，無復古義之存，而先王所以立教、君子所以端化者，亦鮮有能明其旨矣。然而人性不泯，故巾幗之彥往往後先接出，行義不愧古人，上者全德，其次全貞，其次變而不失乎正。外之則有雄畧異能、奇功偉節。雖未盡當乎中庸之誼，要皆聖賢所不棄也，而學士多稱述不及。自劉向、皇甫謐以下，間有傳記而采取不備，且所次無別，瑉玉混淆，覽者惑焉。余悼其潛德隱行不獲表章於世，乃爲補其闕疑，別其體例，定爲二十卷，使人各以類萃而事得以易誌焉，亦古人顯微闡幽之遺意也。觀者或有得於起化行道之端，而講明女教內治之事，則是書庶其有裨而可免好事之誚乎！

列女序目

皇后類

古者天子理陽教、后治陰德，天子聽外治、后聽內職，所以法天地、正六宮、統萬物也。內宮之制雖繁而后以一身爲表率，幾微之動天人繫焉，義協乎剛柔，功參乎易簡，效著乎清寧，不可不慎也。古之紀后妃者鮮有專書，太平御覽則詳於姓號而畧於事故，德化闕焉。余備爲論著，擇妃嬪宮人之有志節才行者並附於篇。

王妃類

語云：『世祿之家，鮮克由禮。』卿大夫之內子尚以豪侈踰節，況王妃乎？以余所聞，貴不敗度，賢而守禮。既濱於禍患而莫自存矣，猶復捐軀遂志，以保其貞，豈非邦家之盛而副笄之榮耶！余采自春秋之始以迄於明，然昔時諸侯之君夫人即後世諸王之妃也，故特先焉。

公主類

自帝乙歸妹以降，而天姬之執婦禮始有定制矣。然以成周之隆而美下嫁之賢者，僅一見於召南之詩，文武之德可稱極盛矣。而元女太姬之歸陳胡公也，以好巫覡歌舞之事變其國俗而民風以靡，信乎尊貴之難以嫻義也。秦漢而降，號稱貞淑，代不數見，而恭儉謙退盡孝養以敦禮義者，唯唐爲尤盛，此豈太宗立法之善耶？抑德本出於性生耶？余備述其行義，而郡縣之主亦因以附焉。

母儀類

所取乎母儀者，爲其守禮知義，端嚴善教，以爲後世法者也。夫婦人一身而三善備焉：始於女職，成於婦德，終於母儀，於義爲最重。劉向七篇以此著其首。明遭時之艱，力育其子，教之成德而進以大義，此人情所難而女子能之，可謂賢矣。至若傅保乳母之倫，其善有不可没者，爲次於末。

女範類

女以範稱，蓋取古志節踰衆、才識競豐、言行可師者也。夫士有百行，女有四德，全之爲難。故言動操修苟有當乎明辨通達之例、仁智貞順之列者，則各取其善以登之，亦責人不求備之意。且所遭不皆逆境而亦能以德顯，庶使處豪盛者有所矜式乎！

節婦類

吾聞之夏侯令女曰：『仁者不以盛衰改節，義者不以存亡易心。』旨哉是言。學士大夫所不克踐而巾幗有其人矣。孔子删詩，首取柏舟。夫時窮而節乃見，從一而終，没身之宏義也。而操行多有湮没，漸至姓氏失傳，豈不惜哉！後世婦人所遭之境，有倍不如古人者矣，然其志定不惑，節勵彌光，撫孤弱於危疑困苦之時，全厥家於阨窮顛沛之際，至於刀鋸水火，九死而莫變，較之人臣托孤寄命、臨大節不奪者，其事雖有小大而難則同也。余既嘉其節，復悲其志，乃爲博考事實盡著於篇，以示不敢遺逸之意云。

烈女類

余之成是集也，凡有志行節烈者既各登於篇矣，而其中唯烈爲尤衆。豈所謂守節難而死節易耶？然當勢窮力極，計無復之而能以死自全，且又從容中義，得其所安，是真有所挾持非可以慷慨殉死輕視之也。嗟乎，遭時之變，冠蓋喪節，而婦人多以烈聞，可勝歎哉！

貞女類

自召南有行露野有之章，而女子之守貞不污接踵而出矣。然當未歸之時而爲夫死與守者，皆過人之行，而世所稱難能可貴者也。歸熙甫雖謂非中，然豈不足風天下之閨彦耶？至若身遭鋒鏑不爲強暴盜賊所辱，而潔己授命，其勇烈尤有足多者焉。

孝女類

語有之：『內夫家而外父母家。』婦人之德以孝始不以孝終也。然或親老家困，嗣續無人，外乏姻戚之援，內鮮家人之奉，則以女道而兼子職矣。以情揆禮，其孝養終身不字，又烏可非哉！既歸以後，孝思不替者有人矣。而爲親報讐，手刺強暴於倉卒之頃而不變色焉，何其烈也。余詳爲論次，使著述家有所采擇焉。

奇女類

詩不云乎：『無非無儀。』女子且不以善稱，何奇節之足名耶？然有素負雄畧，智識絶羣，立功於戎馬之間，遑辨於危難之頃，而揮斥自如，不少貶屈焉，此亦古今之罕見者也。夫人君以重祿養羣臣，不能效功畫策而顯名耀節，乃竟得之閨閫，豈不異哉！世稱子長好奇，余之序此，殆有愈於取遊俠之意也夫！

附錄類

余所編列女既終而復繫之以附錄。嗚呼，女訓之衰久矣！苟有其人，將取之不暇，遑論其他乎！夫朝廷用選，立賢無方，君子取人，不以其類。誠有節行越衆，則雖出於微賤，陷於亂逆，而能自高其志，不乖乎義，亦可謂處污泥不染者矣。彼身榮翟章而內有遺行，其視此不亦增愧哉！

桐城列女志序 代

自古節義之盛，本於禮教，成於風俗。由宋以降，女子以節著者所在日多。明太祖最重節義，而仁孝徐后請修列女傳，又有以獎勵之，於是女教振興，海內丕變。我朝敦崇風化，凡潛節幽芳悉予旌顯。故自通都大邑，以及窮檐曲巷，弱年淑質，莫不曉然於持身之大義。固其秉性之真，亦禮教素明故也。

桐城舊爲人文之地，冠蓋接出，而節烈尤衆。紳士之好義者，既輯其事實名氏彙爲一冊，以表揚之矣。其後復爲蒐采，以續舊刻，所以昭芳烈於來茲，慰貞魂於沒後者，其意至善。余承乏斯土，吳椿麓侍禦以是編屬序。余思古之言內教者皆由躬行以爲觀感之本，今則婦人之行能合乎古人而士君子或反不逮，蓋婦人之性靜而一，故其激於義也貫終始而不渝；男子之性動以紛，故其慕乎義也歷險夷而或變。況所稱節孝者，或出於貧賤，或居於僻遠，零丁困苦，人莫之知。而卒能自伸其志，不奪其貞，斯蓋率其心之所安，並不知有爲名之見。此其境倍艱於男子而其賢直等於志士仁人矣。然則是編之表微闡幽，其裨於風俗豈細哉！余忝膺民社，嘗謂教民宜以風化爲先，嘉是舉之行於一邑，而實有關於世教也。故樂爲之言。

傳注家序

傳注家者，蓋本乎詮釋經文尋繹義理以闡明奧旨者也。夫六經之道深如江海，故言經者不能必其盡有當也，得一二義之卓然者斯可矣。不能即合聖人之意也，得大端之無剌謬者斯可矣。夫學者之患往往執一以例餘，通此而塞彼，非兼明五經則一經必不能精。且夫泥舊文者既支辭以解經，矜心得者又強經以就己。故學正矣而見或不能卓卓矣，而心不得其平，故諸說並出，各伸一長，蔽於所偏。是以注釋愈繁，去道益遠。由漢以來，毛公之於詩尚矣，其次則鄭康成之於禮，杜元凱之於左氏傳，郭景純之於爾雅，專門之學也，其餘諸家皆得失參半。宋大儒表明正學，精研微言，力誠宏矣，而持之太固，執之有偏，不能盡當人心之公。然揆以大義，則功多而過寡。元明以下，諸儒各有發明，其實瑕瑜互見，不得以功覆其過，亦不得以過掩其功。至陋儒說經，小言破義，強不知以爲知，功一而過百者，未嘗無焉。已矣乎，古人所謂『善則從之、疑則闕之』者，其人殆不可見也。夫録傳注各家，其有專考名物不及文義而體則同於箋注者，以次列入。

鑑物篇序

鑑物篇者，方來子之所作也。方來子病世之汩欲喪真，有能而不克盡其能，有智而不善用其智，故作此以風世焉。雖原於陰符之意，而是非不敢詭於聖人，蓋自托雜家之學以奇其說者也。是編出而方來子亦將隱矣。惜夫！

初學集序

至哉，伊川之答朱長文書也。其中學者之病，與夫天下無道外之文也。道者文之實，文者道之華，道非文莫能明，文非道無以立。其盛其衰非自爲之也，所從來尚矣。孔子曰：『有德者必有言，有言者不必有德』。故躬行心得，辭雖約而藴含；博學多文，辭雖繁而精散。由是觀之，天地之精結爲人，人之精萃於心，心之精凝於思，思之精發爲言，言之精運爲文，非藝之末者也。

余生也晚，不獲親前賢之澤矣，然讀其書想見其爲人，間以己之所見發之於辭，筆之於書，而名之曰初學集焉。『初學』云者，少時所爲而未敢自信者也。夫君子之立言也，將以明理也，將以達意也，理不足而後求勝於意，意不足而後求工於辭。夫辭者豈能自爲工耶？理與意實主之，本之於性，成之於學，變之於物。其始不能強其然，其終得之亦莫喻其故，蓋必至是而後可謂之文焉。理與辭意合而一之者也，理勝則質，意勝則偏，辭勝則文，兼之者爲難。得其理而辭意或未能盡善者，古有之矣；不得其理而能斯二者，未之有也。

噫！余抱簡默之志也久矣。身遭困阨，内束於身心之累，外感於習俗之變，不得已而藉文以舒其悲憤之思，其立言之本已非，豈復自計其工拙？他日人□有輕言背義以中伊川之所言者，余何辭焉？余何辭焉！

擬古詩序

詩之源出於唐虞，而其道亦莫備於唐虞。舜命夔曰：『詩言志，歌永言。』是古今之言詩者未有出此範圍者也。然唯三百篇能盡二者之藴。溫柔敦厚，穆如清風，此言志之美也。言之不足，故長言之，長言之不足，故嗟嘆之，此永言之遺也。唯其長言之也，而其意始盡；唯其嗟嘆之也，而其意始無盡。故『永言』與『言志』二者相依爲用，有其志故言不虚，言之永而志乃見。所謂『一唱三歎有遺音』者是也。

降至後世，有言志而無永言，徒以爲詩道性情而已，而所以道其性情者不知也。匪唯虞廷詩歌之旨僅存其名，即三百篇之長言嗟嘆亦無復過而問者矣。蓋古之時詩與樂合，三百篇之詩皆以被之弦歌，故性情與音節俱臻其妙；後世詩與樂分，古樂亡而聲音之道不講，故性情是而音節非。然音節既失，則詞無往復詠嘆流連之致，而性情亦爲之異焉。非不深且摯也，而出之不覺其永，則是所以道之者不如古也。所以詩人或賦一事而浸淫以陳之，反覆以咏之，言重詞復而意不見其不足。後人抒懷刻意，唯恐其重，唯懼其復，句更語變而意不見其有餘，何則？言中用意者多，言外見意者少也。

蓋清廟之瑟不可得而聞也久矣。漢魏古詩直接三百篇溫柔敦厚之遺，是於言志者得之，而詩人之重復咏嘆，意簡而彌達，辭長而不繁，亦僅存其彷佛而未能得其全也。藻繪既興，白素孰尚？鄭衛競作，雅音孰追？夫詩人之妙，有言止於此，不加一辭而辭自深者；有意止於此，不必更用意而意自永者。觀之者不覺，歌之而後見焉。古時詩歌爲一，不可歌者不得爲詩。後人詩自詩而歌自歌，此永言之所以失也。今詞曲中尚有重詞命歌之體，未嘗非古音之遺，然樂師俗工習其曲而昧其義，故歌不能通之於詩；學士大夫矜彼才藻、炫彼性靈，爲辭而昧其音，故詩不能通之於歌。是則可慨也已。或曰樂府諸體抑揚委曲，非可以形諸詠歌者乎？曰其辭雖可歌然俚而不古，即十九首中之客從遠方來、甄后塘上行、繁欽定情篇，亦有得於永言之遺，然神理氣味、聲音節奏，較之三百篇之長言嗟嘆則似有間，識者心能辨之矣。

我朝詩教浸深，既有得夫性情之正，復講求乎音律之原，士之有志詩歌者不可守偏而承闇。余不揣固陋，謬擬十餘篇，以備詩中一體，非敢謂補前人之缺。蓋欲存此見以俟君子之是正焉爾。

珠船詩草序

詩以達情也，而世之爲詩者適足以自掩其情，是非才之不足而學之不至也。發焉不由其誠，爲之不以其道，則才與學皆足爲詩病也。余讀戴君珠船詩，嘉其意趣橫出，務除凡近，宏篇累辭，若無涯涘，因思鄉先生〔一〕吳生甫有云：『士之習於藝而通者，恒有得於師學所不至之區。』書之於劍器無涉也，而舞或助之；醫之於鬼物無涉也，而祟或啟之。琴之於山水無涉也，而巍巍之高與蕩蕩之流或引而入之。今珠船寄情駘蕩，不徒規規於音律之間，豈誠得師學所不至之區耶？抑又聞之：言徵實而難工，意翻空而易巧。珠船曲陳世情，雕鏤物態，既悉本於性情之自然，所謂由其誠者得之，而爲之更以其道。自茲以往，其所至方未有量也。珠船索言於余，因書此貽之。

【校】

〔一〕生，本作『王』，誤。據掃葉本改。

師荔扉明府詩序

余自受讀後，好流覽六藝、諸子百家之説，間亦作爲古文以舒所見，未嘗致力於詩也。數年來身遭困阨，百端萬緒鬱於中，人情物態觸於外，無以發其憤，始假詩以自鳴。然而水遇石則激，鶴戒露有聲，此皆動於自然，非有意於世人之知，而人卓然以詩名者，余亦未之識也。辛酉之夏，余隨姬傳先生來皖江，先生爲余言：『荔扉明府工詩，有奇氣。』余聞而心識之，常以未得見爲憾。今年春，荔扉先生至皖，與余相遇於旅舍，出其所作見示，皆自闢蹊徑，不規規於昔人。其氣之盛，若決江河而東馳；其思之奇，若雲煙變滅而不可測。余反覆卒讀，益信姬傳先生之言不虛，而余向時傾其名者尚未得盡其實也。噫，詩道之敝久矣。精風格者或專於形模，率性情者或略於工力，二者相病而不能相成，而又心馳利祿，蘊蓄不深，此猶源濁而流未有能清者也。先生俯仰古今，豪蕩磊落，榮利不足動其心，羣務不足亂其守，宜其發言成章，而所得乃獨異與！然則徒以詩論先生，固猶未得盡其實也。

蔬園詩集序

余年十餘時即喜爲詩。然竊謂詩之爲道，本於心性，用爲樂章，小人歌之以貢其俗，君子賦之以見其志，聖人采之以觀其變，非吟詠所能盡其蘊也。故嘗欲決然廢去，以求乎聲氣之原；既而以爲詩即情也，情不可以終抑，故間亦形之詩歌，然而工拙非所計矣。懷遠許君叔翹以詩學名一時，其動於中而發於辭也，往往豪蕩有奇氣，見者咸驚歎弗置，而許君顧不是重也。蓋素挾奇偉非常之才，每慷慨激烈，欲以氣節功名自見，故能慎取與重然諾，濟人之困而不自德焉。此誠古俠烈之士所不能過，而世徒以詩人目之，無惑乎許君之發憤太息也。

然許君之詩固與其人足相稱云。

張勔園明府詩序

自海峯先生卜居樅江以風雅導啟後學，而樅陽詩派遂盛於桐城。當吾時而得見者三人：其始則王悔生學博，其繼則朱芥生孝廉、張勔園明府。悔生先生既沒不可見矣，芥生貧而客遊流滯山左，今獨見勔園先生，雖欣喜過望，亦可以悄然增慨矣。余之知有勔園也，自悔生先生之言始也。余知君十餘年，而君宦江南，無由相見。君於余亦然。余遊吳越而君已歸，歸未數年而悔生先生卒，悔生卒而余乃始得交君。人世離合之不能如人意也固如是乎！君以詩集見示，余受而讀之，慷慨激昂，想見前人之風格。夫詩至近日難矣，海內之好尚與吾桐之趨向亦互有得失，所勝於世人者，大體雅正風氣遒上耳。然吾桐之近爲詩者，所造亦不一焉。以吾所見三人論之，力追往哲，得其精華，而七言短章尤爲超絕，蓋悔生之所得也；雄健瑰麗，調悲節壯，蓋芥生之所得也；高秀雄闊，跌宕生姿而情韻深婉，蓋勔園之所得也。三君並崛起樅陽，揚聲江表，使後進有所觀感，吾桐之詩派其遂盛矣乎！君再令奉賢而家猶清貧，其人如此，即其詩可知。余來樅江，恨見君之晚，益歎海峰先生之遺澤不衰，而余與君前日之遊亦爲不偶，惜芥生遠隔，不得一證斯言也。

清歡堂詩序

自古人才莫盛於廢興之際，當勝國革命，吾鄉以節著者自畬山先生而外，吾得二人焉：一爲錢田間先生，一爲姚休那先生。二人之出處皆同，各有詩集行世。由今論之，雄奇之極歸於平淡，田間先生之詩也；揮斥之餘不事雕刻，休那先生之詩也。田間三至京師，與鉅公名流時相接處，故其事顯而名甚熾；休那則杜足田里，茹苦全貞，不自表異，故其迹晦而節尤難。今觀陽湖呂松壑先生詩數卷，其在二公之間乎？先生操行似休那而詩則近田間，各體皆得正宗，尤以五言律詩爲最。其源出於陶公而沖淡自然，直造韋柳之室，蓋無意摹古而自合者也。惜全稿散佚，其僅存者先生元孫幼心先生爲刊而布之，而吉光片羽遂獲見重當時，斯固流澤之長，抑亦天爲之也。嗟乎，遭時之變，士君子伏處全節而文字遂以磨滅者可勝道哉！既有感於休那先生，因書此以應幼心先生之命。

惺淵齋詩草序

吾嘗謂詩之爲道本於四始、六藝，而人之性各有所近，其才亦各有所長，故其於三百篇也，或有得於風，或有得於雅。其得於風者太白是也，其得於雅者少陵是也。太白體物工妙，託諷深微，而每取喻男女，故比興之體爲多；少陵激發忠憤，哀怨頓挫，而每直抒時事，鋪陳終始，故賦體爲多。要以合於溫厚之旨則俱無以易矣。吾師呂幼心先生所爲詩，宗法少陵，其風骨天成，不事雕飾，每有所作，皆自抒性靈，曲敘情事。揆諸六義，亦出於賦體者多也。先生爲世循吏，既有聲江表矣。其論治論詩一本於誠，故發爲詠歌，無纖靡之音，無囂張之迹，無浮響，無冶豔，而愛民敬事之心，惻怛忠厚之意，溢然於聲律文字之間。韓子所謂『其言藹如』者是也。是故性愈仁者語愈摯，心愈平者言愈和，此動於自然，非可力強也。先生不求工於詩，亦不苟於詩，意有未浹，雖一字之微必精審，歸於至當乃已。此專家之士所竭力以赴之者，而先生以勤政之暇爲之，且又不外乎三百篇溫厚之旨，可謂兼人之能矣。夫天下有得於天而功不至者矣，未有不得天而能至者也。先生之於詩，其得於天者最優乎？先生屬序於開，謹以所知書之，並質諸世之君子。

紅葉山房集序

余交夢白十餘年，久知其仲兄笏君之才而未獲相見。讀其所爲詩，未嘗不嗟嘆，竊慕有味乎其人。後君舉於鄉，留京師者有年，而余先以丙子出都，故卒不得一伸傾蓋之歡，然千里神合彼此殆同之矣。今年冬余過南州，始聞君歿京師，爲之驚悼者累日，非徒悲君，且以傷斯道之日孤也。十數年來，老成凋謝盡矣，而高才盛名不得永其年者復不可勝數。吾鄉則張君阮林，太倉則蕭君子山，吳中則李君四香，並君且爲四矣。是豈造物忌才，而不使諸君子各竟其所學以顯耀當世耶？抑或思能傷人，而精力盡瘁於文字耶？若君與阮林，其業已將垂成，而其年方在盛壯，較之諸君尤可痛而惜矣。君詩與文若干卷，夢白編而刊之，余反復繹誦，其思悄以深，其辭麗以質，其情悱以惻，其音和以平，卓乎有不可磨者。使更假歲月，窮其才力，其所至且日進而未有涯也。嗟乎，君卒竟逾年矣！生吾不及見，死乃序其詩文。夢白曰：『吾兄至性過人，篤於倫理，於事測斷有識，居京師時知之者雖衆，而性格落落寡合。』其抱負如此，宜其成就之卓絕歟！夢白索言於余，遂書此以應其請，兼欲慰君之靈於無窮也。

無不敬齋遺稿序

霽峯太守刻其先贈君升屏先生遺稿即成，索言於開，開辭不獲命，乃感嘆而爲之序曰：

嗟乎，夫遇有豐嗇而德無不報，時有顯晦而美無不彰。先生篤行好古，殫精文藝，以學以教者垂數十年，雖不克獲報於其躬，而哲嗣霽峯太守以治績受天子特達之知，其秉心爲政，一以先生平日之訓爲法，而又思闡先德，校刊遺集，使太阿之劍、荆山之璧出之於故篋之中，而發其精采於星日之下。是固太守之孝思，實亦先生畢生之苦心孤詣，不能鬱而無傳。故當搜輯遺佚之時，零文片紙多獲於意外，豈非先生之靈有默爲相之者耶？夫可信者已也，難必者時也。嗟乎，觀先生臨終時以斯卷授太守，而太守今日刊而傳之，又增其未備，所以善承其志如此，世之爲善力學者可以勸矣。先生教授日久，生徒成名者甚衆，處世接物外和而內慎，陳勾山京尹、齊次風侍郎、王韓城相國皆深器之。所爲文不名一家，其氣溫以和，其思沉以細，其語曲而詳，其體嚴而密，雖世人嗜好未必盡同，而先生是文固當乎人心之公者也。

開以修志來亳，與霽峯太守時相接處，聽其言論，觀其措施，而知當日稟承之有自。因思先生篤行好古不獲報於其躬，而太守秉心爲政能以先生平日之訓爲法，是先生之志得行於身後也。遺文珍藏未出，一旦刊佈，見者莫不驚服，與寶劍良璧同其光氣，是先生之文屈於暫而伸於久也。然則德無不報、美無不彰者，乃古今不爽之理，而先生亦可以自慰於九原矣。開因辭不獲命而遂不敢自外，且讀先生之集而能無憾也，於是乎言。

貞瑎錄序

余至平梁之逾月，陸君繼輅出其太夫人之行畧及諸子所爲序錄以示余，余且讀且嘆，乃肅衣起敬曰：自女教浸衰內習陵遲，天下競相安爲故常而不知其非，唯太孺人，以義矯俗，以禮持躬，相夫盡職，勖子令名，誠之翼之，古訓是從。唯我陸君，言爲詞宗，學爲士則，乃鋤其氣，乃和其色，克厲克慎，以無忘母氏之德。是以教立行成，遐邇流聲。子有聞矣，母心以寧。教之取友，以淑其行。是皆足以激末習而愧俗情。故生則人欽其範，沒則人仰其教，學士大夫斂容驚歎，名流宿德同聲一辭。雖犍爲之稱陽姬，蜀川之頌惠母，無以過也。昔魯敬姜慎於禮儀之別，黔婁妻嚴於邪正之介，聖賢韙之。今太孺人克嫺大義，造次不苟，古今人有異世而合轍者，何不相及之有？繼輅既遍求同時耆彥，爲文以光其先，復索言於余，余觀諸君子所以頌太孺人者，而繼輅之爲人可識矣。繼輅所以自立以孚於衆望者，而太孺人之教益可想矣。詩有之：『終溫且惠，淑慎其身。』太孺人其庶幾乎！記有之：『將爲善思，貽父母令名。』繼輅其勉之乎！

書鄭氏義門支譜後

昔東漢黃瓊楊震以歷世名公卿爲天下宗，袁安以後四世五公顯於漢室，天下漸以世望爲重，已開晉人門第之習。迄宋以降，譜牒大興，隋唐因之。而北魏命官亦取世族，家承其業，人專其學。方是時，如清河之崔，范陽之盧，滎陽之鄭，豈獨其子孫能不忘其先耶？天下固未有不悉其世德者也，故以八裴而方八王，皆出於當時之公議也。自五季之亂，圖譜散失，故家大族漸淪於兵火，名德舊澤猶繫於人心，而其子孫已有不能舉其先世者矣。姓氏之傳既已無徵，而朝廷取士又不以此爲用舍，故舊姓遂以不振。科舉興而譜牒衰，此不並立者也。然其可得爲者一家之私紀也。國史不收，而家譜亦放失而莫可稽，則非時世爲之也，所以善其後者無人也。柳門先生以其先義門之世系甚繁，別爲支譜以條記之。其辭簡而明，其義直而暢，疑者闕之，寧居其慎而不敢失之誣。蓋歐陽永叔之爲世譜，亦有不能盡詳者矣，夫先生固亦倣歐陽氏之法也。是譜出而義門之世系得以盡明，義門之世系明而滎陽之舊望於以不墜。追遠之事，孝子之志，學者之所先也。余見先生之志有成，故樂誌其後；而又以爲滎陽之善其後者有人，而竊悲夫清河范陽之舊紀放失而莫可稽也。書罷爲之太息！

漳州竹枝詞跋

竹枝之體，其源出於國風，考亭所謂里巷歌謠者是也，唐劉禹錫最工爲之。自是以降作者益衆，或以言情，或以紀俗，要不失風人之旨而已。鄭君栗園客漳時有竹枝百詠，其言俚而工，其意近而遠，大抵取古人紀俗之意恢諧出之。然於言情之體例亦自不悖，蓋言情之作舒一己之感歎，以形詠歌，故辭必取乎簡；紀俗之作備一方之土風，以資勸懲，故辭不嫌其繁。鄭君欲盡敘漳之民風習俗，是以纖悉具陳，蓋繁而不失之冗者也。婉而多諷，質而可誦，吾於是篇有取焉。

睫巢吟跋

徐梅圃先生以沈婉深摯之思發爲清麗俊逸之作，生平足跡半天下，凡鉅觀異狀與夫悲憤不平之氣，悉寓於詩，而雅不自多，名之曰睫巢吟，取焦螟巢於蚊睫之義。夫音無所謂大小，亦各有其至而已。先生性情悱惻和愛，得風人溫厚之遺，故詩亦造其妙而效其真。焦螟雖小，其感於天地之氣而動，爲自然之音則無以易，而浮慕九皋之鳴者反自失其音節。然則世所稱鸞凰之吟，殆梅圃之不欲居者歟？

桐城劉氏支譜序畧

先高祖紫峯先生既重修劉氏支譜，其元孫開乃復統其世系而爲之序曰：　昔太史公作自序稱述前世，班固因之作敘傳，自是以降，譔史者莫不自述其先。夫遷爲私記之書，固宜詳祖德矣，班氏奉詔爲漢書，以一人家事託名國史之後，而君子莫之議者，誠以表揚先德乃孝子慈孫追遠之至意，故論者但原其仁未忍即繩以義也。故周公詠歌文武之烈，詩書載之，賢哲取法，莫之易焉。陸機潘岳詞人耳，猶能闡家風陳世德，況敦本之君子乎！夫立身行道，揚名於後世以顯父母，賢者之從事由來尚矣。其次則論述先世之美，使天下知其遺澤，亦孝思之不容已者也。夫自歐蘇以前，百族之譜皆領於官，鮮有專書以私紀家世，自歐陽永叔作世譜，蘇明允作族譜，後世宗之，家各有牒，歷年既久，族鉅人盛，多者萬餘人，少者亦踰千人，譜系不勝其煩，觀者難遽遍，子孫且有不能盡明先系者矣，他人何論焉！於是書愈富而人愈忘，事已詳而迹反晦。開因紀先世，乃爲文以敘其畧，俾後人得要領焉。

唯我劉氏之得姓源於三代，其祖陶唐時爭言劉累，然其詳不可得聞。以舊譜次之，其始斷自定公。定公名夏，佐周□王伐秦，八世而至漢齊王肥。肥，高帝庶子也。肥生朱虛侯章，封城陽王，子恭襲爵。恭子福封渤海侯。福子寬，寬子真、子臯皆受侯封。臯生質，質生稷，稷之子爲屈釐公。屈釐公初爲瑯玡校尉，後登臺輔，生子元。元生蔭，蔭生振，振生疇。疇仕魏至紫金光祿大夫。疇生毅，毅生琨，琨生純嘏，純嘏生惔。惔字真長，爲丹陽尹，以通識雅度見重東晉，與簡文帝爲道義交。當是時，大司馬桓溫方以克蜀功爲人望所屬，朝廷畀以荊州刺史，任上游重鎮，惔力言溫不可使居形勢之地，後卒如其言，士論偉之。惔之子爲鸞，鸞之後曰元，曰器資，曰登，曰裕仁，曰遙基，曰穆，曰實，曰嬰，曰德威，歷仕齊梁陳隋，或爲羽林郎，或爲左相，或爲平陽太守，或爲荆襄刺史，或爲鎮江將軍，或爲東郡太守，自鸞至於德威公蓋已十世，自德威至巨容公又歷九世，自巨容至汾公僅一世，而本支繁衍遍於天下，劉氏之盛著於此矣。德威公初爲揚州刺史，遷大理寺，官至丞相。德威公生曜，曜爲幽州節度使。曜生概，概生碪，碪生高，高爲潞州參軍。高生友文，爲都官員外郎。友文生材中，爲渭縣尉。材中生近仁，近仁生隆道，隆道生巨容。當唐敬宗時，巨容公爲臨河縣尉，以破黄巢功授南京節度使，生子三：長曰汾，次迴，次迪。汾字伯臨，以兵部員外郎助父破黄巢，爲信州團練使，遷牛衛將軍、太尉中書令、尚書右僕射，配九室，生子十四，於是孫曾雲起，分處别州，世之言族望者多祖汾公。汾公之諸子各爲大宗，皆以漢爲行：曰漢興，曰漢廣，曰漢彬，其母鄭氏；曰漢昇，曰漢瑞，曰漢平，其母鮑氏；曰漢從，曰漢英，其母宗氏；曰漢明，曰漢喬，其母張氏；其自李氏出者爲漢宗，自武出者爲漢匡，自王出者爲漢寧，自馬出者爲漢勝。漢勝公爲汾公第九子，仕至州長，生五子：長義榮，次義傳，次義廣，次義宗，又次義江。蓋汾公葬信州弋陽縣之旗鼓嶺，至漢勝公始由弋陽遷鄱陽縣之清塘，後十世乃遷徽州婺源，又二世乃遷桐矣。義榮公既葬芝山，生仁徹，仁徹爲大理評事。仁徹生大顯，大顯生用恒，用恒生省三。省三公名定，以皇祐五年廷試第一，官吏部侍郎。侍郎之子三人：有乙二，有乙三，有乙六。自乙二公以下皆以數爲字，其名莫可考焉。乙二公之後曰五十，曰七六，曰衡四。今桐城陳家洲始祖伯二公則乙三公之元孫也。衡四公之後爲廿四，爲九十，爲重三。自廿四公遷婺源未久，而其孫重三公名克讓官安慶教授，愛桐城麻山之勝，遂卜居焉。於是命長子錦回公歸婺源以奉宗祀，命次子源子瑩居桐城以隨杖履，命少子信分居懷寧以廣支派。瑩中永樂癸未進士，官侍御。瑩子璽復中正統辛酉鄉試一名，父子開桐城科甲之先聲。璽孫采，嘉靖戊午舉人，采子應昌萬歷庚子進士。其後裔徙居姥山，世爲姥山劉氏。自重三公長子歸婺源，而次子源於桐城爲長，號思湧公。源生新，新生受。受爲新周公，既仕鄘州，有聲矣。新周公之後賢才接出，世揚耿光。有若玉明，有若文相，有若昭次，有若咸仰，有若皖蘭。厥□素薄豐以文章。皖蘭公生芳軌，芳軌生世俊、世傑。世傑以武功官哈哈番，籍隸漢軍。世俊生元勳，元勳字長人，當明末時，史公可法巡撫安徽，長人公以才畧見知，參謀軍事。公既在軍，有嚴有翼，佐平賊黨，辭不受職，明亡再徵，身隱不出。長人公之子名大猷，大猷生中芙，中芙生拔，拔生庭灌，庭灌生應臺，應臺生開。

開爲兒時即聞先祖浣溪先生道先人事甚悉，且曰：『吾宗遷桐者遭明季之亂，譜牒毀於兵火。天下既定，長人公篤念宗系，訪求舊譜，得梓溪同宗小遜者以歸，而遷桐以前之世系乃始可譜，至先祖紫峯公又補其闕遺，正其條例，迄今踰四十年，余欲更修之而力未果。夫事有勤於前而惰於後，子孫之責也。祖宗有善而人不知，不孝之大者也。吾老且病矣，汝後能成立，其毋忘先人之志！』小子不敏，幼貧失學，長遊四方，客於諸侯十餘年始歸，取先高祖所修之譜及先祖所欲續未成者，刪繁補要，以成一書。又以遷桐前之世系乃長人公身冒危難殫精瘁力以求得者，而先高祖之苦心實於是寓焉，故備舉其畧以著於篇，使後之讀者知先人所以用心，而於敬宗追遠之道庶幾其有補云。

劉氏支譜後序

開述先人事畧既備，列遷桐以前其重三公後之世系行事，載而未詳，於是開仰稽前緒，俯感今遇，統觀上下盛衰之迹，彼此離合之時，文行稱譽之美，紀之以事，核之以實，無可證者慎而不登，蓋不敢不慎也。夫子孫之於先人也，有所疑不敢不闕，所以昭敬也；有所知不敢不詳，所以昭誠也。夫劉氏之顯於前世久矣，由定公以至巨容公四十有七世，若齊王肥朱虛及真長公，國史得而詳之。由巨容公以至重三公十有五世，若汾公省三公國史載之，餘則家乘詳之。由重三公以至於今十有八世，若長人公及先高祖家乘詳之，若先曾祖及先君子去今甚近也，然而家乘不得悉詳者，以譜未續修，實迹多缺，先祖浣溪先生有志於斯而其業未就，以命小子，小子不揣，謹依舊事，記遷桐以來始末。

夫重三公生於婺州，官於安慶，徙於桐城，梓溪之支派也。思湧公居於麻山，耕於大劉莊，卒於周婆崗，孔鎮之嫡系也。思湧公爲重三公次子，名源，弟瑩官監察御史。家既隆矣，思湧公自安樸素，守先人之教。生子新，新爲跂遠公。跂遠公生新周公爲鄜州吏目，有子曰玉明公。玉明公諱倫，爲明景泰間諸生，生子五人：長文相，次文舉。今之世居孔鎮者，文相公裔也。其仍居麻山者文舉公裔也。文相公諱宰，性超逸，善詩，好遊山水，其從弟燕及公中萬曆甲辰進士，仕豫楚間，有德政，民廟祀之。文相公生昭次公，昭次公之後爲咸伸公，待聘則皖蘭公。自昭次公至皖蘭公三世皆爲諸生，有文譽。皖蘭公以榮祿之不可倖致也，盛名之不可妄居也，道義不可虛而動履不可苟也，乃敦實行攻經術。皖蘭公之文成集，其所著易經講義，大司寇錢公如京，服其巨識，逢人稱之。然公負性簡傲，司寇欲一見不得。皖蘭公之子爲思誠公。思誠公諱芳軌，事父純孝，幼爲塾師，距父館十餘里，每晨必親問省，不知奔走勞。其先意承志以悅親者未有恒則，而要必歸之以道。子泗來公，使侍祖左右，嘗誡之曰：『讀書枝葉也，敬祖根本也。』思誠公授徒孔城，因家焉。夫孔城亦桐邑之一鎮也，地四達，人物蕃；明亡，毀於流寇，至思誠公之孫長人公出而其地復盛焉。思誠公既遷孔城，其子泗來公遂定居之。泗來公諱世俊，自幼學博行孝。當萬曆丙午，巡按宋公燾兼攝學政，閱試卷奇其才，已取定招覆矣，公以父病，星夜急歸，不應覆試，聞者歎之。自後公益肆力古文及詩，其集膾炙人口。死葬牛欄鋪之山麓，後學往來是路，欽慕之者咸瞻拜焉。泗來公有弟曰世傑，爲泗式公，國初佐命，以功官哈哈番，入旗籍。泗來公之子曰元勳，是爲長人公。長人公才兼文武，少時既以勇畧見知於安徽巡撫史公可法矣，由是內參軍府，出臨戎陣，所在有功。崇禎已卯春，詔巡撫各舉將才，史公以公應舉，公以親老固辭。是年史公以父喪歸，巡撫鄭二陽強留公。明年庚辰，黃將軍得功擊賊過桐，見公大奇之，言於二陽，請以餘賊之遁入英霍者使公佐勦，公於是率官軍入山殺賊，奮勇獨先，矢斃其長子不爲動，卒以平賊功爲巡撫奏授遊擊。公以儒生居武職，恥之，棄不就，且知二陽不足共功名也。公既歸里，次年壬午，史公起淮陽巡撫，總督漕運，欲大用公，特疏以薦牒，知安撫促公赴命，公時丁外艱，不能應，亦知時勢之無能爲也。後二年甲申，賊陷京師。

國朝定鼎，巡撫兩徽公，不起，遂隱居孔城，以詩書教子弟，娶光恭人給事中時亨之姪女也。長子扶上，次天儀，又次定遠。定遠公諱大猷，爲同里名儒方補齋先生之婿。當連雲社起，桐城鉅公名士及吉水李宗伯振裕，共推方先生爲祭酒，先生以博學篤行重於遠近，嘉定遠公之學品，以女妻焉，即節孝方太孺人也。定遠公少以聖賢自期，造次必依禮法，有絕人之勇而不欲以力聞。其行乎於衆，孝親而恭兄，敬師而信友，哀孤寡恤困窮，爲郡增生，三十有八歲而卒，能自知死期。定遠公有三子：長紫峰，次以綏，次漢竹。紫峯公諱中芙，字馭寬，是爲先高祖。先高祖殫心古學理數，析天人之精。其生平所友善者，里中則胡司業襲參、王郎中洛、周進士大璋；其居江寧操選時所共事者，則田公實發，李公岱雲。先高祖爲諸生數十年，以定遠公早卒，憚先業之墜，未敢一日忘祖訓，於是修宗譜，創支祠，立祭田，保墳墓，所以延世澤而垂久遠者，其功甚鉅。曾祖名拔，字彙征，爲郡庠生，薦元不售，性慈祥好施與，有求必應，因人貧而焚券者不計其數，以是家益落。接人和易，終其身未見忿怒，養和敦仁以至先祖。先祖少習祖訓，學藝於周汝和先生，問經於姚南青太史，聞詩法於家海峯學博。先祖弱冠即以梅花百律見賞於邑令倪公庭模，於是江右李五風孝廉千里來訪。後數年，又以試文受知於朱竹君學使。學使既試畢，召先祖至，謂曰：『子文典雅極矣，而詩尤工妙，有方盦山先生風韻。』親爲誦諷久之，且以卷示諸博士。夫學使以文章名天下而知愛先祖如此，先祖既隱居養親，無意仕進，晚邃於易學，姚惜抱夫子嘗稱之。先祖享年七十有二，生先伯雲臺、上臺及先君子。先君子諱應臺，於行爲三，繼祖妣生叔天祿。先君子少好學，性至孝，溫恭友悌，秉心仁愛，不敢存一念利己，不忍以一事損物，不欲以一言傷人，當時或笑其迂。先君子生二十五年而卒，不獲盡其所學。不肖開生半歲而孤，母氏吳孺人嘗舉先君子之行以教開曰：『汝父爲人謙退敬慎，於横逆之來則恬然以受，嘗曰：富貴，人之所願也，吾非不欲之也，不敢有過望也； 貧賤，人之所惡也，吾亦非樂受也，不敢有怨也。 或事有拂意，則強自慰曰： 此天之所以嘗試我也。 間稍適意，則喜且懼曰： 此已過分，何能堪也。 是以生平無疾聲，無厲色，無不平之意。 此汝父所以異於時賢也。 夫學不能變化氣質不足以進道，汝性剛急，宜以乃父爲法。』開心志已久，嘗自克不能，流涕悔恨而自責曰： 余過多矣，其何以副母氏之言！ 自先君見背，開育於外家，七歲而始知學，十歲而先祖命歸讀書，誦經傳及先賢遺言。 十二學爲詩古文辭。 年十有四，謬爲先達姚姬傳先生所知，稱爲『國士』。 十有八歲遊安豐、歷汝潁、下金陵。 二十而至豫章，登廬山之巔，信宿鹿洞，汎舟鄱湖之涯。 二十有五上大別、涉漢南、窮粵嶺而歸。 二十有八，由江淮、歷齊魯、躡岱宗，北抵京師，仰皇居之壯，西過邯鄲，望太行、渡漳水、馳騾大梁之郊。 三十遊吳越，謁禹陵，居休西湖，觀書於文瀾閣。 三十有一，東窺滄海，履落伽，眺大洋，極水天之勝。 於是以黃山僻在一隅，乃由黟歙陟蓮花峯，縱觀雲海； 出新安江，過釣臺，入太湖，覽東西洞庭，探林屋洞，遍交天下賢士大夫，倦遊乃歸。 是時先祖浣溪公歿十餘年矣。 開自慚陋劣，不能光顯其先，而祖系之傳先大父付託之重，遲之久而未屬草，恐無以仰承遺訓，乃總括遷桐以下本支傍系，別其異同，紀其美善，以重三公爲首。

唯重三公，薄志軒冕，肆情邱壑。 垂範後昆，孝弟禮樂。 士人慕義，載饑載渴。 是爲遷桐一世。

唯思湧公之弟顯矣，家方鼎盛。 而思湧公性愛隴畝，不敢離先人之居，以耕以讀，仁義爲廬。 是爲遷桐二世。

跂遠公之從昆弟五人，同産三人，各愛徙居。 公守舊啟新，篤祖之祐。 是爲遷桐三世。

唯新周公，作宦秦中，守介樂貧。 修二賢祠，敦愛士民。 葦谷之水，鄜州之山，公乃流連於其間； 長揖而歸，泉石幽閒，厥支有八，未能悉詳。 謹以所知著於簡端。 列遷桐四世系表。

文以琴瑟，澤以書詩，不有玉明，何以啟後嗣。 厥行有十，其派各岐。 列遷桐五世系表。

唯我文相公，以風雅之才，有山水之契。天性友愛，篤於昆弟。積和生祥，厥子穎異。列遷桐六世系表。

學誠優矣，時則未遂。唯昭次公，文冠庠序。其同支散徙，所可譜者十有六人。列遷桐七世系表。

生而敏悟，幼而能文，長而倜儻，老以德稱。嗟咸仰公，困於諸生。其同支可譜者得三十六人。列遷桐八世系表。

自玉明公以下，累世有聲。皖蘭公復起振之，名聞公卿。講易獨山，動循禮經。死以易殉，悲哉此心。列皖蘭公冠九世系表。

夫行者所以驗德也。唯思誠公之孝德本於性生，感於異類，孚於神明。當授徒時，夜坐弗寧。恐親有病，秉燭山行。衆以虎言，公行弗聽。路遇猛虎，伏焉不驚。叱之至再，虎遂潛形。燭滅弗懼，行至館庭。父已無語，涕泣送終。至誠相感，匪神之靈。列思誠公冠十世系表。

孝有世傳，泗來繼之。幼試於皖，學政取之。親病遽歸，召則辭之。行心所安，人誰繼之？作爲文章，遠近則之。列泗來公冠十一世系表。

明既失政，盜賊紛起。長人公以沉毅之識，施幹濟之才，智能知兵，勇能殺賊，在明季爲奇人，在國朝爲節士。天下既平，乃伏身田里。於是，公年始三旬，結廬於兵火之後，治産通商，從而居者五百餘家，使孔城爲巨鎮，其才畧有似乎范蠡。列公於長卿公後，爲十二世系表。

前以武顯，後以文奇，唯我定遠公之挺生也。靜則方矩，動則圓規，束身名教，禮義是持。技則無敵，識可前知。列公於天儀公後，爲十三世系表。

能積微成鉅，積暫成久，由近至遠，日累而有功，使危而復安，衰而復盛，此唯先高祖紫峯公優爲之也。列公於顯望公後，爲十四世系表。

奉上克慎，馭下以寬。年踰六旬，猶能跪受親杖，起敬起孝。父母既歿，能推親愛，友於其弟，甘受侮不辭。此先曾祖之行也。列而著之，續十五世系表。

非禮不視，非義不言，非古人文辭不學，此先祖之行也。列而著之，續十六世系表。

生也人迂其行，死也人重其德。其言也可味，其志也可思，非先君子不能。列而著之，續十七世系表。

唯我累世，祖德尚矣，而能綿宗祀於詩書禮教，蓋內助之賢，有不可沒焉。自重三公，娶妣盧氏、吳氏，思湧公娶於程，跋遠公娶於謝，新周公亦娶於程，玉明公文相公皆娶於王。由是七世祖妣高氏，八世祖妣張氏，九世沈，十世黃，十一世程，皆各有善可述，然世遠事軼，詳畧互見，不能悉備。至十二世祖妣光太君，全節於喪亂之中，立德於創家之始。十三世祖妣方太君，以節孝上邀旌典，流光奕葉。於是先高祖妣吳氏，克昭慈儉。先曾祖妣戴氏，克懋純德。先祖妣王氏、于氏，克顯才行。我母苦節三十餘年，訓不肖開如一日，奉上孝、御下慈、處事敬，故幼則女誡是嫻，長則婦德是修，老則母儀是式。故稱劉氏之內教者，良有自焉。自先君早喪，先伯繼亡，我母矢志於零丁困苦之時，撫開以至成立。事亡如事存，用能繼奕葉之規，隆家聲於弗替。今戚里以節行，請於有司，申於大府，將表於朝廷，衆稱頌之矣。而我母猶以不及先曾祖妣爲憾，小子開序述前徽不敢緩矣。作歷代先妣系表兼載我母請旌事實，附於十七世事後。

唯小子之生，上距重三公之遷桐幾五百年，歷世十八。唯重三公仕爲學正，有惠德於皖，其遷桐也，命長子錦回公歸籍婺源，不忘本也。命幼子孚缶公寄籍皖城，以民愛戴之也。自重三公居桐後，其子仲璠公數世顯於科名，思湧公至新周公三世皆有隱德，玉明公至皖蘭公五世以文稱，思誠公至泗來公再世以孝著，泗式公以軍功貴顯京師，至長人公則經濟、功業、志節罔不兼美，抗迹古人，光昭史策矣。長人公既有勞於國，有惠於鄉，紫峯公峯有功於先，有利於後。自定遠公以至先祖，四世以學行知名，獨先君早卒，其詳人莫得聞，而所傳言行梗概，較之古仁人君子，用心實有合焉。不肖開行薄才弱，過爲海內君子所推，而揆厥實修，內返之心，猶不及先君子之萬一。惜身未通顯，無以表揚先德，負母氏之教，虧先祖所望，咎彌甚焉。夫劉氏自思湧公後，世居麻山、孔鎮，其遷居城內者自仲璠公。其遷邑之東者自跂遠公之弟受一公，遷邑之西與南者自五世玉明公、玉鎮公，遷樅陽及黃連渡者自六世文炳公、文蔚公。其遷於他邑：

懷寧則富三公，舒城則貴四公，廬江則盛周公。遷懷寧、舒城者自三世往，遷廬江者自四世往，而仲璠公之後四傳而勝高公遷劉氏嘴，燕及公以降數傳而居姥山。其他後裔奔散無可考者不可勝道。而居麻山、孔鎮者，猶得延先澤於鼎革之際，得譜系於兵亂之後，網遺軼於散失之餘。千百年來，事迹靡不條貫，而他支之昌熾者或未能焉，不可謂非先人追遠之力、祖宗庇佑之所及矣。夫重三公以前，劉氏之立名稱者，有朱虛侯之忠勳，真長公之識量，敬容公、汾公之武功，省三公之文雅。然爵則王侯，仕至將相，故史得紀其實。自重三公而下，官不能顯達，達矣而或不在本籍。然循吏孝子、文人高士、節婦賢媛，以及奇才偉畧累世不絕。而史既失載，家譜又畧，先人有知，謂後嗣何？余之備述前世，所以仰繼先志，達私衷之誠，以推及遐遠而播於無窮也。而謂文字之細遂可以闡揚世德抑末矣。夫孝終於立身，先王之所重而夫子所以教者。開雖不能，竊有志焉。於是條列始末，以著於篇，俾後之覽者惕然有所矜式，並知開早負微長，濫竊虛譽而困於貧賤，妄希古哲，不能如當時得志君子之顯親揚名者，乃己之不才，非祖德有不逮也。嘉慶庚辰年八月日。十八世孫開謹記。

文集卷九　記

自樂亭記

築一亭於園之南，高不及樓，廣能容席，深無重戶，敞可延日。河水流焉而逕其前，書室聳焉而峙其後，柴扉啟焉而豁其左，叢竹茂焉而隱其右。是多禽鳥，朝則飛而鳴也，夕則聚以棲也。是宜賓客，卜晝以雲，卜夜以月。有桂焉，見之使人味夫德馨；有松焉，見之使人慕夫高節。其中唯貯書千卷，是多佳日，主人於是讀書其間。俯而思，仰而窺，靜有悟，動有得，興至乃歌。是於盛夏尤宜：可以滌煩慮，可以避炎暉；涼風既來，衆籟以吹；是惟良友，可以共此。有酒孰御？有弦孰揮？思我君子，德音無違。願言同樂，以解渴饑。於是天地萬物，吾心可羅而有也，而吾力不能有之；吾身不能致而有也，而斯亭有之。於是入書室，出柴扉，望河水之浩蕩，見叢竹之霏微。坐此亭而聽禽鳥，晏賓客，娛佳日，消盛夏，無往不可以自怡，無得無失，無是無非，唯古人是歸。或曰：是亭也，以其可以適性，故樂在於斯；以其欲與友共，故有而不私。然友之樂即吾之樂也，遂以自樂名之。

頤園序

學使胡書農先生既以孝作忠令名顯親矣。庚辰春，迎養太夫人於姑孰使署，署東有園，榜曰『嘉樹軒』，爲秦端崖學使奉母之地，園有亭池竹木之勝。於是太夫人年八旬矣，稱觴是園，即名園曰『頤』，蓋以表奉養之盛事，樂後先之並美，而誌中心愛日之誠也。

公既使諸生各爲詩文，復以是屬開。開竊惟頤之取義於養盡人皆知，而君子所謂養者與衆不同。孟子論事親而以守身爲大，詩言『孝子不匱』而歸重於『錫類』。公之高才博識，立身行己，既無愧孟子之所謂『事親』，而又矜惜人才，培養善類，拳拳以經術文章造士，爲國家致得人之盛，詩之所稱『錫類』者殆無以過。即象傳言『養賢及民』，亦不外作人之化頤之時，義莫大乎是矣。且頤

『上九』曰『由頤』，又曰『利涉大川』，言上有剛明之才，天下皆由之以得其養，故可以利濟有功也。公以通儒受當寧之知，秉風化之權，將見推孝養之道，加惠天下，使人各得所養，以成利濟之功，則『由頤』之美公庶幾其克任之，而斯園之取義於養，是乃君子以道尊親養正則吉之事，豈徒爲一家之慶、一時之榮哉！抑開聞之：《頤》之爲卦，下動上止，在上者安靜無爲，在下者服勞動作，以下奉上，於孝子養親之義，蓋有取焉。而說者曰：《頤》之象，艮上震下，震爲長子。子之事親，養爲先。艮爲山，山靜而久，有壽考之象；艮爲小石，爲徑路，爲果蓏，有邱園之象。《賁》上卦艮，故曰賁於邱園，其明驗也。以頤名園，於經義適合。君子之言必宗經，其不苟也如此。夫說者又曰：《記》有之：『百年曰期頤』，孝子愛日之心有加無已，太夫人既享高年，必臻期頤之慶，公之取名曰頤，抑或以此也與？然則頤園之稱，一言而衆善咸備，非獨誌孝養之盛事，上追美於端崖已也。

開見公隆忠孝之懷，踐顯揚之實，故敢舉君子之所謂養者以進，並考之於《易》，參之於《禮》，證之以詩人、孟子，以爲唯公可以堪此。至亭池竹木之盛，擅美於姑孰使署，爲詩賦者皆能歌詠之，故不詳。是爲序。

遊三疊泉記

匡廬之奇秀聞天下，而三疊泉之奇以後出而獨擅其勝。往者余遊此山，探幽索深，經十日乃去，自以爲崖洞溪壑之瑰異莫名者皆已得之也，而猶以未至三疊泉爲憾。

今年夏，坐筍輿入山，先取道鹿洞，行十里許，覺無以異；至山下，正當五老峯背，飛嵐濕翠，遠撲襟袖。舍輿徒行數折而上，水草蒙密，亂泉行石罅間。更行數里許，境已偪迫，峽勢束水甚急，怪石錯出，怒相争鳴。右轉而上，將抵谷口，忽有一石屹立崖側，驟聞泉聲洶沸，如千軍萬馬並至者，則已見玉川門而猶未能至其下也。由石旁緣崖而入，寬可容二三人，出石數武，地勢忽敞，徑抵玉川〔一〕門，觀所謂殊態異狀者。水自高浸淫而下，勢不可遏，石壁徑當其前，豁然中開，屹立如門，高且百仞，水出其中，奔流下注於石，激而噴薄，皎若雪霜，故其地名爲『玉川門』云。其下石益參差奇譎，或偃或仰，或正或欹，或平如壇如案，水從石縫瀉出以趨於澗。蓋自石門以下，其流已迅而又前遏大石不能遽行，故盤旋而作異聲。余坐石上，良久乃行，從石門右攀蘿涉險，山形壁立，覺無去徑。更上，隱隱見有石隙，至則狹如曲洞，宛轉可通人路，而泉流不經其際，俗以此爲玉川門，非也。過此則與外隔絶，別有異境矣，其中開朗洞達若不在人世。向左數轉，草深不能辨路，余奮力以登，循澗而上，其對山則屏風九疊，丹崖萬仞，連亙天半不斷，余歎爲鉅觀。

又行二三里，路窮履石，崎嶇不一，方以爲峻絶，不可復前，而三疊泉已至吾面而未之覺也。蓋泉之下爲潭，潭之四圍皆紺壁擁蔽，周如石城，其前石壁之下有小石門，非至其門，望之雖覺有異而泉尚不得見，至則忻喜快目，而水簾之勝忽露於頃刻，此其所以異也。石門之下皆潭水，瀠注其內，有巨石盤踞水上，狀如龍蹲；其外，巨石遏潭水使不下溢，皆可坐以望瀑。余俯身緣石門蛇行至潭內石上，坐而迫視，去泉不過二丈，而飛瀑幾濺於衣矣。泉之變態不一，初若素練之垂，至觸於石，則巨者立碎，如玉屑之飛，如唾珠之落，如細雨之絲，紛飛直下，而一一可辨。及其更觸於石，則細泉交迸爲一，鼍鳴雷振，下流爭注於潭，其聲若洪鐘之撞而戰鼓之發也。三疊之狀若此，而其旁亦有細流一縷，直達夫潭而不盡三疊者，此非深入其際、久察其變不能知也，余既取潭水煮茶飲之。

坐久，覺石氣逼人，陰寒竦入毛髮，從者趣歸。既出小石門，以門內皆水，命從者各持石以置門左，庶幾一攝可入，使後之遊者得以盡覽焉。時日已暮，余倉皇下嶺，出玉川門，猶徘徊不忍去，而九疊屏風皆有雲擁其巔，不可復辨，如來時道中所見云。從者謂余上至三疊泉，其時陰雲忽開，無微不出，殆有天幸；而余以爲向者未盡其奇，今或匡君以崖洞溪壑之詭異莫名者盡使余得之，而不爲隱蔽也，倘亦有意然耶！因爲歎息者久之。行十餘裏，復抵白鹿洞宿。

【校】

〔一〕川，本作『山』，誤。參前後文改。

過岐嶺記

舒桐皆環山爲縣。自桐入舒，其道有三：由城後往者曰五嶺，由東北往者曰北峽關，由西北往者曰岐嶺。五嶺之地崎嶇，其徑僻；北峽關爲淮南江北之通衢，其地喧；惟岐嶺高入雲表而路漸闢，凡往來於舒霍者必取道於兹，其勢便。

余以已卯仲冬過此，未及山半已盡川原之勝，升高以望，百里内外近若咫尺。踰嶺以西，則舒城衆山出焉。嶺之左曰蓮花尖，小龍峯之所依倚也；嶺之右曰劉氏寨，元明紀家沖之所避亂也，皆與岐嶺連峯相接，勢均力抗，不爲稍下。其餘諸山盡爲培塿，争若俯首聽命。山故有寨，叠石爲門，甚狹而峻，常有雲氣生於山巔，雨露之所滋，流泉之所瀉，雖晴霽地亦濕焉。

夫斯嶺所以界舒桐也，嶺以内山氣甚薄，而嶺外之山，其奔騰入舒邑者，雲氣盤結，經日不散，何也？意者吾邑發洩已盡，而舒之人物尚未極盛，天其或者蓄其氣以有待耶。因記其嶺之形勝，並所見如此。

岐嶺看雲記

始吾以雲海之勝爲黄山獨擅也，今吾至岐嶺而乃信天地之無盡藏焉。余既登嶺巔，東向而窺，凡山川林壑之在吾邑者皆紛羅目下矣。方過嶺西下，忽有大湖盤亙山前，白波萬頃，蕩漾山谷，徐而察之，雲也。蓋嶺以西山勢連延而下，或起或伏，高者爲峯，低者爲峽，平者爲岡，裂而爲溪澗，豁而爲原野。其由嶺以下之泉則流爲大川，其嶺旁之山前行而交互於外者，則圍如城郭，雲出其際，彌漫四合，十數里間盡成巨浸，無有林麓高下之辨，唯崇山之聳異者得露其半焉。一碧平鋪，隨風飄動，變態百出，雖不及雲海之大，要亦宇内之鉅觀也。余因思天地之奇，非一方所能盡矣。凡深山大壑，其雲氣盤聚，必有殊形，非臨至高之地觀之，則無以見其異。然則雲之成海，固地氣之常。彼黄山者，特其顯焉者耳，如岐嶺所見，而人不知其名遂不傳者，豈少也哉！

西湯池記

溫泉世不常有，有者或在帝都，或在名山，往往間千餘里一出。而舒城以僻縣得二溫泉焉：其在東者曰東湯泉，在西者曰西湯池。余過岐嶺由縣西而行，聞有湯池，意甚悅之，及至其地，見其氣沸騰上蒸，以手探之如沃湯然，旁有浴室庇其上，而無藩蔽。其泉下溢爲溝，惜地近市廛，衆人藉用浣濯，蕩污滌垢，殊不可近。夫同一物性以不在帝都名山，無宮室亭牖以崇其觀，無垣牆以界其址，無花木以綴其勝，無學士大夫遊宴其間，其美遂以不傳，徒以供市人之用。經其地者異其名，試探之，俱訝且喜，嗅之，輒不欲久留。夫以當世所艷慕者竟至不可久留，然則天下之名勝其亦視所處之地乎？是泉雖蒙不潔，猶能爲貧者省薪火之費，其日裨於民生者不細；彼山川之所以蓄奇洩異，固可無憾於此，殆與降志辱身以救人者等與？余既重泉之名，嘉泉之性，而悲泉之遇也。爲之作記。

遊小龍尖記

小龍尖無所謂殊勝也。其高不及西北諸峯，以其聳然特起與衆山不相屬也而名之。山鮮林木，陟其巔，可以眺遠。北有蓮花尖，丹壁直下，流泉出其半，激波噴雪，勢若瀑布，對山逼視，清氣襲人。山之頂傳有神蒜，或隱或現，遊者蓋未之見云。其支麓行十餘里爲周鋪岡，吾宗之祠宇在焉，先二世祖之墳塋託焉。夫是山之得名以其高且異也。高則能興雲雨，異則必有靈氣鬱於其間。今吾宗卜壤於此，未有以見其發祥，安在爲山之靈且異耶？然地顯晦靡常，其精英或別有所洩，不可以余之不才而厚誣山川也，因爲記以志之。山在縣北，距城三十里。

遊寨山林記

入大雷岸行三十里許至寨山林。寨山云者，明季避兵之所也。其高僅踰十仞，而蜿蜒幽邃若不可測。庶草叢生，土石混並，嘉植繁蔭，互爲隱蔽。群綠帶天，一望靡際。自遠視之，不覺有山也。前臨大河，縈回內抱，渡河而進，即至山麓。低峰曼延，自高趨下，斷而復起者五。勢若連珠，到此忽住。蒼翠四周，深不見日。曠衍內闢，蒙密外交。語響不喧，水流石靜。涼風微至，禽鳥欣然。覺有塵外之意，爲之流連者久之。

右轉而上，則吾外舅倪氏之祖塋在焉，其後山益高，徑愈曲。循覽既畢，藉草而坐，見江南大小諸山，或立或臥，忽拱忽揖，層黛拂青，盡羅目下； 而小孤一峰，娟嬛獨秀，杳眇凝愁，亦自雲際呈露。

余顧而樂之，因歎古今陵谷之變，雷池盡爲平陸，鮑昭書中所言之境，今已十不存一，而此山在曩時安知不騁奇炫異於雷池之濱，爲往來登眺之所爭集耶？ 夫人世有盛衰，山川有顯晦，其不得爲一方之名區而徒爲一家之私壤，亦時爲之也。然有美無不彰，屏之爲避兵之地，逸之於荒洲曠野之間，而復得遇吾，則又爲斯山之幸也，因書其形勝大畧如此。偕吾遊者，倪氏昆季穎符克寬、體中柳衫也。

遊九龍山記

九龍即惠山也。以其九峯疊起相並而立，故號爲九龍。九龍之高峯有三： 曰大茅、曰中茅、最高者曰三茅，以茅公昔學道於此。而大茅峰之麓有泉下瀉爲池者，即惠山泉也。當惠山旁別起一峯，若不與九龍相接者，名曰錫山。山勢稍低而氣走盤結，下開城基。山故有塔，俗呼爲龍光塔云。

余以戊寅九日偕齊梅麓刺史及邱沈二君登九龍之巔以望太湖，初躡大茅峰頂，雲光豁露，霽色騁妍，四圍空曠無際，唯湖波萬頃，開滌心胸，蕩搖空碧，七十二峰變幻離合，半見水面。其山之異者，或盤踞湖側； 或連峯接勢橫截湖心； 或小如墩，數點簇青，近浮波際； 或微如輕鷗沒入水中，僅見其頂。湖之盡處達海，而舟之往來於湖者，望之皆定而不行。余與諸君藉石以坐，相與流連者久之。起行至二茅峯，日益開霽，水天澄淨，向以爲雲氣微茫，須臾之間，大山又現矣。更行登三茅峯，峯勢愈高，瞻矚尤遠。湖左一帶，初如岸影橫亙，至是則蒼翠擁前，秀色若黛，蓋低山之平列者亦次第出焉。凡諸峯變幻不常如此，而湖中大山之外，又有孤巒聳秀、亭亭獨異、飄搖若動者，疑即古所謂包山與？ 惜乎，余不能徑造其下一探林屋之勝也。

余既遍歷九龍之頂，遂自三茅峯直下，經石門取道以歸。石門地亦奇險，懸壁百仞，一綫中劈，泉自石縫中滴下，夏日長寒。余過此稍坐即行，出惠山寺前，匆遽旋舟，月已東上，而錫山之塔衆燈齊燃，照耀水月，夜爲改觀。余與梅麓刺史邱沈二君從燈月光中舟行十餘裏，乃入城就宿。

遊乍浦記

浙地之可觀海者首曰招寶山，次則平湖之乍浦也。乍浦水不甚寬，以其與海口相接，故爲崖彊門戶而海所從入之地。左則湯山逼立岸側，右則東光聳出雲際，隱隱有犄角之勢。在東光之前一磯突起直臨海面，遙與湯山並者，苦竹山也。其山高僅數仞，周圍皆石，勢甚怪譎，與海波相吞。世每風起浪激，則異聲怒態出焉。今已平爲廟址，以祀天后，其奇乃不甚著云。

余於戊寅仲冬訪竹嶼別駕於平湖，與董君竺雲王君雲起共遊乍浦，至則未覺海之大也，沿海塘以東至苦竹山之天后宮前，乃見海之正面，天光下合，薄雲間之，疑水疑氣，若昏若明，東向而窮，無有涯際。時日已將暮，諸君乘興復登海舟，舟之舵樓高踰六丈，望見海水，近者白色，遠者爲青碧色，最遠則昏蒙不辨色矣。方欲攝衣自舵樓下，而日落海，爲氣所映，赤精外溢，大如車輪，余驚嘆不置。

歸至城內，竹嶼蓋猶未寢，相與話觀海之樂及天地萬物之奇變，盡夜乃止。余既以乍浦爲倭船收泊之區，係浙地之要害，而余與諸君斯遊亦不偶也。遂爲之記。

渡海登小落伽山記

乍浦之遊既終，猶以爲未盡水天之勝，遂自陳山渡海，觀所謂小落伽者。

山連亙九峯，相擁而前爭，俯瞷海濱矣。其勢莫遏，其怒未已。於是距岸里餘，忽起一山，橫截海波，屹然獨立，與天風迴瀾相爲鼓蕩，或曰此中普陀也，以其旁尚有小磯，俗呼爲小普陀，故被以斯名焉。或曰此即小普陀也，以其與定海之落伽相對，故志稱爲小落伽焉。余謂山之名不必拘，山之景無足異，唯欲窺大洋之浩瀚不測，則此爲浙西第一鉅觀。蓋其上樓閣背山，三面臨海，縱目所至，不見端倪。乾坤混茫，靡有内外，水遠即氣，久若霧生，一線亙天，横如白練，故即審視，真者亦不能測所極焉。時日已亭午，照見海之東南，半面浮金，其光上蒸，不可逼視。同遊諸子皆坐室内，余久立閣下。須臾，潮已漸落，水中石見，或有白影騰出於翠浪際者，僧指謂曰：『黿也。』海以内雖無大風，而波聲洶湧，常有千軍萬馬之勢。余既曠觀至此，縱横數萬里，唯海及天，茫無一物，蕩蕩乎與空虚爲鄰，浩浩乎與元氣相接，不獨塵世之物不足以當吾心，即此身之得失窮通亦消歸無何有之鄉而忘其所在也。

嗟乎，余足跡已半天下，周覽名勝之區，吐納雲霞之奇，志欲遺世也久矣。不幸身爲事牽，此願遂置，異日將決棄塵俗，超然於八極之表，其自斯遊始乎？其自斯遊始乎！

雲心草堂圖記

謂雲無定形乎？紛而爲魚鱗，奔而爲車馬，參差其不爽者獨非雲耶！謂雲有定形乎？聚則如重山，散則如曳練，變化不可窮者獨非雲耶！謂雲果無心乎？噴於山，觸於石，冒於林，彌於谷，纖毫各如其分，何爲其無心也！謂雲果有心乎？因其高而崇之，因其下而深之，因其平而廣之，未嘗自爲其異，何爲其有心也！然則雲之善在乎？有定而無定，有心而無心，遊行天地之間而不束於天地者耶，非雲孰能如此？故其飄忽莫測，隱現不常，小之可擅一邱，大之可澤萬物，舒之則極乎天地，卷之則泯其形迹，能陽能陰，能晦能明，附日爲彩，激風有聲。時而奮乎，則與蛟龍並翔，不得謂之勤；時而倦乎，則與野鶴偕飛，不得謂之惰。天下無往不自得者，吾於雲殆觀止矣。篔山先生有會於此，以『雲心』顔其草堂。吾觀先生爲政明於法而不拘於法，豈所謂有定而無定者耶？因物付物而不用其私，豈所謂有心而無心者耶？然則雲之澤萬物也，先生之惠民以之；雲之舒卷自如也，先生之出處以之；其奮與蛟龍翔也，先生得時效忠以之；其倦與野鶴飛也，先生政餘禮士以之。以先生之平生比之於雲，無不適合於是。雲無心，以造化之心爲心，先生有心不自用其心，以雲之心爲心。唯雲殆足以發先生之蘊蓄，唯先生殆足以盡雲之靈奇，雲與先生不必相謀而自出於一。於是草堂得之以成其名，巧匠得之以圖其形，而開亦得之以奇其文。是爲記。

江右行記

余既里居一載，離羣寡歡，思出遊以舒其鬱，遂於仲秋之末，自孔鎮浮舟二日而至樅江，次一日至皖，次二日至大雷。於樅江見張俊卿，於皖見陳伯游，於大雷見程仲芳。俊卿之才秀以特，伯游之辭奇以麗，仲芳之行慈以直。留大雷者旬有九日，復買舟於華陽鎮，十五里宿香口，又百里至荷葉山，又三百里至豫章。於舊遊見尹若亭明府，張子潔孝廉，陸子愉茂才，張柟村明經，劉雪畹上舍；於新知見張君雲齋，尚君僑客。子潔靜而恭，子愉篤而恪，柟村敏而信，雪畹惠而才，僑客辨而果。子潔雪畹愛余詩，若亭柟村愛余文，子愉雲齋愛余之爲人。夫余不得志於世，固俗之所非而天之所棄者也。而諸君子乃違天以愛余，不亦過乎！於是相聚累日，縱言無忌。若亭雲齋與余居尤近，蓋無時不見，見則必飲，飲必歡，歡必醉，醉則或歌，或吟或詈，或大聲而呼，稱古而論今，未嘗覺晝之瞑夜之盡，可以舒吾離群之鬱而益之以樂者，其在此矣！夫子潔、子愉、雪畹吾熟之有素者也，若亭則昔已深知而今更有進者，雲齋則昔未見之而今始見之者。《記》曰『好學不厭』，若亭之謂乎？『溫柔敦厚』，雲齋之謂乎？《語》曰『見善如不及』，柟村之謂乎？是行也樂在友朋，遂記之，歸以示俊卿伯游諸君，以詩吾近日所得。

史家莊記

史家莊者史翁南波之別業也。翁以詩與書畫擅名當時，有鄭虔三絕之稱，而左筆書尤爲獨步。其客遊四方縱覽名區者二十年，從事於宦途者又三十年，晚乃卜居浙之西湖，以嘯歌自適，自同於隱逸。

余謂翁非隱者也。翁倜儻多能，遇事果決有爲，不避利害。當福貝子總督雲貴，以勳戚節制軍務，大僚皆聽命唯謹，無敢異同，翁以末吏委辦軍需，能自行其意。有叛者將伏法矣，翁廉得其冤，立請貝子，得釋。後銅仁苗變，勒相國以制府督師進勦，軍事孔殷，兵餉絡繹，日須用民夫五百餘人而無一人應役者，藩司驚懼不知所由，有司罪且不測。於是翁以府參軍調署遵義縣矣，有薦其能者，制府檄至軍前，委理此事。先是貴州每有軍役，官給民夫以銀，吏胥取其善者與其惡者。貴州之銀本低而又潛置銅鉛，民不得其用，是以逃匿，莫肯應命。翁察知其情，據實呈請，立除其弊，一日之間，應者四集，制府以爲能。然翁方於事，上不能稍爲貶屈，故在黔之軍功不顯。後歷任山東浙江，皆以不合上官見黜。昌黎所謂負奇好氣者，翁豈其人耶！

翁之自山東而來浙也，以戊辰萬壽進回文詩冊，蒙賞緞物；又於五臺進左筆書冊，蒙欽取以縣丞補用。成親王書法冠一代，亦深許翁之左筆。爲浙江鎮海縣丞，未久去任，人皆惜之，余獨酌酒爲翁賀曰：翁官雖未顯，而在軍營能利濟及物，可謂不負所任也；才畧雖未盡施，而一藝之精至動人主之賞識，可謂不負所學也；老閱世變，險阻備歷，而復得優遊閑曠，以放浪於詩酒湖山之內，不可謂非幸也。翁既卜吉於浙之丁家山以安先靈，後買宅湖上名之曰史家莊，屬余爲記，且歷敘其生平。余見翁以古稀之年獲退居之樂，步履飲食尚如少壯，有山水之美，有園林之娱，有筆墨以適其性，有友朋以益其趣，行且垂釣湖中，古之所謂江湖散人不過若是。然則翁固非隱逸者流，而亦何不可爲隱逸歟！

重修泰伯墓記 代

昔泰伯以讓國遁迹荆蠻，居於梅里，葬於平墟，爲今無錫縣東三十里地，其城內之宅與井舊迹猶存。以爲在蘇州之梅里聚者始於皇覽，其疑而不決，范成大之吳郡志也。皇覽之誤劉昭先已辨之，南徐記及史記正義之所述皆無異詞。而漢吳郡太守麋豹作泰伯碑記斷爲今之梅里皇山，則墓在無錫地者信有徵矣。自漢迄今，其墓屢修屢圮，歷年既遠，舊規墮壞。某承乏茲土，將謀所以新之，邑中之好義者咸捐資葺治，以助成功。夫泰伯至德無俟後人之言，獨思當日一身南竄，歸之者千有餘家，又起城以禦外侮，開瀆以資民利，端委以治周禮，教化風行，是即聖人過化存神之功，而一時風氣日闢，斷髮文身之俗遂變爲冠裳禮樂之地。數千年來，文物聲名甲於上國，皆泰伯貽謀垂法之力。夫數典忘祖，君子所譏，況世沐其澤哉！然則茲邑之隆其祀而捐修斯墓，非惟崇聖之禮有然，蓋亦出於報本之思也。某幸與諸君子籌畫工役，樂斯舉之有成也，謹序其畧，以記於碑。

梁氏書室記

同里梁丈伴梅築草廬於池上，額之曰『僅可齋』，屬余爲記。余因請曰：『何哉，先生所謂可者？』梁丈曰：『吾少讀書，不慕仕進，開卷有獲，求以明理而已，不欲貴也。吾少貧乏，後治生產，求以自給而已，不欲富也。吾少無定居，今構書室數間，求以自適而已，不欲麗也。吾非有所矯而不爲也，力止於是而心不敢過，是則吾之素志也。』余聞而歎曰：善夫，先生之言也！天下多事之患，孰非由心浮於力哉！如先生者，可謂知足矣。夫食前方丈，所甘不過一味；廣廈千萬，所安不過容膝。是故聖人不居大室，不處高臺，其爲苑囿、園池也，取足備觀望焉，未敢有加飾也。其爲宫室臺榭也，取足辟燥濕焉，未敢有侈念也。先生能見及是，所居雖非宏廣，仰可以望山，俯可以聽泉，課讀之下可以晤言風月，適情花竹，悅志禽魚，至於嘉賓戾止，名流入室，則又可以放論人物，進退古今。羲皇非遠而目前非近也，天地非大而一室非狹也。然則先生所謂『僅可』者，殆有『無不可』者存乎？抑又聞之：君子廉於物而勤於身，室以内所以奉我者可無過求，至修己爲學之事，則理無盡藏而善無止境，若徒曰能如是，是亦可矣，斯又非先生之意也。

養老堂記代

盡吾力之所能可益人之不逮者，仁人之事也，而其施必自窮民無告者始。蓋古聖王保息惠民，既有養老之政矣，而又矜其困乏，使遺人掌所蓄以待施惠，出門關之委積以養老孤，猶懼其澤之不廣而政有不及也。於是申以司徒之教法，令民各敦仁俗以厚鄉鄰，在黨有相救之誼，在州有相賙之美，凡窮獨無歸皆不至失養，所以推本王道茂宏、施於無窮也。縣之有書院也以勸學也。其建育嬰堂也以慈幼也。唯養老之事闕如，君子憫焉。平湖爲浙西巨邑，風俗淳篤，凡義塾之興及利濟諸務皆知倡而行之矣。而紳士等復捐立普濟堂，以養衰年之困不自給者。乙亥之秋，余承乏茲土，嘉其風誼，爲牒知大吏以勸其功，今三年矣。其堂之工役方竣，輪奐粲然，匪燥匪濕，余又奉檄來此，樂其事之克有成也，美斯舉之足以風世也，乃感而言曰：夫虞夏商周所貴不同，而所尚惟齒，老之重於天下也久矣。自後世學務速成，仕多倖得，後生新進，厭親老成。其有年力衰憊，雖在士庶有業之家，人皆憎而遠之矣，況窮黎乎？由是養老之義無聞而恤嫠育嬰之舉所在或有，是四民之窘而無告者莫此若也。諸君生寧異俗乎？乃能加意及是以廣聖朝保息之仁，豈惟人情醇美無澆薄之習，抑亦古風之所繫也。余既嘉諸君之誼，而斯堂之建，其始與卒，余皆躬與其事，而並願將來者之竭力不懈，以隆其施於無窮也。因記其畧，以從衆請，且以勸世之好善而有力者。

樅陽節孝祠記

自有宋以後，婦人之以節義著者代不可勝數，而士大夫之風節或反不及其盛。豈天地嚴正之氣不鍾於男子而鍾於婦人與？男子馳逐紛華，以功名嗜欲喪其本真，婦人乃以屏居閨門而克全其貞性，然僻處幽遐名不見稱者多矣。桐城舊有節孝祠，而樅陽去縣百餘里，地遠徑迂，其有節孝者不便以時入祠，於是吳伯芬先生倡議建祠於白鶴峯下，而張君俊卿乃協同志以與其役，請於邑侯，以昔之神宇改而新之，得成盛事。蓋欲以慰真魂、揚芳烈、崇風義，所裨於教化不淺也。余以仲冬來樅，張君屬爲之記。余觀樅陽之地，外江內湖，羣山爲之左右，峯勢噴薄，與波濤互相盤護，山川雄奇之氣鬱而未洩，士生其際，必有不爲功利嗜欲所蔽而以氣概風節顯於天下，而女子節行之嘉，猶未足以盡之也。諸君子既能表彰潛德，必將抗志古人，其勿徒以文章自期，令聞自高，而使志行風節爲婦人所獨擅也。

文集卷十　傳　祭文

徐鹿柴傳

余以年少走四方，不獲久居鄉里，往往於天下賢豪得聞其梗概，而本鄉耆舊及鄰境之賢或有不能詳其素履而遍悉其姓字者，嘗蓄憾於内而以語李君夢隼，於是李君作而歎曰：『嗟乎，士固有詳於遠而忽於近者多矣。以吾所見，如鹿柴先生有足取焉。先生爲廬邑望族，少時以文章世其家，每出一藝即傾其儔類，然樂道人之善，見人一長則欣然如己出。性豪俠好義，嘗濟人之危而恤其乏。其所居左右圖書，討論不倦，每有疑義，必究其源委，以求所歸，不得則正之於人。其好學之勤，自少至老，未嘗一日間也。』噫！余曩時雖未見先生，而聞李君斯言，已心識其爲人矣。李君博識英辨，性沉静篤實，不輕爲可否，其言固足取信一時云。

李蘇門傳

余訪故人於豫章，詢及舊遊，尹君若亭忽於坐次輟酒變色向余曰：『蘇門死矣！』余驚愕不能出聲。既又聞其臨没之狀及身後之事，爲之悄然以悲，潸然以泣。蓋余與蘇門相知者七年，始余以庚午仲冬來南州，蘇門朝夕過從，極詩酒宴遊之樂。後一見於鄱陽，又見於豫章官舍。及壬申之秋，余再過南州，聞蘇門病目，已爲發憤不平。今甫踰四年，蘇門乃竟下世，雖死生定數、神理幽昧，亦有不可解者。

君生有異才，下筆千言不竭，通達世務，有志當時之略，性磊落不羈，重然諾，尚氣節，所爲詩跌宕可喜。少參戎幕，在軍營有聲，爲江西鄱陽縣丞，前後奉檄捕獲□匪及巨盜不可勝紀。大府深器其才而不能薦，積勞至十餘載始獲保題，將以知縣用矣，而君目忽病，歸數年遂卒。天之於蘇門何其酷耶！君名紹閭，湖南沅陵縣人，貧而好士，見善則稱之如不及。一時賢士大夫及文人才傑皆争與之交，位卑氣豪，有牢籠一世之概。既罷歸後，遠隔數千里，余無由得其音問，聞若亭語，悲不自勝。

嗚呼，君則已矣，余何能遽釋於懷！乃爲紀其生平大畧與交情之始終，傷君之逝且惜其遇之窮也。若亭云君之卒時尚未有嗣息。悲夫！

吳子山傳

士之窮困不得志於時者，古今常有同憾。而其甚者，天又使之早夭，不獲竟其才而成其學，尤可悼而惜矣。同里吳君子山，年少有志者也。能詩，專法長吉，抉幽鑿險，精思獨造。余嘗戲之曰：『長吉以苦吟不壽，子得毋蹈其覆轍乎！』君頷之，笑而不應也。先是乙丑春，余因姚石甫識君。於是同時相過從者有光君栗原，張君小阮。踰年而君客江右，又踰年而聞君卒。悲夫，君卒時年方弱冠，使其不死，其才與學之所至必不止於是，而竟如是，命矣！夫君僑居城中之依園，有亭池花木之勝，池畔故有臺，余嘗與栗原諸君徘徊其上，俯仰吟嘯，窮論極歡。自余別君後，諸君亦皆星散，不數載而君遂沒，其後阮林繼亡。余間一至城，不忍經其故地，然則友朋聚會之樂，少年意氣之盛，何足恃哉！君之詩石甫必將爲刊之。余嘉君之有志而痛其無傳也，乃流涕記之如此。

師荔扉先生傳

故望江令師荔扉先生既卒之踰月，其友人程子雪門貽書告余曰：『先生之學行卓絕，不可無言以傳，子其志之！』余不敢當程君之請而義不容默，且恐天下相震以文章之名而不盡知先生之實也。

先生生有異才，下筆千言立就，於書無所不窺。年二十一以中雲南鄉試第二名入都，鉅公先達咸歎爲國士而惜其不遇。後挑補劍川學博，卒以軍功獲舉，授望江縣知縣。當西南用兵之時，軍事繁劇，州郡承應，懼不能給。先生以閑曹受當事之知，委理州事，處之裕如，且出奇策以濟軍餉，一時賴之。及涖望江，以整風勵俗爲任，察奸靖慝，務除民害。歲大饑，先生以極災報上且請賑，大吏屢加飭駁，先生以去就争之，卒得所請，民賴以安。明年，先生以運軍需自楚回任，凡前所舉行未盡者悉竟其功擴其事，而要寓以寬仁，興學校、敦禮節，建塔以補形勝。士有長，譽之如恐不及。每歲捐數百金以資書院諸生，而時考其學之進退，親爲講論辨析，如是者不倦。又搜刻望江諸先輩遺文以風後進，應試則各給以資，其作養教誨而獎勸誘掖以冀其成者如此。是以民感其化，士力於學，風氣以變，而城内三十年未有通籍者且繼以登選也。

先生慷慨有大節，重然諾，自幼倜儻多能。凡有關民生國是者莫不考求實用，尤熟於水利邊防事宜，指陳古今，悉中利害，性果毅任事，邑有大獄多所矜全。事上不受貶屈，制府委員過境，以需索故，先生面呵之，杖方伯廝役之不法者，方伯由是益重先生。凡在望江前後八年，一介不苟而節己以恤孤寒。生平交遊遍天下，未嘗負一人，有負先生者先生恬然無憾，好賢之心不懈，非徒篤於舊誼不以存亡得失易志而已。故能提唱風雅，宏獎人才，四方之士趨之如雲。既至則得其所，遠近藉以舉火者不可勝數，求一言以爲重者來無虛日，而以文字就正者自士大夫以至山人墨客所在皆是也。此豈嗜學愛才之出於好名哉，蓋天性然也。惜乎以疾去官，未能盡展其用。既卒於官舍，士民悲泣，故交之未受恩者且爲經紀喪事，竭力以濟其困，哀歎之情不啻私戚，而先生平日之節概可想見矣。夫卿相有作人之權尚難厭服士心，先生一縣尹而意氣感召海内，風誼傾動賢豪，豈不異哉！先生沒而世鮮有其人矣。

余知先生爲最詳，故備述其梗概以待賢人君子之論次，使天下知先生之卓絕可傳者，固不徒以文章之名也。先生詩集文集久出問世，晚成滇繫百卷，爲西南不可無之書，有志時務者必將有取爾也。先生趙州人，諱範，字端人，自號荔扉，既又號爲金華山樵。卒之日，惟存書籍千卷，余與雪門流涕檢錄之。

張阮林傳

余友張君阮林之卒也，既爲誄以哀之矣，今復總敘其家世生平而爲之傳曰：君名聰咸，字阮林，一字小阮，號傅巖。太傅文端公之五世孫也。祖貴西兵備道，諱曾敭；父巴州州判，名元位。張氏爲吾邑巨族，世有達官，才人亦且不乏，而文辭能直追古人則自阮林始。

阮林怯弱如不勝衣，其筆力精悍無前，振厲風發，不可一世，所爲詩宗法少陵，其深造者幾欲神合，近時之善學杜者未有能或之先也。往時姚惜抱先生見阮林所作，歎曰：『其文其詩皆有雄傑之氣，可謂異才矣！』先生不輕許可人，而賞識阮林如此。阮林於經通左氏，於小學通音韻，於史熟於漢晉逸事。著有左傳杜注辨正及經史質疑録。阮芸臺宮保、王伯昇閣學、胡墨莊給諫皆深器之。

余識阮林在壬戌之冬，而識栗原也先於阮林。後二年而得筐菽、六襄，又後二年而得石甫。當時意氣相許，以古人爲期，歲過從歡宴無間。每當酒酣耳熱，阮林則高歌杜詩以洩其悲憤之懷，滿座聞之爲之動容。自阮林沒而盛會虛，吾輩雖有宴遊亦慘然不樂矣。阮林性簡傲寡合，一時目爲狂士。栗原嘗謂余曰：『昔嗣宗能爲青白眼，今阮林亦是也。』阮林既卒之三年，栗原、六襄皆赴官京師，石甫宦海隅，筐菽客豫州，余時自江右歸里，經過舊遊之地，俯仰彷徨，獨增惆悵，回憶總角之歡，恍然在目。十數年中，故交雲散，死別生離之感集於一時，而余年已及壯矣。

阮林詩刊除浮豔，或不能悅衆目，然思深力厚，精氣盤結，神光外燭，必不終掩塵土之下，世固自有識者也。使天假之年，其所造豈復可量，而竟積勞以死。然阮林雖死，其詩之所就已足以自傳，傳亦必得重名，但未卜時之遲速，要之，歷久論乃定耳。

阮林中嘉慶庚午科鄉試，以考館得八旗教習，娶姚氏，今伯昂編修之妹也。有子二，皆聰穎，善讀書，必能繼其父志者。阮林卒時年僅三十有二。

吳生甫先生傳

自望溪宗伯海峯先生以文章名天下，而世之言古文者必推桐城。然吾桐當日有與方劉頡頏而世不盡知者，則爲吳生甫先生。先生於海峯爲師，於望溪爲中表。其天資穎絶，過目即能成誦，所爲文磅礴暢達，曲盡其意，然秉性迂僻不合於世，雖以望溪之盛名碩學，先生視之，猶以爲不可意也，而望溪先生極重先生之文。

先生通音律，好遊覽，自爲諸生後，即遍歷四方，北至關外，以洩胸中之奇。決意不應制舉。強之，中乾隆丙辰鄉試，然終其身亦未嘗試禮部也。當乾隆中葉，劉海峯先生始以古文爲時文，竇東皋閣學應之，其體則取之震川，其氣則取史漢八家，其義則取六經以及宋五子，尊之曰『四書文』而不敢目爲時藝。厥後工此藝者海内則陳伯思昆季，吾鄉則姚惜抱先生，然其初實自先生發之也。

先生既無意仕進，晚乃屏坐一室，沉潛義理，其於四子實有心得，所以發明疑義者已有成書。其文自成一家之言，學不及望溪之醇厚而才過之，才不如海峯之宏肆而學勝之，蓋兼有方劉之長而但未各造其極也。其辭雖不免刻意求工，而思力之矯變，議論之卓犖，確乎其可傳而決不能湮滅者也。海峯先生於先生文，每篇各爲識跋，將欲表章以傳於世，惜身未通顯，不能遂其志。

今先生沒五十年矣，望溪文集既爲天下宗法，海峯先生雖未達，文亦盛行於世，獨先生知之者鮮，余故爲論次，以見吾桐文章宗派之淵源，且不忍先生苦心孤詣之無傳也。先生名直，字景良，號井遷，一號生甫，所居在桐之南，世爲高店吳氏。

贊曰：吾聞諸長老云，先生遊京師時，孫文定公、盧雅雨先生微服出，集市樓相與論經史之疑及論孟之意義，適先生飲酒樓下聞之，撫案大笑以爲誤。二公驚愕，迎至樓上問之，先生具爲道其所以失者，且條辨疑義以答其問。二公欽歎無已，各欲延致，卒隨盧公至揚州，所以資贈者甚厚。然先生既無志進取，又不事生理，故遂坎坷以終不能自振也。夫窮經將以有用也，先生之學行如彼而所遭如此，惜哉！

錢白渠先生傳

先生姓錢氏，諱特，號白渠，田間先生之族孫也。田間先生晚年以經學見稱於天下，先生能世其學，少爲諸生，食廩餼有聲，年未衰即絕意進取，銳志通經，自少至老，未能一日廢書，著有經疑若干卷。文與詩皆得古人義法。先生之學以宋儒爲宗，而輔以衆說，心平而言慎，無俗儒苟同立異之習。往者朱文正相國巡撫安徽，先生以所著請質，文正器賞之，先生亦無所干請也。性嚴毅耿介，見富貴人輒不可意，而接後學則和易可親。歲丙寅丁卯，先生授徒孔鎮，開因得過從，聆其言論，疑與古之人相晤對也。

嗟乎，吾桐素號爲禮義之區，自田間先生崛起明季，一時名流輩出，無不以古人之學相砥礪，故望溪宗伯襲參司業得所，有觀感興發以成海内儒宗，其後嗜古之儒綴文之彦，後先繼起，雖不及國初之盛，猶足爲鄉里師法，至今而流風浸衰，守道之君子相繼徂謝，新進以詭異相高，無復古義之存。先生與開嘗論及此而感且懼焉。今先生則又沒矣，每歎老成凋喪，後學無所稟承，然則里中風俗之美其遂不可復見也乎？先生之卒，開未得其家狀，謹誌其梗概，以俟君子之採擇，而吾桐人才今昔之盛衰亦因可考見焉。

贊曰：吾少受經於吳理菴先生，而先生固理菴先生之師也。理菴先生嘗謂開曰：『先生家故貧，所入或不自給，而嘯歌之聲不輟。每歲暮歸則集家人子弟，告以孝弟禮讓之道，一門之内肅穆雍容，秩如也。』噫，古風之遠久矣，睹先生之學行，而先民之矩矱、鄉前輩之遺範猶可以想見云。

吳丈伯芬傳

余交吳君長卿有年矣。長卿好學工詩，性惠詩和，溫然君子也。長卿之尊人伯芬先生爲海峯先生弟子，文與詩皆有師法，而詩尤沖淡雋妙，逼近前賢風格。其所居在樅江之濱。樅江固多賢俊，若王悔生、朱芥生、張最園，吾見而慕之。若先生及陳策心，吾聞而慕之。夫天下有不必見其人而可以信其素者，吾於先生竊有以得其深矣。樅江詩派多源於海峯，聞其教而興起者後先相接。先生以海峯爲之師，以悔生諸君爲之友，故其所取資者廣而卒以自成其學。先生閉戸專業，屏絕俗務，然公事有益於境内及關於風教者，未嘗不爲之倡。自爲諸生，力貧茹苦，數十年不事干請，及選建平縣訓導，而先生已卒矣。長卿以先生學行乞文於余，故記其大畧如此，且以見長卿學之有自也。先生名中蘭，字伯芬，所爲詩名曰閑存齋詩草。鮑覺生侍郎嘗題其卷云。

栗園鄭君傳

君諱祖澤，字貽孫，號栗園。余友夢白明府之從兄也。夢白以文采政治顯於時，而愛余文章獨甚，且稱余有濟時才。而栗園亦工爲詩，與余意極相得。余兩客星渚，栗園必共敘詩酒之歡。去歲之秋，余訪夢白於星渚而栗園已下世，不得復見矣。悲哉！夢白告余曰：『吾兄性至孝，好義重然諾，其事吾世父賓於先生也，先意承志。賓於先生遊覽遍天下，既老而歸，兄奉侍盡力。凡書籍珍器及禽魚花鳥之可以當世父意者，無不悉心羅致，有不得者竭計營之。其居家恤濟孤寡，加厚困窮，鄉里誦其義者至於今不置。此在古人不爲異也，而近世能之者鮮矣。吾兄於子至厚，願得一言敘之。』余既嘉栗園之行，重以夢白之請，而存歿之情又有不能忘於中者，則言烏可已哉！君愛吟詠，所作不及多見，有漳洲竹枝詞百首一時傳誦，余嘗爲之跋云。

樵者傳

方來子行至山中，陵絕澗抵崇崖，徑迫狹不可舒步，見樵者擔薪自嶺而下，履其徑如平地焉。因謂之曰：『子之行山，性之乎？習之乎？』樵者曰：『吾習之也，非性之也。雖然，吾生於山，遊於山，食於山，舍此無業焉，夫何得不安之若性乎！』方來子以其言之有契於心也，且謂其健於步也，嗟歎而去。

既出谷口，已近夷塗，見向之擔薪者休於道左，訝之曰：『子非所謂健於步者乎？何強於山而弱於塗也？』樵者笑曰：『此乃吾之所謂強也。吾家於山麓，每旦必入山析薪。距山十里有市焉，吾日鬻薪以易粟歸，故吾之勇於行也，非故急也，所以速吾獲也；吾之稍休於途也，非云倦也，所以寬吾力也。吾旦夕往還者數，非暫息不足以勝吾之勞；吾所求者在山，故常蓄其力以專用之山，而不使疲於途焉。故吾所得之薪較多於他人而身不覺其困，是故山無盡材而吾常有餘力。吾竊笑夫世之遊山者之惑也，疲於行，速於至，竭終日之勞以急於觀覽，及至其地而力已耗竭，不能遍探其勝，盡歷其奇。彼之所觀者山也，而乃至疲精道路，是非敝其力於無用耶？抑亦欲速之念害其先耶？且使遊山者皆安行而緩至，及登陟之時，乃始奮其勇往，雖不能如吾之履若平地，安若性生，其得於遊者必多也，何至盈而往、竭而返耶？』

方來子聞之若不懌也，曰：是非徒健於步者也，非徒言之有契於心也，是其於道也殆有合耶。天下之如遊山者衆矣，欲人之不惑不亦難乎！夫身有專務，人無全力，欲急則反緩，此得則彼失。古之人所以勝於今者無他，不爲無益以害有益，是之謂善用其力。強弩之末不能穿魯縞者竭也，君子之養鋒蓄鋭，其於精神意氣用其方新，不用其既盛，而況於垂竭乎？然則樵者之言未嘗無裨於爲學用世，非但可爲遊者警也。樵者姓周氏，失其名。

潛真子傳

潛真子居於楚境，隱於九曲之山，離俗自晦，三年不出應客。其友鏡虛先生造而慰焉，曰：『蓋聞賢者之處世也，不比物以求合，不絕物以自異，不枉道以希榮，不懷道以自逸，在易有之：「由豫大有得。」是故君子以道濟天下，而天下賴以和樂。在書有之：「一夫不獲，則曰時予之辜。」是故君子不以一身爲安而以萬姓爲安。在詩有之：「訏謨定命。」是故君子出則君享其成，言則民獲其福。在傳有之：「立身行道，揚名於後世以顯父母。」是故君子立功以崇名，崇名以顯親。夫難得而易失者時也，往而不可再者機也。是故君子乘時以行道，因機以成事，故能美繼往古，聲施來茲。今子獨逃空寂而樂幽遐，不求利人，無志用世，意者非古之道乎？』

潛真子曰：『非此之謂也。夫人之才各有所能，性各有所近，故雲起於山，風起於谷，鳥樂於天而魚樂於淵，彼此各適其性也。安見天之是而淵之非耶？安見鳥之優而魚之劣耶？安見飛者之巧而躍者之拙耶？夫唯有非常之才，而後能建不世之業。故伊尹創基於亳，太公鷹揚於周。唯有所挾以趨事會，而後能有所忍以就功名。故百里飯牛而秦得以興，子胥乞食而吳得以霸。故古之欲有所爲者，莫不深觀世變而自計之審也。夫巢由之不事堯舜，自度其智不能過夫稷契也，四皓之不事漢，自度其才不能勝於良平蕭曹也。無其德而居其位，謂之尸祿；無其能而任其事，謂之貪功。尸祿者無效，貪功者無成。彼其之子不稱其服，無其德也夫？知小而謀大，力小而任重，無其能也夫？故吾之逃於空寂也，非敢以辭榮也，自知其身而已；吾之樂夫幽遐也，非敢以鳴高也，自量其力而已。天下之能自量者鮮矣！可以信諸己而不必卜於天者身也，可以信於人而不敢決於己者力也。匹夫能立功於當世者，必其才之不可終抑而天又若有相之者。故古之君子不苟於富貴，與俗浮沉以取榮名於天下。遭逢適會其時，而其心必有深慕篤好，非此不可者，故後之君子不虛得富貴。今吾以迂拙之質，負疏野之性，處於卑下乃其宜也，安於貧賤亦其分也。且獨不見夫燕雀之學鴻鵠乎？奮飛而前，出乎林表，爲回風所迫，欲上不可，欲下不能，其爲衆鳥笑也必矣！是故知命者不惑，量能者鮮辱，審時者可動。吾自審久矣，不欲妄以動也。』

曰：『然則吾子將何以自樂也？』

曰：『吾何爲其不樂也？吾旦而起，晝而讀，夜而思，何在非樂之時耶！吾耕而食，汲而飲，非所謂樂其業耶？沉潛乎詩書之府，優遊乎道德之林，非所謂樂其天耶？麋鹿之與居，猿鶴之與友，非所謂樂其羣耶？吾雖不能道濟天下，而猶可爲政於一家；吾雖不能措萬姓之安，而猶可盡群物之變；吾雖不能出而圖君民之責，而猶能靜以會陰陽之全；吾雖不能因機以乘時，而猶可循分以安素。南山有木，風折其枝，斧而薪之，可以濟炊；中田有蔬，採自雨後，烹而饈之，可以佐酒。歲時伏臘則炮羔燔豚，集故舊，招友生，相與痛飲嬉言以爲樂。主賓無常，少長以禮，日之云夕，歡猶未已，既宴且酣，乃輸其誠，告彼父老，勉而農人，努力耕桑，以答昇平；戒爾悍民，勖爾小子，毋即於邪，以干國紀；敦農勸織，勉善飭惡，以美風俗，以化鄉里。是亦不得志於時者之所以報國也，奚必有位云爾哉！莊周不云乎：君子「居上而敬，居下不爲害，君子之道也」。夫居上而敬，子幸能勉之矣；居下不爲害，我其行之。若夫無其德而思其位，無其能而求其事，世或有之，非吾之所敢知也。』

鏡虛先生改容而起敬，曰：『善夫，吾子之志，非親承其教不能知也。子之離俗自晦，非絕物以自異，非懷道以自逸，乃時而後隱者也。唯兹九曲，非山之深，乃人之靈，朝斯夕斯，唯君子之宫。請誌斯言，以佩德馨。』

祭姬傳夫子文

嗚呼，天下有人力所不争而又不能遂忘情者，死生之常孰是？一身可以無憾而四海盡爲悲傷，如吾夫子之立行植節，繩直矩方，既明且慎，秉德溫良，修之於闇，聲聞八荒，令名壽考，鳳瑞麟祥。其所以定不朽之基者，蓋千古之業，而不係乎一日之存亡。惟是大雅既喪，典型難忘。從遊之士，無以發其疑難；好古之儒，無以測其汪洋。而凡朝野之士大夫與夫耆德君子，莫不致慨於太山之高，江水之長，以爲斯人不作，云誰之望。然其精爽英魄，盤礴頡頏，不洩爲雲錦之色，必鬱爲星精之芒。靈之所在，與天低昂。不見夫卓而爲石，噴而爲波，怒而爲奇禽駭獸，逸而爲孤琴浮磬，幽而爲窈谷深林者，皆其發見之文章。蓋惟積於中者獨厚，故形諸容貌，措諸實行，既以從容乎道義，而充於言辭流於文字者，沛乎其莫能禦，淵乎其無盡藏。此固造詣之有素而得於天者亦強。當先生之官刑曹，值時相之攬政綱，卻彼推轂，浩然返鄉，其出處之大節，已炳烈乎風霜。至其掄才取士，則九方皋之相馬，而不具識於牝牡驪黃。退居講學數十餘載，以其身爲人才學術之仰賴者，如漢之有伏勝，宋之有歐陽。嗚呼，能如是，是亦足矣，奚用致恨於窮蒼！開昔年幼，於古人之道蓋有志也，學則未遑。而先生一見，目之爲異才，待之以國士，不啻王粲之受知中郎。自侍教以後，矜憐期望，極知遇之厚，方愧無以報稱，而梁木忽壞，視天茫茫！不獨開親炙無自，天下亦失其瞻仰而徬徨。嗚呼！先生從此不可見矣，而開所抱憾於晨夕，以遠隔白下而不得親問疾於几杖之旁，知己之感，西州之慟，此自古皆然，而況今日之逝者爲吾黨之先達，海內之靈光，尚饗。

祭方葆巖尚書文

嗚呼，天下以一身而繫朝野之重望者，其存歿之故不在一人，而關乎宇内之蒼生，惟公行爲世範，身爲國楨。大川之舟楫，喬嶽之精英，士民之表率，品物之權衡。圭璋表其玉質，鍾鏞播其金聲。其智識之精敏，如犀之燭而鑑之明；其器量之宏偉，如山之鎮而淵之渟。生則衆庶沐其德惠，死則中外奉爲儀型。方其受兩朝聖人特達之知，其信任之專，寵命之優，褒賜之渥，蓋非常之遇，不可得之殊榮。而公則承之以寅畏，效之以忠貞，植之以大節，勉之以小心。有嚴有翼，隱隱紛紛。雖梁木中折，未克盡展其經綸，而功施所被，明德維馨，海内之衆，莫不望之如春風膏雨，比之爲慶雲景星。其校士直北，則文採之稱選；其佐戎西域，則武功之可銘。其入直機密，則老成遜其練達；其歷任封疆，則草木識其威名。三秦之戎政以肅，七閩之海氛以清。勤勞王事，則忠著於廊廟；奉養承志，則孝全於家庭。述先則揚休光於奕葉，教子則騁逸足於霄程。國恩家慶爲世罕覯，公亦可以無憾於生平。而當時所歎惜者，域中失此柱石，閫外虚其金城。昔馬周之領中書，范希文之參大政，一朝奄化，薄海痛心。公以天挺之資，當主眷之隆，方將寅亮洪化，澤遍編氓，而神不佑德，中臺掩曜，夫安得不抱恨於彼蒼之窮冥。某以迂疏，宰公鄉邑，日夜兢兢。但求無愧於清夜，不敢求知於大吏，亦並不欲妄博閭里之聲稱。而公以未見，謬許賢能，揚之於節鎮，飾之以丹青。知遇之感，方未報稱，而達尊遽背，天柱忽傾。嗚呼，公之謦欬已不可接，而某所以欷歔不能禁者，以徒戴公之義，傷公之逝，而不得一拜公之靈。緘辭掩涕，聊申薄誠，蓋亦天下之公慟，而非僅一人之私情。尚饗！

公祭方太夫人文

嗚呼，自滎陽涿郡之内教衰而母儀女範習而不講者，蓋非獨一日於茲。惟太夫人動不違則，行必中規，其所謂貞順之德，絲枲之功，淑慎之儀，固皆悉之有素。而所以端教於内而成順於外者，已足昭瓊琚之度，彰翟服之輝。其處己也謙以遜，其秉衷也仁以慈，其自奉也薄其物，其及人也隆其施。其明足以識大體而無世俗之見，其公足以見大義而不爲一人之私。方其佐恪敏公主勸内政，凡有適於義而裨於人者，莫不悉心助舉而盡其力之所能爲。至於服用之飾，則必斷以禮制而不使昧於所宜。此雖一起居之節，動作之微，而非嫻於女訓，其孰能與於斯！及其撫子葆巖尚書，則寓嚴於慈而督責未之稍馳。雖暫離未忍，而入直扈蹕、出師奉使，則勉以急公趨事，而愛戀不形於色辭。蓋尚書之事君也，固原忠於孝；而太夫人之教子也，則以母而兼師。故能仰邀恩獎，四奉綸音，垂問安否，再蒙賜物，光錫榮禧。其所以褒異而優禮之者，蓋非常之數而當世所稀，而太夫人則承以感懼，終其身無驕矜之意。夫豈天下之所易，幾以積仁之祐祉，方將有望於期頤。孰意太夫人之脫然無係也，遽奄化而莫追。聞靈車之將近，異香紛其盈楣。其來去之際，雖未敢知，而善氣之感召，固理之有徵而無可疑。嗚呼，德容既已渺矣，而遺訓所被，巾幗尚奉爲模範，遠近且誦其芳徽。尚饗。

孟塗詩前集　十卷

詩前集卷一　五言古體

雜詩

日出扶桑隈，曉色臨高臺。原野望無極，悲風從西來。孤鶴飛雲中，日夕獨徘徊。高天多朔氣，羽翼爲低摧。思集琅玕樹，秋陰寒未開。高鳴不自覺，聞者有餘哀。

陽春二三月，流絲正飛揚。南國多游女，近在水一方。飄飄紫鸞袖，灼灼丹霞裳。宛轉流姿媚，顧盼生輝光。少年争嘆息，解佩欲相將。良家有好女，終日處空房。顔色雖絶代，未得比羣芳。羣芳豈難比？佳人自深藏。平居厭華服，曉起羞嚴妝。高堂不輕出，敢曰立修廊。春風從何來？吹我沉香床。妾心甘寂寞，獨居何足傷！蘭蕙生谷中，桃李盈路旁。停車折桃李，寧識空谷香。人生各有遇，非分莫相望。

晨起下南山，道逢一俠士。撫劍何激昂，鷹瞵而鶚視。氣可薄雲霄，乃心向文史。與我敘壯懷，相攜入酒市。白璧換珍羞，黄金買瓊髓。酒酣忽長歌，哀音動秋水。仰視浮雲生，白日不停晷。丈夫慕榮名，所貴在知己。世無信陵君，捐軀爲誰死？

新製離鸞操，譜入焦尾琴。臨風數揮手，曲盡不成音。豈伊弦變響？毋乃秋氣侵？涼飆來曠野，飛鳥鳴高林。感兹時物變，不盡勞人心。絲桐爾何知？含愁如許深。

游子吟

颯颯悲風聲，游子門前路。阿母送至門，呼兒行且住。江淮波浪高，此行莫輕渡。世事亦何常，得失隨所遇。人情有淺深，物態無新故。寶此風塵軀，履彼霜與露。千里雖可懷，且當慎跬步。再拜領親言，中心爲悚懼。親訓豈敢違？兒情難具訴。少小事遠游，爲求薪水具。膝下不承歡，何以申孺慕？慈烏號不詳，尚能知反哺。兒今舍親游，晨昏誰倚護？不怨去路長，但恐歸遲暮。忍淚登征車，行行至荒戍。阿母尚倚門，悵望兒行處。良馬不肯前，中途爲我駐。徘徊落日中，移時始西去。恐傷慈母懷，不敢更回顧。

雜興

白雲出林薄，倏已歸山阿。盛景不可常，流暉當奈何？人生一世間，憂思長苦多。嘉會不盡樂，百年忽蹉跎。我有丹山信，遠寄江之沱。歲晚未見達，孤懷沉逝波。

攬衣望四野，四野何茫茫！空谷多秋聲，風高雲不揚。涼天氣日厲，征馬去故鄉。顧念同心客，宿昔共羅裳。歡娛永朝夕，寒露忽爲霜。飛鳥離故枝，各向雲中翔。別促會日遠，所恨川路長。溯洄渺無極，我心煩以傷。

明明天上月，照我芙蓉樓。樓中何所有？白玉垂吳鈎。良人隔遠方，獨坐守空幬。瑤琴久不御，羅幄長疑秋。梧桐散碧輝，望之如雲流。涼宵靜不寐，天漢轉已周。坐惜歲時促，容光不我留。何知華屋下，落葉連山邱。

孤雁從何來？朔風聲正哀。眷言覓之子，行行至荒臺。園亭皆寂寞，重嶺空崔嵬。撫劍長太息，悲懷不能開。昔我辭故居，乘雲離九垓。回飈震地起，吹落巖壑隈。舍彼丹瓊枝，酌此黃金罍。高秋積陰發，曉露零蒼苔。常恐墮塵壤，未得歸蓬萊。嚴霜被蘭坡，芳卉忽已摧。

浩浩秦川水，各自涵青冥。一與大河合，誰分渭與涇？君子慎所交，道義唯是型。勿以蕭艾榮，而失蘭蕙馨。委棄莫復惜，斗酒以爲適。

亭亭南山下，青桂蒙孤岑。芬芳久不採，乃有霜雪侵。高臺多朔氣，疾風無靜林。鸞鶴自空來，側翼如悲吟。徘徊孤月間，倏忽隱層陰。光耀且難接，孰曰追遺音！

遠行篇

人生非比肩，離散所不免。高高秋雁飛，歷歷斷蓬轉。念我去鄉國，客路常偃蹇。漸與風塵親，反令骨肉遠。天寒酒力薄，獨自勸加飯。深夜朔風涼，虛室露華泫。孤衾寒有霜，側身苦舒卷。伏枕思故鄉，夢中空往返。憂來無止期，忽忽歲時晚。

遠游久言歸，欲歸仍黽勉。明知行路難，不敢憚艱險，涼露氣方高，明星光未斂。此時游子身，已到荒山巘。馬上聞晨雞，車旁見夜犬。苦辛何足論？且復向前峴。水離故壑中，寧問深與淺！所恨家山雲，去我日以遠。

束髮事詩書，抗志追先典。不圖數年來，乃以文辭顯。才華雖見知，所願終不展。渺渺道途中，我車已數轉。長風起前川，落日下遙巘。持以較客思，未知誰近遠。鄉園有桑麻，待我在田畎。

雜感

江漢東趨海，滔滔無時休。百川從之去，誰能止其流？仲尼困宗國，所願興東周。一身不自保，而懷天下憂。俯念寰中人，跬步唯是求。容光無遠照，斥壤鮮高邱。彼婦亦何知？出走任其尤。重陰隱深谷，安望澤九州。誦彼龜山詩，悠悠使我愁。

豫章起崇嶺，百鳥鳴其陰。假彼回風力，困之傳好音。微言既云絕，衆說紛如林。遙遙千載下，誰測高與深？藻文日喧競，煩響互追尋。獨有丹霄鳳，寂寞玉山岑。

窮居觀物變，霜露零庭槐。抗言思在昔，長歎餘悲哀。悲哀亦何補，梁木久已摧。空谷無賞音，凋此廟廊才。賢聖不再興，靈氣鬱鈞臺。青牛函谷出，白馬漢京來。運會自天啟，人力奚爲哉！

初日出滄海，明星疎以微。陽景未及落，衆耀紛珠璣。渺渺雲漢間，猶争旦夕輝。志士奮末光，端居常苦悲。每嘆同袍遠，寸心與我違。斯道苟不孤，吾豈悔昨非？

芳草不見知，歲華忽云已。抱此區區心，日暮愁風起。盛衰本無常，寒谷紛朱紫。大化既遷移，誰與共終始！

置酒城南隅，微風清且和。名謳出下里，妙樂奏陽阿。管弦聲激烈，賓主方笑歌。清尊既已竭，朱顏亦云酡。寧知高樹上，朝露已無多。蓬萊有弱水，願得揚其波。

立馬蘭皋望，瀟湘雲正愁。可憐漢南女，解佩此芳洲。仙風隱清渚，佳會空悠悠。眷求雖未敢，此意自千秋。

精衛蓄何恨，啣石西山陰。自云炎帝女，沒後爲寃禽。捐軀安足惜，怨彼東海深。每欲平波險，斯人無陷沉。茫茫烟漲內，何能遂此心！

即事

下馬登君堂，明珠垂繡柱。日幕羅幃開，陳筵而列俎。旨酒傾芳樽，中庭設華炬。越女解齊謳，吳姬能楚舞。微月隨風來，香氣滿重戶。四座樂且喧，一客獨延佇。恍惚若有思，低頭自爾汝。問之不肯言，涕淚墮如雨。

道中入山

羲駕不我留，歲景已云暮。空水含清華，平原澹孤素。側聆雲邊禽，微辨空際霧。谷深隱靈棲，境僻資游寓。密霏散滿林，陰靄若迷路。聞有搴裳人，刈蘭自茲去。曰余契煙霞，遺俗振高步。雖乏出世才，攝險非所懼。倚石滌塵氛，溯流冀仙遇。初瞻雲在山，迫近不知處。陟嶺窮遐觀，因風託遠慕。地迥生虛寒，峰岐曲迴互。返顧來徑失，巖壑倏非故。

龍眠山中

煙光變明晦，山氣入霏微。既游豁清矚，曰歸惜流暉。循泉道逾曲，歷峽境屢非。纖鱗靜不起，流羽驚還飛。前瞻蔽崇巘，側步窮芳葳。鋤雲取桂實，披露曳蘿衣。永懷鶡冠子，卷阿雲扃扉。

遣興

天地有代謝，榮枯生其間。人以方寸心，與之相往還。急風振林木，高秋雲自閑。所以賢達士，潛神於空山。身與世漸遠，憂樂不相關。俯觀山下人，勞勞趨城闤。世路鮮至性，風塵無好顔。脱俗須及時，瓊枝尚可攀。

我心懷素虚，蕭然臥山側。行樂且不暇，寧知憂與戚。散步出柴扉，桑麻紛在目。行行曉霧中，不覺衣裳濕。慰心有林泉，所業惟耕織。庶幾物外身，得以永終日。

少小在田里，平野何蒼蒼。晨興視鴻鵠，日暮見牛羊。潛心既已久，物我長相忘。飢驅走長道，客路多羊腸。不寒而戰慄，豈必經風霜。歸來把清尊，聊以舒感傷。微風來高原，吹我門前桑。遊絲本無心，亦與相飄揚。物生鮮定質，隨人爲低昂。吾將棄時榮，躬耕樂故鄉。多謝雲中鳥，各向天一方。

終朝無一事，得以長閉門。此心亦何有？天際孤雲存。興至往東郊，飛鳥向人喧。弱年嬉游處，長記在前村。聚土以爲戲，今已成高墩。感之欲相問，樹木不能言。何如歸飲酒，珍惜此流暄。

偶成

孤桐榮井畔，弱柳發堤東。物各懷生意，豈盡由春風！才華遺世賞，乃志外窮通。旁人不我知，謂我有深衷。請問離塵鳥，何事遊冥濛？神聖垂遠謨，其人已衰朽。矧我非聖賢，安能希遠久？得有今日身，賴生古人後。良辰信可懷，和風來戶牖。隱隱園中花，亭亭牆外柳。親友舒笑容，勸我酌大斗。此身本虚無，浮名更何有？千秋萬歲懷，盡此一尊酒。

俠士行

俠名出東國，結居空山隈。意氣横寥廓，呼吸生風雷。少小讀兵符，常抱濟時才。手無尺寸具，思欲掃陰霾。困躓復何道？勉力事毛錐。天馬處轅下，無以異駑駘。凉天霜雪厲，慷慨登高臺。驚風吹古木，四顧悲聲來。荒塚何寥落，山石勢崔嵬。賢豪既不作，英氣沉蒿萊。懷才千載下，矜尚胡爲哉？寶劍久在篋，寧不生塵灰！

有感

弱年虚壯志，盛名非夙心。秀華謝朝景，遠想生空林。西游涉長道，極望愁登臨。既嘆素芳萎，又感春雨淫。山溪方盛漲，江水敢言深？但恨所思遠，沉吟空好音。

清晨

清晨濯河水，河水漾澄輝。薄暮採芙蕖，芙蕖香滿衣。匪余愛芳潔，初衷未敢違。少小結長佩，被褐懷珠璣。陽春不見賞，翻爲聽者悲。耿耿十年心，持以對朝暉。

驅馬

驅馬出南郭，遠過滄江樓。樓高蔽白日，雲氣浮中洲。急水赴滄海，鰕鮔姿遨遊。我欲一輕濟，沉吟且復休。畏此風波險，豈曰無方舟？去去涉長道，暮景正西流。良時不可失，宿莽信難求。回顧江天迴，能不增離憂。

里巷吟

芙蓉發江渚，秋水揚其芳。朱英凝暮景，翠蓋垂朝陽。自矜絶代色，堪爲君子裳。凉飈一披拂，容耀非故常。摇落豈無憾？不敢避風霜。

茫茫雲海月，皎皎爲誰虧？只因照離别，遂至殘其輝。與子分襟後，日夕空相思。朝來忽覽鏡，始知顔色衰。鍾情本所願，憔悴亦何辭！

嬌花發孤秀，緑葉盈其枝。三春天日麗，掩映增光輝。急雨忽見迫，殘英逐風吹。枝葉雖峻茂，不能相護持。同幹且如此，已矣復何悲。

昔者卓文君，容華冠西蜀。永夜奔長卿，同住春江曲。曉露豈終日，柔條不到秋。所以當壚後，終自賦白頭。同心忽相背，何必深怨尤？不見折花人，轉瞬拋道右！白頭始棄捐，猶是君情厚。

豔陽方二月，山谿桃李新。綺陌諸年少，採之遺所親。一朝風雨後，誰復歎沉淪。我來羣樹下，但見委芳塵。落英不忍蹴，猶恐傷餘春。

白雲起何處？乃渡江之干。出岫雖云易，入山良獨難。蕩蕩誰家子？征馬跨飛鞍。主人延入室，贈以青琅玕。瓊脂出玉椀，嘉膾進銀盤。情意豈不愜？客吟常悲酸。三春風日暖，孤雁聲自寒。燕巢蓮花幕，心繫雲梁端。由來異地樂，未若故鄉安。我欲回舟去，又恐涉波瀾。登彼烏免嶺，將欲折芳蘭。折來無可贈，徒使春色殘。不如飲東閣，醉後天地寬。

秋夜

醉臥明月床，夢入青莎渚。覺起夜初殘，獨坐無人語。落葉響空階，疑是窗前雨。

晚眺

薄暮出柴關，臨風過古渡。野鳥下空山，黃葉滿荒戍。欲訪故人居，雲暗前村路。

獨坐

披襟入東閣，獨坐發長吟。夜靜無風雨，秋聲何處尋？寒月散林影，疏煙橫竹陰。坐久露華重，聽遠寺鐘沉。但覺此心寂，寧知霜氣侵。

贈張二小阮

驚風來曠野，羣木齊悲鳴。別子西山郭，相顧各吞聲。吞聲復誰道？人世競紛榮。軒裳矜上國，騎蓋炫都城。邂逅樂新知，故舊日以輕。念與子結交，所寶唯令名。抗言篤終始，遠想懷孤清。天日且不欺，何論金石盟？但恨別太促，欲言不盡情。後會自有期，努力慎所營。吾道不終晦，寸衷誰與明！願共守此志，忽復悲長征。

贈別金三資舫

相知樂今夕，華月共芳筵。寧知君見愛，乃在三載前。鸞鶴本同心，不計時後先。感君期我厚，起坐爲流連。旨酒有餘歡，何必羅清鮮。天寒氣蕭瑟，倏忽駒影遷。流雲未得歸，竟與回風旋。此行君莫惜，江水深無極。

明珠行答周澗東

明珠出南海，中夜虹燭天。豈不自珍惜，佳人遠相憐。相憐亦何恃？日月有迴旋。恩乃怨之媒，寧敢爲福先。愧君懷古意，贈我寶劍篇。握手情何極？且復指前川。收珠欲置篋，流影爲君圓。

宴集

與君坐高堂，門前紛列騎。寶帳垂珊瑚，華筵陳翡翠。越豔與陳娥，挾瑟羅相侍。酌酒吐微芳，發歌生婉媚。起舞致我辭，流盼識君意。良會自百年，君子未云醉。今宵已盡歡，明日寧相棄！

擬古

詩之源出於唐虞，而其道亦莫備於唐虞。舜命夔曰：『詩言志，歌永言。』是古今之言詩者未有出此範圍者也。然唯三百篇能盡二者之蘊。溫柔敦厚，穆如清風，此言志之美也。言之不足，故長言之；長言之不足，故嗟歎之，此永言之遺也。唯其長言之也而其意始盡，唯其嗟歎之也而意始無盡，故永言與言志，二者相依爲用，不可偏廢。有其志，故言不虛；言之永，而志乃見。所謂一唱三歎有遺音者是也。降至後世，有言志而無永言，徒以爲詩道性情而已。而所以道其性情者，不知也。匪惟有虞詩歌之旨弗察[一]，即三百篇之長言嗟歎亦無復過而問者矣。蓋古之時，詩與樂合，三百篇之詩，皆以被之絃歌，故性情與音節俱臻其妙。後世詩與樂分，古樂亡而聲音之道不講，故性情是而音節非。然古節既失，則辭無往復咏歎流連之致，而性情亦爲之異焉。非不深且摯也，而出之不覺其永，則是所以道之者不如古也。所以詩人或賦一事而浸淫以咏之，反覆以陳之，言重詞復而意不見其不足；後人抒懷刻意，惟恐其重，惟懼其複，句更語變而意不見其有餘。何則？言中用意者多，言外見意者少也。漢魏古詩直接三百篇温柔敦厚之遺，是於言志者得矣。而詩人之重復咏歎，意簡而彌遠，辭長而不繁，亦僅存其彷彿而不能得其全也。且夫風詩之妙，觀之者不覺，歌之而後見焉。古時詩歌爲一，不可歌者不得謂詩。後人詩自詩而歌自歌，此永言之所以失也。今世所傳詞曲，其中尚有重辭合歌之體，未嘗非古音之遺。然樂師俗工習其曲而昧其義，故歌不能通之於詩；學士大夫炫彼才藻，矜彼性靈，爲其辭而昧其音，故詩不能通之於歌。是則可慨也已。或曰：樂府諸詩抑揚委曲，非可以形諸咏歌者乎？曰：其辭雖可歌，然俚而不古，即十九首中客從遠方來，甄后塘上行，繁欽定情篇，亦有得於永言之意，然神理氣味、聲音節奏，較之三百篇之長言嗟嘆，則似有間，識者必能辨之矣。我朝詩教浸深，既有得夫性情之正，復講求乎音律之原。士之有志詩歌者，不可守偏而承闇。余不揣固陋，謬擬十餘章，以備詩中一體，非敢云補前人之缺，蓋欲存此見以待君子之是正耳。

誰謂君無心？贈我雙南金。瓊瑩以爲飾，佩此懷君深。誰謂君有心？言歸無好音。春日傷卉木，冬夜悲錦衾。雖則悲錦衾，憂思强自任。瞻彼群飛鳥，翩翩棲北林。

【校】

〔一〕弗察，初集作『失傳』。

與雲朗夜集

逝者忽我過，如此良歲何？與子共今夕，有酒清且多。匪酒能爲歡，同心本無他。我姑極宴樂，不醉無嘯歌。皎月已當戶，明星猶在河。

感懷

女言采穠李，士言拾落梅。芳春聿云暮，子寧不有懷？零雨自兹滿，飄風從何來？周道惟茂草，瞻望與誰哉！

別雲朗

遭我中林下，偕我南澗濱。送我涉河水，踐彼石粼粼。回顧見君立，勞望感流蘋。豈子無他士？不如我所親。東門有楊柳，其葉沃且新。采之難贈遠，樹之永懷春。遵路以爲期，要子河之漘。

示劉生雪畹

鸞和遠在衢，鐘鼓近聞室。無曰『人可懷』，人實不我即。肅肅彼鳴禽，萋萋彼庶林。無曰『春可懷』，春實亂我心。嘉勸爾君子，黽勉安厥常。慎爾金玉音，何憂行不臧！

風雨吟寄友

胡爲君有行，中道不我遇。胡爲君善懷？履邸不我顧，維風雨之故。原有芄蘭草，隰有梧樹林。未見君子至，如聞空谷吟，維風雨之音。

別鄭夢白明府

謂余不相知，執手以爲辭。江漢明此志，喬木亦有枝。維此喬木枝，葛藟之所依。秋霜拂其下，榮悴分一時。願言託終始，在遠不我遺。我聞古同心，獨處有遐思。

懷陳大冶

言率河之滸，言循江之濱。予美在遠道，令儀莫可親。吁嗟彼何人？予心所藴結。予口所未言，予居近叢木。好鳥爲後先，吁嗟君勿諼。

贈張鶴舫

知子愛蘋藻，爲實筥與筐。知子愛佩玉，瓊玖以爲將。匪徒結永好，秉德期偕臧。出門驂四牡，我馬中傍徨。所謂卷阿客，乃在山之陽。道周縱云遠，不敢履微行。

偕雪晼出游

今者余何悲，顧望北流水。以石投其中，揚之豈能起。浮沈洵有定，感嘆從兹始。爲樂不及春，白日云逝矣。物情曷可恃，好我有之子。嘉愛久云孤，寧復望投李。

寄陳大治

有美生南國，桃李春無華。豈無桃李華？之子柔且嘉。有美潛中谷，蘭蕙秋無質。豈無蘭蕙質？之子溫且淑。言制錦衣裳，往報瓊瑤章。中心既云愛，德音豈相忘？

夜興

維天與雲漢，高高臨四方。明星紛以爛，垂照無遺光。云何宵征客，顧瞻迷周行。衣繡浥多露，曷不夙褰裳？僕夫云戾止，宿雁鳴將翔。佇立望靡騁，嗟彼行路長。將子無永傷，我濟川有梁。

有贈

菡萏生池中，秋日發其華。宜子盛膏沐，灼灼顏如花。菡萏生池曲，秋水成其實。宜子佩瓊琚，昭昭德如玉。今宵樂邂逅，風雨俟雞鳴。角枕屢興視，東方胡未明？

詩前集卷二　七言古體

登太白樓

白也昔從何方來？乃到翠螺山之隈。錦衣花馬俱塵土，樓高百尺胡爲哉！生前意氣凌九垓，生後風月空徘徊。魂魄有知應歸里，定不守此荒江臺。我今舉酒招公回，爲我重展凌雲才。才高自昔驚瓊室〔一〕，金鑾殿下揮麟筆，宮女如花皆卻立。辭都身去鳳臺邊，孤帆獨挂滄江煙，雲中飲酒天上眠。晚從采石浮江水，玉山竟倒秋風裏。一臥荒邱古木春，夜夜天風呼不起。海霞一片來東吳，照我樓上陳青蒲，寶刀截玉盤流珠。金醴酒，銀臺酤，北斗浥來不用沽，公能與我同飲無？欲酌未酌心躊躇，起視寒色横高梧。白雲在地不可拾，青天倒水無人扶。夜深露氣侵華燭，撫劍爲公悲駿足〔二〕。詩成能使鬼神泣，一生無計諧流俗。倚馬千言動至尊，飄零乃類韓王孫。江濤不洗汨羅恨，崩崖裂斷靈芝根。此時憑弔傷懷抱，悵望南天秋欲老。不見青霄騎白龍，但見東遊之古道。問公乘風去何早？白日當空懸鳳藻。可知牛渚西江雲，至今已覆墓門草！憶我初未來塵寰，與公同列金仙班。公先被謫下人間，點綴東南千萬山，琪花瑤草爲開顔。我來後公已千載，物换星移人代改。才華遭遇不如公，憔悴天涯今古同。江頭相遇亦非偶，胸中雲夢吐八九。惜哉世無賀季真，誰人能識釣鼇手？江聲忽起風蕭蕭，銀河不動星自搖。我作長歌擲高閣，蛟龍不敢駕寒潮。明朝掉頭逐歸客，此樓空復煙波色。公如不識後來期，說與峨眉亭畔月。

【校】

〔一〕驚瓊室，初集作『承殊渥』。

〔二〕悲駿足，初集作『長太息』。

江樓醉題

長虹起寥廓，空江走大荒。寒光一片天外來，楚吳千里何蒼蒼！且上高樓望八方，桑葉之冠芙蓉裳，朗吟身到白雲鄉。白雲變滅無時已，隨風乍斷隨風起。千古英雄今有誰？青山對我生悲喜。流光一去空悠悠，羲和不爲此身留。無酒且吸百川水，有花不借三霄秋。秋風吹出瑤臺月，照見寒林露華結〔一〕。仰首青天低，俯首滄溟窄，呼朋共探蛟龍穴〔二〕。不圖富貴與神仙，但願人生不離別。夜深重語坐中客，荻花風外雲澄碧〔三〕。君知此樂不可長，何不坐待東方白？

【校】

〔一〕露華結，初集作「生雪色」。

〔二〕穴，初集作「宅」。

〔三〕澄碧，初集作「千疊」。

次彭澤作

樓臺忽倒東南隅，明月自來非人呼。舉手攬之不可得，須臾影落宮亭湖。我向江頭問小姑，潯陽風信今到無？且剪雲外珊瑚株，呼童爲我提玉壺。蒲桃傾盡不足惜，尚有千杯楊柳酤。醉眠欲起江之側，白雲兩岸爭來扶。南望大雷岸，鮑書已荒蕪。江聲月色俱陳迹，況我數尺風塵軀！管城子，玉川奴，飄泊天涯爾共吾，燈前相對影不孤。眼看春色如流水，又送船頭十幅蒲。

題友人居

天低不雨風四集，亂鳥驚飛覓林息。飢鷹作勢盤孤雲，側目欲下愁人立。幽人愛著桑皮冠，誅矛斬竹江之干。月出不聞響空寂，晝靜時覺天陰寒。門前古潭霧蒙密〔一〕，長有風雷相鬭出。漁師驚報涸無水，昨夜灘頭老蛟死。

【校】

〔一〕蒙密，初集作「出沒」。

題師荔扉明府紀游圖八首

觀海

男兒手扛鼎百斛〔一〕，吞九雲夢如一粟。黄河之水落天來，倒入胸懷未爲足。且臨碣石窮遐荒，振衣獨立天中央。觀取東南山水之盡處，乃知海天一氣無低昂。六鼇釣去神山沒〔二〕，鮫人噴珠濺龍頰〔三〕。九枝海日出扶桑，倒落紅霞千萬疊。蓬萊宮闕空崔嵬，雲芝〔四〕仙草安在哉？三山不使世人見，但與風浪相盤迴。玉門棗熟安期拾〔五〕，荒嶠天低雲四集〔六〕。一夜風來海怒號，水忽騰空作山立。先生拂袖珊瑚竿，到此無地天更寬〔七〕。已向圖中收八極，不須波外覓三韓。濯足紫淵岸雲濕〔八〕，俯見鯤魚應太息。化鵬已具垂天翼，何不怒飛決雲日？長風九萬會有時，慎勿久戀滄洲側。

【校】

〔一〕手扛鼎百斛，初集作『身不滿七尺』。

〔二〕神山沒，初集作『浪無色』。

〔三〕噴珠濺龍頰，初集作『珠破神山裂』。

〔四〕雲芝，初集作『靈芝』。

〔五〕本句初集作『玉門棗盡安期沒』。

〔六〕本句初集作『荒嶠雲迷天四黑』。

〔七〕『先生』下兩句初集作『先生嘯傲碧雲端，多少珊瑚拂釣竿』。

〔八〕本句初集作『萬水歸來好濯足』。

登岱

泰山高入銀河岸，晴光到海青不斷。齊魯昏昏一氣中，萬壑千巖何處判？披圖但覺松煙亂，海色高寒臨日觀。是誰筆上有雲斤，割取東南天一半。絕壁崢嶸凌九垓，金雞一唱天門開。須臾地下金輪出，照見三山飄渺之高臺。有人拄杖青雲隈，瑤花萬片隨風來。海天茫茫壓在底，何況碣石與徂徠？層巒疊嶂真圖畫，天孫應起芙蓉架。不見丹霞出牖中，但羨白雲生足下。語公且莫羨，高處不在山。吾徒置身千仞表，五岳盡歸方寸間。平居逸氣橫空起，況復身登雲闕裏。好把齊州九點煙，並入扶桑一杯水。金篋玉冊久榛蕪，洞天倒裂青珊瑚。七十二君俱電滅，秦皇漢武今在無？借問風前五大夫。

陟華

隴山秦山如盤龍，一氣直走終南東。潼關四扇不能遏，巨靈削作青芙蓉。三峰疊立天當中，蒼煙飄渺隨長風。至今華陰千里內，時有飛翠浮空濛。欲往逐之勢巃嵸，明星錯落開心胸。胸中駘蕩羅西極〔一〕，手挾仙風似生翼〔二〕。醉看絕頂蒼龍飛，雨雲過處天心濕。玉女胡爲向人立？日日明妝媚孤質〔三〕。太白仙人去不歸，山中誰與共霞日〔四〕？太息池頭千葉蓮，飛花搖蕩蒼山巔。希夷高臥呼不起，洞門一閉愁雲煙。羲和到此車先住，毛女過後即無路。千秋高影落黃河，九曲風濤流不去。

獨羨落雁峰頭樹，上有帝座相通處。才高自可問青天，何須謝朓驚人句。咸陽山色隔雲端，青鳥西來路幾盤？請公更望舊長安，渭水蕭蕭落日寒。

【校】

〔一〕羅西極，初集作『凌空碧』。

〔二〕本句初集作『舉手仙風生兩腋』。

〔三〕孤質，初集作『幽獨』。

〔四〕共霞日，初集作『破寥寂』。

聽潮

瀛海忽高霧翻入〔一〕，兩山怒束濤勢急〔二〕。震動天關掀石室〔三〕，天吳大笑龍宮泣。靈胥駕浪勢何驕，風車鼍鼓爭怒號，星河影亂天動搖。腥氣干雲雲欲濕，光寒赤奪當空日〔四〕。已報前頭萬馬來，又聞後面六鼇出。驚濤突湧壓蓬萊，沒盡雲外金銀臺。縱有三千六百之地軸，一一都從潮底迴。潮高作勢遏江水，直挾冰山自東起。大江有力不敢爭，倒退西流數百里。珊瑚溢出海門東，珠宮貝闕翻青空。豈知百道飛來雪，乃與天地呼吸相流通。煙霞出沒有無中，水神戰罷血流紅。紅霞一斗同誰醉？且說聽潮香案吏，獨向高樓縱酣睡。耳畔爭喧風雨聲，窗前疑有魚龍氣。卻憶錢王當日何壯哉，劍鋒掃月霜花開。強弩一張水雲黑，素車白鷺皆低摧。七百年內滄桑改，潮聲依舊留江海。清宵聽罷不知寒，明月中天散孤采。江頭作賦羨枚生，隱隱風雷欲鬪鳴。潮迴波定雲天寂，猶覺群蛟怒未平。

【校】

〔一〕霧翻入，初集作『三萬尺』。

〔二〕本句初集作『雲是秋潮起湯谷』。

〔三〕石室，初集作『水窟』。

〔四〕本句初集作『海日當空光不赤』。

題樓

長江日夜爭東流，勢合漢水吞中洲。蒼茫一片煙波色，齊赴雲中黃鶴樓。樓中仙去已千秋，白雲終古爲誰留？地臨南楚當空起，人立西風最上頭。濤聲忽湧蛟龍怒，寒煙隔斷漢陽渡。欲題數字付南天，只恐地下崔郎妒。崔郎縱妒何爲哉？精靈久已歸山隈。江天留此舊名勝，待人再展凌雲才。左列麒麟之玉筆，右陳鸚鵡之酒杯。銜杯舉筆對明月，天風忽落座中來。借問鶴飛幾時回？遨遊玉宇又金臺。何不載將仙子返？相與逐日鞭風雷，坐使樓中顔色開。興酣萬斛泉盡瀉，上抗風騷下宋賈。壁上詩句胡爲者？才名自昔推青蓮，甘讓他人詩占先。世人才氣非謫仙，乃欲琢句追前賢。追前落後終何益？虚掃鸞箋劈素帛〔一〕。願公手挹江漢波，一洗古今之陳迹。芳洲飄渺水澄清，側身天末懷禰衡。高才摧折秋風裏，芳草萋萋無限情。武昌城外春煙綠〔二〕，樓上笛寒空斷續〔三〕。不須更聽落梅花，一夜春心滿江曲。

【校】

〔一〕劈素帛，初集作「十二幅」。

〔二〕春煙綠，初集作「春如昔」。

〔三〕笛寒空斷續，初集作「天高又吹笛」。

出塞

白草捲風裹飛鏑〔一〕，黄雲壓地行路塞。出關一望盡飛塵，九邊四面無顔色。霜重衣寒如着鐵，水結冰花吹不裂。朝來滿地起碧斑，疑是千年戰士血。大漠蕭蕭朔氣横，夕霏欲斂暮山平。鳥棲無處向人落，人即與鳥相争行。下探青海之明月，上窺紫塞之長城。寒沙蔽野晝長暗，劍光落地邊草驚。高臺歷盡又荒域〔二〕，風從匹馬聲中出。不聞野火燒衰紅〔三〕，但見曉霧凝深黑。憶昔漢兵度臨洮，年年征戰爲蒲桃。秦關白骨如城高，君王猶遣霍嫖姚。即今陣雲已非昔，玄菟黄龍歸版籍。鳳城恩澤遍天涯，玉關長有春風入。牙旗晝掩熊羆寂，楊柳千軍競吹笛〔四〕。況乃高歌出塞人，何妨醉射青雕翼？李陵臺上雲盤旋，秋高不畏塵漲天。男兒舊有四方志，壯遊且欲窮人煙。平居未作摩霄鵠〔五〕，邊關形勝紛羅日〔六〕。一朝射策升天都，禁中争羡得頗牧。君不見，班生投筆走陽關，雪花寒壓雲中山，勳名千載照人間。又不見，終軍去國正年少，棄繻慷慨舒懷抱，虎節高懸輝璧耀。古人經綸定斗室〔七〕，不待銀黄既加日。可笑腐儒弄文筆，高談自謂才無敵。偶聞神怪便心疑，才說沙場欲股栗。低眉伏案取高官，拱手思措泰山安。人言儒術多誤國，皆因此輩開其端。與君共話旗亭酒，射虎將軍今在否？江頭一夕驟雨來，猶疑塞上鳴刁斗。金城煙柳鐵山風，公已收入畫圖中。我亦壯心懷萬里，飛鸞尚閉樊籠裏。會須棄卻江東紙，拔刀截斷玉蟾髓。北出雁門踏暮紫，尋公舊遊之故址，掉頭徑渡交河水。

【校】

〔一〕裹飛鏑，初集作「作飛雪」。

〔二〕域，初集作「驛」。

〔三〕衰紅，初集作「啼紅」。

〔四〕「牙旗」下二句，初集作「軍民夜夜吹羌笛，無復怨生楊柳曲」。

〔五〕未作摩霄鶻，初集作「未奉金門檄」。

〔六〕紛羅日，初集作「都宜悉」。

〔七〕斗室，初集作「茅屋」。

望瀑

龍湫卓立天南隅，石高萬丈入雲孤。雲開山斷石微裂，奔泉爭向崖谷趨。初從崖落若驟雨，下流百尺濺琿璪。煙昏林暗深不測，半面天光乍明滅〔一〕。忽然壁上飛雪花，滿空散作冰霜色。我聞銀河之水澆九垓，餘波灑向人間來。隨風吹到靈湫隈，一洗巖端萬斛之塵埃。又疑天女醉歌畢，玉壺擊碎神漿溢，千點萬點當空出，大珠亂跳小珠立。長風來自滄海西，青霄搖蕩碧玻璃。因風作態無高低，有時澎湃奔流急〔二〕，一線直走千仞壁〔三〕。須臾宛轉如雲煙，千回百折飛下天。丹梯一道連雲腳，重重白練當中落。倏忽平分兩片開，紛飛四散如珠絡〔四〕。芙蓉村上月如弓，照見素影空濛中，懸流穿入馮夷宮。石檻離淵只尺許，飛布飄飄向人舞。障前問答響未終，瀑怒作聲亂人語。

【校】

〔一〕明滅，本作「瞟黑」。據初集改。

〔二〕急，本作「直」。據初集改。

〔三〕直走，本作「急走」。據初集改。

〔四〕珠絡，初集作「瓊屑」。

浮江

楚天曉色何蒼蒼，青山秀出江之旁。江波浩渺望無極，孤帆獨挂雲中央。下浮彭澤上襄陽，蓮花葉葉當風張。白雲飄渺來三湘，天影與人相低昂。樊口煙潭深幾尺？三春芳草連空綠。遙看岸上踏歌人，一時齊唱大堤曲。大堤萬樹楊柳花，花飛片片落誰家？斜陽欲倒驚啼鴉。波平始聞榜人語，江天四面入空渚〔一〕。漢南遊女不可求，笑殺當年鄭交甫。憶我乘舟出江干，小姑垂手青雲端。波心捧出水晶盤，吳楚蕩漾搖清寒。自矜才華絕地紀，灑酒題詩風浪裏。夜深醉探馮夷宮，碧氣沉沉不見底。即今飄泊天一方，與公同在水雲鄉。示我八幅球琳瑯，披羅雲煙生兩廂。愛此圖中江路長，令我四顧心茫茫。吁嗟乎，丈夫不能乘風破浪學宗慤，直走江心穿日腳。使當披髮下雲津，釣竿一掃千浮蘋。胡爲輓粟浮江沚，飛艘直上數千里。江妃亦笑舊詞人，此行不爲滄浪水。古今世事如東流，奔馳日夜無時休。坐見平川鋪白練，忽然浪起秋風頭。浪高浪下搖孤艇，雲影天光變俄頃。唯有數點白沙鷗，隨波來去如山穩。樓船遲速總由風，前路遙遙接太空。看公挂席隨風去，舉首南天日正紅。

【校】

〔一〕入，本作『八』。據初集改。

豔歌行

珠樓玉帳連空起，一日豪華歸逝水。人生行樂不及時，笑殺三春桃與李。莫愁湖畔舊酒家，垂楊樹樹啼雙鴉。門前客來不須報，香風引下芙蓉車。當筵好女嬌如玉，夜酒微寒傾不足。舞罷庭前雲亂飛，風吹又到春江曲。

湖上曲

湖邊草，何青青，煙光不定天冥冥。搖蕩離情日千里，送盡春愁渡江水。日暮楊花又飛起，樹上曉鶯啼未已。

送君行

送君過江北，江上風瑟瑟。芙蕖出水嬌且鮮，不借朝霞作顏色。採蓮衆女搖輕航，行來行去花兩旁。小姑愛花兼愛鳥，不肯枝上驚鴛鴦。鴛鴦飛起向人去，徘徊更到花深處。秋來深夜寒並立〔一〕，願抱寒香和露泣。

【校】

〔一〕並立，初集作『不宿』。

明珠曲

明珠失手落池泉，入水蕩漾如月圓。池深可見不可得，金魚銜到紅蓮邊。取珠濺水入花葉，又見小珠生荷錢。荷池久立恐郎怪，歸折荷花倚簾外。燈殘月落不肯眠，持珠笑挂明鏡前。

郭明經索題麻姑圖

銀河不動天無波，秋聲夜起山之阿。凉雲墮庭月滿地，人生對酒須高歌。坐中有客醉顔酡，示我淩波一仙娥。白雪飄飄生素羅，臨風不語意態多。是何長爪來人世，不攀天上瓊樹柯。乃知仙人好游戲，託居豈必在星河。當時悔隨方平降，反令蔡經受譴訶。百千年來供吟哦，朝朝顔色春風和。圖中歲月可長久，瑤臺往事浮雲過。麻姑汝莫揚雙蛾，仙凡萬古同消磨。請問蓬萊三去後，海水深淺今如何？

寄江七峰兼示陳大治

白雁不來葉飛早，憶君昔踏瑤堤草。東風有意媚遊人，落盡楊花春不老。攜尊同上古江亭，雲中洒酒澆空青。天風已醉人猶醒，星馳電散今何道，玉樹臨秋可常好？乘舟欲往白露多，江上芙蓉奈我何。

春曉詞

東方冥冥煙初生，晨光半斂含空明。流鶯百舌不住語，似欲帶曉呼春晴。幽人獨向空山宿，風起微寒入巖壁。一枕西窗夢未殘，門外落紅深幾尺？

寶劍行

寶劍在匣不肯鳴，風雨將至忽有聲。神物動静通造化，偶然拔出秋雲生。模糊血影滅難去，隱隱星精費呵護。摩挲幾次蛟龍愁，凄凉一日英雄顧。土中掘此空萬金，可憐遇合隨升沉。深埋未滅飛騰氣，不去寧知變化心。解求腰下紫纏結，霜花從此失顔色。身微豈敢倚長空，我且攜汝置崆峒。

道中見枯松感賦

枯松倒澗扶不起，從此蒼龍長臥矣。悲風相遇空激揚，日夕哀吟山谷裏。心空節斷知何時？欲傾未傾猶孤持。雲根穿透有餘力，霜雪戰罷無完枝。孤高本不由人意，榮枯亦自關靈氣。不聞偃蹇作濤聲，尚思疇昔凌霄勢。安得壯士拔山力，手挽横柯更重植。吐納雲煙棲鳳翼，今我胡爲徒嘆息！

城南行

城南流水聲凄絕，客到雕鞍不能發。中宵掩淚泣孤雲，仰天驚見高樓月。月華昔日開簾鈎，人倚紫簫樓上頭。明妝一笑轉春色，能使九月忘寒秋。世間錦繡少容彩，天人珠絡當風解。自居貝闕幾揚波，轉瞬浮雲昨夜改。玉顔摧折自秋雨，此愁渺渺來今古。碧霄無盡海東沉，存没人天各難語。由來好會憂思集，紫落紅塵詎相及？須臾月没更漏稀，策馬歸來尚衣濕。

江東年少行

江東年少愁風雨，獨立空亭望空渚。行行江上止復去，煙水接天天不語。自云作客淪風塵，可憐未識江南春。前逐飛鳶後烏鵲，山木争號疑怒人。天涯池館多舊識，哀管繁弦淚如積。日暮高吟動鬼神，曲終月落無人惜。當時一顧勞孫陽，挺立奇骨騰龍驤。精靈已與物摩蕩，意氣不爲人飛揚。十一年來霄路阻，慈孤愛割去鄉土。骨肉支離驚夢魂，雲物高寒森極浦。臨岐未敢久延佇，似有旁人竊爾汝。愁深難作歡笑言，長恐相逢問寒暑。聞君此語重太息，江水悠悠竟何極！思歸未歸君莫悲，我已早歲離庭幃。

寄懷吴理菴先生

生平知遇半湖海，先生高臥青山在。神爐寶鼎鎔萬象，華嶽明星聳孤采。吾鄉往歲多詞人，落筆競欲奪洪鈞。龍顛虎臥騰不起，先生揮出即有神。縱情巖壑恣游覽，河漢摩胸天慘澹。青雲鬱氣成斑斕，白日逢人露肝膽。酒酣擊缺黃金甌，上下人物無千秋。造化本不受雕刻，笑我胡爲窮搜求！憶昔終童人未識，騏驎躍地向空立。先生乍見重神駿，風蹄顧盼生霜色。師門風義古來稀，況乃冰玉相爭輝！高才自是干神怒，可憐二豎乘窮數。愛子摧殘心魄驚，明珠雙碎恨有聲。十年未盡存亡感，一別空留聚散情。我今淪迹滯江閣，徒有英名動寥闊。意氣雲霄舊羽毛，歷盡高秋寒不落。先生一劍伴荒邱，隱隱龍文貫斗牛。已看文藻空前古，反把心情託末流。同時舊好非年少，但話林泉任歌嘯。嗟我東望吳天雲，後先遠近悲同調。人生會合不可常，昔何歡樂今慨慷。尚欲吸川呼曉日，一醉直共眠扶桑。

送別陳大冶

孤獸索羣鳥求侶，吁嗟子去吾何語？江間流水深復深，不識岸頭客悽楚。憶昨痛飲龍山旁，高亭四顧雲開張。枯林古石起顏色，看爾筆下生寒芒。縱談解束日西暮，感懷往事雲東去。當時盛氣無古今，寧知後日悲行路？同游年少亦殊絕，發聲錚錚響金鐵。英姿角出爭權奇，可憐天馬遜雄傑。良會高歌極歡思，興闌筵散驚秋至。失路君違十載心，離羣我負今宵意。男兒有情恥揮淚，千里寸衷豈終異？江月不作別離色，照人依舊發姿媚。

野烏行

野烏啄木風悲辛，江南滿眼多飢民。前走後呼轉相屬，平原蒼莽知誰親？自言家本淮陽境，高浪決堤水馳騁。蛟龍平地奪人居，千里村墟一夕靜。初離水厄猶自喜，忍飢求活聊至此。展轉荊榛不自存，翻悔從前脫一死。回看少婦當道旁，抱子欲去泣且行。已經終日腹無粒，嬌兒猶呼索米漿。我行見此爲吞聲，惜此波浪存餘生。弱肉已飽巨魚食，苦口誰憐哀雁鳴？昨聞官府招問故，各給金錢度朝暮。少壯得延須臾生，老弱終傷委行路。回憶田廬蕩空際，澤區何日見寧歲？欲歸歸去各無家，反資流徙爲生計。嗚乎王景不可得，河伯敢與地爭力，人命雖重安敢惜！不怨天上春漲多，但恨汝生近長河。

喜雨歌

歲在辛未初秋天，肥遺肆虐神無權。巨龍十丈鎖潭底，名山不得施靈泉。禾焦土裂沙塵色，凄凉比戶人無食。慈母牽兒夫别妻，倉皇走向道路啼。朝從朱門覓殘粒，暮投古寺席地棲。苦甘今昔一夢畢，天明又各分途出。草間餓骨爛始收，後者招魂前者哭。哭聲震天天不聞，可憐白晝無片雲。金烏吐焰知何意？當空一炬避無地。天子深悲溝壑羣，哀恤蒼生賑荒歲。勑下親頒玉府錢，舉天讀詔盡流涕。今年夏半又久晴，人心悵望如懸旌。雹掣雲霄忽有色，風激雷霆空怒聲。吏樹靈旗巫擊鼓，不乞黄金乞甘雨。黄金聚處富一人，甘雨所到皆樂土。卒然阿香推車至，樹木重蘇人起舞。小民欣喜忘帝力，坐睹風雲狎霹靂。豈知我皇仁動天，恩波能使昆池溢。上帝且欲賜有年，雨師何敢愛餘瀝。一雨豈即回孤寒，且喜斯民得飽餐。書生家無田半頃，占星望雨忘夜永。但願四海潤崇朝，一身獨窮飢亦幸。作歌起視天漢静。

破鏡歌

千金買得半輪月，不照合歡照離别。分時未忍割恩愛，缺處猶疑竦毛髪。淪落頻經煙雨侵，寒光凛凛生太陰。世間萬類都看遍，難補秦時未足心。可堪衆手争持覽，盛年一見神暗淡。纔懸半面洞古今，不露全形見肝膽。金精水液鎔無煙，生有光明不羨圓。觀人定不由成敗，鑒物終能識正偏。挂來素壁疑霜雪，冷顔瘦損春難熱。百煉功成一擲廢，冰心幾寸爲君裂。

咏硯

翰墨波瀾文章海，片石功能奪真宰。紫雲剝落精氣全，伴我二十年不改。青碧隱現淺復深，蛟雨先布待沉吟。鬼神泣罷啼痕在，想見經營慘澹心。吐納煙霧動羣目，惜哉潤澤徒生腹。汝身已被磨欲穿，我穎胡爲久不禿？飽濡墨汁休稱雄，硯田自古無春風。力耕豈得餘多地？點水何能補化工？苦寒十月凍不裂，面洗雲根骨露鐵。元氣淋漓嗟太泄，主人與汝同磨折。

道上吟

余以作客往來通都，偶觸所見，感而賦此。非云託諷，聊書情實，以上達君子之聞見耳。

食蕨嘆

七尺壯夫竟不起，床頭僵臥三日矣。百畝之家無宿米，旱魃欺人一至此！昔聞力田能免飢，今見老農愁不死。出門四望面如灰，十戶七閉三半開。親里相見各無語，但問何處多野萊？平時口衆鮮生理，百物騰踴苦難市。豐年已覺不自支，矧乃展轉饑荒裏。衣裳脱盡身欲禿，髓乾寧問肌與肉？傷心忍得一家寒，且飽今朝暫時腹。腹空終日將奈何？氣短聲弱難哀歌。含羞不肯向人乞，相攜覓蕨行山阿。蕨深入地費窮日，力盡空山始鋤出。少婦十指皆血痕，揮土不顧拾蕨根。死且難保傷何論？拾得盈筐竊自喜，持歸舂粉供甘旨，舉室得之美無比。稻粱縱有非所欲，此時食蕨尚爲福。君不見，老翁杖頭三百錢，鄉村無粟赴市廛，糴米未得飢可憐，困不能行委路邊。又不見，素封擁穀爲奇貨，粟朽不欲救窮餓。西鄰請貸轉見嗤，歸煮白水烹榆皮。我獨餐蕨甘如飴，安能一飽不傷悲。

催科吏

婦女驚藏老稚走，望見旌旗逃恐後。借問逃者意云何？官領百人親催科。追迫株連及比戶，小民有口難言苦。非敢避官如避寇，自來畏役勝畏虎。官嚴役怒勢莫當，生斷人命如牛羊。忍將血肉换上考，鞭撻何礙稱循良。如此用心尚何極，火煎日夜憐不得。但嗟舊歲禾爲塵，人家所餘唯一身。今春絶炊已累日，縱有枯髓鍛不出。不出豈能使終止，官令如山違必死，明日街頭鬻妻子。

力役謡

生不必歡死莫惜，一死方能了此役。役夫歲歲應徵呼，堂下聞聲先蹙額。官府籍内舊有名，衰老安望憐餘生？欲將换免乞恩許，法嚴不得論人情。長亭柳禿塵飛起，紛紛追唤何時已！往時穀賤勉支持，今茲荒歉將何恃？傳聞大吏過郡城，官催如火供送迎，敢言稍緩鞭撲行。自嗟充役五十載，飢寒留得隻身在。長途奔走無虛日，匆皇寧得顧家室？官錢十枚餘在手，歸來羞澀未敢出。老妻詬罵不絕辭，橐中米盡兒啼飢。

關下曲

白頭老生餓欲死，奴僕得時啖甘美。十年賣身隨榷官，日日黄金足揮使。百金之費人所難，此輩擲同瓦礫看。粱肉腐臭浪棄地，路旁見者心爲酸。有時出視盛結束，兩人立侍一捧褥。公然關禁敢私弛，鬻將片紙換金玉。吏胥附焰恣爲奸，國課何時能報足？榷使持籌風雨寒，豈知門外歌聲歡。大家搜刻窮民骨，尚有餘脂飲未幹。夕陽江頭斂暮色，望見舟來欣喜極，如此足供今宵食。汝身既飽尚肥家，汝主多憂空爲國。嚴寒已薄天正春，輕裘文綺光豔新。冷官旁視意逡巡，恨不將身作賤人。

歲暮别

男生莫作貧家兒，女生莫作游子妻。歲十一月天清凄，門前登車門内啼。送君遠出時已暮，北風烈烈雲離迷。行人方歸君獨去，此際遑問心慘凄。牽衣欲語不能語，四顧但覺天爲低。憶我適君今三載，良會不待聞晨雞。歸何匆匆去何促，坐見芙蓉成蒺藜。歡娱一日難自必，百年徒望與君期。且脱玉佩收靈犀，待君歸後重提攜。已知此别難計日，臨行尚説卉木萋。願君風塵慎玉體，須防道路多山谿。妾今獨處幸勿慮，傷君千里無定棲。君有高堂待朝哺，曰歸安得稍延稽。賤軀委置不足惜，可憐嫁時舊羅袿。阿母親縫心力碎，至今在篋生塵泥。天道多岐人事暌，浮雲自東白日西。直視黄沙起路堤，征馬畏寒慘不嘶。倚門望君君已遠，歸來拊心痛如刲。上堂强笑慰姑嫜，忍淚未敢還深閨。

少年游

斷送古今一江水，嗟我與君同至此。忍能對面獨千里，骨肉生摧顔色死。憶昔初嫁羞濃妝，嬌怯猶不勝羅裳。是時君亦擅風采，欲言不言皆斷腸。年華枉自鬪花月，一日天涯兩心折。竟把關山奪恩愛，倒棄春光换離别。江南結習好遠遊，傷春不顧空悲秋。少年不解惜青鬢，老大無端搔白頭。白頭縱歸亦已矣，前者方歸繼者起。可憐除卻應門童，紅顔滿室無男子。吁嗟乎，男兒爭説四方志，古來風雲起平地。今日鬢眉遍四方，何人久客如初意？良會蹉跎兒女身，飛塵埋没英雄氣。勸君拂衣早歸來，繡幃手製待君開。亦知君去非得已，飢驅那敢戀桑梓？丈夫昂昂才足恃，不游豈竟無生理？終歲因人作悲喜，消磨日月誤青史，妾雖巾幗爲君耻。

贈子挈子實即以留别

我昔馭景騰天池，巨靈不守羣仙嬉。瓊闕洞徹深獨入，竊來神物天不知，懷此六丁莫敢取。君今乃欲發吾私，異哉天半樹靈旗，二君曳之如電馳。長君駘蕩青雲姿，胸羅鏞鼎紛陸離。癡龍拔珠碎鱗赤，太阿横斷珊瑚枝。次君文采亦殊妙，盤空走險出怪辭。回波漾月冰鏡裂，瑤花醉露生碧滋。即今倚劍會高閣，春陰黑壓天四垂。東君苦雨慘無色，天以吾輩開其奇。酒酣放論恣所快，片語雄當十萬師。羨君意氣塞寥廓，我猶澤畔搴江蘺。太華少華鬪奇秀，孤峰獨立將胡爲？吁嗟乎，孤峰獨立將胡爲？明日君看騎青螭。

題鄭氏大理石障

中霄不雨天乍昏，是何玉英光蔽門？山翁一見忽驚倒，怪此數尺青雲根。傳言異石産大理，割來靈秀孤乾坤。當時琳府閉未啟，春風作色煙染痕。自從寶刀斷取後，全山頓覺神無存。飾以香檀作雙障，魚藻隱現雲吐吞。文麗天成陋人巧，司馬寶此如瑤琨。祝融下令收不去，天遣流傳歸後昆。元精豈肯落俗手，靈物終知依舊恩。紫瑪瑙破琉璃裂，此障長映扶桑暾。先生愛奇重手澤，薦之祖廟同彝尊。名山之骨星之質，昭示鳳子與麟孫。米顛拜者何足論，請看寶氣騰天閽。

寄呈吳理菴先生

文章過眼如雲煙，安能供我千百年？生前棄擲且不惜，生後寂寞知誰傳？吾師作文解此意，不事修飾與磨鎸。當其酒酣興怒發，風車雲馬争來前。文成下筆聲落紙，如聽千巖萬壑之飛泉。嗟我年少愛雕琢，瓊樓十二修鸞箋，飾以珠玉洗以鉛。五丁力所不到處，月脅破裂天心穿。終嫌斧鑿傷大雅，聲色雖具神未全。邇來醉咏春風顛，游心物表歸自然。論文不計工與拙，作賦不思白日懸。高者爲天下爲淵，付與千秋飛躍之魚鳶。

晚泊贈僧

今秋我從江上來，曉寒斂雲雲不開。驚浪拍天苦難渡，青山爲我久低徊。枯僧宴坐山深處，指點晴霞自來去。邀余過澗呼蒼龍，不知隔嶺斷行路。石上流泉瀉芳潔，樹古霜皮吹不裂。亂鴉忽向夕陽噪，明日潯陽天欲雪。

邱貞女詞

缺月昏昏暗江汜，風刀劃斷雲千里。丹山石破文鳳摧，血濺桐花枯欲死。一死不盡百年心，願代夫君作男子。毁鏡折釵從此始，恨血斑斑淚痕紫。可堪縞素拜尊章？猶是香閨一女士。丹旐何來暮山址？痛哭荒郊憤泉起。薄命蕭郎竟已矣，萋草拔心恨不止。千古寸衷有如此，此心一片澄江水。

月下吟

明月不解飲，亦到酒杯來。舉酒吞月不能盡，瑤光依舊浮滿杯。今我與君共徘徊，坐見席上生瓊瑰，蘭膏銀燭安用哉！夜深清漢雲霞滅，玉繩低挂露華結。借君天半之餘輝，照子飲到東方白。東方欲白可奈何？水晶簾外起横波。銀樽斜倒朱顏酡，人生歡樂能幾多？茫茫四海若無月，煙波花鳥有何色？月下無我長來游，青天不樂素娥愁。人月同在清風裏，彼此世間成兩美。可笑玉兔藏廣寒，與余遠隔千萬里。舉杯邀月春風前，當時曾有李青蓮，詩成珠玉落九天。謫仙一去浮雲改，月光冷落千餘載。何期遇我滄江頭？重散高天舊華采。嗟我疎闊才不羈，遨遊六合無親知。偶然舌下吐河漢，山鬼竊笑羣兒訾。惟有皎月不相棄，年年與我長追隨。白玉臺前桂煙緑〔一〕，歌管筵前紛結束〔二〕。何不飛下碧雲端？去照雕欄十二曲。乃知此月解憐才，獨與幽人破寥寂。孤雲皎皎寸心明，我今得月如友生。人間天上各殊路，一夜樽前萬古情。

【校】

〔一〕桂煙緑，初集作『夜光碧』。

〔二〕歌管句，初集作『歌管聲聲喧綺席』。

詩前集卷三　七言古體

擬古四章

取彼明珠與夜光，造爲合歡雙玉堂。請君端坐錦瑟旁，待我風前製酒漿。雜以同心之金屑，投以百合之名香。君今飲此毋相忘，前途歡樂方未央。人生窮居何所望？得時攜手娱年芳。莫作林間共棲鳥，風來各自東西翔。

我有太古琴，得自崑崙岑。外無鴛鴦之華絃，中有鳳凰之好音。攜來偶置北窗下，夜深長雜風雨吟。白日迢迢歲將晚，凋此雍門千古心。君如與我有同好，聊以相贈明素襟。爲君更造珊瑚篋，藏之勿被風塵侵。

飲馬長河曲，水石蒼蒼怒相觸〔一〕。挾劍步高崗，朔風四起雲低昂。燕雀非無志，但不出雕梁。丈夫獨居發遐想，安能抱璞守故鄉？揚帆徑作長遊客〔二〕，岸有花兮江有月。仰天欲訴生平心，河漢無聲素娥默。

我有相知在何方？溪之曲兮山之陽。楚水微波天欲霜，思之不見心傍徨。空庭獨坐露沾裳，明月未出生寒光。秋風蕭瑟蘭自芳，美人雖遠終難忘。欲往遺以雲漢章，起視大川無舟梁。舟梁有兮亦何望？不見黄鵠悲故鄉。

【校】

〔一〕怒相觸，初集作「激鳴石」。

〔二〕長遊客，初集作「長年别」。

爲師二題畫

十年夢繞金華峰，洞天開老青芙蓉。流水無聲出深谷，春風搖蕩蒼煙濃。停車悵望不能到，時有雲氣來心胸。君今得此佳山水，夢中與我曾相逢。横空積翠何葱蘢，陰崖不雨吟蒼龍。林壑微茫夾古寺，煙深不見人鳴鐘。或言天風拂瑤草，上有白鶴之行蹤。問君欲往誰能從？我聞蓬萊方丈高萬重，重重都有白雲封。碧桃仙子舒笑容，待我石上倚青筇。君若相隨踏明月，此圖且挂東溪松。

江南曲

江南二月天微和，滿空碧色如煙蘿。坐見輕舟蕩春水，須臾日落生紅波。郎上堤頭妾岸北〔一〕，唯恐春愁消不得〔二〕。桃花含笑柳成絲，借問東風果何力？昇平日久人歌吟，天高忘卻春暉深。願君且住雲中瑟，聽我區區下里音。

木闌干上雲争集，木闌干下何人立？同在三春煙景時，燕語鸞歌子規泣。昨日尋芳南陌頭，聞君欲泛廣陵舟。廣陵豪盛耀江曲，車蓋如雲人似玉。一斛明珠買笑歌，尚說今宵歡未足。朱樓夾道芳草生，瓊花千載歸太清。有心願借紅橋月，分作人間處處明。

旌旗掩映朝霞紅，珊瑚鞭壓連錢驄。入門寶帳翻鸞鴻，春風高會銀臺東。茱萸女結蒲桃束，醉舞飛花落金谷。看罷庭前渾是雲，不辨鴛鴦三十六。斜陽忽倒瓊樹柯，争催鳳蠟安銅荷，珠簾欲掩暮寒多。魚關隱隱沉蓮漏，更把瑤絃向風奏。門內歡娛門外愁，可憐月色明如晝。

妾家近住長干里，日飲秦淮渡頭水。深淺年年各自知，未識郎心竟何似？郎行不定江上雲，可憐遠賈似從軍。誰將暮雨吳娘曲，寄與天涯孤客聞？飛鴻昨夜過南浦，爲報郎歸到江渚。黄金脫盡青雀空，相見秋風各悽楚。自拔金釵典繡衣，街頭換得瓊漿歸，爲郎拂起鴛鴦帷。月墮銀壺雲滿地，且向中宵同一醉。樽前莫悔往浮梁，深閨自有驅窮計。人生貨殖貴逢時，勸郎北地買臙脂，歸來盡染芙蓉露，好逐登場傅粉兒。

【校】

〔一〕岸北，初集作『江曲』。

〔二〕春愁消不得，初集作『春光看不足』。

送許竺谿之金陵

明珠不列五都市，深山窮海誰驚視？天馬不向雲路馳，縱有伯樂何由知？丈夫有志扶輪軸〔一〕，安能終臥溪山曲？所以萬人争探驪龍珠，而君亦與相追逐。我今搔首龍山道，短衣空覓瑤堤草。可憐白雲天外鵬，竟作青油幕上鳥。卻憶去年浮巨槎，半江春浪湧桃花。朝卷湘簾傾玉酒，暮持蓮鍔劈丹霞。黄童自謂才無比，手抉天章横地紀。那知君挾風雲萬里來，使我胸中積磈爲之開。我既不能重起杜陵老，何人拔子抑塞磊落之奇才？征車去後無消息，極目斜陽山四塞。高歌獨與雲盤旋，星河不動天蒼然。憶君遥隔長淮煙，何期復泛皖江船！皖江船繫孤城北，夢魂又繞鍾山側。急挂輕帆破曉色，我醉留之不可得。乃知江上故人情，不及秦淮明月夕〔二〕，且作長歌破離寂〔三〕。詩魂忽捲怒潮飛，一夜隨君下建業〔四〕。從此雕鶚横九霄，休向高樓懷六朝。任君呼取莫愁與桃葉，煙花舊恨終難消。何如歸自長板橋，與余飲酒吹洞簫！梧桐風起夜蕭蕭。

【校】

〔一〕扶輪軸，初集作『凌空碧』。
〔二〕明月夕，初集作『舊明月』。
〔三〕破離寂，初集作『贈離别』。
〔四〕建業，本作『采石』，據初集改。

題鄂虚谷方伯所得明姜貞毅遺硯

驄馬臺官舊遷客〔一〕，手擊豺狼腹披瀝〔二〕。一時放逐泣孤忠，萬古精誠留片石。憶昔西垣補牘時，硯光掩映珊瑚枝。龍香落處風雷馳，楮英鋪雪羞少微。一自桑田變滄海，冬青夜月沉孤彩。高臺金石半消磨，千里飄零硯猶在。堅光不被風雨昏，斷痕未逐煙塵改。江南遺落等琳球，歷盡興亡二百秋。山靈水怪不敢取，留與當代賢人收。虚谷先生重風義，得來直等商周器。異物遭逢豈偶然，年深猶鬱雲煙氣。雲煙飄渺人去久，精靈疑與硯相守。瓊瑶可裂石可灰，此物終傳千載後。款文剝蝕人能尋，展來白日生秋陰，請看墨淚斑如昔，猶是孤臣一片心。

【校】

〔一〕舊遷客，初集作『抗高節』。
〔二〕腹披瀝，初集作『心不懾』。

古意

所思不見歲云秋，楚水未落江南愁。江上芙蓉謝芳澤，蕙華欲盡將誰留？背谿向嶺行夷猶，見新代故思悠悠。昨游芳草今衰邱，蟪蛄何知鳴啾啾。

捐余玉佩投琳宮，江妃欲前辭路窮。蹇修臨波空致語，蘭旌不到嗟回風。玉虯迎我餐瓊實，荷屋椒堂宴窮日。芳凝露墜覺秋闌，歡淺情深惜恩畢。紅壁沙版生微寒，翡帷蕭瑟盤孤鸞，登高騁望天漫漫。美人重起爲君舞，寂寥江外之煙雨。

與君同駕辛夷車，紫莖素華燦瑶瑜。與君共紉女蘿帶，曳余長裾白雲外。鸞皇遠來争道前，東風飄蕩芳靄連。君忽分轡升九天，遺我獨後立且旋。芳草含滋花臨煙，心不敢怨私自憐。自憐終夕意何極？有美爲余動顔色。愛不能近媒多辭，思未成歡酒無力。願君返駕步方林，中路毋寧深太息。

余情本自怨秋水，白蘋胡爲滿江汜？漢皋初雨江欲波，芳香襲予愁奈何！有懷不盡秋風多，思君遠隔山之阿。綱戶朱綴飛絲羅，薜荔衣敝帶新荷。愛而不見遠含睇，雲容杳冥漫無際。初有成言涉芳洲，搖落今日白蘋愁。

延神曲

朝見雲飛暮無雨，涼風不動桂旗舉。蕭蕭木葉下滄波，若有人來立空渚。靈車將降先致辭，獨抱芳馨遠延佇。何以潔之迎玉鸞？瓊茅十束藉紫壇。何以賓之奉瑶席？曲瓊半鉤問白璧。桂酒既酌申椒漿，白日冥冥揚靈光。杜蘅列堂蘭滿載，神愛余能妙容采。歲華零落若英寒，遲暮佳期孰相待？竽瑟齊張歌緩節，採菱聲終見飛雪。來不我留去不知，江天浩蕩徒相思。

遠遊曲

晨馳余馬江之干，江風告余以露寒。蘭有素心芷有蒂，長願終歲無波瀾。方舟濟此懷湘浦，夕吾將欲問芳渚。余玦何爲遺夫君？子佩何爲解神女？光風轉蕙來無期，初起靈雲倏飄雨。良辰吉日曾幾時，撫劍感嘆有餘思，瞻彼飛鳥去何之。

望遠傷瑶草，登高見明河。白雲在天不自覺，下有萬里之滄波。言從漢曲泛江沱，玉珥按節歌陽荷，瀟湘覽遍樂云多。我思已極行靡他，四海縱窮又幾何！

短歌行

菀彼梧與楸，旦夕霜枝改。衆芳各自惜良時，秋獨何爲使無采？雲霓晝晦天迷離，靈瑣不啟神狐疑。余處椒邱自愁苦，聞有佳人召授語。玉英不采誰華汝？不願日月與齊光，願將爝火繼扶桑。

放歌行

夜如何其夜正長，白露涓涓凝爲霜。蘭膏明燭皎夜光，沉沉邃宇宴未央。鐘鼓既設素琴張，華容二八奉羽觴。被文服纖結奇璜，欲前未前侍君旁。吐辭不盡幽蘭芳，層波乍動神飛揚。發歌宛轉聲繞梁，百年易盡心慨慷，今夕有酒樂且康。酒酣行樂亦云極，天外雲君爲太息。上有丹山號靈域，鳳凰乘風振其翼。瓊花十丈芝五色，汝何偃蹇山桂側？保美康娛不自飾。坐令狡烏日西匿，蕙萎苕黃泣何及！再拜稱諾致穹蒼，升高總轡吾將行。飲馬赤海挹斗漿，願隨九苞爭翱翔。靈氛告余曰君止，占得祥麟折左趾。白露滿天雲在水，勿以皇華失素履，留取瓊芳待君子。我行不顧歷瑤壇，丹楓蕭蕭江水寒。瑤象之車涉飛瀾，前有白鶴後青鸞。明霞覆我切雲冠，憑虛欲上星樞端。與天孫見比雲錦，與玉女言換琅玕。游不能極情未歡，下念人世使興闌。正倚閶闔叩珠闕，雷師隱隱羌忽發。太陰噓寒竦毛髮，回飇折車勢飄忽。翠旗孔蓋落洪流，我身乃墜江中洲。杜若淒淒菡萏秋，送余擊楫登桂舟，歸進華酌聊舒愁。前夕之飲星月明，白榆錯落金斗横。美人何在風淒清，感今懷昔生悲情。鴻雁宵征過南浦，蟋蟀無端當戶語。余室飄搖甚風雨，榮華將落不我與。靈氛見笑神杳冥，長天渺渺唯酒星。

怨別詞

谷風淒淒陰雨垂，君子言別我心悲。雖無好音能惠汝，終歲未云憚勞苦。夫也不良初未知，使我終難忘誓語。出門楊柳猶依依，昔迓車來今送歸。

春閨曲

彼君子女淑且閑，穠李爲質桃爲顏。其服維何繡與錦，緑裏朱華耀朝景。其佩維何瑤與瓊，雙環半璧素絲輕。良人不來曰懷止，采緑求桑曷云已。春蘭作膏美容光，獨旦無人誰爲芳。

膏車

膏車出游寫我思，曰歸曰歸行遲遲。芄蘭有葉桑有枝，心欲贈君口無辭。且指河水深爲期，邂逅莫令歡不至。別後善懷遠難致，旨酒既馨筵更肆。君知此醉能如何？夜興不見露零多。

愁怨

日之夕矣天又凉，皎月欲出勞人傷。錦衾角枕爛無色，夜坐達旦思傍徨。君自泛舟去江滸，飄風日吹誰和女？豈其在遠無偕行，豈其有懷必獨語。今夕何夕霜露清，三星照君何方明？蟋蟀亦知入牀下，從不出户當風鳴。

維子

維子之酒可忘憂，維余之懷可言愁。吁嗟柔桑好容澤，亦與卉草同歲秋。鳴琴鼓瑟重命酌，如此良夜胡不樂？有客好我須偕來，無使中道謂余薄。葭蒹流水江之湄，伊人不遇心相知。朝來貽我瓊玉枝，愛而樹之不敢私。

寄光栗原

春日遲遲鴻北飛，山南水滸行人稀。昔我往矣吾方歸，折柳中道喜且悲。豈敢言悲懷故薇，我行雖遠心難違。我車未出愁渴饑，自君之去將誰依？野有卉草徒萋萋，吁嗟我生何所希，胡使雨雪常零衣！

黄鳥

黄鳥黄鳥來何時，我今有言爲致之：南山嘉木高有枝，出入雲雨光陸離。上爲鸞鳥之所集，下爲幽人之所依。何不直前一導辭，曰秋風至是爲期。載飛載止樂且宜，周顧四方從所思。嗷嗷衆側嗟胡爲？射夫張弓鵲飛急，汝不自知人歎息！

春閨曲

山鳥争呼雨初足，風過溪泉響鳴玉。佳人獨立天孤寒，日晚高樓拾空緑。少年自倚顔如花，長向天邊鬭彩霞。誰知怨别兼愁暮，璧樹枝枝暗落華。容華落盡空自惜，聞道郎游樂窮夕。江水東流雁飛北，欲往從之那可得！

秦淮曲

秦淮女兒未解羞，看人遠過清溪流。斜倚雕窗巧避日，日光已到樓上頭。東風昨暮入雲闌，起見花枝一齊發。走向花前香不禁，阿孃問我春淺深。

相逢曲

送君去後風還雨，朝朝欲訴相思苦。忽報君歸喜不禁，乍對不知作何語。人生難説是離情，隱隱流水爲呑聲。溪頭望見雙翠鳥，飛入岸花深處鳴。

過皖江有懷

丈夫擁書數萬卷，倚馬揮毫若奔電。未能駕鶴入九霄，亦宜醉踏芙蓉殿。不然挾策走八荒，東游淮海南瀟湘，劈雲爲衣霞爲裳。胡爲弱冠守鄉里？獨泛輕舟臨皖水。投詩擲浪陽侯驚，坐見長江風四起。秋風驟起池陽西，我醉横刀斷巨鯢。黄塵不動蒼鷹伏，白日欲落青天低。青天倒影入江渚，孤帆暮捲千林雨。江豚見人拜且舞，深谷煙昏獨自語。

陳碩士編修至皖過訪賦此贈之

今我來自龍山西畔之高臺，長風欲動亂雲開。江北故人不可見，江頭流水空東來。攬衣正欲浮蓮葉〔一〕，何期忽遇蘭臺客。壯懷放歌天壤間，不覺長空孤月白。孤月高飛出海樓，照君歸臥木蘭舟。朝來重逞粲花論，意氣卓越凌滄洲。是時山空木葉脱，白蘋紅蓼秋蕭索。澄江不浪天影平，大壑無風霞光落。霞落三秋散碧潭，君帆又欲下江南。語君挂帆且莫急〔二〕，我有千古興亡愁未釋。願與君傾酒百觚，消此胸中之〔三〕突兀。由來豪傑重新知，況乃相知非一時。鸞鳳孤飛遇雲鶴，翺翔必共鳴天陲。看君才氣凌江右〔四〕，銀管春花自神受〔五〕。虎觀雄名列漢霄，鼇禁奇文燦星斗。我猶浪迹長橋邊，思耕苦少南崗田。既不能，賦懸日月文倚天，又不能，西向華嶽踏蒼煙。徒有虛名動時賢，感君一顧心茫然。吁嗟乎，神蛟自有拔山力，未乘風浪無人識。駿馬生成汗血姿，不遇孫陽安足奇！嗟君此去三千里，一棹西風半江水。余亦空齋罷鼓琴，幾人相對真知音，雲樹蒼茫愁此心。

【校】

〔一〕浮蓮葉，本作『窮雲屐』，據初集改。
〔二〕急，本作『疾』，據初集改。
〔三〕之，本作『山』，據初集改。
〔四〕江右，初集作『吴楚』。
〔五〕自神受，初集作『知素有』。

薄命詞 為澄波女士賦

七彩煙開榆柳出，九光霞作層霄飾〔一〕。瑤臺玉女三千人，絳閣蘭香推第一。偶因塵心謫九天，寄生乃在龍山前。龍山翠黛橫空起，花氣如煙凝碧水。土郭參差暮靄間，女牆斜列春風裏。羅敷家本東南隅，雕梁繡柱飾瓊琚。自是天孫臨水織，果然仙子愛樓居。芳年玉質餐冰雪，皎若輕霞浮皓魄。一枝瓊蕊出人間，三春桃李無顏色。紫蕉衫子白霓裳，雙鈎絲起五文章。錦帶斜連金翡翠，羅裾半展繡鴛鴦。自嗟弱命同衰草，南山喬樹驚霜早。可憐遺卻北堂萱，瘦枝已逐秋風老。荒階蕭瑟碧苔深，空隨阿母哭桐陰。人銜精衛千重恨，天與靈犀一點心。蔡姬妙達絲桐趣，謝女才堪詠飛絮。生來鸚鵡巧能言，不信芙蓉嬌有淚。芙蓉絕豔冠群英，桃園眷屬共心傾。竇氏夫人求刺錦，趙家女史學彈箏。魚鱗暮捲香煙暖，鳳尾釵橫鬢雲滿。沾衣不覺露華高，啼春每恨鶯聲短。陽烏一去不可留，潯陽風信到江頭。宮亭湖畔妝初出，彭澤磯邊浪欲收。已報青鸞離紫闕，更聞彩鳳下朱樓。玉簫一夜吹金屋，水晶簾影搖紅燭。門前不羨火如星，月下但誇人似玉。石葉衣香散錦棚，臨風彷彿步虛聲。共道七宵辭莞席，不妨三日作桃羹。宜家自協風人咏，寶瑟聲和識芳性。菊葉銘成香滿懷，海棠睡起雲生鏡。從此鶯閨曙氣新，紅羅紫綺豔青春。瓊舟銀海燦金谷，冰鏡銅盤輝玉津。畫堂竟夜香生牖〔二〕，猶復朝朝悲阿母。聞道西風病暮寒，巫雲剪付丹爐火〔三〕。武夷仙樂將鳴秋，熊羆夢入蕙花幬。瓊林珠樹萌瑤島，香風文露下瀛洲。五雲車軫連平里，客來争慶寧馨子。蝴蝶筵開北海樽，孔雀屏迎東郭履。良會芳長能幾何？坐看繡壤起滄波。藍田美璧成黃土，赤水明珠歸絳河。雪膚花貌今何在？彩雲無定隨風改。一時蹤跡託紅塵，千載香魂依碧海。尚有珊瑚插翠鈿，薔薇露氣生寒煙。蓬山不辨來時路，弱水誰尋去後船？銅龍鐵馬長悲咽，梧葉滿階秋瑟瑟。空餘玉杵搗霜人，泣盡杜鵑枝上月。素車丹旐出郊門，棠梨風起悵黃昏。脂埋野塚生花液，火走空林認淚痕。香殘錦碎愁多少，夢雨迷春天不曉。一雙翠羽作灰飛，二八紅芳如電掃。回首高亭落日斜，香櫳猶是舊兒家。金雞帷接三雲帳，火鳳音沉七寶車。珠瓃不解鄭交甫，玉簡徒思蕚綠華。西河萬里無蒲節，東海婦人芝已竭。綠衣當日杜黃裳，爲感知音傷永別。陽春舉目事皆非，王孫何必怨芳菲。請看今日萍生水，昨夜楊花開滿枝。

【校】

〔一〕霞作層霄飾，初集作『霞映丹砂轂』。

〔二〕香生牖，初集作『香煙鎖』。

〔三〕火，本作『酒』，據初集改。

題張淑文烈女哀辭後

九華煙冷銀蟾魄〔一〕，夜露無聲滴簾額〔二〕。當時玉立一天人，化作空山萬年石。阿翁掩淚爲濡筆，細述生平獨掩泣〔三〕。哀聲未斷悲風集，霜氣稜稜生滿室〔四〕。我初披讀惜娉婷，繡襦甲帳寒虛櫺。貞松節斷雲埋綠，孝竹心枯露洗青。青春光采隨風燭，且說瑤花未凋日。驚鸞袖接芙蓉衫，九天珠佩非人間，羣芳一見爲低顏。十年銀箔春風裏，奉觴能得萱庭喜。謝家雪落解聯吟，秦氏樓高羞獨倚。一從青鳥來秋雯，乘龍妙選得參軍。赤繩絲已牽丹闕，彩鳳聲將下紫雲。雲翻雨覆何堪道？蕭史乘風歸去早。可憐未酌合歡巵，種玉藍田成碧草。燕閣驚聞淚濕衣，麟膏豹髓無光輝。白楊紅豆皆前果，碧海青天是後期。金雞銅雀終蕭瑟，一夕〔五〕玉顔腸斷絕。貞魂不變石頭花，恨血疑凝天上月。銀蠶永閉孤山頭，墓門風色照千秋。縱然一片心如水，不逐長江東向流。

【校】

〔一〕銀蟾魄，初集作『魚鱗屋』。

〔二〕本句初集作『夜雨無聲鷉鴂泣』。

〔三〕獨掩泣，初集作『長太息』。

〔四〕室，初集作『幅』。

〔五〕夕，本缺，據初集補。

詩前集卷四　五言律詩

秋夜懷人

木落楚雲端，梅花笛裏寒。何人對秋月，獨夜憶長安。雁信沉清浦，龍山隔翠盤。相思望湖水，淚墮曲欄干。

夜泊

亂石荒江郭，垂楊古渡橋。雲橫知雁過，風靜覺天高。影認前村火，寒疑半夜潮。酒家無地覓，野草自蕭蕭。

皖城即事

霜重草驚秋，江平月不流。亂雲穿夾岸，遠火辨孤舟。舊雨書千里，新愁葉一樓。天涯多少淚，不寄海西頭。

落日下孤城，風高一雁橫。人憐今夜月，秋憶舊時情。未入華胥夢，先驚畫角聲。東郊徒極目，心結若懸旌。

春思

少有羅浮夢，乘鸞到海東。仙人明月下，待我彩雲中。瑤草當空綠，天花墜地紅。良時難再得，消息任東風。

公子桃花馬，佳人桂葉船。十年醉春色，三月下晴川。雲影不離水，江聲長在天。誰家吹鳳管，響落畫橋邊。

白玉木蘭堂，雲屏四面張。珠簾挂高閣，春酒對斜陽。舞袖隨風起，歌聲入座揚。三春不行樂，青鬢易成霜。

借君鸞鳳笛，吹我斷腸聲。不是歸風操，偏多送遠情。有懷隨逝水，無地覓層城。芳草天涯路，王孫舊日行。

贈客

雲外木千章，天邊雁一行。有人來皖國，對月憶瀟湘。鄉遠書難達，秋寒夜欲霜。飄零當此日，愁思正茫茫。

秣陵口號

水調唱梁州，西風滿石頭。月明千戶曉，雨過四山秋。壯志無人識，歸心逐水流。重陽一杯酒，獨自灑高樓。

宴集

璧月照雕梁，流雲滿洞房。爲君設華席，攜酒上高堂。紫綺光初發，清歌聲乍揚。香風吹繞後，階下有微霜。

銀箭聲初轉，金波影乍移。良辰不盡飲，他日又相思。歌舞有餘態，榮枯無定期。君看庭下樹，何似舊時枝。

閨情

高樹夜涼起，小樓秋思長。含情問鸚鵡，伏枕夢鴛鴦。露滴自成響，衾寒猶有芳。妾身似秋草，搖落不勝霜。

偶懷

飛雁又天涯，江頭自月華。玉繩低欲落，銀漢淡將斜。繡幕生光彩，羅衣起暮霞。香煙無定所，嘆息舊侯家。

懷友

明月到銀壺，春風入繡襦。我今不爲樂，花亦笑離居。階畔聞黃鳥，樓頭見白駒。茂陵病秋雨，遥憶馬相如。

雜詠

白露濕星河，涼風吹素波。佳人抱瑤瑟，獨自發絃歌。幽怨生絲竹，薄寒侵綺羅。蕭疏簾影外，秋氣不勝多。

柳岸復蘭洲，輕帆任去留。余情寄煙水，秋意足沙鷗。濕霧薄猶重，晴霞低欲流〔一〕。行行更搔首，初日在高樓。

故人自南國，遺我斷紋琴。一鼓未終曲，孤桐知此心。虛堂含素景，涼籟起高林。持以問流水，煙波何許深？

【校】

〔一〕流，初集作「留」。

偶成

日落暮雲橫，遥村鐵笛鳴。我尋蘭棹客，夜聽海潮聲。更值秋風起，吹來江月明。愁隨一片影，飛度六兒城。

離家

握手一相別，移時未過溪。只緣人去懶，不是馬行遲。黃葉迷前路，青山問後期。徘徊無限意，只許寸心知。

偶興

涼風吹落葉，秋思入雲端。強與故人別，誰悲行路難。壯懷消夜雨，久客厭儒冠。又聽江城笛，蕭蕭楚水寒。

登舟一回首，曉色在高林。坐覺故山遠，不知江水深。浮雲無定意，倦鳥有歸心。欲辨來時路，蒼茫隔翠潯。

過家敏齋比部叢桂山房

初日上層嵐，遥空影半含。開門見山色，對岸是江南。昔挂天邊席，曾尋雲外潭。煙光隨處覓，秋水不勝探。

客有話天臺之勝者詩以贈之

東風江上路，飛絮復飛花。問子來何處？尋春遍水涯。東窮滄海月，南望赤城霞。傳説天臺客，重遊尚憶家。

夜宿

晚來無一事，散步至前村。寺古雲生徑，林空月在門。亂泉流不競，棲鳥定無喧。領此靜中意，夜深何所言。

晚泊

竟日閉門坐，當窗微見天。乘舟過空渚，芳草滿平川。日落烏初下，雲開山到前。所思近何處，遙指楚江船。

石上

坐久興初倦，溪頭葉落遲。水行雲定處，露下月歸時。語小幽禽覺，寒生高樹知。前峰瞻已遠，獨對起遐思。

晚歸

客行隨落照，不覺到柴關。暝色分高下，暮雲相往還。蟬鳴秋在樹，鐘動響連山。回首碧天迥，心同野鳥閑。

客中有懷

落葉不堪掃，客心当奈何。煙花前歲好，月色故園多。天末音塵杳，江頭鴻雁過。煩君去傳語，秋在桂山阿。

水落辭高岸，花飛憶舊林。此時游子淚，昨夜故人心。涼月時侵戶，秋風欲滿襟。沉吟歸未得，不敢告知音。

晨起上高臺，雕窗四面開。卷簾山翠入，拂袖曉風來。偶讀左徒傳，因傷太傅才。斯人竟淪落，千載水雲哀。

靜坐

閉目無秋色，寒山入我心。坐忘風露永，靜久夜蟬吟。幽意自終古，微芳留到今。起尋松際月，雲影碧沉沉。

雜詩

北院珊瑚樹，東城玳瑁樓。晴雲低繡戶，初月上銀鈎。拂袖紅芳落，開軒素影浮。笙歌人滿座，夜永不知秋。

河漢垂東壁，明星皎夜光。紫雲催進酒，碧玉暗添香。霞起芙蓉幕，風生薜荔牆。庭中何所見？七十二鴛鴦。

鬭雞長樂外，走馬石橋邊。芳草映珠勒，楊花拂玉鞭。彎弓驚月滿，揮劍看雲連。笑語東吳客，周郎方少年。

儂有連城璧，攜來置蕙幃。芳春無賞識，凉夜起光輝。坐恨清商發，旋看白露稀。行行重戶下，不覺淚沾衣。

今我來何夕，華燈豔郡城。飄零天寶曲，宛轉畫樓聲。白璧雙環解，黃金一笑傾。只愁風露冷，杯酒不勝情。

蛾眉麗鏡端，三五月團欒。皓彩無人惜，深閨竟夜看。飛鴻傷歲晚，絡緯怨秋闌。悵望將何極，梧桐露正寒。

江上

危檣連斷岸，荒戍近層臺。山縱飛雲出，風先驟雨來。遙村天曠遠，永夜角悲哀。鄉國音書杳，征鴻罷往回。

京江望遠懷朱歌堂孝廉

一氣連吳越，微茫盡在前。山横秋雁外，天盡海雲邊。遠客歸何日，離愁共舊年。高亭時極望，空見北來船。

江樓

獨樹近高樓，悲懷正暮秋。古今看過鳥，身世落孤舟。好友多京國，孤棲自楚咻。思歸問江水，目斷此東流。

秋夜懷人

今夜西風裏，秋心落滿湖。水聲流不去，月色照還孤。天末人何遠，雲端路各殊。有懷愁不達，獨坐失歡娛。

偶感

澤國人歸處，遙天日暮時。怨春花別樹，驚月鳥啼枝。心事餘長劍，功名理釣絲。蒼茫江上意，寂寞有誰知。

客中懷石甫

高城愁別日，江路向春分。行止頻憐月，憂思獨對雲。吴山寒到客，粵海遠憐君。應聽歌船曲，題詩滿練裙。

城樓曉望

曉霧散初晴，羣山遠更明。日高猶海氣，風斷自江聲。故國空花鳥，元戎已旆旌。傳聞關報近，早晚欲巡兵。

客思

風急雁行斷，飛來影不雙。燈寒樓近水，星淡露横江。有酒投煙渚，無愁寫夜窗。遙思淮上客，應蕩木蘭艭。

道中過龍山

野樹微風外，深山古徑前。暗泉聲入地，遠霧曉無天。疲馬歸猶晚，寒花折未旋。龍眠又春色，感嘆歲時遷。

寄從弟

汝去原非計，吾歸更幾時。那能同作客，況是各相思。嶺樹遮偏早，江魚到故遲。晴嵐橋下水，空說近雷池。

路長連楚北，秋盡阻江邊。及汝言歸日，思家已暮天。清宵吟共迥，白日起還眠。孤館臨流意，殷勤語雁邊。

寄從妹韻芳

相見復何歲，涼天秋水深。早時容易別，獨夜去來心。月好悲誰語，霜寒莫更吟。大雷書未達，惆悵憶江潯。

奉懷四叔

故里多詞藻，吾家早擅文。今宵咏秋月，不共阿咸聞。舊徑思修竹，高天隔片雲。不才徒自惜，楚水有遺芬。

得家書有感

滿地秋聲起，故山風露高。可憐兒長大，不慰母劬勞。自昔嘗熊膽，旁人說鳳毛。那知霄路遠，日夕走風濤。

記得離家日，風吹落照寒。丁寧慎行役，珍重涉波瀾。衣敝猶重着，書來不忍看。恐煩游子意，只是說平安。

聞韻芳妹病癒喜而賦此

去日難爲別，歸時未易留。經年才一見，小病已三秋。句好愁空寄，書成發更收。可憐門外水，爲汝日西流。

近得家山信，傳聞已報痊。尚憂涼月夜，須慎早寒天。勉力隨人後，關心到雁邊。何當倚雲閣，相對話當年。

曾記垂髫日，偕行出畫廊。牽衣隨阿姊，小語問高堂。夜雨張燈火，春風侍酒漿。此情猶在眼，故國幾星霜。別促緣何事，情深不盡辭。書傳人去恨，吾惜汝能詩。雲樹空詞藻，江天易怨思。歸寧如有意，早遣遠人知。

和鄭明府三峽泉詩

水自雲邊下，山從峽口回。有天翻石壁，不雨亦風雷。怪樹森争立，崩崖怒忽開。中流長噴雪，六月早寒來。

客中偶感

異地淹留久，天寒曉夜同。月高花有露，霜重野無風。人已經春別，書還隔歲通。所親應悵望，楚水日西東。

入山

亂樹鎖雲關，危峰落日間。池光如出水，石勢欲離山。古徑尋偏杳，游人到更閑。風塵無樂事，長此寄心顔。

即事

天挾雲爲障，山高草易秋。疎林孤曉色，亂石破寒流。懷古風生徑，思歸客上樓。殷勤南渡鳥，煩汝過江洲。

夜泊有感

斷山連絕岸，修閣倚重霄。夜氣難爲月，江聲不讓潮。望窮空際樹，聽到曲中簫。欲問朱樓客，酣歌幾暮朝。

江上曉起

霧失三江水，雲排萬疊山。驚風吹忽散，高鳥去猶閑。曉變晴峰外，寒凝古渡間。霜花飛不得，天半有人還。

殘臘歸途阻雪

東望家山路，寒冬尚未歸。天涯將盡歲，身上舊縫衣。雨雪行難達，晨昏願久違。關河知已近，辛苦憶庭幃。

煙樹迷無辨，江頭路不分。已愁今夜雪，尚望故山雲。旅夢因人遠，濤聲拍岸聞。此時悲作客，不是爲離羣。

澤國歸何暮，江天露已寒。重來他日恨，異地暫時歡。目斷千帆外，心懸萬木端。倚門方有淚，獨處忍求安。

風已回南國，春將到北林。半生難說事，千里未償心。長路何由息，嚴寒此處深。相知憐我病，中夕起沉吟。

秋懷

初月照羅帷，空庭生夕輝。徘徊風入戶，徙倚露沾衣。莫訝秋聲早，請看梧葉飛。江波千萬頃，寧識客心悲。

閉門未終日，愁緒來無端。起步階前月，秋風吹夜寒。且將一樽酒，暫假片時歡。只恐露華結，青霜凋蕙蘭。

茫茫江上月，何日到柴扉？不識居鄉樂，寧知去國非。浮雲終北往，流水自東歸。請謝天邊鶴，高情與我違。

雜興

美人不可思，明月難爲期。坐待江天曉，寧無雨露時？野花各有態，山木更連枝。試看高飛鳥，中途何所依。

銀壁青琅玕，珊瑚赤玉盤。換來吳市酒，張飲楚雲端。莫倚今宵醉，而忘昨夜寒。高高天漢上，星斗已闌干。

宿昔

宿昔同歡愛，今爲越與秦。羅衾冷芳澤，寶帶生微塵。願得奉君子，永言終此身。瓊瑤有芳思，何以致江濱！

贈程顧卿

送君岐路隅，執手復躊躇。腰下解長佩，風前攬繡襦。容光空自好，聚散忽須臾。途遠日方暮，憐茲七尺軀。

方舟

方舟臨遠水，將以覓相親。翠佩沉清渚，幽期託白蘋。仙人無定所，楚國已陽春。孤鶴巢瓊樹，何能結作鄰。

詩前集卷五　五言律詩

寄懷張竹軒

客豈論詩地，吾猶舊日心。愁中聞汝去，病後覺秋深。事業宵燈在，年華鬢雪侵。離鄉同有恨，莫遣雁書沉。

大木

久不求人顧，風雷忽夜來。出雲天半黑，穿地石爲開。積鐵千年幹，名山一代材。託根宜得所，慎莫傍高臺。

讀史雜詠

北嶽精靈護，中天積翠通。曾開宣室殿，不起玉華宮。紫氣臨城近，黃花作鎮雄。由來形勝地，終跨古雲中。

同姓隆周室，多材用楚人。賜來龍節貴，剖去虎符新。謀國惟家法，當關仗重臣。不知圖畫外，地上幾麒麟。

聞道黎陽決，張騫未泛槎。風聲驕白浪，人力困黃沙。三策今何用，千家慘不譁。桑田來往處，終古漾桃花。

倉卒興輸役，艱難憶老成。已添都水監，更設大舟卿。白馬河邊吏，蒼龍埽上兵。但須紓國患，不用衆成城。

三十鍾何惜，唯資轉運賢。泛舟仍碧海，引粟更青天。難避河陰險，徒傾外府錢。溯流望西北，多有未耕田。

海國原千里，沙場變一朝。無風塵撲面，有雨地生潮。溝洫書徒在，司空令寂寥。可憐虞學士，辛苦奏中朝。

俠少三河客，城虛五步樓。難留鸚鵡粒，但典驌驦裘。禾黍中原地，桑麻幾處秋。古來丞相重，只號富民侯。

使者出長安，傾城屬目看。力能作劉晏，豈必問桓寬。障水防場溢，煎沙懼海乾。年年歌舞夜，落月萬家寒。

全盛談天寶，雲門奏夕曛。折衝羞講武，都護奉虛文。虎衛疏無用，魚書廢忍聞。承平尚嚴備，獨憶杜將軍。

紅襖輕天網，黄巾逼漢營。中軍高樹纛，大將坐論兵。衛霍新加秩，吳韓舊有名。不堪青海外，戰骨日縱横。

記室青油幕，參軍白練裙。無端同宴飲，邂逅得風雲。長劍趨龍闕，仙班絶鷺羣。入關回望月，新鬼哭邱墳。

詔恤淮陽困，春愆婦子耕。至尊憂累日，流涕爲蒼生。冤獄孤城起，忠靈九殿銘。漢家循吏傳，嘆息總悲情。

東越生妖鳥，南邊起戍臺。火風腥不散，海霧暗初來。戰士黄龍艦，元戎紫鳳杯。徒令無忌死，握節語猶哀。

花月玻璃國，干戈柱石臣。可能比孫處，先說斬盧循。伏鼠何難信，饑鷹竟易馴。五羊城畔客，且醉嶺南春。

閶闔開青瑣，蓬萊漾碧波。功臣麟閣少，内史鳳池多。門下羅金戟，郎中佩玉珂。可知山石下，羞殺舊藤蘿。

舊禮存三百，新書試九千。如何麟趾格，張遍鳳頭箋。東觀論經罷，西京用法先。平陽真相國，酣醉五雲邊。

白下車初散，蘭亭會已稀。過江名士晚，絶調故人悲。水自含秋色，山猶怨落暉。風流舊張翰，遊宦早思歸。

山峙雄風在，江空霸氣消。無人懷北府，有客愛南朝。鐵板紅牙管，珠樓碧玉簫。桓伊聞不得，秋水思飄搖。

節鉞仍南國，笙歌擅上游。花迎新刺史，月認古揚州。璧樹春難曉，瓊花夜欲秋。只愁淮泗水，流近海西頭。

舊恨吳宮草，零香茂苑塵。浣花衆兒女，不解避行人。開府歌船返，良家法曲新。倦游莫歸去，此地足陽春。

列戟通侯第，高臺故相家。移來金谷樹，飛出玉樓花。游女三雲髻，公孫七寶車。尚嫌今夜月，天上闘繁華。

叢桂空山質，幽蘭處士芳。琴因中散斷，賦爲左徒傷。雲水思何極，神仙夢渺茫。荒臺歌白雪，暮雨正悲涼。

寄石甫

苦恨青山路，偏從客裏過。異鄉惟爾我，遠夢有關河。飛雁隔年到，秋聲雜雨多。離情言不盡，各自慎風波。

江樓有感

江水真無賴，滔滔竟向東。客愁何日盡？人世此樓空。遠樹飛雲外，孤帆落照中。無心看秋色，況乃聽征鴻。

龔沖泉贊府有雜詠詩六首余仿其意廣爲十律

斷碑

片石干何事，風霆怒有神。幾行留款識，半面臥沙塵。摧折因文字，模糊認漢秦。可憐苔蘚迹，埋沒舊時人。

破寺

不謂深林内，鐘聲去莫留。虛堂難掩月，曲徑不藏秋。龍象空山泣，神靈古殿愁。一燈青欲斷，猶自照危樓。

羸馬

更莫言追日，塵埋足不高。一鳴吾尚惜，千里爾空勞。病骨驚加策，雄心束正牢。死生猶可託，誰是九方皋？

病童

一臥還憐主，天涯覺獨親。那能負琴劍，強起共風塵。竟日無人事，中宵有鬼神。呻吟猶未敢，況復話艱辛！

老樹

本因鬬雷雨，剝落到而今。已失千尋勢，猶留半死心。婆娑無鶴宿，盤曲作龍吟。偃蹇人誰惜？雲横洞口深。

古琴

痛惜鍾期死，千秋汝尚存。賞音何寂寞，此調在乾坤。鳳曲餘哀怨，龍門認舊根。莫將絃外意，輕與近時論。

野渡

四望無人至，蒼茫一釣舟。亂沙飛更落，淺水斷還流。平野連空暮，殘陽到岸秋。草深稀馬跡，時見立沙鷗。

秋燈

夜雨今何處？分明酒未闌。已看人影瘦，還照客心寒。信卜三秋遠，光分兩地難。何人歸最早？兒女話團欒。

困鶴

直上無千仞，孤鳴倦九皋。病身驚露早，素志共雲高。寥廓留音響，空山惜羽毛。松巢休久臥，燕雀已游敖。

饑鷹

生有凌霄翮，三秋豈易馴。飛來無過鳥，飢甚恥依人。欲下盤旋久，憑高顧盼真。請看風急處，厲吻動蒼旻。

懷鄭明府

同此空江影，朝來兩岸分。已知春近客，況復我憐君。山缺疑吞日，林深易宿雲。舊遊多勝迹，好與故人聞。

重咏大木

盡道參天好，扶持卻賴誰？古來重梁木，海内幾工師。邱壑身如故，風霜力獨支。能垂千畝蔭，不在最高枝。

夜過小孤山

天圍山四面，月到水中心。獨立遺人世，孤雲共古今。江流疑楚盡，蒼翠入波深。千載宮亭裏，蛟龍不敢侵。

題錢芷汀四丈紉芷圖

沅渚夜潮起，空江秋水平。美人隔遙夕，香草露孤英。枝向雲中採，寒從衣下生。三閭不可見，懷古有餘情。

君攜芳芷去，回棹楚江濱。聊以媚幽獨，休勞贈遠人。香寒凝白露，日晚怨青春。豈不思公子，浮雲遮滿津。

懷陳大冶

朝英寒不採，白露生空林。之子隔長道，涼天違素心。相思空復永，良會遠難尋。遺我一書札，但言秋氣深。

送雲朗

南樓沽美酒，西市買冰盤。一酌勸君醉，再來誰素歡？瓊枝生怨色，華月散清寒。親製伯牙操，臨行不復彈。

感逝

盛年難再得，容彩有銷沉。自恨春華暮，猶懷秋夜心。薄帷隱涼月，微響生瑤琴。聽我訴孤怨，階前雲正深。

懷舊

我昔游仙館，臨軒見羽裳。芬芳遺素手，婉戀結中腸。翠羽空江上，明璫隱漢旁。歡情徒夢想，繾綣未能忘。

送師二歸滇

片月送歸舟，君行不可留。風吹雷岸笛，秋到楚江樓。聚散如飛鳥，浮沉羡野鷗。挂帆天萬里，雲水不勝愁。

出郭氣蒼茫，天邊是故鄉。不愁江路遠，但恐夜風涼。努力愛光景，乘時挹衆芳。青雲終有路，孤雁且南翔。

秋柳

本不禁攀折，何堪更值秋。此時千里别，前度六朝愁。南國人停馬，西風客繫舟。寒蟬聽不得，煙雨暗高樓。

送客今猶是，難爲舊日顔。萋迷灞陵岸，消瘦白門山。落日方憑弔，行人又往還。靈和風調好，憔悴半年間。

過某中丞居

居近碧雲鄉，人呼緑野堂。寒梅瘦春色，古渡浸斜陽。欲訪深山徑，重飛舊羽觴。煙霏淡將夕，霞氣入西廊。

寄友

浪迹三千里，胡爲復遠遊。昔傾燕市酒，今泛廣陵舟。久客身空健，傷春酒亦愁。拂衣須此日，莫更上江樓。

懷陳大冶

蕭蕭木葉下，嫋嫋秋風多。芳草正懷遠，空江寒欲波。芙蓉望天末，蘿薜隱山阿。嗟爾蹇修子，雲冠空自峨。

感興寄何四

漢南多蕙芷，江畔有蘭蓀。煙水寒如許，秋懷不敢言。雲深愁帝子，歲暮怨王孫。望遠傷搖落，孤芳誰爲存？

古意懷魯南畹給諫

春晚蘭爲佩，秋寒菊有芳。予愁日千里，彼美天一方。暮雨在何許？丹霞餐未忘。永懷生楚渚，終古此彷徨。

過屈原祠

白日莫余知，江頭從此辭。衆芳争歲發，百鳥怨春遲。鸊鵜泣香草，鳳凰憐故枝。荒祠誰共語，澤畔獨愁思。

讀騷有詠

步彼蘭皐馬，憐茲蘅與蕪。紛吾懷寶璐，將子以瑤珠。言結青虬侶，往從文鳳趨。故都胡可戀，舉國正歡娛。

寄興

採芳過極浦，捐袂向中洲。神物終難見，靈修敢自尤。佳期愁渺渺，長夜去悠悠。網户微生露，抽思孰共秋？

即事

登高空騁望，臨水悵忘歸。吉日游椒館，回風生桂旗。榮華看落蘂，年歲惜芳菲。容與江皐上，初心嗟已違。

垂釣

我釣將奚適？言觀彼一方。不知河水淺，只道竹竿長。巨鮪潛依藻，鳴鶩已在梁。絲緡本無用，永棄復何傷。

偶興

喬木依何處？朝陽又夕陽。中心悼烏鵲，左翼惜鴦鴛。人去經三歲，天高轉七襄。殷勤問雲漢，幾日始成章？

俟我

俟我北山下，偕行南澗邊。誰云流水曲，曾不爲君旋。載簡人何往？縫裳女自憐。可知江漢月，今夕麗中天。

閑情

朱繡初從日，玄黄未績時。木桃投去遠，勺藥贈來遲。君意猶難識，人言豈得辭？且看中沚誓，皎日以爲期。

游女

游女佩瓊瑰，懷春獨上臺。已期通永好，未敢恃良媒。瓠葉思難濟，常華采未來。平林風夙報，毋使雉鳴哀。

江上望遠

大江留客處，皖口泛舟時。煙水三千里，青山中間之。欲游不可得，思濟亦何爲！且與故人約，龍眠采玉芝。

詩前集卷六　七言律詩

月夜

地聳城樓勢接天，江流吳楚遠橫煙。鯨吹海月知潮上，雁送秋心到客邊。霜露極空驚四望，星河入夜照孤眠。誰家砧杵寒生怨，並作風聲欲過船。

漫興

高高朗月照清河，河上佳人倚瑟歌。自惜紅芳秋正晚，寒生白露夜來多。西風吹動愁煙渚，南雁飛遲尚水波。且向芙蓉問消息，涼天幽怨近如何？

秣陵口號

建業雄風落日邊，秦淮久已靜戈船。一杯剩水興亡局，半壁南朝醉夢天。花月至今娛士女，樓臺自昔跨山川。臙脂狼籍傷春地，無復冬青叫杜鵑。

寄懷馬獻生

我寄迢迢尺素書，問君別思近何如？淮南花發春多少？江北風來雁有無？雲樹每宵勞遠夢，關城到處憶行車。歸來好結魚鱗屋，共上層臺望紫虛。

皖城即事

落木蕭蕭夕照收，皖公城勢遏江流。飛來海上三山月，照遍人間幾處秋〔一〕。雲出楚吳迷遠樹，浪翻星斗入孤舟。如何立馬橫橋北，不見青旗舊酒樓。

【校】

〔一〕「照遍」句：本作「盡是人間五夜秋」，據初集改。

登大龍山

天風吹日洞門開，龍起高原走復回。山氣欲隨吳水去，江帆直破楚雲來。千家楊柳連城郭，九朵芙蓉入酒杯。回首鸞旗射蛟處，暮煙遙接漢皇臺。

客夜

銀漢無風火自流，黃昏人在月西頭。秋聲入枕難成夢，露氣橫江欲上樓。明日鄭玄離北海，早年徐稚重南州。不圖馬上青袍敝，猶自天涯擁蕙幬。

舒六道中

古驛寒城隔水隈，征途日暮獨徘徊。文翁故宇成秋草，虞士荒祠冷石苔。一路雲山人北去，半天霜月雁南來。客中休憶銀絲膾，多少飢烏覓野萊。

感賦

絶嶺風寒下碧楸，霜花飛落木棉裘。白雲已變他鄉色，黃菊應留故國秋。赴洛陸機思作賦，出關王粲莫登樓。河干荒郭臨沙岸，簫管何人起桂舟。

潁州感賦

三十六峰秋到門，獨騎瘦馬走遙村。投林倦鳥驚風雨，出岫浮雲變曉昏。碧水東移非舊壑，黃塵北望是中原。壯遊自古男兒事，況有文章謁謝琨。

青霜碧草路茫茫，繞郭飛沙接大荒。山遏湖聲盤潁上，雲移秋色淡淮陽。鄉心不向關城落，客舍偏知歲月長。恨殺座中年獨少，錯教人說杜黃裳。

天風吹夢墮梧桐，起見殘霞挂碧空。千里湖山鴻爪下，一秋心事馬蹄中。平沙潮落痕猶白，高館燈寒影不紅。更卷珠簾開錦席，洞簫聽罷月如弓。

石葉香浮瑪瑙盤，畫屏斜映曲闌干。窗經暖日通花氣，月爲離人增夜寒。夾道秋深紅樹老，四山雲散碧天寬。板橋多少如珠露，不待成霜各自團。

此身悔到綺羅叢，馬首何時更向東？山氣入樓疑有雨，曉寒歸樹欲生風。芙蓉故院笙歌息，禾黍平原野望通。寂寞荒郊煙水外，不堪重問漢安豐。

登高目送飛雲出，弔古心同片月孤。決水幾時穿繡壤，陽泉有迹沒平蕪。城南曉色空池館，天末涼風自竹梧。千載潁川雄傑地，奇才誰繼管夷吾？

北過長淮即豫州，汝南煙景望中收。風盤高嶺聲難落，天入澄潭影不流。去國詞人悲落日，感時循吏倚孤樓。請看芳草堤邊柳，猶送如溪水上舟。

棄擲張華麟角筆，蕭條羅隱雁頭箋。幾家鐵笛來秋怨，半夜銀河近客筵。灑酒月從杯下落，望鄉心在斗邊懸。歸期莫待梅花發，風雨高堂淚眼穿。

自霍邱抵壽春界有懷

大別山前水又分，天寒征雁尚成羣。白蘋秋遠連淮渡，黄葉聲高入暮雲。蓼國遺民徒好武，壽春飛閣又斜曛。登臨莫笑南朝弱，曾破秦人百萬軍。

尺素江南去未還，天涯孤棹且雲灣。如何楚客芙蓉水，不到淮王桂樹山。千載風流搖落後，一時仙迹有無間。暮天懷古多蕭瑟，況對寒城憶故關。

感秋

浪迹江城已七年，秦淮油壁汝南船。自知谷口風難靜，無那天邊月又圓。撫劍歌殘人去遠，思家心共火争然。寒煙衰草王孫路，白髮門前望倚鞭。

沙堤中斷阻荒城，深夜風低月正横。白雁飛來秋有色，蒼龍吟罷水無聲。高樓窗敞迎霜氣，異國天寒見客情。便欲海西尋舊識，即從淮上認歸程。

故鄉迢遞隔關河，中散山庭有翠蘿。別去花開三徑少，悲來秋爲一人多。天邊曉色猶黄葉，江上寒煙自碧波。捲起疎簾望高閣，夜深恐有雁羣過。

金陵懷古

建康東望莽蕭蕭，紫氣黄旗舊迹遙。地轉樓臺成北闕，天教花鳥媚南朝。火龍運已傾三國，銅雀人空憶二喬。欲起周郎重顧曲，涼風吹斷碧筠簫。

總戎官已列通侯，開府軍皆據上游。南渡幾人思舊業，東流一水隔神州。秋風戰馬嘶吳會，落日新亭泣楚囚。可惜白頭劉太尉，感時獨坐朔方樓。

勸進文書達上方，君臣端坐繫苞桑。徒令鐵騎横河北，不記銅駝臥洛陽。王謝勳勞有絲竹，東南城郭本金湯。君看百萬投鞭日，奇算何須出廟廊。

寄奴威望冠羣英，再世龍墀又喜兵。閫外未曾殲大敵，國中先自壞長城。雷公學舍空鐘鼓，楊子樓船盡旆旌。獨使書生籌武略，老臣終夕恨吞聲。

玄武湖高落日懸，金根玉柱總浮煙。千秋風雨悲袁粲，一夕江山變褚淵。碧血可能成杜宇，白雲空自傍寒蟬。竟陵八友今誰在？寂寞高樓舊管絃。

蕭公提劍決飛虹，華蓋高懸建業宮。已設重雲開月藻，更看花雨散春風。青袍軍起文絃寂，白馬人來武帳空。太息咸陽舊詞客，暮年作賦憶江東。

結綺臨春近紫軒，龍涎晝散九華門。上流形勝歸鄰主，南國煙花奉至尊。夜火游歸星錯落，後庭歌罷月黃昏。麗華不死高公劍，香草誰埋萬古魂。

陵谷升沉歲月更，六朝王氣有叢荊。寒煙碧瓦尋荒殿，落日青山望故城。龍虎不須矜地險，鳳凰未必向臺鳴。蒼茫一片興亡恨，散作空江暮雨聲。

擬古

妾家深院接高梁，門對城南水一方。幾曲珠簾初見月，三春蘭蕙正餘芳。曉烏啼罷風生樹，秋燕歸時夜欲霜。侍女添香又吹笛，不知更漏爲誰長。

偶興

浩蕩南天一酒星，題詩更望古滄溟。沙頭風急霞光斷，夜半潮來水氣腥。獨惜金龍投宋嶺，終教玉馬出吳舲。城西一片荒山石，閱盡興亡不改青。

吹笛投金事渺茫，青溪花發舊祠荒。小姑心可如寒月，大令歌終付夕陽。山色千年迷故國，秋聲一夜渡橫塘。江東詞賦無今古，獨步何人識謝莊。

歸至途中有感

寒雨迷空草不春，歲華搖落尚風塵。才高真悔逢知已，客久翻多累故人。建業青山留別恨，池陽碧水問前津。生平負有王通策，獨向江天看白蘋。

長劍何勞倚太清，高樓日夕望歸程。異鄉花柳都無色，故國靡蕪亦有情。落木天空鴉背冷，悲秋人瘦馬蹄輕。征途十月多霜雪，江上寒梅笑此行。

左徒曾戴切雲冠，供奉空持釣月竿。國士名高輸馬骨，故人情重有豬肝。臨風蒲柳秋先落，出水芙蓉露不乾。終是江南行樂地，幾回搔首碧雲端。

閱盡潯陽九派流，人間起伏總浮漚。阮公痛哭非關路，宋玉多愁豈爲秋！鸚鵡籠中言已拙，麒麟地上跡空留。青山不用遮行客，夜夜鄉心繞畫樓。

皖城口號

烏兔山前柳色新，青袍人過楚江濱。孤城夜雨千家夢，百里煙花兩地春。新燕他時應識主，歸鴻前歲尚爲賓。天涯舊雨無消息，落日浮雲伴此身。

客館詠懷

春色何能到客心？淮南江北獨沉吟。孤雲變滅隨今古，衆水分流各淺深。金谷杯寒前夜酒，銀箏絃動故園音。關河四望皆青草，飛鳥朝朝繞舊林。

浩蕩滄波酒一杯，茫茫身世此登臺。青霄風急雲無恙，白晝寒消霧不開。江遠帆從天外落，雁高書自日邊來。馬卿游倦車輪折，憔悴人間作賦才。

夾江花柳連都邑，三楚煙塵隔故關。月色未殊滄海上，春風又到碧雲間。崎嶇陌路天昏曉，縹緲城樓日往還。倚劍休窮千里目，長淮波浪已成山。

絡繹輕車走路周，玲瓏飛閣起神州。深山不雨龍蛇出，大野無風燕雀遊。洪水東南皆巨壑，浮雲西北即高樓。故鄉亦近淮陽地，矯首天邊落日愁。

西窺彭蠡三江月，南望金陵六代山。天外雨聲催過客，馬前春色近鄉關。名花開落園如故，急水奔流岸自閑。官閣且休澆濁酒，春風從不上愁顏。

連朝濡筆賦西京，十二朱欄看晚晴。楊柳樓高齊嶺色，桃花浪湧助春聲。彩雲一片飛龍笛，舊雨三年隔鳳城。正是簾前歌舞處，相思忽起暮煙橫。

季鷹老入江南道謂姬傳先生，碧樹瑤華帶露栽。八代文章空舊壘，九霄風日傍高臺。金山路險舟重到，鐵甕春深雁未回時在京口。猶有龍眠松竹在，白頭江上早歸來。

朝登碧嶺雲低樹，暮泊滄江浪接天。廿載心情虛海月，一春花鳥亂人煙。潯陽大隱思元亮，天下奇才愧仲連。擊柱樓頭吟未畢，風吹斜日到前川。

病中

數盡空階落葉聲，一燈高閣滅還明。關河千里平生志，鼓角三更此夜情。月落餘寒侵客枕，風吹斷夢出江城。寂寥天末人誰問？獨坐思歸計旅程。

贈友人

楚水何曾住不流，人歸東去恨還留。他鄉風雨寒閨夢，故里音書赴客愁。送別峰頭仍舊侶，醉眠江上更孤舟。君聽洲畔三宵笛，已是孤蒲八月秋。

送陳大治歸里

歸鳥翩翩向遠岑，送君風色動高林。別離不灑窮愁淚，倉卒難爲去住心。雲出孤峰瞻更遠，江流幾處曲還深。可知握手河梁意，猶勝他時寄好音。

贈張竹軒

湖海風多君獨遊，東南飄泊此孤舟。山當斷岸迎兼送，水捲寒雲咽更流。永夜飛星疑近客，高天落木正悲秋。亦知前路饒知己，別意難勝況酒樓。

客路有懷

風煙三楚又三吳，閱遍東南尚故吾。竟使歲華消匹馬，坐看霄漢落平蕪。高原蒼翠浮空變，遠樹家山入望孤。最是早梅信寥寂，西來消息至今無。

詠古

秦時明月猶江海，楚國荒臺獨雨雲。千載高唐徒有賦，一時詞客盡逢君。萋迷香草餘哀豔，寂寞珠裳豈見聞！湘水到今人弔古，秋聲滿處雁離羣。

九霄風勢急雲端，獨客江頭立暮寒。望裏關城迷近遠，天涯故舊隔悲歡。高秋尺素終難達，永夜吳鈎且自看。王粲東游信淪落，早時已著漢廷冠。

棲遲暮府仍年少，蕭瑟梁園已暮秋。吟罷山川歸夜雪，夢回天地在孤樓。風流際會良時事，雲水蒼茫異代愁。人世古今餘嘆息，不堪江漢日東流。

六龍西幸終無恙，五馬南奔竟不回。遂使江山成建業，更教花月照樓臺。風吹錦纜雲邊出，地劃天門浪裏開。自古牙旗多重鎮，上游須賴濟時材。

畫閣凌煙起禁中，傳聞上將已成功。舉天鳴鶴希朝露，滿眼哀鴻泣夜風。淮泗連年多異漲，宣房無處覓遺宮。捷書報罷來河警，又送愁雲到海東。

層樓飛閣出雲霄，坐擁湖山笑六朝。月好只宜京口樹，夜寒不奈廣陵潮。歌燈舞扇空顔色，彩羽明珠且暮朝。開府宴游盛賓客，曲終斷岸草蕭蕭。

客思

故山一望雲千疊，勝地重遊客一身。聚散風塵天惜別，去來歲月草留春。鄉心逢雁關遲早，離思經年並舊新。江柳莫催波浪急，潯陽多有未歸人。

重寄石甫

海雲西走日東升，粵國珊瑚見未曾？風雨六年吾夢想，文章一事汝精能。路長骨肉寒秋夜，天近星河到客燈。歲久不歸應自責，昔賢負米至今稱。

感士

更作何歸向北門？客中風雨變晨昏。摧殘霄路三秋志，鄭重他人一飯恩。游到倦時悲國士，交從去後識王孫。子雲寂寞終休怨，舊日長楊賦尚存。

詠史

秦皇按轡氣飛騰，劍出雄關血色凝。海外雲山驚虎視，殺中風雨護龍興。黄河入塞成天險，白帝何靈有夢徵！獨惜咸陽城畔月，千秋長照漢諸陵。

匹馬横行古戰場，重瞳勇略定危疆。興亡事豈由豪傑？優劣人徒品帝王。未必三軍心去楚，無端一夕淚沾裳。背關當日皆天意，游子何曾戀故鄉！

沛公王業起艱難，馬上功成血未乾。草野君臣原創獲，安危骨肉各摧殘。大風歌起關城暮，故里雲空泗水寒。不是婁生陳善策，東歸誰復記長安。

武皇遠略事陰山，兵走沙場塞草殷。百戰軍威揚海上，幾羣天馬入雲間。仙人飛閣高秋起，使者星槎大夏還。贏得近郊花萬樹，年年春色滿函關。

秋風搖落起河濱，蘭菊芳殘見白蘋。空有樓懸秦塞月，更無人說漢宮春。金盤虛飲三宵露，王母曾邀九色麟。畢竟劉郎真愛色，重泉猶近李夫人。

連天烽火自東來，四扇潼關晝不開。銅馬何能爭漢鼎，玉衣無那暴秦灰。雲盤河洛占王氣，米畫山川識將才。二十八人齊畫閣，寒江獨抱子陵臺。

詔申黨禁捕賢良，冠蓋如雲氣不揚。壯士有心除社鼠，將軍無策引貪狼。由來禁亂須當國，自古強兵聚朔方。竟使凉州軍入洛，漢家宫闕委風霜。

三分雄業各斜暉，神器千年識所歸。尚有魚龍思北伐，可憐烏鵲又南飛。銅臺春色知多少？洛水仙人果是非。惆悵黃初舊文物，漳河雲暗雨霏霏。

贈何雲衢

朔風飄渺起雲端，昨向江頭報歲闌。良夜故人貪話別，高樓薄酒不勝寒。心馳雲夢歸何日？路隔衡陽第幾盤？聞說飛鴻消息近，故園應已問平安。

詩情明月共梅花，客思江雲又落霞。幾日愁來如病酒，一秋夢好不離家。人言皖口猶歌管，君到城南聽暮鴉。不厭元龍湖海氣，三春同放白牛車。

讀史偶懷

出處人才爭寸晷，賢愚身世共風塵，可能望外舒奇策，不信天涯即比鄰。鞍馬驚心長路別，煙花滿目漢關春。賈生年少何多事，獨向雲天淚滿巾！

水決金堤路若何？長天東望浪雲多。空思賈讓呈三策，誰見王横鑿九河？野曠黃昏盡烏鵲，樓高白日見黿鼉。漢皇哀痛生民切，一曲情深瓠子歌。

軍書一夕達神京，聞說孫恩入郡城。海上樓船虛北向，域中戎馬已南征。關門霧重人晨伏，水市風來客夜驚。獨有會稽王太守，高樓安坐衛蒼生。

書後漢黨錮傳後

東都地亦號金湯，黨錮人空國步亡。一代雄名消板蕩，百年喬木憶忠良。驚呼戰馬來關外，痛哭宮車去洛陽。同是中州多難日，流離獨惜蔡中郎。

蘇武

聞道蘇卿塞上歸，廿年家國事全非。中朝望已歸司馬，執戟人皆典繡衣。都尉交情悲瀚海，茂陵秋草泣斜暉。白頭重望河梁路，征雁蕭蕭尚北飛。

過左叔固舊宅有懷

西城舊宅傍寒煙，灑淚重過不忍前。三載樹陰猶日月，百年心迹各人天。高才寂寞秋風裏，壯氣消磨落照邊。宿草萋迷泉路隔，題詩誰覓謝臨川。

高談自昔吐瓊瑰，剪燭西窗夜雨來。白屋放交天下士，青雲遺逸洛陽才。眼中喬嶽人千古，身後文章土一堆。惆悵山陽聞笛處，悲風颯颯起蒿萊。

瑤臺

瑤臺高處彩雲封，珠佩仙人立幾重？七寶花開紅石竹，九華香暖碧芙蓉。金梭織錦霞初密，玉椀凝冰酒正濃。不比天台山下路，劉郎且莫上遙峰。

忽逐霓車入太清，屏開初見遠山橫。碧城露冷春難到，紫館雲多月自明。識曲真同秦弄玉，步虛不學許飛瓊。金雞別後無消息，腸斷天邊火鳳聲。

寶璧成煙不待春，徒令宵露濕芳塵。絳河青羽無來意，赤水丹霞有故身。堂上虛巢金翡翠，月中空泣玉麒麟。天人化石千年恨，欲學陳思賦洛神。

若木枝頭望玉京，拒霜叢裏憶瑤英。空傳一顧傾人國，未必三生有舊盟。天遠難追丹鳳簡，日高休問紫鸞笙。明璫翠羽如歸闕，可記江皋贈佩情。

天孫機石恨雲遮，龍女珠裳在水涯。柳毅重來惟海月，張騫初去有仙槎。玉樓不種相思樹，閬苑偏生薄命花。尚有香煙千萬疊，秋風吹散落誰家？

回首瓊樓雲母車，九天霞彩散華裾。紫臺別久愁相見，碧海情深故欲疎。一自風前成野鶴，錯疑地上食飛魚。錦帆玉杵終抛卻，莫道神仙不索居。

離鸞有意發悲歌，無那西風雁影多。青女依然飛玉屑，黄姑終古恨銀河。他生春暖蘭香結，此夕秋寒桂樹柯。明月白雲天萬里，欲浮楚澤弔湘娥。

龍涎靄散翠微岑，鳳腦光寒綠綺琴。弱水三千舟去遠，蓬山九萬路難尋。瓊花豈是長生種？蕃草猶留不死心。愁殺梁園詞賦客，白楊風起罷登臨。

呈謝楊柏溪方伯

九霄秋氣肅霜臺，一日龍門破曉開。知己驚從天外得，芳音新自月邊來。不圖草野邀奇遇，敢説文名動上臺。弱植愧非紅杏種，豈堪移向碧雲栽。

早歲牙旗出玉津，使星東轉近高旻。上游柱石推先達，南國屏藩屬重臣。報主心懸三楚月，憐才花發萬林春。如何喬嶽淩雲漢，也許垂青到部民。

野草何知被曉曛，虚傳騶子是龍文。十年羞挾河東刺，一顧真空冀北羣。未必斗間横紫氣，敢從天半附青雲。賞音自古原難得，高義終慚負使君。

文章契合原千古，霄路遭逢自一時。豈謂舊題鸚鵡賦，遂令春到鳳凰枝。高軒獨爲王孫屈，短褐偏蒙國士知。報稱無由歸又晚，空勞仙使下雲陲。

送方夢松回桐

君乘亭畔五雲車，歸採龍眠嶺上花。念我江城猶落魄，爲誰風雨怨啼鴉？白沙洲近濤聲急，烏兔山高日影斜。此去故園空悵望，相逢只合在天涯。

晚飲瞿司馬署中

紫羅香外赤闌干，綠桂煙中碧玉盤。四座高朋齊鳳舉，一樽清酒破春寒。夜歸蓮幕風初定，月上梨花露已殘。尚有畫樓西畔笛，數聲吹徹亂雲端。

詩前集卷七　七言今體律詩

懷江七峰

亦知公子最超羣，一別江關思各紛。風冷雁行疏白晝，天高鷹眼露青雲。艱虞作客偏年少，薄暮懷人忽夜分。轉恨燈前飛雨集，昨來未與細論文。

道中

秋高一鶚破蒼冥，江漢游歸此再經。樓近水天生夜白，山開峽澗劃空青。客中心事愁仍默，馬上征衣看又停。最是日斜行不進，片雲風送度前汀。

山中夜坐

黃昏涼籟起梧楸，客散空齋笑獨留。落葉秋聲穿破寺，空山夜雨撼危樓。醉來意氣猶千古，倦後心情戀一邱。蟋蟀未須吟四壁，有人似汝更多愁。

楚中懷石甫

越王城畔楚山陽，兩地昏晨各混茫。月並珠光搖岸白，沙乘雲氣入天黃。瀟湘水草無文藻，嶺海煙花自色香。久客不堪歌舞處，聲華矜惜少年場。

晚眺偶懷〔一〕

煙霏暗樹更江潭，落日連波影共涵。絕壑雲根多濕翠，高岡風力斷飛嵐。一身探勝來天外，五載相知隔海南（謂姚石甫）。獨上高樓驚別久，幾時霄漢看回驂。

【校】

〔一〕本詩原本在楚中懷石甫後，無題。校初集補題及夾註。

席上偶話程觀國感而有賦

白雲樓共碧蘿村，雨氣飛來近客樽。隔水青山遙抱郭，背人老樹獨當門。濃陰秋色分朝暮，遠近親知卜去存。痛惜程生今玉折，舊時笑語未曾溫。

示蘇生庭春

昔年問字愧門牆，師弟情從別後長。似汝才華宜貴顯，古人能事豈文章！孤懷争路先雕鶚，一骨當秋望驌驦。努力天衢騰絶足，風雲吾已倦登場。

贈龔冲泉贊府

豈有青雲鬱不開？劍光黯處隱龍雷。五年勤苦原王事，千里馳驅困吏才。感嘆逝波催日去，蒼茫秋色向人來。可憐天馬飢何用，一顧難償伏櫪哀。

雲中飛錫久宮刀，天外殊榮自節旄。大府勳名原自易，小臣微賤敢言勞君詩有『小臣勞苦竟何裨』之句。由來霄漢鴻毛重，那有沙塵驥足高？去住連宵籌未穩，豈關情思怯風濤。

已識人間行路難，當年底事上長安？枕邊河海聲猶在，卷裏風雲氣尚寒。失意更憐人作客，多才真恨汝爲官。卑棲亦負蒼生望，珍重仇香作鳳鸞。

聞李蘇門病日感而有賦

也曾當日遇孫陽，如此勳多竟不揚！從古奇才皆抑塞，到今故老望循良。誰將苜蓿餐騏驥？人惜荆榛辱鳳凰。不謂窮愁身又病，天高欲問轉微茫。

健筆淩雲氣久騰，才高易被俗人憎。空聽紫塞霜前笛，曾渡黄河雪後冰。壯士豈堪疲道路，少年深悔負賢能。金眸玉爪吾終惜，何日秋風起困鷹。

城上秋陰曉未開，縱談猶憶共高臺。經過戎馬餘豪氣，識得元龍亦霸才。返服未能君莫嘆，相思不見我徒來。斜陽又下章門樹，争使英雄志不摧。

孤桐墜葉已南州，日暮秋心感舊游。仕宦能貧真我輩，風塵失意作名流。飄零文豈遺青史，偃蹇官慚到白頭。困躓不須頻自惜，古來李廣未封侯。

竟遺麒麟地上行，一官真共水同〔一〕清。遲回白髮來時意，棄擲紅顔別後情。生子早教窮典籍，有田何必羨公卿！深交不作尋常語，長恐相知負友生。

【校】

〔一〕同，初集作『争』。

寄許笠谿

沙草茫茫夾路飛，天涯累重此身微。十年詞賦爲人役，半畝園林待客歸。壯興夜飛回雁嶺，鄉心春落釣魚磯。篋中舊有英雄記，檢取殘編付落暉。

送錢芷汀四丈歸滇

梧桐葉落影娑娑，萬里征帆下碧波。江上寒煙歸路遠，天邊明月缺時多。梁園池館驚秋早，庾信文章奈老何？今日雷陽亭畔酒，爲君重唱渭城歌。

休向瓊臺賦子虛，人生只合故園居。白頭不問王孫路，赤手能回帝女車。燕市客遊悲宿草，襄陽宦迹付秋蕖。如今歸隱青山去，萬樹梅花認舊廬。

華胥夢斷暮天昏，馬角牛童不忍論。碧海多年人路阻，白雲一片客心存。少陵勳業悲明鏡，南阮窮愁飲巨盆。辭别雷川莫回首，秋風先已到柴門。

悵望滇南日又紅，飛來山翠入微濛。火雲壓地無秋色，雪浪盤空有夜風。四海交情離别内，半生蹤迹畫圖中。他時獨剪西窗燭，可記東吳一阿蒙。

别龔丈葯林

野色昏昏望未開，此行何處更銜杯？大江不語人離别，明月無聲雁去來。作賦十年仍異地，相知滿眼獨登臺。逢君莫説生平事，自古乾坤肯負才！

寄陳大治

曉日微風又路隅，瓊枝渺渺隔青蕪。别來夢到江頭早，歸去花開嶺上無？同學幾人如俊鶻，少年羡子是名駒。表忠觀外蕭蕭雨，記否城西舊酒壚？

偶成

白楊花落雨紛紛，客子依然渡水濆。恨别身猶棲幕鳥，思歸心似入山雲。天連芳草三吳遠，江闊斜陽兩岸分。我醉登樓歌舞鶴，無人知憶鮑參軍。

送史友鶴赴山東署中

當時返旆自黔州，行盡南天萬里流。沽酒曾邀滄海月，題詩獨上楚江樓。何期野鶴歸林後，又逐雲鴻去嶺頭。此日樽前離別意，隨風吹度綠楊洲。

故人多半隔天涯，又見君浮五月槎。海岱幾人看駐馬，淮徐他日計回車。河邊垂柳催征客，天際晴雲雜斷霞。濟北江南非萬里，可教驛使寄梅花。

漫興

豈無蓮葉濟滄波？奈此凉風欲起何。千里白雲秋色遠，四山紅樹夕陽多。空思陌上花如錦，又送天涯客渡河。回首故園愁歲暮，那堪征雁復南過。

即事

大江東去碧天寬，天際蒼茫路幾盤。月影夜隨河漢轉，雁聲秋入水雲寒。孤城有客談開府，三楚何人慕建安？可惜青袍舊年少，側身江左愧儒冠。

道中有感

久别何知歲景遷，且看霜葉過寒川。山離客路重重背，天到池塘面面圓。遠浦暗時生暮色，疎林盡處有人煙。關河望斷西南信，八月秋風雁未旋。

客中

臨風不敢上高樓，異國雲山入望愁。千里壯心長劍外，一春鄉思大刀頭。銀屏繡鳳開歌館，金錯盤龍出畫舟。誰識刺桐花外客，坐看孤月照簾鈎。

過三江口

本是人間一釣徒，願游南越與東吳。泊舟夜聽三江雨，搦管晨披五嶽圖。斷壑風微雲影定，高秋月落楚天孤。明朝挂席潯陽去，何處青山問鷓鴣？

江上

予愁渺渺涉江河，心欲高飛阻逝波。南國有芳曾手折，東方未露且顔酡。醉看落月崇蘭泛，歌到秋風白芷多。起舞臨流問舟子，玉衡低指夜如何？

感事

宓妃恍惚駕雲來，帝子乘波逝復回。蘭若香多宜結帶，芙蓉花好不爲媒。朱塵潔室無神御，紫貝爲宮待日開。亦有靈衣從水製〔一〕，好隨仙馭逐風雷。

【校】

〔一〕製，本作『沒』，據初集改。

遣興

我駕飛龍覽八方，青雲衣共白霓裳。靈芝別主難爲秀，衆草先秋惜不芳。葉落有波生鄂渚，雁飛無雨渡瀟湘。西皇苦果憐長別，莫使凉風到故鄉。

木蘭

木蘭墜露未堪餐，旨酒高臺宴盡歡。砥室夜長思待曉，羅幬秋薄易生寒。素榮有葉棲靈鳥，碧樹無花食彩鸞。惆悵軒車今不見，玄雲飄落自江干。

言懷寄左筐菽

遠遊猶自立中洲，芳澤難捐爲好修。居本瑶臺輕下女，行迷雲路恨高邱。風光搖蕙疑靈降，日夕懷椒爲水留。歸鳥致辭情未極，無端遐思在方舟。

華英

華英玉色隱雲東，春不余知歲又窮。終古蛾眉徒掩涕，生來鳳翼豈由風一作『可堪蟬翼亦乘風』！心愁黄棘連江上，目極青楓被路中。修闕綺瓊齊飾遍，芬芳誰是舊朱宫？

感見

有女鳴環過水湄，德音方去使人思。華容欲接嫌辭弱，淑問初通懼日遲。秋露爲期留玉玦，春陽先戒折瓊枝。雲旗來往長相護，卻笑鸞皇遠未知。

聽歌有贈

層軒離榭曲池邊，瓊木爲籬鎖蕙煙。已使華燈争素月，忍令修幕隔朱筵！歌能秀發偏教緩，心欲相親未敢宣。我是湘南舊公子，芳蘭有怨待君傳。

秋閨

欲偕予美共三秋，角枕驚寒命不猶。蔓草有情懷道左，好風無夢到河洲。不辭多露勞瞻望，敢對他人訴隱憂。莫爲敖游思遠出，泛舟自古怨中流。

客思

城隅月出照西方，我獨南行怨路長。華落好人空結佩，秋來公子恨無裳。三年舊宇懷蕿草，八月西風嘆女桑。竟夕未遑聞鼓瑟，不堪蟋蟀在空堂。

寄懷陳大治

風雨瀟瀟薄暮心，興言空谷與中林。邱田采葛須行速，江漢方舟莫就深。春酒聊爲今夜樂，秋蟲猶記往時音。瓊英惠我終遲報，坐待苕華落到今。

星言

星言今日向周行，我馬秋深畏履霜。楊柳豈宜生曠野，梧桐悔不託高岡。白雲澤已零鴻雁，黄鳥音偏效鳳凰。歎息東門沉燕處，錦衣舞罷北風凉。

漫賦

只合空山賦白駒，誰令高閣坐青蒲？入籠我自憐鸜鵒，對酒人偏唱鷓鴣。千里西江虚汲水，三年南郭悔吹竽。題詩欲倩長康筆，爲寫龍眠聽雨圖。

喜晤韓二

怨别天涯不識春，乍逢疑是夢中身。一時驚喜忘相問，滿眼風塵認未真。芳草有情斜照晚，青山無恙月華新。挑燈且盡中宵話，明日江干少故人。

攝山幽居寺

連峰中斷見禪林，修竹重重起暮陰。曲徑到時黃葉滿，枯僧坐處白雲深。幽花古洞非人世，止水空潭淨道心。尚有靈巖探未盡，石門霧鎖已難尋。

即事

落葉蕭蕭下古邱，人家遙隔楚江流。雲無定影朝穿牖，樹有殘聲夜語秋。半載心情愁北渚，一城風雨對西樓。蓬萊仙闕分明是，辛苦劉伶作醉侯。

過姑塘

大姑遙立聳雙鬟，青入湖波曲幾灣。過眼不知雲外鳥，回頭難別岸旁山。野花含笑迎人至，流水紛馳羨客閑。不是倦遊竟忘返，歸心只在近鄉關。

送萬香海中翰歸滇

西園公子舊多情，紅粉驚狂識姓名。一曲歌終雲乍轉，三春宴罷月初明。黃金臺上功名薄，白玉林中山嶽傾。去入滇池秋未老，瞿塘更聽夜猿聲。

消盡瓊漿擊玉壺，歸心先客渡江湖。寄言城畔千家月，好照雲中十幅蒲。吳楚煙光非故國，西南秋色在前途。從今別卻潯陽去，莫更回舟望小姑。

臥聽江聲到枕前，起看曉色上層巔。莫愁萬里天如水，自有三秋月滿船。落葉偏飛人去後，歸雲欲共鳥爭先。別來恐憶吳娘曲，記取江南暮雨天。

志感

珠簿驚傳冷夕曛，葛絲曾近北堂萱。自嗟蘭閣逢知己，泣向蓮臺憶舊恩。座末綠衣憐杜子，淮南白粲奉王孫。誰知繡幄春如故，環佩聲沉月下門。

鵲臺風冷七香車，鳳嶺雲迷五色霞。來是人間紅杏雨，去爲天上碧桃花。金環寂寞羊權室，玉簡飄零張碩家。賴有階前珠樹在，他時春暖發瑤華。

紫錦紅羅鎖故邱，芳心已共水東流。可憐曉露生衰草，從古名花困早秋。楚渚雲消鸚鵡泣，秦樓月落鳳凰愁。早知此別成千載，悔買江頭竹葉舟。

贈客

長江春暖水生煙，塔影中流日夜懸。人向高樓歌楚曲，雁從遠渚入吳天。殘花有意飛前席，落月何心照別船？一出汀洲維北岸，四山無恙草芊芊。

贈汪從垣

急流吾自買歸舟，落葉驚心古渡頭。白露下時猶中酒，黃花開後尚餘秋。已欣車笠逢詞客，莫道雲煙屬醉侯。河上玉驄須小住，滿天細雨濕松楸。

次方六夢松踏春韻

平野林低鳥下遲，酒旗輕漾水邊祠。風催萍葉追帆影，浪湧桃花壓釣絲。路覓王孫初去後，詩成燕子未來時。君看陌上春多少，不是東風總不知。

將歸度歲成十二律呈家敏齋比部兼以言懷（二）

吾家三筆舊詞宗，物換星移又海峰。十載京華傳倚馬，四山風月歎猶龍。襄陽老去寧辭酒，彭澤歸來只愛松。太息孤雲搖落後，門前空對九芙蓉。

遼東鶴化幾經秋，大阮才仍動楚邱。送客春尋紅雨路，懷人夜上白雲樓。已鋪珠露裁花骨，更捲波紋醉玉鈎。三十六峰芳草外，高情遠共碧江流。

曾駕王孫七寶鞍，斜風細雨入長安。更邀楚月雲間去，遠向燕山馬上看。香閣只知花氣暖，詩樓豈覺漏聲殘。拂衣又下西曹榻，太液金臺隔翠盤。

自出天莊返故關，夕陽高磴阻躋攀。穿殘淮北千林霧，踏遍江南幾處山。壯歲入家叢竹長，涼秋登閣暮雲閑。如何鸞鶴歸丹舍，猶逐風來皖水灣。

去年我亦泛蓮舟，極目中流盡海鷗。萬樹争分孤月影，千帆同掛一江秋。逢公對看丹砂轂，入座長傾碧玉甌。醉倚畫樓更東望，凌空塔勢壓城樓。

近策花紋向郡城，依然出谷效新鶯。斜陽只在高林掛，好月惟當隔岸明。夢筆江淹頻恨別，傷春庾信悔多情。公看陌上花千樹，底事遊人不記名。

虛名早已動荆州，齊語何堪雜楚咻。鴉若知寒寧噪曉，蟬如無恨不鳴秋。照人斜日偏沉閣，舞葉狂風故入樓。醉擊銀壺公莫笑，鄉心昨夜落扁舟。

憶昔輕煙掃石壇，曾將白雪灑冰紈。吟殘春色花如醉，思入天心月亦寒。玉笛聲從雲外聽，香蘭枝在霧中看。如今搔首宜城裏，無復珊瑚拂釣竿。

連夜寒光下斗牛，入門頻擬醉鄉侯。閑雲已逐飄風出，野鶴猶爲古樹留。畫閣簾開天似水，長空煙斷月如鈎。樽前莫便言離別，恐有啼烏在上頭。

鄉書來自皖江舸，爲道晴嵐曲徑通。桂月光華凝北院，梅花消息待東風。林間久已無飛燕，江上何緣滯遠鴻。看罷坐前三太息，張持杯酒對梧桐。

擊甕公猶看月明，登樓我已計征程。好山未必皆兄弟，啼鳥何須索友生。村郭酒旗羞杜牧，關城玉軸笑荀卿。歲闌豈是無歸意，怎奈江風不送行。

薄煙遠覆大河沙，河上青山是我家。兩度雁鴻啼夜月，幾回風雨惜年華。雲車自此回長路，客夢從今付落霞。相約早春騎瘦馬，龍眠共看雪中花。

【校】

〔一〕自此以下四題十九首，本缺，見於初集卷七，據以補之。

懷陳碩士編修

早年雲錦動東吳，對策爭傳漢大夫。燕地笙歌春思永，楚天風雨客心孤。三千里外懷紅藥，七十峰前憶素都。滄海横流君莫讓，扶輪從古仗吾徒。

客館書懷

海渚風煙作意新，青衫又染陌頭塵。雁鴻自昔常爲客，鸚鵡從今不喚人。好夢空尋涼月夜，癡情未斷豔陽辰。白綿紅雨分明在，莫道殘花不是春。

梧竹叢高未敢攀，蘋花終古隔溪灣。西鄰銀甲春風裏，南院金枝畫閣間。玄鳥重來非故舊，白雲一去是他山。倚欄試望晴嵐渡，依舊濃煙鎖石關。

聞風已悔詠青蘋，臨水何須問紫珍。十里楊絲牽別緒，一天雲影壓征輪。花因無蔭難遮月，鳥爲能言誤報春。自是塵衢輕玉軸，謝公空自著綸巾。

醉拍闌干不自由，懷人遙望木蘭舟。只知河漢皆東注，可識瀟湘有北流？夜月笙簫成往事，虹橋煙柳憶長游。花枝亦恐傷離客，不近城南百尺樓。

唐雪江王文霖程衡衫自雷陽歸皖詩以贈之

平林風急雁行高，人去南天葉未凋。此夕壯心飛皖國，早時歸夢入居巢雪江籍巢縣。一羣鸞鶴辭仙舍，九月芙蓉遍近郊。短棹且搖江上月，任他秋色住藤梢。

一笑相逢即故知，停雲池館坐談詩。天寒且莫傷搖落，樹老猶能送別離。雷岸西風嫌去早，廣陵明月恨歸遲時衡衫將之揚州。吾徒到處都堪憶，豈必巴山夜雨時。

詩前集卷八　五言長律

奉懷姚姬傳先生三十四韻

海內誰知己？名山有達尊。一星臨楚越，萬水祖崑崙。碧漢雲英在，丹霄月斧存。銅龍承帝子，金馬薄公孫。筆挾江濤轉，箋隨石雨翻。五音窮正始，萬籟鼓朝元。上相方推轂，西曹且叩轅。青春辭漢闕，白首臥梁園。每惜微言絕，新聞異學喧。有誰探義窟，獨力辟詞源。障海迴狂浪，披雲出曉暄。高文流上國，大雅起中原。士盡歸羊陟，人爭謁謝琨。斗南雲四集，天外鳥孤騫。美璧登玄圃，名駒出大宛。不才甘短褐，自昔賦高軒。倚篋無長劍，開筵有巨盆。幾年求鳳藻，一夕造龍門。已倒中郎屣，曾傾北海樽。枯林承露澤，寒谷轉春溫。皖口人文地，瑤壇雅頌塤。追隨窺奧府，汲引荷高言。共說師韓愈，何能作李渾。錦篋收木屑，金錯劈雲根。寵惜空羣驥，咨嗟失水鯤。親真同骨肉，誨不問晨昏。豈料元戎幕，遙馳建業幡時鐵制府延主鍾山書院。書來桐子國，人去謝公墩。日月無常處，乾坤入舊垣。靈光猶在魯，趙壹久思袁。雲路終蕭瑟，儒關尚討論。自慚非絕足，何以報明恩！彩鳳猶思附，潛蛟出莫援。側身瞻泰嶽，感戴倍何蕃。

述懷寄陳大治

海宇紛文物，英靈尚草萊。古今同感寓，吾輩恨多才。出處乾坤共，寒暄日夜催。賢豪今雨散，意氣昔雲開。卑論猶千載，沉吟尚九垓。極天惟曉日，倒峽走驚雷。雲物歸懷抱，江山落酒杯。碧虛看右轉，清漢自東回。司馬遊初倦，揚雄賦久裁。出塵皆鳳藻，驚代見龍媒。共吐風霜氣，爭傳錦繡堆。一時稱絕足謂左筐菽光栗園張小阮姚石甫諸君，獨步幾高臺？感舊雲生榻，懷君露滿苔。孤城天半落，畫角夜餘哀。桂樹秋同病，梅花雪壓醅。何時數晨夕，對我劈瓊瑰。夢想徒雲樹，文名自斗魁。彩毫吟未畢，江月正南來。

再呈姬傳先生二十二韻

浩蕩終何極，千秋繫一身。斯文信寥落，此意未沉淪。老去文章在，歸來林壑親。鏡猶懸白日，斗已挂蒼旻。並轡無前哲，登龍盡後塵。天心留碩果，物望屬斯人。好古空彝鼎，憐才辨玉瑨。十年求駿馬，一顧得真麟。太息黃香少，深悲仲憲貧。門高容立雪，海闊許登垠。強欲攀千仞，何能舉百鈞。名山聞絕響，近代睹先民。聚散時難必，關山月又新。短衣雷水北，孤棹楚江濱。得句疑風雨，高歌對鬼神。鳴鸞心不展，野鶴性難馴。逝景悲西陸，危樓近北辰。可堪非故里，況乃阻青春。天外宮牆遠，雲中車馬頻。一經虛授受，三楚各昏晨。曠世才何異，空羣識自真。長江千派水，終幸出西岷。

將歸呈師茘扉先生二十四韻

天地空搔首，江關尚此身。七年事行役，一劍走風塵。壯志羞趨俗，虛名不濟貧。馬卿空去國，王粲悔依人。碧漢迷高岸，滄洲隔去津。前途尚寥闊，早歲已艱辛。草野經綸拙，東南景物新。煙花爭繡壤，日月在朱輪。身世憐飛藿，才華嘆隱淪。地應嫌久客，天不棄儒巾。邂逅逢知己，雄奇絕等倫。長河波浩渺，喬嶽勢嶙峋。鳳錦當空出，龍梭隔座陳。雲煙千嶂掃，風日一時親。遇合非無數，文章信有神。人皆憐捷足，公獨惜潛鱗。惠我殊常格，論交見性真。縱橫雲滿座，談笑谷回春。已下陳公榻，何如孟氏鄰！秦松依峻嶺，楚劍倚高旻。謬許人中傑，虛推席上珍。不才懷奮勉，欲去又逡巡。國士恩偏重，雲霄意未伸。可能千里馬，終作九真麟。

呈學使潘芝軒少宰一百韻

春降南雲外，天垂北斗邊。早時卿月出，昨夜使星懸。鳳羽來雙闕，麟文照八埏。聲華仍海嶠，地望已樞璇。澤守黃門舊，恩分紫禁偏。天官隆寵錫，王國重衡銓。朝有圭璋譽，賢原柱石堅。丈三高見日，尺五近連天。建幟華林動，登壇肅命虔。九霄歸玉斧，三楚入璣璿。自昔多奇藻，懷才正少年。七襄雲錦麗，五色露華鮮。庾信鴛鴦賦，王筠芍藥篇。神蛟藏不測，奇驥突無前。白日懸名早，青雲得路先。怒飛程九萬，同試客三千。獨冠賢良策，傳聞禁苑仙。王曾登上選，梁固已高騫。旌節花真貴，文章樹正妍。黃金臺上馬，紫玉殿前鞭。絕足何輕捷，乘時尚勉旃。風期千日會，遭遇九重憐。帝識黃香少，僉推賈誼賢。朱霞天半見，紫誥日邊宣。命許瓊臺直，秋高瑣院眠。夜聲猶玉佩，曉景且花磚。詔試金閨彥，羣分錦水箋。盈廷皆玉立，得句走珠圓。鼇背誰超出，螭頭鬬巧儇。人才真似海，公筆獨如椽。豔奪雙花錦，精同百煉鉛。遂能超紫極，不次起丹田。敕自鑾坡下，官從鳳閣遷。朝回驚玉李，燭到認金蓮。日月開文苑，星辰傍講筵。勞光猶北燭，寶氣久東纏。願紀黃龍瑞，將成白虎編。新詞存月旦，舊典識坤乾。露染金壺碧，霜凝石硯玄。有書稱鳳翥，偶而學鴻翩。華屋樽前出，名流海內傳。驚人如玉檢，曠代寶珠船。文物紛歸眼，雲霄又並肩。絲綸頒少宰，臺省掌官聯。三選分流品，千秋此吏權。蔡侯新就拜，毛玠始騰

翾。曾領金倉粟，兼司玉府錢。得君原異數，秉政未華顛。吐納歸堯典，謳歌侍舜絃。雲隨天左右，海與地迴旋。獨步臨黃道，三臺近紫躔。朝衣親御氣，香霧見靈涎。掌上仙人露，池頭玉女泉。由來承賜渥，自此得春延。契合青冥上，崢嶸太華巔。致身初鸛鶴，轉盼已貂蟬。感激風雲氣，飛騰翰墨緣。南宮持鑒久，北闕奉書耑。鐵網深離岸，冰衡遠映川。廟堂崇典則，江海滌腥羶。銀榜皆瓊筍，金花擁玉磌。一時空合浦，五瑞出于闐。桃李門庭大，芙蓉甲第連。得人榮漢闕，報國尚儒氈。大廈須梁棟，中朝更桷梃。八方瞻鼓鑄，萬象受陶甄。昨捧錢唐節，遙馳使者轓。東南收竹箭，雲雨挾楠梗。滄海潮頻聽，西湖月可搴。幾人如鸑鷟，兩度起鷹鸇。岸樹紅深淺，沙堤翠婉嬋。望餘山窈窕，吟罷水潺湲。勝地才能副，文臣任獨專。瓜期遲去越，杏雨且臨燕。朵殿承鸞詔，華房奏鶴箋。西江旋秉鐸，南楚又持鞬。風動朱旗捲，霞開絳帳褰。五雲思鐵鳳，十月振風鳶。春信梅花嶺，晴光桂子騈。詞條高出地，學海淨無煙。多士求心得，諸生仰腹便。大江歸策府，此日見金

淵。自顧慚形拙，當時恨尾邅。雲根徒自琢，月脅爲誰穿？白玉函能讀，青瑤字可鐫。梁園曾倒爵，開府舊憐蚿。草檄風先起，爭春火欲然。孔融奇一鶚，楊震少三鱣。踪跡同浮梗，生涯類刻舷。蒼虬吟海迥，赤鯉歎庖捐。空自爲齊語，何堪效李娟。星芒藏劍鍔，雪色隱戈鋋。故國經秋隔，寒芳帶露蠲。佳人悲蕙芷，公子惜蘭荃。雲水愁難卻，煙霞錮未痊。不爲千里客，安值九方歅。山自宗恒岱，河應納澗瀍。舉天思薛燭，今代識娟嬛。星漢何能步，虹絲未易牽。珊瑚枝十萬，獻到海東全。

留別龔西原太守二十二韻

不謂家山外，新交得故知。游慚三楚拙，見恨十年遲。章水論文地，霜天攬袂時。鯨魚吹浪息，鸛鶴唳雲悲。冰雪當軒出，星河入座移。吐辭才似錦，懷舊鬢猶絲。昔發雲中騎，曾看嶺上枝。一麾新出守，雙旆忽高陲。嶂挾青雲起，天從碧樹垂。下車同渤海，快劍劈琉璃。春布梅花國，秋開竹葉卮。憐才親白屋，有客識黃羲。五馬何謙退，羣龍盡縶維。放懷天曠遠，吟嘯月來窺。故事歸民望，風流亦我師。文章通感召，意氣忽相期。遂有三秋契，能消萬古疑。乍逢雲幸睹，久照鏡忘疲。汲引高風舊，開誠宿霧披。情真憐紫燕，力欲起丹螭。霄漢人難別，江天迹又離。茫茫東去水，猶自戀崑池。

留別李蘇門贊府兼示沈文浦二十二韻

湖海飛騰氣，風塵落拓軀。不才同潦倒，此別獨艱虞。一望吳山隔，相逢楚水俱。笑談忘寂寞，杯酒共歡娛。似我三冬況，憐君百里途。卑棲偏下邑，壯志本高衢。文彩千金璧，聲華徑寸珠。雲深迷翡翠，海闊隱珊瑚。感歎王孫飯，殷勤玉女壺。艱難仍好客，脫畧不輕儒。萍水情偏重，雲山興不孤。高鳴猶老鳳，獨出羨名駒（謂雪盤）。沈約嘗同調（謂文浦），劉琨未異趨。縱橫論治策，契合動星樞。況有西園轍（謂龔太守），愛聽南郭竽。華燈開綺席，高館詠行厨。文物風流會，涼天聚散區。性情原日月，踪跡且江湖。帝子今誰覓？匡君尚欲呼。買舟將進發，把袂更須臾。客路風千里，交期海一隅。從來惜離別，原只在吾徒。

游滕王閣西竺寺贈劉生雪盌兼示張介石

曉色連何處？蒼茫此際心。乾坤方浩渺，身世獨登臨。高閣凌清漢，名園傍翠潯。煙雲寒更迴，石徑曲還深。豈有芙蓉檻，徒餘竹木陰。風流久搖落，名輩亦消沈。懷古高人榻，尋幽野寺琴。客來初變響，曲罷有遺音。攬趣何多事，同游豁素襟。曠懷天共日，抗論古猶今。年少人如玉，詩成字擲金。已窺銀海浪，更步玉山岑。遠想横空闊，疎狂且自禁。汝才能秀發，吾意不孤吟。游覽窮南浦，晴光又北林。飛沙人袖落，空翠晚寒侵。遠認雲邊樹，鳴知岸外禽。一川争鼓蕩，萬籟起蕭森。促去情猶戀，歸來酒並斟。好留鴻爪迹，付與暮雲尋。

寄懷張小阮二十二韻即送其公車北上

聚散真無定，關河又腐儒。才名吾共汝，心事楚還吳。遠隔浪千疊，相思天一隅。奮飛愁竟夕，攬轡且前驅。風急聲争樹，城高影浸湖。亂雲穿石骨，寒露逼人膚。四顧峰高下，羣流浪轉輪。沙從荒岸起，月向隔江呼。天地餘蓬鬢，風波困釣徒。生涯憐計拙，景物笑人孤。梧竹三霄蔭，珊瑚百尺株。昔年同此志，失路負微軀。際會雖關數，升沉各異途。春誰分近遠，樹自見榮枯。海岳求新雨，山川憶故區。迢遙京口笛，蕭瑟白門烏。別意愁金管，冰心冷玉壺。九皋猶記鶴，千里竟騰駒。詩已揮珠玉，論休識碔砆。抗懷須古昔，有客尚泥塗。風義千秋並，交情十載俱。長安知日近，珍重帝王都。

即事書懷

直欲乘風浪，南窮粵海頭。遲迴天萬里，悵望月三秋。去住憑長劍，行藏問釣舟。因人成遠別，有客笑遨遊。共嘆黄金賦，同傾碧玉甌。少年皆馴馬，今我尚江洲。地闊青山迴，天低碧漢流。波空雲影失，草沒露珠浮。勝景原初遇，名園已再留。盈城誰舊雨，映日盡高樓。盛宴多賓客，微名附斗牛。選歌傳弟子，作賦動諸侯。席上無紅袖，花邊半紫騮。夜寒生寶瑟，哀怨起靈修。彩幄花爲樹，明星火作毬。興闌涼月落，人散彩雲收。樂事推靈運，傷懷自馬周。拔刀悲趙鍔，解帶惜吳鈎。望氣知埋獄，能言未解咻。已將辭北海，深悔臥南州。飛翠隨人至，寒霜益旅愁。浮沉空野鶩，浩蕩逐沙鷗。岱嶠終思到，蓬萊尚欲求。釣鼇有虹線，不向大江投。

再寄陳大冶

相馬風塵外，論材宇宙間。斯人偏草澤，往事久雲山。遠記游時跡，寒驚別後顔。孤懷仍不展，前路竟誰攀？海上青鸞伴，天邊白鷺班。相攜高閣迥，坐對野雲閑。星月邀同住，笙歌宴未慳。醉忘猶爾我，夢醒各江關。信遠望頻寄，詩多憐獨刪。故鄉何客到？京國幾人還？劍冷青雲氣，刀寒紫血斑。早時悲折鍔，終夕聽鳴鐶。殊賞因名累，高才信世艱。賦憎王粲好，辭恨左徒嫻。湖海情原薄，山林性故頑。與君同夙志，誰分困塵寰。江水流三折，銀河曲幾灣。相思深不隔，天半語孤鷴。

南州客中有懷舊游寄左孝廉筐菽光庶常栗原張孝廉小阮姚進士石甫四十韻

不挾南遊策，安知楚越遥。人生原泛梗，歡宴敢終朝。玉宇驚搖落，瑶琴久寂寥。冥心吾土木，得路爾雲霄。四子同登選，諸侯早見招時石甫方赴粤東百制府之招。姚光方騁足，張左亦連鏢。特出名無負，離居恨未消。才華空草野，心跡自漁樵。憶昔追先典，相期出世囂。有懷抱冰雪，得句走瓊瑶。幽欲愁山鬼，高疑拂斗杓。争傳名驥出，齊嘆阿龍超。硯北書千軸，天南酒一瓢。縱談河落坐，起舞劍横腰。意氣原千古，遨遊感六朝。大江曾泛月，建業共聽潮。高館朱霞起，華筵絳蠟燒。一時初進酒，兩岸盡吹簫。彩樹光偏滿，流珠影欲跳。看人贈香草，獨自拾芳椒。懷舊探溪曲，尋源到板橋。歌樓半零落，舞扇早蕭條。露洗胭脂泣，波流翡翠漂。鳥呼奈何日，月是可憐宵。勝景知難再，吾徒興尚饒。鸞文騰白雪，蛟雨灑紅綃。自謂窮佳日，那知觸迅飆。天高嗟霧隔，人散各雲飄。蘭向霜前悴，桐從爨下焦。南州愁客路，北郭聽芻蕘。海鶴誰能畜？天龍我欲雕。三山舟不到，五嶽筆空搖。感嘆陳蕃榻，凄涼季子貂。一秋悲獨處，兩地此無聊。不惜相思苦，惟期令德昭。情雖同水月，思已極歌謠。紙貴元戎幕，星瞻使者軺。虛名空物望，前度憶風標。大雅今誰繼？此心寒不凋。終須到霄漢，九奏續簫韶。

自南州回星渚留別鄭夢白明府二十四韻

竟向何人語？歸心落暮雲。寂寥天並水，容易我離君。早歲相知久，斯文屬望殷。論交空八極，數典起三墳。獨劈丹霞錦，能書白練裙。才原奔萬馬，氣已奪千軍。天漢通雲路，花城傍水濆。湖山欣得主，草木被餘芬。風雅歸衡鑒，淵源溯舊文謂義門文集。有詩如鄭谷，下第惜劉蕡。共飲娛清夜，高歌遏紫雰。明珠從海拾，廣樂自天聞。九疊匡廬秀，三霄景物紛。吟成憐共賞，宴罷笑微醺。虛室頻生白，新絲未染纁。徒勞千里目，喚作五花紋。白日名難副，蒼生念已勤。治真同鄴水，學更愛河汾。月窟憑誰躡，星田待共耘。昔曾逢鮑叔，今尚愧羊欣。上客筵初散，南州硯欲焚。別來才幾日，歸去又斜曛。海內奇材少，天涯此處分。紫鸞與黃鵠，同是惜離羣。

寄懷王賓麓先生

滄海流無際，吾鄉自典型。眼青惟國士，頭白抱遺經。出地宗峨岱，羣流別渭涇。有聲騰北闕，壯氣絕西溟。筆落風兼雨，詞傾峽走霆。中郎碑可識，太室鼎能銘。自是珍和璧，何由貢漢廷。一官心不展，千里步終停。苜蓿餐空飽，蘭衡鬱不馨。鄭虔才獨絕，屈子恨徒醒。臺省諸公在，鈞韶此處聆。士林存碩望，江漢惜英靈。在昔棲雲閣，涼秋見德星。綠天曾共處，白雪許同聽。每歎霜寒匣，深嗟刃發硎。論交原白日，結契久蒼旻。刖足空憐驥，關心問聚螢。笑談成往迹，離合總流萍。賤子瞻喬岳，先生納寸莛。斯言豈河漢，吾道未孤零。

送湘艖明府之天長任五十八韻〔一〕

璧曜輝神縣，雲英起大荒〔二〕。蜺旌懸上國，龍節鎮南方。擇吏思荀藐，安民憶李常。時方占利涉，公乃接明光。早歲窮緗帙，崇情鄙翠璫。玉川原愛博，子幹獨懷芳。犀角争春碧，松煙灑硬黄。瑤華凌六代，鳳藻邁三康。筆海真無忝，戎韜更擅長。將軍虚左席，幕府下飛章。因別笙歌地，遙經汗馬場。義山隨節度，常侍適荆襄。太乙軍中識，霽虹帛上揚。入參司馬法，出視羽林郎。决勝能千里，從行越九岡。佐平秦郡縣，永固漢金湯。元老嘉籌策，星書達聖皇。即時霄路啓，獨壑霧鱗翔。周室登賢宰，吳都出智囊。揚休榮殿闕，奉命守桐鄉。廣廈周桑梓，陰崖見斗筐。銅章新令尹，墨綬舊循良。自有花堪種，寧徒刃不傷。冰壺含皓漾，銀薄照虚堂。好士同青軸，憐才勝赤璋。高衢張鸑鷟，大野縶龍驤。衆派歸淵府，公庭坐鼓簧。董韓容騁足，嚴樂盡伸吭。正荷崇花骨，何期詠葦航。王喬辭鄴水，潘岳去河陽。北陌鴉鋤輟，東郊蝶局張。諸生攀夾轂，父老送歸裝。朝命褒朱邑，恩榮徙石梁。節樓仍奉檄，雕輿鼙又鳴璜。鸛鶴棲新舍，鴛鸞復故行。聞風增曲踴，顧影自回惶。羈貫輪麟質，芳紳結蕙纕。窮經寛秘閣，作賦擬長楊。臥只懷山桂，顛原號海棠。中洲求宿莽，大澤絶飛艎。幸與金仙遇，曾將玉尺量。初逢憐范叔，再見識文疆。謂我持雙管，凝鋒鬭七槍。神香高蕙芷，天籟協球鍠。六律吹寒谷，三雲暖曲廊。並刀生雪鍔，越戟起金鋩。絡地繩雖設，垂天翼未颺。何能酬伯樂，只自愧干將。幾度南州榻，多年北海觴。戴靈心激烈，瞻斗氣昂藏。今值征帆發，遙看曉色蒼。風催香案吏，人踏素娥霜。言自蓬壺北，將循泗水旁。廣陵行可接，宿豫渺相望。錦蓋明江日，金凫度女牆。地猶三楚境，官即萬夫防。知己關城隔，慈君雨澤滂。懸知徐子國，青鹿下高塘。

【校】

〔一〕湘艖，初集作『盧』。

〔二〕雲，初集作『雪』。

詩前集卷九　五言絕句

題剪衣圖

取彼蒲桃錦，裁爲衣與衾。不須問刀尺，長短在儂〔一〕心。

【校】

〔一〕儂，初集作『人』。

閨情

亭亭嶺上枝，云是相思樹。誰使雙鴛鴦，飛來不肯去？

寶瑟欲生塵，空房不覺春。玉顏久憔悴，羞見鏡中人。

昨日君書來，云歸到江渡。遣人去江頭，不知可相遇？

望望君不來，庭前花又開。驚風響簾幕，獨坐生疑猜。

非是妾心疑，君來何太遲！願爲江畔月，同郎並馬歸。

靜坐

寶鼎香如故，階前寒暑移。我心既已寂，衆籟欲何爲！

休說江波闊，徒驚湖水平。取來置瓶內，風浪不曾生。

古意

妾家傍江渚，門對水西頭。不解江何意，朝朝東向流。

弱柳啼朝鴉，高樓映晚霞。路旁人不識，呼作莫愁家。

樓下有芳池，花飛不知數。君看水苔香，是儂浣衣處。

繡幄垂琅玕，瓊漿進玉盤。夜來人坐久，從不識春寒。

南陌飛游絲，搖蕩空中霧。風起不多時，已過門前去。

采彼陌頭花，看君乘寶車。尋芳到何處，春色在儂家。

將儂明月珠，飾作同心結。解與君佩之，長年不離別。

小妹年十一，顏色亦如玉。夜夜畫堂前，學儂理清曲。

昨日和風至，櫻桃花下游。問我中何恨，臨風長淚流。

殷勤向妹言：汝且看春樹。阿姊無他愁，只爲春來去。

連步至池塘，微風送遠芳。臨池莫輕語，中有睡鴛鴦。

有懷

好鳥鳴朝陽，微塵滿路旁。幽蘭處深谷，衆草難爲芳。

古柏垂高原，葱蘢凝曉霧。自知無好顏，不敢生當路。

迢迢歲將晚，渺渺秋怨多。持此懷人意，因風託遠波。

靜坐世情疎，起看星漢轉。孤雲天際飛，漸與此身遠。

宴集

璧月揚寒光，銀燈夜未央。彩雲知我意，不肯出雕梁。

今夜且盡歡，寧知遲與早。侍兒不識時，乃報東方曉。

閨怨

妾有連枝草，珍同瓊樹柯。孤芳不見賞，門外露華多。

解下青珊瑚，收來明月珠。自從君去後，不著合歡襦。

取瑟向風彈，悲音當戶發。恐君不我懷，且復置巾篋。

浮雲隨北風，飄飄何日返？不惜妾身孤，悲君千里遠。

寸草附喬林，誓不因時異。存此三冬心，待君百年內。

擬古

儂家金盤露，味勝新豐酒。郎今飲此杯，尚憶長安否？

郎望江南山，儂思江北信。彼此相憶情，今宵且莫問。

爲郎再三歌，好解此心曲。儂家晝自長，不須早燃燭。

新制鴛鴦衾，九華發光耀。郎如欲看時，持向燈前照。

門外即新河，春來煙漲多。比郎故鄉水，深淺當如何？

偶成

日飲長江水，誰知江上心。煙波渺無極，只爲別離深。

出郭

步出北邙山，白楊風滿地。古之傷心人，曾於此墮淚。

採桑詞

灼灼深閨女，採桑南陌頭。回看來處日，已到東家樓。

他日繭中絲，即此桑間葉。春蠶有何心，纏綿能不竭。

纏綿自一時，宛轉憐柔枝。採時人不覺，葉葉有春思。

左捲紅鸞袖，右搴白霓裳。風來未及採，吹落滿銀筐。

憶昔採桑時，柔條拂地垂。今來攀折處，仰首望高枝。

將桑比垂楊，更是多情樹。掇罷有餘思，提籠不肯去。

行行城南隅，獨立忽躊躇。夫婿在何處？空羨秦羅敷。

山行

終日在空山，不知山下路。前林有犬聲，應是人行處。

偶成

亂鴉喧古徑，返照入空林。四顧無人識，白雲知我心。

採蓮曲

儂家石城西，水繞橫塘路。溪上諸女郎，相邀採蓮去。

言乘青雀舫，湖深煙水多。蕩槳中流處，寧得無風波？

蓮花何灼灼，出水清且鮮。人心與花意，看取秋風前。

採採不盈筐，芬芳滿江水。長恐早寒生，凋謝湖心裏。

雲帆半面張，影動水中央。久在花深處，風來不覺香。

荷衣映日鮮，湖水清如許。戲水見鴛鴦，低頭默無語。

煙光散碧波，花氣蒙空晝。採得並頭枝，偷置紅羅袖。

取水滴荷上，點點成明珠。持比花間露，得似此圓無？

終日戲蓮花，蓮心紅見底。懷之可宜男，不願遺彼美。

笑語入花叢，斜陽照獨立。貪看水生紋，不覺羅裙濕。

不見煙中人，但聞花內語。暗指莫愁居，相去只尺許。

阿嫂弄蓮房，小姑愛蓮子。芳心不自持，搖蕩風生水。

來時結伴人，穿花又相遇。日暮西風生，好趁晚潮去。

幽居

幽徑翠蘿深，苔痕青未掃。春來人不知，已綠階前草。

獨坐

兔月未生時，羊燈初卻去。借問庭前花，瘦影歸何處？

春閨曲

繡閣復重臺，春寒帶曉催。闌干深九曲，曲曲向儂迴。

今日深閨裏，爭言芳思多。起來問梅樹，昨夜夢如何？

衣淡暈微碧，酒酣顏半紅。郎前嬌怯慣，不肯立東風。

妝成每自矜，容華稱獨絕。恨殺小桃花，與儂同一色。

好鳥對春風，朝朝言不足。阿儂自有心，恐郎或未識。

微雨近清明，人家呼賣酒。生平恨別離，不看門前柳。

東鄰小兒女，昨日往前林。未識溪頭路，落紅何許深。

雙燕亦何知，故向儂前舞。回頭見簾開，郎立窗內語。

點點白楊花，無心到妾家。暫來君不管，飛去即天涯。

花飛雖有期，飄落歸無處。拾取置帷中，不使春抛去。

閨中消夏詞

言采薔薇露，濯我舊時裳。一浣不復再，感嘆有遺芳。

鍾情郎莫辭，冶容儂未敢。相對不盡歡，轉嫌夏日短。

朝在荷池東，暮在荷池西。芙蕖新出水，高與儂身齊。

羅衣輕似雪，妾身同皎潔。常恐月來窺，不能掩光澤。

如何冰雪肌，香汗無已時？說來君不信，點點是相思。

珠露芰荷裳，金盤荳蔻湯。晚來初浴罷，不及換新妝。

坐久自生涼，明河當戶落。流螢止不飛，照儂過東閣。

樓後錦屏風，是儂手所製。背立解鮫綃，不覺郎潛至。

昨夜郎歸遲，移燈欲就寢。風吹羅帳開，先我上鴛枕。

新織冰蠶絲，裁爲月半規。與郎合作扇，記取早秋時。

古別辭

遲遲復遲遲，最苦是別離。人生既到此，但勸君莫悲。

湖上曲

湖月出當心，湖水明見底。風浪不生時，誰能蕩搖此？

憶昨

憶昨臨別時，贈我雙瑤瑜。上作龍蟠結，下繫鳳銜珠。

將珠表深心，團團君須記。取來置掌中，宛轉知人意。

酌我鴛鴦壺，欲語先悽楚。忍淚强持杯，杯重不能舉。

明月入懷時，擁抱生光輝。迴身杳無見，太息此空幃。

秋意滿江頭，芙蓉不能語。日晚風生寒，芳心愁殺汝。

偶句

舊地忽重過，乍逢驚久別。有情當此際，悲歡俱難說。

閨憶

今夕復何夕，與郎同莞席。審視羅帳空，夢醒東方白。

惜別

可憐未牽衣，已自促歸期。含情言不得，不是爲相思。

鴻鵠不知歡，鴛鴦不知苦。高飛與雙棲，問君竟誰愈？

將來同心絲，重重多委曲。引之百尺長，卷之只盈束。

舒卷在郎意，短長任儂爲。疑時不必問，相見當自知。

春思

桃枝面夕風，柳枝背朝景。生來喜同居，那能不相併。

偶興

采葉翠垂衣，采花紅映肉。可憐人與花，恨不早相值。

春望

芳草遠連天，曉煙籠不住。一半作春愁，萋萋江上路。

口占

說行苦難留，說歸苦不早。相見能幾時，忽已非年少。

即事

盛會不可常，美酒休盡意。一飲使君歡，再飲使君醉。

古意

因知今夕苦，轉念舊時歡。妾心猶自若，江月不勝寒。

美錦號芙蓉，炫爛光不改。何人製機絲，爲此好容彩。

容彩人所愛，苦心儂獨知。盛顔處閨闈，惜此三春時。

相逢

未識相逢樂，徒增送遠悲。早知終是别，不敢望郎歸。

偶賦

玄鳥正飛來，陽鳥方歸去。江上東風多，誰是相逢處？

咏鏡

不信妾消瘦，見君方自知。取鏡與君照，可能如舊時？

送别

對我作離聲，春風如有情。年年送行處，芳草未曾生。

閨意

一樣溪頭水，各自東西流。明知君有恨，故說妾多愁。

咏琴

君知妾辨音，對妾日鳴琴。但餘弦外響，難盡曲中心。

樽前

亦知歡不久，更請酌金卮。妾意盡今夕，君醉何能辭？

宮怨

竟日無人語，花飛永巷門。笑啼原妾事，悲喜出君恩。

山居

問我家何處？青山共白雲。鳴泉長共語，好鳥自忘羣。

尋幽

路向山峯轉，門連洞口斜。此中有流水，引出片桃花。

有會

有無泉底月？是否洞天中？巖花不肯語，含笑春風前。

落英

開時未及攀，落後君方拾。風起忽他飛，令我長太息。

感物

有草生幽谷，萋萋欲並林。榮枯任風雨，誰似汝無心！

有木生高陵，孤立亦云久。女蘿不見攀，誰似汝無偶！

有鳥鳴河洲，浮波左右流。終朝戲蘋藻，誰似汝無愁！

白茅

白茅露雲中，其秀芳且潔。既曰美人貽，無使中道折。

憶遠

願言思君子，遐瞻勞我心。雉鳴猶未已，好風益其音。

寄友

君曰未有居，予曰未有與。夙夜所懷憂，維茲風及雨。

有寄

豈弟維民懷，顯允維民則。寧君不我思，無我忘令德。

金錫彰厥度，圭璋昭厥聲。寧君不我報，無我忘令名。

在庭有鐘鼓，在室有鳴琴。君如念空谷，我豈有遐心！

維澤

維澤有香草，可以盈我掬。維山有喬林，可以蔭君室。

春思

初春日載陽，中庭倐生草。草生洵有情，君子在遠道。

獨息悲衾裯，長夜如三秋。君子温且惠，我見反無由。

日出東門隅，照我衣紈素。有顔如舜華，不動君子慕。

采彼北山薇，自顧還生悲。有心如皎日，難速君子歸。

擬古

何以飾我身？白華作顔色。何以明我心？緑竹生枝節。

偶感

爰驅北園馬，于以從君游。灌木既零落，黄鳥何相求。

有贈

靜言思在昔，秉心期與偕。誰云我有疚，曾不勞君懷。

古意

爲君服素錦，尚之以朱黄。令儀常稱此，我見豈不臧。

示友

嗟而搴百卉，毋傷唐棣華。嗟我乘四牡，乃近之子車。

贈隱者

與汝游山巔，飲余以石泉。託身既幽隱，誰爲惜嬋媛！

余懷

余懷所難釋，秋菊與春蘭。秀色自終古，芳心未共寒。

留別

息駕望長楸，湘沅水自流。蹇裳未能涉，非是爲君留。

玉鎮

玉鎮尚瑶璜，申之以蕙芳。菲薄無因達，願致江水旁。

言志示左筐菽

微霜初下戒，芳茝嘆先零。華容已衰歇，尚欲玩遺馨。

美好

美好須矜愛，秋風易動容。自慚非固植，豈敢笑飄蓬？

有期

申旦期君至，黄昏意未來。夜芳珠被滿，修幕惜風開。

詩前集卷十　七言絶句

懷馬獻生

故人春半入長安，千里青山馬上看。我亦登樓望煙水，楊花如雪落江干。

偶興

皖公山下水初生，流盡天涯送客情。更踏芙蓉樓畔月，鄉心一夜滿江城。

蘋花渺渺隔江流，好鳥當空語未休。我自多愁言不得，春風傳與木蘭舟。

擬唐人邊庭四時詞

邊草茫茫苦未青，交河西望接空冥。垂楊不是無春色，只許征人曲裏聽。

昨報天書出上蘭，火龍銜送陣雲端。傳聞避暑芙蓉院，正是長城六月寒。

黑水環流繞塞頭，高高月照古涼州。軍中莫訝西風至，邊地從來總似秋。

終歲家山雁斷音，紫臺人靜覺寒深。朔風今夜天山雪，猶是來年馬上心。

宮怨

翠輦三春未到門，名花開落自黄昏。君王若果輕顔色，長夜深宮敢望恩！

珠簾幾曲隱深秋，别院香風動玉鈎。可惜鴛鴦池上月，年年長照倚孤樓。

寶鼎名香爇未消，雲連永巷望迢迢。似聞昨夜新開宴，玉殿風和罷早朝。

有贈

舞衣輕舉若離筵，凝睇宜愁又獨前。我見榮華猶惜去，好風那得不迴旋。

擬古

白沙路繞曲江干，玉笛吹來月下寒。一夜行人齊駐馬，落梅聲裏即長安。

有懷

白雲西起雁南飛，有客天涯尚未歸。極目關河秋氣早，霜花無那上征衣。

買得江頭一葉舟，年年欲向浙東游。秋風未起芙蓉老，落月無聲水自愁。

舟中望九峯

鄉心曾寄九華峯，知落雲中第幾重？今日孤舟江上望，天風吹出碧芙蓉。

古意

金絲作結玉垂璫，雲鳳斜連白練裳。正有容華可傾國，青春偏自惜瑤芳。

即事

誰家游客立江干，目送飛花下錦湍。馬上歸來天未晚，高樓人倚碧雲寒。

迴廊九曲挂簾鈎，簾外天光似水流。夜靜不聞銀漢轉，黃姑已到月西頭。

豔歌曲

鴛鴦三十六成行，飛去飛來繞畫堂。但願年年歌舞處，秋風吹不到君旁。

咏楊花

垂柳垂楊拂路塵，飛花無數逐行人。可堪三月逢搖落，辛苦春愁問水濱。

秋夜

碧城花好未經看，星月高高秋又闌。莫把冰漿和露飲，樓臺昨夜北風寒。

皖城口占

淩空塔勢遠浮煙，繞郭濤聲半入船。風雨欲來天忽霽，萬山雲影落樽前。

春思

馬上人誰問落花？離愁終古在天涯。春風欲寄江頭意，遠渚滄波日又斜。

閨怨

節使三河尚募兵，深閨空自計歸程。遼西日夜無消息，又聽城頭畫角聲。

次樅陽

曉風吹雨過江來，一葉輕舟破浪開。繫纜洲前天未晚，寒雲已暗射蛟臺。

秋懷

銀河湧出水精盤，影落天涯幾處看。多少浮雲遮不住，客心長共碧天寒。

夜集

波紋簾影漾空明，華燭煙高接太清。報道孤鴻天外落，關河一夕變秋聲。

秦淮竹枝詞

桃李當春滿路芳，鶯聲歷亂過東牆。儂家近住橫塘渡，人說遙天水一方。

紫陌香風拂繡鞍，無端春色上闌干。門前新種櫻桃樹，郎馬來時仔細看。

白石臺前列綺羅，紫蘭開後客頻過。阿儂生長吳江曲，不識春愁似水多。

數點飛鴉過遠村，隔樓人語近黄昏。風流争說章臺柳，何似青青白下門。

昨夜廊前月正高，夢隨春水上蘭橈。依稀記得秦淮路，芳草萋萋到板橋。

金作高堂玉作樓，朝朝絲管起江頭。游人不解春風恨，偏向儂前問莫愁。

偶句

危樓高共碧峯齊，倒映前村月一溪。半面銀河低不落，寒鴉飛過楚雲西。

即席

高館華筵啟暮天，明燈寶帳宴羣仙。酒酣忽弄雲邊瑟，一夜春心五十絃。

閨情

蓮漏聲聲聽欲闌，惜花猶自立闌干。合歡夜夜當階好，不識梧桐葉上寒。

少年行

拾取珊瑚七寶鞭，踏春橫過酒樓前。醉來花下何須問，走馬長干舊少年。

錦帶吳鈎玉作環，金鞍珠勒出雲間。不知射獵今何去？笑指城南近處山。

卷石山房宴集

故人置酒碧雲樓，招我停車古渡頭。風捲片雲天似墨，四山葉落雨聲秋。

華筵人進紫霞杯，歌管聲聲隔座催。一斗梨花春未足，夜深還有玉漿來。

梨園子弟酒初酣，龍笛鸞簫譜舊諳。歌到鷓鴣聲乍轉，半天秋思在江南。

重重飛塔影玲瓏，風蠟千枝映樹紅。無那高天雲萬里，不教明月到牆東。

空庭雨氣欲成煙，一夕仙風入管絃。聞說開元遺曲在，令人腸斷李龜年。

五侯鯖滿翠盤中，餐罷銀絲酒正紅。尚有香羹和玉葉，海棠花下賜侯同。

玳瑁筵中列玉盤，銀壺冰暖燭光寒。不知今夜秋多少，又報階前白露團。

金枝燈滿瑞煙開，鐵葉門高舞袖迴。幾度彩雲飛不散，天風吹入酒杯來。

鴛柱鸞弦試再彈，相思遙入楚雲端。王孫愛聽涼州曲，簾外秋風夜已闌。

才名我愧柳郎中，又見流霞貯碧筒。飲罷不知秋夜永，涼雲飄落桂堂東。

寄遠

蒲桃美錦共湘紈，製就新衣寄遠看。月下人驚好顏色，秋來不奈客中寒。

華陽鎮阻風

楊柳依依春草芳，征帆日夕滯雷陽。大江隔斷青山色，天末雲垂是故鄉。

七夕

歡情不及別愁多，已向橋邊怨逝波。可奈人間小兒女，又將心事訴銀河。

前蜀宮詞十六首

鳳閣連雲起益州，萬春門裏建長秋。二徐姊妹多顏色，何事君王愛解愁潘炕妾名！

帳殿帷宮布玉塵，無端妖鳥集池濱。永陵一夜金靈冷，已報宣華月色新。

昇仙橋下水流東，北狩旌旗映日紅。道是彩舟天半出，內家齊在五雲中。

益昌江上駐金鑾，衣錦舟人兩岸看。親製閬中新水調，可憐銀漢不勝寒。

名苑修成燦碧琚，丹霞亭子坐仙姝。酒酣不覺芳香發，偷向樽前解繡襦。

夜靜重光樂未央，碧梧枝上露如霜。更催玉酒開新宴，坐看嘉王淚數行。

深院沉沉氣寂寥，百花争放媚春宵。後宮佳麗〔一〕皆傾國，度曲偏推李玉簫。

已聞下詔選良家，二十才人奉翠華。尚有猜疑罪軍使，傷心阿女貌如花。

酒家夜夜暗停輈，別殿朝朝擁鳳幬。從此宮中寒不到，肥遺昨日見紅樓。

亭號怡神透碧櫺，傳聞上巳駐雲軿。風前自奏霓裳曲，贏得宮人竟夜聽。

寢陵朝罷六龍回，珠翠如雲奉御杯。醉拂霞衣隨輦去，道旁驚是女冠來。

寶鼎煙濃玉殿香，六宮朱粉鬬朝陽。休誇白雪梨花豔，點額人今愛醉妝。

内使傳呼禱上清，玉鸞金輅幸青城。如何自惜天人貌，偏被江山看出行。

雲霞妙服叩仙關，絕嶺風高響佩環。譜得甘州詞一曲，聲聲哀怨落人間。

丈人峯聳接遥天，珠碧看來瑞靄連。夜上星壇最高處，太妃含笑月華邊。

已驂鸞鶴入空明，萬騎同歸炫錦城。爲報徹天王氣在，金華殿上莫言兵。

【校】

〔一〕佳麗，初集作『仙嬪』。

後蜀宮詞

寶帳羣分璧月光，依然宮寢耀珠璫。瓊華公主知何意？花朵關情又麝香。

法雲寺裏慶千秋，燈火中元月影流。傳説官家今夜降，異香先到鳳皇樓。

元夜笙歌進玉漿，觀燈親召露臺倡。上方十萬金錢費，特賜青樓李豔娘。

牡丹苑裏駐雕輪，十色花開別樣新。三月風和吹不盡，天香飛作後宮春。

使者三川駕錦驂，鈿車采選遍西南。可憐兒女驚婚日，歌舞深宮酒正酣。

安蹕容顔似舜英，保香位秩比公卿。從今別院生春色，内品新加十四名。

浣花溪上御龍舟，士女傾城盡出游。雲影花光看未足，回頭宮月上銀鈎。

女牆繡幕護芙蓉，九月開時照眼紅。四面彩霞齊作障，看花人坐錦城中。

殿角風高報歲闌，碧綾帷捲怯輕寒。年年獻得金花樹，大府躊躇給內官。

虛説宮中第一人，太華玉貌委芳塵。凄涼半幅紅龍褥，獨臥空山草不春。

淚落鈿殘苦夢思，白楊風起暮寒時。長生枉自修金簡，寂寞人間李鍊師。

花蘂才名振帝鄉，煌明帳暖度春芳。無端遺卻樓頭扇，從此西川號雪香。

水殿重重挂玉鈎，開筵池上按梁州。生來玉骨清無汗，長恐風寒不奈秋。

倉卒紅顏到馬前，梨花芳草淡寒煙。新詞譜向朝天驛，愁絕春風聽杜鵑。

席上贈歌者

水晶簾外紫鸞笙，玉手攜來月乍橫。一曲梅花歌未畢，西風吹作斷腸聲。

黄金爲液玉爲漿，持向樽前勸客嘗。今夜月明須盡飲，梧桐秋露未成霜。

蘭膏明燭照寒宵，人立西風影動摇。三百霓裳都舞遍，酒酣重奏鬱輪袍。

鴛鴦瓦上斂寒霏，玉蟻杯殘客未歸。更把洞簫催夜月，曲終還看白雲飛。

偶成

朝尋瑤草過前山，夕採寒芳下石關。踏遍白雲三萬疊，不知秋在馬蹄間。

乞巧詞

人世爭傳乞巧期，巧如天上尚相思。阿儂不向銀河乞，乞得來時恐别離。

星漢橫斜又幾時，半宵歡會一年悲。天孫原不矜多巧，願與人間好女兒。

送行

送行猶記別時容，偏是情多易惱儂。數載愁懷傾一夕，人生禁得幾相逢？

與雲朗小集

碧霄無際水南流，故友相逢水上舟。盡日垂簾坐高閣，一城細雨似春愁。

遣興

青虯駕乘白螭驂，載得靈旗拂翠嵐。行盡天邊芳草路，雲中不識洞庭南。

即事

香氣凝煙艾正焚，緒風冉冉竟疑君。無端飄散神靈雨，日暮江皋不見雲。

秋思贈宫鐵橋

寥落天高更氣清，蟬聲寂寞雁南征。薄寒獨處猶惆悵，臨水登山况送行。

書懷寄嚴虛白明府

素華綠葉信無多，江上飄搖奈女何？我有幽懷託君子，佳期日遠對空波。

神女

神女飛翔隱霧高，鳳皇辭拙意徒勞。彩衣未動芳華解，落日流雲滿漢皋。

宴集

晨張羅綺飾高堂，夕進蘭膏樂未央。玄玉梁中雲欲散，有人含笑贈余芳。

江蘺

江蘺怨我夕來遲，月出歌終露已滋。江介風多華落盡，玉參差好爲誰吹？

寄友

淮南木落思無端，蘭不齊芳畏歲闌。莫問小山舊叢桂，水雲千里正清〔一〕寒。

【校】

〔一〕『里正清』三字本殘缺，據初集補。

豔詞

姱容脩態爲君娛，遺視流光近若無。佩有瑤華憐不得，東風今已綠蘼蕪。

寄陳顧卿

芰荷爲蓋桂爲舟，就遠離鄉易感秋。瞻望涔陽行未已，風吹落蘂下芳洲。

懷石甫

三秋不見已興悲，今我來思又未歸。知爾采薇山路遠，白駒行處雨霏霏。

有感

我阻山川苦路長，勞心竟日未余臧。莫言萇楚無家樂，昨夜風吹萎道旁。

桑葉

桑葉微黃露欲晞，我來自北雁初飛。風飄陰雨歸何處？九月征人未授衣。

彼美

彼美乘舟澤有波，興言宿愛泗滂沱。苕華獨自矜顔色，人道芳椒結實多。

感舊

秣馬人旋花葉垂，倉庚飛起日遲遲。標梅深悔逢春早，何似夭桃後及時。

自嘲

陟嶺言歸日正涼，在梁有鶴欲同翔。蜉蝣笑我無容彩，舊歲羅衣尚禦霜。

旅館寒夜詞

數點殘雲欲渡河，蕭蕭斷雁客中過。天涯一樣關城雪，寒到愁人枕上多。

絳蠟沉沉夜未央，金爐焰斷不聞香。孤衾已覺無歡思，可奈殘更夢故鄉！

村落千家靜掩扉，城頭風勁角聲微。可憐雪夜三冬路，猶有征人出未歸。

落月低樓影半横，疏星渡漢雁長征。鄰家少婦衣裳薄，直擁流蘇坐待明。

蕭條梁苑樽誰覓？飄渺吳山夢久空。不是空齋愁不寐，無由聽遍五更鐘。

閨詞

畫樓西畔雨聲殘，人立雕窗半倚欄。莫怪風前怯衣薄，杏花原不奈春寒。

王孫一去草萋萋，繡屋春深鳥亂啼。滿地殘紅人不掃，東風吹過野橋西。

珠簾十二捲殘霞，脩竹廊前影半斜。休怨歸鴻啼夜月，小窗從不夢梨花。

寄懷倪穎符

日日東風長碧蕪，陌頭芳草近城隅。扁舟不泛雷陽月，辜負桃花七百株。

感游

杏花春雨綠楊煙，小別江南又一年。重向酒旗風裏過，無人知是杜樊川。

孟塗詩後集　二十二卷

詩後集卷一

題小孤山

獨向波心立，亭亭入杳冥。一峯連漢白，四面落江青。石冷疑凝雪，風高激怒霆。仙人無處覓，煙水暗前汀。

中流懸斷壁，直壓楚雲端。海水不能到（江潮到小孤即止），天風吹更寒。層巒凌漢表，飛翠滿江干。落日潯陽岸，何人帶晚看。

古廟濤聲裏，千春長碧蕪。晴光臨水斷，高影入雲孤。空際成昏曉，天南劃楚吳。不知江上句，得似子瞻無。

抵星渚贈鄭夢白明府

生平不學韓與歐，筆鋒所向無千秋。天風海月助談笑，唾珠亂落驚王侯。偶然足下起霞氣，憑虛徑欲凌蒼洲。月黑浪高不能渡，浮舟乃作西江遊。雲中覓酒買春色，一醉直到星渚頭。星渚大令神仙儔，才名昔日傾皇州。賈生對策抗高論，氣排日月搖嵩邱。曲江宴罷春如故，種得河陽花萬樹。與余邂逅滄江樓，雄談立破九霄霧。中堂日暖開華筵，金盤銀海喧暮天。飲我青霞食紫煙，我心未醉骨已仙。騰身高踞楚雲上，匡君大呼不肯前。急推五岳回百川，吾徒會合非偶然。文章有神天無力，腐儒動乃稱前緣。揮君七寶之金鞭，東風搖蕩春欲顛，吾將與之共迴旋。勳名富貴等閒事，難得相逢俱少年。少年及時且行樂，一日新知百年約。但願翺翔天地間，子爲鸞鳳我爲鶴。潯陽九派出江關，雙姑遥待翠微灣，夜夜催歸我不還。來朝同上匡廬頂，踏破天光共雲影。碧峯高處近瑤臺，醉臥莫辭風露冷。

紀夢

江風搖夢夢不醒，此身已到琵琶亭。廬山蒼蒼露微月，一痕夜色浮空青。覺來山與雲俱失，而我猶不離故形。起尋殘夢寒生爐，東方欲曉天冥冥。雲煙變滅歸滄溟，人生飄忽如流星。未知夢裏去來路，昨夜何人先我經。

江州懷古

亂雲爭向暮天生，有客潯陽買棹行。九派巨川迷故迹，六朝戰氣散濤聲。元規望自符臺鼎，溫嶠功猶著石城。留得荒邱話成敗，壯懷合爲古人傾。

大江北望是荊州，雄鎮當年各上流。異代煙波徒送客，一城風月趁登樓。襟懷浩蕩誰天馬，身世浮沉半野鷗。尚喜王宏能好士，陶公隱去竟從游。

匡廬近在楚雲東，映水千峯翠着空。山氣未寒先作雨，湖神何力敢分風。築堤刺史棠陰綠，握節將軍頸血紅。可惜多謀徐道覆，托身恨不遇英雄。

一曲琵琶調最傷，青衫司馬淚成行。謫官情自憐商婦，故宅人誰問草堂？好句名山留副本，荒亭春水弔斜陽。登樓我亦勤題咏，詩卷東林未肯藏。

星渚署中觀王陽明先生平濠紀功碑刻題後

欃星南指過雷池，四郡兵摧百萬師。先勢已令強敵怯，成功翻致捷書遲。安危羣小臨戎日，疑信孤臣被謗時。湖水昔曾流戰血，山城今始認豐碑。

偕馬庶常游廬山宿白鹿洞

昔賢事高隱，寄跡北山丘。白鹿隨人去，清泉向我流。斷雲迷片石，古木各千秋。坐聽松聲起，驚濤夜入樓。

偶爾談經處，名聞霄漢間。此心猶皎日，吾道在青山。門外草長滿，洞中雲自閑。我來掃殘碣，尚見舊苔斑。

東明山

結屋東明下，山深忘歲年。一家自昏曉，四季總雲煙。水暗疑無路，林開別有天。至今巖上月，猶照墓門邊。

天神閣

連空起飛閣，四面倚東風。彷彿聞神語，微茫托畫工。去來形影外，指視有無中。從此徵天意，何須問絳宮。

義門橋

千古靈泉路，垂楊花滿溪。橋分人影出，石共岸雲齊。浮柱當風立，飛虹落水低。舊題何處覓，門對夕陽西。

題杜虛齋傷逝詩後

杜宇無端叫暮陰，江樓極目已春深。人因別久難尋夢，詩到愁多不敢吟。鳥亂可聞今夜語，月明曾照舊時心。瑤池抛卻雲和瑟，寂寞天邊少鳳音。

楚水茫茫接遠汀，欲將哀怨寄湘靈。廿年心跡雲同冷，二月春愁草又青。修竹暮寒思獨倚，落梅新曲好誰聽。分明樓閣東風路，消息無由問繡屏。

夜月無聲下碧池，高臺空報紫簫吹。半生賦命真窮薄，千古傷心是別離。青鳥飛翔應有路，春蠶零落不成絲。空山長臥無昏曉，泣斷寒雲只自知。

燕閣春風幾度過，離居天末意如何？夢中不識重逢樂，覺後真嫌一見多。痛惜芳魂縈蔓草，可能幽思托微波。三年腸斷瑤姬石，寒露荒煙長碧蘿。

寄家書偶懷

回首征車出故林，浮雲滿地起層陰。臨行已覺無他語，別去偏多不盡心。人事半從春後改，江波流過漢陽深。東歸久報芳洲隔，更聽孤鴻月下音。

贈方茶山太守兼以留別

歸雁叫春春去早，我向匡山別五老。玉女挽之不肯留，隨風直下雲中道。心如渴驥奔平川，河海在前忽驚倒。先生飲以萬頃波，我浸其中忘醉飽。高樓正對康山開，金仙有尺量羣才時校士饒州。立破雲根作瓊屑，坐揚衆響成風雷。興來天半偶揮手，猛虎連羣渡江走。楚吳風色爭來前，簾外白雲催進酒。當筵意氣横蒼穹，轉海移山一笑中。高談四座破顔色，咳唾欲落生天風。夜闌更話天人策，上下千秋一浮白，我與先生誰主客！放懷直可容滄洲，豈厭狂生醉落魄。風前出示雲錦章，百靈隱約爲飛翔。山翠忽從卷中出，我身疑到雲屏旁。吁嗟乎！文章聲氣通霄壤，千里聞名結遥想。況當北海生同鄉，攝衣願共凌蒼莽。古來奇士空羣儔，求道先隨鸞鳳游。李白早遇漢東守，寧知世有韓荆州。與公同聽西窗雨，噓氣成煙向風舞。百年身世九霄心，對此茫茫自終古。飛塔崔嵬凌碧天，歸心已寄滄江邊。待公挽住東流水，看我明湖泛釣船。

題徐梅圃石溪送行圖

當時堤畔柳初齊，送客扁舟過石溪。風笛數聲天正晚，白雲回首又東西。

秦中山氣逐人開，此去身從鳥道回。天半芙蓉高不落，河聲獨向馬前來。

雲樹迢迢日正明，王孫游倦草還生。如今不向長安道，猶記東風送別情。

千尋山色留行迹，一片溪流照別顔。誰識圖中舊年少，白頭江上憶秦關。

別鄭夢白明府

此心欲挂天邊月，照子玉顔不離別。東風見促無奈何，又向江頭作歸客。江頭久客苦思歸，纔到歸期心轉悲。故人酒厚不能飲，欲發未發徒歔欷。山氣曉寒疑作雨，楊花片片隨風舞。岸上羣鶯止不啼，笑余此去相思苦。君今胡爲立江渚，碧草含煙淡如許，離情欲共煙波語。亦知後會自有時，此時難別瓊樹枝。側身更望霄漢迴，廬山東南君管領。我今歸去無他求，願借峯頭雲萬頃。

白鹿洞留別元伯

故人愛芳草，游子惜斜暉。共此春江路，扁舟我獨歸。幽懷對樽酒，行色上征衣。昨夜經過處，流雲不肯飛。

君作青山主，余尋碧澗春。可堪送行日，同是憶歸人。故國書遲發，征途意轉親。天涯各努力，雲路在前津。

雷音塔歌

望江大令師荔扉先生建塔于回龍宫，名曰『雷音』，取大雷池之義，以望江名宿詩文稿藏於塔中，屬余爲詩。

赤鳳凄凉碧雞死，文章同哭秋風裏。篋中縱有碎珊瑚，剝落千秋付煙水。先生月斧揮雷陽，沉響盡逐春風揚。痛惜文園草遺落，藏之石室登高岡，一塔收盡千琳琅。下臨山色何蒼蒼，龍宫並出遙相當。雲根七級戰風雨，中有前賢心獨苦。精光不使山鬼窺，吟魂應共塔鈴語。塔今何幸留人才，四面青珉閉不開。斷文故紙有時毀，終不飛作塵與灰。我聞吳楚浮圖百千尺，充以舍利耀金璧。何如此塔藏風雲，墨迹斑斑氣長碧。六丁不取鼇難傾，石補地氣通元精。公聽子夜神飈起，空中定作金石聲。

贈江七峯

君作飛仙引，聲聲天半聞，貽人三秀草，染指九華雲。余亦謝春色，心猶惜衆芬。種梅花似雪，不畏早霞薰。

題海帆孝廉海上釣鼇圖

士有奇氣横高邱，下與江漢相争流。長鯨巨鯢不足取，釣鼇直上滄海頭。鼇身十五鎮坤軸，帝遣羣靈護湯谷。神山沒後海雲深，傾倒珠宫龍夜哭。君家謫仙負奇才，當時曾到滄州隈。長虹一落東溟開，金鱗耀彩雲中來。珊瑚裂斷風雨夜，衣錦仙人今羽化。鼇背煙波高比天，縱有金鉤誰敢下。仙風萬里來雲端，吹君直犯星斗寒。笑指蓬萊水清淺，戲呼海若來扶竿。雪絲落水雲煙黑，水亦翻空敵人力。鼇身忽轉天爲低，蛟龍遠遁陽侯匿。方壺圓嶠何崔嵬，巨首未仆瑤島摧。君今欲去且低徊，海色昏昏連九垓。爲君喚起瀛洲客，早向蓬山築釣臺。

左筐菽光栗園張小阮姚石甫秦淮夜集

薄酒不成醉，微風驚乍寒。高齋愁日晚，暝色起雲端。坐久轉無語，情深難盡歡。素心誰可託，憔悴楚江蘭。

張烈女詞代

朔風凝空露華結，碧海青天同一色。玉京仙子抱芙蓉，歸臥瑤臺泣孤月。月死珠傷彩雲缺，悲風下共寒泉咽。可憐阿弟數緘辭，寫盡千年杜鵑血。空山花木凝啼紅，朝朝畫閣悲春風。當時咏絮馳華藻，七德含章巾幗少。薄命天教失鳳簫，紅顏一哭成秋草。傷心蕭史未東來，玉樹摧殘暮雨哀。終天恨血歸荒土，一夕芳心作死灰。生離死別淚如積，地下人間期太促。貞魂若化連枝松，應傍山頭望夫石。

爲程蘅衫題畫

生不能求白雲鄉，乘風直到光碧堂。亦宜歌笑樂山水，下探石室上雲廊。千金買地種香草，羞與桃李爭春芳。程君意氣凌清蒼，片帆昨夜過雷陽。示我風前圖一軸，中散園林紛在目。波光山氣逼人來，空翠紛紛如可掬。人生行樂須及時，林泉笑傲鸞鳳姿。山鳥不言日空曉，巖花自綠春無私。知君心與煙霞契，洞天得此非人世。幽居且爲此身謀，廣廈休忘他日計。我亦江天落拓身，幾時共約下蘭津，披圖一笑雲生春。請君更向寒溪外，添寫扁舟載酒人。

得石甫手書詩以答之即送其公車北上

鸞鶴羣中獨少年，傳來消息在雲邊。高秋誰惜劉蕡策，皇路先驚祖逖鞭。桃葉歌殘人影外，杏花春到馬蹄前。阿兄新築瑤華闕，待汝歸來月正圓書中問余婚期故云。

題石明經樵壽圖

小隱在青山，深林獨往還。浮雲空世外，野鳥自人間。有酒百年醉，此心終日閑。清歌待明月，春色滿柴關。

泊金剛鎮寄鄭明府

身世浮沉水一杯，不堪禿筆掃風雷。江聲已共雲東落，帆影難隨雁北回。絶岸四圍迷曉色，遥天獨立近高臺。匡山使者須相諒，莫怪劉郎去又來。

奉懷曹扶谷先生

不到元亭久，春風各一天。夢尋燕地月，心折楚江船。家遠官翻累，才高世易捐。生平困場屋，知已讓公先。

豈有空羣骨，當時遇九方。哀鳴羞道路，顧盼起風霜。一別書難寄，三年草不芳。何時披宿霧，重到日星旁。

詩後集卷二

送程蘅衫入都

傳聞征旆向長安，千里春心托素鸞。路繞黃花知鎮遠，劍飛紫氣覺天寒。一時遭際騰霄易，數載交情話別難。去看燕王臺上月，故鄉回首暮雲端。

燕臺勢聳接神皐，縹渺丹霄幾鳳毛。雙闕曉開人影度，五雲春壓帝城高。郎官講學冠裳集，詞客登壇意氣豪。珍重大羅天上路，好將玉酒浸櫻桃。

臨風欲唱渭城歌，暮雨空江奈遠何。風信幾時通碧海，客星昨夜渡黃河。半窗離夢花前落，三月春愁馬上多。若到京華懷舊雨，可能含笑對庭柯。

飄零踪跡等流蘋，顧影空憐謝氏巾。霄漢詩名成瓦屑，江關生計本風塵。辭家君自趨金馬，出世吾終愧石麟。倉卒故人江上別，高樓北望隔蒼旻。

江樓即事贈師荔扉明府兼示座上諸友

青沙白草路回環，飛閣平臨杳靄間。天外寒生三島月，夢中雲濕六朝山。詞人放迹情無賴，循吏憂時鬢欲斑。淮泗未全聞底績，諸君且莫羨鷗鵬。

愁多正見大江來，更上江頭百尺臺。煙水無端人淚落，秋風未急雁聲哀。憑高豈展凌雲氣，弔古終思曠代才。但使眼前皆俊傑，腐儒何礙坐銜杯。

寄懷姚三石甫

欲隨彼美捋蘋花，悵望江天日又斜。別後雲山空過眼，近來春思半離家。香消南國空芳草，人立西園隔斷霞。聞說星河高有路時石甫捷南宮，天風容易送仙槎。

早年才筆走風霆，金峽瓊臺次第經。漢苑高華司馬賦，蜀江蕭瑟子雲亭。天邊瑤草憐新綠，雨後春山變舊青。知否關城楊柳曲，玉驄別去少人聽。

大雷池畔水東流，日日煙波起別愁。千里夢魂長伴汝，一春心事倦登樓。尊前花落徒聞笛，冀北天寒易報秋。早拂征衣回故國，滿江紅樹待歸舟。

題姚聽泉憶故居圖

雲氣淡孤素，幽人空復情。園林風日遠，官閣舊愁生。流水自環繞，青山如送迎。蒼茫煙靄處，似有發樵聲。

我有羅含宅，苔深徑欲埋。白雲在高樹，芳草滿空階。一別不離夢，十年孤此懷。只應圖畫裏，攬勝與君偕。

秦淮曲

阿儂年小愛歌曲，日向歌樓傍花宿。恨殺東風似剪刀，斷取半江春水綠。

春水迢迢江路遥，板橋明月照吹簫。暮寒不奈春衫薄，聞説今宵又上潮。

城南日暖鈿車出，枝上黄鶯啄香粒。拾得櫻桃不肯餐，歸來戲置紅欄干。

秋風曲

秋風起白蘋，飛搖落江心。君不知，君行渺渺隔空渚，日暮江光淡容與。神物飄零煙雨多，孤懷宛轉向誰語？

花燭詞

傳聞青鳥下崑邱，七彩煙光接斗牛。正愧賈生游漢闕，敢云蕭史在秦樓？芙蓉繡過丹霞錦，桃李春回碧玉甌。自有琅玕陰滿地，不須風信報簾鉤。

屏開孔雀映璇題，路入瓊臺霧不迷。度曲聲來銀漢表，吹簫人在月輪西。花籠曉氣香初暖，柳拂春風影正低。從此高堂同問寢，含情細聽五更雞。

繡帷斗帳近朱櫺，香散瓊枝露亦馨。共説靈蟾輝玉闕，豈無彩鳳駕輜軿。河邊仙草由來綠，雲裏春山別樣青。漫道笙歌花月夜，有人天上望三星。

本來眷屬近瓊都，良夜燈前認故吾。未必王昌真快壻，可能張耳是賢夫。天孫機上傳雲錦，仙子聲中唱繡孺。一樣永年舊相識，香風吹度碧紗幮。

瑤華昨夜發江鄉，瑞靄斜連玳瑁梁。幾度彩雲飛北院，一時春色滿西廊。我尋陶令來彭澤，人說喬家近皖陽。飲罷瓊漿游閬苑，庭前好看紫鴛鴦。

流蘇隱隱護伶俜，透得香煙入畫屏。臺上催妝皆月姊，雲邊聽曲認湘靈。詩成卻扇詞雙疊，春到蓬山路幾經。莫把佳期方七夕，牽牛恨不是文星。

少小多情佩蕙纕，十年枉自說尋芳。虛傳神女游南國，不分佳人在北方。隔幔昔曾羞郭相，裁箋今獨效繁郎。仙風只到瓊華館，那識盧家白玉堂。

紅牆休更說銀河，繡閣華燈豔綺羅。百兩香車江上少，十分明月鏡中多。丹山書自高臺降，碧海春從子夜過。但使名齊漢京兆，彩毫何惜繪雙蛾。

贈王四

昌黎手抉天章後，碎錦紛紛落塵土。君從何處拾得之，織就雲霞燦星斗。搜索瓊都無遺珍，真宰聚謀懼失守。有時舉筆招天風，蒼龍出水盤空濛。芙蓉射日金耀彩，寶刀擊碎鮫珠紅。又如赤堇山中裂，月斧鑿處石流血。琅玕劈破雲怒生，五丁反走天無色。我從絕壑登君堂，英光四射生寒芒。君家兄弟俱連幟，太華少室争低昂。卷中冰玉出相示，彷彿丹霞羅海市。古鼎斑剝風雨痕，怪石崚嶒熊虎勢。我亦煙霞野鶴姿，高吟強效陽春詞。腸枯覓句苦難得，百怪出走笑我癡。吁嗟乎，大鈞正響日陵薄，洞庭葉下風蕭索。蟪蛄噪耳羣蠅鳴，誰起軒轅張廣樂。願君力持風雅輪，與我同歌赤水濱。碧華擷取深洞杳，雲海駘蕩空無人。

將去金陵留別同人次姚庚甫韻

潮落江空泊曲潯，天寒別思爲君深。片帆去認來時路，孤月今懸昨夜心。異國風流仍舊識，浮雲身世幾知音。拂衣共此看長劍，霄路迢遙信莫沉。

月夜過太白樓

天上餘孤月，人間獨此樓。惟公堪一醉，與我共千秋。碧樹迷仙迹，青山憶舊遊。登臨無限意，雲水自悠悠。

登金山寺

煙水東南四望迷，孤峯突出共雲齊。江流一線橫空斷，天壓三吳到海低。濕霧開時微辨樹，陰巖裂處更無梯。題詩莫近馮夷宅，恐有鮫人半夜啼。

傑閣騰身忽九垓，中流俯視激奔雷。濤聲怒挾飛雲上，海氣遥浮孤日來。地湧珠宫侵斗極，天懸石徑作樓臺。風流玉帶人何在，弔古蒼茫酒一杯。

浩渺遥天碧四圍，波心影動漾珠璣。中江空翠高難落，絶頂寒雲凍不飛。北固層臺猶曉色，西津遠樹忽斜暉。闌干倚遍當風立，矯首還疑近太微。

青霄金碧盤飛闕，紺宇龍蛇走畫題。鐘動響隨天共遠，鳥飛勢向塔爭齊。風霆日夜空中出，吴楚帆檣望裏迷。看遍滄波千萬疊，纔知身在海雲西。

平山堂醉題

我有廣陵散，妙音無與同。攜琴下淮海，持以問春風。春風未到我先來，東閣梅花不敢開。買盡揚州二分月，未能供我黃金盃，且凌飛石登高臺。平山舊號宴游地，畫棟雕梁出空際。到眼都成金壁輝，拂衣似有雲霞氣。老僧驚出把余臂，共踏蒼苔攬飛翠。嚴寒十月游人稀，天遣謫仙來一醉。名泉瀉出石橋東，日斜倒映珠璣紅，天光四入煙濛濛。竹林深徑餘殘雪，風掃高亭堪潑墨。花空柳禿草不春，我來頓覺生顏色。淮南鉅麗此稱奇，水村山郭望迷離。望中風景如舊識，我今便擲凌雲筆，醉翁有知應嘆息。

揚州雜感

飄零淮海又停驂，煙水維揚色蔚藍。終古樓臺皆畫裏，可憐花月擅江南。雕簾藻井香空覓，殘雪深宵酒不酣。便欲攝衣向東閣，早梅先共故人探。

開府常年擁翠翹，華燈高宴設紅綃。招來閬苑三千客，同上春風廿四橋。花帶微寒催送酒，月留深院照吹簫。彩雲飛散關城暮，蘆荻蕭蕭氣寂寥。

畫閣新開映紫氛，年年簫管醉斜曛。瓊花自昔難重見，明月如今尚二分。羅隱文詞餘宿草，高駢仙迹總浮雲。登臨不比延和閣，小語何妨太乙聞。

花作欄干樹作屏，珠簾十里護伶俜。岸雲倒影連空碧，官柳無風拂黛青。望去煙光生錦席，飛來山氣入高亭。樊川覺後春如故，從此揚州夢不醒。

香霧朦朧不掩窗，隔簾雁過影雙雙。千家花落猶春色，八月潮來變曲江。夜半人吹金鳳管，曉寒風送木蘭艭。萋迷楊柳平山路，飛閣修成駐碧幢。

尋芳休問玉鈎斜，千載香殘怨翠華。衰草不言空故國，暮鴉無定又誰家？錦帆飄渺雲中路，舊夢荒唐曲裏花。最是迷樓徑蕭瑟，行人疑似認煙霞。

茱萸灣口影澄鮮，荳蔻梢頭春可憐。水調尚傳歌吹地，酒旗空映夕陽天。一秋潮信思枚叔，三月煙花問謫仙。每上蘭橈更回首，竹西近在碧雲邊。

朱舫牙檣看欲迷，微茫村郭影高低。游人載酒長河下，使者巡鹽大海西。湖勢南趨皆澤國，煙波北望接金堤。崔巍后土祠何在？畫壁無由問舊題。

歸自平山堂道中口占

瓊枝璧月未銷磨，一路名園任客過。好景半從平地起，飛樓曲共亂雲多。斜陽欲落山含翠，河凍初開水不波。往日玉鞭催馬處，紅橋幽怨復如何？

將去揚州

湖山到處總堪憐，風景由來此地偏。城郭四圍皆錦繡，人家終日對雲煙。垂楊似帶藏春意，修竹高寒欲暮天。早識銷魂惟惜別，前宵悔泛廣陵船。

過西園水樹贈吴山尊學士

蘭臺鸞鳳久超羣，五色霞章手自分。江遠早停天外策，日高先見斗邊雲。凌空亭閣留仙住，隔水笙歌入座聞。依舊蕪城衰草地，賦成深愧鮑參軍。

傳聞車騎出京華，小住揚州爲近家。招隱不須勞桂樹，歸期未肯後梅花。十年夢想成新雨，半夜江星照客槎。尚有梁園舊辭賦，待公前路話煙霞。

別李嗇生先生

寒天沉舊響，空水見孤清。偶與高人語，應憐出世情。煙雲時往復，星月看爭明。坐到忘機處，階前鳥不驚。

吾道自霄壤，百年惟寸心。青春怨香草，白日望高林。復此城隅別，相知江水深。亭皋更西去，鴻雁渺追尋。

題焦山

吴越山光楚水船，蒼茫又落酒杯前。平臨倒景仍無地，深入空青不辨天。峭壁中開雲四合，危樓直上日孤懸。人家北望知誰是，城郭依稀數點煙。

浪下金山勢未停，尚餘怪氣入蒼冥。怒沖石壁千尋出，分得江山半面青。無塔亦能擎日月，有人曾欲臥風霆。不須醉踏金鼇背，擲筆雲飛最上亭。

孤影横披萬古留，東南天地半沉浮。排空石氣高穿樹，近海潮聲早上樓。宫殿四時崖内隱，雲霞千里望中收。幽奇獨自開生面，不向京江占上游。

風急聲疑鸛鶴哀，側身霄漢一徘徊。江心鎖鑰天重設，斗畔龍宫日又開。雲去海門從下走，水過京口尚東來。誰言絶壁人難立，看我吟詩問帝臺。

留別左二筐菽

出郭身心各去留，別君猶自戀江樓。五年悲喜深今日，一夕高吟忽晚秋。花好祇宜供客醉，雲多莫便鎖鄉愁。故人作令勤相約，應擬浮舟越海頭。

京口贈左蘭城

拂袖南天又夕曛，煙波閲盡獨逢君。卜居直欲離人世，落筆還疑挾雨雲。破曉鐘聲當戶落（居近藥師庵），過江山色入城分。旋舟莫恨身睽隔，鸞鶴從來本一羣。

十載聞名忽到今，幾回促駕又沉吟。歲華漸向歸時盡，江水偏從別處深。京口萬家高下樹，秣陵兩度去來心。相思此後知多少，好向金山絶頂尋。

贈許春池廣文

射策文章星斗寒，上林宴罷五雲端。裁來瓊樹生春易，話到家山欲別難。垂老鄭虔猶日下，遨遊司馬獨江干。亦知天末相逢晚，風景還思倚劍看。

爲荔扉先生六十壽

瀛海滄波玉苑塵，起看若木尚高□。著書已定千秋業，織錦曾開八詔春。星自斗南瞻楚粵，人從天外拜崑岷。樽前挾得飛龍杖，不羨瓊臺九色麟。

花城詩館近江村，循吏儒林好並論。臺省多年驚鳳藻，東南同日望龍門。一官人自思彭澤，百里才難限士云。尚有防身舊長劍，西歸將欲倚崑崙。

大雷今昔頌慈君，北海飛樽又曉醺。楊柳門高風送酒，梅花春到客成羣。七千里外開雲宴，二百年來纘舊聞（時方著滇繫）。休道故鄉迢遞隔，天留璧曜照南雲。

自識荆州已六年，憐才獨覺性情偏。文章知遇人間遍，喬岳聲名海內傳。天遠每難忘別後，我來悔不在春先。憑將一紙珊瑚樹，獻作筵前十丈蓮。

詩後集卷三

曉發棲霞最高峯

層巒直上立空冥，客到山僧夢未醒。秋遠無邊窮曉日，天低不動倚孤亭。江頭霜霧三吳白，雲裏金焦兩點青。咫尺御河巡幸地，琳宫曾見翠華經。

由大雷泛舟江上夜泊

夜色分明接水天，小姑獨立大姑眠。若教朗月爲妝鏡，江面湖心影並圓。

重過星渚奉贈鄭明府尊人柳門先生

寶刀出匣如龍起，勢欲直斷西江水。琅玕一截笑容紅，故人俊快有如此。由來神物出不常，先時天賜雲霞章。彩羽驚人本丹穴，凌霄老鳳鳴青蒼。著書作頌耀芳烈，七百年來守先德（先生爲義門二十世孫）。生平愛看青山雲，晚與匡廬成舊識。我昔維舟步蘭臯，見公如見匡山高，一語徑走秋江濤。別來三載拾瑤草，又遇仙顔如舊好。郎君種花出高枝，朱霞已拂半天陲。感時夜話月爲住，公亦傾倒黄金卮。獨有匡君向余怒，似怪此時來太暮。天花昨歲舞雙筵，何不早進瓊杯露。人生隨處春風集，稱觴何必分今昔。願招五老飛下天，手攜雪藕大如船，飲公九疊屏風巔。青鸞在右鶴在左，争向層城獻花朵。碧桃樹下錦煙生，小住三千年亦可。春回山麓多仙羣，李白玉杖挂斜曛，試爲先生拂白雲。

滕王閣

西山曉色遠參差，勝景登臨見始知。曠古風流空有閣，一江雲物不宜詩。少年轉惜名成早，異代應憐我到遲。畫棟接空盡寥落，無心更看卷簾時。

酬竺堂觀察

九疊匡廬擁郡前，山靈舊識使君賢。已收長佩趨高座，曾見飛星照綺筵（余始到星渚時，公攝理南康，先蒙招飲）。江月催人驚一別，秋風吹客忽三年。鄉關同指南雲裏，顧把龍文挂斗邊。

南昌感賦

西風一夕泊蘭艭，鴻鵠驚飛影不雙。地近蓼洲宜夕照，天開彭蠡作南江。煙嵐映水千帆翠，野寺排雲四面窗謂西竺庵。獨有書生游興倦，十年壘塊酒難降。

登高灑淚向穹蒼，勝事南州異代傷。下士久無陳仲舉，斬蛟但記許旌陽。崢嶸祠宇輝金碧，寥落亭臺自雪霜。夜上東湖堤畔望，波心霧重月茫茫。

連旬夜雨正廉纖，城畔花殘落葉添。千載江聲搖鐵柱，四時山色在珠簾。水雲地廠仙靈聚，興廢愁多別恨兼。卻笑彩鸞市唐韻，瓊瑤字迹欠矜嚴。

千峯萬嶺阻南行，怪石連空削不平。痛惜豐城埋劍氣，徒令高閣擅詩名。司空博物誠難覓，都督憐才莫漫輕。憑弔不勝今昔感，碧天無際暮煙橫。

西山隱隱宿雲霞，下有流泉曲徑斜。終古洞天鎖瑤草，當年處士拒蓮花謂陳陶。林巒合作幽人宅，煙水曾爲帝子家。莫羨嶺梅風信早，負他春色在天涯。

學使潘芝軒少宰見問廬山風景及入山行徑偶書三絕

使者星軺自北來，曾看蒼翠到山隈。欲知金葉芙蓉朵，長在東南絕頂開。

黃崖瀑布自空懸，流到龍潭別一天。解識金絲吹不斷，遠峯尚有玉簾泉。

七賢秀色當秋變，九疊雲屏帶曉寒。除卻石梁人不度，銀河都在杖邊看。

聞楊柏溪先生赴任淮陽

勳望終當繼贊皇，傳聞建節尚南方。胸中日月雙丸小，眼底淮河一線長公素講河務。白雪公能知宋玉，黃金我欲鑄孫陽。向來憂國心長切，曾否秋風兩鬢霜？

寒夜

微雨侵孤夜，嚴寒入郡樓。此時宜中酒，作客莫過秋。懷舊人如病，思歸夢亦愁。明朝有風信，東去問江流。

哭荔扉先生

斗南星隕失名流，知己生平望已休。報策方思容一見，到門不料隔千秋。青雲有氣吴天寂，白雪無聲楚客愁。今日羊曇先痛哭，雷陽城畔即西州。

英名自昔動三臺，落筆風雷倒峽來。生有文章驚海嶽，死無骨肉送泉臺。雲邊宦跡都成夢，天上修文竟乏才。滿目河陽桃李樹，年年辛苦爲誰栽！

頃刻遼東化鶴身，可憐遭際總酸辛。故鄉天遠猶無信，夜帳風寒慘不春。一死尚多難了事，百年終是未歸人。點蒼山色應如故，只恐哀魂望不真。

伏轅驥骨本孤寒，屢荷孫陽著意看。小別三冬留我住，遲來半日見公難。分箋不覺相知久，勝會偏驚此夕殘。多少悲懷和淚説，九原莫作舊□觀。

古意答張鶴舫先生

相逢怨春暮，促席共沉吟。可以慰終夕，因之明素心。芳華空自拾，煙水爲君深。且勿傷寥闊，丹山有鳳音。

桃李豔春晚，幽蘭不敢芳。懷茲空谷意，惜彼好容光。素質無人采，青陽獨自傷。感君金石契，永暮不相忘。

余鐵香以寶刀見贈詩以報之

鐵香拔刀如遇敵，醉舞虚堂動顔色。十年藏篋人不知，西江老蛟日爲泣。昨宵持贈對書生，似有秋風嘆不平。已從萬里來江國，百煉誰知海日精。倭人製出紅疑暈，青鱗裂破英雄恨。血花點點生寒芒，六月驕陽不敢近。壯士寶此不肯私，神物離合原有時。平生恩怨分明甚，臨别猶存故主思。一擲功名何足異，憐君金石同高義，從今恥説昆吾利。將刀換詩君莫疑，我辭亦有風雲氣。

將歸度歲留示鄱陽諸生

敢云能授太玄篇，識字真慚一日先。久客已知吾道拙，得師争似古人賢。莫嗟朗月虚無主，須信春風到有緣。珍重丹山初出鳳，高明好向碧雲邊。

湖山留我到而今，風景名園未細尋。植起梧桐新得露，護來桃李望成陰。勞人久已懷芳草，諸子終當賦上林。檢點門前行處路，他時積雪夜來深。

樅江道中

桃花滿樹亂鶯啼，芳草連雲綠正齊。三月春衣猶未換，暮寒人在酒樓西。

酬覺生學士見贈四律即以留別

投我天章下斗牛，見公不負武昌游。珊瑚願架松陵筆，煙月欣登庾亮樓。離思豈堪聞楚曲，雄心祇自付吳鈎見贈有『天上星河垂彩筆，酒邊肝膽向吳鈎』之句。此行再臥南州榻時將住南昌，猶記平原十日留。

高誼拳拳勝故知，不才敢自負清時。本因客久行難住，偏是神交見轉遲。傾倒金樽仍對酒，坐低銀漢爲談詩。臨岐有語公休怪，別後還須念項斯。

懷鄭夢白明府

別路迢遥又夕曛，巫山西望淨秋雯。巴船出峽超圖畫，神女憐才費雨雲。一曲歌詞空藻黼，千秋仙夢亦傳聞。瀟湘攬袂非吾願，濯足滄浪正憶君。

詩後集卷四

楚中雜感

閲遍匡廬到楚邱，探奇千里愧淹留。地開豪傑争雄局，人得江天最早秋。日出尚含雲水氣，波流不盡古今愁。本來城郭人煙雜，何事神仙跨鶴游。

門戶當年此壯哉，波心鎖鑰爲誰開？長江杯水資雄業，明月詩篇識霸才。南國三分天不競，東風一炬我猶哀。紛飛戰骨歸何處，斷岸青青又草萊。

登壇人物勝中州，重鎮從來踞上游。年少周郎悲異代，才多宋玉惜逢秋。千年憑弔難爲我，三楚蒼茫有此舟。名勝不須重嘆惜，大江無語背城流。

九真仙去覓無蹤，煙柳人家隔萬重。水下荊襄餘怒氣，山當江漢少奇峯。已無高士能騎鶴，尚有遺民説臥龍。終是千秋雄傑地，西來形勝壯堯封。

余情渺渺阻江沙，誰見黄陵廟口槎。公子生徒怨芳草，夫人死尚號桃花。故宫已沼雲偏麗，流水無言日又斜。多少傾城亡國恨，不堪王粲更離家。

棲遲楚漢無長策，吟嘯江城有夢思。西塞雄名猶在眼，南樓好月不同時。惟應風雨能宜酒，且喜煙波尚稱詩。聞説荊山方産玉，卞和没後幾人知。

竟使靈山氣不揚，才人弄筆久荒唐。鋪張暮雨爲神女，附會雄風屬大王。芳秀至今歸蕙芷，山川從古出文章。諸君莫説江南盛，荊楚雄奇勝故鄉。

天風日日起青蘋，吹得章華迹已陳。偶爾寓言傳下里，何曾有客唱陽春。浮雲到眼皆新藻，勝地回頭愧古人。覽盡漢南煙水闊，男兒何必怨風塵。

月夜重登黄鶴樓

黄鶴飛難覓，碧天懸舊名。樓空留有跡，我見不勝情。此笛已千古，何人聞一聲。只應江上月，重照客心明。

初秋有感

十年空抱伯牙琴，寥落山高水又深。浪迹江湖生酒病，早寒天氣入秋心。故鄉近遠浮雲隔，舊事分明去日沉。可惜煙花三楚地，客中樓閣罷登臨。

南康道中

樽酒梁園賦未成，長亭風景入離情。古楓冒冷争秋色，疎竹敲寒入雨聲。江上懷人驚物候，天涯送客又關城。摩霄霜集猶無賴，寂寞哀鴻況遠征。

途中捨輿行山峽内有作

山行到此驚轉身，兩峽怒出疑吞人。當空劃斷深百尺，倒吸天影藏重垠。下爲絶澗上爲路，奔泉之中來飛塵。我循澗水入深谷，白日不到積寒緑。石骨豁露撑龍鱗，草根下有金蛇伏。亂雲穿破上崇巒，足帶泉聲出山腹。探奇不向高衢行，獨從石罅求虛明。濕霧撥盡苔花碎，此後定有春風生。

別潘柳塘

此別又千里，煙波空復愁。寒花初着色，落葉正辭秋。君有淩雲筆，文如下水舟。長楊方擬獻，痛飲且高樓。

偶憶

兩年孤棹泊江州，曾記高原雨後游。龍氣濕迷雲外徑，馬蹄寒帶樹邊秋。一溪白石堪留句，十畝青山不種愁。聞道隔江香草在，拾芳便欲向中流。

平野

平野多蒼翠，浮空入郡城。日蒸山氣變，風過雨聲輕。澤國陰晴易，勞人意氣平。又逢征雁至，殘月露縱横。

寄周澗東

男兒生負七尺軀，胸羅滄海吞江湖。求官求仙兩無得，低頭草莽真迂儒。西游荊楚東三吳，霞氣隱隱生衣裾。當筵擲筆動開府，狂名一日傾寰區。竊聞石穴多奇書，徑叩山洞窺靈墟，白雲守之重愁予。山靈亦覺吝顔色，對我面面青模糊。以茲疎懶坐空室，紫騮不復馳路隅。昨日江風忽來呼，引我直造君之廬。風前相見出意表，笑語未畢提玉壺。春光淡蕩花色腴，一飲千盞聊共娱。肝膽披露在頃刻，天日相照君豈誣。我有卷裹青珊瑚，君有篋底明月珠。酒酣出示各稱快，一字直抵千璠璵。君忽起立爲長吁，謂我鄭重風塵軀。慎勿持此入五都，市人所寶惟碔砆。我感君語開榛蕪，別來一載思鬱舒。風晨月夕誰與俱？酒懷偪仄詩腸枯。安得重登芝山頂，濯足湖水升雲衢。瑤花看遍千萬株，醉倒共遣仙人扶。

贈方小蓮

落筆即風雷，同吟問九垓。生余偏作客，縱爾獨多才。雲水情難卻，江山面自開。阿兄傾倒極，相見每低徊。莫把鈞天曲，徒然動鬼神。素心須向我，白眼漫看人。強弩無輕發，琪花易得春。少年應自惜，早晚貢麒麟。

董竺雲以所畫海棠見贈

竺雲惜花兼惜墨，篋有臙脂抛不得。偶然染作海棠花，筆頭漏泄秋顔色。寫花容易寫葉難，可憐嫩綠生微寒。佳人現得全身好，莫把他鄉醉眼看。五更曉夢勞牽引，嬌羞欲藏藏不盡。兒女意態本自多，才人狡獪尤難忍。西風情思晚霞妝，猩紅點點凝羅裳。竺雲汝莫爲花忙，此花不念人斷腸。

朱檀園太守招飲庾樓賦此以贈兼示其弟浣岳

旌旆新看駐上游，使君風雅稱江州。孤懷欲轉三霄日，一語能生六月秋。掃徑雲横徐孺榻，開樽客上庾公樓。請將珠玉當空擲，定作長江九派流。

買舟已赴看山期，卻向城頭飲玉巵。不分千帆先我過，何妨一日爲公遲。高朋意氣雲邊月，難弟風流畫裏詩。此去滕王舊仙館，捲簾争及倚樓時。

琵琶亭

白傅風流迹尚存，蕭條亭外又黄昏。人間多少英雄眼，不把青衫拭淚痕。

書感

大江直下浪雲寬，繞郡魚龍氣鬱盤。三楚風霜珍此劍，廿年身世久憑欄。歲華寥寂青陽晚，澤國昏濛白日寒。無限壯懷吟不盡，尚憐舊雨在長安謂張小阮諸君。

回星渚

又從馬上醉斜曛，隔路樵聲夾路聞。看盡閑雲人不識，湖頭三渡謁匡君。

重抵南州有懷

勝地重爲客，殊方莫上樓。孤他兒女願，添我水雲愁。梧竹今宵雨，芙蓉故國秋。相思言不盡，且自付東流。

望西山歌

西山聳立滄江邊，擅奇江右千餘年。松門石鏡俱寥落，此山靈氣時盤旋。城中可望不可即，四時色變隨蒼煙。就中最勝天寶洞，洞門開闢春風前。入洞深黑杳無見，洞底踏破驚飛泉。泉飛路阻抵絶壁，石壁以内即青天。山腹中空足難到，時有一線金霞穿，仙真住此長晏眠。石床金幾巧安設，奇器不琢皆天然。千花萬草盡瓊玉，茯精有根空際懸。洞天靈秀洩不盡，結爲雲彩升山巔。中當青嶂有梅嶺，南昌仙尉修真境。棄官學道移入山，富占白雲數千頃。又有鶴嶺近紫霄，跨鶴過者王子喬。吹笙當日鶴飛舞，天臺桐栢亦洞府。胡爲游戲經此方？豈與吳猛賽騎虎？神仙踪跡原天涯，名山處處皆爲家，一生出入惟煙霞。笑我三度游章水，林巒久慕斯山美。日日邀朋去未能，今見山靈幾愧死。人生最苦是飢驅，靦面名山失路隅。不向靈棲通欸曲，翻與世俗窮歡娱。我聞天仙亦碌碌，織錦仙女日拘束。四十萬人縫彩霞，猶説天衣尚未足。採芝覓藥遍崖谷，石割青紅水剪綠。麟脯龍膏雜鳳胎，更催甘露百千斛。仙人亦爲衣食忙，何況我輩客殊鄉，十年奔走徒攘攘。口説遨遊身不遂，耳聞名勝心猶狂。西山之游既虚矣，此言解嘲非得已。石若聞之笑冷齒，悵望遙峯隔江沚。重重暖翠欲飛起，他時定欲載瓊髓。徑造山巖住洞裏，一雪從前食言恥。謂余不信水西流，此歌留質付南州。

喜張鶴舫重至

孤館蕭條落照邊，幾番騷首問青天。徒令相賞千秋下，恨不交游十載前。紫府我曾迷舊夢，白頭君始賦游仙。玄洲瑤草終□植，好傍天池十丈蓮。

彩鸞曲

紫極宮中天色寒，野鳥來去啼仙壇，書生當日逢彩鸞。彩鸞本是吳猛女，乃翁天半常跨虎。擇婿不肯遺同鄉，或者空際自爲主。邂逅目成亦神許，歌聲宛轉代媒語。甲帳千年不畏霜，山巒一夕能行雨。民妻非謫乃所欲，人世瓊瑤消豔福，指甲紅鮮細眉綠。手寫唐詩聊救貧，桐花看過十二春。年往人去仙迹陳，城邊風日依舊新。我來獨立三太息，如何好事惟古人。

贈黎楷屏

章水含煙曉未開，客中風景倦銜杯。驊騮只爲多窮骨，鸞鶴從來有病胎。舊雨重逢難盡意，仙人未必定奇才（楷屏好仙故云）。輸君故國羅浮蝶，新帶家書出嶺來。

答陸子愉

南州兩度見瓊枝，珍重鸞雛出穴時。湖海應憐吾負氣，江天尚幸子能詩。三春好景同離夢，半載交情勝故知。最是問眉新制曲（謂題沈羅雲夫人問眉圖），一簾秋思雨如絲。

笠颿方伯招同解鐵樵高蒼崖查花儂宋于庭諸君宴集飛霞閣

振衣不必千尋邱，濯足不必萬里流。祇此湖山入飛閣，一覽已足窮高秋。白雲飄渺來洪州，曉寒乍散雲中樓。樓前開府文章伯，紫館量才玉爲尺。龍門一扇闢天南，珊瑚争獻瑤壇側。昨來招我坐天風，手抉雲翳開羣蒙。鉅野在北渤海東，我思不得今見公。意氣直與相流通，高談疑到青琳宫。蟾帷已展華筵起，羣仙高會競文史。天風送酒花壓杯，四座無言我醉矣。須臾暮靄散煙紫，階前秋意凉如水。更取明燈護輕綺，諸君相與鬬璃髓。玉山欲倒强依倚，仰見衆星如雲委。明河低入銀樽裏，先生清興猶未已。自從閻公宴滕王，千百年來重見此。古今盛會各一時，金谷梁園未足奇。今夕盡飲醉莫辭，酌我大斗報以詩。含笑更問舊相知，坐中子安今是誰？

題李蘇門贊府望雲圖

薄宦滯關河，征途幾度過。關心飛雁遠，回首白雲多。陟屺望無極，臨風愁奈何。倚門嗟莫慰，歲月惜蹉跎。

千里山難隔，三春望獨深。層陰迷客路，寸草識君心。我亦悲行役，年來憶故林。斯圖曾有咏，欲寫又沉吟。

贈程韻篁明府

江城又報駐鸞驂，仙館雲山喜共探。六代煙花歸記録，一門風雅擅東南。瓶留菡萏紅猶濕，杯浸葡萄緑正酣。宦性由來慕芳潔，惟餘愛客不嫌貪。

吴門佳麗勝維揚，畫舫笙歌錦繡場。偕得柳絲穿蛺蝶，剪來花葉覆鴛鴦。曾傳神女三生果謂靄花仙子，又賦天孫七夕妝謂七夕催妝詩百韻。話到上清惆悵事，西山暮雨正微茫。

作吏名山看夕曛，可曾騎馬咏紅裙。半生風味宜花竹，數點秋心落水雲。去似鳳凰欣結伴，來如鴻雁不離羣。得歸重制蘭陵曲，歌向東風待我聞。

詩後集卷五

過婁妃墓

十年戈船一戰已，玉顏獨自沉江底。君王不聽賤妾言，身葬江魚心不死。宸濠非故生禍胎，謀因武廟荒淫來。燕藩舊變乾坤局，此例如何可再開？化家爲國豈細事，人力竟不度天意。花月朱門懶晏眠，斷送頭顱太兒戲。閨中苦諫偏執迷，誤認鸞凰作牝雞。賄盡宮中徒破産，臨危痛哭記妻啼。亦知當日乘機起，事後論人誤青史。若非上游王伯安，直指南都事成矣。解識神器有定歸，百萬軍輸一女子。貞魂冷落傍江濱，寒食何人麥飯陳？墓前不種閑花草，愛近東風虞美人。

螺墩行

君不見仙人舊館已零落，此墩胡爲起南郭？萬金立破一時作，花鳥雲煙共揮霍。高樓窗敞天寥廓，飛翠落地波先著。西山來親不能卻，從此遊人足歡謔，開筵無復滕王閣。誰道江南第一觀，不及閑雲尺地寬。眼前人物各稱美，何論高名王子安。世情較勝春煙薄，但識新故無美惡。風景何關炎熱事，亦將衰盛分今昨。螺墩之地臨水濱，收拾洲頭無主春。吞吐煙靄寧不新，可惜譽者皆游人。

將遊西山柬陸子愉

西山高處接層霄，空際浮雲濕不消。散入天風成暮雨，吹來秋思滿江潮。樓中羈客徒哀怨，洞裏仙人亦寂寥。安得身騎蓬島鶴，攜君絕頂醉瓊瑤。

百花洲口占

可憐百花洲，但餘一湖水。不是月飛來，那有秋到此。

赴粵東留別笠颿方伯

聞道羅浮曉霧開，珠江風色自南來。海天花月非吾意，嶺嶠功名有將才（謂蔣制府）。挾策願投班氏管，感秋須上越王臺。扁舟深入玻璃國，猶記中郎坐上杯。

辭將雲漢下神臯，嶺上梅花笑客勞。此去且看滄海近，歸來遥指歲星高。先生屬望原犀角，賤子虛名愧鳳毛。尚有寸懷言不盡，隨風吹作贛江濤。

贛州口占示張效三

怪石巉峻是贛州，亂山深處水争流。客中身健原非福，別後書勤總是愁。十八灘頭仍舊夢，二千里外共孤舟。艱難歷盡君休歎，歲暮輕寒尚早秋。

抵廣州呈曾賓谷方伯

我如野鶴游人間，往來石室經霞關。青山雲薄不耐冷，一夜飛過梅花嶺。公如威鳳翔九霄，高鳴萬籟齊寂寥。筆底雲錦爛五色，天女爲織生龍綃。自從文彩重阿閣，百鳥環之塞寥廓。公以片語釀陽和，揮手天風來絕壑。不然壇上建雲旗，縱横數字皆雄師。精氣慣與海吞吐，神力似有天扶持。宇內鴻詞霹靂手，但見長城拜恐後。嗟我落落天外身，手折芙蓉趨座右。華筵昨啓喧歌臺，彩雲片片隨風來。一堂收盡東南材，使君意氣何壯哉！舉酒澆月天爲開。南州榻下時相見，晨夕高談極歡宴。嶺南風景歸我胸，只惜未窺羅浮面。興酣公欲凌蒼煙，煙雲無心石上眠。招之不來用詩篇，驅使山靈走百川。雕鏤物態春無權，驚紅碎緑紛可憐。我與公立天花前，仰視琳闕心茫然。且酌玉液烹靈泉，杯中明月壺中天。一醉已足三千年，大笑天上無神仙。公言真仙住人世，洞天別自開奇麗，安期近傍海霞居，往而求之在雲際。仙棗實大熟太遲，得食菖蒲福非細。我思公本金仙儔，珠光照處空千秋。清才濃福兩擅絕，姓名早已懸丹邱。願從公授太玄訣，使我滌垢納芳潔，細嚼白瑯除內熱。空中五羊跨可行，不須更覓瑤池雪。

送周伯恬孝廉歸里

曉色一樓開，天風送酒來。別君滄海曲，坐我白雲隈。痛飲極歡思，飄游憐異才。得歸臥明月，應憶嶺頭梅。

水氣共煙嵐，途中好自探。此心飛嶺北，先子到江南。別促言難盡，情深興易酣。送行偏不妒，我亦整歸驂。

廣州感興

越城風日易寒溫，攬勝無邊舊迹存。異代幾人如陸賈，荒祠有客弔虞翻。峯低樓竟遮山色，地暖花難著露痕。官閣醉眠無一事，虛勞啼鳥報晨昏。

海煙東望虎門開，波靜長天息怒雷。點綴春風無士女，鋪張金碧有樓臺。江流已洩豪華氣，嶺險曾容割據才。形勝衹今歸内地，安邊莫遺動纖埃。

半年作客滯江河，況復孤禽去桂柯。別後相思天外隔，古來名宦嶺南多。紛紜珠翠空人物，棄擲煙花豔綺羅。搔首千秋聊歎息，英雄獨惜趙王佗。

水雲同醉野鴛鴦，翠竹何曾見鳳凰。幾處歌聲宜落月，四時春色送斜陽。人逢酒市偏傾興，地近花田轉不香。漫怪孤城游客盛，昔仙多事跨神羊。

拱北樓刻漏歌

倒轉羲和定晨夜，點水竟能奪造化。四壺高列樓上頭，壺中獨自分千秋。傳聞妙製延祐起，抱箭不須用銅史。吐瀉分陰成歲紀，五百年來獨見此。我聞蓮漏二十有五聲，風塵淪沒存其名。又聞芙蓉十二玉津濕，銅葉摧殘土花泣。此樓何幸凌青穹，靈泉注景似龍汲。日影浩蕩雲天寬，一滴不盡人間寒。

呈韓桂舲中丞

曳裾久願識荆州，一見真輕萬戶侯。星過斗南輝上國，海從天外納羣流。陽春此地無今古，多士因公卜去留。見説池蓉紅近府，幨幃遥望即瀛洲。

家聲舊重鳳凰池，累代文章四海知。後出動名推上將，橫行壇坫本雄師。殊恩帝許頻歸省，大雅天教力主持。不信豫章凌碧漢，也容蔓草附高枝。

名勝西南數粵東，羊城卻未住花驄。不期蛺蝶先招我，轉賀羅浮得傍公。宿霧披時親朗日，明河低處坐春風。憐才今有韓忠獻，肯使詞人歎轉蓬。

望澳門

極目神州盡，羣山止澳門。一川通海國，萬怪鬭乾坤。地暖春光淺，天荒賈客尊。十方人物在，鄭重作藩垣。

風景真迷漫，蒼茫海色連。鮮紅新浴日，濃綠古時天。人與蛟龍熟，客同星斗眠。不須分外內，世界總如煙。

見說樓船集，雲從纜底過。境寬魚鼊肆，地少水天多。夷女争奇飾，蠻人善笑歌。海神須靜鎮，盛世莫揚波。

喜晤石甫

高天鸞鳳久離羣，惆悵江東日暮雲。別去六年應念我，南來千里爲尋君。故山花竹空明月，近海樓臺變曉曛。高館相逢須痛飲，挑燈好與細論文。

粤中雜詠

百粤風煙極望開，滿城名勝共登臺謂同姚石甫。山窮不覺南天盡，地僻能令上客來。千載壯游悲往事，一時持節總多材。暮秋遠別原無賴，幸有高筵北海杯。

漢臺鐵柱已沉淪，回首璇亭甲帳新。石峽分將天半月，宮花奪得海南春。歡娛社稷辭良夜，歌舞江山换主人。四十七州輕一擲，可堪珠翠亦蒙塵。

香田不比玉鈎斜，竟把紅塵掩紫霞。啼鳥林邊誰是主？美人身後尚爲花。千年荒土猶春色，五季零芳豔月華。不信故宮寥落後，風煙來道屬民家。

荔枝灣口水生紋，望裏千村傍曉曛。海氣噓來長有雨，山嵐鬱久不成雲。峯頭館爲何人立謂越華館，天末亭將遠翠分。獨惜安期無地覓，玉門棗熟又餘芬。

波湧崖山岸不知，樓船影蕩碎琉璃。全邊地險分三路，一日天光併四時。滄海無靈徒內繞，碧霄何意更南垂。炎荒自昔誇風景，辛苦坡翁獨賦詩。

遊逢勝境慚爲客，行到層巒始覺秋。龍戲日珠紅照夜，鯨翻海影綠侵樓。花開地有留春力，歲晚人無落葉愁。挾策王孫最淪落，徒將詞賦動諸侯。

水調江天久不聞，卻從高館話離羣。潮來曉霧都成瘴，日暖秋光不受雲。風俗但知崇俠氣，山川未必吝人文。請看昨夜張燈宴，多少儒冠傍使君。

禪扉隱隱出塵寰，靜到枯僧尚不閑。有願誰尋蒼玉嶺，無言且對白雲山。信沉紫落虛無內，仙在滄波杳渺間。卻羨羅浮舊蝴蝶，羣飛從不出梅關。

寄懷方竹吾

不見雲中尺素書，近來情思復何如？嶺南十月無風雪，愁折梅花問索居。

北園風景擅家山，翠竹重重認客顔。想見月明人夢覺，萬竿影動鳥飛還。

龍眠泉水響春雷，流過門前岸忽開。君昔招人看山色，白雲無意出林來。

白雲山歌贈胡春海司馬時春海約游不果兼以嘲之

白雲山上雲千疊，雲中峯與青天接，芙蓉朵朵皆金葉。白雲山下春一年，人家種滿花萬千，山氣近與城樓連。舉杯就山遠無極，登山望城如咫尺。夕陽移送金碧輝，山面映成班剝色。廣州山少煙漲多，近城便覺形嵯峨。山中雲駟時相過，曾否人衣古薜蘿。屏藩南海氣吞吐，天教作鎮出雲雨。炎荒地遠神不争，讓與安期作山主。我與君約窮幽奇，春風已到猶愆期。洞天待我破荒寂，十日不至生怨思。君擁豔姿坐瑤席，日日爲花助芳澤，不暇去探仙靈宅。我觀君詩勝時賢，駿馬欲起先僵眠，一句直作千盤旋。偶然下筆寫巖壑，破石能教洞腹穿。此游不遂孤林泉，交疎或是山無緣。山雖無緣未孤冷，佛廟香煙盛高嶺。池日照忙爲人影，車服光華笑語聲。閑雲一見飛且驚，仙人莫謂身清靜。居在深山亦市城，蠻花村豔姿婀娜。女兒一證菩提果，一路紅妝來道左。山花掩映真如火，如此名區緩游可。風光不稱客淒清，煙月應嫌人懶惰。此山胡爲號白雲？雲多于石世稀聞。安期以雲換吾文，持來試與君平分。

上蔣礪堂尚書

九苞大夏早知名，命世爭傳嶽降精。帝爲海波思砥柱，公來嶺塞即長城。睪窮文武裴行儉，節耀冰霜宋廣平。重起西南天半面，全憑只手斷蒼鯨。

恩榮東海還南海（公以浙撫督粵），聲望詞臣又重臣。咳唾三霄雲變雨，指麾百粵地回春。中天日近臨紅旆，上將星高傍紫宸。我昨西江逢父老，甘棠說到召公親。

靜握珠囊力獨支，九重南顧識無私。救時迹隱蒼生賴，謀國心勞白日知。筆挾旋風驚判速，香焚深夜覺眠遲。公門桃李栽來遍，多少新陰附舊枝。

鯫生敢愛涉關河，暫別淮南桂樹柯。地迥竟容凡鳥噪，山高不礙片雲過。從遊幕府瞻羊陟，訪古荒臺感尉佗。曾向芙蓉池畔立，纖鱗可得借滄波。

即事

梅嶺迢遙隔，蘭橈宛轉通。岸雲連海黑，樓火照沙紅。曲水笙歌集，明珠組織工。宴遊吾未歷，孤負說春風。

玳瑁千家飾，琉璃百尺船。珠娘來月下，玉盞奉君前。赤足當花立，朱顔得酒鮮。消磨春太盡，昨歲又今年。

繡屋籠深霧，高樓傍晚霞。鴛鴦移澤國，孔雀住人家。地暖宜栽竹，田多但種花。驚心紅紫遍，無處覓桑麻。

竹布來深谷，花梨積畫堂。千金求異産，滿市盡名香。翡翠看人拾，硨磲當石量。陸生囊果富，堪助粵中裝。

共說風蘭好，吾偏喜木棉。開來霞十丈，紅妒日千年。景物春如許，繁花夜可憐。負他香色地，只爲愛孤眠。

不謂東君到，花神日夜催。芙蓉憐我瘦，桃桂並時開。物候驚羈客，春工亦異才。能言數鸚鵡，對語費疑猜。

茉莉香纏鬢，檳榔樹繞廬。佳人多識字，貧女善鐫書。紫硯心憐久，青瑤手校餘。海天增韻事，佳話補樵漁。

寄懷龔西園先生

高崖憶昨跨飛鸞，同上匡廬舊石壇。一霧驚教湖面失，萬峯忽斷馬前寬。于今嶺海空秋色，自古親知共歲寒。何似單車賢太守，惜芳樹遍楚江蘭。

桂舲先生以五言四百字見贈賦此奉酬

幽蘭隱中谷，未得窺朝陽。羣木更隱蔽，竟日無容光。何期接君子，引置千仞岡。托根因地勢，物性寧改常。移植未云久，清芬已遠揚。始不出林表，繼乃聞道旁。春風使之然，寸草安能芳。

瀛海環九州，天柱鎮八極。隱隱慶雲浮，紫氣護靈域。中有一金仙，與我昨相識。脫畧天與人，乍見稱奇特。如植龍門桐，不以雜荆棘。食我丹瓊脂，酌我絳雲汁。我醉不能飲，厚意辭不得。因之忘夜闌，冷月散華飾。

鸞簡忽又頒，瑤章錫硯北。九成金石聲，七采雲霞色。奬掖何過情，憑虛假羽翼。讀罷喜且驚，起立爲太息。遭逢亦天數，敢自矜才力。明鏡懸中天，有美詎能匿？但愧樗散姿，藻繡勞雕刻。仰望琳關高，遲回風四集。我情言不盡，願以銘胸臆。

即事續詠

薇省前藩府，紅蕉變緑天。鷓鴣啼不斷，蝙蝠久疑仙。深院無歌舞，悲風代管絃。空餘舊奇石，冷臥夕陽邊。

蝴蝶絲成繭，珊瑚葉作花。插來豔兒女，服去爛雲霞。勝境堪消日，游人不憶家。徒聞歸舫急，趁買武夷茶。

迎春時欲近，錦鏽鬬奇瑰。共訝東風至，同看彩架來。紫綾裝異樹，紅粉坐行臺。可惜孤燈節，星橋夜不開。

深淺鮫人宅，輕纖蛋戶身。采珠時望月，生女正當春。篁奪紅滕豔，簪憐碧玉新。盆花方作記，報與渡頭人。

順德城邊水，兒家住幾灣。但看三月樹，已勝百花山。少婦誇纖手，諸姑亦妙顔。采桑道旁坐，指點亂雲間。

春早邀同伴，閨中認友生。羣芳誰最長，獨嫁恥先行。花社風流會，香天豔俠名。壻家休見促，阿姊未諧盟。

桂酒羅浮釀，沽來不解愁。花田長似霧，月榭暗生秋。海燕家無定，人魚淚未收。君看煙霧外，落日在洋樓。

香露鎔爲水，花銀鑄作錢。壓來天外載，購自海西船。池館開金碧，波濤渡歲年。島間望明月，來往幾回圓。

棧屋居香客，雲房列海珍。蠹螺心九孔，老蚌孕千春。剖出紅凝血，攜來綠照人。所嗟非菽粟，不救廣南貧。

碧眼洋姬麗，紅毛鬼國遙。有家住雲水，嫁婿恨風潮。金粉腥羶重，蠻荒豔色嬌。看人偏嫵媚，彩線自纏腰。

飄渺瓊枝白，離奇鐵樹紅。花曾開海嶠，信不託春風。黎母天婚早，魚爺井水空。誰將王會物，細寫獻□宮。

述懷

騏驥伏轅下，終歲淪風塵。神駿落人手，英氣何能振？霜鬣動風日，天骨超羣倫。奔走長路間，欲前轉逡巡。僕夫不知惜，鞭策任加身。寧知伯樂過，一見稱騏驎。牽來白日下，解置赤水濱。矜寵出望外，懷懼未敢親。長鳴雖聽許，此意難具陳。

香草媚江皐，日夕盛芳飾。須臾涼籟生，凋此芙蓉色。良時不可再，幽懷忍終默。吾聞越石父，乃謝齊相國。獲罪寧不懼，知己誠難得。

寄瓊州太守

昔臥宜城月，今窮嶺塞煙。一州深入海，四面只餘天。垂老愁經險，多才合濟川。邊城重瘴內，有客爲心懸。

西望仙梯外，蒼波不見垠。日南還有國，世外恐遺春。占候黄支使，調停赤髪民。珠崖千里地，風物看重新。

贈李鳳岡太守

越疆千里播威名，止水冰壺見宦情。射策文騰雙鳳闕，剖符春到五羊城。同時人物推先達，今日循良屬老成。不見高吟滄海上，有人詞作怒濤聲。

與石甫夜話有贈

積習來有自，獨立難與争。飛觀起雲漢，百尺何崢嶸！其中富梁棟，寧資一木成。姚子執古誼，詩書發深情。志欲挽頽俗，不顧並世驚。所願未能遂，先已飛謗聲。雲陰掩華月，新霽翻增明。言者自相煽，君意方縱横。論辨豈不偉，毋乃氣未平。我有千日酒，願與君同傾。飲之可長醉，浮沉任物情。黄河且昏濁，滄浪爾何清。

奉答賓谷先生冬日示諸客之作

彩羽三霄外，卿雲五嶺旁。名賢推柱石，使節鎮巖疆。布化陽和轉，推恩雨澤滂。力能蘇海嶠，氣早挾風霜。物望隆鐘鼎，天家有棟梁。關心平罔象，矢志掃欃槍。撫恤千家頌，勤勞五夜香。滄溟歸吐納，白日照忠良。勳業原霄漢，文名更斗筐。八瀛開地紀，五色抉天章。獨步無寥闊，高吟接混茫。有雲争上下，與月共回翔。多士趨淵府，崇情惜衆芳。瑤環羅掌握，玉樹列門牆。競咏裴公柳，羣歌召伯棠。不才甘下里，殊賞荷中郎。徑下陳蕃榻，長懸屈子囊。孤禽看去就，一劍問行藏。白屋名何用？青山願未償。諸君皆聳拔，今我尚佯狂。對酒思招月，論詩怯望洋。謬蒙鸞鳳製，不棄野螢光。感歎奇才困，矜憐客路長。此心深激烈，公意豈低昂。飛翰誠難逐，神淵未易航。截將青玉屑，天半獻瑤芳。

詩後集卷六

曉望

白雲山色入城樓，一路煙嵐接嶺頭。地僻鳥知林壑趣，潮來風送海天愁。登高賦豈因長別，弔古人還愧壯遊。辛苦珠江歌舞處，年年芳草自中洲。

紀游

越城四畔盡名園，燈火千家紫鳳喧。香月迷空天亦醉，珊瑚薰日海疑溫。泛舟入浦花臨席，出郭看山翠落門。若使安期真愛靜，仙踪不向白雲存謂白雲山。

望浴日亭

遠遊看遍萬山青，到此翻疑近帝庭。海畔雲深留早日，天南地盡出孤亭。何時灑酒澆蒼翠，有客題詩付杳冥。矯首赤龍祠宇在，炎荒莫便煽威靈。

夢游羅浮

我來嶺表踰十旬，朝朝思探羅浮春。詩天酒地苦羈滯，凡骨未換衣生塵。精誠結想神見憫，鮑姑入夢回飈輪，道我御風行空旻。霓裳羽蓋前紛陳，靈區將到雲先親。忽然神光夜四燭，千山萬嶺生金銀。絕頂星河時蕩漾，雲多著地鋪平障，風吹雲動地生浪。我因望海要分明，直立三千六百丈。飛雲峯聳山之隈，花村中有前朝梅。師雄樹下曾銜杯，君醒已久我夢來。綠衣童子安在哉！美人素服光徘徊，芳香襲人今疑猜。花神遇合不可再，可惜趙生猶凡材。更訪葛仙入雲際，抱朴居處極奇麗。爾我同負著書名，一在雲霄一塵世。朱明洞古別有天，我欲徑入洞中眠。劈開山骨穿蒼煙，直從石底窮其巔。毒龍吐氣不能近，滿身濕沫如細泉。鮑姑笑我何太怯，探深恐被寒雲壓。羅浮山頭四百峯，峯峯都向雲中插。玉關璇房曲復斜，七十二所多奇花。瓊瑤眷屬住難遍，其餘盡爲蝴蝶家。蝴蝶雖仙不孤宿，美豔濃情炫芳谷。黃鵠高飛恨別離，鴛鴦長聚笑齷齪。何如此蝶能通靈，五色霞光擁翅輕。山居豈竟乏人物，卻教蟲族擅奇名。飛翠截人來去路，天風助我高吟聲。此時寺鐘將報曉，夢飲瓊漿香未了。撥開紫蘚數千重，泠岩遺落知多少。山僧出揖爲傾倒，怪余此游胡不早。山有神芝秋未老，十圍竹大人腰小，萬綠積空風不掃。勝景游人苦未探，坡老當時亦草草。我今歸自山中央，十載情懷一夜償。風打落葉聲蒼蒼，覺來霧氣沾衣裳。夢中境闊時日長，吁嗟人世徒匆忙。

將歸留呈礪堂尚書

敢誇攬勝嶺雲東，千里長游爲謁公。芳秀亦教親皎日，寒林竟許傍春風。地逢知已翻難別，詩寫離情轉易工。去向西江更南望，龍門一代屬元戎。

高軒忽報錫瑤章，讀罷雲霞爛錦裳。一劍今方逢薛燭，十年前已識歐陽。憐才不厭儒生拙，論古能容我輩狂。幾度束裝猶未決，片雲終戀斗樞旁。

我舟欲發尚含情，珠海無言暗有聲。嶺上已教開宿翳，江南好自認歸程。廿年白雪遐方重，一笑黃河此日清。辭別東風行又卻，沿途長看大星明。

題小松長夏讀書圖

久與世塵隔，滿庭芳草深。一編消永日，片石坐濃陰。靜者不知暑，古人餘此心。風來猶未覺，讀罷任蟬吟。

黃鵠行

黃鵠遊寥廓，將欲周八方。一舉雖千里，天路終難量。飛飛遇回飈，吹至南海旁。南海信邈遠，喜近朝日光。晴和爲嘘拂，身得依扶桑。愧以湖海姿，謬比鸞與凰。邊境多炎風，十月無飛霜。毛羽未云落，中心爲徬徨。豈無鴻雁侶，遠隔江水長。豈無翡翠羣，近向珠樹藏。哀音阻遐域，麗彩隱南荒。顧茲兩翮微，乃蒙當風揚。驚喜畏久留，匪曰思故鄉。感戀春陽恩，欲去仍回翔。願銜承露草，長集丹山陽。

望遠簡石甫

城郭迷茫正曉曛，越臺直上挹晴氛。地偏轉自多春色，天遠無邊沒海雲。濁酒十千容我醉，客懷一半向誰分。薄游縱是飄蓬甚，放眼江山尚有君。

寄懷左筐菽

一春風雨悵離羣，兩載江關獨憶君。昨夜夢君曾共飲，酒痕猶濕日邊雲。

酒樓贈石甫

逢人動說歸買山，腰下時無沽酒錢。珠江城畔好風日，辜負眼前人少年。姚子邀我出門去，坐我粵秀山高處。啼鳥紛紛不知數，弔古蒼茫生遠愁。海日不見見紅霧，歸來直趨酒家樓。東風吹到樓上頭，且飲美酒傾金甌。懷抱縱橫無處用，醉鄉爭長求封侯。樓前花枝嬌欲語，春寒勒住未全吐。東君不爲汝作主，一任玉顏經宿雨。客中芳意本闌珊，見此聊復舒笑顏。憶昔看花臥鄉關，看弄青鳥招白鷴。今茲同客天海間，瘴雲滿身來偷閒，呼童命筆將愁刪。此杯容易盡歡樂，我行別汝扁舟還。酒酣更訪故人宅，醉歌月落話終夕。腸中芒角生徑尺，煙雨淋漓垂滿壁。

寄懷韓二葆光時在貴陽

萬里黔陽路，重光劈巨靈。雲歸苗洞黑，天接蜀山青。客久心情薄，崖深日月停。邊荒足春色，蘆管共誰聽。

喜遇張南山孝廉

嶺南二月天寒微，嶺南游子初言歸。東風不送客愁去，一任飛花紅滿衣。城西年少昨相識，痛飲狂歌傾倒極。歌罷暮寒生紫瀾，海雲爲我變顏色。

留別石甫

黃鶴胡爲歷九州，炎方煙景故多愁。風塵閱遍吾還拙，江海游窮汝獨留。詩思入雲猶上軼，歸心阻水恨南流。臨岐各自無他語，記取今番是黑頭。

贈江石生

梧竹同棲愧鳳皇，拂衣天日正蒼茫。多才不幸爲詞客，握手無多況異鄉。別促歡情爭曉夜，歸遲春思老炎荒。扁舟莫羨吾先發，前路山川去更長。

酬張南山孝廉

展我碧瑤箋，書君白雪篇。孤花豔春色，空翠點晴煙。此筆自今古，有人來海天。相逢無限意，留記暮雲邊。

痛飲不知醉，新交轉易愁。行藏看一別，邂逅足千秋。有志矢天日，高文齊斗牛。遲迴江上路，卻是爲君留。

留別馮幹常明府

身世蒼茫共此時，相逢莫認是新知。勞人不合投喧地，倦鳥非關戀故枝。弔古愁宜攜酒破，論交君恨識吾遲。書生動說千秋志，珍重匆匆別後期。

歸至江右

出嶺覺寒重，征途春意乖。關河磨病骨，風雪破孤懷。怪石岸旁立，好山雲外排。所嗟歸路遠，難共鳥飛偕。

擇交行

青山不肯趨就人，往而從之乃相親。朝朝面對顏色新，刻盟可以支千春。流水宛轉隨人去，有情更赴斜陽渡。繞我梅花三百樹，已過門前不復住，縱有風吹肯回顧。從我順我非君子，可憐物態皆如此。山水向背看分明，請君于此悟交情。

暮春江樓感賦

縹渺飛樓立水濱，登臨風雨惜良辰。無多春色償年少，不住江聲送古人。身世漸隨陳跡遠，煙花爭入客懷新。一樽薄酒遲歸路，尺素殷勤去雁頻。

江岸獨立

夜永露無聲，微雲古木橫。峯孤疑地立，野曠覺天平。客久憎山水，詩成憶友生。暫游情未已，况復事長征。

龍眠山中

言採玄芝露，誰擎碧玉瓶。卷衣沾濕翠，劈水碎浮星。春暖花長醉，山深草易靈。好招素心友，揮手拾遙青。

贈僧

老僧對坐話浮生，方外優時忽不平。靜久風塵抛舊夢，興來歌泣亦人情。乾坤有我愁難遣，仙佛無家願易成。不見龍潭深處月，天風吹蕩自空明。

山行

寒散青煙外，人歸古寺中。山光借朝日，鳥語答春風。洗酒杯猶綠，煎茶火正紅。林居多樂趣，長覺四時同。

感賦

雲水升沉各宿因，枯林曾見著花新。眼前奇士誰争命，事後庸流善論人。成敗分明憐往迹，年華催逼又今春。濁醪醉罷他何願，日暮江天有釣綸（時有棕江垂釣之約。）

到家得句

東風吹絮雨絲絲，春事初闌客未知。燕子歸來簾正捲，小樓人倚落花時。

續團扇詩

爲君歌團扇，今秋復來年。但留置巾笥，何妨暫棄捐。

抵金陵

玉樹瓊枝久寂寥，秦淮五度聽吹簫。一圭棄粉迷三楚，半局殘棋盡六朝。大令歌詞沉暮雨，莫愁居處近寒潮。胭脂巷口斜陽晚，更訪青溪到板橋。

得張小阮書有懷

鵬飛北去雁南征，兩地迢遙共旅情。別後書從今日到，愁中春似隔年生。舊游故國悲年少，同學長安幾宦成。霄路致身君努力，青山吾已事躬耕。

家居

閉門久已謝名流，無復梁園雪夜游。幾處雲山親客夢，一番花鳥蕩春愁。招來海月時傾酒，別卻江天不上樓。十五年來無此日，孤他風景木蘭舟。

長河

長河西畔野橋東，煙繞前村曲徑通。近水月華移岸樹，傍門山色獻春風。飛花入眼添新句，舊雨關心託去鴻。爲報倦游歸未晚，詩懷零落雨聲中。

小園

小園煙景費平章，久客居偏戀故鄉。伴我不嫌唯缺月，照人最好是初陽。花含宿暈紅侵盞，竹破春寒綠上牆。猶有江南風味在，人生何必慕殊方。

麻山

所樂在邱壑，徑深宜避喧。溪流長自轉，山鳥竟忘言。春色不到寺，樹聲疑在園。領來塵外趣，不必掩蓬門。

逆旅夜飲

痛飲終何事，長吟破杳冥。醉懷忘月黑，夢境入天青。鳥宿藏深霧，風高走亂星。角聲吹莫急，獨客酒初醒。

牡丹

客中久已負良辰，今日樽前轉覺親。好景看來原借葉，天香開後更無春。争妍偏讓羣芳早，相對都忘我輩貧。漫道前賢佳句少，名花自古費詞人咏牡丹詩古罕佳者。

園居

十畝幽人宅，疎籬護短牆。栽花齊竹瓦，掃葉淨松房。愁認紅千樹，春浮綠半塘。由來三徑好，况復近斜陽。

植起千竿玉，沽來半甕春。無風能引客，有月解窺人。水曲重重抱，山開面面新。園林高臥久，花鳥亦相親。

白舫長橋下，青驄古渡邊。岸花長帶笑，煙柳不禁眠。野市春無主，良宵月可憐。故鄉風景在，猶幸及芳年。

記得迴舟日，堂前笑語親。乍歸翻是客，小住亦因人。細檢書中蠹，塗模壁上塵。留題無別意，珍重歲華新。

三月花飛盡，溪溪漲碧潭。落紅肥野雀，嫩綠飽春蠶。小閣香初暖，東風夢欲酣。只愁河畔柳，又送到江南。

春閨

草綠溪南境，深閨日正妍。鬬花春炫爛，取鏡月嬋娟。舊事香歸夢，新愁字濕箋。飛花隨處好，偏上鬢雲邊。

拾芳驚蛺蝶，臨水戲鴛鴦。月影收雙袖，春雲貯上囊。剪蔬供夜飲，洗露潔晨妝。猶恐蘭縑薄，當軒怯嫩涼。

六載悲長別，曾勞嘆遠行。寒從衣透骨，貧到我離卿。黄蘗嘗應遍，青梅看又生。不因今夕聚，誰共數歸程。

蜀錦迴文字，燈前認幾回。水雲成繾綣，花鳥各驚猜。痛飲非關福，爲歡亦費才。春風從此住，杜宇莫頻催。

詩後集卷七

豔歌行

今夕復何夕，置酒會羣仙。車馬紛在門，香風生管絃。中堂設華燭，紫焰含青煙。鴛鴦舞階下，鸚鵡飛屏邊。珊瑚枝十二，爛熳照錦筵。酌酒未云滿，美人來翩翩。一顧未須臾，意態已萬千。秋雲媚孤影，春月麗芳年。被服何窈窕，文翠與玉瑱。遠望且愁絕，相見況流連。嬌羞不自勝，隨風欲飛騫。不厭歌聲久，但恐歲景遷。容華古所爭，良時及春妍。冶豔世共惜，幽怨誰爲傳。感君辱回盼，含意難具宣。銜辭鬱未吐，精魄達君前。玉手奉瑤巵，守宮紅尚鮮。主人顧之喜，謂客且遲延。此樂未易極，漏盡莫言旋。起視明河曙，三星光在天。他日思君勞，爲歡今勉旃。

出樅江

青山留不住，去去此江洲。一水流春色，孤帆挂客愁。波濤催彩鷁，心事愧沙鷗。岸草頻年綠，王孫尚遠遊。

江樓

抱郭樓臺夕氣佳，客吟終日坐高齋。江深雲水寒詩境，春暖煙花渴酒懷。捲起疎簾延素月，抛將斷墨灑蒼崖。仲文失職猶名達，底事婆娑嘆老槐。

哭張小阮孝廉

掉首君何速，吾鄉失此才。已虛千古事，豈爲一人哀。靈氣還川嶽，雄心付草萊。魂歸如念我，多向夢中來。

握手秦淮路，人天一別中。每宵望歸鶴，今日哭秋風。離思三年積，交情片紙終去冬得都門寄來一書遂爲絕筆。可憐江上月，存歿此心同。

生後名何用，文章轉誤身。我嫌君早遇，天忍德無鄰。病骨支秋氣，嘔心對古人。竟教銜恨死，遺草字酸辛。

莫向長安笑，男兒喪異鄉君卒于京師。風雲驚慘澹，骨肉慟倉皇。爾我情猶昨，穹霄路已茫。酒爐共游處，重過有餘傷。

偶感

馬首江城又一方，平原暮靄入青蒼。山經夕照林皆紫，天帶晴雲月亦黃。歌管極聲唯怨慕，炎風到客竟悲涼。無端傾得孤村釀，醉眼微茫認故鄉。

憶昔

仙風吹夢酒初醒，憶上江天第一亭。湖月四圍秋入鏡，山花半面錦生屏。微軀亦與千秋勝，歲景曾無半日停。離思祇今歸斷壑，莫將踪跡問空青。

短歌行

我既不能入海斬長鯨，海波如山一劍平。又不能懸崖絕壁刺猛虎，深林人免夜行苦。十年學劍竟無成，徒有天涯詞賦名。毛錐豈了男兒事，徑須棄汝關塞行。人言奇困或爲福，不遺紈綺眩心目。膏粱滌盡存素蓄，天將脫汝芰荷服。我笑不應但捫腹。孤松獨立岩壑隈，蒼龍矯健非凡才。風雪無端天際來，凌雲氣勢忽低催。此時生意安在哉！

途中感賦

擬同桂樹隱陽阿，無奈東風喚渡河。名勝每輕千里別，客途翻覺一身多。炎暉驛路思松竹，明月家山冷薜蘿。獨羨匡廬三叠外，有人高唱紫雲羅。

抵星渚偶成

曾掃松煙掩竹關，市居惟借酒開顏。破愁忽作江南客，逐熱來看鏡裏山。人與暮雲同路出，詩和春恨一時删。故交乍見驚相問，消得煙波幾日閑。

憶浮山寄光栗園比部

我別浮渡六七年，夢魂空繞山之顛。山靈怪我久疏闊，崖中新景無與傳。上負金谷之瑤草，下負滴珠之靈泉。賴君有詩鐫蒼煙，攜歸可以傲龍眠。君往山中見幾度，踏遍紫霞關外路。醉上仙床抱月眠，醒來渾身是雲霧。更披苔蘚履瀑布，搜尋不怕仙靈怒。穿來險徑入雲根，割取飛嵐作奇句。語君勿更逞豪素，半窗有知應相妒，自君去後鎖煙樹。我思此山臨河濱，中藏造化千餘春。隔雲遙望了無異，真奇不肯出示人。大江南北山連起，半倚青天半在水。若將神巧持相比，但恐衆山羞欲死。唯有匡廬黄海與九華，較此奇境或更加。雄闊過之靈不及，名山各自成一家。憶我幼時宿山裏，匆匆未得窺全美，作詩曾使山靈喜。別來數載隔千里，此山屹立還如此。人跡窮遍奇未已，今欲再游君去矣。君既赴官至幽燕，我復浪游彭蠡邊。愛山不見心長懸，峯巒無足來人前。自是風塵願相左，蓬壺十日往未果。碧花開老洞門虛，莫道白雲不念我。我今有術游何難，端坐不用驂青鸞。下筆風馳走急湍，驅來叠嶂如龍蟠。蒼翠淋灕紙上寒，尺幅之内林壑寬，願分一半寄君看。

寄家書

珍重新箋幾日裁，高堂盼到見時開。有書難寫方爲恨，生子能游便不才。失志文章同棄璧，感時意氣鬱驚雷。千行緩説他鄉事，報罷平安報未回。

陸生行贈子愉

吁嗟陸生年二十，當時天骨已森立。沉思力探造化機，嗜奇不顧神靈嫉。與余夙昔稱新知，獨以隻字相友師。世人毁譽兩不恤，此中甘苦惟自知。即今壯歲尚同調，縱酒高談氣騰踔。相逢歡笑異昔時，人生聚散珍年少。少年努力策高足，凌雲辭賦工無益。扶桑日出天路開，長安卿相皆異才。吁嗟陸生今莫哀！

懷宮鐵橋

昔年河畔別君時，花破愁顔柳折枝。今日章門秋老盡，滿湖煙水雁飛遲。

贈吳長卿

吳生長余齒五歲，與余少小耽奇麗。筆底何知近世人，眼中惟有古時淚。金陵八月秋景鮮，秦淮花月喧歌船。生也去之若塵土，叩門就我窮幽玄。坐剖天關抉瓊髓，深談僮僕皆酣眠。人生歡會豈易得，爾時意氣自無敵。高吟不覺來悲風，輟酒往往爲歌泣。同游諸子多爲郎，車服錯落生輝光。天馬肯易受人顧，即今得路寧遲暮。爾我生來骨相同，樽前感慨論遭遇。吳生今臥滄江湄，身有長劍光陸離。奇才抑塞自古悲，酒酣斫地嗟何爲！

閨情

怨極翻無語，妝成轉自嫌。爲春減顔色，不是愛垂簾。

懷陳大治

蕭蕭絕漠出龍媒，自昔論文各草萊。白雪竟教誰共曲，青春偏惜汝多才。長安近日居非易，年少辭家別總哀。早寄江東春樹句，客心遥待楚王臺。

寄懷雲朗

水氣昏終晝，霞光落半天。游非今日意，貧畏故人憐。波淺鷗移宅，山深鶴記年。碧桃多少樹，拋擲付蒼煙。

聞笠颿少司寇出撫閩中詩以寄之

使者承恩靖八閩，節樓風動浪雲春。防邊豈恃重關險，障海能清內地塵。東越山川原重鎮，南天門戶仗儒臣。不須更數辛安撫，今日朝廷已得人。

武夷峯勢聳千尋，悵望雲邊思不禁。一代才名空世賞，半生詩境入秋深。長鳴難盡窮途感，潦倒翻孤愛士心。憶自旌旗南北去謂自江右移節楚南，旋入京師，春風遙隔玉山岑。

星子署中偶詠

一室容高臥，湘簾卷素波。傍山雲氣濕，近水夜涼多。芳意憐青桂，幽情謝碧蘿。不知彭蠡雁，消息近如何？

好友離仍合，詩情斷復連。暑侵難盡飲，客慣轉安眠。明月不隨水，夕陽長帶煙。吟來愁幾許？消此日如年。

今夜團圞月，當窗似有情。照人生寂寞，對我故分明。小別歡初減，新涼夢易成。燈花緣底事，相伴到殘更。

寄懷吳丈士表

回首鄉關隔翠微，深談猶記對斜暉。別來山水游成癖，話到升沉計各非。逸氣君猶天馬健，離情我看塞鴻飛。年華老大疎狂甚，檢點心情坐釣磯謂移居銅陵。

寄張介石

焚香煮茗對琴書，佳句吟成月上初。想見池波風起處，藕花香裏閉門居。

入廬山重登黃崖

攀崖重上碧雲端，足下奇峯盡倒看。石聳入天無盡勢，瀑飛墮地有餘寒。崔嵬巨碣蒼苔沒，浩蕩明湖夕照寬謂鄱湖。灑酒臨風感陳迹，七年此地跨青鸞。

寄懷楊惕吾

曾踏江南嶺萬重，故園卻恨未相逢。如何春雁今纔過，又見衡陽字一封。

我家桐梓秀峯巔，君住湘江楚渚連。正有相思千里共，暮雲遙接洞庭邊。

送原亭尚書之陝甘任

詔書昨向斗南宣，秦隴從公借幾年。薄海上游推此地，至尊西顧重安邊。雕旗路指關門柳，曉日晴開太華蓮。此去中原最高境，近天應覺五雲偏。

青海黄河拓鉅觀，論功須向古長安。一關形勝開天府，八水波濤護將壇。玉女妝隨秋色麗，仙人掌帶暮霞看。知公布化回春早，消得邊城六月寒。

南國争傳召伯歌，甘棠植遍樹陰多。來時秀挹匡山色，去後恩深左蠡波。千古勳名争隴塞，九重付託界山河。誰知舊日登龍客，又向紅蓮府外過。

禿筆和友人韻

使盡江郎力，誰云露未乾。有人才思減，此處陣雲殘。脱穎平時易，生花晚景難。本來風雨快，棄擲有餘寒。

昔作中書久，如何罷老成。文曾親閲歷，墨向濕縱横。世俗争毫末，春光暗管城。相看情不厭，只有舊儒生。

夏日即事

披襟又上木蘭堂，暫對薰風展畫箱。山色當門疑近暮，雲陰到地欲生涼。狂歌不覺林花落，濁酒難消夏日長。久客倦懷開未得，一城煙月待平章。

過友人居

秋淨青霄迴，雲棲碧樹多。山光礙樓閣，池影入星河。簾捲知風定，身閑喜客過。幽居足娛日，不必覓煙波。

重經棲賢寺

連峯後聳勢嵯峨，幽邃唯宜野鳥過。高閣露涼知月上，深山落葉覺天多。千年佛尚存遺迹寺藏舍利，三峽橋仍響怒波。不識前溪沙上路，金淵玉井字如何。

歸途過五老峯下

五老立空際，奇峯絶更連。天形眠石上，秋色倚雲邊。冷翠遠侵日，崇崖深鎖泉。重來煙靄處，朵朵認金蓮。

得阮芸臺中丞書詩以奉答

客歸漸與世情疎，修竹涼風伴素居。何意論才空四海，早勞飛使寄雙魚。秋生極浦寒潮晚，人到潯陽暮雨初。但願元戎能得士，山中何惜洞雲虛。

游白雲崖

我被白雲引，來從崖下游。此身疑出世，古佛不知秋。寺冷僧偏熱，山貧客亦愁。生平慕幽境，豈惜一宵留。

山中度重陽值雨

懸崖直上阻追攀，破笠青衫獨往還。地有文章酬令節，天移風雨就名山。搜羅靈異三秋盡，消受清涼一日閑。解識白雲深鎖處，故園不羡紫霞關（謂浮山。）

頻年夢想接神皐，陟嶺寧辭百里勞。小住何妨成暫隱，興來原不爲登高。愁中節候驚秋變，倦後詩歌借酒豪。今日菊花須插盡，由來勝事屬吾曹。

游三公山

高空走飛壁，散作萬重峯。日色不通曉，秋容常自濃。簷高壓松栢，石破出芙蓉。我欲呼鸞鶴，靈棲失舊蹤。

傍竹成村落，尋僧作比鄰。人家終日靜，樹木四時春。泉影定時古，煙痕斷處新。山靈如有識，應嘆景沈淪。

潭深不見底，龍卧已千年。一水劃蒼翠，三峯開洞天。無花空石竹，攜杖惹雲煙。何日遂初約，誅茅倚澗邊。

宿寺

衆山深處絕塵喧，自拄孤藤倚寺門。徑轉怪峯如鬼立，夜深老樹作人言。流泉不著微雲影，斷壁長留宿雨痕。唯有幽禽堪破寂，空階相對道心存。

悲哉甲戌行

父老相見但流涕，悲哉今又逢惡歲。昔年瘡痍未全復，如何旱魃更爲厲。火雲下燒陂池乾，大地正熱人心寒。禾苗枯死衣典盡，十戶九戶無朝餐。野藕鋤罷汗流頰，更剝榆皮作生業。不獨牛羊性命殘，可憐老樹亦遭劫。此時千里窮富平，饑民道路紛縱橫。嗷嗷鴻雁尚遠征，誰家村巷來哭聲？老翁病死方未葬，且鬻妻女聊延生。生離死别聚一刻，此際遑論事重輕。哀語未罷復痛哭，徒令聽者難爲情。我聞貧兒恃行乞，今雖行乞難存活。平原一望炊煙稀，幾家有食能療饑？道遠走困神力疲，坐委蔓草人不知。古稱救荒無奇策，策在豫備非旦夕。常平倉立原爲民，臨時調濟亦可益。東鄰昨日趨市廛，斗米如珠空垂涎。領來一月捐賑錢，饑軀只可三日延。君不聞，廬江婦，去鄉里，足弱何能遠流徙。困饑且向草間止，嬌兒懷中啼不已。自分流離必路死，抱兒直赴長河水。又不聞，去城百里有老農，平時溫飽氣頗雄。一旦女家去稱貸，歸來羞憤嫌手空。殺雞食衆潛置毒，八口狼藉尸血紅。安得焚香請蒼穹，下令雨粟遍寰中，頓教雪後生春風。吁嗟！人家粟盡如水火，李悝之書廢亦可。不然百萬民命懸太清，諸君看我甲戌行。

平默庭節端索題點易圖

圖中何所見，三十六宫春。一畫已多事，千秋誰解人？玄機隨處覓，妙義爲君新。河洛水東去，茫茫獨問津。

下筆得珠船，知君未肯宣。入懷看月落，仰首羡飛鳶。悟到深宵後，神游太古前。當窗有修竹，好與證遺編。

得意空霄壤，忘機自古今。有風來水面，此處見天心。四聖各無語，一編知素襟。尚多言外境，掩卷更沉吟。

桐陰閣歲暮

廿載年華客裏更，空齋坐聽露凄清。有家翻作關城別，薄酒難爲雪夜情。入夢江聲留彷彿，帶寒星色倍分明。東風消息無人管，寂寞春愁次第生。

咏月

一片龍山月，雷川伴客明。圓時翻惹恨，缺處轉多情。惜句詩難就，消寒酒易傾。閑階雲不掃，樹影任縱横。

哭萬子固

京華一病未兼旬謂得病七日遂沒，痛惜天涯玉立身。藻苑有才能樹幟，瓊枝無力永辭春。西園賓客留遺迹，南國風流少故人。每到夢中兼醉後，模糊猶説信非真。

十五夜月

十分瑞靄護岩端，花影重重露亦團。今昔圓消千載恨，山河照盡一輪寬。天非有意增顔色，人自關情强笑歡。猶恐高空霞散去，仙風吹透水晶寒。

詩後集卷九

桐陰閣上元即事

樓臺四畔影瓏玲，玉管誰從隔岸聽。燈火江村難掩樹，月華世界欲無星。芳塵隱約隨車去，香霧朦朧爲客停。最是赤闌干外路，夜寒人靜酒初醒。

自大雷渡江抵皖阻雨

江平風漾波千疊，青天入波面生摺。今晨我自雷陽涉，片雲繫在蒲帆葉。春來水急風力輕，下流勢與風怒争。居然破風走百里，撥雲露出皖公城。雲陰壓地天乍黑，冒雨徑投寺樓側。古佛相對疑舊識，病僧訝我風塵色。亦知客途宜耐寂，地近故鄉遲不得。人生真識行路難，慎勿輕爲歸思逼。

江亭小住感賦

倦倚高亭酒正闌，尋思舊事去無端。半生花月填離恨，獨客風霜謝冷歡。故國春從書裏到，隔江山入夢中寒。歸時定徙西窗榻，自剪蘿衣住碧巒。

喜陳大燮過訪坐談達旦即贈

四海論交日，當時得雪樓謂陳大治。似君殊獨絕，遇我後千秋。興到非因酒，詩工不藉愁。江亭最高處，珍重一宵留。

相訪月明下，歸遲僧閉門。別來春又冷，坐處室爲溫。薄酒深情在，孤雲此意存。今宵歡已盡，不用更傾尊。

喜徐六襄農部歸里即贈

翔鳳凌霄振羽翰，江花春落彩毫端。歸來舊雨仍年少，別去長安識路難。八載雲煙驚著草，一樽懷抱對春寒。金倉早繫君王念，珍重臺郎待濟艱。

初夏有感

親知海內半朱輪，一劍南天去住頻。到眼風光乘別恨，驚心雲物革殘春。繫舟溪柳誰同折，著雨牆花且自新。沽酒就鄰須縱飲，倚樓猶是故園身。

江樓看月

樓高收得月明多，四面天光接水波。遠岸竟難分曉夜，此身直欲到星河。忘情我說他鄉好，佳會天留獨客過。日日遲眠惜風景，年華猶覺易消磨。

隱几

隱几和明月，當窗對遠山。倦游非愛靜，小病學偷閒。人與酒同淡，鳥呼春不還。唯應芳草色，青照別時顔。

姚幼楮孝廉自都回里時客皖城訪余于江樓爲竟夜之談成此奉贈即用留別

江光盡處野煙浮，高館風生氣欲秋。四海倦交今識子，十年懷舊共登樓。歸來虎觀誰詞藻？別後龍文鬱斗牛。鄉國乍逢謀痛飲，茫茫身世正多愁。

深宵四望露凄清，坐久高談不盡情。江水平隨人語靜，月華近向客心明。千秋未定能知我，萬里曾游浪得名。慚愧風塵行太促，寸懷從此爲誰傾！

贈朱魯岑

世俗輕游客，文章賤布衣。飢寒吾道在，天地此身微。君昔矜蘭佩，人誰攬荔帷？理源河漢遠，詞藻日星輝。道屈才難展，行高衆易違。中年猶落寞，同輩已輕肥。似我交憐晚，論心見恨稀。清秋懷一劍，白日掩雙扉。事業存行卷，勳名矢釣磯。酒看今夕醉，名悟昔年非。每欲勤餐菊，相期咏采薇。南山有鴻鵠，志不慕高飛。

題趙子昂畫馬

神妙江都早軼儔，子昂此法亦千秋。人間久已無騏驥，真種還須向畫求。

金勒紛紛盡駑駘，圖中今日見龍媒。不須九馬争神駿，一骨能空絶域才（圖中止一馬）。

杜陵長句將軍筆，畫手詩家各擅能。寫出風雲千里足，莫教紙上便飛騰。

書憤

萬卷吟殘忽雨聲，廿年古恨積難平。時清正士偏分黨，俗濁庸夫恥好名。得路鸞皇憑自許，當場蠻觸苦相争。成功儘有尋常輩，一歎難邀阮步兵。

途中贈姚丈度凝

江左論文物，詞壇屬老成。風流空往事，邂逅足生平。小艇容高臥，衰年耐遠征。聽來終夜雨，猶作故園聲。

我尋雷岸月，君挂秣陵煙。今昔同爲客，江天忽叩舷。雨聲消酒渴，雲影入詩禪。老去豪情在，相期采玉蓮。

明珠

明珠一顆出于闐，生小玲瓏鬬月圓。妝罷細看雲尚薄，倦來不奈柳初眠。酒寒南國三霄後，春記東風二月前。最好華年工怨思，可憐錦瑟恨多絃。

瓊花顔色水雲思，正值瑤房日暖時。剪燭拭將臨別淚，惜春留取未開枝。愛聞弱海愁行遠，有約琅霄恨到遲。説是三生惆悵事，人天望斷玉參差。

雜憶

少小事游戲，蘭房笑語頻。未知君子意，不敢遽相親。

翡翠琢爲環，鴛鴦繙作結。生小愛嚴妝，非關鬬花月。

花飛貼儂袖，抛去落池心。小鬟不解事，故自逐蜻蜓。

冰蠶絲百結，宛轉久纏綿。爲感金仙顧，吐向春風前。

乍近翻疑恨，重來轉自羞。可憐新柳弱，今始識春愁。

驗彼芙蓉瓣，紅留一捻痕。不須當日坐，良玉自然溫。

芳香悅人魄，况復未開時。還須傍花立，他日費相思。

將來綾一幅，繡出似迴文。彩鳳銜花舞，枝枝紅向君。

儂有名香串，紅珠粒粒圓。贈君無一語，懷此已三年。

來時怯春寒，去時歎春暮。此心直隨君，數遍去來路。

欲語寸心難，離懷强自寬。恐妨花見笑，速遣淚痕乾。

莫問後來期，情多喜亦悲。神風共靈雨，離合總狐疑。

瓊瑤曾夢想，托契愛游仙。聞説銀河淺，相隨泛月邊。

答程仲芳見贈二律即次其韻時仲芳與余有同居之約

卜得深林徑，桃花水七重。爲君遂初約，對我破愁容。石室春長住，瑤田歲豈凶。躬耕同此志，夙慕北山農。

人結素心友，山如太古時。棲鸞宜翠竹，替鶴覓靈芝。雲影欲留迹，樹聲時到帷。此中塵世隔，珍重十年期。

自大雷回皖僑寓陟園清暉閣

客途久已倦征輪，暫假園林一洗塵。樓與江山争暮色樓中晚眺尤佳，人當霄漢寄閑身。逃名我愧韓康伯，縱酒誰尋賀季真。城郭萬家空在望，此心唯共水雲親。

雨中望大龍山

煙雨微茫裏，龍山欲到門。入江唯濕翠，壓郡尚飛雲。檻外峯奇秀，天南氣吐吞。懸知岩僻處，猿鳥自稱尊。

小别

小别渾如醉，相思空復春。妾心與郎面，一見一回新。

清暉閣獨坐

芳草共斜陽，吳天極望長。浮雲自明滅，遠水合青蒼。勝地身嫌俗，勞人夢亦忙。好憑此高閣，獨坐卜行藏。

夜感

華燈無燄照鄉情，夜酒初闌劍影横。古徑樹深沉月色，高樓人倦枕江聲。西窗風雨虚前約，南國雲天累此生。明日桐川歸放槳，入山先遣鶴來迎時將游九曲。

新月

春氣感人速，好風當夜來。妾心自驚覺，不待繡幃開。

啼鳥乍呼春，煙光薄未匀。愁顏日如故，人説歲華新。

樓中消夏

惜春况是游歸後，消夏難勝睡起初。連日正嫌花事少，一生愛近月明居。樓中煙雨詩情並，江外雲山客夢餘。日坐畫圖身不覺，愁城尚仗酒攻除。

詩後集卷十

咏二喬

辭卻深閨傍將臺，天生佳耦自無媒。千秋姊妹傾城福，一代君臣快壻才。遺跡人空尋建業，故居地合近蓬萊。芳名原數東吴盛，金粉南朝事總哀。

幕府雲深隱畫樓，干戈粉黛豔揚州。能空青史多情累，一洗紅顔薄命愁。年少英雄皆眷屬，偏安家國擅風流。江南亦有如花女，自惜容華怨蹇修。

題姚丈愷臣集

劍鬱青霞筆走雷，平生懷抱肯輕開。半空雲錦先秋製，一夕河聲壓紙來。老去人猶推碩望，數奇天亦妒公才。硯南著述千秋事，珍重書成續玉杯。

哭姬傳先生

靈光海内慟無存，多士同聲哭達尊。星日至今懸鳳藻，東南從此失龍門。神歸寥闕關天意，福占名山亦主恩。漫説九州多岳瀆，眼中何處睹崑崙。

早年染翰重西清，壯歲辭榮出上京時某相國柄政，欲保升侍御史，先生竟以此辭歸。淵府竟從滄海拓，景星長近故鄉明。百家陶鑄歸宗匠，一代人文屬老成。今日風前多少淚，傷情不獨爲師生。

筆頭風雨泣無端，卷裏龍蛇鬱怒盤。身後集教千載定，斗南天爲一人寒。平生學與時賢别，垂老躬逢曠典難謂重宴鹿鳴。回首三冬長立處，當年積雪未曾乾。

歐門賓客筆如椽，玉局深蒙永叔憐。四海論才偏我獨開幼以書謁先生，謬蒙歎賞，有『國士無雙』之稱，一生知已更誰先？别來夢斷金陵月，哭罷秋殘皖口煙。譜得水仙新操就，海天無路覓成連。

題洋畫

曉樓煙淡籠輕綺，花枝約寒聚瓶水。佳人身在碧琉璃，綠波一寸吹難起。家傍天南半月山，求道無如擇壻艱。自知絕色難爲匹，妝罷時看鏡裏顔。學仙不向洞天住，數遍峰頭蝶來去。早識春風落畫圖，悔不藏形入雲霧。珠江淪落疑塵埋，有人千里攜歸來。不因碧海丹青手，那遇瑤臺曠代才。神光離合映紅壁，月華界面淚痕積，春愁如夢尋無迹。對儂不語已三年，良宵獨立春可憐。

姚幼楷孝廉以寶刀見贈口占四十字報之

別主寧無數，雄心爲我傾。從今風雨夜，莫作不平鳴。萬里行相伴，難忘解贈情。防身原有術，聊借作干城。

哭定南刺史蕭蒙泉

一別偏無再見緣，交情存沒只三年。貧因祿仕官翻誤，死忌人知我尚憐。身後妻孥餘涕淚，篋中雷雨認詩篇。章門便是山陽地，不待重過已慘然。

將赴都門留別里中兼寄東南諸友

河干垂枝故毿毿，北上征車欲駕驂。挾策年仍慚少壯，看山我已遍東南。花因別主開含恨，酒到離筵少亦酣。從此遨遊非舊地，風煙一路喜初探。

直北關河護紫宸，蓬萊宮闕望無垠。輦花紅奪千門日，禁柳青收萬國春。畫閣勳名原曠代，登壇詞賦更何人！攜來南粵珊瑚樹，擬向銀河結釣緡。

龍眠千疊是吾家，嶺表歸來不泛槎。一別夢寒滄海月，三年看老故園花。酒痕狼藉餘芳草，詩思孤騰逼暮霞。聞說上林春似海，東風遲我到京華。

花鳥前途問去蹤，望中樓閣隱葱蘢。幾年碧海期空近，二月黃河凍不封。破浪知憑雙桂楫，愛山難別九夫容。莫言此去知音少，伯樂原從冀野逢。

名區閱盡向幽燕，懷古多情住玉鞭。白雪有歌人兩地，黄金買骨事千年。已從南國辭江表，漸看中原到馬前。爲報相思須北望，少微星過楚雲邊。

途中口占

碧沙漠漠草蕭蕭，人別江南路正遥。忽覺鄉心滿湖水，數聲歸雁度雲霄。

哭丁丈薌林

文物東南盡（謂姬傳夫子），凋零又老成。精靈空嶽色，意氣落江聲。偃蹇深林志，凄凉後代名。天高如可問，願爲訴平生。

痛惜陵雲氣，沉淪六十年。秃毫仍異彩，衰夢尚前賢。此別悲千古，孤懷隔九泉。向來知己淚，重此灑江邊。

江行即事

浪花紅上釣魚船，人泊斜陽酒市邊。樓閣夜深簾透月，江天春醉柳眠煙。吹殘愁思唯宜笛，買盡雲山不使錢。徑挂孤帆向京口，金山寺下水如天。

抵揚州

金碧凋零剩墨多，揚州無奈客心何。紅橋岸上青青柳，三月煙濃不過河。

漕河曉發

河堤北望旅愁生，千里鄉關客獨行。雲氣半天林隱現，湖光四面日陰晴。衝寒野艇添詩境，破曉微風讓櫓聲。見説桃花春漲減，江淮鳴雁不勝情。

黎湛溪河帥招飲奉贈

天南高處景星懸，使者來從北斗邊（時方入覲回署）。驚賞幸逢千載下，受知已愧六年前。書櫺月白疑親客，幕府燈紅正啓筵。攜得鴻篇歸去讀，袖中不覺□雲煙。

淮城有感

金堤一線接江皋，澤國西風起暮濤。雁下雲中先客渡，河從天半壓城高。全淮地勢陰寒集，旅館春心去住勞。不信元龍生此處，到今意氣復誰豪。

春流直下海雲間時海口舒通，使者巡河自此還。風浪有靈三月靜，魚龍不動萬人閑。安瀾久爲蒼生慶，上策先聞紫殿頒時方修治河方略。從此淮徐皆樂國，我皇南顧霽天顔。

無雙國士困塵囂，憑弔淮陽舊迹遥。一飯王孫悲失路，千秋楚水變前朝。風雲不假奇才便，鄉里能令壯氣消。明日登車更回首，釣臺春暗草蕭蕭。

天涯踪跡慣風波，一夕春愁去渡河。南望竟同花柳隔，北來唯覺水沙多。半宵離夢難聽雨，百里平原不見坡。可惜枚皋擅詞賦，游梁歲月早蹉跎。

渡黄河

片帆截處走驚雷，到此能雄亦壯才。星日氣皆隨水變，泥沙源豈自天來。濤聲馬上偏穿過，春色江南惜界開。最是客愁流不盡，茫茫心事浪雲隈。

宿遷道中

平遠飛沙入大荒，征途人共馬蹄忙。雲連曉氣寒猶白，天到中原色盡黄。宿國風煙春闇淡，項王居處日蒼涼。壯游久負男兒志，弔古翻教憶故鄉。

道上見梨花

風光抛我已天涯，自到江南見此花。薄暮客心看不得，動人春色正清華。

將至泰安口占

垂楊夾道水瀠洄，破曉東風送客來。欲謁岱宗無介紹，雲中先自揖徂徠。

登泰山

坐鎮神州接太清，尊嚴未肯鬬奇橫。地擎日月雙峰挂，人共風霆一處行。河遠帶從空際繫，路高天向鳥邊傾。破寒不待晨光白，要聽金雞第一聲。

青天一線石爲門，紺壁長留太古痕。地迴自能通造化，身微敢便小乾坤。崖開洞府神爲護，山起平蕪勢更尊。極目萬仙樓外路，遠煙數點是中原。

巖端小語碧天聞，足下紅泉帶紫芬。古樹春消秦代雨，斷碑人掃漢時雲。瀑流怒捲驚風至，海色高從絕頂分。七十二君遺迹盡，金泥何處覓靈文。

至絕頂復成二律

萬里仙靈集，天門夜不關。入懷都是霧，到眼更無山。海日紅全濕，雲霄碧有斑。丈人峯獨立，對我展愁顔。

一覽煙嵐盡，山河到石旁。九州無界限，萬古止青蒼。游子雲衣薄，天孫玉闕凉。回頭望松柏，黛色已茫茫。

抵濟南觀趵突泉

百川分道流向東，憑高趨下千古同。天公忽欲破此例，仙源倒出馮夷宫。飛流上穿地爲裂，石旁湧出三堆雪。直從水面起奇峯，霜花欲散仍凝結。一重波落一重生，勢若銀浪來相爭。風雨驟至不能遏，寒光飛動摇水晶。疑是神龍久伏不肯出，口噴雪沫澆太清。靈泉氣悶洩無處，出地時作不平鳴。不然水仙好游戲，轉下爲高豈無計？水中伎倆施已窮，突從平地展神異。地潔如聞山谷音，流清不帶魚龍氣。此泉伏見豈偶然，四時不竭如神淵。托身不借高山境，獨力能開地底天。我聞濟水性清急，黄河雖大勢難敵，纖塵半點容不得。恥與群泉争地行，獨自潛流出山側。唯此變態成激湍，風霆作聲冰作色。已讓江河派占先，四瀆名羞居末川。地中隱迹千餘載，鬱作人間第一泉。

偕徐丈游大明湖

淺碧波心暮靄橫，隔亭人在畫中行。一天雲影長搖岸，半面湖光不出城。短葦界成煙水路，微風低應酒船聲。七橋名勝今何在？望遠難爲旅客情。

陳笠颿中丞邀同觀珍珠泉

濟南之山秀無比，濟南之水城中起。天開勝地出靈源，七十二泉從此始。我從山左騁游踪，登岱手折青夫容。紫鸞呼我未肯去，爲謁使者下雲中。使者置酒快胸臆，花徑不掃翠長滴。相攜同看珍珠泉，方池影亂瓊瑤色。是時風定無纖埃，水中雲散天自開。明珠倒從水天落，出地無聲時湧來。纍纍有源不知處，人言地下無根荄。但見一氣噴薄成此狀，直上不肯稍盤回。前珠纔沒後珠出，欲斷不斷勢相續。初見連珠生兩旁，忽然一串走中央。小舟蕩入雲乍黑，珠亦隨人浮水側。分明衆顆一齊來，及至水面轉無迹。珠泉之異世所無，我今對此生欷歔。世人藏珠動盈篋，玩好徒供七尺軀。何如此間泉萬斛，吐出珍珠意未足。流作溝渠養萬民，珠圓點點勝金粟。使者且勿誇奇觀，眼底齊州天海寬。濟人自有長流澤，莫惜如珠一樣看。

詩後集卷十一

齊都懷古

郊原地敞盡耕桑，誰問龍門講業場。大國聲華惟海岱，古時齊魯擅文章。黄河南走移風氣，紅日東窺出混茫。欲覓營丘何處是，野煙九點正青蒼。

平沙莽莽接登萊，十二河山勢壯哉。海嶠動名循吏占，魚鹽生計此邦開。仲連性逸原奇士，呂望謀高總霸才。弔吊漫嫌饒壯氣，登臨曾到岱宗來。

連天飛閣隱雲東，寂寞於陵迹已空。一李竟能回槁餓，二桃何事殺英雄？青磷遺恨春風裏，白日驚心客路中。指點前途識關吏，棄繻我已愧終童。

海邦形勢擁寰瀛，雞犬徒聞四境聲。仲父成功由鮑叔，昌黎失意感田横。論才久薄三千客，懷古頻看七十城。莫笑牛山揮涕淚，古來人主慣多情。

車前一曲飯牛歌，白石當年勝蹟磨。稷下不聞談士至，濟南惟有好山多。全齊風景難爲住，三月春宵未易過。明日玉鞭西指處，黄雲北望塞滹沱。

將抵都門言懷寄呈諸先達暨同遊衆君子

九衢駟馬集煙寰，有客乘車獨叩關。才拙自宜甘短褐，時清敢説卧名山。拜颺天上夔龍在，來去人間鳥雀閑。咫尺燕南風景地，好雲待我更開顔。

離懷日日壓征鞍，吟到燕關路幾盤。西北山形争怒出，禁城春色總高寒。奪來造化千秋易，脱卻風塵一日難。不是昌黎心太熱，同遊多半在長安。

少小耽奇似玉川，江花關柳住吟鞭。不辭別路三千里，已客諸侯十五年。失志厭傾吴市酒，有才須賦帝京篇。洛中故友都相諒，季子原無二頃田。

慚愧虚名遍楚邱，此來卻未應徵求。敢因謀祿干知己，直爲驅愁作壯游。俠士須尋燕趙地，詩人多住帝王州。推賢况有韓安國，珍重文成學鳳樓。

閨情

芳草碧無盡，游絲爾許長。郎行渡河北，妾夢久漁陽。鳥語無人記，春心有淚將。願爲連理樹，時集紫鴛鴦。

喜周南卿來都即送回里

三年不走江南道，野花爛漫如春草。東風無主鶯亂啼，相思不見令人老。蹇驢獨自上長安，新知强對難爲歡。君來一見忽驚叫，頭上墮卻芙蓉冠。書生那測天心意，顛倒才人若游戲，聚散瞬息無難易。門前車騎鳴金珂，南歸秋氣臨關河。故人對面風塵多，有懷不盡重相過，樽酒尚溫奈別何！

題黃明府竹裏彈琴圖

修竹淡秋色，枯桐傳素心。一彈清晝晚，四顧綠雲深。太古境如此，空林天半陰。莫嫌人不覺，好月是知音。

贈萬香海

早時同聽楚江濤，駐馬長安首更搔。萬里春愁隨客至，十年別思爲君勞。樽前氣挾西山動，眼底雲横北闕高。今日縱談須就我，勝他痛飲讀離騷。

胡小東比部以五言見贈依韻酬之

不謂吾來晚，翻令子破愁。雲天今意氣，肝膽舊交游。鸑鷟聲騰漢，騏麟骨耐秋。樽前休論士，冠冕愧南州。

哭錢芷汀

風霜傲骨瘦嶙峋，自昔名高楚水濱。下吏有才能殺賊，元戎無力憚推輪。米家書畫長安重，庾信文詞晚歲珍。一臥滇西驚永別，人生難定百年身。

陳雪香少司空以督書圖索題因作長句

侍郎好古兼好士，不屑徵奇向書市。秘函萬種來有神，乃與人才同聚此。羅胸豈止十牛車，持衡收俊天南隅。網窮碧海出光怪，峩峩百尺珊瑚株。登堂拜見盡瑰質，以書爲贄世稀匹。奇氣驚從紙上生，古香頓向坐前出。先生對此開素襟，一卷直抵千南金。異書得自奇材手，摩撫都存鄭重心。我聞姬公贊隆治，旦夕精勤各殊致。見士七十讀百篇，公乃合之爲一事。真是千秋文字緣，成全轉賴憐才意。棐幾雲煙紛且陳，圖中風日長相親。門前即是㛹嬛地，好藉今人識古人。我有琅書覓難得，赤石斑爛紫霞色。靈篆逢公未敢藏，獻來願請張華識。

懷吳理菴先生

冠蓋盈京洛，斯人獨草萊。著書名日月，失意筆風雷。澗古澄泉定，山深宿翳開。何當集茅屋，花下倒金罍。

與栗原夜話

亦識深談誤，其如足愛停。秋餘孤月白，燈對兩人青。不厭連旬醉，翻愁獨夜醒。有懷須更盡，雨過願同聽。

朱蘭坡侍講索題雪夜綳兒圖

朔雪降深宵，嚴風驚棟宇。父病忌兒啼，慈母心獨苦。抱兒過鄰廬，天寒雪封戶。兒寢方無聲，母淚正如雨。

雛鳳出丹穴，骨格勝青鸞。轉盻天風生，霄路振羽翰。宮錦雖娛親，春暉欲報難。回憶綳兒時，風雪愁漫漫。母手未云酸，母心亦已寒。

燕臺有懷

北來形勝壯山河，攜得吳鈎手自摩。地敞關門無峻勢，時平燕趙息悲歌。途中風雨鳥聲急，客裏年華馬足磨。試向盧溝橋畔望，月明還比故鄉多。

平津東閣向雲開，長揖高門短褐來。草野何能稱國士，公卿猶自惜人才。築宮地遠雄風近，買馬臺空駿骨衰。獨有麴生相過密，只堪餘事掃風雷。

冠蓋如雲滿帝州，高陽□醉亦長游。沙塵欲變三春色，冰炭同經六月秋。客過燕山都負氣，我來易水不知愁。如何鸞鶴飛翔地，浩蕩偏容一野鷗。

中山西去路連延，城邑蒼茫感昔賢。枉有莊生能說劍，可憐鄒衍倦談天。望中河朔歸雲外，夢裏江南落枕邊。寄謝同游好才藻，承平無事勒燕然。

良材自古數明駝，日日鹽車曲巷過。冀北何曾聞馬貴，域中從此閱人多。西山雲散晴初曉，太液池深水不波。終是皇居恩近處，一秋雨澤最滂沱。

早年橐筆悔長征，路入三關險盡平。弔古休看遊俠傳，感時偏少別離情。田光義竟無人惜，樂毅才原異國生。漫道恒山居太遠，地寒猶得傍神京。

送馬元伯水部之奉天

遼陽風色冷征袍，渤海看君掣巨鼇。臣職豈宜論遠近，君恩原自念賢勞。凌河地闊黃沙積，鐵嶺雲開白日高。攜得風詩三百去，長歌正好當離騷。君方補箋毛詩。

壯游從此盡塵寰，自古男兒愛出關。早歲人憐行路速，中年天假著書閑。羅胸文史千秋志，入夢家鄉數點山。計日詔書憐遠績，許歸猶是舊朝班。

胡墨莊侍御招飲偶賦

君昔使南海，嶺梅猶未花。歸來攜五老，含笑入煙霞。贈我以詩句，離情空水涯。寧知今夕酒，纔得醉京華。

送湯敦甫閣學典試江南

報道歐陽作試官，江東一夕定彈冠。雲霄愛士心常熱，冰鐵無私面亦寒。六代文章齊入鑒，三吳人物看登壇。樂天久荷稱佳句，寂寞長安住正難。

客中贈朱歌堂

五載關河夢，三冬雨雪詩。因人成去住，久客拙言辭。歡淺書難續，愁來酒不支。可堪燕地月，同照露寒時。

贈萬香海

落筆無前古，論交盡異鄉。詩懷天浩蕩，人世淚蒼茫。杞梓材偏拙，驊騮氣不揚。點蒼高有路，誰爲促歸裝。

送帥仙舟少司寇護蹕熱河

重臣隨蹕自長安，秋色蒼凉帶曉看。萬騎雲從空際出，九州天到輦前寬。爽鳩威望聞關塞，羽獵才華勝漢官。身在至尊溫語處，恩深不覺近邊寒。

醉歌行即席贈聞古芬刺史

黃鵠一去天馬逝，人間何處求神異。茫茫草澤猶無人，況乃作吏趨風塵。古芬磊落氣遒上，一言霽宇開朝爽。詞壇不屑稱雄師，俠骨獨類幽并兒。熱血淋灕出肝膽，英風凜烈生鬚眉。造化苦之不受束，窮來氣卻千熊羆。才鋒勁利快無敵，芙蓉劍鍔無顏色。太阿未出寒先生，千里一步留不得。酒酣放論窮高深，絳蠟沈沈照此心，三人相顧重沉吟。樽前意欲無河漢，眼底才空數古今。人生富貴何足羨，看君異日奇功建。李白欲燒頭上巾，今我胡爲守空硯。吁嗟乎，裴公不作昌黎死，千秋此語難聞矣。君且藏之勿示人，余亦狂歌去燕市。

酬張滇洲比部

使君才望本超羣，犀角光寒水自分。拂袖直攜滇海月，蕩胸曾納泰山雲。西曹人物推前輩，東國循良憶舊聞（謂昔濟南守）。十載傾心逢恨晚，可能無意杜司勳。

送李芝麟學士視學浙江

新承異數拜恩榮，天上鸞皇看此行。東海狂瀾須手障，西湖止水見心清。人文兩浙歸宗匠，澤國多才望後生。料得孤寒瞻使節，梅花驛路早相迎。

題陳仲卿泰山觀日圖

夜半天雞唱，金輪地底回。影隨波勢出，紅破海雲來。人世蒼茫見，林光次第開。登臨當此地，費盡楚騷才仲卿著有海騷。

重有懷

居庸天險聳雄關，坐擁宸居勢拱環。上接重霄唯紫氣，南來千疊盡青山。馬嘶古戍行人遠，雁縱平原壯士閑。獨羨玉泉拖素練，石罅吐處響潺湲。

寒雲直下壓滹沱，南望平沙一鶚過。河北名城天下重，范陽戰氣古來多。艱難光武偏師苦，寥落軒轅故迹磨。今日時平風物勝，薊門煙樹鬱婆娑〔一〕。

波光瓊島近難尋，客路寒教歲月深。易水黃金憐死骨，幽州白日淡秋心。伯桃交誼隆霜雪，賈島才名亦古今。何以漁陽張太守，歌詞遺愛重桑林。

中都形勢扼金燕，遼苑妝樓已化煙。蕭后舊時曾對月，昭王晚節愛求仙。林中王母同游日，海外佳人鬭舞年。故事不須煩再問，盧溝曉色滿平川。

車馬長途西復東，激昂懷古氣誰同？樂生來去燕成敗，遼主憎憐晉始終。五季荒唐兵革內，七雄忽遽夕陽中。迄今四海修文久，關塞蕭蕭自朔風。

西山崛起帝城隈，中有陵虛百尺臺。流水千盤從下注，太行一氣向東來。峯頭霽雪瓊瑤積，澗口橫空紫翠開。坐對畫圖游未得，秋風惆悵故人杯。

【校】

〔一〕娑，本作『婆』。據掃葉本改。

陳碩士編修屬題桐陰草堂圖

一榻寄天壤，孤桐共古今。碧雲疑在地，白日淡生陰。卜宅平生志，他鄉舊日心。聽來疎雨過，猶作故園音。

古石共幽篁，怡情半老蒼。靜懷忘晝永，此處覺秋長。身世餘芳躅，雲天一草堂。披圖還細認，是否舊山房？

出都留別桂舲先生

朔風蕭瑟動高林，人去猶留未盡心。薄海交游從此倦，平生知遇竟誰深。雲離卿月疑無色，鶴別丹山欲變音。也算公門親植樹，三年噓拂未成陰。

虚名久已愧南州，自昔登龍忝勝流。蘇軾文章驚一見，魏公德量本千秋。窮途始覺知音貴，高誼難將隻字酬。不是瑶壇詞伯在，長安底事漫來游。

涿州咏蜀先生

能教王佐出隆中，百戰纔收取蜀功。半世依人同旅客，一生知己是奸雄。兵戎婚媾丹陽宴，骨肉君臣白帝宫。今日故居遺跡盡，不須恩怨説江東。

詩後集卷十二

登車

徑去休回首，沙塵促馬鞍。愁心看落日，淚眼別長安。燈影偏搖夢，河聲但咽寒。乍逢同路侶，不敢話悲酸。

真定道中贈客

一出燕關道，蒼凉滿目情。黄塵連白日，秋色未分明。寒壓征袍薄，窮教客命輕。相逢徒北望，我已別神京。

抵順德

日慘雲無色，風驚葉有聲。四圍川野合，千里地天平。趙國空遺跡，幽州盡此城。生平虛壯志，歲晚尚長征。

渡漳河

漳河水繞岸雲隈，暮色蒼茫樹影開。多少西風懷古恨，夕陽無語送人來。

銅雀臺懷古

高城寂寂倚蒿萊，魏武當年繐帳摧。東國雄心吞漢鼎，西陵朽骨戀銅臺。豔姬歌舞荒春色，亂世風雲感霸才。衰草墓田無處覓，英雄兒女總堪哀。

過邯鄲

漳黄北去氣蕭森，匹馬南來日已陰。落木關河經倦眼，感秋身世集歸心。辭家雲路三宵雁，壓夢鄉愁獨客衾。閲過邯鄲游興倦，歌臺羅綺惜銷沉。

宜溝驛看月

江南河北月同清，一樣秋光帶別情。對酒每憐孤影瘦，思家轉怕十分明。名賢舊里空荒草謂端木夫子，沫土遺墟沒故城。不信素娥好顔色，曉寒猶爲照歸程。

抵汴梁呈阮芸臺宮保即用留别

入山須躡崑崙邱，入水須探黄河流。千水萬山游欲遍，仙人招手青雲頭。賤子風塵長落魄，十年枉作諸侯客。交滿天下誰知音，阮籍途窮眼空白。先生當代文章雄，忠誠上與神明通。韓范勳名本經術，胸羅萬象開羣蒙。廿年持節動寰宇，到處蒼生沐陰雨。下令能教塵不飛，吐詞頓覺雲鶯舞。憐才收盡東南英，手栽碧樹干太清。鐘鏞之器珪璋質，一一皆作鸞鳳鳴。嗟我至今猶無成，秃筆怒與風雷争。先生一見不揮斥，滄海回波山岳傾。大梁十月霜花密，軍門風静角聲出。談深不覺羲駕移，使我披雲睹天日。獨恨書生遇公晚，霄漢聞風隔寥遠。昔公開府天南端，絕頂湖山擁將壇謂在浙西。煙光濃淡供詩用，海氣蒼茫落紙寒。幕天席地無不可，一時人物勝江左。可惜微軀滯大雷，未得前趨北海坐。西江買棹徒追尋，凉秋未值使車臨。誰知此地春風近，得了江天十載心。人生會合原有數，受知何必嫌遲暮，前路處處阻煙樹。看公掃翳除陰霾，龍門正對嵩岳開。中州文獻雲煙集，河洛精靈風雨來。我有幽懷不敢訴，感公高義生遐慕，臨歧欲别仍回顧。河聲嶽色不我留，攜將風景江南去。

喜晤馬伯固孝廉

不有今宵聚，翻孤八載心。客中嫌見晚，别後覺交深。斗室論天地，奇懷破古今。我歸君且住，珍重鳳鸞吟。

中州懷古

薊門山色壓歸裝，閲過幽并向大梁。四海路經天半面，孤城人坐地中央。平原風冷霜花白，西楚雲連曉氣黄。矯首高陽荀里近，德星今日聚何方？

沙塵四起暗朝昏，形勝東京總莫論。魏國河山悲棄險，宋家興廢問頽垣。干戈花石無顔色，風雨冬青有夢魂。一樣故都城闕變，登臨人只憶夷門。

七雄戰騎日紛紜，公子名高氣薄雲。終惜十年留趙國，竟思一死赴秦軍。如今屠市無人物，自昔高皇尚聽聞。好士偏能接崖穴，千秋誰似信陵君！

北渡漳流望太行，西從滎澤覓敖倉。龍蛇鬭罷雲疑冷，金石銘殘草亦荒。白晝陰迷艱雨雪，黄河遷徙即滄桑。行人漫問金堤道，衰柳蕭疎自夕陽。

梁園舊日擅文詞，十月經過有所思。池館空傳人去後，古今同是雪飛時。馬卿辭別纔游倦，李白高吟已恨遲。荒徑迷離草蕭瑟，疲驢虚載一囊詩。

步兵痛哭爲途窮，廣武山前眼界空。未必成名皆豎子，由來顯世少英雄。風雲寥落千年内，人世蒼茫一歎中。莫向戰場論勝負，幾人遺恨付高穹。

緱嶺笙吹曉日邊，當年子晉竟登仙。飈車是否鄉人見？石室虚迷父老傳。作帝無緣輕紫蓋，升霄有福正青年。書生遠踏淮西路，悵望飛巒已隔天。

過徐州偶懷

煙水抱城來，黄樓天半開。有山曾系馬，今我獨登臺。豪傑飛騰地，文章跌宕才。坡仙遺跡在，憑弔漫生哀。

至金陵呈松湘浦相國

手轉洪鈞植地維，豫章千仞聳高陲。才兼將相先朝重，身繫安危聖主知。上國風雲聽約束，中天日月看扶持。即今召伯巡行處，一體陽春育物慈。

多年塞上駐蜺旌，坐鎮關河鳥不驚。謀國心常懸魏闕，安邊帝倚作長城。一門秉政原殊數，獨力回天出至誠。清夜焚香還似昔，甘霖早已遍蒼生。

姓字能教海外聞，起居異域問殷勤（謂英吉利國貢使）。胸中十萬横摩劍，筆底三千奏牘文。北面公卿皆後輩，上臺聲望屬郎君。最憐棐幾多清暇，潑墨時翻碧漢雲。

韓范忠勳動廟廷，擎空一柱出滄溟。千秋風節歸元老，幾度東南見福星。地極臺司頭未白，路逢國士眼長青。樗材自愧淪窮壑，幸遇黄河納渭涇。

水榭觀月

秦淮水淺寒且清，水中有月光滿盈。取石濺水月破碎，一輪散作千點明。須臾水定月如故，玉盤托出天無聲。樓頭有客吟初成，對此頓覺虛明生。百慮滌盡衆籟息，此心不動煙水平。置酒未飲杯已傾，長天漫漫星縱横。年來萬事俱屏謝，一樽如友相伴行。燈前酌罷宵漏更，推窗紙響明月驚。惟有閑雲不耐寂，水天點綴時有情。

古意贈蓮舫

坐久不知疲，談深露華白。相知已十年，相親在今夕。

似君好才藻，吟作鳳鸞聲。如何年正弱，多恨復多情。

酒酣還促杯，燈闌更秉燭。那能當此際，不願吐衷曲。

以我游倦後，逢君興發初。歸鴻與俊鶻，相見意何如？

痛飲忘故常，謾言無譴責。此會信自難，當時別可惜。

春華難久茂，惜此青雲姿。看我齒稍長，興已非舊時。

自是情太深，轉覺爲歡淺。不量寸心微，與君期久遠。

奉酬唐陶山觀察

我於藻繪初未工，不知當代誰稱雄。有時塗錦鬭人巧，忽欲鑿險窮鬼功。陶山先生今詞宗，力拔豫章回千熊，聲發殷與河漢通。筆底異色鬱光怪，化爲丹氣浮空濛。生平政績追召龔，憐才更復兼文翁。餘情浩蕩寄詩句，豈比曲士矜雕蟲。酒醒興發横高穹，坐空得失忘愁窮。置身忽若到太古，放論不覺驚羣聾。東有滄海西崆峒，黄河蜿蜒盤其中。吞吐天勢噴雷雨，公之懷抱將毋同。揮霍百家役諸子，金碧絢爛歸磨礱。自我出都見老宿，意氣跌宕無如公。公亦謂我有奇骨，神駿且欲凌霜驄。攜句問天忌太早，辭煩毋乃瀆神聰。我聞此語心忡忡，思除縟彩劃華容。剪空繁葉出貞幹，洗磨古色成精銅。以茲與公相追從，短艇亦可當艨艟。昨宵飲我華堂東，琉璃瀉酒琥珀紅。齒頰落玉生春風，明珠見贈憐飄蓬。我久倦遊困煙墨，安能奮迹齊終童。因公吐氣能如虹，作詩獻向青瑤宮。

即席贈歐陽岳菴

自別京華識路難，新知相揖暮雲端。開筵更醉金樽月，寂寞江南已歲寒。

謝家昆季總多才，齊向風前把酒催。謾道客愁容易盡，倦懷今始爲君開。

更闌銀燭淡生輝，起視明河露欲稀。坐客今宵須盡飲，主人未醉莫言歸。

廬陵風調舊知名，自譜新詞雜怨聲。正是早梅報春色，爲歡可奈別離情。

絳桃歌爲杜虛齋賦

月華西畔朱樓側，絳桃數株爭豔色。一株移植江之濱，翠蘿山下經幾春。一株豐幹少姿媚，嬌小未解春情思。中有一株秀且長，花弱如不勝朝陽。容光恍惚神飛揚，意態直欲乘風翔。奪將豔景歸紅芳，一枝已使春難當。花底女兒正嬌麗，生來吐氣如蘭蕙。恥比莫愁長二年，卻幸羅敷是同歲。家近胭脂巷口居，妝成水面燦華裾。留連荳蔻梢頭景，怕過江南二月初。對樓何處來詞客，曉簾乍見早愁絕。自是玲瓏碧藕心，轉成萬縷絲盤結。雲鬟半露初驚羞，遲回欲去神猶留。闌干倚到斜陽暮，不爲天邊看玉鈎。臨流對影情如許，彼此寸心相爾汝。分明遙隔路無多，一水盈盈不能語。阿嫂昨宵新嫁來，當軒並坐生嫌猜。怪他苦畏春寒逼，忍把雕窗□不開。偷閒獨向樓頭顧，久立防人忽移步。勞爾愁懷曲曲深，恨君薄倖匆匆去。回頭更語門前花，珍重朱顔勝落霞。多情且莫戀春華，東風昨已屬人家。

書感

維揚小住又昇州，居傍秦淮古渡頭。片月消殘終古恨，一燈照遍異鄉愁。抛書已棄江東筆，檢句猶留冀北秋。明日挂帆歸未晚，盛唐山下對沙鷗。

寄懷姚幼楮孝廉

千里江流故國深，相思終夕費沉吟。歸來我憶長安道，別久君猶舊日心。雲爲天高遲作雨，鳥因風急罷投林。如今巴曲都無和，休說陽春白雪音。

即事

今夜尋溪曲，回環碧玉灣。水流明月靜，雲去碧天閑。樹影密垂地，鐘聲敲滿山。好風知送客，代把寺門關。

舟中示從弟科進即以書懷得十一律

汝猶淹日月，吾亦飽風霜。一自登長道，相依當故鄉。青春空潦倒，白晝卜行藏。欲就靈氛問，天高意杳茫。

不謂風塵地，能聯骨肉歡。孤舟悲喜共，千里夢魂安。小飲翻成醉，溫言不破寒。尚憐前夜月，流影照團圞。

歸去原長聚，天涯且暫親。還將後來事，細語未歸人。好夢隨凉月，離愁接早春今臘十九日立春。旋舟知不遠，皖口即前津。

聞說家山路，前年旱魃横。飢寒貧富共，人畜死生輕。禾黍今新盛，瘡痍復未成。汝歸宜努力，耕讀報昇平。

千丈飛紅落，門當碧水流。開軒延月處，是我讀書樓。十畝蘭無稅，頻年竹有秋。到家得奇句，好待錦囊收。

漸喜庭幃近，猶憐客路賖。爲寒慎眠食，就汝話桑麻。興發原非醉，談深似在家。未知燈火夜，何處話聲嘩。

自汝離鄉國，關山木葉飛。昔曾先我出，今幸並時歸。弱妹情應慰，高堂願已違。懸知到門日，喜極定還悲。

汝客猶無賴，憐余十數春。賦憎梁苑雪，衣敝薊門塵。弔古愁回首，登高每顧身。親知休問訊，江海一勞人。

曠世才何益，騏驎地上行。關河新舊字，天海去來情。已分無歸計，那能料此生。皖公城下水，忍作別離聲。

遇合他年事，思家手自搔。艱虞憐婦弱，衰病畏親勞。遊子生涯薄，羣兒意氣高。寂寥惟痛飲，不必讀離騷。

得失那須問，言歸未敢遲。窮愁原我事，棄擲豈天時。星日孤帆掛〔一〕，風霜一劍支。途中無限意，歸臥語誰知。

【校】

〔一〕掛，本缺。據掃葉本補。

殘臘江干贈客

到此方知歲月深，客中無力惜分陰。多才只供風塵役，一士寧關造化心。愁思難消欺薄酒，霜寒有意逼孤衾。天涯生計由來拙，愧爾征鴻自北林。

到家

自客長安道，高堂涕淚垂。所欣到門日，正值望兒時。容鬢看無改，晨昏喜不支。尚言前夜月，燈下卜歸期。

衰柳詞

柳株搖曳媚江汜，春煙壓重扶難起。只爲關心管別離，轉教摧折秋風裏。秋風蕭瑟花減芳，柳枝嫋嫋臨殘陽。三眠枉說當時事，未向東風夢一場。水雲姿態花情性，偏喜紅桃相掩映。收盡人間二月愁，可憐張緒曾同病。柔不禁春質似煙，修眉共月鬭嬋娟。沾來南海瓶中露，嬌怯時如弱小年。三春尤物君憐否？風流宜入才人手。一線春光萬種情，啼鶯無福能消受。幽懷未遂秋先知，抵死涼飈日夜吹。纖腰本自無多力，況值霜天瘦損時。生生死死爲誰苦？秋來憔悴總無語，曉寒見逼太悽楚。霧瑣重重敢飛舞？寸絲百結何能吐！昔年種悔近銀河，翻比人世多風波。望君不見奈愁何？鬢雲綠裋空峩峩。多情瀛海還相憶，薄命天人共折磨。榮枯聚散真難測，窺人無復舊顏色。飛花入水久爲萍，春愁點點儂猶識。

詩後集卷十三

感遇

孤鳳出西沼，四海仰光儀。飛飛未去久，斂翼丹山陲。倦遊隱深霧，百鳥安得知。靈物餐已遍，竹華非所宜。思欲陵倒景，顧望今何時。世無瓊樹枝，誰能救汝飢。

幽蘭久不采，春晚淪孤芳。衆蜂喜得之，頂以獻其王。好善本同性，推賢古有常。矧茲空谷豔，羣稱爲國香。物類尚知此，人情故難量。

種竹十餘載，猗猗臨水湄。秀色信可悅，未得出高陲。本因繁枝蔽，直節無由施。秉介固物性，扶植須人爲。徒云造化力，造化寧汝私。

東風入林薄，羣卉發奇姿。崖下有芳草，映日何離離。軒霞冒丹秀，宿雨滋紅蕤。過客競攀折，光采炫一時。西嶺有孤松，青蓋天半垂。覽者不能至，雨雪徒紛披。亭亭百尺上，獨立欲何爲？

世情狗利祿，得失競錙銖。風波亦何常，愛憎生有無。朽脯投地上，蟻見即來趨。同類争相賀，負之歸堂隅。忽然覆杯水，平地成江湖。棄脯各逃生，或至沒其軀。富貴亦如此，康衢多畏途。途窮乃空哭，阮公亦何愚！

朗月照孤帷，流光散空碧。曠士多疑懷，獨居竟愁夕。靜言思昔事，百感此俱積。七雄方虎鬬，秦獨錫金策。楚懷豈弱邦，地廣跨七澤。兵敗不自强，隆祀以求福。瀟湘多芳草，采之如金液。神風吹蘭宮，靈雨飄蕙席。女巫善窈窕，被服朱與赤。醉舞生横姿，致語傳靈迹。雲君怳惚來，桂旗揚咫尺。君臣事荒誕，巫言何足責。舉國盡昏醉，寧知時事迫。屈子無他故，獨醒遭擯斥。作騷問彼蒼，仰視虛空白。天亦有醉時，繁辭問何益！

襄子滅知伯，豫讓爲報仇。國破名俱辱，一士猶千秋。感恩何論人，願將身命酬。成敗無異志，愧彼冠帶儔。今我獨憑弔，感歎淚交流。知氏雖云亡，趙國亦廢邱。但餘橋下水，終古思悠悠。

賢愚各有遇，升沉無定期。絲粟關時命，人力何能施。買臣負薪日，讀書常苦飢。主父久遊學，四十無人知。妻孥不相保，親戚或見離。一朝入長安，上書伏丹墀。天子善其策，驚歎世所稀。召見未央殿，溫語頻下垂。公等昔安在？相見今何遲！賢士困巖穴，再拜讀此辭。掩卷爲涕泣，嗟嗟彼一時。

漢家際全盛，化治隆九垓。神武自天縱，文采出睿裁。泛舟汾水曲，作詩栢梁臺。落葉寄哀怨，秋風起徘回。天末懷佳人，絕域求龍媒。遂令啟函谷，天衢向關開。卜式起牧豎，衛青奮草萊。嚴助東吳出，日磾西域來。吾邱擅智畧，方朔善恢諧。濟濟廟堂英，各自炫奇魁。一言賜金帛，再言分瓊瑰。君臣道既合，風雲亦相催。董生不求達，拔以冠羣材。公孫老何能，晚亦履三臺。求賢有如此，寧至困塵埃！丈夫思濟世，七尺負崔嵬。幸逢憐才主，誰甘巖壑隈。所以太史遷，被廢愴心懷。不忍棄盛時，非徒怨形摧。問君後千載，慨想胡爲哉？

寒溫生異姓，相反實相成。絳侯本無文，乃能知陸生。陸生游漢庭，聲譽起公卿。一語將相和，信者唯陳平。世人矜政績，轉謂儒術輕。南陽有名士，羽扇坐麾兵。

我昔游睢陽，征途暗朝昏。寒雪漫千里，何地尋梁園。飛觀無遺址，層殿餘荒墩。河水泛村郭，比戶皆頹垣。牛羊牧城中，過客車無喧。酌酒聊自慰，灑涕誰與言？因憶平臺客，高會集朱門。帶露晨作賦，秉燭夜開樽。主既擅文雅，賓亦氣騰騫。春雲冒綠池，秋月麗文軒。宴游極歡樂，寧知黻冕尊。興發登高臺，四望凌中原。稱詩各言志，雲夢恣吐吞。黃金酬上客，白璧賜王孫。勝時不可再，高風近誰存！我生不並世，弔古忘寒暄。感念諸賢遇，不啻身受恩。盛衰憶今昔，行矣勿復論。

少小耽儒術，潛志探玄精。十歲誦典墳，吐詞先達驚。十三攻書史，十五好論兵。上書謁宗匠，一見爲心傾。二十工文章，遨遊抵公卿。三十遍海岳，驅車至神京。射策不見收，將歸務躬耕。致身本無術，非敢棄時榮。行行過邯鄲，將近大梁城。道逢一異士，貌古氣縱橫。謂我有奇骨，勉旃毋自輕。法應早出世，會須朝上清。何不自矜惜，而狥世俗情？混迹和其光，慎勿標英聲。再拜謝君子，自愧身無成。求名爲飢驅，性本薄簪纓。但恐賦命微，敢望棲蓬瀛。人祿且無分，天秩安能爭？君言吾未信，此誼竊心銘。

日出照城北，飛閣鬱輪囷。列戟號通侯，甲第冠平津。新承漢皇寵，功成繪麒麟。起園南山側，跨橋渭水濱。土木被華錦，花鳥媚繁春。門外何賓客，款接無虛辰。往來停飛蓋，絡繹盡朱輪。遠方寒賤士，有策欲上陳。門者弗爲納，卻立望光塵。平旦即造請，日午猶逡巡。富貴無貧交，緩急誰與親！

去去君莫遲，世事固難知。梁鴻西出關，五噫空悲思。臨水濯素纓，登山采玉芝。挽車空谷內，歷久情未移。回首望洛陽，何如舊來時。

維地有四瀆，濟水先淪亡。獨清衆莫容，厥流遂不長。同類竟相並，嗤彼淮與黃。豈無伏地流，幽潛良足傷。高才被羣謗，讒邪排善良。大川且不免，下士何慨慷！

桃李負穠豔，灼灼爭春妍。掩映背夕月，爛漫臨朝烟。花前有高樓，一女垂翠鈿。自矜容絕世，對花甚相憐。日日開朱窗，風起廢晨眠。紅芳難久持，花亦委逝川。佳人怨零落，悵望長涕漣。涕漣亦何爲？春事方延綿。今茲香已歇，豈曰無來年！落後雖狼籍，開時還復鮮。東鄰舊時女，顏色誰如前。

梟鳥多族類，秉性俱不良。桑椹豈乏食，好音終我忘。自倚托喬木，日夕陵風翔。中途遇破鏡，相從集高岡。凶物忽得勢，長鳴氣飛揚。偶然見鸞鷟，羣呼爲不祥。五色素未睹，驚怪固其常。

東家有棄胾，犬食遺道中。桑扈竊其餘，銜以誇飛鴻。物情矜所貴，要路氣如虹。輿服光赫奕，騎從何雍容！寧知高尚士，游心棲冥濛。浮雲視富貴，達觀忘窮通。今我臨止水，安問流西東！

讀史

廢興自古有，茲事久難言。鴻荒去已邈，爭奪何紛喧！往時百餘國，犬牙相并吞。誰非黃帝裔？同姓無救援。養馬何功績，稱帝有子孫。庭堅號才子，明德祀無存。變遷及楚漢，戰氣橫中原。約和既罷歸，追迫等窮猿。兵家計勝負，信義誰復論！帳中泣美人，哀歌聲煩冤。赤眉盛戈甲，黃巾秉旗幡。誅鋤無少長，朝日爲之昏。人命雖云重，未能比雞豚。漢家十二葉，流澤延後昆。休養四百載，故老忘寒喧。芟薙一朝盡，哀昔生齒繁。蔓草亦何辜，但縈死者魂。五季更紛紜，戰鬭如雲翻。震蕩駭川岳，奔騰覆乾坤。兵氣與火光，所向無仇恩。凶邪竊國柄，善類皆竄奔。沐猴戴華冠，列卒乘高軒。殺人莫敢禁，狡兔走爰爰。天心方縱亂，得時即爲尊。聖賢既不作，仁風孰云敦。匹夫執亮節，感涕徒潺湲。

昔者衛庾公，古稱爲端人。不忍害孺子，抽矢而扣輪。此事脫在今，必曰非忠臣。忠孝本至性，矯俗豈其真？蘇章按友罪，立名以榮身。俗儒或歎息，識者謂非仁。秉衷先既薄，安能厚君親？嚴刻以爲直，世風滋不淳。所以古吉士，靄靄爲國珍。一誠能動物，萬類歸陽春。不情即姦慝，人語寧無因？

林端集杜宇，云是蜀帝魂。家國思無極，嗚咽且聲吞。語卿勿吞聲，忍淚聽我言：興亡事非一，陰陽變晨昏。藻井成荒圃，離宮餘廢垣。王侯蹈白刃，帝子降青門。人謀固不臧，天道亦難論。符堅最仁慈，信義素所敦。混一志不就，乃至喪其元。姚萇弒主後，據關自稱尊。滅義身榮華，威聲動西崑。此理誠莫測，天高閉九閽。今汝本微渺，形化身幸存。自古皆飲恨，何爲獨嗚冤！

强弱有定勢，異謀無由起。勾踐誓滅吳，爲報會稽恥。力小疑弱大，世變從茲始。所挾在用謀，地廣亦難恃。勝負既無常，英雄竊自喜。帝王興草澤，風雲啟自此。

寄懷馬伯固

與君登高樓，平野何連延。寂寂大梁城，乃在落日邊。四望無□極，身世正茫然。退念我身後，追想古人前。遙恨自天來，飄風與迴旋。行行遇古寺，且復經市塵。夷門不可求，勝跡今誰憐？府仰千里內，沙草與人煙。日暮至酒壚，痛飲如吸川。今昔恣談笑，清尊勝管絃。我酌已云醉，君意猶纏綿。丈夫思建業，當爲天下先。既已被棄擲，且宜娱林泉。努力事酣飲，猶懼憂來纏。何能負玄髮，安坐待華顛。匹夫營一飽，無事日醉眠。達人自怡悅，寧問世稱賢。感君惠愛情，願報瓊瑤篇。升沉此遽別，相期寶盛年。

即事有懷姚幼楷

水落潮痕白，林空石氣清。亂沙推岸出，濕霧壓山平。邱壑誰同志？煙霞笑此生。窮愁還自惜，珍重故人情。

書齋有感

四山風雨集，高館獨遐思。出處挑燈夜，升沉掩卷時。易平千載恨，難覓一人知。竟夕憑誰語，幽懷且自持。

與魯岑夜話有贈

殊賞千秋後，深交一夕中。相知今勝昔，此別雨還風。君亦浮湘北，余將適越東。前途話身世，且勿怨飄蓬。

望潛岳

山形東走勢崔嵬，散作龍眠去不回。日暖翠隨千嶂出，雲開天放一峯來。瓊芝自昔歸丹竈，鐵鑊如今閉綠苔。亦有司玄仙洞在，幾時攜杖踏風雷？

題幼楷詩卷

今古兩行淚，乾坤一卷詩。此才原破格，我輩竟同時。白日天雞唱，青霄海鶴姿。別懷吟不盡，記取十年期。

天外

天外浮雲日往還，靜中春色滿柴關。異書讀遍愁難卻，滄海游歸迹愛閑。風雨入懷憐故舊，文章放胆爲江山。一杯且向花陰醉，明月峯頭弄白鷗。

寄懷家蘭巖廣文

世俗紛紛好燕石，卞和有玉空自惜。吾家大阮負豪邁，獨破羣闇具奇識。交游肝胆疑古人，意氣雲天生羽翼。憐余早歲文能奇，縱談今古同襟期。羣兒竊笑公不顧，枯松倒澗公扶持。我與公別游京洛，新知强對無歡樂。燕市悲歌曲未終，立馬黄河指西嶽。高才得路非無人，腐儒只合填溝壑。歸來江上且銜杯，望公不見徒生哀。公亦自喜得暇日，詩城酒國稱巨魁。嗟公同輩已寥落，天涯懷舊感雲鶴，高臺釃酒風蕭索。廣文先生原冷官，公居乃不優饑寒。苜蓿可飽即快意，一生長覺天地寬。相思千里非睽絶，仰首當空見孤月。願公寢處自怡悦，寶刀莫使輕削鐵。鄭虔三絶何足矜，要令冷骨撐風雪。江南春盡淫雨滋，淮泗漲高吞陂池。公之所治無城郭，蛟龍雜處煙迷離。丈夫有志須濟時，可惜公抱絶羣畧。身投閒散無處施，桃李可樹即教育。爲國惜起淩霄枝，慎勿便賦歸來辭。

看花曲

溪頭看花女，思欲比顔色。行行至花前，含羞怕久立。

昨來杏花白，今見桃花紅。花開有先後，同日嫁東風。

花飛落人前，人老在花先。但願身如花，千秋長少年。

七夕

自擕瓜果薦芳辰，月色今宵比昨新。記得長安風露冷，雙星曾照未歸人。

詩後集卷十四

過龍門寺

白雲自來去，山鳥未曾驚。僧自林間出，人從澗底行。攀蘿親石色，汲水聽溪聲。因共樵翁語，前途暮靄橫。

自麻山夜歸留贈

夕霏滿林壑，歸路暗難分。月出夜偏寂，山空語易聞。賞心留片石，勝境付閑雲。且訂後來約，相隨鸞鶴群。

客至

幽意向誰訴，前村鳥正還。客來蒼翠外，門掩暮雲間。移榻風生牖，烹茶月上山。嘯歌對庭樹，曲罷尚餘閑。

寄懷鮑覺生侍郎

我生二十有九春，遨遊海嶽窮風塵。宇內奇才交欲遍，生平不敢虛推人。雙五先生今詞伯，與余邂逅稱莫逆。吐論直空並世雄，揮毫欲奪前賢席。武昌六月生飛濤，江天不雨風怒號。胭脂山下把公手湖北學使院在胭脂山下，撥雲頓使青天高。燈下談詩各心折，高吟盛暑疑霜雪。筵前相對更有誰？隔江招得漢陽月。一飲十日天使留，坐我黃鶴之高樓。題詩素不求爭勝，到此忽若無千秋。呼公同立樓上頭，力挽江漢回東流。顛倒雲夢且八九，何況區區鸚鵡洲！公驚我狂笑無語，出示珠玉生玄圃，展來但見生風雨。我醉歌向大別山，山頭驚起雲飛舞。良時會合不可常，別公直到粵海旁。誰知燕地重相聚，彼此蒼茫對夕陽。升沉雲水那堪道，羨公玉顏未曾老，吾輩相逢寧草草！人間何者爲勳名？且飲美酒沽瑤瓊。醉侯尊貴軒冕輕，滄海立轉西山傾。一語氣可凌公卿。夜闌燭短興未畢，轉愁歡盡難爲情。公言人才不世出，天馬之姿鸞鳳質，努力乘風決雲日。我道遭逢原有時，古人感遇嘗言之，今爲先生事此詞。別後洛中窮眺望，中原氣歛容疎放。相思得句皆秋聲，河流與我争悲壯。卻憶辭公去京師，典衣贈行戒莫遲。我不能卻心傷悲，此身成立未可知。感公斯誼銘肝脾，公以元氣爲歌詩，但遇風雅長主持。安石高臥起何日？蒼生共卜非吾私。緘詞千里寄天涯，白雲相望無盡期。

哭王儕嶠太守

朔風吹入暮雲端，一夕文星落地寒。海内驚心凋老輩，江南舊事泣詞壇。師門知遇隆桃李謂朱文正公，澤國騷才惜芷蘭。題我卷頭詩句在，可憐訣別記長安。

東觀聲華舊絕倫，西垣風骨自嶙峋。新詞館閣呼才子，抗語宫門斥佞臣。五馬中州心未展，廿年循吏死猶貧。蘭州節使深交誼謂巖匡山方伯，應念重泉客裏身太守卒於京師。

宦轍浮沉百累牽，隻身攜僕入幽燕。老拚心力支風雪，病起吟懷破海天病中作新樂府幾百篇。一見論文真恨晚，百年有我忍無傳謂病中屬余校定尊稿。西河古廟挑燈夜謂寓西河沿真武廟，陳迹依稀尚眼前。

生平

生平無過願，愛採北山薇。入世心常怯，逢人默亦非。静忘隨葉落，倦立看雲飛。已悟升沉理，勞人且息機。

客中偶賦

暫客猶無賴，臨岐憶故關。自來甘淡泊，不是慕幽閒。强住無歡思，新交尚弱顔。擬同素心侶，結屋翠微間。

久識風塵累，遲回且十年。悲歡生酒後，憎愛到人前。虚譽竟何補，初心未忍捐。冷巖有芳草，好與致纏綿。

聞幼楷出都卻寄

歸雁謝春色，聞君辭帝京。囊方富詞藻，人自薄才名。軒冕非吾志，文章亦世情。買山非棄俗，少小愛躬耕。

抵南昌賓谷中丞見贈賞雨茅屋詩集近刻奉題長句即以留別

我昔見公南海濱，□天獨展鏡面新。把公詩卷日再讀，真氣上欲盤蒼旻。我今尋公渡章水，身與白雲相表裏。百怪胡爲忽來前，公出新詩贈我矣。天龍奮爪翔神霄，野鶴驟見驚不起。燈下持歸忘夜闌，奇氣入紙生虛寒。神力佛慧公兼有，天女狡獪尤無端。千斛之舟萬鈞弩，公才獨運人舌吐。縱橫但覺妙語多，慘淡誰知匠心苦。我與公別才四年，酒酣長憶珠江天。江東風月無管領，六朝景運空雲煙。公後黔陽擁龍節，驅走風霆鞭列缺，探珠直指蛟螭穴。重關複嶺高崔巍，行人驚從天上來，詩境到此公重開。千盤百折一覽盡，蒼翠深峭胡爲哉！百蠻風土無今昔，紅苗富饒赤子瘠。丹砂作牆彼厭居，綠荷裹飯此争食。公憫窮寒布膏澤，頌聲聽到奢香驛。就中風景亦破寂，跳月佳辰競妝飾。踏歌聲透春消息，蘆管花鈴禁不得。桃溪女兒工怨詞，竹王草木擅顔色。此時公意何從容，放手直寫生寄峯。或屈爲溪深爲谷，路窮石轉橫孤松。又或嗜新鬬纖麗，回姿作態春煙濃。深情密意細鏤刻，鴛鴦貼水穿芙蓉。離奇跌宕無不可，筆花幻出枝千朵。中原吟遍到遐陬，西南古迹囊中收，一洗龍標太白之窮愁。陳情乞養帝優許，忠孝何須分出處。綠野堂高日月長，南陔詩闕公能補。自古才人多數奇，清閑富貴難並期。公以盛名獨占得，天將此境昌公詩。嗟我失志長孤羈，遨遊萬里徒爾爲。江天蘭芷生怨思，公不我棄加褒辭，如大河受昆明池。華堂銀燭張瓊巵，飲我頓使心神怡。珠玉錯落天風吹，此夕不醉更何時，扁舟明日將別離。眼中秋色去何疾，興高欲挾雲東出，徑從東海探霞日。歸來擕得碧珊瑚，同公架筆天南隅。

題劉雪畹西泠聽雨圖

花影暗疑暮，湖心生嫩涼。雨聲聽隱約，秋色似瀟湘。南浦人方別，西泠夜正長。披圖看獨立，消息霧茫茫。

懷謝向亭學使

落雁下空渚，遥峯數點蒼。故人抱冰雪，秋色正芬芳。蘅芷堪爲佩，芙蓉好結裳。應憐天外客，風雨憶三湘。

將抵里門阻雨

故鄉咫尺隔雲霄，人立空亭話寂寥。不是青山行未盡，馬頭十日雨蕭蕭。

寄懷周伯恬

廿年湖海伴，奔走信音稀。遠出原非計，相逢衹問歸。曉寒侵旅思，春色上征衣。輸子蘭陵隱，鄉關獨掩扉。

詩後集卷十五

將遊西湖途中值暮春有感

鳳泊鸞飄又幾旬，風光偏向異鄉新。每逢歸客難言別，纔近中年怕送春。杜牧多情憐歲景，謝公遲宦愛閑身。湖山有願償嫌晚，輸與西泠放鶴人。

梁谿小住贈齊梅麓刺史

談深不覺漏聲移，珍惜西窗剪燭時。半世遇從今日厚，十年名愧故人知。論才海內如君少，把袂江南恨我遲。小住連宵難話別，錫山風景況宜詩。

自梁谿泛舟至嘉興途中得九絕句

看花抛卻故園春，千里梁谿一問津。貪向溪頭寫山色，不知身是畫中人。

洞庭縹緲接空冥，此去煙波路不經。曾上九龍山頂望，浮來七十二峯青。

吳門綺麗擅千秋，畫舫笙歌夜未休。只擬歸途問花月，怱怱不化虎邱游。

林煙出沒石橋橫，路到江南水有情。最是舟行難耐事，好山當面不知名。

片帆竟到太湖邊，湖上斜陽水接天。恰好波光清淺處，草痕青拂打魚船。

吳江南去水煙開，日向東風醉綠醅。倦倚雕窗閑不得，溪山纔過畫船來。

嘉禾風物足清華，流水彎環路幾叉。三塔寺前纔住槳，萬重深綠有人家。

鴛湖游罷向錢塘，訪戴城邊正夕陽。終是浙西風土勝，不栽花柳愛栽桑。

初抵西湖

十年夢想到錢塘，今日扁舟願始償。畢竟西湖勝西子，天然濃淡不須妝。

西湖偶句

花別斜陽柳折枝，尋芳真恨我游遲。六橋名勝仍千古，十里風煙足四時。士女行來都是畫，湖山太好轉難詩。岳王墳畔愁多少，寫入春情總不宜。

自湖上歸用前韻贈海帆明府

攬勝連朝尚未遲，故人招飲趁今時。全湖風景孤山占，一片波光四面宜。西子去時猶有迹，東坡吟後更無詩。煙霞洞口君曾約，他日誅茅莫誤期。

王竹嶼通守招同李海帆董竺雲游理安寺憩清涼亭偶賦

一望雲霞鎖路隅，傍巖樓閣翠模糊。山川昏旦能藏日，世外風光不借湖。人歷數重青玉峽謂水樂煙霞諸洞，天開萬幅綠陰圖。清涼亭下同高臥，曾否流泉入夢無？

偕海帆自靈隱登韜光寺

已從峽口聽驚雷，更上韜光踏翠苔。竹色留人當石坐，泉聲送我下山來。中途雲樹千重合，絕頂江天半面開。回首樓邊最高處，呂仙端坐煉丹臺上有呂仙像祀洞中。

素雲曲並序

素雲姓王氏，明季溧陽伊密之公子之歌姬也。密之才兼文武，意氣無前，有豪華公子之稱。聞素雲色藝為當時無雙，以三千金聘之。時有山左傅生者，徒步至溧陽，叩密之之門而請見焉。閽人見其來之遽，卻之以辭。傅曰：『吾以要事報爾主，何可推也？』閽人不得已爲通。密之故未識其人也，甚異之。既相見，傅不及他言，但曰：『我山東傅某也。聞公侍姬中有素雲者爲天下絕豔，某自慚寒賤，生平未睹佳麗，願得一見傾城，公能許我乎？』密之心竊訝之，而外負豪氣，曰：『見亦何難！君遠來勞甚，且少坐一談。』顧左右，命茶。傅慷慨言曰：『某千里徒步至此，專爲一見佳人而來，無他圖也。公如能許我，當靜坐以俟；　否則，無事過留也。』密之見其意切辭偉，乃命出見。於是時已薄暮，酒筵既設，佳肴雜進。酒方數巡，燈燭輝映，環珮鏗然，侍女十餘人擁素雲而出。傅起立，睇視良久，歎曰：『誠絕色矣！名不虛矣！此來爲不負矣！』即辭別密之欲行。密之留之至再三曰：『必不可留，且終今夕之宴，去未晚也。』傅曰：『所以不憚跋涉者，爲欲見傾城也。今既見矣，私願已遂，而吾事已畢，可以行矣。豈爲酒食哉！』遂徑去不顧，密之怏怏如有所失。蓋密之有心人也。始雖訝傅生之驟來，及見其容貌魁奇辭氣英斷，知其抱負卓越，心非常流。於是傅生既去之明日，密之太息曰：『嗟乎，豈有愛一婦人而失國士乎！』即乘駿馬自追傅生，至三十里，與傅俱歸，乃重爲設宴。每宴饌益豐，執禮益下。至數日夜午，引傅入至一處，華屋雲連，羅綺炫爛，帷帳几席器用之具，極其華麗。傅不測所以，密之乃告曰：『君之乘興而來，雖出無心，然此中亦有天意，吾將素雲贈君，以償道路之辛勤，此室即爲洞房，此夕即合卺之夕也。』傅辭以義：『不可，且不敢奪公之愛。』密之曰：『君何疑焉？贈姬之事，古有之矣。今君貧賤，力不能致佳人。吾方處豪盛，何求不遂？且粉黛盈列，豈少此一女子乎？吾以君爲丈夫，乃反效書生羞澀態耶？』語未卒，而侍者已導素雲出拜矣。傅驚喜過望，既款留逾月，供給備至，言論愈浹。傅挈素雲歸里，密之具舟親送，贈數千金以資生計。素雲奩中之值，亦不下千餘金，盡聽隨去。傅生家本貧窶，自此安居爲富人，嘯咏風流，有司馬長卿之樂矣。

居久之，逆闖犯闕，懷宗殉國，我大清定鼎燕京。有仇人告舊姓十家蓄異志者，密之亦在所陷之內。以其素施恩於人，人多爲之，地家雖籍沒而隻身得脫，遂竄伏草莽以待赦。是時天下初定，四方尚未盡平，羣盜盡聚山澤。密之托身其間者有年，欲雪其冤而無自。當此之際，朝廷新設科取士，而傅生遭逢聖世，已登高第致顯仕，十餘年間遂至宰輔，密之聞之久矣。適有舉子應禮部試，路徑山下。密之强之使爲致書於傅。時傅公扈蹕出都，素雲啟書視之，驚歎流涕曰：『始以爲密之家破身亡矣，今方知其尚存也。』于是傅公歸，素雲佯爲憂戚，公問故，對曰：『妾近有心疾，善忘，今不知母家何在也？』傅公笑曰：『夫人忘諸乎？伊密之即汝母家也。』曰：『然則密之安在？』傅公悲嘆曰：『密之遭禍及身，物故早矣。』素雲曰：『君一介寒士，無生人之累，得以專心學業際會風雲者，伊密之之力也。此恩可以忘乎？』傅公曰：『非敢忘之，奈其人已死，只可結草于再世矣。』素雲曰：『設使密之不死，可以報德而累及君，君爲之乎？』曰：『苟能及其生而報厥施，身且不惜，他何計也。』於是素雲乃以密之手書與傅公曰：『密之固在，吾何以爲計？』公閲畢，沉吟久之，蓋密之欲傅公爲昭雪其冤也。公于是謀之二日，計不遂，素雲欲剪髮事佛，且曰：『此人不能救，何顔苟貪富貴爲負義人也！』傅公乃竭力殫思，遍謀于在朝公卿，欲同爲申奏而未有間，會告謀逆者日多而情事皆虛，天子察知前此十姓之枉，問及此事，傅公乘間白之。於是十姓皆赦其罪，還其家產。密之得出山返里矣。

傅公既雪密之之冤，乃專書至溧陽請密之入京師以圖重聚。密之竟謝卻之。其復書以爲：『吾昔日之施，君今日之報，前後之事既奇，彼此之心各盡，可以無憾於朋友矣。自茲以往，君自爲熙朝重臣，吾自爲山林逸士，各成一是，不必相見也。』傅公與素雲皆嘆息不置，益高密之之爲人。余謂二公與素雲其事皆奇，而密之尤爲罕見，其始不拒傅公之求見，其繼以愛妾相贈，其後不從入都之請，割情杜私，匪惟成一己之高，亦以全素雲之名也。余客南康，狄相圃太守爲道其事，以爲不可無傳，故作歌誌之，而先序其本末如此。

溧陽公子人中麟，戎馬煙花氣絕塵。肝膽乍逢予國士，身家再造得佳人。佳人居近吳江水，生長容華似西子。小字人呼作素雲，淡妝不喜鬭紅紫。自矜色藝空群儔，妝臺晝啟上簾鈎。揮毫雅擅無雙譽，擇婿須求第一流。公子豪名冠千古，甲第連雲壓開府。聘取深閨絕代姿，金釵十二教歌舞。歌舞朝朝香正酣，才華色豔動東南。一門占盡人間秀，消息春風到處探。山左布衣大奇幻，陡然叩門造庭院。自云今代有傾城，不辭千里來一見。主人不拒言笑歡，朱筵命酒促冰盤。燈燭四圍紅奪月，侍兒列隊呼傳觀。傳觀良久人方至，鬟挽盤龍簇珠翠。海棠睡起嬌難勝，半面微紅羞欲避。見罷筵前即辭起，得睹玉顔無憾矣。苦留不顧拂衣行，踏過蘼蕪三十里。單身來去爲看花，匹馬追回遂連理。華堂設宴吹鸞笙，洞房引入光鮮明。素雲見贈無他意，爲感天涯徒步行。倉卒固辭安肯聽，藍橋擁拜立雲英。不因此際成奇遇，那識他時托死生。死生禍福難豫度，一朝賊火燒宫鑰。才人狼藉葬荷池，貴主倉皇試蓮鍔。君后猶成死別離，人家敢保生歡樂！異代風波謠啄頻，鐵騎羣來誰敢嗔？同時九姓皆收捕，鐘鼎門高易遭妒。全家驚作亂禽飛，重圍奪出單戈護。風塵滿眼竟何歸？且向綠林爲退步。壯士頭顱活草間，書生事業興雲路。雲路迢遥引畫輪，可堪羣盜起荆榛。干戈四擾乾坤碎，閶闔重開日月新。直北旌旗回曙色，江南脂粉拾殘春。此時前度受恩客，登朝已冠賢良策。芙蓉殿上看回翔，張蒼作相承殊澤。黄閣風高北斗秋，紅樓煙暗西山夕。回憶兒家初見時，相逢不敢遽相思。何期金谷園邊樹，移作瓊花館内枝。異鄉萍水同鴛帳，當年良會原非望。半世恩情疑夢中，一生遭際真天上。重提往事共欷歔，世變人亡感舊居。樽前已抱重泉慟，世外飛來一紙書。書詞傳自何人手？舉子途中親手受。相公扈蹕夫人啟，歸來持讀喜還憂。沉吟豈是心推避，計到深時轉費籌。閨中發恚辭氣激，誓剪烏雲碎妝飾。此人尚在救不得，英雄兒女盡無色。負義貪榮妾不能，毀容事佛君毋惜。相公感此淚交流，傾家問策商王侯。十辰竭盡綸扉力，天日方能轉鳳樓。赦書星夜下江關，避罪人纔返故山。燕子舊巢餘宿土，梅花小閣長苔斑。自憐少小好奇異，邂逅論交仗高義。黄金脱手非市恩，美女如花輕棄置。豈料當筵慷慨心，翻爲今日生還地。羅綺心灰痛昔時，骨肉人殘驚隔世。只因花月擅豪華，惹起春愁滿天際。南北關河聚散情，存亡家國悲歡淚。故人垂問尚蒼旻，吐氣成霞勢絶倫。誰言佳麗能妨福，不信男兒易致身。施恩報德兩奇絶，寸衷各盡他何説。見面翻多難盡懷，從此便宜長訣別。卻還來使謝京華，書將心事辭明月。升沉此後各分途，明慧人憐九曲珠。直將血性酬恩義，不是文君念故夫。從來散亂無寧軫，晚季生才嫌太盡。巾幗飛騰得盛名，衣冠零落成高隱。曠代風流各少年，兩朝交誼終紅粉。何物名花爾許妍，關人衰盛自年年。天教早脱紅羊劫，色界春開百卉先。彌天貴盛亦煙滅，休誇炙手能炎熱。舞扇歌燈有路塵，花箱劍匣消春雪。彩雲散後舊雨空，唯餘哀豔情淒切。詞客關心譜異聞，太守從頭傳俠烈。恨少丹青寫畫圖，一幅雄奇好人物。繁華夢短情天寬，多才狡獪太無端。題詩歌遍烏衣恨，留作南朝野史看。

詩後集卷十六

九日偕齊梅麓刺史沈閏生邱芝巖登九龍山絕頂望太湖

凌空蒼翠半浮沉，浩蕩煙波豁素襟。千古詩懷争令節，九峯秋色壓歸心時余將返里。不圖泉石能留客，轉喜湖山遇賞音。踏遍碧蕪天正晚，洞庭回首白雲深。

插花時節趁啣杯，賓主東南此一回。遠岸直從無地盡太湖遠處通海，夕陽忽送大江來山頂返照望大江更明。每當勝景思人物，自古登高重賦才。看到□山浮一點，此身何異近蓬萊？

殘霞紅湧浪花頭，都向三茅寺外收。絕頂山川宜縱筆，中年身世怕悲秋。水雲空闊惟飛鳥，天地蒼茫看去舟。不得仙風吹落帽，從來佳話屬名流。

戊寅感秋

滿眼秋光出石城，頻來翻笑此身輕。經過海水琴絃激，減盡風雲劍氣平。已信求榮真失計，敢言識字誤平生？瓊霄得路皆鸞鳳，別鶴何須帶怨聲。

對鏡頻驚病後顏，風吹葉下亂雲間。奇文積篋思焚草，舊雨貽書教入山。絕境我猶拚攬勝，勞人天肯許偷閑。塞翁得失終難定，且從扁舟逐白鷗。

窮愁只合付儒冠，自古才人幾達官？黄菊飽餐留句遍，滄江歸臥避名難。風高鳥鵲聲争喜，波靜魚龍影尚寒。畢竟壯懷消未盡，燈前時解佩刀看。

江山如此我棲遲，四海同憐落第時。一擲何關榮辱事，十年真負友朋知。醉來别有傷懷淚，愁甚羞爲憤世辭。攜得歸雲坐高閣，歲寒風雪伴松枝。

題平一愚節端高山流水圖

開卷胡爲氣飄忽，雲水浩蕩山突兀。伯牙今有鍾期没，抱得枯桐訴秋月。月華浸入紅蓮池，蓮幕才高傾一時。平生懷抱羅川嶽，無人解識孤琴知。桐陰獨坐秋滿地。圖將山水寄幽意。秃毫豈盡太古愁，尺幅能收千里勢。高山自聳水自深，似有遺怨傳至今。我從燈下窺君心，惜此悠悠絃外音。

麥浪舫

朱嶽雲煉師構居白鷺洲上，其屋形如舟，三面臨水，四圍皆麥，因名曰『麥浪舫』。余與同人聚飲于此，煉師索題，即以爲贈。

萬綠浮空到客前，道人居近鷺洲邊。浪從平地搖春色，天入扁舟共歲年。六代山川容小住，四圍雲樹伴高眠。一樽夜話神霄事，珍重蓬萊謫後仙。

王竹嶼通守于役江寧邀余同行赴越舟中有贈

家住金陵第一洲（謂白鷺洲），江山勝處有高樓。風雲激蕩歸奇氣，空水微茫共此舟。坐久星河驚半落，興來杯酒亦千秋。濟時好副蒼生望，四十功名正黑頭。

重游惠山贈齊梅麓刺史

龍山秋共幾人分，鴻爪天邊去住勤。千里重尋東海月（謂再往浙江），一年三看太湖雲。放懷今古能容我，破格文章爲贈君。難得羣仙同聚首，一杯珍重話斜曛。

抵吳門

空江半夜響驚雷，燈火船頭浪影開。一枕雲山隨夢去，五更風雨破愁來。笙歌重聽秋寧晚，霸業消沉我獨哀。可惜姑蘇臺上曲，烏啼誰憶謫仙才。

贈陶子靜

梁谿同聽雨，絕嶺曉看湖。遠水半明暗，遙山忽有無。斯人才秀出，吾道氣寧孤。此會原天意，遨遊越共吳。

少時

少時辛苦作書生，十載屠龍技不成。得失已空花任落,恩仇未快劍羞鳴。吳門詩酒閑時句,楚國親知暫別情。醉向波心抛棄稿,風雷付與怒潮争。

宴集

無端鴻爪到花前,羅綺關心更管弦。一片彩雲吹不散,那能秋夜便如年。

重至西湖遇雨

蘇堤小別未經年,又上西湖舊酒船。恰是南屏新雨過,水光山氣合成煙。

次紹興

會稽形勝本天開,雨後秋寒壓郡臺。近水煙光隨路轉,渡江山色擁城來。越王故迹惟塵土,文種奇功付草萊。我後馬遷游十載,盛年空負著書才。

抵上虞題海帆明府畫册

雁蕩山紀游

峯轉白雲回,芙蓉萬朵開。谷深天倒入,瀑對雨飛來。雁宿古時月,人驚低處雷。眼前游未到,應爲謝公哀。

龍湫山紀游

龍母來何自,山深舊煽靈。破胎出鱗甲,入夜忽風霆。千載洞雲濕,四時春草腥。使君祈雨罷,踏遍幾峯青。

招寶山觀海

纔信乾坤狹,人間但水天。有風波亦定,不霧氣無邊。黑影迷身世,滄桑老歲年。請從招寶望,多少夜珠圓。

石門觀瀑

昔聞謝康樂,攬勝宿雲根。一水走天半,兩山撐石門。靜懷相對永,流響竟忘喧。知子淡塵慮,遊闌終未言。

西湖泛月

荷花著水香,蓮葉當風張。西子抱明鏡,對人矜晚妝。煙光初淺淡,湖景任低昂。竟挾月飛去,良宵秋短長。

東湖訪舊

君以淩雲氣，兼之仙吏才。波偕人影至，山送酒船來。余亦東湖去，言從北里回。到時逢舊雨，一爲問蓬萊。

南湖煙雨

我昨住嘉禾，南湖打槳過。詩懷淡煙雨，樓影落春波。愛子窮游興，披圖足嘯歌。不知憑眺處，風景近如何？

姚江謁王陽明先生祠

軍前儒服坐麾兵，手挽銀河轉太清。曠古人誰繼諸葛，一杯我獨奠先生。身閑未盡匡時畧，才大難辭講學名。莫道奇功成太易，當年遭遇有王瓊。

龍泉山晚眺

龍泉山勢壓城臺，極目姚江暮色開。海上神燈今不見，月明依舊送潮來。

謝太傅墓口占

勳業消沉塞草斑，林泉半世占清閑。男兒三十休言困，謝傅當年未出山。

渡曹娥江

青山環抱水安流，雲影天光入鏡收。秋色滿江斜照裏，四圍紅樹送歸舟。

禹陵

百川手導奠神墟，尚藉餘靈鎮海隅。萬嶺勢來雲擁護，千秋迹在石模糊。繡衣入夢原飄渺，宛委藏書定有無。終是巡方勤遠涉，至今遺恨等蒼梧。

古木蕭疎夕照中，川流徑改况璇宫。子孫越國人誰在？風雨塗山會已終。經畫五千歸甸服，遭逢十二作司空。遺民再拜無窮思，不爲平成第一功。

山雄未覺氣崚嶒，窆石亭高翠幾層。太史窺時惟有穴，後王改制久呼陵。圖形漫訝山經富，方物偏勞禹貢登。獨惜岣嶁碑字古，門前誰解認金繩。

游蘭亭

清流映帶不聞聲，勝會蘭亭迹已更。萬種悲懷成此序，千秋驚歎只書名。賞音身後逢人主，樂事圖中擅友生。憑弔豈徒因内史，永和人物盡關情。

登吴山大觀臺有感

煙水蒼茫集此臺，紛紛殘局事堪哀。駐蹕無復中原志，立馬終非霸主才。吴越好從圖畫看，江山齊赴客心來。盡多萬古登臨恨，消得天南酒一杯。

岳墳口占

興亡舊事付雲煙，大樹無言向日眠。不信冬青零落盡，南枝猶護墓門前。

程鶴樵先生宣撫浙中詩以奉呈

佳氣新看北斗旋，幨帷初駐鏡高懸。數遷恩自天邊錫，萬里名從塞上傳謂自甘肅擢撫兩浙。赤手障波能止濁，蒼生望信早如年。齊聲都向西湖賀，第一山川得此賢。

大程宗派學淵源，小范心胸氣吐吞。十萬甲兵新虎帳，三千桃李舊龍門謂視學粵東。包羅文武憑儒術，管領東南識聖恩。九曲黄河都閲遍，海天鎖鑰固藩垣。

曾官山左凛冰霜，隴右開藩久拜章。天子倚公爲柱石，郎君轉眼亦封疆。一門建纛原殊數，十月回春趁小陽。要與天臺比高潔，夜深上告正焚香。

書生踪跡愧飛蓬，蘇軾當時遇魏公。才拙六年猶故我，門高兩度立春風。孤彈白雪誰同調，怒鬱青霞氣吐虹。長劍即今休別倚，將軍來處自崆峒。

放歌行贈陶珠泉司馬

丈夫意氣薄雲日，讀書擊劍推第一。頭顱三十未崢嶸，蓋世才名安足惜。學仙幾次術難成，乃從紙上求顯榮。書生久困不解事，數奇妄與天公争。江南八月葉飛早，秦淮煙月傷懷抱。扁舟更上越王臺，一夜潮聲萬馬來。弔古茫茫恨無極，寒意鬱雲雲不開。燈前邂逅得吾子，英姿磊落快無比。方外司馬爾何奇，古聞其人今見矣。百年交誼一言始，且出新詩置筵几，高歌遏雲動秋水。文成破石驚鬼神，世儒輕之猶灰塵。通經不講治生術，賣漿賈豎皆笑人。與君痛飲話千古，醉倒更酌復何苦。酒酣君亦神飛揚，奇論與我相低昂。寶刀逼人初出匣，十步以内生秋霜，願君寶此宜珍藏。屈心努力爲能吏，棄書從俗即稱治。莫矜昔日切雲冠，看我關河已憔悴。一生傲岸苦不諧，李白坐此狂可哀。我今别子東湖去，冷落西泠月夜杯。

偶憶

若耶溪路近天台，惆悵尋春第二回。一卷國風曾誤讀，三生杜牧悔多才。簾前月好當窗見，峽口雲深對客開。可識佛天真樂界，蓮花香色奉如來。

弄珠樓宴集即席醉賦並贈竹嶼

一生好作南溟游，慣隨名山爲去留。若耶溪上花看遍，天風催泛東湖舟。忽忽未及别西子，回頭一笑隔煙水。行行不覺來當湖，此身仍在明鏡裏。主人倒屣心相投，氣回滄海移嵩邱。高談夜漏已十下，一醉直可無千秋。杉亭之游未狂爲足，飲我弄珠樓上頭，湖光四面樓全收。放出雲霞走飛牖，奪來蒼翠浮中流。傾尊倒罍出怪語，語才何必分今古。如此風光况故人，奇懷不盡更誰吐。拔劍爲君復起舞，諸公衮衮半開府。男兒生不爲霖雨，讀書萬卷欲何補。杜陵自許稷契身，卻教兒輩稱神父。使君昔轉湖海春，樓與雲煙同鬭新。使君今宴梅花側，此樓更爲開顏色。智珠在手寒生芒，驪龍有耀現不得。湖勢如龍樓作珠，九曲争向湖心趨。樓影蕩漾不成彩，更借朗月生華腴。吞吐細浪光有無，夜深佩響鳴瑤瑜，疑有天女來空虚。乘月玩弄勢飛動，白雲左右爲擎扶，海魚到此睛模糊。微風忽起珠破碎，滿湖散作青珊瑚。我坐珠樓拚爛醉，直須滌盡塵寰累。湖波萬疊難况愁，突兀何能了人意。安能身爲雲中仙，呼君共飲方丈泉，名與孤月同高懸。首枕芙蓉樓頂眠，下視澤國空滄煙。

獨坐

高齋搔首近蒼旻，弔古迢遥迹已陳。不分詩人頻感遇，由來貞女易懷春。客途歲月空詞藻，世事棋枰鬭舊新。贏得一編風雨夜，行藏細計倚樓身。

煙雨秦淮悵别離，辭家尚記束裝時。妻憐屢困羞求禄，母畏傷情戒作詩。識曲楚人空下里，舊巢越鳥有南枝。天涯回首休增感，仙侣同舟况酒巵。

平生自分百無能，湖海名高轉被增。已恨春蠶絲委曲，尚憐乳虎氣飛騰。江天浩蕩餘詩卷，身世分明問客燈。看遍湖波三萬頃，更窮絶壑訪山僧。

客夜不寐

夢醒家山尚眼前，穿櫺涼月影娟娟。愁多似髮來天外，事遠如雲到枕邊。漏永孤懷難待曉，酒消百計不成眠。客中漫說良宵短，如此消磨抵一年。

詩後集卷十七

乍浦觀海

遠浪窮何處，飛雲破混茫。四圍仍內地，一氣接東洋。水石聲交戰，魚龍勢若狂。通倭此門戶，鎖鑰慎邊防。

巨艦高如屋，登臨出世寰。雲扶孤日定，波靜百靈閑。佛國開天處（謂普陀），人煙沒島間。浮空青數點，認是海鹽山。

風起洪濤激，琉璃影變黃。乾坤無上下，雲日乍陰陽。節鉞今雄鎮（本朝設都統駐防），瓊瑤舊法堂。湯山即靈境，不必問扶桑。

苦竹山晚眺

石塘風急舞靈鼉，萬里寒潮帶晚過。疊嶂翠含雲水濕，夕陽紅到海天多。倩妝龍女藏珠闕，灑淚鮫人織素波。亦有錦屏山上約，蓮花洋隔奈愁何。

渡海登小落伽山觀大洋作歌

海南名勝推落伽，紫雲一角天之涯。竹色到天太清潔，仙人灑墨成桃花（謂安期生）。地靈路阻遠難至，且向小普陀一醉。看山直到海中央，縱不得仙亦快意。梵宮疊起高崔巍，軒窗獨爲重洋開。鵬飛沒處望無極，天邊疑有金銀臺。山前島嶼闢靈洞，最小石輕壓寒重。波心幾點綠如螺，四面海風吹不動。九峰飛下排海東，直欲驅入馮夷宮。此山突立作屏障，隔空面對青濛濛。東南百道花玲瓏，霞彩射浪天翻紅，全海半化金夫容。夫容蕩漾天如故，山腳穿波石猶怒。波强漱石石齒生，蛟龍遙見不敢渡。鐘樓上聳凌山闉，笑語飄入虛無間。到此方知與天接，從前游境皆塵寰。海雲望斷迷無界，天教薄霧橫如帶。遠影微茫認不真，一重白氣圍天外。紫濤激蕩何壯哉，百里未近聲先來。今我身共雲盤回，詩成投向滄洲隈。詞源浩瀚果如海，人世何由量此才。窮虛我已臻絕境，坐見仙靈去來影。未識蓬壺玉闕人，空中目我爲何等？我聞仙佛珍靈墟，大士得此爲下都。門與華頂正相向，潮音清妙聽有無。或云白鳥來傳信，曉色飛破天模糊。長虯十丈出無忌，巨魚亦向東溟戲。李白視鼇何太輕，不義丈夫乃爲餌。且把釣竿待潮至，潮生潮落徒悲號，海寬不覺潮頭高。須臾水定舟如臥，暮色欲下雲銜破，海氣暈日朱輪大。凌波龍女顏娉婷，手獻明珠衣水晶，獨立不語生遙情。扶我回舟入煙霧，妙香作飯和甘露。佛天春滿花無數，何不載將春色去！林巒回首瞻禪關，隱約天空響珮環。歸時一笑傲湖山，我今真從世外還！

寄朱魯岑

行年三十尚儒巾，痛飲狂歌對古人。落莫山川吾去住，崢嶸歲月汝沉淪。孤帆夜雨來時夢，五渚煙花別後春時歸自楚南。好錄新詩勤掃葉，開軒重待話風塵。

東光山

滿懷奇境上東光，河伯纔知愧望洋。日月有時同出沒每歲孟冬朔見日月合璧，若九月無晦日則不見，海天無處不蒼涼。普陀風景原雙美，倭國文詞自一方在姚薌園家見琉球國詩稿。聞說極東山似火，有人親到沃焦傍。

過陳山

層巒獨立露澄清，空際無風自有聲。星月共珠浮海出，鯨鼇挾浪踏山行。潭深長有金鱗浴，霧濕難教玉宇晴。如此曠觀足遺世，男兒那得戀浮名。

舟中贈雲起

吳越名區欲遍尋，且攜舊雨共登臨。出羣君自親風雅，渡海人誰試淺深。歸路客心勤計日時雲起將返江寧度歲，殘冬歲月貴如金。回舟尚有江山約，好聽蒼龍水上吟。

海虞口占

海虞曉色傍城開，山勢參差欲壓臺。界斷煙巒青一角，風光齊到女牆來。

過虞山有懷

絳雲勝迹久滄桑，故址人猶認夕陽。紅豆山莊自來去，多情只弔柳枝娘。

書感

男兒七尺氣昂藏，學佛求仙兩未遑。便擬入山臥風月，枉拋全力事文章。諸君雅望宜鐘鼎，餘子多才亦棟梁。短棹漁歌歸獨晚，五湖煙水正蒼蒼。

自東流入徽州山中

地鎖千重險，山開四面城。有天通出入，隔嶺判陰晴。境向峯前轉，風從足下生。探奇爲乘興，不是愛長征。

風土殊三楚，林巒別一天。樓臺富春色，邨落聚人煙。道遠皆眠石，山多惜占田。空餘舊桃萼，獨秀冷巖邊。

石作紫霞色，溪流碧玉環。人行煙靄外，春倦雨聲間。地險遲飛鳥，愁多比亂山。邊隅足風物，憑眺且開顏。

盡日窮幽僻，風來聞暗香。雜花開滿徑，老樹臥斜陽。亭已迷昏曉，墳猶認晉唐。由來兵革少，地不管興亡。

絕頂裂成澗，懸流百道分。月明孤影現，夜靜虎聲聞。草宿嶺頭雨，人耕天上雲。尚憐汪越國，祠宇閉斜曛。

過齊雲山

碧雲深鎖護靈墟，百鳥銜花迹有無。多少奇峯看不盡，神祠日暮集啼烏。

游黃山登蓮花峯抵煉丹臺

我從海上浮舟還，靈氣隱隱生袖間。胸中鬱怒泄不盡，更欲走險窮黃山。黃山之奇絕地紀，太華以外無其比。只因地僻遊人稀，翻使仙靈占全美。今我來自萬山裏，白雲一見爲驚起。初從湯口望空冥，青鸞紫石峯名紛縱横。振衣直到天門限，諸峯漸與人身平。溫泉浴罷餘芳烈，洞口玉簾垂不絕。懸流倒挂落深潭，白龍渴飲千丈雪（謂白龍潭）。丹霞（峯名）一道遙插空，朱砂桃花（二峯名）相映紅。天公亦恐山寂寞，濃妝作態同春工。文殊院聳何巃嵸，獅象怒立疑争雄。前有高臺後玉屏，屏上咳唾生天風，俯視但覺青濛濛。蓮花在右天都左，兩峯之中唯夾我。我欲醉上絕頂眠，山僧止余曰不可。天都峻絕行路窮，峰巔自古無游蹤。此是山靈心吝惜，閉徑不與人世通。惟有蓮花可相從，石門穿過行甕中。出洞入天透石腹，乃能足躡青芙蓉。芙蓉直上望無極，江水遙黄海雲黑。人在蓮心低處立，千朵中天鬬顔色。須臾日空山難遮，滿峯齊吐金蓮花，石瓣中開含雲霞。瓊瑤作膚石作骨，露洗花房翠如活。忽然風起吹仙闕，蓮花搖蕩態自閑。我身不動將花攀，恐隨蓮隊落人寰。旁有一峯似蓮蕊，壁立直削青見底，萬古含苞若處子。更有蓮葉形低眠，葉中不雨長留泉，氣與風勢相周旋。興闌纔下雲梯級，鼇魚出洞作人立（謂鼇魚洞）。神鴉引上平天崗，到此地闊無低昂，雲氣鋪海天汪洋。其餘怪石各千出，人鬼禽獸難具述。境奇一步即换形，三十六峯無複筆。我游未盡神已疲，歸路草草穿翠微。容成浮邱（二峯名）留不住，荅云去浣青羅衣。峯頭老人向余笑（山中有老人峯），似爲此遊誇奇妙，我對無言發長嘯。戲將澗口臥龍松，與翁相較誰年少。百花洞口多奇香，山中靈藥仙人糧。聞有異花三百種，畫工圖去今無芳。名山遇合亦由數，別君咫尺屢回顧。出山醉作黄海歌，寫來滿紙是雲霧。

詩後集卷十八

寄陳碩士編修

薊門秋色接龍舒，兩地離懷托雁魚。館閣仍留天下望，拾遺曾上舊時書。一春桃李看重植時分校春闈，六月芙蓉伴索居。獨恨金臺言別後，三年蹤迹尚樵漁。

潦倒頻蒙惜楚冠，看君隻手障波瀾。文章並派同心折，貴賤論交共歲寒。南國聲華誰領袖？少年卿相自長安。關情卻憶金陵路，祇恐羊曇淚未乾謂姬傳夫子。

金陵口占

秣陵原是舊吳宮，花月南朝自始終。楊柳拂天空夕照，芙蓉帶露別秋風。千年興廢成詩史，一代馨香奉鬼雄謂蔣祠。獨羨小喬得佳婿，歌詞豔唱大江東。

客中憶昔

臥聞帝子雲中瑟，醉謝梁王座上杯。萬里我猶嫌路短，四時天易縱秋來。思家節候江流急，落葉關河雁別哀。辛苦少陵多感慨，登臨愁到最高臺。

題周南卿品茶圖

午窗睡起閑花落，酒香不解秋懷渴。茶鐺風細爐煙清，半甌綠淺濃如酪。東坡酷愛密雲龍，君之嗜好毋乃同。茶經熟讀意未足，製器精巧非人工。飲雖小道總師古，我宗杜康君陸羽。座上休誇醒酒功，酌久纔知味甘苦。品茶品水須兩全，水清宜用活火煎。問君日試西湖水，何似金山第一泉。

過陽湖弔惲子居明府

聞笛山陽灑淚過，高談憶昔共關河。一官夢境同蕉鹿，千載文名亦逝波。歸去江南新著少，邇來泉下故人多。玉樓作賦原常例，卻恐瓊臺令又苛。

哭王悔生先生

大雅終何屬，吾鄉喪老成。千秋存隻字，孤月照平生。世俗争浮豔，空山泠舊盟。西風重灑涕，不是爲交情。

早歲騰華譽，才空萬馬羣。游窮黄海日先生前後在徽最久，歸臥碧天雲。一別思傳語，重泉可再聞？向來酬唱意，獨坐對斜曛。

白首遺經在，名山閲古今。枯桐留正響，老樹識秋心。竟逐風雲去，徒令歲月深。膝前有名驥，已喜作龍吟。

知己半寥落，先生今又歸。此心惟自許，吾道復誰依？井底蛙空噪，天邊鶴獨飛。恐勞魂入夢，不許掩柴扉。

存歿論身世，艱辛此一官。家貧長物少，星落大江寒。飄渺珊瑚筆，凄涼苜蓿盤。焚將數行字，地下問平安。

過岐嶺

飛巒叠起逼高穹，絕頂中開出梵宮。積氣千重生雨露，晴嵐一道劃舒桐桐城與舒城以此嶺分界。川原出沒寒鴉外，身世蒼茫曉焰中。便欲憑虛逐雲去，金雞啼罷舞天風俗名嶺爲金雞嶺。

自西湯池入小河口宿道中

懸崖直下吼泉聲，二水交流作勢迎。地入荒原稀見樹，山當僻路半無名。親朋寥闊疎音問，客夢驚疑昧死生時夢亡友張小阮相對如生時。曉起渡河更回首，峯巔雲破有人行。

酬伯昂侍講見贈之作即送入都

霄漢神交各十年，君臨京洛我遊燕余丙子入都時，君視學河南，未及相見。豈知一夕論文地，仍是三春故國天。絕塞河山皆舊識謂主試陝甘，中州人物定誰先。風雲此處前途護，珍重詩名北斗邊。

奉懷桂舲先生

江波浩蕩海雲深，都是龍門別後心。一曲人間新製摻，十年天上舊知音。布春能使秋臺暖，覆物真同夏日陰。我識荊州原未晚，鉛刀無分作南金。

大雅瑤壇孰主裁？先生巨筆掃雲開。中天鸞鳳隨簫至，南海珊瑚入網來（先生曾撫粵東）。好古襟懷澄水月，憐才意氣動風雷。少陵舊感韋公遇，三十功名志肯灰。

書懷

已窮紫塞更滄洲，南北關河感壯游。客路最難平意氣，英雄未免重恩仇。酒杯事業償青史，詩卷功勳累黑頭。亦有防身長劍在，斬蛟不用試吳鈎。

贈召虎

召虎爲亡友張阮林之子，端謹早慧，今隨其舅氏伯昂太史入都，感今懷昔，不勝凄然，因賦此贈之即以送行。

曾同阮籍醉斜曛，別去人天事莫論。四海獨憐吾浪跡，十年喜見汝能文。聞呼父執心翻痛，說到京華手易分。雛鳳聲清出丹穴，風高前路即青雲。

許叔翹將游粵東與余遇於皖上盤桓累月別去寄之以詩

紛紛樹立看兒曹，白髮談兵首自搔。話到風塵頻灑淚，興來江閣忽飛濤。能知恩義惟名馬，不耐愁煩是寶刀。我已三年豪氣減，因君詩思逼天高。

寄鶴樵中丞

使者東瀛又步春，濟南威望一時新。調停近海三齊俗，鄭重焚香五夜身。帶甲人多誇勇悍，魚鹽政易返清淳。民間疾苦應勤告，公本西垣舊諫臣。

雜詠

萬疊山環春水深，懷人天末信初沉。聲華舉世交推日，事業中宵獨坐心。孤鳳不飛原有待，蒼龍未老任高吟。君看司馬游梁倦，天子新征賦上林。

層軒四壁起秋濤，拔劍寒生氣獨豪。歸客南來春雁盡，中原北去浪雲高。朝廷已切蒼生慮，都尉休辭白日勞。聞說詔書嚴黜陟，城中持節幾吾曹。

憶昨浮舟大海還，鯨鼇不動水天閑。虛傳身到蓬瀛外，豈有文懸日月間。倦後逃名甘白屋，歸來謝病臥青山。邨鄰野老時相訊，爲報柴門草不刪。

長安風雨故園身，兩地愁連句各新。客裏夢寒今憶別，江南花落我留春。無情歲月消明鏡，有壽文章讓古人。抱得龍門書一冊，平生託契更誰親。

康衢

康衢衮衮盡龍媒，超軼誰爲出世才。將相功名原瓦石，神仙富貴在樓臺。風吹遠島金霞動，日射扶桑玉宇開。最是天宮破資格，聖凡都許向蓬萊。

寄呈英煦齋先生

燕山萬叠擁神京，中有卿雲捧日明。九殿恩隆天有色，五城令肅夜無聲。韋平事業看重繼，韓富勳名羨早成。手轉鴻鈞扶紫極，獨能青眼向儒生。

相馬曾空冀北羣，生平高誼薄風雲。榜收龍虎三千士，部領貔貅百萬軍。紫禁論功褒語在，黑頭憂國寸心勤。如何李白烏棲曲，也辱中朝賀監聞。

敢誇注易飲三爻，卻爲逃名賦解嘲。古樹雲陰棲老鶴，空山雨氣鬱潛蛟。高軒有句驚韓愈，矮屋無緣比孟郊。若使九方頻許顧，龍媒豈定出蒲梢。

章門喜晤雪盤即贈

豈不樂歡宴，其如別促何？語因深夜切，才爲有情多。好句思千古，名山愧再過。良時須努力，吾已悔煙波。

尚僑客以五言古體見贈詩以酬之

身世無端此一樽，天教會合始章門。緇塵我已憎行色，青史君能雪舊冤（謂三國志辨微）。涼夜難忘溫後酒，關心最是別時言。片帆歸看梅花發，定憶相尋話夕曛。

不寐

無術消長夜，殘燈照夢青。不愁千里遠，翻畏五更醒。枕上成詩易，階前又雨停。明朝故人約，載酒且江寧。

如此

如此還爲客，男兒亦足羞。同游多建節，壯志獨扁舟。作賦空黃絹，驕人但黑頭。茫茫今古恨，不肯付東流。

題雪盤詩卷

抱得高秋獨繭琴，十年吾忝作知音。不圖南國飛鴻日，又聽西山别鶴吟。月好尚思前夜句，酒多無奈醒時心。留題珍重臨歧意，門外章江爾許深。

贈張雲齋

不謂江天闊，新知獨此人。文章空意氣，吾輩合風塵。哀樂非關别，窮愁勉愛身。詩囊富煙月，休歎一官貧。

楚南懷古

瀟湘風景富波濤，石色青紅壓半篙。地有文詞開戰國，天生芳草爲離騷。江聲北去群流集，山勢南盤萬叠高。欲乞靈均佩難得，更誰步馬憶蘭皋。

弔古愁登望遠亭，悲來卷裏鬱風霆。天當七國原難問，人異三閭敢獨醒？佛嶺露高全楚白，巴陵水接遠山青。金盤玉笥游何益，終有奇懷破八溟。

岳陽樓上俯平川，五渚三湘勢總連。夜久波光齊襯月，曉來水氣盡成煙。乾坤浩蕩偏宜客，身世空靈合遇仙。到此漫言懷抱闊，飽吞雲夢已多年。

倚檻臨風感物華，弱年争吊賈長沙。並時誰肯憐王佐，異代人猶惜漢家。謫宦至今悲地濕，粗才如我亦天涯。休論作賦投書事，寥落湘江日影斜。

長風吹送洞庭舟，勢截洪濤去不留。日月晦明千里氣，水天分合一湖秋。仙峯遠近誰朱鳥，人世行藏有白鷗。盼到高空飛翠沒，君山隱約等浮漚。

雲中鼓瑟憶湘靈，曲奏蒼龍隔水聽。天外乍寒聲嫋嫋，湖心獨立霧冥冥。千年山色連空碧，一點眉痕太古青。愁絕瓊宮最深處，露涼秋重濕娉婷。

聞道衡陽近九垓，仙人花藥閉蒼苔。朱陵闢洞成深室，紫蓋擎天卷怒雷。日出未高雲下走，雁飛不到我南來。古今都笑山靈吝，只爲昌黎面一開。

九疑峯勢聳千尋，草長寒連曲徑深。雲氣入林天自遠，露壇積翠日長陰。文章斑竹雙妃淚，風雨蒼梧萬古心。我有多詞陳未得，匣中新貯五弦琴。

長江已過歷新灘，險入三門路幾盤。蘿薜未逢山鬼笑，蕙蘭宜作美人看。孤芳木末清秋晚，大澤雲陰白日寒。何似潭州褚都督，池頭詩思海天寬。

紫雲剝落白霞新（皆山名），一路煙巒入望頻。言鳥巧呼舟上客，蠻花紅識漢時人。瓊瑤祠宇都成俗，沙石山川亦受春。可笑桃源仙宅陋，等閒漁父許尋津。

蓮花峯險未堪攀，採得芙蓉意自閑。近嶺風煙疑有瘴，出湖曉氣欲移山。人來湘水騷情發，草遇王孫古恨刪。太息永州谿壑勝，柳侯謫後始開顏。

詠柳毅

綃縠明璫想夙因，憐才惟有洞庭神。三生雲水猜疑事，一夕仙凡婉孌春。不信通辭惟橘樹，翻教尺素作冰人。珠宮遇合原無定，柳毅當年下第身。

贛州喜晤王子卿太守即用留別

枯桐那作鳳鸞吟，天末孤琴有賞音。千里行因知己緩，五年交到此時深。高才領郡隆勳績，異國同鄉識素襟。二水流長山萬疊，一樽難盡對談心。

黃樓自昔認坡仙（謂在徐州），別後相思又各天。愧我虛名消半世，感公一語足千年。海雲浩蕩驚詩思，夜火高吟共酒筵。不向瑤壇逢舊識，憐才肯信古人偏。

抵寧都贈夢白刺史

片帆飛入萬山來，直爲尋君住水隈。路石青連高士宅（謂三魏故居），夜燈紅照故人杯。望中崖洞迷仙迹（謂金精洞），別後風雲展吏才。漫怪論文語難盡，三年懷抱到今開。

游金精洞作歌

海内名山遊欲窮，來此徑探瓊瑤宮。山勢拔地都成峯，一十二瓣金芙蓉。唯此女仙廬其中，洞門雖開雲長封，雙桃色帶西漢紅（洞内有雙桃石，漢仙女張麗英遺跡。）。卻聘上昇果真否？傳聞豈必盡烏有。安知仙人非好名，借此留奇千載後。金精得名二千春，琪花開老無纖塵，我來猶欲叩蒼旻。金星曾降爲李白，如何先幻作女身？毋乃天仙弄狡獪，要使才人詩境新。入洞數武已驚異，穿過雲根阻塵世。忽然天日中開顔，又從世外來人間。丹崖青嶂誰位置，似有神工非人意，一碧從空削到地。四圍山色方丈天，石髮數縷空際懸。山腰一縫忽中裂，滴下千尺飛來泉，墜如細雨散如煙。我坐石上對雲樹，舉杯弔古感仙遇。山靈怪我來何遲，中有夙因人不知。天臺之游既未果，此行恍與仙風期。身騎紫雲歸瑤池，令人想見冰玉姿。環珮一去鬟雲冷，好山無復青蛾眉。我今有語書絕壁，麗英見之應歎惜。乘鸞爾已成仙姬，題詩我尚爲游客。洞天原自在人寰，仙凡但隔一層石。咫尺不見奈山何，神草靈芝空復多。不須更説天臺約，眼底誰傳石鼓歌（石鼓詩即麗英作？）。

登翠微峯頂

翠微直起勢孤懸，山腹微開日影穿。石聳四圍皆峭壁，人從一線上青天。羣巒争欲分煙靄，逸士真能比地仙（即魏叔子避亂處。）。不信桃源在空際，避秦絕頂足風煙。

喜晤蔣淥初明府即席有贈

七年纔得共芳樽，宦海名場總莫論。父老争傳賢令尹，故人猶是舊王孫。雲霄事業孤懷淡，江海文章幾派存。便欲辭君徑東下，萬重飛翠鎖前邨。

過灘口占

章貢波濤走復回，扁舟無日不風雷。如今應識人間險，十八灘頭兩度來。

答黄石怡見贈之作

乍見驚猜認轉疑，翻因久別等新知。八年雲水難言事，一日江天痛飲時。劍氣怒憑杯酒出，燈光寒耐夜風吹。深談反覺當時淺，從此論交重後期。

留別尹若亭明府

歲月迢迢促去輪，征途欲發尚逡巡。自知才拙難宜俗，轉爲名高學避人。兩度雲山驚客至，十年風雨獨君親。關河歷遍休相惜，贏得精金百煉身。

贈介石

爾我重高會，江天幾嘯歌。詩緣爲客富，酒到異鄉多。小住宜書刺，爲歡豔綺羅時已完婚。盛年好風日，青鬢莫蹉跎。

送雲齋之貴溪

徹骨冰霜滿面塵，相逢各訝客中身。路逢知己休言困，人是深交敢諱貧！一鳥趁飛將暮日，萬花争待未來春。扁舟去訪仙靈宅時奉檄之上清宫，知否名山悟夙因。

將抵大雷寄内

歷盡艱虞事總違，十年累汝製征衣。本非是聚何爲別，容易相違不算歸。倦後辭家孤夙願，愁中忍淚對斜暉。如今且喜雷池近内子家在大雷，免向高樓數雁飛。

饑驅憶昔泛扁舟，不是蕭郎愛遠遊。勸隱多時催買宅，求名早歲薄封侯。高堂眠食應縈夢，小婢追隨未解愁。閑卻空庭好秋色，來時雲影在簾鈎。

落花時節病經旬，減盡腰圍爲惜春。偶聽恩仇心激烈，每因兒女淚酸辛謂女珠兒早殤。良宵未必愁能遣，好夢由來記不真。擬向妝樓更開牖，畫眉須襯月華新。

歸寧曾記話悲歡，趁到鄉園又歲闌。寒夜挑燈今昔共，貧家作婦笑啼難。重提往事還生感，已近歸期强自寬。尚隔龍眠三百里，見時莫便認團圞。

次吴松岑明府見題拙集韻

座有黄花勝玉蕖，酒酣覓句步庭除。相逢且盡今宵話，别後書來總不如。

廿年作宦負多才，一日詩成爲我開。漫道寸心甘苦似，匡山曾共劈雲來。

王簣山觀察以新詩見示即題卷後

客路三千里，新詩四百篇。入懷皆水月，到手化雲煙。獨步誰同調，高吟抵十年。笑他郊島輩，辛苦坐空氈。

詩後集卷十九

將游池陽別內

征鞍未冷又風塵，惜別珍留片刻春。慈母有兒長曠職，衰門賴汝善支貧。倦游已盡江山勝，久客纔知骨肉真。爲報此行歸最早，邇來王粲恥依人。

安徽學使胡書農先生以七言長句見題拙集即用集中題陳雪香司空贅書圖韻賦此奉和

先生相遍天下士，手網珊瑚搜海市。冰鏡照處江天寒，百尺瑤壇今建此。仙風浩渺隨使車，化雨灑向天南隅。立抉寒翳轉秋色，桃李新植三千株。賤子登高初請質，賜我天孫錦盈匹。奇氣落紙驚有神，風雷似向天半出。我讀再四開塵襟，一紙直抵千南金。品題定自宗工筆，想見雲霄愛士心。書生敢說通政治，一時大雅多深致。驚賞翻孤國士知，壯游豈了男兒事。三十功名一卷詩，湖海虛聲負初意。我有私衷未敢陳，感君垂顧情獨親。如何金粟如來品，持比飄零賣賦人。別公斯誼忘不得，卿雲暉高想顏色。從此東坡詩向人，當代歐公幸曾識。

與查梅史明府夜話即贈

星河低欲近闌干，話到千秋燭影寒。澈曉尚嫌三夜促，論才不信九州寬。縱横懷抱憐同甫，瑰麗文辭祖建安。我有寶刀藏未出，十年纔取就君看。

寄懷陳叔安

百里關山一紙書，文園病起興何如？歸人前度疲風雪，故國新愁入雁魚。詩思每生潮長後，春寒須慎雨來初。江波不解離情苦，二月煙花媚索居。

抵合肥贈劉海樹明府

九年風雨憶君勞，一夕星河放眼高。人向詩天分錦繡，我從漢水問波濤明府籍漢陽。花城白屋弦歌遍，春酒紅燈劍氣豪。壇坫江南久寥寂，相期斗畔聽靈璈。

廬州懷古

萬疊龍舒冷薜蘿，廬陽春色馬前過。沙塵已覺中原近，天日平開曠野多。三國功勳爭尺寸，六朝風雨自干戈。迄今重鎮皆閑地，但願巢湖水不波。

遠霧都隨曉日升，晴湖鬱久看霞蒸。地非天險關南北，人上城樓感廢興。亭午山光猶黯淡，平蕪雲氣自飛騰。不須弔古論遺際，楚漢奇謀首范增。

鵲尾吳師氣早揚，藏舟鑿浦又星霜。花枝紅照今殘壘，草色青埋古戰場。治亂英雄憑世運，艱辛婦女耐耕桑。可憐相國空文藻謂龔相國天復，斷瓦頹垣第宅荒。

傳聞明遠讀書臺，知傍西南水一隈。故址無由尋蔓草，有人異代負奇才。琴樽寥落今游倦，雲日蒼涼古恨來。惆悵阿瞞空載妓，酒船覆後笛音哀。

廬江小吏泣紅妝，化作珍禽繞樹旁。千載鴛鴦開節義，一篇孔雀擅文章。貞魂有力成遺俗，舊港無情冷夕陽。別有傷心兒女淚，非關人世感滄桑。

便擬憑虛逐白鷗，此心久共暮雲閑。誰人願飲浮槎水，我夢難抛大蜀山。終古佛燈寒月下，當年帝女謝人間。墓門亦有花堪插，好借遙峯作鬢鬟。

行藏未卜野鷗知，攬勝人當惜別時。滿地春教雲水占，一城愁讓客身支。荒煙欲問忠宣宅，落日孤尋孝肅祠。賓主東南同擅美謂薛畫水太守、劉海樹明府、陸祁生廣文、許叔翿明經，德星曾否聚高陲？

題程赤霞白秋海棠詩後

西風一曲斷腸詩，引起新愁上故枝。底事秋容太嬌怯，月華滿地冷多時。

美人愛著縞衣裳，獨立牆陰怯早霜。千萬莫教紅日照，生來心性怕濃妝。

置身曾悔托朱門，半是愁痕半粉痕。淡到無香秋亦瘦，最關情處是黃昏。

歸至舒城阻雨有懷

天外濤來洗路塵，懸崖漲發斷行津。不圖風雨仇歸客，如此山川負古人。絕技伯時淪白屋，多才公瑾謝青春。曠懷何限升沉感，駐馬遲回獨立身。

重抵合肥贈陸祁生廣文

聚散誰能料此行，蘭陵別後又關城。多才便占三生福，病骨難消萬古情（時祁生臥病經旬）。天外雲山留舊夢，閨中眷屬共詩名。鄭虔官冷君休嘆，細雨簷花酒自傾。

老馬和友人

歷遍人間險，康衢亦太行。雄心支歲月，絕足飽風霜。一顧恩猶在，三邊願未償。平生論駕馭，低首只王良。

早負空羣目，雄名動九垓。識途經瀚海，弔古泣燕臺。末路留神駿，兒曹總下材。蹉跎君莫笑，曾上畫圖來。

亦有騰空力，風塵奈汝何。已拚眠紫塞，尚欲飲黃河。背上春光老，胸前戰血多。據鞍神自若，猶足壯廉頗。

校獵岐陽後，風雲性老成。年深知驥德，骨露見龍晴。逸氣今深穩，窮途共死生。只因馳騁慣，不敢愛橫行。

寄友人山中

聞說龍舒卜結廬，山名王姥舊靈墟（謂舒城王姥山）。青鸞作使君知否？白鹿啣花迹在無？露重濕雲封洞口，年深春色老仙都。芒鞋竹杖思相訪，定有珊瑚百尺株。

雲山

雲山萬疊入闌干，故國愁連異地歡。客思入春花怨別，潮聲壓岸樹迎寒。魚龍水暖豐鱗甲，鴻鵠風高試羽翰。腰下杜陵長劍在，肯將生計問漁竿。

柬祁生兼以問疾

相逢不長見，翻使寄書勤。一病難爲我，重來轉惜君。縱談虛盛會，咫尺等離羣。會掃浮槎霧，停樽話夕曛。

漫賦

徑欲滄洲曳釣竿，水雲深處棄儒冠。出門争説長安樂，入世方知蜀道難。顧氏名園宜茂竹，屈平介性愛秋蘭。何當杯酒扁舟內，石色波光把卷看。

千仞高峯碧四圍，開軒入坐對朝暉。工吟轉覺難尋句，不嫁翻嫌早製衣。畫閣幾年求駿易，水仙一曲賞音稀。洞中舊雨如相訪，認取臨河白版扉。

壯游南北慣煙波，藏篋青瑤字不磨。久客已慚諳事晚，平生每恨識人多。胸中鬱怒千尋□，筆底奔騰九曲河。聞説浮槎有新約，可能同聽采菱歌。

與黃小山同游有作

野草連城霸氣消，客懷無奈雨瀟瀟。花枝不語臨今日，月色多情憶昨宵。沽酒同過蝴蝶巷，懷人獨上鳳凰橋。幾多惜別難言意，付與湖邊未落潮。

寄送邑侯呂幼心先生之杭州司馬任

畫舫煙波一千里，西湖聞信先驚喜。龍眠山色卻含愁，奪我使君爲誰留？一喜一愁皆至性，公之來去關民命。我游公門已十載，骨相離奇窮不改，等身唯有詩卷在。卻憶公初下車時，甘棠手植天南垂。公爲循吏無他奇，如春感人入心脾。山花怒紅水争綠，春風不言人自知。好雨才足甘露滋，一語能留千日思。公今奉命人歌舞，佐郡餘杭恤比户。循聲一日動九重，敕作吳山風月主。我思公身何太勞，如理亂絲平驚濤。天以湖山逸神志，名與南北峯争高。公來已久未忍別，官民相安忘歲月。公行最遲轉覺驟，攀轅不住情難訴。陽和嘘物本無私，過後猶餘香滿路。公與桐鄉緣何深，桐人頌公直到今。公不自覺有殊績，樅江之水明公心。我向盧陽探大蜀，湖頭青見舟行迹，未得送公渡江曲。錢塘八月多靈潮，魚龍戲與風悲號。將以秋暮釣鼇去，尋公海畔天蕭蕭。

贈方丈柳村

凌雲詩思託關河，醉菊圖成鬢欲皤。君有故山歸未得，漢南秋水别愁多。

題程赤霞詞卷

一曲屯田絕妙詞，春風紅豆盡相思。良宵忽夢秦淮月，又是秋寒惜别時。

酬方丈靜峯

家近江天第一樓，梅花舊曲賴君留。相逢漫憶仙人笛，五月淮南樹已秋。

酬韓奕山

新詞譜就倚闌干，好月當筵酒未殘。同向江東訪秋色，青溪夜雨小姑寒。

汪擎峯索題卷雲圖

片雲影共碧天開，留傍晴空百尺臺。知有爲霖多少意，好風吹過楚江來。

魏藹軒中丞開府吳中詩以寄之得五十韻

節鉞歸明德，旗常表上游。雲開新暮府，地控古揚州。聖主知人早，名臣報國優。氣涵滄海迴，力挽大江流。上將星芒定，全吳掌握收。崢嶸看一柱，寵錫冠諸侯。天日明精悃，風雲助壯猷。聲華榮再到公前曾任江蘇糧儲，事業總千秋。鎮靜曹參酒，清貧晏子裘。辨奸同寶鼎，削鐵得純鈎。陶侃忠勳著，山公識量周。斗南符重望，吳下集羣謀。武庫將軍擅，辭鋒學士遒。一身兼衆美，早歲擅靈修。筆走昆陽象，文驅即墨牛。窮經追馬鄭，對策擬匡劉。騁步雙龍闕，騰奇五鳳樓。碧宵占契合，青史共綢繆。已抱雲雷志，差爲屈宋儔。拜恩初日下，建纛久江頭。敏捷旋風筆，勤勞轉粟舟。赤幢欣執法，紅籥又持籌。粵海仁風扇謂開藩東粤，吳山舊績留謂秉皐兩浙。恩波隆瞬息，星象動奎婁。節慨先皇重，經綸幾輩侔。兩朝方倚賴，獨步豈夷由。入觀纔三接，殊榮已八騶。江天持鎖鑰，牙帳擁貔貅。豺虎林邊竄，蛟螭水底愁。東南除疾苦，遐邇起吟謳。每歎民風薄，深嗟士習浮。珠璣裁綺麗，草木別薰蕕。濟世心原切，爲霖願已酬。銘功惟紫極，吐論亦丹邱。往者初游越，論文荷拔尤。西湖春蕩漾，南國景雕鎪。曾枉高軒顧，偏容隻句投。奇珍呈薛燭，當代見韓休。一別羈雲翮，三年倦客郵。叢林號鸞鷟，峻阪怯驊騮。敢說虛名誤，徒尋絕壑幽。曲高彈亦厭，袖短舞應羞。不惜微軀困，翻增舊雨憂。並時逢稷契，妄念比韓歐。知己恩誠重，高天路許求。憐才矜杞梓，樹節惜梧楸。歲月消歌鋏，風塵敝劍韝。舉天誰匠石？斷岸望瀛洲。曉日生溫語，□□□□□□□□□□名已卜金甌。

寄懷石甫

怪雨盲風苦夢思，故人作吏久天涯。全家渡海非吾意，萬里騰聲動主知。煙樹瘴消春曉日，魚龍氣靜夜談時。可能豪蕩還如昔，銀燭高筵坐咏詩。

海樹明府以特旨擢授泗州詩以送之即用其紀恩原韻

懸圃瓊枝手獨攀，循聲澈處動天顔。除官命自雲霄下，得句思從海嶠還。此日恩波深泗水，當年藻筆重燕關。師生一樣蒙殊數，賡韻今推玉筍班〔一〕。

生平雅望稱金華，作令新看錫命加。楚國人才工頌橘，河陽春色尚留花。關情閭里同元結，放跡雲天喜孟嘉。從此酬知勤報績，君恩佇賜鳳團茶。

詩人知遇由來少，刺史欽除曠古榮。自有芳名驚太乙謂藏書甚富，豈徒雅調補由庚。隨車雨露鄉村望，前路風雲澤國生。惆悵廬陽諸父老，可憐溝洫志初成君方興廬陽水利，功成遷去，士民愛戀不置。

洪湖浩蕩不知年，曉色東來近馬鞭。楊柳堤遮官道日，桃花水浸漢時田。哀鳴須恤離羣雁，高潔原同飲露蟬。料得淮南新政美，銘功何必待燕然。

【校】

〔一〕班，本缺，據掃葉本補。

自江浦渡江抵金陵

征途煙景付蒿萊，立馬城南積霧開。破曉秋光催暑散，迎人山色過江來。風雲龍虎千年氣，花月文章六代才。我爲頻經游興減，秦淮水閣倦啣杯。

廖鍾隱明府自宿松調任吾桐詩以奉寄

聞說飛凫到故鄉，龍眠有福得循良。隔鄰制錦能同樣，遷地栽花轉覺香。貫耳文名兼政績，隨身雨露又風霜。作書先替蒼生慶，不爲交情十載長。

萬叠雲山水一隈，樅江風雨鬱龍雷。已看神父承恩去謂呂幼心明府，又見慈君握鏡來。循吏如公原老輩，聖朝即日用良才。從今桑梓春如故，臥雪袁安戶好開。

詩後集卷二十

年來秦小峴司寇吳山尊學士劉芙初編修相繼殂謝愴然賦此

天風吹斷伯牙琴，雲水蒼涼惜此音。海內文章知己淚，酒邊燈火舊時心。千秋事業空塵土，一別交情隔古今。但得名留霄壤內，墓門何恨草痕深。

奉和孫平叔中丞見贈之作

霄漢風雲啟正途，鳳鳴百鳥息驚呼。皖江布化金城重，閩海回瀾砥柱孤。持節天教臨上國，蕩胸月已滿平湖。九龍鍾秀原非偶，大廈行看只手扶。

題王仙舸秋林讀書圖

疎林淺淡夕陽明，四面煙痕護百城。靜裏日閑紅樹老，望中風定白雲生。寸心相證惟秋色，一卷蒼茫結古盟。猶恐空齋嫌寂寞，天教落葉和書聲。

寄陳伯游叔安昆季

自別江天入楚雲，瑤琴有曲更誰聞？相思不覺春寒重，手折梅花欲寄君。

大觀亭小住阻雨即事

側身霄漢此闌干，收盡波光付翠巒。風雨人孤三月興，江天春釀一亭寒。登高遠樹飛雲出，弔古荒苔戰血乾。尚喜老梅橫鐵幹，香殘猶耐靜時看上達樓前有老梅一株。

九子浮空遠霧開，天風吹浪激奔雷。古今同送輕帆過，吳楚都隨落照來。岸近人煙歸畫艇，地高春色壓層臺。可憐秀水奇峯句，寥落青蓮曠代才。

重新樓閣飾丹青時方重修，盛會消寒此再經去冬同丁仙坡先生查梅史孫訪山周石甫吳華南諸公兩宴此各有詩。風景有情供過客，江山合勢抱孤亭。滿窗翠濕飛朝雨，一水光搖浴夜星。明日挂帆便東去，春潮直下破風霆。

謁余忠宣墓

突兀崇樓扼上游，墓門直對大江流。忠魂似挾濤聲壯，片石能教日色秋。百戰風雲今勝地，全家血肉舊荒邱。君看危老廬邊路，廢塚纍纍野草愁。

謁罷臺前露自清，虛堂掩卷淚縱橫。神風燈火搖祠壁，夜氣魚龍逼郡城。白骨地教芳草貴，青山天爲此人生。至今忠節池間水，靜聽無波尚有聲。

歸至三角潭口占

野橋流水不成春，斷岸垂楊隔去津。惟有多情渡頭月，安排良夜送歸人。

奉題陶雲汀方伯漕河禱冰圖

魚龍寒壓勢不起，凍合滄波三百里。忽然一夜冰山開，精誠到處天能回。萬艘直上聲如雷，公之禱冰何神哉！公言此非關人致，暫開復合乃神意。天以利運彰公奇，偶爾破格爲此事。我思公力能透冰，陽和所被消陰凝。手持漕節轉春色，積寒如鐵留不得。又思公節同冰清，冰夷心亦傾公名。焚香告天禱已久，即此一節知平生。况今河海皆效靈，貞妃默護邀恩榮（謂露筋貞女以禱河有應敕加昭靈慈惠貞應之號。）公之忠勤神感召，澤腹不敢持堅貞。遂令川路出頃刻，漕河萬斛舟行輕。昌黎禱山公禱水，雲開冰解同一理。後先佳話各千秋，此圖即可爲詩史。

抵陽羡齊梅麓刺史邀游武林舟中出句見贈賦此和之

別思三年積，奇情一葉俱。破雲向東海（謂將游乍浦），攜句問西湖。煙景春留越，江風夜別吳。同來明鏡裏，鷗影不曾孤。

煙雨樓口占

湖光樹影入迷濛，四面陰濃翠接空。縱是晴和風日好，樓臺長似雨煙中。

重游乍浦和梅麓刺史觀海詩

岸雲盡處出飛巒，重向滄溟把釣竿。石遏潮聲當外轉，天沉水氣入東寒。白旗忽近番船速，紅日難周海界寬。尚有伯牙臺址在，千秋此曲更誰彈！

南游同泛米家船，各有奇懷向八埏。一浦地兼湖海氣，半空水濕越吳煙。龍宮蕩漾波間日，倭國微茫島外天。盡捲風雲入詩去，挂帆朗月已前川。

抵武林贈竹嶼通守

久別胡爲復此行？天風吹夢度關城。故人驚慰重來意，曉日蒼凉獨立情。窮達交從歧路見，江山奇共□懷爭。逃名自愧非康伯，且喜龔黄績已成。

西湖寓樓與梅麓刺史小住

收得全湖勢，高樓傍水邊。人來空際住，天入鏡中圓。浪影連雲動，山嵐著雨鮮。偶然思得句，圖畫列窗前。

湖上看雨

煙外疎鐘帶曉聽，樹籠薄靄晝冥冥。雲來頓覺全湖黑，天遠微留一角青。樓下雨催停短棹，望中波暗失孤亭。米家山色須臾現，墨染峯巒作畫屏。

軒窗對雨勝晴暉，萬點珠拋碧四圍。灑入湖光驚破碎，倒隨風力竟橫飛。蘇堤遲興誰青笠？葛嶺迎晴想翠微。變境無端今見晚，三年枉自濕征衣。

偕梅麓刺史游定惠寺即虎跑

風光齊集寺門前，夾道長松翠總連。細草深時香滿徑，濃陰合處樹爲天。高僧舊闢雲中舍，神虎能開地底泉。借得匏樽風味永，安心何必遜坡仙。

觀虎跑泉

泉舊爲虎跑出，必有異狀，今周圍以石砌環之，上爲石闌干，不復見噴薄之勢，因感而賦此。

已作階前水東坡有『道人不惜階前水』之句，誰聞出地音？

腥原無虎氣，清可鑒人心。一勺茶香發，千秋石影沈。未知源起處，何似舊時深。

過開化寺登六和塔絕頂

盤空七級出浮圖，絕頂憑欄盡越吳。三折江聲趨巨海，一峯山色障西湖。俯臨城郭身如寄，直上雲霄興不孤。咫尺錢塘潮信近，月泉飲罷立高衢。

游雲棲寺

四圍深鎖認禪關，一線中開隔世寰。穿徑日光難透地，到天竹色欲無山。行來石澗人都靜，洗盡塵心水亦閑（謂洗心池）。安得誅茅傍峯頂，攜樽長坐碧雲間。

蓮池大師塔院

青年學佛能拋俗，白髮談禪喜著書。修到蓮花還並蒂，重泉夫婦對山居（大師妻湯氏墓塔即在山右，與此山相對。公出家後，夫人亦祝髮成道，謂之孝義庵主。）

自雲栖登五雲山頂即呈梅麓刺史

破曉征衣露氣侵，側身低望亦千尋。高巒樹密非吾意，故國江流入客心（錢塘江發源徽州，梅麓刺史見之有鄉國之思。）海氣遙浮紅日至，天光低透綠雲深。可憐荒草前朝寺，梵宇徒聞鼓吹音（時真際寺有演梨園者。）

過九溪十八澗

萬綠深無際，飛來各道泉。流時忽明暗，淺處亦盤旋。澗狹無多徑，溪回總一川。靈源尋不得，上有老龍眠。

自茭蘆菴入深潭口窮西溪所至

三十六灣流水長，西溪都在綠雲鄉。徑回忽覺遙峯至，春去猶聞野草香。兩岸樹交舟下走，一湖煙淡日昏黃。畫圖面面窮難盡，久坐能教歲月忘。

漱玉軒聽雨

一枕夢初穩，雲山笑客勞。深宵忽風雨，曲沼亦波濤。語爲連牀切，詩因得酒豪。故人同話別，何用讀離騷。

題竹嶼夕陽春影圖

青天碧海恨難窮，花影分明咫尺中。賦罷曉雲人不見，東風無語夕陽紅。

重思往事總如煙，草草人間只廿年。香夢一絲春影斷，落紅無那別離天。

星前小劫不成春，鏡裏明妝已隔塵。想見亭亭殘照外，桃花瘦處是前身。

登吳山

煙巒中聳壓江湖，東去遙天盡海隅。隔水萬峯齊抱越，界空一道已窮吳。崇樓直挾明霞起，飛塔疑將落日扶。三上大觀臺畔望，波光沒處接平蕪。

夜歸湖上

暮色自山下，行人猶翠微。老僧攜杖立，落日送樵歸。月出聞魚躍，湖寬見鳥稀。所欣游已罄，幽意不相違。

樓中醉題即用留別西湖

朝泛湖上舟，暮宿湖邊樓。湖光如此不痛游，青山笑人空白頭。陽羨刺史才無比，與余探奇同到此。手把芙蓉入鏡中，四圍山束一湖水。我別西湖纔四年，淡妝淺黛還如前。相逢一笑露真面，天風掃去湖中煙。舊題如夢留鴻迹，湖畔好山青可掬。湖水色淨玻瓈沉，微風蕩漾成皺綠。我住高樓臨水邊，日與雲氣相周旋。有時夜月無心至，波光扶月蕩空際，照見衆魚出游戲。有時破曉飛翠來，我欲迎以青玉杯。舉杯釃酒潑山色，畫屏新向窗前開。西湖勾留已十日，風光五路齊搜出。金碧凋零圖畫殘，湖山真處猶全筆。樓頭覓句無晨昏，寸懷已覺全湖吞。香山玉局不可作，眼前此意難具論。人生快意須及早，莫待飛花變爲草。游客重來感舊多，西子年年不曾老。歸舟欲發仍躊躇，良時難別惟此湖。五柳樓前一快飲，猶與煙靄同歡娛。卷中好景無遺缺，忽忽留詩與湖別，湖波頓起聲如咽。白雲在天看此行，夕陽相送無限情。

戊寅初夏余游西湖見孤山竟無梅樹爲詩慨嘆今再過孤山則梅花已數十株蓋近年所植也口占志喜

孤山新喜植梅花，客到憑欄看日斜。樹有寒香亭有鶴，誰云處士不成家。

哭龔西原太守

幽燕落日淡征塵（君歿於保定），南國西風淚濕巾。天地何心孤善類，士林無福喪斯人。千秋章水論交地，五馬匡山攬勝身。良會未遙成永訣，重泉何處更尋津。

皖城口占

白雲無恙水漫漫，話別高亭酒欲闌。底事杏花消息隔，江城二月尚奇寒。

陳叔安得文衡山畫卷即以爲皖上修禊圖索同人題詠余因作歌

江天如畫開三吳，波光盡處連平蕪。白雲在天入杯影，去春同集城西隅。別來風景不可得，君乃私貯留自娛。相逢出示忽大笑，水雪半幅驚模糊。異哉古人真解事，先爲吾輩成此圖。吾輩小憩亦陳迹，攬勝窮歡肯餘力。痛飲狂歌不自禁，那識風雲爲變色。青山作態臨斜陽，江亭日暮猶傳觴。興來意氣挾山動，圖中人亦神飛揚。語君勿輕覓同調，爾我各有千秋抱。勝會今昔自一時，其人相類安得知。

詩後集卷二十一

渡巢湖

片帆直下楚雲端，人過居巢酒未闌。萬頃湖光吞岸白，四圍山色抱空寒。舟中日月尋誰共？江北風煙到此寬。爲訪故人輕遠涉謂張少伯少府，西來忘卻路千盤。

抵柘皋偕張少白入山即用前韻

看山奇興發無端，曉入松園雨正闌。水氣能移初日色，春陰猶積舊冬寒。浮槎近向林邊出，冶父遙臨鏡面寬。安得深談同待月，波心夜半湧冰盤。

十萬松園歌爲少伯山人作

少伯山人今米顛，不坐米家書畫船。青山深處結一廛，以松爲産山爲田。種松滿山不知數，根在白雲枝拂天。山人非隱亦非仙，一官小住巢湖邊。買松之外無餘錢，時時與松相對眠。我久別君詩境變，松園之奇惜未見。山中既有歲寒交，肯使故人無一面！今春我來自江潯，山松快我能登臨。短枝各挾千尋勢，陽春亦抱三冬心。我觀松枝何秀發，托身喜在仙靈窟。偃蹇無心作大夫，主人與松同傲骨。此松負山復臨川，高低合勢如齊肩，就中年歲誰後先？人行松中不自覺，湖光山翠浮松巔。以手弄松松不語，大松小松欲飛舞。忽然平地風怒號，松間如聽千頃濤。一松貌古遙相就，似爲羣松作領袖。諸松羅列向人前，安得人盡如松壽。閑雲自來鳥不驚，主人爲松養高名。名山生面藏不得，松爲主人開顔色。主人得松意氣雄，三十萬株皆蒼龍。一一吞吐雷與風，青山幾曲雲幾重。溪口皆松雲不封，我欲移宅來相從。飽飲松醪食松子，山人可以稱富矣。竹杖芒鞋萬松裏，駐景延年從此始。

題李鳧村明府桐陰聽琴圖

梧桐露濕青疑洗，碧雲到池涼如水。中有天人絕世姿，獨抱秋心彈綠綺。綠綺纔橫調最清，湘簾不捲聽分明。畫堂喜奏青鸞曲，要學丹山第一聲。旁有胎禽似延佇，對立亭亭俏無語。彈到深宵萬籟空，人自忘言鶴思舞。皃村明府素愛琴，生平能識弦外音。一徽一柱皆秋思，陡覺情同湘水深。濃綠滿階風欲掃，石色侵衣覺寒早。獨坐空庭意氣平，餘響遲回聽未了。風前領略更寫真，從此圖中有解人。

癸未夏秋東南各路漲落洪水與潮水合勢浸溢被災之地蔓延數省桐城亦當其衝即事書感得十二律

竟教平地變長川，萬派驚濤起自天。江闊有沙填柳岸，潮高無處認桑田。幾多白骨拋難覓，百萬蒼生命尚懸。莫爲時艱嘆奇厄，古來洪水記堯年。

一夕喧傳水決聲，可憐人與屋同傾。片時已分無全策，萬口猶聞喚救生。徑棄故園悲莫惜，幸留殘喘痛還驚。天涯縱免饑寒苦，存歿難爲骨肉情。

下連吳越上江關，萬里雲煙浩蕩間。并合湖池真似海，平吞蒼翠欲浮山。林花無主空溪寂，墟里稀人竟日間。最是饑烏飛道路，離鄉安敢卜生還。

相逢未肯訴同儔，千里流離豈自由。托命荆榛徒飲恨，傷心婦女尚含羞。誰能泣血陳雙闕，不信洪流半九州。可惜江南禾黍地，早秋天氣使人愁。

歷盡艱辛路幾盤，事從追憶更心酸。休嗟九月風初冷，尚恐三冬夢未安。籌水比教籌旱急，救饑猶易救寒難。挽回造化生春色，只在忠勤冢宰官。

議賑敦捐事總宜，輿情憂喜寸心知。真思撫恤何無策，能起瘡痍早趁時。秋色無情空望遠，君恩有例敢嫌遲？持籌大府關懷切，肯使哀猿困不支。

迢遞龍舒接皖陽，往來爭聽說籌荒。連艘糴糶資全楚，百里東南痛故鄉桐城水災東南鄉尤甚。。人鬼分途爭瞬息，死生無故問穹蒼。田園漂泊房廬盡，堤柳何心繫日長。

江淮一望舊桑麻，半化滄波半是沙。悵望路長唯有淚，可堪水退尚無家。山容帶雨愁難展，野哭連村慘不嘩。堪歎耕牛亦遭劫，零離刺血飽飛鴉。

絡繹軒車各路馳，沿途誰問乞聲悲。救災法在書難用，施粥場多衆尚饑。小坐草間夫慰婦，倉皇道右母呼兒。闔城一片荒寒色，死別生離集此時。

故人家半徙高岑，雲氣蒼凉日影沉。近水争看蛇上屋，俯江翻訝鳥辭林。漲來豈盡山靈意，潮長難窺海若心。多少炊煙波洗淨，天邊獨客漫哀吟。

川路遲回怯遠征，頹垣敗瓦認縱横。全家半葬江魚腹，滿地愁聽澤雁聲。叠石壩頭隨水去，隔江樹杪見船行。遥天亦有青山色，多恐傷情看未明。

振策三吴興已孤，眼前有景只青蕪。忍教花柳繁華地，都作蛟龍出没區。半夜波摇風助虐，三秋萍散爾何辜！書生竊嘆終何益，坐負昂藏七尺軀。

渡木樨河至金山古寺

木樨河水響潺潺，終日穿行翠靄間。古寺雲深人不見，門前紅樹認秋山。

十月三日山中即事書感

歷遍關河二十春，那堪壯歲尚風塵。秋光濃淡歸佳日，天意微茫看此身。入世幾曾容嘯傲，清時未敢怨沉淪。龍眠咫尺抛難遠，仍是家鄉作客人。

披榛獨踏萬峯來，石色泉聲路往回。四面煙嵐留我住，半生懷抱向誰開？已經河海難爲水，未遇風雲不算才。手折黄花聊自慰，酒酣遥指鳳凰臺（麻山地名。）

黄河東上海雲端，今昔遨遊眼界寬。十載功勳全卷在，一宵風雨四山寒。隔牀燈影摇難滅，撼枕松濤聽未安。堪笑盧生心太熱，倦來容易夢邯鄲。

投筆題橋願總奢，故人相望各天涯。青山紫石君開社，白日滄江客憶家。俠士未逢求寶劍，傾城難遇種名花。良辰可惜愁中過，坐對霜天感歲華。

讀罷憑欄欲問天，幾年高岸變深淵。千尋杞梓人誰並，十月芙蓉我自憐。名士晚成關氣數，英雄退步即神仙。歸來擬闢羅含宅，萬疊紅霞繞屋邊。

過蜈蚣堰

界河北望客徘徊，十七年前住水隈。無限舊懷與秋色，暮鴉親送片雲來。

桃花崗口占

桃花崗上夕陽紅，人影怱怱別路中。坐對青山無共語，酒愁半日壓東風。

客夜對月

連岡抱郭聳煙巒，旅館風輕露未闌。如此良宵人獨坐，可憐舊歲月同看。離鄉兒女詩懷切，落葉關山雁路寒。領取燈前一樽酒，客中誰爲勸加餐？

豔情

鸞鳳盤釵股，芙蓉壓髻心。妝成宜近月，曲罷尚橫琴。自喜當階坐，那知涼露深。紅芳誰見惜，空□九華衾。

自舒城抵六州有懷

今秋我自皖陽回，日日天風向客催。一路白雲穿石過，萬山紅樹訝春來。迢遙蓼六寒煙接，經過龍舒暝色開。身到九江故都地英布王九江都六，感時應憶出群才。

淒涼祠宇問城東，邁種庭堅祀未崇。才子古來唯帝佐，黔徒時至即英雄。風雲炎漢功誰惜？日月中天運尚同。明德千秋亦寥落，詞人何事怨途窮。

浮槎遠隔浪雲邊，憶昨湖心泛釣船今春訪張少伯過巢湖。竹杖已招松徑月謂遊十萬松園，金庭未飲杏花泉約探金庭山洞不果。身非巢父長思隱，心妬王喬早得仙。今日霍山相對近，天池古樹沒蒼煙。

商航千里集河濱，絡繹來帆又去輪。四季歲華歸物產，一州生計趁茶春。青山無地容芳草，紅粉爲傭逐路塵。採得雨前新雀舌，滿城同慶豔陽辰。

勝地重經莫醉歌，人間萬事總蹉跎。異書得自山中少，好句來從枕上多。客館夢殘淹歲月，江淮水接尚煙波。繁華境內誇風物，翻使空岩冷薜蘿。

沙塵滿眼少親知，舊歷樓臺認轉疑。江北風煙城市占，冬初天氣客途宜。名區日暖春留易，大野雲空鳥去遲。徑向潁川攬形勝，菊香看到晚寒時。

徐荔菴徵士索題詩卷口占二十八字

輕寒正與菊花宜，高閣攜來一卷詩。珍重客愁難遣處，小西湖畔獨吟詩。

祁生學博去秋以詩見寄久未作答今依韻酬之即以代柬

士衡儒雅最多才，一紙詩將別恨來。並世論交忘我拙，經春作客送秋回。江淮價賤文通筆，風雨人思鮑照臺。咫尺舊遊愁不見，關河更聽雁聲哀。

潁州懷古

匹馬關河極望頻，汝陰風日又昏晨。西來雲氣連嵩嶽，東去淮流走壽春。民俗到今宜武事，郡城自古聚文人。請看高會歐蘇宴，千里逢迎自水濱。

一匡霸業久消磨，潁上雄圖委逝波。貧賤有人知管仲，蹉跎無意弔甘羅。風雲遇合髫年少，口舌功勳戰國多。往事迷茫難具說，城頭飛鳥下長河。

金雞樓上日初生，照見沿河遠樹明。風景已非胡子國，野煙誰是宋公城？舟車水陸交形勝，治亂人才起戰爭。沙土接天皆要地，兵戎靜後聽波聲。

山桑境與亳城同，莊老生當百里中。一夢迷離工化蝶，千年品藻始猶龍。流星迹古祥雲護，秋水文成此筆空。仙派淵源推勝地，幾時群起太清宫。

近郊地亦有西湖，碧水成田蔓草蕪。煙水曾爲名宦宅，山川直接舊王都謂湯都在亳。秋風禾黍無今古，野色牛羊入畫圖。雙柳亭空人不見，白龍橋上看飛鳧。

兖豫河梁氣吐吞，淮西重鎮此藩垣。水光不與青山合，風力能教白日昏。晦叔去時加豸服，歐公住處即龍門。飄零異代無文物，誰問廬陵舊子孫？

鼙鼓聲高昔振隄，順昌旗幟壓雲低。捷書飛度長江上，戰氣橫吞落日西。北走君臣同魄散，南朝將相肯心齊？時平故壘難尋覓，曠野風寒鳥亂啼。

地過江南未有情，渡淮風物别愁生。佳名枉說高唐近，絕代誰令下蔡傾。璧月幾宵輪舊夢，潁河百折下孤城。防身長劍懸官閣，莫爲升沉氣不平。

題荔菴所藏先世遺硯

諫草幾回就，臣心一硯留。筆耕長帶露，石古不知秋。點水皆先澤，微田足歲收。珍藏有光彩，半夜紫雲浮。

偕王春颿出城即贈

潁川十月正連晴，攜得新知出郡城。地盡平沙無草色，天留落葉續秋聲。憑高各負凌霄志，望遠同深去國情。一蹴青雲君努力，朝宗江漢勢誰爭。

懷李中耆太史

吾道今寥落，名山有此人。文章懸白日，纓冕謝青春。粵海看雲久，揚州醉月頻。蒼松留古色，百卉已爭新。

登潁州城樓

壯懷不盡更登樓，浩蕩平原此處收。衆水合流成重鎮，一城三面接中州。黃花已過江南節，白雁仍傳塞北秋。獨惜奇功劉大尉，荒祠零落未重修。

迎祥觀有銀杏一株相傳前明張三豐徙倚其下此樹死而復生蒼古鬱特蓋數百年物也因作一絕志之

一株搖落殿門前，古幹龍鱗閱歲年。說是神人遺跡在，滄桑舊事付雲煙。

將遊亳州留別海樹太守

新承天語出明光，剖竹淮西重保障。汝水雙流歸潁郡，宣城千里訪歐陽。秋風破賊論功業，藻筆回春補宋唐。此去龍眠逢雪夜，題詩還憶聚星堂。

海樹太守以五言二律見贈依韻酬之

破浪下遙汀，帆收岸草青。片雲分路出今春在皖與太守同舟至於湖分路，歸雁隔江聽。霽色浮林葉，春風暖酒瓶。別來驚歲晚，□霧又空冥。

匹馬渡長淮，秋聲聚客齋。風雲尋舊雨，天地共詩懷。斜日楊枝瘦，初寒菊色佳。辭君歸欲隱，杜老有青鞋。

皁陽道中偶占

野色蕭條潁水西，經過白廟又河堤。黃塵風起移人迹，清曉霜寒刺馬蹄。天遠不知雲去速，地平翻訝鳥飛低。細陽北望無多路，斜日荒原樹影齊。

抵太和留別阮侯庭明府

順昌傾蓋共高筵，阮籍聲華冠七賢。射策文詞傳紫禁，栽花仙吏正青年。憐君政比三冬日，愧我才非萬斛泉。剪燭細陽兼惜別，寒鴉無數噪前川。

偶向

川原北望入雲深，倦鳥何時向故林？雪意未成寒尚淺，風聲初定日還陰。半生卷裏名山句，一夜燈前四海心。故舊天涯各寥闊，新知相對祇高吟謂楊卓齋少尹。

言懷贈阮雨人

思歸無字報平安，寄信非關道路難。千里雄心唯健飯，全家生計問征鞍。逢君異地多文彩，把酒高軒話夜寒。轉瞬煙霄騰絶足，琴書且耐客中歡。

自太和入亳

一望天無極，前邨樹幾層。倪邱猶曉日，淝水已堅冰。暖意回杯酒，寒宵淡客燈。單車南亳近，將欲問湯陵〔一〕。

【校】

〔一〕湯陵，本作『陽陵』。疑誤。南亳爲湯都，見史記。

曉起口號

朔風暮起霧漫漫，酒力消時夜已闌。殘月在天人攬轡，馬頭耐得五更寒。

亳城懷古

睢陽北望總沙塵，咫尺梁王迹已陳。渦曲園林天亦雪，乾谿雲物楚餘春。戎車中夏爭雄志，野塊君王獨臥身。一死相從唯二女，細腰空瘦舊宫人。

龍鳳溝開水變更，白零湖畔路縱横。伐燕枉駐桓溫馬，破賊曾勞祖逖兵。南國籌謀虛建業，中原恢復始樵成。渡江擊楫悲風至，部曲同增慷慨情。

篷坡遺址剩苔斑，攬勝天寒鳥自閑。鹿邑西來猶是水，雉河東走尚無山。希夷里宅猜疑内，炎帝衣冠杳渺間。聞說咸平琳宇盛謂咸平寺，雪中指點到禪關。

天書下降自真宗，憶昔鑾輿向亳中。輦路横連煙水白，羽旗飛卷夕陽紅。玄元謁罷春長住，俎豆興衰運不同。只有朝真門上月，殷勤猶照太清宫。

牡丹時節鬬繁華，十畝香風送客車。不分洛陽稱國色，最難江北有名花。我來未植三春景，地好能載萬朵霞。舊日支園擅佳種，天香今竟屬誰家？

謁老子祠

凋殘碧瓦氣高寒，誰向琳宫築淨壇。終古白雲纏故里，至今紫氣尚長安。人間寥落空祠宇，柱下棲遲舊史官。辛苦五千玄妙字，羽徒更覓解人難。

紫府丹霄任所之，青牛當日亦逢時。人生苦縣仙成易，世有春臺我上遲。道大不嫌爲帝祖，情多猶記送先師。玄都宗旨南華備，豈獨關門令尹知。

鴻荒舊事付雲煙，急雨飄風閱歲年。天上三清名最貴，域中四大道應先。治傳黄老開文帝，傳並申韓誤史遷。仙李蟠根靈迹在，祥氛彷彿廟門前。

寄張四召亭

自別龍眠入亳城，牛羊衰草動鄉情。故人不見青山遠，抛盡江南是此行。

湯陵有懷

中原猶是舊邦畿，千里人煙事已非。今日白狼無處覓，當年玄鳥竟誰飛。荒郊零雨寒松柏，片土西山剩蕨薇。可惜墨胎賢世子，忠魂曾否認東歸。

陵寢凄凉碧草蕪，我來憑弔獨欷歔。千秋玉馬悲元子，九有河山怨獨夫。寥落餘民周下邑。消沉霸業宋遺墟。可知尼父猶殷裔，如此家風曠古無。

赫濯聲靈自九垓，武丁繼起展雲雷。君王不語非無故，天帝關心乃薦才。版築功名因夢得，鹽梅輔相自圖來。中興事業神孫擅，莘野風雲亦草萊。

故土曾傳大邑商，莊山鑄幣亦倉皇。天災七載人無恙，河患頻年史未詳。不信圯流多豫壤，尚欣水勢減陶唐。盤庚作誥權宜策，蕩析流民事可傷。

魏武帝故宅

譙東精舍沒蒼苔，射獵冬春亦壯哉。亂世紛紜誰識主，奸雄猜忌尚憐才。成功天限三分局，饗士風生八角臺。知己舊推喬太尉，墓門祭罷淚猶哀。

即事

探奇窮北郭，名勝舊無雙。渴馬寒餐雪，饑烏曉啄窗。殘冬珍短景，歸思渡長江。正欲循渦水，前途問畫艭。

贈任霽峯太守即用留別

甘棠舊種皖江濱，五馬恩榮荷紫宸。苦縣能教成樂國，寒冬到此變陽春。文章今昔歸淵府時議修州志，風雅渦淝屬主人。十日平原叨宴飲，梅花相約在前津。

薛家閣遠眺有懷姚幼槎明府

軒窗極目楚雲邊，高閣名從舊日傳。夕照殘時林有雪，平原盡處地連天。眼中物望人千里，江上詩懷別五年。聞道王喬新政美，幾多春色滿漳川。

酬硯香見贈之作

生平踪跡窮寰中，名山閱遍徒自雄。十年結交得明月，一日痛飲來春風。羡君吐氣真如虹，昂昂天骨騰霜驄。乍見不知即舊識，文章契合神感通。示我一編字鬱律，染雲剪水同春工。又如海心拾紫藻，靈犀逼浪寒蛟宫。樽前自雲不善飲，談深轉覺杯易空。酒酣慷慨論人物，就我索取龍門桐。蒼龍隱約鶴翔舞，此曲分奏音自同。怪我匣中何熊熊，其光燭地横高穹。明珠藏久珊瑚折，寶氣欲出蒼煙籠。瑶草千本花百叢，掩映空緑摇飛紅。筆端春色爛如許，挽回造化偏無功。感君愛我情日厚，片言遂訂交始終。舉世皆宗鸞與鳳，君獨胡爲憐孤鴻。吁嗟乎，孤鴻飛處天杳濛，浮雲自北江水東。

得倪蓮舫書卻寄

舊雨書來自白門，去秋燈火話餘溫。九年鄉國春風隔君未歸里者九年，一別雲山此卷存。客邸生涯唯白酒，歲寒天地易黄昏。淮西咫尺睢陽近，無復梁園雪夜樽。

歸至霍邱道中偶占

桃花店口霜猶白，棗樹墩前日未紅。破曉連程催早發，歸心不畏五更風。

詩後集卷二十二

喜馬元伯水部回里即題其塞上草

一曲秋笳恨百端，詩吟大漠氣高寒。風從黑水平時靜，天到黄沙盡處寬。萬里去來資幕府謂松靜庵將軍，孤雲東北望長安。請看墨灑窮荒地，滿紙龍蛇勢鬱盤。

金雞纔放自關門，塞上陳情叩九閽。藻筆有花開絶域，錦囊得句亦君恩。聲盤雪海詞何壯，春轉冰天露正溫。今日龍眠歸幸早，好風催進故園樽。

挽劉海樹太守

休文臥病久經旬，事到難聞信竟真。江左循聲猶白日，漢南芳草謝青春。九重特簡原殊數，多士同時惜此人。宦迹怱怱纔十載，可憐堂上有慈親。

玉筍班中此列仙，一官江表鳳高騫。新符竹使淮河北，舊愛棠陰泗水邊。戎馬班生能破賊，文章李賀恨無年。小西湖畔休回首，草色萋萋十里煙。

去年同集皖公城，暮雪江天正放晴。小艇綠波聯舊句謂同舟至蕪湖，華堂紅燭破離情。遷除太早官翻累，生死無端我不平。尚有晏公雙柳在，夕陽流水響淒清。

詩卷流傳遍九垓，收將此筆付風雷。蒼茫身後無窮恨，跌宕人間未易才。一別誰知塵世隔，重泉定有夢魂來。遺孤弱弟愁多少，幸賴歐公作主裁謂牛西園太守。

詠綠牡丹

尋芳疑到翠微宫，説是繁華景不同。如此名花比傾國，題詩合用碧紗籠。

嬌姿欲語總無端，淺碧煙浮護曉寒。富貴生來無別樣，任君花葉一般看。

到是開遲轉占春，枝頭色奪柳條新。姚黄魏紫皆同輩，莫認青衣隊裏人。

休誇天上碧桃花，品貴端推鄭國家。本是沉香亭畔種，任他草色妒天涯。

窗紗半面襯花鮮，得遇青蓮亦有緣。看到天香新吐後，汝南碧玉正芳年。

青瑤作色露爲香，擬向花神奏綠章。可是朝來酣酒慣，鬢雲繚繞未濃妝。

相逢恍惚向瑤臺，花亦垂青似愛才。國色人間如有價，綠珠一斛買春來。

亳州觀牡丹歌

任研香公子邀同陳晚香、宋一韓、金瑟儀、戴小麓諸君，由孟園、何園至李園遍觀牡丹，即席賦此。

牡丹時節風先催，春寒壓我黃金杯。花神鄭重故修飾，欲吐未吐心遲回。作詩連日陳花臺，忽然萬朵雲霞來。小黃主人惜芳質，隔年早訂看花日。今晨興至破愁出，春事已到十之七。去花半里先聞芳，花氣如絲透出牆。人來百步花似覺，側身低面迎路旁。滿懷春思不暇忙。羣芳胡爲齊嚴妝，天然淺碧裁衣裳。猩紅一點都難訴，眼□一見驚欲狂。飽餐秀色沾濃香，乍到已使春風藏，花雖不語人斷腸。曉來嬌不勝酒力，露氣襲人人故立。漫言四海求傾城，到此翻教迷五色。一層紫霧一層霞，幾團粉雪如楊花。中有絳綃人獨處，綠雲隱隱臨窗紗。渦曲繁華此第一，紅玉爲田香作室。貴超百卉偏多情，豔到十分嬌有骨。人間何物比風流，太真容貌謫仙筆。我今賞花須盡歡，枝上齊張瑪瑙盤。酒酣花亦覺無賴，可憐欲倚無闌干。迴姿送影愁百端，暖香熱豔支春寒。對儂欲前忽又背，含情思解雕玉珮。偶然作態思紛紛，人前揭起鬱金裙。東風搖蕩不自主，繡屏無故飛朝雲。此時人心趁花意，痛飲譙陽成盛事。三千粉黛會名園，十萬臙脂散平地。種開香國春正長，出地便成雲錦章，如此方可居花王。花官仙子皆同行，並肩一色無低昂，使我四顧生輝光。天香有種何處得？我欲移植求東皇。急喚花奴命花史，睡到花前莫扶起。千里來遊原爲此，色地香天人醉矣！富貴從來誇絕倫，誰識芳心冷耐貧。不是早時甘寂寞，安能豔成高陽春。勝地相逢一樽酒，名花國士遇非偶，揮毫願借生春手。容華思共落陽爭，絕代千秋有定評。請看今日留題後，江北中原誰盛名！

案頭對牡丹得句

慚愧他鄉落拓身，天香供養慰風塵。花如開早翻難豔，人到能癡始算真。絕代誰邀千載遇，濃妝已足十分春。蕭蕭靜對忘寥寂，滿紙瓊瑶豈是貧。

硯香索題瓶中牡丹詩以贈之

公子愛花等傾國，不教拋擲春風側。昨來攜置銀瓶中，珍惜人間好顏色。此花來自有情天，喜傍多才人少年。江南狂客亦奇絕，作句日日呈花前。花光掩映宜銀燭，綠認衣裳紅露肉。已能宛轉任矜憐，未免嬌憨覺拘束。書聲初罷風微和，波紋簾外無人過。案頭彼美何太多，一寸春心奈汝何！

牡丹後歌

任霽峯太守約同曾亦如司馬、陳晚香、金瑟儀諸君並率硯香昆季，齊集城西十八里之李氏園觀牡丹，儼若主人，設宴竟日，即席賦贈。

出郭尋春二十里，看遍新綠到紅紫，牡丹酣酒未曾醒，一時客至忽驚起。東風有意助春工，吹得名花豔如此。我昨痛飲城東邊，名園游遍春可憐。花枝亦解鬬顏色，要與詩句争鮮妍。今日侵晨來勝地，東君一一先位置，好花留待使君至。使君惜花如惜人，一枝一葉皆陽春。使君愛花如愛士，不比尋常桃與李。護取人間第一香，名超百卉冠花史。微雨初晴天正和，看花一刻休空過。徑叩花園謁花主，壁上彩雲欲飛舞。芳心對我願全吐，人到有情花似語。主人雅性宜林泉，富貴能與花爲緣，琉璃布地香到天。四面紅霞鋪作錦，千羣紫玉種成田。嬌姿絕色誰先後，太濃轉費春消受。藕絲衫子玄玉裳謂藕色墨色兩種乃他園所無者，服飾不麗生奇光。中有一朵面徑尺，領袖羣花稱貴客。意態端嚴自矜惜，不肯塗脂作芳澤。阿嬌矜貴飛燕輕，漢宮春色描難成。楊家姊妹各如玉，宮樣新妝盛結束。五家豔隊一齊出，紛披珠翠爛雲日。一日之内變態新，花房乍啓春横陳。此花本不耐斜照，全憑曉露爲精神。好鳥聲聲催進酒，風來花亦爲低首。人影與花相左右，主人宴客情何厚。繁華滿眼春在手，此會此花同不朽。遥天欲暮煙靄生，惜別花前無限情。

不見

不見家書至，唯聞塞雁歸。悲歡難信夢，冷暖幾更衣。燈下人將別謂金瑟儀，天涯願各違。客身無限事，未敢報庭幃。

夜坐無聊以酒奠牡丹有感

夜靜無端雜感來，惜花更奠紫霞杯。妝如飛燕猶非色，生後青蓮不是才。依倚相憐思共語，繁華太盛怕全開。傾城名士原難遇，珍重芳心自主裁。

何刺史招飲花下得句

連朝痛飲醉花前，滿眼繁華又客筵。三徑竟成金粉地，一時同到綺羅天。生來貴品逢時易，護惜名香識主賢。不是酒闌歸意懶，幾番流戀夕陽邊。

得姚石甫書詩以報之

閩越驚傳一紙書，別來消息正愁予。幾年夢隔鯨波外，兩地春交雁信初。臥棘南天誰共語時方丁外艱？種花瘴海舊何如？元戎奏記吾曹事，鄭重風煙慎起居。

咏芍藥

牡丹零落信銷沉，染翰重爲芍藥吟。一樣新妝同國色，初逢嬌客訴詩心。春歸轉覺繁華勝，花好無如別思深。惱恨將離名最早，累人持贈到而今。

鼠姑自昔重西京，出格風流合屬卿。對景豔驚韓吏部，當階紅認謝宣城。飽含濃露猶無語，乍脱宫衣亦有情。銀燭齊燒看未畢，爲花宛轉坐深更。

絕好容華極盛年，宴游休説廣陵筵。名花不借陽春重，色界真開大夏先。金帶當時占宰相，玉盤此日獻諸天。作和亦有調羹用，肯讓鹽梅獨擅前。

冶豔難禁此數枝，琉璃葉上未題辭。殿春莫問容肥瘦，作后何論嫁早遲。香品曾登騷客賦，芳名卻誤鄭風詩。譙陽自古英雄地，絕色如何盛一時。

依然錦繡護雲煙，多少餘春慰杜鵑。富貴送完前度客，清和留住有情天。嬌能耐久纔堪重，折到歸來轉覺鮮。豈是開遲心愛懶，由來絕代自矜憐。

偕陳丈晚香任硯香至城東觀芍藥復作長歌

小黄城外芍藥花，十里五里生朝霞。花前花後皆人家，家家種花如桑麻。紅紫爲田綠爲圃，一痕草色低難遮。龍眠詞客游江北，一見芍藥如舊識。瓶水奉花過珍惜，日日讀書坐花側。彩毫拂豔花如生，枝枝不覺動顔色。今來看花渦水濱，花亦作態如相親。牡丹開過絕代少，天教此花爲替人。紅綃百幅鋪滿地，香絲牽客太多事。盤龍戲彩何繽紛，焰如爐火燒晴雲。三十一品皆瑰質，安能齊向坐前出。忽然一隊紫妃來，此是化工得意筆。其餘朵朵俱修飾，金帶圍腰豈難覓。看花作相代有人，畢竟誰如韓魏國。花聞此言亦歎息，對我欲前覺羞澀。凝睇屬意辭不得，風光如錦足破寂。東君去後春猶留，花神竟有回天力。笑我無言面花立，索句苦爲花催逼，到此春懷不能抑。若將此花作傾城，更比牡丹多丰情，臨風搖曳如送迎。若將此花作良藥，兒女春容免蕭索，可憐醫病不醫愁，那管人間有沈約。此花功效何必論，遭遇當年不淪落。君不見，香山居士草詔來，詞頭封罷花口開。又不見，元九題詩在花葉，珊瑚風漾紅千疊。自古芍藥推廣陵，好花隨地爲廢興。朱幡錦檻感盛事，煙絲霧縠圍層層。此地芍藥空自好，種花人多惜花少，花多轉不如芳草。鬻殘香色但留根，惟恐花時折不早。擕來杖頭三百錢，換得名花枝滿千。如此好景輕送卻，可知長日方如年。把酒問花花不語，園中瓶内意何許？廣陵明月小黄煙，花事一般費辛苦。我爲花歌花起舞，但乞好風爲作主。貴賤兩地各殊時，仙姿窈窕無參差。濃陰擁護天如幕，鬬盡繁華春不知。

即事

故國春風别竹梧，蕭齋獨坐感離居。偶因得句思尋友，卻爲看花屢廢書。五夜消磨人醉後，一燈迎送夢回初。明朝便踐龍眠約，萬綠叢中擬結廬。

葉種之閫戎招觀芍藥未赴作此以謝

婪尾春留更幾家，當筵歌舞鬬繁華。三生但少今宵福，四壁真同曉日霞。入座共驚傾國豔，争名肯後廣陵花。書生未赴羣仙會，惆悵香風燭影斜。

城東口占

黄初人物憶譙東，文采銷沈霸業空。春草斷痕碑碣盡，斜陽移照梵王宫。

霽峯太守見惠花瓶甚多室中壁上芍藥插遍晨夕對花偶然得句

名花插遍慰天涯，春去何曾冷歲華。遣興須當行樂地，中年莫負及時花。夜深繞屋皆香霧，曉起推窗盡彩霞。留得錦瓶顔色在，足教離客懶思家。

絶豔都歸四壁中，休論淺紫與深紅。情當一往春難管，花爲頻看樣不同。綽約自憐逢我晚，嬌憨太露怕詩工。樽前芳氣濃如許，争使香山酒不空。

自州署移入志局留此別芍藥

客中我愧惜芳人，一室珍留未了春。小住已曾消豔福，此來原不負花神。生逢絶代緣非淺，看到多情影亦真。十日燈前無限意，停樽可奈別離身。

戴小麓索題四時行樂圖

戴郎擁書坐一室，忽然妙境自空出。示我一幅遣興圖，想見四時好風日。四時遣興非稀聞，可憐忙殺紅羅裙。寶珠爲飾名香熏，洞房日日生朝雲。一身行樂不自覺，寸心消受難爲君。紅桃争春淡不得，美人願與比顔色。芰荷花好藏鴛鴦，美人鬬色兼鬬香。梧桐露清桂露冷，月下人來立秋影。梅花雪裏支曉寒，鬟雲緑壓紅衫寬。瓊瑤妝束擅金翠，紙上傳神兼豔思。繪圖何患非神仙，難得當時人少年。即今作客遊譙地，翠黛珠裳感舊事，黄梅時節同買醉。客窗一日費消磨，圖中四時何易過。

閏七夕

任霽峯太守置酒招汪稚泉廣文暨陳曉帆、吴菊舫、金霽嵐、李篠峯、彭筱舫、鄭杏江、高桂堂、孫仿山諸君並許靜山、朗峯昆季齊集志局，時硯香亦在坐，稚泉、曉帆、篠峯、硯香並二許皆即席成詩，因賦二律。

聚散怱怱一月過，黄姑重見意如何？人間巧事原難再，天上良宵不厭多。佳話古今歸玉宇，秋心前後並銀河。書生久荷裁雲錦，更乞機頭舊織梭。

又報瓊宵露氣侵，綵雲高處翠軿臨。詩經此夕無餘巧，天補前番未了心。兩度秋光緣客豔，三旬河水爲誰深？廣寒尚有神仙侶，碧海年年恨到今。

次日諸君各以詩來復成五律

一樣紅牆路，雙星聚水旁。巧從前度得，秋到此宵長。霜露沾衣冷，雲霄費鵲忙。已教兒女妬，況我客他鄉。

猶有初秋恨，殷勤訴絳河。縱□今夜會，終是別時多。巧積難醫拙，歡加轉易過。片雲今已厚，莫認薄如羅。

多事天公戲，安排此一回。素娥勤送嫁，白帝又爲媒。錦織新詩樣，花圍舊酒杯。客中逢豔節，都倩故人陪。

更莫多私語，明河在上頭。天開雙巧宴，月是一般秋。宿恨拋星斗，增詩賀女牛。神仙近人意，此度足勾留。

不敢煩相乞，天孫亦厭勞。秋偏沿舊例，巧慣累吾曹。瓜果陳應倦，仙橋架更高。尚憐前度月，留影照揮毫。

孟塗遺詩　二卷

遺詩卷上

登光明頂觀雲海作歌

青山對我非故容，須臾失卻千仞峯。雲出峯間各一線，倏忽凝結成萬重。初出冒絮散巖谷，漸若車輪競馳逐。白龍變幻飛不停，吐氣噴薄迷空青。一碧平鋪疊成海，下無根蒂深冥冥。四山沒盡唯見頂，浮空數點旋螺影。雲來上與天爭高，低者平地起波濤。橫吞岡嶺疑岸列，直起如竿攢林梢。彌漫勢欲無川壑，密布徑不遺秋豪。天女擲練作游戲，滿山無縫衣瓊綃。我回峯頭纔一望，海氣隨風形蕩漾。人以隻身立空濛，如乘寸查浮海上。文殊臺下雲延綿，始信峯前爭鬬妍（後海在始信峯。）雲多一氣忽盤旋，前海後海忽相連。此時有雲無地天，周圍擁向光明巔。令我乍見心茫然，足雖未動身欲騫。我踞雲中最高界，自謂我在雲氣外。衆人尋我望不真，頭上已有白雲蓋。日輪乍出天微晴，雲破班剝光鮮明。坐見輕風捲雲去，海中雲出山縱橫。十洲三島次第見，諸峯一一還舊形。大海茫茫消俄傾，世事繁華豈能永。海乾雲散天自清，石上人誰發深省。我今醉向雲海眠，酒醒便泛西湖船。藏來袖裏雪千片，安置吳山瑞石邊。

西湖泛月歌

欲從湖上尋名山，先與空翠相往還。兩湖看過謀泛月，一舟泛入波心間。初時雲暗厭空黑，月光不見見湖色。須臾雲破月飛來，湖光又隨月色開。白雲上交天下合，不停不動圓如杯。湖亭欲倒還復立，三潭塔影亦陳迹。唯餘月似古時明，不借蒼波洗顏色。波平天水同澄清，上下兩月光相爭。忽然風起月蕩漾，化爲萬點皆瑤瓊。此時夜半寒初迴，水底鮫魚眠未醒。月忽噴彩耀湖鏡，一碧平鋪到千頃，白氣直欲浮山嶺。此身已浸月華中，豈辨天光與湖影。我今舉杯須盡歡，青天惠我白玉盤。中有地影凌高寒，露華濕月吹難乾。空明身世茫無端，使我獨酌忘夜闌。西湖自昔無明月，荷花桂子非尤物。有月無此一湖水，絕好妝臺缺彼美。月輪照到湖中天，西子立在明鏡前。獨向遙空理青黛，回姿抱影含餘妍。嗟我相遇徒三年，水月纔結今宵緣。回舟杳渺立天際，雲淡如水生秋意。欄橈一蕩三回看，月亦戀我光盤桓是夜三更即回，尚未盡興，遂有來宵之約。

登匡廬絕頂

我從天池來，東風送微冷。芒鞋踏處草生春，一路天光隨過嶺。回看巖壑已成煙，且向洞天凌倒景。前行山與我爭高，我怒騰身立山頂。當空積氣連江東，黛光遠落虛無中。豈知石寒山骨裂，下有金仙玉女之靈宮，煙深終古青濛濛。林巒秀色隨風變，千百年中時隱見。我來頓呼山雲開，一日匡廬得真面。屏風九疊何崔巍，穿林怪石如人來，崖端小語成奔雷。潭有龍兮林有虎，我醉狂歌皆起舞。天花擲下石梁端，飛瀑隨之落如雨。高高天鏡漾空明，人在羲和輪上行。太乙西來接銀漢，足下流泉出天半。泉聲亂入白雲中，捲地風來吹不斷。楚吳四望蒼煙浮，千里江湖一綫流。江光忽射芙蓉朵，返照連空天欲火。下窺城郭氣微茫，世人見雲不見我。我將詩句投人間，化作晴霞飛滿山。山高露冷衣裳濕，石氣逼人難久立。五老爲我歌，七賢向我揖，謂我乘風歸莫急。前身識是劉立之與余同姓名，隱此中，重來須認丹梯級。我聞此語舒笑容，更歷雲階數百重。茫茫天外一揮手，萬山俯首如相從。霓車一去寂無影，李白沉醉尚未醒。我今獨臥長松前，松枝低墜願爲枕。起尋瑤草不知名，山空彷彿聞人聲。鳥飛忽到七千丈，我行已出飛鳥上。拂衣欲挽衆峯歸，翠嵐堆滿飛龍杖。

山中醉題贈元伯彝望

怪石無端當我前，推之不起如人眠。山聲水聲爭入耳，足下定有龍盤旋。東風知我醉無力，一時吹下康王谷。白雲擁之入層崖，石室仙人皆舊識。手持花葉金玲瓏，招我臺畔聞天風，我衣未解眠雲中。夢回更下雲梯級，衆鳥争來迎不及，一峯在前忽起立。彩霞片片飛我身，露氣横侵不能濕。丹文赤石久沉淪，陰壑無人花自春。春光暖入蒼苔徑，此心已與雲俱定。故人從旁喚我歸，我不回言山代應。斜陽欲落霧冥冥，湖光澗影摇空青。笑君遠向崖前立，似與青山作畫屏。

讀史戲題

在昔鴻荒世，生民罕見聞。鶉居而鷇食，人自樂其羣。蒼頡何多事，造此蟲鳥文。神知既云發，情僞遂以分。徒令千載下，著述日紛紛。哀聲起南國，煙水生愁氛。風流競相賞，文藻何繽紜。至今湘漢上，極目有浮雲。

偶成

多病强笑言，獨居少歡樂。幸有山水聲，可以慰寂寞。出戶望故山，懷友念京國。物論不可憑，人心難豫度。清晨得羊膏，夕言醇酒薄。五鼎羅珍羞，誰復記藜藿！所以巖下雲，不肯出邱壑。

觀飛來峯下諸洞喜作長句

雲根劈破山洞開，青天透入光盤回。奪來仙鏡置人世，山靈當日真奇才。巨石怒立胡爲哉？欲斷不斷疑崩摧。上連雲漢盡翠色，下起地面無根荄。借問此山出何處？乃自天外遥飛來。初入洞門已深邃，陰巖數轉歎神異。豈知真形隱後山，人前不肯遽相示。洞口之境遊已窮，更從山背尋靈蹤。絶壁高下滴寒緑，忽然有穴山足通。中開巖洞出意表，千曲百折何玲瓏。四圍隱見徑可達，石房無數疑琳宫。細思山勢本樘立，其外皆石中虚空。更有飛壁懸洞中，直下欲墜排雨風。去地寸許忽截住，如此險筆非人工。我尋到此詫奇事，多少游人身未至。出雲入雲行再四，妙處一一呼朋記。卻笑山初來此地，五丁用斧太恣肆。或者鬼神愛游戲，骨節鑿通巧安置。闢盡人間未有奇，半出無心半矜意。山峯飛至果何年？洞亦爲之藏雲煙。我欲抱石入洞眠，莫更飛去蓬萊邊。

周南卿董竺雲劉春亭邀遊瑞石山醉賦

瑞石山前石亂生，有如人立紛縱橫。直起吳山不借勢，彼此參差如有情。人言石骨太零碎，蒼翠錯落難分明。誰知此是山之精，中有靈根相貫注。一氣所到形結成，高者爲峯深者洞，洞中客至風迎送。懸空一石來無端，橫壓巖頭不嫌重。同遊衆客何率真，脱衣坐看青嶙峋。洞曲胡爲一几陳？云有攜筒賣酒人。酒紅色映苔花碧，飲酣各欲留遊迹，醉探霞光不盈尺。出洞直上更崔巍，一望江湖兩面開。歸帶暝色穿雲隈，石亦驚我從何來！

紀夢

梧桐昨夜落金井，夢隨飛雁過高嶺。長風吹斷玉笛聲，江波搖蕩白雲影。夢裏不知天亦秋，醒來但覺孤衾冷。

贈方瞻生

我昔維舟皖江頭，長歌一曲楚天秋。與君沽酒入高閣，消盡人間萬古愁。醉來落筆走龍虎，墨花怒逐天風舞。寒雲直下大江來，並作東南一夜雨。冒雨歸來泊畫船，片帆高挂九秋煙。臥聞鐵笛鳴江浦，起見孤鴻入遠天。君歸浮渡拾瑤草，意氣直欲凌瑤島。我復嘯傲楚江濱，醉踏雙龍頂上春。西風黃葉白蘋水，空憶溪南一故人。故人久隔東山霧，何意今朝忽相遇？放懷不信天地寬，高談豈覺雲山暮。雲山闇淡風蕭蕭，纖塵不動青天高。他時得遂湖山志，共上金焦望海潮。

題廉泉太守柳陰納涼圖

柳枝夾道層陰起，綠映湖光三十里。繫得南風江上船，使星半照于湖水。坐久溪頭萬慮空，一片波心清見底。我公風流似白蘇，新溝導出通三吳。政閑偶向蘭亭憩，柳邊斜插青珊瑚。烹茶待月坐磐石，煙水微茫隔咫尺。空翠濛濛淡欲無，漁棹一聲天影碧。林深徑僻炎暉收，白雲似欲爲人留，涼風乍動天已秋。修篁隱約出空際，高情妙與煙霞契。閲遍長江萬里流，此間獨得濠梁意。別有漁樵身外身，綠陰疏處絶纖塵。暫將碧海騎鯨客，戲作青山理釣人。

黄貞女詞

子規啼破丹山月，貞木枝頭淚成血。寒崖裂石草不春，秦女高臺雲斷絶。玉簫未奏鳳已孤，珠殘鏡缺天模糊。香閨久抱衿纓志，欲迎未迎隔人世，四十紅芳從此逝。病中猶表金石心，此恨悠悠自古今。

平默庭節端爲其尊人作麻姑獻壽圖書此奉題

青琳宮闕凌蒼煙，鸞鳳同集天地連。麻姑酒熟香風暖，酌來持進南雲邊。雲中仙叟舊名宿，手探天根迴地軸。梧桐月向懷中來，照到天心看未足。遨遊南北窮江關，海波瀉入胸懷間。千里風雲争一顧，不留遺憾歸名山。花外輕車門外使，遠近争喜林宗至。黄金擲盡爲交游，手持一編歸課子。是時椒花頌已成，鹿車同挽餐玄英。階前草青足生意，白雲留住春風聲。郎君與我相知久，轉海移山樂無有，奉詞欲附羣仙後。但願蓬萊日並長，七明芝共五雲香，天孫爲進錦衣裳。丹山設幔霞作屋，九華煙氣籠松竹。麻姑獻罷紫瓊花，更借斗南人再祝。春光如海香在天，一笑且住三千年。

江上望小姑山

宿松一峯屹立江之北岸，與南岸山對峙如門，上有神女廟。

楚山欲盡吳山出，江流到此勢一束。日高天際浮空綠，小姑無語向人立。潯陽飛鳥雲中來，危磯相對勢崔巍。蛟龍東走不敢渡，古石千年留翠苔。或言長鯨吸煙水，崇巒欲駕狂風起。海門獨向楚江開，橫截波心數千里。我今乘舟離絶岸，帆影高懸落天半。誰檣峭壁壓東南，一點蛾眉青不斷。蛾眉飄渺起中流，珠佩霓裳水上浮。極目仙人不可接，空山祠宇自春秋。

寄題陳笠颿預中丞灌菊圖

高樹忽已秋，衆芳難爲飾。憐茲菊有華，庭陰挺孤直。植根本天意，灌溉資人力。先生抗高躅，東籬慕遺風。寒香灌老圃，願使秋容豐。豈爲惜其容？且以明素衷。夙昔秉芳潔，滋蘭逾百叢。矧乃凌霜質，而遺潤澤功。浥以青玉液，瀉以碧瑶筩。雖云舉手勞，用補造化工。我聞濂溪云：菊花爲隱逸。託性近山林，擢英爛霞日。公獨培幽芳，發榮望其實。推此以養士，巖穴無棄黜。又聞韓魏公，高情薄蒼穹。愛此素秋節，嗤彼春花紅。先生惜貞幹，毋乃與之同？開府振英奇，霜氣横絶域。草木識威名，幽懷未能抑。分來九霄潤，增此三徑色。殷勤天日下，樹德務蕃殖。竊恐公此心，陶公猶未識。

題顧友山種松圖

丈夫託迹在邱壑，意氣飄然雲外鶴。駿馬高臺不足登，幽居惟有林泉樂。憶昔家園種樹時，孤松獨挺歲寒姿。遥呼萬里天山月，高挂淩霄第一枝。今年匹馬渡江口，長風怒湧波濤走。涼風九月百草摧，江樓西畔逢故友。故友才高出世寰，憑軒爲我話友山。幽情獨寄支離叟，千株種滿白雲間。有時夕陽沉澗底，清宵坐聽松濤起。並將千歲之虬龍，一朝收入雲檻裏。我聞此語破愁容，滌蕩萬古之心胸。世人豈識冰霜節，海內徒憐桃李色。吁嗟乎，友山真似鹿門客。

花田歌

花田三月春深時，花氣迷春春不支。十里香土耕不得，種來千萬紅胭脂。嶺南女兒好修飾，妝成齊到羣花側。對鏡臨流不自禁，要教花見人顔色。花亦對人如舊識，風前含笑枝無力。人爲花枝低有情，春愁暗逐香風生。嬌憨不語各無賴，人心花意難分明。故宮舊恨煙如積，遊人不管春消息，直把花田作香國。花開花落自年年，送行江柳無人憐。

月夜登後屏山望五老峯

昔余居陵邱，孤懷事高迴。方舟越江波，層臺娱歲景。愧以塵露身，履彼霄漢境。昨來鹿洞間，懷古發深省。石壁生虛陰，峽流翻素影。愛此林泉清，敢曰余心靜。夜半陟後屏，松風動高嶺。五老立雲中，半天走引領。前行峯轉遙，久坐石微冷。深谷氣如秋，山空夜生警。四顧寂無人，鐘聲林外永。

始入廬山坐石上偶賦

春風知我來，先期度前嶺。我行如雲中，青天半露影。仰空一笑登層臺，露重風高山骨冷。誰言此山無主峯？我身到處即絕境。明湖秀色向人開，重重飛翠連天來。戲將石上泉三疊，灑作人間水一杯。金淵玉井耀寒素，殘蘚斷文迷故路。何人峽口誤題詩，石不能言水爲怒。亂峰疊出來我前，丹霞紫氣生其巔。洞天裂破深不測，以手探之皆雲煙。瀑流直瀉銀河水，雪落龍潭飛不起。山僧不知源在天，乃欲求之雙劍裏。長風欲動錦屏張，天光並入雲中央。下窺皎日橫飛梁，手召衆客來山陽。請看懸巖最高處，白雲與我誰低昂！

游天池飲聚僊亭

匡君一笑天爲開，晴嵐倒貫凌虛臺。我向臺前倚孤石，九江曉色浮空來。呼朋且酌鸚鵡杯，手把芙蓉揮九垓。偶然咳唾落天外，又被仙風吹復回。東林遠壓千峯底，此身欲挾崇巒起。自有雲霄萬古心，不洗天池一片水。青琳上共日爭明，絕壁風高雲有聲。風吹衣帶如霞舉，人與白雲相對舞。四仙遙坐默無言，似笑吾徒多妄語。吾徒年少恣遨游，高歌直入天南頭。鸞鶴爲羣鹿爲友，争向亭前來勸酒。玉山倒地人難扶，賴有雲中一佛手。起折瑤花循谷口，天影在前月隨後。多情不肯作神仙，區區富貴吾何有？文殊塔畔餘殘霞，佛燈高映千人家，我車欲下洞門遮。竹影沉沉隔煙樹，中有靈棲不知處。興來石上欲題詩，墨花已逐雲飛去。

題五老峯

衆峯争下如奔駒，勢欲突過彭蠡湖。五老當前忽躍起，遏住東南天半隅。重開丹崖削飛壁，百道晴光貫空碧。峯頭日出山齊明，積翠千重一時赤。芙蓉天半葉如金，雲開四面落湖心。蒼茫海鏡知何在？山氣臨春變成彩。當時行徑已消磨，此老至今容未改。石作洞房雲作門，孤松倒出疑無根。山鳥夜啼鬼歎惜，洞口寒煙深萬尺。李白雲松安在哉？千餘年後我重來，當空一見顔爲開。我醉談詩君笑倒，雲霧滿衣風不掃。游人山下望不真，遥指我身爲一老。與君高踞明湖前，五人相顧誰少年？我戲以手拍其肩，紛紛霞氣落層巔。怪我初來未深入，坐見峯形如並立。豈知崖斷石參差，彼此争奇各怒出。問君幾時來此間，靈崖秀絕非人寰，瓊漿落處雲生斑。我今拄杖好行樂，笑比諸君年最弱。未知他日重游時，君猶如故我何若？人生蹤迹如飛鴻，山不問人西復東。願君隨我渡江去，好向淮南見八公。

湖中曉起看雲

太湖三萬六千頃，半是山光半雲影。一寸波生一寸雲，人與飛鳥何紛紛。水天太近覺寒早，春色三分秋七分。夜來濕霧壓船重，夢醒孤衾猶自擁。起視湖上雲連天，四圍極望茫無邊。此身恍與水雲合，曉氣共我相周旋。舟行如在空際懸，衣裳拂處皆蒼煙。一痕微指洞庭巔，波心湧出山蒼然。湖神怪我太多事，輕軀走險似游戲。名山閲遍固自佳，怡情卻祇在寸地。我聽斯言竊心喜，此游可以觀止矣。誓把雄心洗江水，枕雲高卧青山裏，誅茅歸隱從兹始。

奉别桂舲中丞

倒屣軍門見恨遲，月高故向斗邊垂。不教國士當前失，能動王孫去後思。竹葉香浮開盛宴，梅花春暖問歸期。行旌倘過龍眠道，記取天南惜别時。

送胡果泉中丞入覲三首

新傳車騎出江臯，前路仙風送羽旄。天漢南臨三楚近，神京北望五雲高。介圭此日趨龍闕，珥筆當年本鳳毛。料得延英親召對，幾番垂問聖躬勞。

江淮地重倚金城，南國軒裳看此行。好頌卿雲傳紫禁，願分湛露播蒼生。出承簡命綏民物，入有嘉謨荅聖明。爲報黄金臺畔月，早從天半照雙旌。

杜陵偏荷鄭公憐，欣送元戎隊入燕。望闕幾曾知路迥，渡河猶及占秋先。九重恩詔須公亟，千里雲山待節旋。不是長安今始近，此身本在日華邊。

題羅浮小住圖五首

闢得羅浮地幾弓，雲林淡處染仙風。都將四百峯秋色，收入濃陰薄靄中。

嶺南君是地行仙，石室偏尋世外天。從此鮑姑居處近，也應乞得玉簫篇。

自是高情野鶴閒，非關養病借名山。畫圖各自開生面，雲裏看來總一般。

碧桃剝落洞門開，花鳥相親不費猜。曾向玻璃亭畔立，夜深應見蝶飛來。

高峯不共石樓連，半染煙光半接天。檢點前宵來處路，他年好抱白雲眠。

題美人對鏡圖二首

淡掃冰姿映日寒，額黄眉翠不須安。如今誰解憐真色？只合妝臺對影看。

滿輪明月照全身，桂影菱花認不真。轉笑廣寒諸女伴，與儂同是鏡中人。

爲鄭明府送芝圃尚書赴陝甘任四首

絳霄卿靄麗雲端，昨報天書下紫鸞。分陝任隆周召伯，登壇人到漢長安。檄飛紫塞風千里，騎走黄沙路幾盤。掃遍霜花施雨露，邊關從此少秋寒。

昔日搴帷近九垓謂觀察甘肅，重臨虎帳向雲開。河山絕頂歸戎府，今古當關屬將才。九曲流從天半落，三峯翠撲馬頭來。唐碑漢瓦生顏色，風雅千秋得主裁。

西江久在惠雲中，星漢恩膏竹帛功。淵海靜時同止水，雷霆震處亦春風。頻年鼓角鳴秋早，八月旌旗出塞雄。爲報河西諸屬國，將軍早晚向崆峒。

鴛行逐隊愧儒巾，且喜軍門謁賀循。八載瑟居甘拾藿，一官匏繫荷推輪。吹飈竟有飛騰氣，依倚深慚落拓身。今日星軺西指處，蒼生多少戀行塵。

題美人抱琴圖二首

顏色人傳勝綺蘭，調高況復帶秋寒。自從奏罷青鸞曲，獨坐新蕉不再彈。

抱得金徽思轉添，袖羅輕護玉纖纖。不因閨閣知音少，嬌小生來惜指尖。

七夕

仙風吹上碧雲端，見說銀河跨紫鸞。天上霞章原早製，江南秋思渺無端。拋梭肯化流星彩，洗路從無暮雨寒時久旱。不索榮華不祈巧，一家惟願乞平安。

倪體中合巹

鬱金堂下玉嬋娟，春轉梅花未放先。翠羽來從青漢外，鳳簫吹近紫雲邊。一雙璧彩絲難掩，三五年華月早圓。可是瑶姬今夕降，題詩天遣絳臺仙。

題呂幼心明府詩卷後二律

龍門深處綺筵開，咳唾天風落酒杯。一卷詩從玄圃出，千秋派自浣花來。剗磨金碧留真氣，跌宕雲山識異才。我早攜歸清夜讀，案頭隱約鬱驚雷。

去年禾黍委荒榛，神父心勞爲濟民。起盡瘡痍重造命，挽回天地更生春。論文直願空前壘，得句寧教讓古人。辛苦道州元刺史，春陵一曲最傷神公有桐鄉行，極憫敝邑被災之苦。

題畫扇

刺桐低亞露縱橫，不是臨風亦有情。移入半輪秋色內，春愁濃淡總分明。

代題桃花潭水圖寄友

潭映紅霞水漾波，桃花春奈遠人何？如今豈止深千尺，持比離情淺不多。

寒夜

有情好月偏生怯，無力瓊漿枉自斟。漫道連宵霜露冷，此身原抱歲寒心。

偶賦

仙桃移下玉臺邊，香靄凝空欲化煙。爲語曉鶯啼莫急，昨宵殘夢在花前。

將歸謝曹扶谷明府三首

結居地共號桐鄉，江北江南路杳茫。玉鏡新逢陳令尹，瑤華舊是蔡中郎。十年春色臨官閣，幾度秋風咏皖陽。一自宣州迴棹後，桃花潭水爲誰香？

飄零我自滯江村，贏得啼鴉伴曉昏。海內幾人憐范叔？天涯無客歎王孫。囊餘桐葉新詩句，衣染松花舊酒痕。賴有多才香案吏，肯將瓦石作瑤琨。

亂峯斷處碧雲遮，坐倚蘭干歎物華。萍草東流誰是主？雁羣南渡久思家。歸心直下三江水，古道將迴百里車。相見恨遲行又早，不堪西望白麟霞。

題楊惕吾明經新阡圖三首

白楊細雨墓門春，愁向新阡哭舊人。辛苦潘郎腸斷句，夕陽無語弔芳辰。

死別匆匆怨未平，埋香兩度得佳城。人天路隔重相見，留補生前未了情。

濃峯爲黛霧爲鬟，芳草多情護玉顏。從此東風寒食路，桃花紅近墓前山。

黃山莊十景和家淇園先生十首

巨石崔巍壓碧叢，日高飛翠逼晴空。浮雲穿斷三千尺，疑與人間路不通。參天怪石

深谷蒼蒼響暗泉，半含雲影半含天。此間不是桃花

水，那有漁郎洞底眠。暗谷流泉

幽壑層陰接遠坪，虬龍幹染露華清。不知昨夜松濤起，認作枝頭風雨聲。幽壑松風

高齋半面碧天開，卻掃南窗萬點埃。漏盡四山人未起，朗吟聲出白雲隈。青雲曉讀

雲散空林鳥又飛，層巒四望翠成圍。天風吹雨知何處？獨有青山送落暉。晴巒晚眺

一字山横碧玉琴，溪旁路冷石苔深。不須更覓雍門曲，自有春風到北林。一字横琴

横溪日暖水紋多，人隔桃花路若何？幸有小橋渡春色，不教煙景付流波。短橋春水

翠蓋珠盤影乍欹，芰荷風起暮寒時。請看深夜瀟瀟雨，添得庭前緑滿池。荷池夜雨

高高朗月共雲浮，竹影蕭疏半入樓。百尺竿頭天不夜，涼風搖動暮山秋。竹林夜月

梅花夜雪冷侵塢，白玉林中夢有無？看罷不知天欲曉，猶疑枝上月平鋪。梅塢白雪

題金竹圖二首

渭川千畝本無嫌，要把黄金作色添。漫道此君風骨峻，清高也自賴莊嚴。

醉掃黄雲染萬竿，枝頭失卻碧琅玕。碎金點處春風暖，從此無人倚暮寒。

代呈楚翹少宰二首

九苞瑞卜立朝初，湛露恩深看直廬。説士共推韓吏部，論文不讓沈尚書。三銓流品歸金鑒，一代雲英總石渠。何意迴翔天近處，高情竟不薄樵漁。

書生挾策赴長安，自坐春風不覺寒。一顧真能教士重，千秋最是受知難。抉雲鸛鶴驚秋迴，近水魚龍識海寛。若使攀鱗還有幸，攝衣應勝上瑶壇。

將赴都門有感三首

賦罷驪駒轉怨思，高堂回首戀親慈。致身我愧無長策，去國情偏異昔時。賈誼久輸辭洛早，馬周已恨入關

遲。平生本不因人熱，到此還憐訪故知。

天邊同學各離羣，淪落江頭手又分。先我祖生皆黑髮，笑人鄧禹自青雲。五陵裘馬争春景，三楚風波久夕曛。計日金臺山畔過，鳳城飛絮落紛紛。

曾記蓮開幕府寬，當筵草檄掃冰紈。已看司馬游蹤倦，久識楊雄獻賦難。入世幸逢青眼慣，出山拋卻白雲寒。摩天鴻鵠飛無定，風起遲回顧羽翰。

題韓桂舲大司寇奉旨歸祝圖二首

錫齡殊典出楓宸，天上人歸慶八旬。四海榮傳千古盛，九重風送一家春。中朝物望推隆棟，南國雲山護大椿。手奉鸞書親獻壽，兖衣當作彩衣新。

上台星動到吳天，南極輝高並蕊淵。人瑞久承丹殿錫，君恩許賦白華篇。聽鐘樓畔詩成海，晝錦堂前客亦仙。一簇紅雲歸最早，稱觴正好趁春妍。

題黃明府竹裏彈琴圖二首

朗月照幽懷，坐看夕霏斂。貪愛竹林深，不覺人世遠。

傍石惟修竹，鳴琴對白雲。古音人未識，彈與此君聞。

吴松岑明府索題停琴竹月圖二首

覓得龍門七尺琴，瑶絃未理坐桐陰。人間畢竟鍾期少，好待姮娥識此音。

蒼苔掃罷聽無聲，古鼎香濃暮靄横。漫說高山堪見志，此心原自愛空明。

呈寄圃尚書五首代

將相謨猷柱石功，忠誠自昔格高穹。斗南重望歸仁傑，江左蒼生戴謝公。抉起浪雲消宿翳，挽回地力仗春風。三吳元氣何難復，衹在持籌燕寢中。

已從嶺表沛甘霖，更向滇西展素襟。全楚春隨雙節至謂自兩湖移督三江，大江澤爲一人深。渾金樸璧山公度，奉日回天魏國心。見說五花勤判牘，六朝樓閣倦登臨。

漕輓牢盆治肅清，黄河力障慶波平。頻年關塞傳新政，一代旂常屬老成。聖主信公原有數，大臣謀國恥求名。濟時不露鋪張迹，卿月無芒萬里明。

手轉洪鈞力獨支，家聲繼起重丹墀。焚香事密天能鑒，報績心勞世共知。千仞豫章高有蔭，三春膏雨潤無私。溫公政暇仍勤學，大雅如今得主持。

鯫生蹤迹滯江洲，槖筆空爲萬里游。驚賞舊曾蒙僕射，受知今幸謁荊州。身慚南國無雙譽，心折時賢第一流。不向龍門高處立，青蓮書更覓誰投。

寄題蘭坡侍講霜幃課讀圖二首

機聲初罷聽書聲，慈母霜幃涕尚橫。課罷共兒依倚處，一燈寒照寸心明。

殘更畫荻值蕭辰，但願孤兒事業新。卻喜歐陽成立早，當年辛苦鄭夫人。

題畫美人圖二首

意態臨風勢欲翔，傾城顏色內家妝。瓊花公主原同癖，把定春懷抱麝香犬名。

恍忽瑤姬下碧虛，客窗夜靜月明初。劉郎已恨桃花遠，賴汝殷勤伴索居。

送李芝齡學使旋都三首

手挽頹波俗頓醇，三年持節費陶鈞。冰壺朗照吳山月，鐵網全收越海春。桃李萬株思化雨，風雲千里護歸輪。懸知召對天顏喜，報國文章已得人。

詞臣遭際荷殊榮，使院萊衣慰奉迎。白髮春長生杖履，黑頭人羨作公卿。國恩家慶真無比，鳳羽麟文重此行。留得口碑傳兩浙，後先汪謂瑟庵大宗伯李共齊名。

歐公賓佐盡名流，也許龍門集野鷗。折節肯教遺一士，入朝端好祝千秋。攀轅冠蓋都難別，故里旌旗喜暫留。此後思公須北望，文昌星已照皇州。

題閨中織錦圖二首

著手雲霞制最工，蒲萄錦映夜燈紅。秋風忽唱離鸞曲，一卷青詞讀未終。

組織春情憶舊歡，深閨韻事足心酸。圖中多少黃門恨，莫共回文字並看。

題清澄居士空山聽雨圖二首

山靜風清鳥語和，此心定處雨聲過。分明萬點春消息，滴向幽蘭葉上多。

散罷天花困不支，空明世界雨迷離。夜寒忽重霞衣薄，正是空階小立時。

題春亭聽鳥圖二首

繪出當年出谷情，綠楊深處羨鶯鳴。枝頭求友原非濫，領取春風第一聲。

同伴金衣鬬羽翰，能言鳥衆識音難。憐君解聽真消息，莫作雙柑斗酒看。

題張完素明府送別圖二首

儒林循吏各專長，不料相逢在豫章。莫爲罷官感今昔，眼前何事不滄桑。

蘇齋送別句争新，惜我匆匆認未真。見説文園纔病減，客中保重著書身。

題柚村梅妻圖三首

古香自昔傍詩家，争得人如萼綠華。君有孤山好風骨，也應眷屬似梅花。

本來仙偶勝羣芳，尚有三生願未償。曾向花前三弄曲，斷腸聲雜鳳求凰。

春風傳信雪爲媒，好夢羅浮已暗催。翠羽一雙飛欲近，月明檢點候人來。

歸至江上口占二首

嚴風朔雪故人心，話別雷陽泣素襟。此去空彈流水調，無人能識伯牙琴。

片帆東下楚雲端，一枕天涯夜未闌。夢裏思君驚坐起，漏長無奈角聲寒。

將至雷陽途中有感四首

風塵滿目出家鄉，載得新愁入錦囊。惆悵斷橋來去路，馬頭月色夜如霜。

飄零蹤迹等飛蓬，遠徑雲深路未通。山郭杏花河畔柳，半春消瘦雨聲中。

輕車今已到江關，虛說春深有雁還。幾度天涯離別淚，夢中猶洒故園山。

春衫不奈五更寒，況是東風馬上鞍。回憶故人隔天末，江干顛頷素心蘭。

秋夜

日落滄江暮色消，滿城燈火映横橋。平沙月朗天疑雪，大壑風生夜欲潮。萬點蘆花飛碧浦，一行雁字列丹霄。誰知皖國驚秋色，猶逐殘煙送短橈。

客懷三首

江水曾經照客心，秋來潮落尚情深。西風岸上青楓晚，落日啼鴉憶故林。

瑶琴誰自理城隈，乍響人驚別鶴哀。涼夜風高吹不斷，聲聲飛度女牆來。

仙風吹動碧琅玕，夜月新成白玉盤。見說天花飛落處，有人獨立彩雲端。

將歸留別沙雪湖明府二首

頻年鴻爪遍芳村，況復高城度曉昏。作賦自慚非白鳳，攝衣誰料入朱門。秋風夜翦西窗燭，晴雪晨開北海尊。不是中郎能好客，無因座上識王孫。

桐溪東望夕陽斜，皖口西來歲月賒。百里關河猶故國，三冬魂夢落誰家？已收絳帳捐繁露，欲向青山踏暮霞。拜別言歸寧恨晚，江梅尚有未開花。

寄碩士編修三首

去年秋色滿江干，夾岸飛花壓釣竿。我已車停黄葉外，君方舟駕碧雲端。相逢不覺濤聲急，對飲寧知雨氣寒。無奈孤帆旋北去，空從皖口望長安。

高亭日暖柳毵毵，依舊人停陌上驂。正是夢魂縈冀北，忽傳鴻雁到江南。書來遍說金閨彦，我見如聞玉屑談。寄語鳳凰池畔客，新詩多少在雲藍。

早年雲錦製東吳，對策争傳漢大夫。燕地笙歌春思永，楚天風雨客心孤。三千里外懷紅藥，七十峯前憶紫都。滄海横流君莫讓，扶輪從古仗吾徒。

漫賦

長河流水各東西，兩岸青山護柳堤。落盡楊花春自去，子歸何事日邊啼！

即事

莫向江頭問皖公，青山終古自東風。吹來雲氣千重碧，隔斷斜陽十里紅。人去尚聞啼別鳥，春深幾見未歸鴻。表忠觀裏花如故，三擊銀壺望帝宫。

贈朱紫綬孝廉二首 孝廉自楚來皖復入楚

君下襄陽向小孤，扁舟一夜泊城隅。相逢古寺愁霜葉，話別微風動竹梧。郢里不堪歌刻羽，齊門自解聽吹竽。途窮莫歎無知己，我亦高陽舊酒徒。

風塵何處訪袁耽，旅舍無人送客驂。此去好浮雲夢水，歸來休戀洞庭柑。侍中舊恨餘芳草，司馬愁心問古潭。倘見月明飛夜鵲，也應回首望江南。

贈張楠軒觀察三首

昔年建節在黔州，犀帶鴻銜幾度秋。環翠峯前無鬬虎，羅沖關外斷童牛。香山到處皆青軸，司馬歸時未白頭。今日宣城風雪裏，五花幸駐碧雲樓。

銀河我缺錦霞裳，妄擬天孫轉七襄。染翰久慚齊孝綽，賞音深荷宋思光。雪車冰桂留高閣，嶺樹江雲憶故鄉。每向尊前霏玉屑，不知簾外月如霜。

鳳孫才氣壓高邱，落筆思輕萬户侯。吟盡春風天欲雨，歌殘江月夜疑秋。見花自是瑶臺種，溯水因窺積石流。從此青蓮書免上，鄉關已自識荆州。

登鎮皖樓有懷

小蓬萊在楚江頭，秋色横空雁過樓。風掃殘霞飛斷壑，天懸孤日下中流。呂蒙戰氣沉衰草，郭璞行蹤問故邱。極目雙龍山外路，令人惆悵古舒州。

章門喜晤尹若亭明府二首

相思千里望迢迢，小集華筵絳蠟燒。不是尊前貪話別，三年纔得到今宵。

章門吏隱擅風流，快意新書共舊遊。照得西山高處月，孤懷長抱一輪秋。

陶雲汀澍方伯以皇華草見贈賦此奉呈三首

全晉威名振域中，開藩澤遍大江東。氣澄似海秋懸鏡，事重如山帝借公。收斂波瀾同止水，挽回地力仗春風。蒼生都向吳天賀，請看卿雲奉日紅。

使星曾照錦江隈，蜀道秦關看往回。一卷攜從天上過，萬山飛入句中來。奇懷破險成仙境，逸氣盤空走怒雷。讀到皇華詩好處，峨眉積霧爲公開。

瑶壇先世擅文章謂尊甫先生，後起名高北斗旁。大雅多時歸柱石，詞源千里出瀟湘。憐才雨澤滋桃李，愛士雲霄引鳳凰。漫說賞音今罕遇，東坡昨已見歐陽。

代祝師荔扉先生六十壽二首

遙天瑞靄起昆邱，秘監風流未白頭。宦迹由來窮萬里，詩名從此重千秋。牆高愧立門前雪，春入先添海上籌。今日士民盡高望，歲星尚照古揚州。

出處人間各一時，點蒼煙月大雷詩。三春柳認陶元亮，十里花迎杜牧之。脫略偏教身世遠，迂疏深負我公知。香心一瓣歸何處？願逐東南入酒卮。

閏七夕

良宵已過鵲西東，今喜星橋路更通。一樣時偏逢故侶，三旬人共訴秋風。銀河再渡猶前轍，天錦重裁較舊工。可惜未能叨好會，倚闌坐待彩霞紅。

題胡書農學使頤園記四首

絳帳臨三楚，青瑶捧一編。恩方承北闕，化已被南天。彩服當春舞，名園勝迹傳。卿雲纔和畢，又賦白華篇。

家世西湖遠（謂學使籍仁和），賢聲上國知。名魁龍虎榜，價冠鳳凰池。持節君恩重，和丸母教慈。每垂星月照，回憶夜燈時。

十畝頤園地，閑雲掃正寬。江山供奉養，花鳥亦承歡。火棗丹邱宴，冰桃赤玉盤。春光隆壽域，不覺水天寒。

咫尺龍山近，仙風隔座聞。亭多慈孝竹，樹帶吉祥雲。月榭輝常駐，天章手獨分。狂瀾回學海，慈訓稟宣文。

遺詩卷下

送春和海樹明府四首

檢點飛嵐拾斷霞，安排行色向天涯。忍教獨去辭芳草，尚把重來慰落花。貴到東君猶是客，香留南國本非家。從今別卻江干路，珍重雲霄認莫差。

緩緩輕風淡淡煙，臨歧欲共話纏綿。半生最怕逢三月，萬古難拋此一年。排遣思消無價日，追隨願到有情天。河橋底用攀條贈，空際由來不著鞭。

添來幾幅畫中詩，別去無言鳥不知。到眼我愁今日路，回頭人憶少年時。紫霄夢好尋何處？青帝緣深見有期。聞說斜陽思挽駕，可能小住爲儂遲。

出郭匆匆望草萊，風光如此付樓臺。百花作餞香鋪地，一客憑欄酒輟杯。紅雨江村催夢去，黃梅時節逼人來。濃陰別後須勤護，仍是春工點綴才。

一續送春

片刻黄金買不成，留春無計惱流鶯。關河似帶征塵色，煙水都深地主情。勞爾游絲還婉戀，對儂啼鳥故淒清。紅芳滿眼原如錦，收斂風華在此行。

玉鞭雲外指歸驂，狼藉詩□□滿江。南□□宴春不語，天如醉□□□□。良會全拋人共惜，憐他芍藥太嬌憨。

回車那信彩雲空，旖旎柔情寫未終。祖帳誰歌金絡索，計程不畏石尤風。無痕夢已歸新綠，有腳人看步落紅。不借四圍山色送，相期同過板橋東。

千紅萬紫半殘妝，嫩綠初肥爲底忙？柳巷不曾停小隊，榆錢可解助行裝。經過南浦迷春水，久立東風待夕陽。粉蝶過牆休悵望，鄰家深院又昏黃。

再續送春

九旬聚會忽分襟，小立空庭問信音。去去虛留明月夜，年年費盡惜芳心。揭來行李蕭條甚，過後繁華閱歷深。不是相依情繾綣，高樓簾卷到而今。

歸雁纔銜勸駕書，絳霞深處卜遷居。幾重遠霧遮前渡，一夜離愁壓後車。衣褪瘦憐今沈約，雨多酒困病相如。春回莫帶飄零感，萬綠排空日上初。

門前草長倩誰刪，借問陽和幾日還？紅粉正當消瘦日，青山故作別離顔。情深似海無留計，家遠連雲覓故關。流水落花嫌去促，可知天上即人間。

惱人天困力難支，笛裏離情露一絲。四海同時應減興，羣芳從此費相思。松因孤立疏慵慣，菊爲清高展放遲。大塊文章春作盡，可憐贏得送行詩。

三續送春

白雲無意水東流，春爲思歸亦倦游。萬里湖山誰作伴？一年聚散此登樓。淒涼滋味猶宜酒，乍暖情懷已似秋。安得錦帆高十丈，載將日影渡江頭。

臨水登山極望遙，驪駒唱處草蕭蕭。誤將煙景迷三楚，竟舍風流別六朝。樂府徒聞將進酒，佳人怕說可憐宵。桃花恨嫁東風早，斷送韶光暮復朝。

出郊十里盡朱輪，纔過長亭又水濱。殘酒易消將暮日，深山可有暫留春。已教花鳥爲先導，應許風雲逐後塵。絕好渭城歌不得，送行我是未歸人。

遣興詩題白練裙，綠陰愁煞杜司勳。俠遊已是收場局，炎帝從無逐客文。半夜信來和雨聽，沿途火急報花聞。殷勤好送香風去，免使深閨戀夕曛。

四續送春

春陰如夢欠分明，今昔勞勞累送迎。人影趁來行有迹，馬蹄催去遠無聲。倦懷已少流連句，不語難爲頃刻情。願祝途中好將息，良時原未誤三生。

鷓鴣啼急燕蹁躚，把酒呼春亦惘然。多事錯生離別樹，銷魂悔作豔陽天。可能好會長三五，省識真空悟大千。一樣河梁今古恨，爲春宛轉佇前川。

坐使鶯聲喚老春，幾回惜別意逡巡。催來畫閣簾前雨，忙煞長安陌上塵。久客歸心同慰藉，養花天氣記艱辛。東皇欲去應回首，小草依依本部民。

辭別離亭酒尚溫，天邊到處認王孫。隨春徑去拼移昬，待我歸來定閉門。風色雖殘仍白晝，光陰猶在自黄昏。鶯花滿地供惆悵，記取栽培舊日恩。

五續送春

灞橋柳色白門煙，齊到傷春杜牧前。有約來從千里外，成功退占四時先。雕欄寶檻遺風景，急管箏箏感歲年。待得替人身始去，花間一夢證游仙。

紅日依然上酒旗，落梅誰奏玉參差。去來消息天難管，濃淡心情我自知。別路愁連神女峽，靈風護過小姑祠。落花時候關心甚，一角飛雲入望遲。

有願還看日再中，那堪咫尺水西東。曉寒驛路誰供給？晚節春心敢異同。追影思隨夸父杖，步塵須到蕊珠宮。青陽性本憎炎熱，不待薰風促去驄。

漫向雲邊奏綠章，子規聲裏識行藏。盡除彩錦還初服，獨捲遺香獻上蒼。畫棟輸他雙乳燕，美人禁得幾斜陽。亦知好景猶留住，且爲春風解佩囊。

六續送春

好雲流戀惜空過，分付輕裝早渡河。到處不須勞護衛，歸時猶幸是清和。半絲花影連青草，一抹煙痕襯綠波。望斷遙天深鎖翠，千金此刻怕消磨。

曾記司香跨紫鸞，煙花二月看登壇。青年富貴抽身早，當局繁華掉首難。肯使郵亭孤月色，竟拼晨夕共春寒。金陵子弟吴姬酒，辛苦前途博冷顔。

杜若爲車桂作舟，此行誰復計淹留？和人默默無他語，背我堂堂過別樓。炫眼韶華飛矢去，關心花月大江流。盛衰春豈增悲感，只恨楊絲不耐愁。

長繩無力繫朝暉，感歎人間事總非。青史古來爭少壯，白駒何事早騰飛。且從高閣花前送，恥向東風柳上歸。桃李成陰偏欲去，爲誰代作嫁時衣。

七續送春

花事闌珊節欲殘，種來紅豆記團圞。未聞杜宇先生怯，已過清明漸減歡。如此行蹤憑水月，消磨好日是闌干。憑虛歸向銀河去，識得人間道路艱。

鏡中草草惜年華，那許風光一刻賒。繫別幾家書帶草，饋行一路米囊花。春心似箭歸何切，落日揮戈願正奢。細雨斜風香逕濕，可堪燕子共生涯。

綺節何曾判舊新，休將好景話陳陳。青陽纔上回鑾表，太皞原多扈蹕臣。已遣園林張翠蓋，漫勞車馬次紅塵。牡丹最荷陽和寵，孤負開遲説殿春。

綠陰門巷草萋萋，繫馬平原望欲迷。滿院有花天自寂，四山無恙鳥還啼。愁生渡口寒潮上，路出江頭夕照西。多少行人好詩句，可憐春去賸空題。

八續送春

尊前滿眼是雲霞，資送何勞七寶車。仙佛道成拋豔劫，英雄時過惜年華。可能別後都如我，未必天邊定有家。手植薔薇香滿架，垂簾從此倦看花。

竟棄華筵亦不辭，曾隨風度萬年枝。良辰忍負當前意，長日方留去後思。纔到歸途知冷暖，衹餘寸草戀恩慈。年年來往尋常事，倉卒休爲訣別詞。

寸晷難留一綫多，香龕愁繞病維摩。風煙轉眼皆陳迹，天地無情有逝波。燕子來應知海信，楊花吹不到天河。東烏西兔忙無謂，翻使風姨喚奈何。

尚與瓊宫有夙因，碧桃萬樹盡容身。眼前已定重逢局，天上寧無未了春。不信乾坤皆逆旅，錯呼日月作行人。暫歸亦是勾芒意，莫説重霄便隔塵。

讀史書感四首

世事棊枰局太寬，紛紛蟻慕起爭端。朱門豈盡栽荊棘，青女猶能惜芷蘭。海宇名高恩怨重，江天影定古今寒。三閭何苦工騷賦，閣筆人間掩淚看。

神仙富貴易蹉跎，終古人才喚奈何。一寸黃楊時命厄，千秋青史淚痕多。渡江苛論溫忠武，絕域銜寃馬伏波。纔信成名有天數，酒酣拔劍莫悲歌。

聞説三邊靜鼓笳，妖星掃盡出雲霞。春風綠遍關前柳，戰血紅生塞上花。投筆班超虛事業，請纓賈誼自年華。何當遠役河源外，獨泛崑崙萬里槎。

白下雲連草色新，瓊枝璧月久灰塵。六朝夢醒孤松在，四海交疏一卷親。國士難成因負氣，佳人遲嫁敢傷春。唯將古恨填今曲，多少興亡迹未陳。

讀史重感四首

身遊楚越重關内，夢醒幽燕萬馬中。紫塞氣高雲護北，黄河力挾日趨東。靈山被厄由碑刻，邊鬼無名死戰功。總爲論才限常例，幾多信史没英雄。

裴公罷職鎮東京，將相謨猷海嶽名。豎子致身争炫赫，老臣憂國泣昇平。殿廷路阻丹心熱，河洛秋高白髮生。誰信先朝舊勳貴，暮年蕭瑟卧關城。

閉門影謝千峯月，掩卷春低一客燈。奇興夜生思畫馬，高原風起聽呼鷹。艱虞事業賢豪任，衰亂人才氣數憑。莫向陳編論往迹，古來蜩鷃笑鯤鵬。

楚江流水海門深，皖口春風嶺嶠尋。南越（謂姚幼楂）遊人開霽色，東吳（謂陳小雲）尺素接秋心。友朋散處餘文字，天地無言自古今。憑弔不堪身世感，枝頭杜宇況哀吟。

莫愁湖四首

城南流水碧於雲，人語歌聲静不聞。一樣湖中好秋色，英雄兒女任平分。

莫愁顔色本如花，看取湖光襯落霞。卻羨團圞舊時月，照他十五好年華。

兩岸啼鴉樹幾行，美人舊事問斜陽。不知亭閣臨秋水，何似盧家白玉堂。

青山爲黛柳爲腰，雲水風流豔六朝。愁絶小姑還獨處，隔城夜半雨蕭蕭。

西湖雜咏四首

高樓百尺傍城隈，且倒金樽醉緑醅。雨過湖光纔洗淨，雲興山勢欲飛來。南屏樹石宜晴靄，北路江天助壯才。到此名區閑不得，畫圖終日對人開。

誰把功名换緑蓑，長堤缺處釣船過。東坡定慧三潭月，南宋乾坤一勺波。舊恨不隨殘照没，好山曾見古人多。連朝攬勝猶嫌促，恐有靈棲隱薜蘿。

湖山表裏鬬奇瑰，不料天工使此才。人與波光相上下，詩和雲意共遲回。樓臺破碎春來去，花柳興衰吏主裁。洗脱繁華真境出，相逢西子笑顔開。

離宫范蠡住仙槎，同向湖天感歲華。一水總歸名宦迹，四山半屬梵王家。魚藏翠港春肥草，鶴護詩墳夜守花。檢點波心好風景，挂帆計日又天涯。

蘭溪竹枝詞四首

闌干畫舫逐風輕，煙裏微聞笑語聲。恨煞緑波圓似鏡，曉妝未畢照分明。

一溪月色幾叢花，帆影歌聲認妾家。聞説錢塘江路險，往來只合在金華。

江頭水漲覺船高，三月天光勝漢皋。妾愛緩行看風景，如何郎欲趁波濤。

珠簾畫捲妒花顔，消受春風百里間。最是日斜窗正啟，美人含笑指春山。

重抵理安寺

林寬不覺鳥聲嘩，重到虚亭日影斜。四面緑陰成世界，一泓碧水破煙霞。人來傑閣能遺俗，徑入禪房別有家。消卻塵間多少事，深山靜坐待烹茶。

斷橋望月

四望一湖白，遥山半失青。此中宜滿月，空處賴高亭。煙護疑霑水，天光欲奪星。懸知靈隱客，海日待空冥（時梅麓刺史自靈隱上韜光觀海口。）

堤上即事

久立湖光定，沿堤草色腴。蟲飛苔濺露，魚戲水生珠。日影到空闊，雲陰來有無。坐忘孤艇近，托意愛樵漁。

石屋洞

石屋涼如許，虚寒不著春。斜陽碑上字，古佛洞中身。前院能通日，崇樓巧避塵。洞門高十丈，路闢許尋津。

湖樓獨坐

推窗朵朵碧芙蓉，知是西南數十峯。心迹清時連夜月，水雲空處一聲鐘。樓頭昏曉成詩易，天半煙霞擁翠穠。聞說葛仙遺蹟在，山高徑恐紫苔封。

次夜復偕竹嶼通守梅麓刺史泛舟湖上觀月至天明始宿湖樓

萬頃金波碎欲流，一輪濕霧起還收。光搖碧漢疑同晝，影淨平湖不讓秋。我恨前宵無此境，天留勝會待同舟。舉杯恰喜三人在，坐到更闌始上樓。

粵中寄家書

遠別無由識客蹤，可憐信到抵相逢。書緣詳寫翻難就，語爲重添未肯封。千里思家憑片紙，寸心計日重殘冬。懸知三徑花如舊，未必荒無剩菊松。

憶龍眠山寄友

龍眠萬疊聳雲隈，絕磴寒深長綠苔。飛鳥盡隨斜照出，大江直附遠天來。林泉曲逕供禪隱，著述空山老逸才（謂姚愷臣）。獨有舊遊人不見，海南長憶故園杯。

送方彥聞

一杯更盡故人歡，別意遲回酒未闌。莫爲閑愁減行色，渡江天氣正春寒。

落花

落花飛絮各江天，春去無從問杜鵑。壯士愁懷羞託病，才人感遇諱言年。舊時月負秋三五，京國書遲路幾千。但得北山田可種，高齋長對酒尊眠。

登樅江寺樓

凌霄飛閣倚層巒，煙水微茫放眼寬。江闊帆檣衝曉色，簾高風雨捲春寒。感時詞客難勝酒，惜別王孫自倚闌。多少人間悲喜事，空中無語靜中看。

次牛渚懷友

諸君才調盡能文，海畔循聲獨使君謂李海帆明府。春信乍消梁苑雪，客懷冷抱楚山雲。龍眠近日無新雨，牛渚多時話舊聞。占得西江一輪月，古今同數謝將軍。

石城

石城西望水天遥，作賦蘭成怨未消。枯樹秋風尋故宅，斷碑春草認前朝。紅牙歌罷詞哀豔，紫硯銘成夜寂寥。探遍青溪波九曲，月明樓下正生潮。

遊天竺

神風吹竹日冥冥，天竺禪房此乍經。半嶺分來千樹綠，一樓收盡四山青。井傳勝蹟泉都貴，地是名山佛亦靈。可惜上方香火盛，琳宮冷落舊園亭。

錢塘懷古六首

岧嶢天目接蓬瀛，山到餘杭勢漸平。故俗已同江左別，霸才合向浙東生。晴湖池館無歌舞，落日波濤有戰爭。辛苦枚生望潮處，高秋七發幾回成。

攜尊同上大觀臺，弔古蒼茫自舉杯。舊恨未消湖草長，春寒忽重海風來。孤山放鶴三生願，鄂國行兵百代才。多少廢興言不得，微軀空代古人哀。

置身莫到兩峯巔，絕頂人材易棄捐。宋室運消三字獄，吳宮月散五湖船。功臣終始關人國，兒女風華憶盛年。卻喜漁樵心迹淡，踏歌聲已徹溪煙。

潮聲早避三千弩，釵影平分十二行。崛起錢王名最盛，遭逢羅隱鬢嫌蒼。英雄偏解憐才子，錦繡爭看返故鄉。讀到表忠碑好處，纔知功業賴文章。

康王亦負鳳龍形，武肅相提判渭涇。帶甲十州真節度，湖山四面小朝廷。風雲柱石圖空壯，花月君臣宴未停。贏得諸陵拋玉匣，更無杜宇認冬青。

橋鎖長堤石架空，湧金門外夕陽紅。西湖枉自嗤尤物，南渡何曾記故宮？越水吳山甘僻處，荷花桂子豈招戎！只應留付詩人筆，終古煙波咏未窮。

酬魏藹軒廉使三首

平生志業學夔臯，上國勳名擅節旄。化雨散來吳越遍，秋雲掃盡海天高。恤刑筆爲蒼生住，籌國心懸白日勞。柏府宏開又薇省，看公手障曲江濤。

聲華自昔動三台，觀察吳中宿騶開（曾任江蘇糧儲道。）轉粟身從天上過，褰帷春向浙西回。縱横文史原餘事，跌宕湖山識異才。別後故鄉數人物，此行親訪藹軒來。

解到龍門氣自雄，霜臺高處坐春風。游窮勝境慚爲客，交遍名流始見公。著草十年呈北海，心香一瓣爲南豐。歸時好購珊瑚筆，待寫凌煙閣上功。

湖上雜詠七首

吟詩誰說得驪珠，一日句留興未孤。先訪名區後尋客，此來原不負西湖。

助游天氣半晴陰，煙靄凝波淺復深。一事良宵尚惆悵，未曾泛月到湖心。

寺裏樓臺領畧真，好花開過却無春。只須小立蘇堤上，湖影天光漫滿身。

西泠橋畔日初斜，誰問林逋處士家？可惜孤山擅名勝，綠陰滿地少梅花。

風光秋水出芙蕖，雕飾千般總不如。只爲青山厭脂粉，湖邊竟少麗人居。

誰家翠袖出城隈，輕舫聲聲帶曉催。要與花神比姿媚，妝成齊向廟前來。

已沽美酒盡微歡，更飲名泉坐石壇。歸去江南戀湖色，別君較比故人難。

姑蘇懷古六首

江東都會擅繁華，憑弔胥臺落照斜。兩葉威名荒塚月，三春哀怨故宮花。匆匆報復勞戎馬，草草興亡問暮鴉。自古成功防得意，雄才不獨惜夫差。

館娃築罷快平生，花月關情又甲兵。爭長未成兒命棄，承歡方醉父仇輕。不圖英主甘亡國，竟使佳人得重名。遭際同時有淪落，可憐鄭旦亦傾城。

閶閭霸氣初傳息，伍相忠勳異代傷。千古蘇臺好風物，一篇吳語豔文章。雞陂水竭空遺迹，鶴市門多閉夕陽。無限舊愁吟不盡，故人且莫説真娘。

百花洲没浪回環，茂苑香空月自閑。幾處名留吳郡志，萬峯青是范家山。逃榮高士來何日，變姓仙才隱此間。可惜奇書林屋貯，包山雲暗鎖靈關。

中璫肆毒遍朝紳，首折姦謀賴五人。一死功堪扶社稷，殘碑雲爲護荆榛。能摧魏黨真豪士，纔識要離是亂民。公義私恩有優劣，莫教同例論輕身。

迷離天氣正清和，游艇都從鏡裏過。詩到吳江奇氣少，地鄰香水麗人多。頻年音調添宫譜，十里花光照綺羅。收拾囊中風景去，長洲水漲任煙波。

舒樸齋觀察與余素未相識先蒙過訪即邀赴晨宴同坐唯藹軒廉使賦此奉酬兼呈藹軒先生

披雲身未履霜臺時權廉訪，先報高軒破曉來。幽草偏勞卿月照，華筵獨爲野人開。放懷今古論文物，轉眼東南數將才。不是范韓齊好士，客星何事到三台。

游獅子林

陡起奇峯闢洞天，山靈到此竟無權。一邱谿壑千重別，片石煙霞百道穿。秋意蕭疏原是畫，蓬壺小搆巧疑仙。相傳出自雲林手，奇絶人間五百年。

呈秦小峴先生

中朝柱石重家聲，近代詞壇屬老成。鳴鶴飛還天更迥，浮雲看盡月孤明。文章江左無同輩，詩酒筵前有舊盟。不向東山親謝傅，此生肯易服公卿。

于少保墓

到此不祈夢，含辭欲問天。萋萋湖上草，寂寂墓門煙。北極手扶定，中霄名自懸。精靈餘片石，猶占舊山川。

偶賦

一望雲霞鎖路隅，傍巖樓閣翠模糊。山中昏旦能藏日，世外風光不借湖。人歷數重青玉峽水樂煙霞諸洞，天開萬幅綠陰圖。清涼亭下同高臥，曾否流泉入夢無？

餞秋和查梅史明府四首

漫向江頭問去津，長亭衰柳護行塵。臨歧各有悲秋恨，作餞都非逐熱人。千里雲天看祖道，重陽風雨滯征輪。可知出郭遲回意？不比尋常只送春。

行過山腰又水旁，可無好語贈斜陽。千林楓葉思遮路，兩岸蘆花待束裝。遲暮客心同繾綣，去來天氣識炎涼。從今歸向三霄境，萬里風霜算飽嘗。

檢點人煙橘柚間，西成事畢自心閑。歸途愛看殘時菊，薄酒先澆冷處山。江月排筵催過景，仙風引隊近鄉關。歲寒天地安排定，留得蒼松不改顏。

幾點寒鴉畫不如，登程須趁客來初。西風誰作攀轅計？南雁徒銜勸駕書。白晝離懷唯痛飲，素娥行色惜蕭疏。願將宋玉登臨句，並作雲雷載滿車。

過釣臺有懷

長揖歸田謝漢廷，當年交誼各忘形。九重相迫情何切，一夕同眠夢早醒。流水但含孤月白，好山争向釣臺青。扁舟來去無人識，我亦東南一客星。

酬陳阮香明府二首

看遍匡山九疊泉，又隨芳草過平川。心如一片雲間月，夢落三吳洞口天。對酒況當離別後，識君原在未逢先。河陽春色知多少，偏逐東風到客船。

鳳藻飛騰徧楚關，凌雲才氣絕塵寰。江城地暖留春住，澤國風多有雁還。作宦不辭千里外，論交如在十年間。別離未盡平生意，帶得相思入故山。

與許叔翹話邊事有贈

書生從古好論兵，歌到天山酒力傾。青海月明邊鼓靜，紫臺天闊暮煙平。幾人建績圖麟閣，絕塞頒春自鳳城。紅燭當筵談未已，劍光如雪氣縱橫。

寄懷吴理菴先生

芙蓉萬疊聳煙鬟，中有高人迹獨閑。古鏡照寒深夜月，秋風吹老故園山。飛來青鳥猶無信浮山白雲巖皆有青鳥，解去仙真幾見還？願得松花勤浸酒，一杯同醉紫霞關。

宿瞻雲寺

年年攜杖謁匡君，又向歸舟看夕曛。四面煙嵐圍暮景，一樓山氣納歸雲。詩情方外宜僧共，秋思天邊有雁分。依舊上方清淨處，石臺水月話殷勤。

龍潭

龍潭百尺玉晶瑩，人帶天光入鏡行。晝靜陰寒生暝色，巖空石壁裂虚聲。懸流況有珠璣落，走壑争看雪浪生。洗淨秋容嫌太潔，淡煙微襯夕陽明。

登黄鶴樓懷古六首

遠游身世怯登臺，對此蒼茫近九垓。黄鶴幾時衝漢去？白雲爲我上樓來。如今曉露無仙棗，有客臨風怨落梅。九曲闌干都倚遍，江天生面向誰開？

漢陽形勢仍南楚，夏口樓船久上游。千古英雄雲過眼，一江風浪我登樓。夕陽鳥背天疑暮，微雨磯頭氣欲秋。檻外青山惟大别，側身低望古荆州。

軒窗聳勢壓江城，小立樓頭問太清。直上瓊霄誰共語？飄零玉笛不聞聲。吕仙多事留真迹，崔顥無端得盛名。日暮不堪憑眺處，隔江煙水易關情。

便欲牽衣拂斗牛，此身已到碧雲頭。一樓形勝關全楚，曠代文章感壯游。漢水北來煙樹隔，江光西望水天浮。武昌楊柳花飛盡，顛頷漁人自繫舟。

庾公清興空明月，陶侃雄風委路塵。不信有樓容酒客，由來此地困詩人。一雙毛羽凌霄漢，百萬人家落水濱。可惜雲邊吹笛後，費公淪落已千春。

吟成芳草尚餘哀，鸚鵡洲前霧又開。今日禰衡難更覓，當年李白已空來。幾多人物還猶昔，如此江山正費才。身在畫樓最高處，天風乍到莫相催。

漢陽有懷

千里風濤入望頻，晴川飛閣聳高文。興亡忽下荆門淚，江漢同流蜀國春。客裏親知多老輩，興來天地獨吟身。斜陽好護孤蘆影，煙水空濛正有人。

題張古餘太守游匡廬圖

青山壁立削瓊瑰，金葉芙蓉照石臺。三疊靈泉何地覓？千秋真面爲君開。雲連曉氣當屏起，湖湧嵐光出鏡來。身在銀河飛瀑處，下方多少費疑猜。

贈楊三汝佐二首

孤舟又天末，風雨惜昏晨。杯酒不盡意，片雲空此身。瑤華怨春晚，芳信問江濱。別子雷陽去，煙波愁故人。

依舊明湖路，楊花夾岸飛。莫嫌春去早，尚有雁同歸。君志凌霄漢，余懷託寸暉。東風知送別，緩緩上征衣。

贈查花儂別駕

乍見同驚落拓身，青雲意氣薄高旻。十年風雨先知我，一夕文章竟有神。客思交情江上酒，香天月地嶺南春。君歸未了羅浮夢，願向梅花作替人時余亦將游粵。

過江

濤聲日夜下雲間，人自吳天向楚關。只費一帆收遠翠，扁舟載過隔江山。

贈楊星園觀察二首

崢嶸使節近鈞臺，意氣縱横薄九垓。飛旆經過春信轉，高天吟罷海潮來。人言鳳羽三霄迴，我到龍門一日開。早晚詔書催出鎮，當關原仗出羣材。

三十年前舊侍臣，四千里外宦游人。東南文物歸名輩，嶺海風煙賴此身。矜寵公真憐白雪，飄零吾亦悔青春。同舟不有松喬譽，誰效林宗折角巾。

偶賦

嘉會原知後日長，關情無奈是離觴。半生草草因名誤，十載匆匆爲別忙。歸夢此時隨水月，客途前度飽風霜。天涯不是逢知已，松菊空教憶故鄉。

獨坐

寶劍欹斜禿筆橫，角聲五夜漏三更。客中風雨無春事，天末笙歌耐別情。游倦只知歸路好，囊空翻覺此身輕。明朝拂袖龍眠道，幾處青山解送行。

贈靈隱寺僧

飛窗敞處曉寒凝，一榻新書伴佛燈。勝景地難留過客，好山天獨錫高僧。月中桂子今休問，軒畔梅花補未曾寺西有補梅軒？快取冷泉煮香茗，醉來高閣力猶勝。

與香海醉話感贈

南北相逢地，風塵落拓秋。才高翻耐酒，年少尚禁愁。此日窮猶昨，豪情去不留。更休悲往事，看我醉登樓。

贈吳棣華太守三首

雙旌東指浪雲開，人自金鼇頂上來。朝内尚推終賈策，浙西重見白蘇才。吳山絕境歸懷抱，越國賢名仰斗魁。舉首北峯觀海處，拜恩身本近蓬萊。

曾向金華握智珠，餘杭止水貯冰壺。布春千里歌陰雨，作宦全家住畫圖。好景參差供下筆，故鄉咫尺即東吳。羡公五馬巡游地，也占湖山第一區。

天涯有客感勞薪，驚賞當年遇季真。李白才名空自許，謝家子弟早相親。已從南國窮游迹，更向西湖謁主人。覽盡煙波見卿月，此行原不愧風塵。

抵德清何藜閣明府招飲賦贈

曾同鄭谷數交期，爲道扶輪有主持。願見不辭千里隔，相尋已恨一年遲。西湖煙景聯新雨余因遊西湖始得便道訪君，東粵人才半故知謂張南山諸君。此別關情忘不得，梅花書屋讀君詩。

次高淳口號

四圍水繞作城垣，隔岸風傳笑語喧。野色近人山色遠，綠楊多處便成村。

泰山東望

直上凌無際，千重鳥道盤。晴光齊魯合，飛翠海天寬。隱約滄桑近，空濛世界寒。追隨有邱垤，不礙並時看。

題方式亭明府虹石圖

雨氣虹能截，星鋩石未消。傲人猶冷骨，吐氣自高霄。盡日供歌嘯，空齋破寂寥。濟川方有願，蹤迹且漁樵。

題朱蘭坡侍講詩卷

風月姿陶鑄，雲天共性情。千秋争隻字，一卷足平生。戲海龍無定，盤空鶴獨鳴。挑燈更三復，窗外露縱横。

和鄭柳門修禊韻

春隨佳日住，詩比好山多。夜月留人醉，天風和客歌。階前新鳳竹，卷裏舊龍梭。勝會憐余遠，相從奈晚何。

呈百菊溪齡**相國三首**

綸扉久待運鴻濛，半壁南天要借公。上將一星高拱北，大江九派獨朝東。范韓勳烈垂金石，燕許文章奪化工。極目牙旗空際出，萬里雲護海霞紅。

金山千仞鬱嵯峨，坐鎮三吴水不波。帝識寸心懸白日，天教隻手障黃河。挽回地力春風早，活遍生靈化雨多。若數宦游身到處，甘棠占盡召南歌。

書生蹤迹滯塵囂，作賦曾遊萬里遥。寅亮久聞周少保，勳名願紀霍嫖姚。公門樹植原多士，幕府才華擅六朝。今日芙蓉紅處立，抵他十載望雲霄。

贈呂伯謀孝廉即送公車北上

坐我江頭百尺臺，尊前懷抱爲君開。九霄鸞鳳聲誰和？三峽波濤筆獨回。楊柳關城看客度，杏花消息逐春來。濟時久負江都策，珍重金門待詔才。

送李稼畬孝廉入都

春風曾共倚秦樓，千騎憐君在上頭。隻手新分雲漢錦，片帆舊唱秣林秋。碧雞才好誇京國，赤鳳聲高徹斗牛。咫尺杏花消息近，玉鞭停處是瀛洲。

題王二癡明府詩後

詩境隨州又柳州，三春懷抱倦登樓。無多賓客供吟嘯，如此江山感宦游。矜貴肯教寬隻字，窮愁獨欲富千秋。相逢我亦同心侣，風景輸君一卷收。

題韓藤蘿太守所藏高秋出塞圖三首

白草黃沙大漠煙，使君被詔自臨邊。豪情又去留秋色，尺幅蒼茫萬里天。

絕域中原總一般，馬前風景覺高寒。登臨攬勝皆籌畫，莫作尋常出塞看。

舊蹟珍藏手自摩，熙朝名翰此圖多。展來盡是風雲色，勝讀軍前敕勒歌。

送方彥聞至粵西

當筵走筆挾風霆，六代文章自典型。早歲才華驚北海，隔春歸夢度南溟。鄉關一夕聯新雨，花署同時聚德星謂李申耆明府。去涉灕江春未晚，桂林山色爲君青。

將游亳州留別海樹太守四首

江山風景送星查，悵望羅浮恨路賒謂游羅浮不果。此後不須尋竹杖，當時錯想夢梅花。仙人衣化能爲蝶，獨客愁多厭聽鴉。可惜麻姑空狡獪，不將錦字織丹霞。

嶺塞誰云氣候偏，高臺終古足風煙。人家樓閣香花市，世界琉璃水國天。碧海幸從今日到，白雲好向故山眠。倚樓且與瓊霄別，望裏關城落照邊。

放懷如此莫言狂，南斗瓊漿北海觴。未必才人富邱壑，由來地主擅文章。來時朗月如初夜，別後青山憶故鄉。不是天風吹客到，此身何事向炎方。

拂衣仙館赴前期謂踐江右陳方伯之約，到趁西山暮雨時。年少漸爲天外客，囊貧幸有嶺南詩。不妨結伴浮蓮葉，可奈無緣啖荔枝。纔賦驪駒未終曲，珠江煙景正迷離。

寄丁星船

凌雲才筆久縱橫，天末論交意氣傾。痛飲人憐前夜醉，相思月向隔江明。壯游萬里驚長別，絕業千秋望早成。獻賦瑤壇吾輩事，高臺珍重鳳鳴聲。

登樓

歸塗久已謝芳春，獨坐層樓極望頻。千古唯餘山色舊，四時長覺月華新。恥將尊酒消良日，轉喜風塵近故人。昨日家園書到早，天涯眠食累衰親。

望彭蠡湖神廟

憶昔歸期促，孤舟未敢停。水連三楚白，山落一湖青。吐霧天無色，分風晝有形。安流今告慶，終古戴皇靈。

寒夜桐陰閣得句

半窗微月影昏黃，翦燭吟成漏正長。百感盡從今夜集，一編猶爲古人忙。每愁風雪遲歸路，轉恨山川近故鄉。珍重寒衾天未曉，要留清夢到高堂。

經畬堂偶成

微雨空齋興欲闌，歸人獨自話悲歡。風塵倦看千山色，花柳同支二月寒。不信離愁偏有迹，由來春夢最無端。醉中聽説滄洲好，擬向東溟把釣竿。

城南偶懷寄石甫

倦後長憐野鳥閑，良辰詩思獨相關。月明天亦多歡意，花落春疑帶別顔。馬首緑連千障草，尊前青憶六朝山。遥知花下題襟客石甫時在金陵未回，早晚鄉心逐雁還。

贈張召亭即題其快緑園圖

快緑園曾感舊遊，落紅天又爲君留。東風倚馬人如玉，南郭看山客上樓。璧月幾多輸洞府，錦囊一半是春愁。少年早樹瑤壇幟，珍重才名屬勝流。

紀游

城南游騎出江臯，潮長新添水一篙。芳草青浮湖面淺，落花紅襯馬蹄高。千秋霽色分衣袖，四月輕寒壓佩刀。踏遍亂菲天未晚，坐茵且泛碧葡萄。

抵揚州重游平山堂

東風又住木蘭舟，勝地平山且暫留。池館幾重通夕照，煙花終古剩春愁。黛光濃淡晴湖水，金碧凋殘舊日樓。得隙便游仍買醉，此身從不負揚州。

題吕叔昆蘇若蘭織錦圖二首

製錦休誇五色明，即論玉貌亦傾城。如何萬種相思恨，一幅迴文織得清。

翠袖紅裳拂未開，圖中粉飾費疑猜。古今都遂連波福，消受深閨曠代才。

將歸留別海帆明府二首

片帆來看越山雲，半爲湖山半爲君。萬里遨游仍作客，七年風雨話離羣。謫仙才藻江東擅，大令循聲海上聞。若説相思到今日，六橋春待兩人分。

談深小閣夜忘眠，可奈啼鵑促別筵。風景難勝連日醉，月華看到一回圓。蒼生望重君須副，白雪聲高我自憐。努力龔黃好勳績，故人把筆在雲邊。

過烏程境弔芮萍輝房師

風流大令本經師，猶記秋高薦鶚時。矮屋豈關千古事，平生只遇兩人知（謂公及韓蕓圃先生）。羣中相馬真奇識，死後銜恩總夢思。今日扁舟公里近，一杯遙奠未嫌遲。

畫樓詞七首

畫樓月落夜窗虛，剛過香風二月初。薄命原同仙小謫，賞音驚失女相如。蕙蘭豔讓羣芳早，冰鐵心銷百煉餘。枉把春山比新翠，此生眉黛未曾舒。

早年失恃泣嬋娟，生小羣推謝女賢。默鑒竟能邀皓月，初心只合訴遙天。明珠一顆家争惜，碧玉孤榿我尚憐。可識黃花時節近，夢回定傍阿爺邊。

持身矜貴性慈祥，愛禮瑤星禱上蒼。短夢幾曾能徹夜？東風却未解憐香。空將巧慧猜鸚鵡，徒有高吟弔鳳凰。長記雲翹稱阿妹，仙才自昔重劉剛。

乍聽猶疑信未真，寄書纔接皖江鱗。身如病樹支原懶，人比梅花冷耐貧。伏枕愁容仍宛戀，背燈心事足酸辛。如何一朵優曇見，斷送紅芳廿七春。

門前桃柳鏡邊霞，生長雷池第一家。去作麻姑仙弟子，來孤弄玉好年華。離魂已化看明月，愁思無聊聽暮鴉。不信恨天境寥闊，愛收人世斷腸花。

佐饋中閨出妙裁，宜家事事總堪哀。生來情種原非福，博得芳名亦費才。證夢有天歸境遠，酬知無地寸心灰。累他阿姊千行淚，哭斷愁雲日幾回。

拼舍繁華赴玉京，難言衷曲轉分明。芙蓉瘦損無多日，豆蔻開殘未半生。歸去人天同飲恨，彌留姊妹尚關情。飈車珍重銀河路，我已緘詞問太清。

艾堂移居索句二首

攜尊憶昔上江樓，天際詩懷寄白鷗。一別獨尋燕地月，片帆又挂秣陵舟。地逢舊雨催吟興，人過中年戀故邱。聞道羅含有新宅，鄉關風景爲君留。

卜居懶傍紫霞關（居距浮山甚遠），移構柴門草不刪。酒國名疑高白社，詩人家本近青山。興來煙月文章富，倦後林泉事業閑。祇恐天風催振翼，可能長臥碧雲間。

渡錢塘觀潮

白練橫空至，江心浪劈開。氣來無日月，聲到已風雷。雪水飛騰技，魚龍狡獪才。斬蛟人不見，枚叔賦徒哀。

焦桐

竟遇中郎事亦哀，枯桐但遺未成灰。七弦製借風霜質，三尺身輕劫火災。宛轉指間餘烈性，沉淪爨下出良材。莫驚曲就人間少，絕妙音從煅煉來。

前題

海水天風問後程，朝陽鳴鳳記前生。孤高肯爲庖人用，半死還標樂府名。比作勞薪身久屈，來從熱處韻偏清。奇材豈受崑岡厄，不遇知音恥發聲。

蠹簡

羽陵故事等雲煙，萬卷輸君破獨先。文字何靈資利口，蠹魚有識盜陳編。徒教缺恨留青史，翻使猜疑累後賢。漫說斷章無義覓，食餘牙慧足千年。

前題

紫玉開函篆半無，青霞檢字迹多誣。殘編被厄同秦火，斷竹摩挲費漢儒。太古文章嗟剝落，前人心血認模糊。癡蟲活計君休怪，除却書中總畏途。

壽程仲芳五十三首

思君東望楚雲浮，意氣元龍百尺樓。曉起人看高樹日，詩成風送隔江秋。世情閱遍期青史，天意垂憐緩白頭。料得東華增壽籙，蓬萊仙郡即丹邱。

生平蹤迹半江天，却喜荊花影正圓。鶯爲遷喬纔出谷時方移居，鶴因有病轉延年。光榮膝下連珠美，交誼滇南萬口傳謂同師荔扉明府始末。買得龍山青一角，萬峯深處擬歸田。

傾蓋逢君亦夙因，寒喧歷盡性情真。相知本爲文章重，異姓偏同骨内親。放眼千秋嚴隻字，論心半世有斯人。客中無物堪爲壽，願獻梅花庾嶺春時余已赴贛州。

贛州贈汪竹素觀察二首

鼇禁雄辭白日懸，才人建纛正中年。雙江文浪天南合，兩代詩壇海内傳。竹箭待君纔價重，梅花約我趁春先。莫言查到星河住，京國聞名已六年。

坐鎮虔州浪不驚，東西鎖鑰重金城。關門令肅風都靜，灘水恩深險盡平。嶺北聲華齊趙抃，江南詞賦愧蘭成。別君敢說蟾幃隔，卿月光分海嶠明時將度嶺。

贈張古餘太守

久傳文學並循良，客宿何緣到斗旁。千里威名推仲舉，多年宦迹近歐陽太守昔典揚州，醉翁勝迹在焉，今廬陵又屬治内。如今淵府歸章水，前度春風尚蜀岡。我向三吳游歷遍，江南曾見舊甘棠。

桂舲先生屬題聽雨第三圖二首

高樹得天風，連枝映日紅。春生花萼内，人憶雨聲中。寫卷仍初志，深情獨我公。大椿榮有蔭，長此被蘭穹。

風雨連牀夕，難聞點滴聲。吟來鸞閣句，繪出雁行情。豈弟通家國，斯民亦弟兄。還推同氣愛，流澤遍蒼生。

留別粵東五首兼呈南城先生〔一〕

東風昨到越王城，嶺表春寒尚未輕。已覺歸心争逝景，轉因知己惜離情。雲辭遠岫天無恙，鳥別高枝夜有聲。獨有憐才宋開府，關心日日問征塵。

【校】

〔一〕原題如此，另四首未見。

春思

樓中玳瑁映龍膏，架上珊瑚插兔豪。楚客獨衣青薜荔，吳姬愛繫紫蒲萄。香生繡幕春初暖，酒散華筵月正高。但使彩雲終不散，三霄歌舞豈辭勞。

跋張傳巖南院書懷三百韻後

鳳鼎瑤英半作灰，揭簾惟待曉風來。芭蕉葉斷心猶捲，楊柳煙消眼不開。月好只堪憐瘦影，天寒休擬上層臺。庭前只種相思樹，芳草無情莫並栽。

過孤山有懷

七載遨游興未闌，泊舟又過碧沙灘。半春詩思隨雲舞，一夕江風入夢寒。睡起不知山色遠，朝來猶覺客衣單。小姑相見應相識，我是當年舊子安。

師荔扉先生索題六景圖六首

香塢深深曲徑斜，圖中彷彿住雲車。劉郎今日重來過，猶認天邊十丈霞。桃塢賞花

龍宮飛閣倚長空，著屐人來萬木中。曾聽宰官親說法，至今花雨散春風。龍宮小集

蒼茫潛岳勢崔巍，暝色濛濛尚未開。雲裏一峯青不斷，曉風吹到馬前來。潛山曉發

報到禪關欲住鞭，蕭蕭風雪滿林端。山僧驚出遙相識，一望空山生暮寒。風雪扣關

坐久空齋萬籟清，香飄人靜道心生。春風不動爐煙直，簾捲桐陰月自明。焚香燕坐

征途行色淡風煙，千里馳驅暫息肩。唯有淵明鋤上月，荷來不改舊時圓。長路息肩

龍潭喜晤廿二彝望

秀嶺白雲封，空潭覓臥龍。水從天上落，人向月中逢。痛飲無千古，歸心又幾重？且攜方竹杖，共采玉芙蓉。

游黃龍寺贈僧二首

手把青筇挂碧空，斜陽送我過溪東。山形忽落千峯內，泉水流穿萬樹中。傑閣夜深微見月，高天雲散欲成風。不須更覓東林寺，此地相逢即遠公。

萬峯青到寺門前，一榻高懸對鐵船。清夜幾回聞虎嘯，白雲終古伴龍眠。我來石壁生花雨，夢逐仙風入洞天。更欲醉隨飛錫去，詩情遙寄翠微巔。

曉望

山影淡空碧，風聲喧澗泉。四時長有雨，一氣總如煙。樵子樹中出，游人天外旋。回看來處路，蒼翠滿層巔。

題鄭氏義門古迹八首 三首見正集

一片清溪水，當年號白麟。淵源自終古，春色又前津。垂釣風生艇，移居月作鄰。不須思故里，鷗鳥日相親。白麟溪

痛哭泉生處，涓涓直到今。雖非千頃廣，長爲一人深。天意憐真孝，靈源出此心。似聞風雨夜，嗚咽有餘音。孝感泉

春水復春煙，桃花開暮天。東風吹不老，紅到野橋邊。樹色濃如醉，泉聲斷忽連。彩霞飛落處，知有錦波旋。桃花門

梁園遊倦後，歸掃故山雲。況有中郎篋，長留博士文。妙香天外得，清籟月中聞。好種珊瑚樹，堂高映曉曛。書種堂

懸柏森千尺，青青映曲阿。雲從深處見，秋在古原多。世遠人偏聚墓旁結廬居者甚多，碑殘字未磨。公今陳祖德，我自愧巴歌。懸柏原

過都昌題方明府畫冊

宮闕對南山，春風日往還。碧桃花萬樹，種滿白雲間。舊寺留臨晉，新詩遍楚關。請看圖畫處，煙水有餘閑。

贈趙碧嵒

飛鳥入雲表，風吹歸故林。別君一尊酒，在此百年心。道遠隔煙水，春寒生晝陰。垂楊攀不得，離思滿江潯。

題元伯芝蘭入室圖

孤懷寄香草，幽秀沐陽和。不與衆芳接，寧知春氣多？古人愁室遠，此處見君過。桃李尚相笑，芝蘭爾奈何！

贈友

長江春暖水生煙，塔影中流日夜懸。人向高樓歌楚曲，雁從遠渚入吴天。殘花有意飛前席，落月何心照別船。一出汀洲維北岸，四山無恙草芊芊。

游仙詞八首

瓊花枝好傍琳宫，靈碧炊煙翠閣通。微雨過時雲帶白，晚霞射處海波紅。春寒不遣珠簾捲，夜永長憐斗帳空。終是天階多恨事，落英何必怨東風！

七出菱花挂彩旗，攜來冰闕影相隨。看花月府愁先病，走馬瑶臺每後期。巧語可憐鸚鵡慧，靈泉不救鳳凰饑。白雲爽約青山笑，空谷吟成轉自疑。

金絲繫得五花紋，霞彩團成百結帬。豈有瑞煙生美玉？無端香汗濕春雲。愁多欲倩鴛絃語，被冷何勞鳳腦薰！不是漢宫曾擊磬，幾人能識范成君。

迴文一幅錦鮮明，織到相思字不成。愁入洞天雲滿樹，夢回湘浦月三更。琳書習罷初無迹，玉葉拋來尚記名。極目水軒菴畔路，暮煙淒絶不勝情。

高燒銀燭下飛廊，照見芙蓉葉上霜。彩樹千尋暉玉宇，明珠十斛貯瑶房。散花天外春無色，步影空中月亦香。獨恨碧虚舊仙史，如何輕去白雲鄉？

小倚琳窗懶笑歌，太微催唱紫雲羅。倦如楊柳眠初覺，病比梅花瘦不多。赤鳳脂嬌儲寶篋，白鮫綃動起微波。南天一閉無音問，從此珠宫鎖翠娥。

薄寒無那晚風吹，匹練横斜天際垂。碧夜樓皆居侍史，白環樹可近瓊墀。種來玄圃雲千頃，分得瑶池月半規。腸斷海棠春夢杳，錦雞無語令人悲。

天光人影共悠悠，羽散星馳不自由。終古玉衡皆北指，至今弱水尚西流。雨餘花萼紅猶濕，露洗空山翠欲浮。今日鷓鴣墳上過，斜陽衰草哭荒邱。

偶句

去雁蕭蕭向北林，征途四月駐遥岑。人家院淺堆紅雨，城郭春歸見綠陰。江上雲山孤館夢，曲中花柳故園心。夜來潮漲前溪水，添得離情一尺深。

續游仙詞六首

十畝丹田久未耘，癡情長自校氤氳。魏王才豈驚仙國，宋玉愁寧爲雨雲？九液靈香空際滿，八璈妙樂暗中聞。往來霄路年年恨，底事離鴻又結羣！

角冠翠佩出層霄，鐵炬蓮開焰未消。共載珠塵鋪月窟，高抛金粟過星橋。司花時節風還雨，採藥雲天暮復朝。説是下方人語近，揚鞭飛跨玉龍腰。

碧蘇庵外錦如城，背倚崇樓似玉京。空翠浮沈三面影，落紅深淺一春情。出山亦覺雲多事，入海微聞月有聲。猶恐香風吹不到，天教花向冷巖生。

仙人身在水雲涯，回望瓊宫不見家。淚灑天門生碧血，氣蒸海日暈紅霞。滿懷春緒連還斷，半縷爐煙散欲斜。採得珊瑚枝十萬，憑誰付與阿香車？

新開水閣近煙巒，插遍欄前碧玉竿。燕子故居藏岸柳，鴛鴦小隊戲汀蘭。欲裁宫錦嫌春暮，自下簾鈎護晚寒。落日西沈雲鎖翠，洞門檢點碎琅玕。

靜掩雲關晝不開，人間小隱謫仙才。濕催古徑苔痕出，冷逼空山雨氣來。崖欲斷時生石血，月當圓處起珠胎。白衣度曲長相過，百鳥争迎趙素臺。

寄李效曾

江關千里寄瑤華，天外奇情鬱作霞。藻筆孤騰争海日，鄉心深淺問湖沙。風流南國人飛舄，煙月西泠客到家謂張阮林。可識青袍舊年少？春來徒看故園花。

題汪浣雲侍御所繪李樸山廣文春湖遊興圖卷時侍御已歸道山二年矣

煙波渺渺柳毿毿，一棹春風興正酣。可惜丹青人不見，空留遺迹認江南。

附：輯軼詩二首

原載清代名人軼事。題劉孟塗軼詩，署名『說元室主』。詩前有引：『劉孟塗先生開，嘗與鄭夢白祖琛飲於九江倡樓，戲用禁體，賦本事一詩二，一首不得用十畫下字，一不得用九畫上字。其詩集中不載，曾於抄本某說部中見其遺稿。』詩後有語：『張船山評兩詩，謂前如七寶莊嚴，後如明珠娟朗。疑詩腸中兼有造字臺也。』

一首云：

繡蹙麒麟罽，銀鈎翡翠簾。靨霞蒸靉靆，髩霧釀⿱雨廉⿱雨鑯。畫筆題裙褶，豐貂勒帽簷。幽懷融淡蕩，艷質稱襴纖。藥譜囊盛膽，詩壇絮壓鹽。瓊樓嫺跨鳳，寶樹鵷鳴鶼。鸚鵡嬌傳牋，蘼蕪逐織縑。舞鸞穠髮彈，瀝蟻絳唇黏。羹嫂癡藏覆，雛鬟警漏籤。曉匳雲影嬾，宿蘂露華霑。粉褪棲薌蝶，精銷蝕魄蟾。黛螺填鬱鬱，紘索鬬摻摻。旅館郵筒肅，翹闕鏁鑰嚴。巢途瑤轂穩，潭漲錦鱗潛。媒孽羣觀釁，彌縫暫避嫌。情緘蠶繭密，盟爽蠹腸饜。塵網憐癭跛，僊機歎滯淹。寵權傾鄭袖，禪悅感蘇髯。慷慨輸虞侯，揶揄賸隴廉。誰磨碧霄鏡，雙照瘦懨懨。

次首云：

夙昔佳公子，平生美孟姜。有心甘伉侶，不耐苦周防。地卜胥江曲，天呈茂苑芳。批杷門巷仄，杜若院亭香。乍近咸欣忭，重來反怯恇。交柯二千尺，名帖十三行。古冊芸函庇，楸枰玉局忙。八叉才易見，七札技尤良。午夜吟仍和，丁年句待匡。花姑工作伐，帚妾妒明妝。柳色回春信，松肪却老方。此君同入室，招我更由房。丙穴光初吐，巫山雨未狂。人宜奔向月，星已指昏亢。小別先私訂，相依矢弗忘。叵伊河北使，阿奉汝南王。市井言成虎，仙妃泣牧羊。分飛音上下，占卦兆空亡。乞反文姬旆，除非大士杭。因風常企止，宛在水中央。

孟塗駢體文　二卷

駢體文　卷上

與曾賓谷方伯書

自挹塵清，頓離雰濁。銜慈東返，遂遠惠光。二曜阻其靈暉，孤秀淪於空谷。追惟高義，飲或罷御，行輒輟驂。感嘆之餘，繼之以涕。違離而後，每見之辭，誠以嘉遇不可再承，厚知難以上稱也。

開涉世迍邅，賦性疎逸，進不能鐫名玉華之冊，退不能棲身金碧之巖。弱植靡依，則有銜波之懼；幽芳未採，則深零雪之憂。伏惟先生一人秉衡，羣流仰鏡，幼耽綠字，早得元珠，瓊巘千尋，僉依爲範。金墉萬仞，帝以作屏。置身方召之間，長揖風騷而上。雕章縟彩不足爲其文，璞玉渾金不足名其度，陽文陰縵無以喻其利，方流圓折無以盡其奇。語其裏，則紫淵赤水不爲深；窮其表，則青巒黃岑不爲峻。寫怨則愁生別葉，言情則辭鬱豐條。是以質文互宣者，通方之材也；洪纖並納者，兼容之量也。故能掛席拾寶，振網羅雲。奇鋒異模，殊品詭類。金膏水碧，銀甕珠船，紫□之華，青芝之秀，莫不思假品藻，重彼聲稱。一言炳乎丹青，片語定其朱紫。開榮灑澤，已風動夫賢英；錄響徵聲，乃波及於闇陋。一篇之麗，即稱瓊樹之枝；千乘之尊，至屈金華之舄。揚袂萬古，授館十旬，剪拂使鳴，沐薰加禮。推公之意，直欲登百里於南國，侔東陵於西山者矣。昔袁生濯溉於鎮西，孟嘉契合於太傅，並邀心賞，不惜齒芳，擬之於今，殆無以過。迹與願違，難親左右。青松之懷遂孤，白日之望長切。蓋春煦被物，蕭艾蒙溫。秋寒中人，蒲柳悴色。良辰樂事，謝臨川爲憶舊遊；纖質銜飈，盧中郎俯悲今遇。修途窘步，瞻高覿深，此其感慕之私，豈伯牙流波之引、子山滇池之喻所能罄哉！

先生誕布陽和，行專闓寄。卿雲之歌，八伯賡廈之庇，四表蒼生佇目。小子有懷，謹貢蕪辭，用申誠欸，不足以鋪張盛美，唯冀大雅之含宏而已。言不盡意，幸勿見嗤。開頓首上。

遊石鍾山記

余既泛舟皖陽，度菊江以南，風不飽帆，浪初沒槳。大雷峙其右，小孤立其前，長天四清，空江一碧。水行踰百，路宿及旬。至彭蠡之口，石鍾之山。舟人維纜，余心契焉。遠慕酈元之紀勝，近感子瞻之夜游。俯清潭而下澄，仰丹崖而上聳。巍然在望，率爾而興。於是假彼名山，豁我靈抱，草冠加首，蘿衣在身，率岸以行，抵山之麓，則有巨石，旁倚小舟，爰坐其中，恣其游覽。空巖納日，峭壁截雲，山勢淩波，水聲入隙。益以風力，蕩爲鍾音，托實於虛，出洪於細。以今所歷，不異舊聞。

若乃縱觀形勝，其前則洪流激蕩，扼江與湖；其後則層翠曼延，連岡及嶺。陟其巔，則巨體四裂，若斷若連。窮其底，則曲洞中通，半水半地。詭譎異態，班剝舊形。石空見心，山瘦出骨。龍鱗刻劃，虎狀崚嶒。天入陰迷，境偪危竦。碧華猶濕，紺色長寒。通八面之靈煙，鬱衆竅之奇氣。每至陽精匿彩，遠峯斂形，暝色近人，叢林息籟。朗月初上，微風乍興，時有異聲，發於中夜。天樂獨奏，遙和無人，微聞石間，自爲響應。蕩水雲之舊滯，流天壤之元音。誠寥闊之異觀，仙真之秘器也。

余乘興探奇，薄言就道。謹書其概，以質山靈。至於盡石室之幽深，增古人以故實，願期異日，不食此言。

樅江游記

歲在閼逢，月臨鶉首。方來居士，將訪故人於江右之星渚。駕舟一葉，試水半篙，遂次樅江而信宿焉。於時，輕風扇暑，朱火代春，水氣昏明，結爲薄靄，日暉薰爍，鬱作晴霞。藻墅四交，綺川中合。於是居士乃散賞河濱，新眺堤右，循山之足，捫石之膚，履露有聲，披林出色。逡巡以北，有廟巍然。斷碑欹傾，亂榛縈互。紺形在壁，碧華落身。老樹禿枝，橫臥當路。危峯承石，高戴入雲。

日暮興闌，薄言將返。忽有二客，遇自木端。攜手翠微，濕衣紅彩。小立叢際，風來不知。高論古初，烏呼方覺。歸路漸黑，缺月半黃。復於禪棲，縱其奇抱。吟嘯方永，響答未終。古佛無言，老僧欲睡。揮麈塵落，煮茗泉香。遂至夜分，舟子見促。揖客而別，秉燭以歸。

嗟乎！今夕之歡，已爲陳迹。斯遊之樂，得之阻風。長歌短歌，舊雨新雨。良時難再，對影成三。豈可無傳，庶幾不負。且夫人之所寄，非水即山。昔賢有云，況吾與子。爰借長筆，以寫佳遊。山割空清，水摹遠碧。一紙暮色，半日閑蹤。後之視今，誰能遣此。書畢三嘆，挂席遂東。

張阮林孝廉誄

嘉慶十九年仲春月之某日，吾友張孝廉以疾卒於京師。

嗚呼！垂天翼鎩，驚代才空。風雲爲之氣寒，金石於焉響絕。三年不見，一日長辭。桐枯百尺，松崩千丈。訃聞之後，猶復遲疑。慟絕之餘，方能言語。悲哉！人生如寄，達者特以解憂，天道寧論才士。因之賦恨，茫茫終古。悠悠上蒼，虛此精靈，奪我良友，不其酷與！

方余與君，傾蓋言歡，聯袂展譃，行則共席，坐唯一編。縱口八埏，抵掌三古。或命駕西堡，則霞日交暉；或弄翰北窗，則風雨四集。相期黃髮，永愜素襟。豈意良會方終，瑰質遽殞。轉麈尾於燈下，君其謂何；埋玉樹於土中，誰能遣此。德音未遠，風味轉墜。交遊天下，傷吾道窮。冠蓋京華，令此人死。王子敬之靈牀宛在，顧彥先之雅操奚聞。以此云悲，悲可思矣。

夫洗馬遽夭，譽已夙彰；長史雖亡，官能早達。而君幼志皇路，長登賢書。勝流傾心，鉅公側耳。麟筆奮其藻黼，龍門長其聲華。方當作賦西清，論經東觀。而弱植先摧，高霄遂絕。其可痛一也。

君夙負奇姿，雅多妙製。濡毫海立，琢句天驚。沉鬱之懷，與神淵相摩盪；雄悍之氣，挾雷電以奔馳。深思自矜，苦吟心賞。如假永日，定成大宗。而造物忌才，文人鮮壽。使夫青松之徑，秋月孤明；紫蘭之阪，春風獨被。其可痛二也。

君以張華博物，前哲所稱，許慎說文，通儒是業。是以周覽九經，研究三史。一月四十五日，朞年三百六旬。獨抱遺編，鮮餘清暇。赤文綠字，拾太始之靈奇；白蠟烏闌，供中宵之著草。考糾異說，已有成書，而生命不辰，厥志未遂。其可痛三也。

且夫言者心之聲也，文者行之賓也。斧藻其德，故白賁可以識黃中；金玉其相，故春華所以副秋實。君行期絕俗，志必超羣。鶴獨立而不移，鴻孤飛而難縶。炙手畏熱，此心常寒，夏侯玄之嶽立，獨絕千尋；周伯仁之河流，恥爲一曲。固宜久登顯地，挽彼頹波。而木秀於林，風折其幹；人殊於衆，天奪之年。其可痛四也。

又其甚者，雙親日下卜九霄之翰音，少婦閨中望三春之錦字。而凶問忽至，哀痛無生，反笑爲啼，破歡成戚。真生人之恨事，極塵世之酸辛。虛室風寒，繐帷露泣。毁紅顔於未老，催白髮之叢生。遺孤則教育何依，弱弟則形影自弔。家道寧問，身累滋多。其可痛五也。

臥疾都門，遠離親舊。瘁精於車馬之下，畢命於文史之勞。侍榻無人，餐苓靡效。想其靈禽欲化，必有哀鳴；貞木將傾，不無愁色。而家隔天末，未聞一言。人逢夢中，已成再世。其可痛六也。

二千里外難返靈車，三十年中幾嘔心血。相如之遺文不少，長吉之詩草誰收！託非其人，事有可慮。目瞑不視，手澤徒新。付千秋於不可知，委半生於無何有。其可痛七也。

不寧惟是，昔支公有云：冥契既逝，發言莫賞。以今揆昔，誠匪虛辭。君之在同里也，羣士或妒，吾黨共推。竹帛爲期，道義相與。遠取孔氏之三益，近慕魏代之七賢。送抱推襟，有踰棠棣之愛；密坐濃酌，不虛竹林之遊。今良朋喪一，有德遂孤。言笑無歡，起坐如失。譬之秋殘片羽，衆鳥悲號；華落一枝，盈林改色。幽壤永閉，昭途孰親？其可痛八也。

以斯八者，積於五中。無嗟來桑戶之歌，有真長臨殯之慘。寸木相隔，長夜獨眠。河梁路遙，情空膠漆。酒壚地近，邈若山河。所謂神理綿綿，不與氣運俱盡者，或有望乎？爰廣向秀懷舊之意，遵潘岳作誄之式，爲之辭曰：

龍眠之麓，其水西流。誕生傑士，拔羣軼儔。片紙萬狀，一語千秋。少志雲霄，已聳鳳德。壯探霞□，乃偃鴻翼。吁嗟二豎，獨罹厥身。去彼昭日，謝此華春。茫茫者天，欲問無言。既縱以才，胡促其年。局途促日，長夜獨宿。其人其筆，如圭如璧。春草片石，瑤雪一林。眷言懷思，能不愴心！何以慰之？太古之琴。悠悠百世，存此雅音。

與吳理菴先生書

自白下言旋，清塵莫奉，載閱寒暑，遂違德音。霽雪匿其光輝，春風入乎夢寐。眷言道履，實切余懷。動靜維宜，攝衛奚若？

先生學古有獲，味道之腴，韓柳破其舊藩，潘陸遜其芳澤。蘭寒五渚，蓮高一峯。落彩毫端，生姿腕下。蕩秋思之綿遠，發春聲於杳茫。長松之間，可寄其逸躅；瘦石之上，獨振夫靈襟。固宜大海回瀾，高山作範。而乃局志轅下，屏迹田間。共野老而話羲皇，起古人以對風雨。心感馳景，氣鬱幹霞。此子雲所以賦牢愁，射洪所以悲感遇也。

開家居靡樂，客宴滋多。酒煮星前，琹臥花外。園竹照人以古色，山禽資我以良言。率爾擷芳，有時得句。送奔夕於去月，消薄晝於歸雲。書聲未終，雜以落葉。窗紙乍裂，飛來隙風。此時意緒，亦復淒清。雖使木奴千頭，隨人小隱，魚婢十尾，供我加餐，而言瘁孤鳴，興凋獨賞，終未釋離居之戚也已。

與光律原書

近者柳風戒途，榴火告節，命車有日，問字何時？臥青山而未能，身將西邁；瞻白日其未遠，神已東馳。

小別千里，長日一年。市居鮮歡，亭飲自放。竹陰在地，盛夏如秋。花光照人，薄暮疑晝。緝茅十笏，踏月半弓。碧水淡其吟懷，清風益其韻事。遂乃花間小立，柳外高眠。一峯當門，有時驟隱；雙鳥窺戶，忽爾自言。把酒迎晨，鳴琹選夕。忽忽乎，不知日月之易邁也。

足下冥心太素，潛志洞玄；縱吻瀾生，吐辭雲委。長嘯出戶，則鑒影澄秋；枯坐談經，則河聲壓几。鶴聳肩而聽講，魚曳尾以候吟。吹雪能溫，鏤塵不散。久已長楊作賦、深柳讀書矣。濠州地本平原，人多遊俠，飛沙入袖，高浪拍城。西望淮流，南瞻江表。掌中塵黑，眼底天黄。曉氣欲來，破寒而往；旋風忽至，振衣以當。山川恣夫壯觀，賓客厲乃奇氣。遲回夜飲，珍重早涼。塵尾談餘，馬足遊遍。中州接壤，必識英豪；南國多才，應憐詞客。

僕自春徂夏，靡食忘君。一日相思，則晦明不語；三旬未見，則風雨警懷。紉蕙減芳，樹蘭不茂。命駕無地，論文愆時。嗟我懷人，慨其歎矣。天生吾輩，動乖時宜。聯之以性情，通之於夢寐。而又愁以霜露，阻以河山。處者踈星，行者零雨。慮其寂寞，奉以文史之娱；妒彼歡言，破其疇昔之約。停雲池館，增此怨思。落月屋梁，隔我顔色。片鱗之字多杳，隻雞之會不常。桃花一山，芳草寸水。舊遊如昨，此情遂孤。詩會散於競辰，酒歡敗於遠役。若君與僕，豈其然乎？

聞君赴籍京華，取道白下，泛乎澤國，行矣天衢。前路勉旃，莫負竹林之宴；後期可待，終開桃李之園。

誦芬錄序

鄭柳門先生既爲義門支譜以紀舊緒，揚駿烈於往古，馳華譽於來茲。復以所爲誦芬錄二卷示余，余受而讀之，作而歎曰：甚哉，先生之孝思也！

夫流派既遠，地望斯頽。世業墮其良弓，故土懷夫喬木。吳中四族，非復鍾鼎之榮；山東千家，莫聞軒裳之舊。高門蕩於烽火，故事剝於雨風。豈僅百年見行路之悲、五世歎君子之澤已哉！

今義門自宋冲素先生以迄於今，歷世則二十踰五，列行則一千有奇，人不盡書，事難悉載。先生乃綴其遺逸，撮厥菁華，内以補譜諜之未詳，外以便藝林之傳覽。重其事也，善其體也。故其用意縝密，創例標明。由河首而汎波瀾，剪榛蕪而出柯葉。凡夫幼挺淳至，夙尚清虛，振景拔迹之羣，掞藻舉實之彦。聯瓜瓞於同室，茂荆花之一株。義氣則喬嶽聲高，才華則雲屋天搆。加以歷世旌揚之典，先朝褒遇之恩，龍章錫額之榮，鸞臺贈詩之美。先靈去來之恍惚，琴書跌蕩之歡娱。山變容於幽棲，水流聲於在坐。奇石發姿於雲藻，古柳滴翠於陰寒。莫不登入斯編，錯綜妙墨。心藏有日，手次成書。意唯重乎本根，辭不取夫枝葉。以視靈運之述祖德，安仁之敘家風，不其同乎！

開於先生支譜，已有具論，茲復承命爲序，索茲寸木，懸彼華林。雖不足仰窺淵旨，庶幾其有當高深也已。

與許農生書

園居半載，水石爲鄰。緒風戒辰，時鳥報節。永言同志，靡覺踰時。念吾子縟彩久宣，華思奚託。書窗草綠，幕府蓮紅。鬱古意於空濛，放今愁於曠朗。單辭孤賞，誰與言歡。開自數月以來，洞志重玄，寓神三徑。舊懷淡於悴葉，芳思隕於歸華。量雨厚薄，訊春多寡。時復嘯傲，綴目修園。集禽鳥以選聲，萃雲霞而練色。有酒在石，客坐參差。攜鏡置林，天入蕩漾。話談終晝，雲倦日疲。山氣欲昏，樹陰助暗。小犬吠竹，人來折花。巨魚跳波，月出墮地。因之縱步，散賞河干。淺水薄其春姿，雜菲亂其野趣。興盡而返，索然寡酬。琴輟響於獨彈，爵罷歡於自酌。每思修日朗月，與子周旋；青春素秋，惠我言笑。嘉會難得，今歲爲期。短辭無章，聊復博哂。唯珍重。不具。

陳觀國哀辭

余識觀國於皖城之江樓，未朞年而聞其卒。嗚呼，有賦嘆逝，陸士衡所以寫悲；撫琴思人，張季鷹因而流涕。瑤華昔贈，玉樹今埋。陳君空谷標奇，弱年擢秀。譽則有麒麟雙管，賦不止芍藥一篇。志契陳編，情希曩哲。乃以童烏慧早，司命折其芳華；衛玠體羸，弱植摧於風雪。載懷舊雨，益嘆零星。遺稾誰傳，斯人競遠。青霞鬱而寡色，白雪寒而咽聲。年短憂長，物新人故。嗟乎，盛游不再，良會無多。幽局閉其精靈，華屋傷其零落。歲更宿草，風淒白楊。逝者川流，極望靡地。悲哉秋氣，薄寒中人。百里之訊未通，一束之芻何有？既虛皎誓，又慘孤懷。響已絕伯牙弦中，恨豈盡山陽笛裏！一言不朽，僕敢忘諸？九原有知，君其鑒此！辭曰：

生則如寄兮，死有可傳，何造物之不仁兮，豐其學而紬其年。痛一別而千古兮，異慰君於重泉。

贈龔西原太守序

余既尚友千載，縱覽九區。訪空谷之足音，破流俗之目論。棲遲洛下之會，流連河曲之游。敦盤聯歡，紵縞志雅。雖溫或如玉，而利匪斷金。善乎，虞仲翔之言曰：得一知己，可以不恨。嗟夫，青眼易逢，素心難共。歲寒乃知貞木，水落而見崇崖。千里切同室之懷，一日有三秋之慕。昔誦斯語，今見其人。如西原先生，可以盡之矣。

先生早標聰察，篤好人倫。士民奉爲表宗，仁義成其經緯。飛辨素節，摛藻清時。秋霜之嚴未足厲其峻，春雲之潤無以罄其溫。以此區別羣流，增益標勝。入五都之市，必是明珠；登九成之臺，盡爲寶璧。黃華諮善，緇衣好賢，先生有焉。是以鴻漸之儒親其韻宇，鳳舉之使聳其芳聲。巖穴之奇，邱園之秀。大小冠之子夏，東西屋之陸生，莫不盼虎竹之符，瞻龍門之阪。聞風影附，聆響神馳。乞許子將之一言，浥黃叔度之千頃。□□□□□□□□□□□不啻百羽之環九苞，羣毛之宗獨角也。

開性託迂疎，時蒙剪拂。披雲豁其清朗，朽株施以丹青。激揚之詞，有溢於河漢；公私之宴，不間夫春風。申其白水之誠，勗以丹霄之價。蓋嘗歷覽終始，綜核交游。數華轂之虛懷，論朱門之展分。未有如先生之脫畧形骸，披露心腹者也。雖鄭當時之愛客，任彥升之揚才，淳于所見七士，獻子有友五人，其相契之深，皆莫踰也。含宏者易爲容，秉直者難爲合。故良驥困於九折之阪，而廣車便於四達之衢。開之狂簡有甚正平，先生氣概乃同文舉。以斯稱契，殆罕見矣。

今者一麾出守，羣部馳聲。雲霞獲其靈臺，山川納其爽氣。偕公緒論，拓我狹襟。慧遠交游，遺其風月。匡君兄弟，留此芙蓉。挹飛翠於有形，蕩空碧之無際。古懷渺渺，今別匆匆。用獻俚辭，上敘欵眷。亦以見知遇之非偶，離合之不常焉耳。若先生賜之周覽，鑒其曲忱，則雖組織玄黃，未成文彩，模範山水，不盡高深，而感由心結，言以人宣。豈非桐發響於中郎，璞呈色於卞叟者乎！

贈鄭夢白明府序

余讀書至管鮑推心，尹班促膝，矢素交於天日，輸丹欵於晦明，金石不渝其音，霜雪莫凋其色，未嘗不撫几而嘆，揚袂以興也。曰：嗟乎！古風既邈，斯義久淪，衆口匪衷，人心如面。或玄髮而忘舊，有白頭而尚新。茫茫九州，遥遥千載，奇才不少，賞音實難，乃今而得之夢白矣。

夢白學羅武庫，筆擅文河。入對金門，秋鷹獨聳；出持瑤鏡，春雉皆馴。丁卯之春，余以名山之游，至落星之渚，藉匡君爲介，與陶令相知。先之以白雲，申之以素水，遂定一日之契，傾匝月之娱焉。自後余客南州，必詣仲舉。君言東郭，每念林宗。採蕙蘭而贈芳，賦楊柳以言別。蕩鬱使暢，排憂爲歡。證風雨之奇懷，破雲霞之詭色。方其夕暉西匿，華筵上陳，蘭膏流光，酒芳在御。擊水晶而影碎，劈琉璃而寒生。縱口流河，開胸納日。清歌互答，微風徐來。爾投紫身之珍，我有黄環之報。可謂窮遊宴之樂，盡友生之情者矣。退念古人相與，名位多符，或鸞鶴爲羣，或鵷鷺列序。余蹉跎方軌，偃蹇夷塗，劍氣鬱夫紫精，鼎痕紛其碧繡。君循聲方茂，霄漢早登，而過推鄙人，躋之往哲。升沉異勢而雲水同依，榮枯一時而松蘿相附。信足以抗塵今古，勒信丹青也已。

嗟乎！谷風著於四詩，伐木衰於三季。本非貢禹，豈因故人彈冠；亦有王生，不見廷尉結襪。余故述兹高誼，敦彼世風，蓋亦以矯朱公叔之過情，而笑劉孝標之激論也。

與姚石甫書

載别一歲，相思各天。流水無波，白雲在望。以足下遠託嶺外，久羈海南，心熱故山，夢寒異國。海氣激蕩，或形諸文辭；日精鬱蒸，豈宜於居處。其間雖有香蒲之流，花田之艷，異雀五色，奇卉千叢。園風則玳瑁之屏，貯月則琉璃之館。翡翠角容於水碧，珊瑚鬥彩於霞丹。海國之香品十名，羅浮之竹圍雙抱。摇蕩精靈，飛騰藻色。繁聲離俗，殊狀異心，祇足以亂游子之懷、增勞人之感耳。

僕雖靜伏邱園，暫游江表，雨衣冒曉，雲駟戒行。或與南皮之游，或陪西園之宴。繁星欲落，神飈自吹。然每念吾子，忽若忘言。匪直意氣之合，抑亦襟期之密也。足下七載未歸，一官尚阻。堂上切倚閭之望，閨中罷織錦之絲。如可稍慰冷歡，薄增塵色，即當翠旌北指，彩鷁東飛，慰風月以笑言，敘松菊之間闊。士生一世，感踰百端。風塵汩其素懷，日月促其玄鬢。他物猶後，此身實難。

聞粵中濕霧犯霄，海風干節，亦宜寡進芳酌，慎彼早寒。遠慰鄙懷，亟圖良晤。樂事重續，勝情不孤，想可必於今冬耳。言不盡意。開白。

再與光栗原書

夫今聞華譽，君子懼焉；繁文縟藻，壯夫薄焉。是以鄴中七子，風尚殊途；竹林諸賢，出處異軌。雖秉志難齊，而所業不廢也。

今之作者，海內競雄。準之前修，里中稱盛。昔石甫擷芳於義圃，阮林奮藻於文河，筐菽篤志於史裁，足下騰聲於經術。並皆脫迹塵網，抗蹤儒林。揮六代之雲英，味百家之淵旨。淬鋒則練影宵白，汗簡而竹節落青。五色分章，八音殊器。而開猥以固陋，盡識英賢。訪奇子雲之居，聚飲巨源之室。月彩既匿，繼以燭暉。衆響合宣，群情乃暢。遂使河淮濟漯，並流於一川；球琳琅玕，萃珍於同圃。當是之時，俯仰今古，咳唾風雲，論抉文心，辯析天口。飛聲則波涌窮澤，吐氣則虹卷高霄。縱歌嘯於蕭辰，極歡情於稚節。自謂濯足扶桑，拂衣建木矣。

盛會不常，良辰遂往。春草秋露，既深離別之悲；夕月晨星，復有馳驅之感。而阮林先背，竟化異物。修途折其駿足，盛氣掩其哀情謂臨終不作悲語。強力毀於積疲，壯懷制於弱命。桂以芳而翦，蘭以膏自焚，豈不惜哉！

死者既淪朽壤，令儀莫追；生者又迫窮愁，美志不遂。功或疎於一簣，學或輟夫半途。昔魏文帝云：『貧賤則懾於饑寒，富貴則流於逸樂。』遂營目前之務，而遺千載之功。又曰：『少壯真當努力年，一過往何可攀援。』三復斯言，可爲流涕。若使諸君輕垂成之業，徇流俗之情，德璉之述作不成，子長之私心未盡。是吾黨果遜美古人，而夙昔盡爲虛志也。此事有數，名山笑人。願努力自愛，勿使金聲玉振之節，遠夫正始；山高水深之操，輟於伯牙。幸甚。

與左筐菽孝廉書

筐菽足下：歡遇不常，年時易邁。愁來萬緒，生計一絲。物展轉以生新，人蹉跎其非舊。玄首未變，華思已凋。向者良會，人地均娱。置酒山阿，放懷天外。集千古於撫掌，沒八瀛於呑胸。遠色蒼涼，遥情激慨。悲彼曩哲，先我而逝；顧此山川，並我而存。風颯颯其四來，雲遲遲而孤往。於時晨雪初霽，春寒尚嚴。悤謔忘歸，罄懷及暮。今則江波送舟，鳴蟬在樹矣。朱明欲謝，素商未更。炎暉見侵，有同暴客。涼風將至，如待故人。小飲爲歡，長歌見志。然每一念昨游，未嘗不攬袂良辰、停觴永夜也。聞足下又下第南歸，失何足憂，貧乃爲累。窮鳥無擇林之智，饑鷹有凌飈之思。昔趙壹悲憤而興吟，李生致嘆於不遇。千乘之友，或孤履素之心；一卷之師，乃有佩青之樂。嗟乎！升沉之事，自古難言。得失之林，於茲靡主。屈大夫有問天之作，劉孝標有辨命之篇。徒授人言，無資神聽。夫溢露雖滋，不救枯條之瘁；霏霜既厲，無改良玉之温。憂能傷人，士各有志。願足下善自慰遣，以永寶修名而已。歲云秋矣，各自珍重。不宣。

呈蔣礪堂尚書書

開聞：神匠鑄鐘，識一百八聲之變；太御相馬，陋十萬□匹之材。朗月炳乎玉津，不遺邃谷；祥風溢乎金岸，獨振纖柯。是以蒼鳥將翔，假迅吹於羊角；赤鱗欲振，資巨浪於龍門。周僕射之驚禮右軍，張孝廉之受知京尹。賞音一日，銜義畢生。伊古以來，有由然矣。開自維薄植，得奉光塵。縱談太尉之前，長揖將軍之側。錫之咳唾，假以羽毛。鏤骨銘心，效蛇珠於何日？感知書德，禿兔管而難言。

伏惟明公，三辰在握，九壤注心。訏謨遠猷，得雅人之深致；直辭正色，古大臣之事君。一心上格於高穹，隻手横障夫滄海。天爲民降傅說之宿，豈徒霖雨一方。帝假公以召伯之權，盡授西南半壁。於是牙璋靜秉，金鏡高懸。萬民爲之改觀，百粤於焉起色。深心獨運，殊績日光。方之疇昔，可得言焉！

夫其鋒鏑初消，蘖芽未盡。方開一面之網，已逸千足之羣。水竄伏其鯨鯢，陸跳梁乎豺虎。四民害業，千里戒途。公尺羽一下，螭卒奉其威靈；寸帙乍飛，鷺官嚴其伺察。除之以漸，故干盾無勞；謹之於先，故欃槍難發。妖鳥四散，海氛一清。五嶺洗其餘塵，二禺平其險浪。此公所以靜鎮消患也。

邊鄙雖寧，瘡痍未復，民無餘蓄，商有敝形。或珊瑚滿市而戶絕炊煙，或珠翠在室而人多逋賦。公獨裁濫科，不進贏額。裕商乃可裕國，足民即以足君。培元氣於積匱之餘，回陽和於片言之內。薄裴延齡之言利，效李鄴侯之獻忠。使夫香月萬家，復見昇平之盛；樓臺四季，長歌醉飽之風。此公之所以厚植本根也。

若夫整一民風，肅清吏治，五軍承化，衆部流聲。農末交營，俾穀人絲人而兩得；威愛並用，合冬日夏日於一身。大人震風，君子秉斗。勤事則晨案廢食，矢心則夜香告天。千頃波深，識汪洋之德量；五花版出，見經濟之文章。是以嶺南六十八州，不殊風教；海外五十三國，且識威名。此公之所以表异政績也。

公有旋樞轉軸之才，重以興仆植僵之治。李元禮冠域中八俊，狄仁傑號斗南一人。而猶降禮青矜，訪奇白屋。親七十餘士之言論，尚恐遺才；讀百二十國之寶書，仍加勤學。門多桃李，青呈鏤管之輝；幕有芙蓉，紅照記書之字。若開者食古不過一冊，飲香空復十年，籍未通於金閨，名徒播夫玉署。誦萬言而奚用，說十上而不行。乃蒙公一顧稱奇，三薰志寵，出之絕壑，登以高衢。獎掖之情，有踰骨肉。蓋聽白馬之論，不斥迂奇；誇碧雞之才，竟忘疎賤者矣。若開碧霄鎩翮，清夜咎心。既負隆私，又幸高義。然而劍感雷煥，豈必當化龍之時；驥別孫陽，終不忘釋驂之日。是以迹離左右，心切宏慈。王仲宣則賞憶曩初，杜牧之則思深去後。激感之下，繼以悲慟。企慕之誠，形之夢寐。高山在望，恍示我以典型；景星麗天，如見公之顏色。作論願歌夫刺史，買絲欲繡夫平原。識小子之半生，更無餘憾；戴此恩於千古，尚有耿光。用是訪盧子諒贈廣武侯之詩體，上敘優遇，兼播德輝。無地酬恩，代蒼生而獻頌；有懷測海，向白日而陳辭。念天下無過數公，蘇明允不輕屈指；幸海内有一知己，虞仲翔無可恨聲。詩曰：

太一中判，洪鈞分形。或黄而濁，或玄而清。靜則雨露，動以風霆。其氣積者，鬱爲日星。降誕名世，翼戴宸廷。社稷永賴，明德維馨。則有我公，應運挺生。分天之精，與地之靈。間氣獨得，爲國金城。令出無聲，庶事以寧。三辰爲緯，四瀆爲經。揖古周召，方軌齊衡。自昔回翔，蘭臺藻幄。現鳳九彩，出麟一角。厥外無飾，厥中有章。秉文秉武，克柔克剛。介圭止水，萬民之望。乃任重寄，秉節四方。四方既知，銜慈刻績。皇心載康，隆以三錫。帝謂百粤，嶺險海長。地四千里，濱於炎荒。誰其帥之，唯公保障。公奉恩命，以靖澤國。百部風清，五軍煙息。四十九論，悉中要機。坐謹鎖鑰，横流知歸。民曰饑寒，公爲致豐。澤以時雨，被以春風。民曰姦慝，公爲驅殛。植此梧桑，鋤彼荆棘。士慶於都，農賀於鄙。爾耕白雲，我釣綠水。商有贏羨，工無淫奇。自公立法，無偏無頗。昔也崖疆，今也樂土。咏歌不足，繼之以舞。賢者夏屋，衆賓春臺。金買駿骨，芝豢龍媒。曰惟小子，夙究文史。雖窮津涯，未達神理。公如大匠，運轂推輪。枉木不棄，造化由身。刻鏤萬物，助天布春。援我高崖，起我深域。藻玉有華，我雕我飾。顧惟纖質，得荷斯榮。曠世一遇，既喜且驚。長恐淪棄，底於無成。昔公未見，躋山阻水。繼接惠光，觀海爲止。今我違公，如去喬松。女蘿失依，凋其舊容。南有嘉禾，不可棲翼。思公樹德，芳草爲殖。思公用心，滄海輸保。我欲誦之，不能盡吟。願銘厥善，勒玉山岑。其善云何？亦孔之多。擲華畫衡，維公之筆。何以用之，摹天與日。鈎河摘洛，維公之才。出雲扶翳，青冥爲開。金昭玉粹，唯公之質。望重雲臺，道論宣室。獄鎮淵停，唯公之量。有物無涯，涵虚有狀。神移星運，唯公之功。泯聲與色，直奮孤忠。東岱北斗，唯公之譽。草木知名，雷霆傳語。凡此數者，皆非飾辭。海內共推，人倫之師。藐斯小子，舊遊仁宇。思立程門，久窺策府。巍巍我公，雲雷在躬。不以崇高，而遺困窮。一夫不獲，公以爲憂。願變陰陽，爲霖九州。大庇天下，以廣王休。

立雪草堂詩序

往，余客雷陽師荔扉明府署中，相與品藻淵流，刻鏤物態。煙嵐四壁，江天一樓。吟秋而露葉驚飛，數夕則涼風聿至。酒痕狼籍，詩境寂寞。花在席而寡歡，客當筵而不樂。白眼看士，素心有人。悅柏之懷，不間夫幽獨；如蘭之臭，獨結於深微。則我程君雪門爲至契焉。程君書麟萬字，吐鳳一篇。秋月能懷，春風善賦。樹梅十本，虛白來芳；種竹百頭，殺青擅富。當夫水國迎涼，霞天送晚，飛翠在抱，零露〔一〕沐襟。徘徊修竹之寒，反復落梅之句。淡墨猶濕，禿毫怒飛。高思出雲，則空氣成彩；奇情入紙，則春水回姿。背谷高吟，面山獨立。芙蓉取其顏色，蘭芷同其怨思。感切人天，義深師友。一卷青瑤之簡，廿年白雪之聲。此立雪草堂詩抄之所由成也。鐫龍片玉，探驪一珠。光可燭霄，牘且盈寸。君舒錦肆，有才真患其多；我入華林，望氣能名其寶。

【校】

〔一〕露，本作『霞』，據王氏文鈔本改。

答韓大司寇書

自違卿靄，深切軫思。蓂莢一更，蕙蘭孤秀。沐和浴德，心已銘夫洪施；啄腐吞腥，身尚羅於塵累。追惟恩禮，匪語能宣。去秋之末，又復接奉賜書。誦劉太尉之答章，盧生感涕；念袁司空之高誼，趙壹興吟。所歎骨相素寒，羽毛秋短。奮翼未臻九萬，刖足遂至再三。俯愧友生，仰慚知己。斯固命矣，尚何言哉！

先生以天樞之北斗，主秋典於中朝。康叔司刑周室，以敬明慎罰；臯陶作士虞廷，爲天下得人。谷轉春溫，地無冤獄。凡茲寒氣，罔不蒙休。惟有詞人，每多失志。鹽車服罷，曾蒙九方之知；中論著成，罕遇五官之賞。彈鋏幾曲，坐帷一年。公日私辰，濫廁鮮及。春朝秋夜，索居失歡。猶憶軍門倒屣之時，嶺海論文之夕。

駕迎恨晚，歎公孫之異才；　長揖命言，寬將軍之禮數。牙旗風靜，玉帳春生。　高閣華燈，裴晉公之宴飲；　輕裘緩帶，羊叔子之風流。　賓從疑仙，大夫善賦。　而開猥於衆座，獨荷寵矜。　霏玉卻寒，聆韶忘醉。　壺乍投而星落，筵方盛而漏沉。　壓酒花紅，穿爐月白。　歡傾一夕，事足千秋。　雖復羅隱當□□銀燭玉容之什；　王勃預念，有落霞秋水之篇。　方之斯樂，未云過也。

睽越各天，企攀何地。　恩深曩遇，感迫今懷。　河岳縈我夢魂，星月想公丰彩。　雖翔虛之鳳，一鳴何計夫飛鴻；　而營室之蠅，千里猶望於附驥。　敢伸素簡，用竭丹情。　開頓首上。

唐主簿七十壽序

夫槐松官舍，歌同絲竹之情；　枳棘叢林，人有鳳鸞之志。　關中三傑，舊已希聲。　淮上八公，新看入座。　見習鑿齒讀書勝三十年，比楚靈椿爲春且五百歲。　牛刀小試，鶴算頻添。　古難其人，今見之矣。　如我某翁，英氣夙具，妙譽早騰。　先世宗華北宋，名高御史；　平生宦迹西江，山愛匡廬。　朱光庭之明鏡一方，謝景仁之秋風數曲。他時白羽，才信能揮；　此日青筇，吏原兼隱。　且夫彝鼎雖貴，不異瓠觚；　金石齊宣，亦參木革。　一割期乎有用，百里未始非才。　翁以枝官，上奉閫檄。　督龍枝而供天府，解凰冠以給軍儲。　寸心矢忠，尺地載磬。　一線桃花之水，千帆桂葉之舟。　安坦趨行，後先無阻。　固已敬慎爲心，黽勉從事矣。　左蠡盡處，大孤上流，一官山水之間，萬艦咽喉之所。　有石善觸，無艘不驚。　似呂梁之損人，等砥柱之壞運。　翁乃資發甲里，招募丁男。　小則鑿以雲斤，大則沒以土屑。　險平五里，利濟一時。　至於修石梁之頽，疏灘水之塞，清能見石，淺亦生波。　器備廼成，事預則立。　名動綠綈之使，恩邀紅籥之帷。　獎此宏勳，遷彼巨鎮。　曹部尉五色之棒，非所願聞；　韋元將千里之駒，乃能繼美。　巷知戒火，地鮮不陂。　遂使城郭萬家，災難及室；　池塘一角，水各當門。　人被厥施，吾歎其德。　仕求實用，不必公卿。　治苟爲民，豈在旌節。　禾慚三百，田愧十千。　有騶虞而守官，或羔裘而尸位。　我善治馬，其人豈踐。　斯言誰能，烹魚小鮮。　亦徵大力，如翁勵志，與古爲徒。是則祥集善家，天佑循吏。膝前鳳子，知爲九苞；階下麟孫，盡成五尺。杖名扶老，酒是長生。僕等誼忝同官，情殷介素。冬松固節，好進祝斗之辭；秋菊有華，願侑流觴之酌。

與陳伯游論世習書

余交君一朝，慨論九沸。食土者未豐其肉，鑄金者方利其刀。嘆紫芝之輕，憤丹穴之貴。不高山廣河而悲世習，見扶風霆雨而思聖人。欲罄今懷，先徵往迹。

夫三極既奠，庶物蠢生。建馬之族類既繁，海人之孕育亦富。精英成寶，熕氣爲蟲。鸞皇奉羽嘉爲宗，黿鼉尊介潭作祖。玄玉乃程若之產，青幹以喬如爲根。碧梧百尋，麈能棲鳳；黃金千歲，竟可成龍。故金爲世重，由來久矣。所謂聖者薄於奉己而厚於濟人者也。故神農製藥，因艸垂教；大禹治河，以水爲師。實其腹而虛其心，道涵靡盡；高其目而下其耳，天聽最卑。承以嚴恭，安彼儉素。珠寒於赤水，未爲國珍；玉老於荆山，不見工采。

自習尚珍奇，人多情僞。穿牖取照，百姓之智日生；決陂引流，十頃之田易潤。恥後馬走，長先風吹。於是詭文回波，皆刻之於木；流縷連組，亦飾之於鐘。破巢而鳥驚，開井而蚪走。銅英青而玉英白，地獻脂膏；荆人鬼而越人機，俗工妖幻。奢有其自，屈平已咏蘭舟；巧何足奇，神羿竟死桃棓。然積習所重，其勢難反。是以許由棄瓢，彭咸抱石。夷齊食蕨，園綺采芝。高士不欲扶赤龍，釣以自晦；將軍未敢騎白馬，美畏人知。匪徒保身，兼以矯俗。雖曰亮節，亦良苦矣。

夫陰陽倚伏，世運推移。夏既代春，微傷於酷烈；日不知夜，無損於光明，天限以時也。朝菌始出，命窮三日之間；蝦蟆善鳴，壽盡五月之望，物囿於化也。近東家之牆，未見而能生慕；圖西施之貌，雖美無以致歡，人貴其真也。膠漆一性，而或謂生憎；冰炭殊情，而以爲相愛，言各有指也。投千絲之網必可得魚，張一目之羅豈能獲鳥？事各有宜也。斥鷃之不樂鐘，非真愛靜；桑扈之弗啄粟，未得爲廉，性各有近也。依鄧林作炊，未聞其益薪；近敖倉而居，不爲之加飯，量各有止也。人行藉足，雖急難以手走；禽善使翼，致遠不以尾飛，用各有當也。故襲重裘者原以禦風雨，砥利劍者非以斬縞衣。工女不可化絲，磁石安能引瓦？責馬以速，負重須牛。勿謂甚微，涓流成瀆。毋曰非重，積羽沉舟。宜下漆而上丹，莫外錦而内絅。此秉德之要術，行誼之明符也。夫以冰招蠅，既嫌其不至；掘室求鼠，又患其太多。一則致之非類，一則取之不仁。唯君子爲能得其平矣。

足下辭富於水，機轉類丸。破垢取生，鑿璞成璧。寧狐而粹，不貂而雜。信介懷之似石，任衆議之成林。其可交也，如游人之入幽谿，俯有清流而仰有嘉蔭。其言學也，若良工之治明鏡，粉以玄錫而摩以白旃。昔也別我城隅，目送逝波之去。今者期君江上，情與落葉俱飛。聊綴蕪言，藉以諷俗。等莊生寓言之意，敷淮南鴻烈之彩。知足不必見而生感，抑或惠我以辭也。

開軒對綠疇圖記

維時青陽未晚，滄江已波。江右陳叔安與余遇於皖城，交則新知，神惟夙契。叔安尊甫秋麓先生，標循吏之聲，負人倫之鑒，吾被其知遇焉。令兄伯游以叔儻之質，出膏腴之辭，吾欣其文藻焉。

叔安從宦舒州，説志墳典。争光鬻彩，素薄夫時流；縷情瀝思，勇追夫先哲。爰有書室，高並江亭。風月待命於牖前，蒼翠貢奇於几上。謳吟所及，庶物效靈；誦讀之餘，孤懷馳遠。寫貌芳艸，留景春風。此開軒對綠之圖所由作也。想其徵奇百氏，酌要千秋，手揖古人，目拭來者。網珍於玄圃，斧薪於藝林。門譚扇正始之風，敷彩飾建安之骨。良宵未罄，則取娱於一編；永日告疲，則招爽於萬籟。野色就座，如約而前。暮霏親人，不介而至。俯仰嘯傲，顧而樂之。其遺韻塵俗，托性邱山，則陶徵君之優游閑曠也。其遠攬黛色，近挹波光，則鮑參軍之刻鏤纖悉也。其息慮林泉，肖儀山澤，則安石東山之志也。其出入煙霞，駘蕩巖壑，則戴安剡曲之情也。且夫詩書爲饋貧之具，雲山有藥倦之功。嚴於道者或縱於文章，勞以事者或逸以風景。亂菲騁色，雜樹交暉。觀夫地曠天高，有契乎山仁水智。朝華夕秀，奚異夫楚艷漢侈。遊即學也，意在斯乎！

余素拙文詞，辱承惠命。謹以所見，聊記其略。並質諸秋麓先生及伯游，以爲然否也？

夏侯泰初論

夫鴻飛難弋，高蹈所以全生；龍性誰馴，忠臣所以獲罪。吾觀夏侯泰初，天資英特，風操挺立；不屈己以徇物，不貶道以就時；立異於同，激清於濁；纖埃莫疵，其潔介石，獨厲其貞，蓋聞伯夷之風而起者也。世人不察，或因傅嘏之言而少之。夫傅嘏者，貪佞之輩，黨司馬氏以取禄耳，何足以知傑士！

泰初，一介不苟，千駟弗榮。疾讒邪若仇讎，等權貴如土芥。竹柏之懷，歷久靡變。風霜之氣，至死彌篤。所謂不降其志、不辱其身者，庶幾有焉。雖名高取禍，亦忠於魏室之所致也。當宣王既没，人謂此後可免，泰初獨以爲子玄子上必不相容。此豈無先見之明者？而卒至鳳鎩其翮，雉離於羅，不能早爲引退，或亦事君不避難之義乎？司馬景王惡其異己，憚其重望，因事誅之矣。又知其立身無可訾議，故傅嘏因爲斯言以相污衊。此與魏武殺孔融造飾，禰衡酬答之語等耳。

嗟乎，改革之代本自難言，權奸在朝，豈有信史！高下任其揚抑，成敗破其是非。始騰口說之波，遂流耳食之病。千載而後，襲已然之迹，昧獨往之衷。然則人才汩於俗見，何可勝論；賢者生於亂時，誠爲不幸。吾竊悲夫議泰初者，不觀其大節，揆其本志，令與何晏鄧颺同類而輕之也。

劉真長論

自魏晉以來，競以風流相尚。或遺物以表其高，或任性以名其達，或擁煙霞爲富，或以巖壑自恣。類皆祖述虚華，擯棄政理。獨真長劉氏得其美而泯其敝，溫潤特秀，磊落英多。其識清以邁，其度宏以深。勸領上游，有先事之見；早識宣武，負鑒物之稱。士論所宗，衆望咸屬。尹丹陽之地，政悉清淳；無洛生之吟，意自曠遠。雖非絶軌，可謂通才。徒以雅善微言，素精名理。襟期所寄，乃竹林中人；俯仰之餘，有松石間意。雖除結習，未免有情。君子或以爲譏，然神峯標舉，空潤澄清。憂國長懷春冰，適情偶在秋水。無廢於事，亦何損焉。至於霜幹獨結，英風四生，氣蓋羣賢，量包衆有。笑談辟易，道義素傾。聯天子爲素交，呼姦雄爲老賊。荒江野艇，偏覓孝廉；明月清風，輒思玄度。可想見其高致也已。昔人有云：『不夷不惠，亦玄亦史』，其真長之謂乎！

書蔡邕傳後

蔡中郎畢生顛沛，異世同悲。始隆孝友之稱，繼標蹇諤之節。海内高之，謂其忠直，非徒以文藻也。遭時不幸，爲董卓迫脅。雖蒙款接，亦多匡救，其守正不爲阿悦可知矣。夫比私之迹，不見於盛時；感歎之情，乃露於誅後。是正能自立異同者。若在細人，則因勢轉移，盛則恣附以爲奸，敗即畏懼而改轍，必不敢有此歎矣。然則中郎之意，乃效欒布哭彭越而失之，非果有黨於卓也。王允秉性雖忠，好爲已甚，徒因微過，坐以重科。由是名流解體，善類寒心。舉朝爲之不平，君子譏其不沒。而猶謬執己見，過繩凶頑，不赦卓黨之雄，卒致京師之難。嗚呼！漢室將傾，其兆之矣。刑之不中，先及善人；國之云亡，再誤豎子。雖殺一虎，轉引羣狼。遂使九廟陵夷，八柱淪陷。兵刃接於闕下，水火鬥於城中。宮嬪枕藉於行營，天子苟活於草莽。輿圖裂爲瓜豆，炎鼎沒爲烟塵。天換黃星，運斬白水。豈非庸才闇識，疾惡太嚴之故乎！揆厥亂由，功不抵過。而禮法之士，於允尚有褒辭，於邕獨爲苛議。是庖人必以烹鶴爲能，而豔姬必以裂帛爲快也。

書洛神賦後

余讀曹子建洛神賦，見其吐洩芳華，備陳容飾，鈎神繪影，騁色摹聲，亦既盡瓌質之奇矣。至『動無常則，若危若安，進止難期，若往若還』，乃輟卷而歎曰：此實天人之逸致，非世人之所有也！

夫風詩有如雲之稱，屈子有目成之喻。宋玉神女之製，精而未詳；相如長門之篇，哀而不豔。登徒一賦，狀微笑流眄之神。招魂累言，標遺視騰光之美。文通抽思於麗色，繁欽飾藻於定情。趙皇后之臨風欲仙，李夫人之絕世獨立。雖皆窮極妙麗，刻露精誠，助彼豔情，奪人志魄。然名媛曠代，尤物移人，靡曼豔逸，世尚見之。至子建此語，則精彩動搖，神光離合，體非常度，態異恒情，側出横生，無非姿媚，前輝後映，初無定形。是非仙靈，誠莫能當矣。夫乞重芳草，託辭美人，本屬寓言，原非事實。或前而卻，有近夫狐疑；將飛未翔，亦得之想像。子建豈必親見宓妃，而目所未接，神能代傳。

蓋才人狀物，有過之無不及也。故語高則九野之表遜其峻；窮隱則八幽之下讓其深。論秋則無霜而寒，雕春則不花而媚。往往境之所無，筆能有之；力之所窮，思能造之。片石零柯滋其潤，腐骨枯魄被其溫，何況佳麗也哉！何獨洛神也哉！

書司馬遷貨殖列傳後

太史公之述貨殖也，羅列故實，摹繪世情，鄙穢瑣碎，盡歸妙理。嬉笑怒罵，皆成至文。余讀之而不覺悲憤太息也。曰：嗟呼，貨殖之中人深矣，蓋積習所成，豈一朝之故哉！

夫食色本於性生，嗜好資于財産。乘堅策肥，舍斯則願莫遂；養生送死，待此而禮乃成。非心故欲之，實勢不容已也。故山東之魚鹽重于禮器，江南之金錫貴於文辭。振古皆然，不足爲異。是以貨財所在，智愚共趨，如淵之聚魚，若林之招獸，未倡而響應，不令而風從。奸人以之犯禁，吏士以之舞文，壯夫以之立功，暴徒以之頌義。任俠少年，忽增勇烈之氣；游閑公子，故爲矜重之容。鄒魯之民，棄文學而就利；趙魏之女，鬻顔色以榮身。良亦有由，豈盡無恥！且天下聖有過夫宣尼，尊有踰夫天子者乎？以孔子之名，待端木之富顯；以始皇之威，而巴婦以禮屈。然則榮辱出于衣食，仁義生於侯門，信不誣矣。故遷之爲此傳也，述太公之勸女工，李克之盡地力，管仲之官山海，范蠡之務積蓄，富國之謀，足以法後者也。稱師史之賈郡國，孔氏之連車騎，任公之窖倉粟，無鹽之貸子錢，裕身之智，足以風世者也。敘韓發之基于博戲，雍伯之饒於販脂，張氏之興於賣漿，曲叔子之發於掘塚，起家之賤，足以譏俗者也。至於嗟菽水之匱乏，惘妻子之軟弱，歲時無以奉祀，被服不能自通，設爲高名隱士，安歸不待危身，賢人宜勉。千役萬僕乃俗情之常，一唱三歎有風人之意，雖曰泛論，亦以自悲也。以力農爲不如學工商，以刺繡爲不如倚市門，此固談笑道之，實不啻垂泣言之也。若夫列國之有都會，謠俗之因土風，山澤之所藏，市井之所出，莫不備錄于是。棗耀實于安邑，橘騰色于江陵，栗貴味于燕秦，漆飛光于陳夏，荻呈材于淮北，竹馳譽于渭川。豫章黄金豈足盡其寶，番禺瑇瑁未能罄其珍。牛之角蹄登諸陸地之圖，僮之手指亦在物産之數。纖悉具賅，宏富之材也。雖遭刑發憤而作，亦其奉使所至，壯游所得，胸中之千奇百怪，欲觸喉以吐，破腹而出，故假是以書之者也。

夫富貴何常，予奪無定。得之則裘馬自雄，猗頓郭縱之屬是矣；失之亦糟糠不厭，原憲曾子之屬是矣。今之儒生，既無原曾之賢，又無猗頓之富，而命弱心强，身長衣短，欲立行於斯世，見重於達人，亦良難已。夫九府之法，既作俑於齊侯；三品之名，亦濫觴於禹貢。傳之異世，多爲厲階。倫理毀其恩慈，肝膽判其楚越。遂使良金爲孽，殃及人心；孔方有權，尊倖司命。多則氣吞雲日，無則色同土灰。昏迷一世之庸愚，束縛千秋之豪俊，誠足慨也。夫寸鐵足以殺人，寸銅可以生人，莫輕銖兩之名，長繫億兆之命。致以三農之筋骨，奉以五土之精華，易以士女之技能，通以舟車之風雨。珠玉乏足，行周八荒；錢刀無家，居遍四海，以人之重之也。夫古今所以攘攘者何也？才人之失意者，輕視軒冕，争云入山，而遷延未就者，無其資也。士大夫之愛名者，喜言林泉，每欲罷官，而遲回不决者，利其人也。素非負氣而强于色者，以囊充也；雅號能言而弱于頰者，以橐虚也。好賢情摯而久居輒賤者，以供給之難周也。相知誼深而再往必疎者，懼資贈之莫繼也。故冉子請粟之舉，已成皇古盛事；鄭風授餐之咏，幾爲廣陵絶響。嗟夫，古之君子患情不及物，後之君子患物不及情。濃外而淡中，甘始而苦末，皆因財爲之。故知和嶠名高兩晉，無妨鑽核；王戎貴至三公，不礙握籌。南北阮之富貧，人各相炫；東西家之餐宿，女善爲謀。貪泉非汙，首陽何潔。於陵仲子之廉，趙后以爲宜殺；甪里先生之隱，漢帝徵而遠逃。彼蓋有所激而奮然長往耳。是故長貧而以多財爲非，儒者不以治生爲急，非知時者也。

夫先王所以鼓勸人者，不過爵祿，使陵處有材木之用，水居有魚陂之饒，何必祿也！千金則家比都君，巨萬則樂同王者，何必爵也！俾天下之人，輕名器而重富饒，背虛聲而向實惠，此何故而然耶？夫子長論富，以巧爲優，以奇取勝。夫運有升降，俗有浮澆，人皆不拙，巧欲何施！世盡非正，奇將安用！車非季子，孰指遺金；樹在道周，豈有甘李。是則子長之言，效于古而踈于今也。且夫計然占歲，則以水火金木；白圭治産則曰智仁勇强。後世承平既久，地窮于食，人浮于財，近水與魚鼈奪居，在山與鳥獸争境。岩無隱以藏虎豹，澤無幽以處蛟鼉。千仞之嶺，氣弱於興雲；百尋之木，力薄于致露。溪毛竭于漁子，地骨斷于石工。民之專于財也，若雞之伏卵；心之精于利也，若兔之走林。當此之際，無升斗之潤，尺寸之基，而欲學計然之策，奮白圭之能，是猶平地造山，枯澗汲水，其無得審矣。是故致富之道，古者必之人事，今者聽之天時。古之勢可緩，而致之也轉易；今之勢最急，而致之也反難。

古之時以力學爲干祿，以令聞爲成名，故有譽即能有位，獲友即可獲君。朝玄其冠，暮丹其轂。後世取才不由鄉選，授爵不因人薦，有司陽持其衡，鬼神陰奪其柄。世之有高材盛名者，百無一得。既不克有獲于祿，而欲求自給其身。夫造化豈能私其意以厚一人，天下孰肯捐所愛以濟所憎者哉！故財之貴，至于莫加。文之賤，至於可廢。被褐者皆爲寡能，曳縞者謂有令德。社鼠竊穀，自恃足糧；神鴉泊空，或至接飯。此乃趙壹之所以不平，阮籍所以痛哭也。故欲挽澆薄而進于隆古，必將碎珠絶璧，投璧深淵，而後可以厚風俗、息争端。不然則九州之地盡成銅山，千家之村各有金穴，庶幾衆給其欲，人厭其求而非是者。利原有不竭之流，人心無終止之境，不至于焦神併命，内物外人，屏名譽而徒以文繡施身，棄理義而但知芻豢悦口。增周禮『泉府』之註，刪天官『奎壁』之文，其勢不能已也。夫子長欣羨于富，以爲上傾萬乘，下黜羣情，極於人止耳。降至末世，賢愚之界限尚寬，貧富之資格最辨。客無三千，不引爲病；錢盈十萬，遂可通神。改神功而奪天命，唯富能之，是乃子長所未及知者矣。雖然列傳所載富人皆有事實，而關中田蘭，安陵杜氏，徒以寥落姓名，遂能焜耀今古。故世之靡衣鼎食者，又恨不遇龍門也。

上曹扶谷先生啟

開聞豫樟有熊虎之表，唯匠石能知；嶰竹協鳳凰之音，非伶倫莫採。騏驥已離上黨，猶記孫陽；龍泉縱出豐城，豈忘雷煥。何者？知己爲非常之遇，氣開風翮霄程；感恩乃必至之情，誠貫雲根山骨。鰲戴靈而首重，葵向日而心傾。所以王仲宣插侍中之貂，尚憶譽延冀北；李玉溪跨征西之馬，猶復神繞河東。從古紅錦黃絹之才，紫電青霜之選，未有攀鱗得路而不效瓣香之誠，附翼騰聲而不切望雲之慕者也。

伏唯公天上玉衡，人間冰鑒，雲斤運手，月斧琢肝。爲宋元象後身，文有秋波遺彩；生漢嘉禾屬地，詩裁花骨流芳。於是寒碧冷風，硬黃染露，錯鶴頭于蜀絹，飛虎爪于吳綾，轉春色於鼠鬚，起香煙于龍尾。五雲耀景，三色騰輝。且玉質素揚，金聲丕振，人驚筆海，客重巾箱。庾蘭成射策江南，早穿楊葉；元校書驅車日下，定踏槐花。而公乃謂善宜養人，學貴經世。珠宫玉笥，未能布化雨于黍苗；銀榜金花，只可占乘雲於榴實。是以雕輪不需九陌，廣廈願搆千間。棄櫻桃之酒筵而思栽楊柳于彭澤，輕芙蓉之鏡瑞而欲種桃李于河陽。遂乃息駕紫都，拜恩丹陛。帝命清甫爲修職郎官，僉曰巨山來皖陽郡地。泛舟海渚，夏侯之朗月照人；捧檄江城，景滁之蘭香在國。斗筐瓊露，將昭效于百尺竿頭；玉鏡冰壺，行照耀于五花紋裏。羽葛咸思製錦，眉梨正望鳴璜。雖有蜺旌豹車之門，犀帶雁銜之使，紅籓褰帷之府，赤幢曲蓋之司。二千石之黃龍休徵，六百秩之白馬從事。莫不重其器宇，冀爲循良。以墨綬爲能勝，以銅章爲可授。

時值宣州多役，令尹別遷，欲覓一葉之清，誰致十奇之詠。太守謂民需神父植僵，乃宋登所優；開府曰吏選慈君興僕，非張譚不可。乃俾公玉鞭就道，錦蓋乘風；由黃葉林中，往紫雲洞口。是梅郎降嶽之地，收來白雲幾編；在謝公剖竹之方，分得青山百里。于是下車問俗，鳴鸞觀風。飲黔首以瓊英，食玄端以雲實。顧山陰之波紋垂地，范萊蕪之鬴鍑生塵。鮫文不藏，龍枝無蓄。蒲鞭懸而左道懼，木鐸啟而正教宣。戶奉瑤章，門崇玉軸。北陌已饒雲子，西鄰亦有絃歌。始則望紅杏以勸耕，瞻綠蒲以教穡；終乃致青鹿之獻瑞，見白雀之呈祥。孟氏風存，吳公績著。由是琴堂多暇，石榻餘閑。新眺風臺，回瞻月榭。或出青絲之幕，立馬吳山；或被紫錦之囊，題詩江閣。見人煙橘柚，欲呼李白同遊；問潭水桃花，尚有汪倫在否？名勝嗟此邦獨擅，風流爲彼都所宗。無何絹賜將來，瓜期已及。荀公然應離榆次，陳良翰欲別瑞安。金錯帷收，冰絲紈捲。棄碧慮綠沉而出郭，望紅葩紫飾以登途。士女如雲，欲挽王喬之履。冠裳映日，同攀劉寵之車。東郊則鳩杖齊拋，南畝則鵶鉏盡輟。饋則有鸞文之方絜，餞則有蝶局之錦筵。公乃醉擁驪駒，趨歸兔嶺。復命于節樓戍闔，游心於藝圃談林。揚潘陸之華，敦園綺之實。問江北之珠樹，訪淮南之玉山。識鳳藻于綠衣，求龍梭於縞帶。尋碧雞之英于白屋，采赤麟之句於青門。

當斯時也，王符登皇甫之堂，李迪入仲塗之室。黃香獲劉公之譽，羊欣受謝氏之知。尤生躍藻于林澧，晁子騰華於蘇軾。而開則空山叢桂，獨伴王孫，幽谷芳蘭，敢思公子！自昔披簽月夜，展牘風晨，殺殘竹葉之青，染盡松花之碧。初恐刻鵠，漸解雕蟲。冬郎已詠海棠，王筠方賦芍藥。人訝九皐之鶴，自慚五總之龜。不是金心，莫謂堪迴地軸；素非銀手，誰言能抉天章。況乎尺木未階，寸陰任失。三春翠管，空自生花；十載青袍，依然似草。輸楊門之汗血，愧王家之蠟珠。犀則難透七重，革則畏穿三札。唯是憶襄陽之疎雨，望隨州之長城。理玉珮與瓊琚，溯秋蒲與春卉。題紅豆相思之曲，續白楊長恨之詞。摹學士之流水孤村，倣屯田之露花殘月。然而成章無濟，佩實宜先。雕葉生春，徒瀉蟾蜍之水；粲花驚座，只同鸚鵡之車。乃蒙鵠侶交推，鴻儔延譽。謂鳳鈎霞彩必見重于卞和，龍雀霜華宜早獻於夏育〔一〕。則有同鄉先達，當代雄師謂姬傳先生，分蓮燭于金門，佩蕙纕于玉署。唐詞部書名拜入，望重珪璋；漢中郎詔學歸來，道高海岳。覔八鴻界中之淵府，待百年身後之奇才先生詩有『百年身後待奇才』之句。而開是時以張横渠上書，得范希文擊節，稱文筆有虹霓之氣，目詞賦爲錦繡之堆。比以鳳毛，方之鶴骨。且命從遊皖國，賡矚江亭。同搜玄浦之珍，共究紫瓊之帙。開因是離六兒城畔，在百子山前，編柳是勤，截蒲如故。

三年風月，空聞紅樹歌童；五夜樓臺，頻伴緑天仙子。非士衡之入洛，謬得虛聲；逢文舉之開樽，忝爲上客。沈脾欲倦，何有意於櫻笋香廚；謝肺未傷，豈無情于花梨春酒。聽吳娘之暮雨，雁下黄昏；望楚水之朝雲，鼉鳴清晝。時維短景，日值窮陰。雨作雪花，水搖冰骨。江潮落而鮫龍渴，木葉脱而鸛雀孤。訪舊城西，停驂渡口。始遇公于故人之舍，用傾蓋於翕響之辰。已露珠輝，旋傾玉屑。程廣平之春陽，時雨堪豁靈臺；朱新安之喬岳，高山儼在銀海。對説鷃冠之彦，遍談虎觀之英。如荀淑之遇黄生，移日難去；似顧况之逢白傅，倒屣言歡。以金鏞之號而被瓦當，以琳琅之稱而加燕石。繪文繡于腐草，刻朱紫于朽株。呼木馬石牛，有越嶺超巒之力；誇瓦雞陶犬，有啼風吠月之能。疑睹霞宫，儷觀錦市。且夫錯金鏤彩，不足以重名山；結瑤搆瓊，不足以窺學府。是以漢邊韶以『經笥』自命，齊陸澄以『書廚』見稱。終軍能悉豹文，貢父偏知駁馬。然必有括古囊今之識，尋波討浪之功。用五典爲琴箏，取三墳爲金玉。錯綜萬類，表裏八埏。始不負宏達之名，永克當淹通之目。

若夫學殊川海，心切庖藏，起膏肓而無才，虛談左氏；排墨守而無力，敢説公羊。乃公初閲釋經之辭，即以通人見許。夫知微知顯，振古爲難；既博既精，鉅儒所愧。而開舒曲士之見，蒙非分之褒。譬猶鶴乘雲車，何有殊技？驢銜金勒，未免增羞。然既經龍門虛席以來，鳳字品材之後，鴛班望采，鷺序知名。觀相如之文者不詆爲俳，慕元凱之學者未嫌其癖。頑石居然銀璞，沉鱗頓起金音。此蓋由説項之至意所獎以成，而實于識韓之初心所不及料也。又況歎杜生落魄，憫虞卿窮愁。呼鷹及饑，相馬憐瘦。披帷問别，解囊贈行。俾東瀛鮒魚不至，待西江之水；北溟鵬鳥可冀，乘南海之風。于時浙右碩英，吾鄉大令，登瑤壇而校士，秉玉尺以量才。欲觀瓔琳之心，思求霹靂之手。但以藍田美璧，非隻器之所可全收；滄海明珠，非一人之所能盡採。爰請公爲文章槖籥，主英俊權衡。

當此鳩鷹欲化之期，雕鶚將騰之會，雲水之升沉立見，陵谷之高下互陳。走雞飛鳧，任織師之別擇；圓龍方虎，待玉人之品題。公則黄心不阿，白眉是察。程吴鈎與越戟，比燕函與秦廬。審魯縞而視齊紈，衡唐弓而度夏箭。如海燕之但知戊巳，俱見收羅；必蟪蛄之不識春秋，始加擯斥。而開傾三年之薄蓄，效一日之微長，勉力塗鴉，未能繡虎。已絕伸吭之望，深懷刖足之憂。乃公與真夫先生，破格稱奇，同聲欣賞。謂芳生簞錦，如將豆蔻湯薫；墨灑金城，疑有薔薇露染。淵雲之玄思未絕，屈宋之殊豔猶存。可冠羣英，竟推首善。夫以衆士同登鮫室，千人共探驪珠。有銀甲石絃，而敝竽作五聲之長；有花王香國，而野梅居百卉之先。蓋良工取材，不盡青牛文梓；名醫擣藥，非皆赤箭靈砂。所以木屑登筐，竹頭置室，一經沙汰，不爲瓦礫之後遺；數歷簸颺，真乃秕糠之前達。永叔終收曾鞏，坡公不失李方。立雪有緣，横經何幸。

開也于此，竊喜李延平之秋月可以長親，周茂叔之光風得以永被矣。不謂枯魚銜悲，夜星飲痛；中庭椿折，南山喬傾。泣風雨于繐帷，冷雲烟于江館。開悽惶往拜，驚悼難勝。未能效徐孺子之致生芻，聊欲代李延年之分薤露。且擬丹旐離郡，素車返鄉。作寒蟬之吟，稍敘一時知感；登木蘭相送，藉圖數息因依。豈料開先祖卧病蓐牀，將歸蓮座，聞命柳舍，趨返荆扉。欲致金蔑効靈，庶免玉樓作賦。奈空中甲馬，早下瑤臺；雲裏鶴旗，迎歸瓊宇。竇公之寶田仍在，薛庭之磐石空留。月冷虛壚，風號疎竹。思水馬之對，血灑春衫；見石硯之遺，魂消子夜。此時五内俱裂，三池盡摧。雖欲謁絳帳而未遑屢至，望清塵而難奉。及再造郡署，敬承德音，而銀驄已歸，雲山失主。彩鷁既遠，煙水無聊。徒令畫轂空來，元亭虛度。未聞季長之笛，不見仲舒之帷。對岸草以興懷，望浪花而悵別。扣鐘有待，鼓篋徒期。

今者司空築亭，陶潛歸徑。花開蝴蝶，草長鷓鴣。借明于紅裳女郎，乞靈于黑松使者。然每逢博山烟冷，金波影沉，蓮子進時，蘭生消後。念三春拔尤之誼，九冬贈句之情。未嘗不神繫秀州，心馳槐市。銀籐廢寢，瓊枝輟餐。野藹忘披，絳地停納。恨煙樹之間隔，恐風木之遇悲。縱使白雲入山，有時出岫；一自黑鴉望月，幾度鳴風。

吁嗟乎！巢居咸戴木恩，穴處尚知土德。何況珊瑚伏于海底，登鐵網而價重名都；翡翠出于洲中，入尉羅而彩炫上國。起困鶴于高嶺，助以萬里培風；振潛蛟于隱崖，假以三尺巨浪。春回寒谷，日轉幽林。此雖銘金石于中心，無以形嵩華之重；効涓滴于異日，未足酬河海之深。而加以魚雁浮沉，關山脩阻，麈尾琴榻，侍側無由。馬首棲颿，去來相左。豈吾徒之會合，悉有天緣；賴意氣之流通，不由地限。所願公鶴歸舊列，鸞復故行。馳妙譽于通衢，張英風于廣野。行持銅虎，坐致緋魚。布宋公之陽春，遵員守之粉澤。果其重來楚渡，則畫戟雕旗之下，更謁宮牆；如或遠鎮燕關，則櫛風沐雨之餘，再瞻山斗。慘綠已同南郭，軟紅妄憶東華。騰漢無憑，吟風可必。謹效齊人之語，奏巴客之歌。下竭丹情，上祈青注。開頓首上。

【校】

〔一〕本作『肓』，疑誤。夏育，周時勇士，見史記。

駢體文　卷下

與周南卿書

別意難宣，盛年自惜。春蕩人魄，雨驚我心。念足下歸自燕臺，言棲越地，命駕及遠，方舟就深。無盜華失實之憂，有求橘得栗之恨。爲此佩玉乃服有華，豈其致身必霞之舉。僕自判別以後，琢玉無計，織金未成，經蕞室以告歸，過虎廬而犯險。九登十陟，馬遲回而不前；一呼三顛，鳥載鳴其未已。抵里百日，鑿井踰尋。泥面忍羞，抱膝獨宿。請新遇故，幸知音之有人；道古思初，歎哀吟之無輔。夫冰炭存異室之嫌，川岳以合潤爲德。求諸同好，舍子其誰！唯期珍茲永日，共寶榮名。濯纓之志長存，約帶之思彌切。善餐秋菊，工樹春蘭，雖使海老水乾，愛流不竭；時凋歲寂，孤秀猶芳。庶可舒白鶴雙翔之樂，破蒼龍單獨之愁也已。幸念故人，不辭長路；惠我尺素，穆如清風。開頓首。謹啟。

與姚幼楷書

一別光塵，三移歲晷。日走月步，懷人有遲暮之悲；冬萼秋花，過時有淪棄之歎。興言遠道，屢虛良辰。

足下玉楨爲閑，金囊在篋，下言如水，藏心於淵。秉赤石之介操，服黃玉之溫德，而又推誠俊彥，篤志人倫。感賢士於雞鳴，交良朋而鳳舉。目空八極，心契數人。當隻語之甫投，覺千秋其未遠。誠以論才斯世，結想遐初。等類既殊，趣舍亦別。南海北海，本不相及；東山西山，各自言安。有異姓而弟昆，或同室而楚越。二朝三夕，形悴於積思；一身五心，盟破於變志。故獨宏茲風義，厲彼霜情。無鶯猩之交，有鴻鵠之侶。沐其華譽，則出泥而入脂；違其霽輝，則迷目而達腹。誠文藝之俊雄，智慧之囊槖也。

僕才窮動拙，體重飛難。憂來則湧氣爲山，樽空而飛言如雨。賣龜販鼠，寧曰善謀；爭雞失羊，詎償所獲。歲云秋矣，恨簪短而帶長；君不行兮，怨菊芳而蘭秀。今者良駟告疲，眠繭爲疾。鳥啄人粟，向南山而遄飛；鶴盜我珠，逃東隅而不返。心勞志下，不爲窮愁；目張耳鳴，誰共笑語？每思雅流宏器，藉豁靈襟；雖復皎日明星，亦鑒斯誼。覓玉牀而安坐，竭金罍以爲歡。挹龍淵之廣深，洗蜂戶之單狹。庶幾三秋桂樹，病顔頓起於山阿；十歲槐根，斧痕見消於春雨。後期方近，唯珍重。不一。

尹若亭秋齋小集序

送暑迎寒，見新代故。值微霜之警夜，爲秋風而動容。遂坐高堂，同娛永日。椒漿既設，桂酒斯陳。衝風揚波，與女游乎河曲；帶蘿衣薜，有人來自山阿。相知猶新，盡懷未敢彼美；獨立求媚，應難尹君若亭。以在公之暇，爲宴飲之歡。坐有光風，室唯香靄。瓊瑤爲饌，出彼精思；芳馨作膏，華我顔色。且夫一葉初落，百草戒嚴，時既助以悽愴，人又申夫哀怨。青楓被徑，東方日高；黄棘彌天，西海期遠。蟬寂寞而無語，燕翩飛以辭歸。山桂叢生，悵王孫之久去；湘蘭徂謝，令公子之多言。何以舒憂，惟此行樂。更祈異日，駕白螭之車，入紫貝之闕，啟沙棠之版，張瓊水之籬。集光景於玄玉梁中，玩遺芳於青雲衣上。珠被夕爛，翡帷旦開。見明燭之將闌，惜餘暉之未畢。逞志究欲，匪徒藻綺之娛；易中和心，不假鐘鼓之節。則今茲之會雖未足侈紫壇之榮觀，猶可爲清秋之盛事也已。

小園記

歲月不淹，榮華欲落。風其漂女，歎柔木之無枝；荃不揆余，詈芳椒之作佩。僕性耽高隱，居愛幽遐。有一小園，乃在南山之陽，大河之右。煙液中積，雲氣下交。百步以外，盡容竹松。十畝之間，半樹蘭蕙。江籬繚乎屋次，杜蘅周乎室前。搴薜荔以制帷，取芰荷而引蓋。外則有蘼蕪爲檻，內則建辛夷之楣。百卉競春，媚獨居之君子；衆芳盈列，似滿堂之美人。初見天高，忽焉晝晦。月華佼麗，照芳菲而欲虛；雲旗有無，挾迴風而怳至。余乃留連光景，接問仙靈。期良友而後來，恨成言之未固。用鸞皇爲使，無慮交疎；以芙蓉作媒，不嫌理弱。且將勝境遠比□林。雖無層軒累樹之規，翡帷羅幬之具，網戶朱綴之飾，曲瓊翠翹之觀，被文服纖之儔，叩鐘調磬之侶，娉容修態，綿視遺光。而叢植蔓延，日月疎密。風生駭雨，鳥集如雲。白露先零，凋其玉色。青春未謝，留此華英。誠足勝環堵之安，歌嘉蔭之盛也已。尺地非寬，寸心自遠。偶成此記，以貽後人。時歲次攝提，仲春既望也。

與魏默深書

春鶩旅思，遇感勞人。臨岐路而懷疑，怨靈修之見遠。身無繁飾，思結嬋媛。採落蕊於中林，問佳期於北渚。捐余寶璐，贈子奇璜。啟靈瑣於寸心，沐芳華於纖手。致辭歸鳥，記嘉樹以迴翔；寄言浮雲，與飄風其上下。玉虯息駕，瑤象輟驂。眇眇愁懷，遲遲春日。天生若木，神共揚夫靈光；余處幽篁，誰能善茲窈窕。足下靈衣在御，芳菲滿堂。陳席蕙肴，淨塵荷屋。雲君將降，謂下土其信芳；蹇修不誠，匪高邱之無女。抽思莫共，進酌徒勞。近已返轡故都，競驅前哲，鸞皇導路，孔雀戒行。晝紉茝於山皋，夕懷椒於水次。瀟湘欲雨，陽鳥猶南；洞庭不波，木葉自下。瓊茅百束，須求之杜若洲中；玉英一車，云得自芙蓉天末。善持昭質，永立修名。唯珍重。不一。

贈竹嶼通守序

驅愁東走，戴慶南行。徘徊燕雀之廬，逼近魚龍之室。一舟碧水，同枕白雲。美哉斯游，允矣君子。竹嶼別駕，交厚於古。天富以才，展卷則坐游千秋，好賢則甘心一面。鹿呼老小，得草弗私；猬爲功曹，遇虎不懼。氣雖激烈，度自溫良。楊朱冷腸，非所願學。墨翟熱腹，得自性生。在冬猶春，釀雲作雨。是以弩滿而發，海騰欲飛。吐洩於文辭，紆徐爲政事，子育衆姓，母字一方。佩我贈刀，對人操斧。波臣銜潤，轉枯爲生。水父息喧，使川如鏡。虎狼之謀頓破，獮猴之言不興。方軸圓輪，隨材而使，朽條腐索，運舊如新。相士風塵，遇吾楚越，不言而醉，未別且思。一誠感通，化五心之乖異；三人同路謂子堅、子靜，闢六目之光明。乃者受館城隅，披襟天半。大造吝日，濕土易陰時陰雨連旬。風伯無家，空虛是托。雨師娶婦，潤澤滋多。匪農畝之有秋，乃寓公之小厄。假酒消日，以文解憂。病雞不雞，但能啄粟；饑蠶作室，祇恨多絲。尚賴足下，晨夕共言，波瀾各出。隘古今於掌上，置海岳於几前。鳥飛遺音，能聽以意；龍喜張口，微見其心。唯祈宏此遠猷，煥彼上國。知來必須鑒往，利君仍不忘身。逐自名之城烏，斷爲害之田鼠。由是六喜三福，萃於一門；萬悦千歡，來當同日。斯則鄙人之所心祝，交游爲之目拭者矣。良會難得，此才宜珍。因有他行，書以爲贈。

贈陶子靜序

勞人善恨，秋雨名愁。鍼失而襦袴弗成，鏡弊而文章不見。靈狐多術，一變即仙；童女無媒，十年難字。君家羣季，似五龍之俱超；我累一身，恨三蟲之作蠱。陶君子靜，生有殊資。天畀異識，尅身整己。習魯國之容儀，棄禮急情；笑吴人之婉戀，白瓊砥德。丹石礪材，良期晚而怨春，獨宿久而憎夜。枳棘生路，愁客孤行。蘭茝在山，使君媚好。

開織錦無彩，燒香弗芬。事過撫膺，憂來搔足。一花百葉，當秋不支。千雀萬鳩，與鷁爲敵。理珠囊而有待，心束於身；餐玉蕊而未能，舌饞於腹。去辛就蓼，味苦彌多；避井入坑，陷深難起。見前飛與後走，思左措而右揮。望遠何悲，水波木脱；待友不至，魚敗酒酸。餌芝豈能釋懷，折葉藉以蔽日。絕除禍口，永立歡門。枕萬卷而床高，履千秋其足定。夙昔所期，如此而已。若云志篤匡時，才思濟世，極據斗運樞之量，收改柯易葉之功。堅此金城，恢茲鈇郭。是猶蚍蜉無力戴盆上山，蝦蟆結羣從天請雨。雖有精誠之積，未窺時勢之宜。

足下坐茵窮經，乘軒有日。知白守黑，駕黃買蒼。掘地索泉，期於必得。傍河燃火，防厥未然。游闌則旦往暮還，興至則伯歌叔舞。積祥爲室，抱福歸房。雍梁之朱草時新，文山之紫芝常茂。善護冬植，各寶春華。唯珍重。不一。

贈沈閏生序

蹇驢不材，使人失步。神鳥來見，告我無憂。僕與閏生，志在一鳴，肱已三折。遍覽魚蛇之族，羞過蜂蠆之門。四手共身，所□寧失。一口三舌，欲語先防。有遺珠棄璧之悲，無覆笘傾筐之慮。媒氏惜齒，女敢自明；祝伯善辭，神不我福。足下寢食一經，錯綜百氏。心游黃虹之野，口歌白雪之詞。占明夷之於行，垂鳥雙翼；慕尼父之善釣，獲鯉萬頭。昨者邂逅道周，興懷河側。倒金罍而共語，贈瓊玖以足交。朝霽暮霞，爲文助彩。春栗夏棗，非時孰珍。且夫女工未嫺，則絲布如玉；人心有異，則金木爲仇。以吾二人與道合轍，所嗟窮惟作客，恩多如山。蓬室零霜，桑華有蠹。渴蜺爲怪，據井弗遷。貧鬼守門，破盆不去。思濟深而無楫，欲登高而乏梯。羨彼蒼龍銜水以去，誤我白馬乾口而來。何時懷寶嘉鄉，結廬歡國。剖赤貝爲器，飲白蜜〔一〕之泉。西陵東山，各言所造。右漿左酒，聊洗故憂。後會非遙，鄭重千萬。

【校】

〔一〕蜜，本作『密』，訛字。逕改。

與周伯恬書

夫雲屋之構須柏桂以爲梁，匠氏不才用蓬蒿而代柱。僕與伯恬俱負異資，同嗟失志。四時茹堇，三伏採芑。□□□而無從，憂叩門而難避。賣袍續食，逐金失丸。望朝日則有木蘭墜露之需，對初春則有雹梅零蒂之感。路逢土偶，覺言語之煩多；身非銅人，識雨露之榮苦。足下探玄有日，吐黃爲經；杖義席仁，劈情卷欲。而以珠玉錦繡，比君之文辭；河海江淮，窮天之奧府。而以富侈千卷，貧抱一邱。餓其體膚，天將玉女；憂在心腹，神使宣言。緬惟曩初，益深繾綣。夫百女同室，取喻瓜花；一夫兩心，敢言蘭臭。異意敗於金火，寸衷險於山川。如吾與君，以膠投漆，惟自嶺南言別，江表縈思。屏赤臭而弗交，遠黃牀以崇德。抑顏鋤氣，似立地之木雞；托隱棲微，愧竊脂之桃鴿。壯夫忍屈，齒冷怨唇。公子恨饞，口饑責手。尚望昭茲德譽，錫我光華。三古寥遥，取書作友。百年歡悦，與福爲婚。此則夙昔所深期、吾徒之盛事矣。言不盡情，雖自玉不一。

再與姚幼楷書

今夕何夕，懷人乃在北山；此時彼時，與子同生下里。僕昔税駕國門，褰裳河側，憐匏有葉，未堪涉深，以竹爲竿，但能及淺。不謂逢君道左，要我城隅。彤管書誠，白茅表潔。何以爲贈？解雜佩之瓊琚；豈不懷歸？畏崇朝之風雨。自出都以後，僕夫云倦，朔氣其凉。舟楫謝彼中流，江漢窮夫南國。三秋送客，詩人有采葛之悲；九月無衣，公子深履霜之懼。日昨重聚，得與晤言。跣足出迎，覺衣裳之顛倒；濡首沉飲，忘日月之晦明。今者暫違好音，已增永慕。維子之故，使桃李而無芳；云誰之思，藉楊柳以言别。子曰難達，我心長饑。秋以爲期，嗟難待矣。足下感深零雨，望切小星。佼月近人，錦衾在室。誰謂求女必宋子與齊薑，最難寫憂惟冬夜與夏日。卜筮爾止，金玉其躬；絃歌有暇，惠而過我。

與萬香海書

駕我乘馬，言出門庭。舍爾靈龜，乃求酒食。噬膚匪易，騰口多勞。嘆陰凝之成冰，惜密雲而不雨。僕族人難笑，歸妹久遲。折其右肱，敝形神而無輔；入於左腹，獲心意而畏言。矢白賁之貞，乞黄離之照。喪羊未必無悔，射隼更欲待時。二人同心，友傷我别。三歲不孕，婦怨夫征。望深九陵，期愆七日。悔後先之失利，幸西南之得朋（香海家滇南）。内志相親，不在婚媾。中情可白，寧用史巫。德合元夫，遇艱配主。繫金柅而不决，比玉鉉而非才。翰音能飛，何須鴻羽；寒泉不食，無論雉膏。括囊之戒宜存，介石之操毋奪。澤中流竭，天際誰翔。妄動下頤，君子所賤；欲壯前趾，行者爲憂。且夫天在山中，驗聖賢之多識；風行水上，見乾坤之至文。才固學成，思亦神畀。但守黄裳之訓，休占朱紱之來。鳴鶴有聲，在陰遥和；小狐濡尾，涉川忌深。童僕之即次未安，主人之責言不至。思獲三品，孰益十朋。藉尊酒以爲歡，向邱園而窮步。豚魚知信，可格以誠；鼫鼠何功，侈張厥口。伏祈上丁習藝，先甲趨功。曰風曰時，值微寒之初履；既雨既處，期令德之克終。守正則十年復常，轉吉則一握爲笑。南山有鳥，應共高飛；東鄰殺牛，不受虛福。善愛容止，嘉惠德音。

與方彥聞書

別懷四載，偉抱千秋。日往月來，想君容止。燕南趙北，勞我夢思。足下空際宛鴻，文中鳴鳳。橫難縱說，通古今之變；苦詰甘對，釋彼我之懷。獵芳於草區，招響於禽族。玉版金鏤之字，得之邃初；湘蘭沅芷之情，深於公子。與余乍見，不啻夙交。酒渴於歡初，夜促於談末。殆有神契，非同面朋。開拙鬻楚珠，自寶燕石。徒言無益，使口未若使身；用晦而明，爲腹不欲爲目。誰歌夏屋，衆登春臺。求榮無半通之銅，拯病乏一丸之艾。感時生歎，恨白日之易秋；獨處鮮歡，畏黃昏之近夜。興言求友，亦鮮其人。今之文士，競狃世習。造骨於紈綺，無怪其弱；鑽貌於花卉，僅得其妍。至其所遭，亦多可議。失志則藜褐短其氣，風塵厚其顏；得時則珠玉溺其心，粉黛食其意。徒消逝日，坐謝名山。又不計是非，專徇憎愛；任意月旦，隨物丹青。未平其心，先戰其口。善則掩瑕以著美，怨則洗垢以求痕〔一〕。無復直道之公，難定人倫之準。求諸合志，尚屬吾徒。且夫名之所在，無翼而飛；情有獨深，不膠而固。雨露潤而心不熱，霜雪厲而盟不寒。十度詣門，識許劉之交密；千里命駕，見嵇呂之誼誠。自茲以往，吾與君共之矣。相見何日，此語先聞。唯留意。幸甚。

【校】

〔一〕痕，王氏文鈔本作「瘢」。

與王子卿太守論駢體書

由唐及宋，駢儷之文變體已極，而古法寖微。國朝作者起而振之，因骨理而加膚澤，易紅紫而爲朱藍。窮波討源，以雅代鄭，意云善矣，法云正矣。然襲末流者，既不歸準衡；追古製者，亦多滯形貌。八珍列而味爽，五官具而神離。良由胎息尚薄，藻飾徒工，情旨未深，意興不飛之所致也。

夫道炳而有文章，辭立而生奇偶。爰自周末，以迄漢初。風降爲騷，經變成史。建安古詩，實四始之耳孫；左馬雄文，乃諸家之心祖。於是枚乘抽其緒，鄒陽列其綺，相如騁其轡，子雲助其波。氣則孤行，辭多比合。發古情於腴色，附壯彩於清標。駢體肇基，已兆其盛。東京宏麗，漸騁珠璣；南朝輕豔，兼富花月。家珍匹錦，人寶寸金。奮鉥鍠以競聲，積雲霞而織色。因妍逞媚，嘘香爲芳。名流各盡其長，偶體於焉大備。而情致悱惻，使人一往逾深者，莫如魏文帝之雜篇；氣體肅穆，使人三復靡厭者，莫如范蔚宗之史論。馳騁風議，士衡之意氣激揚；敷切情實，孝標之辭旨雋妙。至於宏文雅裁，精理密意，美包衆有，華耀九光，則劉彥和之文心雕龍殆觀止矣。夫魁傑之才，從事於此者，亦不乏人。大約宗法止於永嘉，取裁專於文選。假晉宋而厲氣，借齊梁以修容。下不敢濫於三唐，上不能越夫六代，如是而已。

若夫文境所及，實非選理能拘；求其絕軌，尚有可言者。昔劉勰辨騷有云：『名儒辭賦，莫不擬其儀表。』是知詞者依騷以命意者也，賦者托騷以爲體者也。後人知賦體之必宜宗騷，而文辭則置騷不論，惑矣。夫辭豈有別於古今，體亦無分於疎整。必謂西漢之彥能工效正則之辭，東晉以還不敢乞靈均之佩，無是理也。故良工哲匠，宜取實於楚材；落葉滄波，多問源於湘水。含愁鬱志，爲哀怨之宗；耀豔深華，開明麗之始。夫騷人情深，猶能有資於散體；豈芳草性僻，不欲助美於駢文。蓋經有未窺，抑知者猶寡。宋大夫之悲秋氣，孤懸此心；屈左徒之怨靈修，遂成絕詣。故欲招恨九歌，徵遊四海，通辭帝子，修問夫人。造境於幽遐，攬色於古秀。煙雨致其綿渺，雲旗示以陸離。隱深意於山阿，寄遙情於木末。則離騷不能忽焉。

三代既往，百家競興。抉義豈皆淵深，造辭類多精奧。引喻奇古，老氏首發其端；鉤理玄微，蒙莊曲盡其變。禦寇之旨譎誕，乘虛破空；關尹之論瑰奇，鏤塵吹影。夷吾以峭煉制勝，不韋以淹麗爲工。荀卿質而文，韓非悍而澤。並皆祖述邃初，雕琢羣象。語大則釣巨鼇之首，稱細則截秋蟬之翼。索深則沒波於歸墟之谷，窮高則抱露於中天之臺。搖衣得風，難鼓動物；以盆爲沼，易欺游魚。陽春雖溫，未見芽不土之木；造化至巧，安能卵無雄之雌。冬蓮春菊格於時，心棗肝榆應乎化。物有定分，言無端涯。故欲激蕩靈淵，汪洋奥府。闐圓道方德之藴，想柔心弱骨之儔。招清都之化人，求絳宮之蕋女。氣馭鳳鶴，力席蛟鯨。使尺簡之中，可以反山移海；寸管之末，可以起雷造冰。則周秦諸子所當效焉。文奇而理典，言古而意新。河伯山精驅川岳於隻句，聖男智女束乾坤爲兩人。破崘成夷，憑虚搆實。匪金能富，不翼而飛。出明入幽，似大易之取象；含風吐雅，本上古之繇詞。則焦氏易林，最宜法焉。内含平壤，外爲深淵。縱斧儒關，鑿石義路。煉六經而成彩，繪八幽而有形。則太玄法言，皆有取焉。放懷四維，縱步六合，宓妃可妾，雷公能臣。上與鴻荒爲徒，遠尋沉冥之黨。自晦其素，任土蟻之誚青虬；平視彼蒼，見壤虫之警黄鵠。言道恍惚，振彩飛揚。則淮南鴻烈，亟宜習焉。至若羅珍列異，耀神炫靈，緑文不足名其奇，白阜難以盡其狀。甘華甘果之芳，天縱以味；膏稻膏黍之種，土溢自生。枝頭日月分照數國，山中鳥鼠聯爲一家。則山海經之博麗，未可後焉。刻畫纖細，模範高深。被朱紫於煙嵐，施丹黄於邱壑。鱗甲難潛其影，飛走莫遁其形。寫迹侈張，鏤景工妙。林巒何幸，得斯人之一言；山水有靈，驚知已於千古。則水經注之體物，不可少焉。奇抱別開，靈衣在御。内篇言修煉之旨，外篇寄邁往之才。沉麗獨步，有飛仙之氣逸；博聞多識，藥空談之腹貧。抗靈規於雲衢，讓高懷於陸海。口茹八石，胸秘六奇。鸞羽已奮於重霄，龍章豈陳於晦夜。逝景難追，感飛矢之如電；温辭乍出，覺冰條之吐葩。則抱樸子之超逸，亦足多焉。扶桑九枝，桂林八幹。服水玉者則有靈蜕之仙，頌火龍者則爲玗琪之樹。開明虎狀禀金精，以証崑墟；勾芒鳥身銜帝命，以錫秦穆。玃如之貌能兼三形，子夜之尸分爲七體。烏〔一〕酸有葉，黄雚吐華。不信歐絲之人，乃奪蠶職；安得沙棠之木，制爲龍舟。則郭璞山經圖讚之古逸有可取焉。杜伯乘火，流精上蒼。管輅論雨，下刺東井。吳有人言之鳥，魏記鬼目之菜。中土城制，既標女牆；高麗民居，別爲婿屋。木弓竹箭彰其利，䍽羊端牛助其饒。離人入禽，東韓五十國之殊俗；架空走海，大秦二百里之飛橋。穴底之徑，深及九梯；果下之馬，高止三尺。交龍用之飾錦，六畜竟以名官。則裴氏三國誌注之宏富，尚資採焉。凡此皆筆耕之奧區，漁獵之淵藪。知能之囊橐，文藝之渠魁。儉學得之，以拯其貧；高才得之，以伸其慧。若既熟選學，又能擇善於斯，則煮海爲鹽，本扶輿之妙産；煉雲生水，等大造之神工。恢策府之殊觀，極斯道之能事。其於前修，庶幾能不囿矣。雖然，猶未足以盡探本之功也。

夫文辭一術，體雖百變，道本同源。經緯錯以成文，玄黄合而爲彩。故駢之與散，並派而争流，殊塗而合轍。千枝競秀，乃獨木之榮；九子異形，本一龍之産。故駢中無散，則氣壅而難疎；散中無駢，則辭孤而易瘠。兩者但可相成，不能偏廢。且夫烏生於東，兎沒於西者，兩曜各用其光照也。狐不得南，豹無以北者，一水獨限其方域也。物之然否因乎地，言之等量判乎人。世儒執墟曲之見，騰埳井之波，宗散者鄙儷詞爲俳優，宗駢者以單行爲薄弱。是猶恩甲而仇乙，是夏而非冬也。夫駢散之分，非理有參差，實言殊濃淡。或爲繪繡之飾，或爲布帛之温。究其要歸，終無異致。推厥所自，俱出聖經。夫經語皆樸，惟詩易獨華。詩之比物也雜，故辭婉而妍；易之造象也幽，故辭驚而創。駢語之彩色，於是乎出。尚書嚴重而體勢本方，周官整齊而文法多比。戴記工累叠之語，繫辭開屬對之門。爾雅·釋天以下，句皆珠連；左氏敍事之中，言多綺合。駢語之體製，於是乎生。是則文有駢散，如樹之有枝幹，草之有花萼。初無彼此之別，所可言者一以理爲宗，一以辭爲主耳。夫理未嘗不藉乎辭，辭亦未嘗能外乎理；而偏勝之弊，遂至兩岐。始則土石同生，終乃冰炭相格。求其合而一之者，其唯通方之識、絕特之才乎！今欲問道康莊，伐材衡岱；鑽研乎三極，涵泳乎百氏；窮源而入天，逐流而至海；非深於羣經，括囊先典，則詞術亦不能造其至矣。

先生吐辭東觀，如河漢之決金隄；奏牘西垣，若金石之振雲陛。剖符章貢之間，置身空同而上。窺情測貌，揖古人而進前；詭勢瓌聲，窮物態其恐後。而過推樗散，得附梗楠。謹以所知，就正通識。知先生必不孟浪其說，塵垢斯言也。

【校】

〔一〕烏，本作『鳥』，據王氏文鈔本改。

書文心雕龍後

自永嘉以降，文格漸弱。體密而近縟，言麗而鬥新。藻繪沸騰，朱紫奪耀。蟲小而多異響，木弱而有繁枝。理詘於辭，文滅其質。求其是非不謬，華實並隆，以駢儷之言而有馳驟之勢，含飛動之彩，極瓌瑋之觀，其惟劉彦和乎？

以爲鐘鼓琴瑟，所以理性也，而亦可以慆性；黼黻文章，所以飾情也，而亦可以掩情。故名川三百，非無本之泉也；寶璧十雙，皆自然之質也。是宜尋源於經傳，毓材於性靈，問途於古先，假徑於賢哲。求溢藻於神爵而後，想盛事於青龍以前。磅礴以發端，感嘆以導興，優柔以竞業，慷慨而命辭。故其爲是編也，縱意筆區，徵彩文囿，創局於宏富之域，廓基於峻爽之衢。騁節於八鸞，選聲於七律。樹骨於秋幹以立其體，津顔於春華以豐其膚。削句以郢人之斤，刻字以荆山之玉。清暉以鑒其隱，流雲以媚其姿。國風益其性情，春秋授以凡例。爾雅助其名物，騷人贈以芬芳。故能美善咸歸，洪細兼納。效妍於越豔，逞博於漢侈。獵奇於兩京，拾珍於七子。分膏於晉宋，振響於齊梁。歷世體制，罔不追摩；六代雲英，此其總會者矣。

且夫衆美既出，通才實難。達於道者，或義肥而詞瘠；豐於文者，或言澤而理枯。彦和則俯察仰窺，宵思晝作，綜括儒術，淬厲才鋒。騰實於虚，揮空成有。夫天文炳於日星，聖言孕於河洛。此原道所由作也。指成周爲玉律，以尼山爲金科，此述聖所由名也。伐薪必於崑鄧，汲水宜從江海。此宗經所由篤也。黄金紫玉，瑞而弗經；緑字黑書，古而非雅，此正讖所由嚴也。奇服以喻行修，芳草以表志潔。忠怨之意，與瀟湘競深；駘宕之懷，挾雲龍俱遠。未嘗乞幽於山鬼，自能取鑒於雲君。此辨騷所由詳也。

故明詩以序四始之嫡友，詮賦以恢六義之屬國。樂府以古調而黜新聲，頌贊以神明而及人物。雜文以廣其波，謔隱以窮其派。諸子以蕩其趣，史傳以正其裁。誄碑弔引，沉至而哀往； 箴銘論說，莊瞻而切今。於是淵府既充，王言攸重。詔策則溫以雨露，檄移則肅以風霜。封禪則隆以皇王，祝盟則將以天日。章表奏啟，則飛聲於廊廟； 議對書記，則騰譽於公卿。分之則千門森夫建章，合之則九面歸乎衡岳。文家之審體，詞人之用心，莫備於是焉。

故論及神思，則寸心捷於百靈。論及體性，則八途包乎萬變。論及風骨，則資力於天半之鸞鳳； 論及情彩，則借色於木末之芙蓉。論其夸飾，則因山而言高，論其隱秀，則聳條而獨拔。示人以璞，探驪得珠。華而不汩其真，煉而不虧於氣，健而不傷於激，繁而不失之蕪，辨而不逞其偏，覈而不鄰於刻。文犀駭目，萬舞動心。誠曠世之宏材，軼羣之奇搆也。前修言文，莫不引重。

自韓退之崛起於唐，學者宗法其言，而是書幾爲所掩。然彥和之生先於昌黎，而其論乃能相合，是其見已卓於古人，但其體未脫夫時習耳。夫墨子錦衣適荆，無損其儉； 子路鼎食於楚，豈足爲奢。夫文亦取其是而已，奚得以其俳而棄不重哉！然則昌黎爲漢以後散體之傑出，彥和爲晉以下駢體之大宗。各樹其長，各窮其力。寶光精氣終不能掩也。

跋郝氏山海經箋疏

余覽郝氏山海經箋疏而不能已於言也。曰： 嗟乎！鴻荒既邈，邱索亦湮，自禹奠九州，益名百物，鑄奇四表，圖象萬靈。納流沙於目前，羅大荒於掌內。君子之國，大人之堂。赤脛之鄉，元股之地。白帝之所主，紅光之所司。朱蛾之所飛，黃貝之所產，水馬之所出，琴蟲之所棲，莫不登記於是。羽民毛民之居詳，若木建木之蔭著。神多龍身，鵸如人手。異彩之鳥出自鳳胎，五色之石竟同鶉卵。菌人易死非年夭也，魚婦偏枯非體廢也。然則三代以降，闢宇宙壯偉之觀，開文章奇麗之始，破華夷外內之限，復古初地天之通，其是書爲之倡乎？夫以章亥所睹，禋祀所加，錫重嶺以皇人之稱，寵名山以天地之號。山膏善詈，色如丹火。湯谷有神，狀若黃囊。月遺后羿之妻，國標雨師之妾。凡經之所載，郭氏既備言之矣。若乃詭類殊品，窮色極聲，雖分拆其根源，未盡證以故實。故郝氏重爲疏以明之。是以枝分葉布，波譎雲羅。摭採靡遺，纖悉具列。觀夫祝餘之青華，迷穀之黑理，堵山之天楄，少室之帝休，雞穀一叢，羊桃幾樹。薰華製食，箭䈮悅顏。條實初生，嬌類嬰兒之舌；䔄草前世，曾爲帝女之尸。此其考異於叢植者也。鯥魚則冬死夏生，盤鵑則宵飛晝伏。窮鷹鶡之宅，問蜜蜂之廬。野富林泉，澤壤所以厚狡兔；山僅沙石，天地所以薄驕蟲。或以二鳥導前，或以四蛇自衛。三頭遞起，人伺琅玕之樹；一腳孤立，鳥勝雷霆之威。此其證奇於動物者也。若夫龍首之黃金，雞山之丹雘，女牀之石涅，稷澤之玉膏。水氣鬱精，凝成碧綠。山靈呈秀，結爲白丹。紫色之螺可佐十朋之貝，翠羽之鳥工助六珈之容。此其驗用於珍寶者也。至於崑崙九井，雲蓋三層。西北來風，爲石夷之託足；蓬萊靈府，乃玉主所甘心。且夫共工之頭，尚能拆夫〔二〕四極；豈有女媧之腹，不可化爲十人。夸父之渴死固宛，女丑之掩羞非誕。王母弱水往來，唯有飈車羽輪；湘妃洞庭出入，必以飄風暴雨。此其摭實於神靈者也。故語其侈怪則如彼，究其傳麗又若此。故知此書者，九鼎之釋訓，三古之遺文；瑰異之秘圖，神奸之軒鏡；鳳櫝之珍藏，魚書之別錄者也。是以洪範之傳，衍其離奇；王會之篇，獵其怪豔。大禹之本紀，同其詭譎，管子之地員，本其鋪張。穆天子西征之書，飾以芳澤；淮南王墜形之訓，附以波瀾。各取一端，難罄全美。故子政得之以富宏材，景純釋之以資多識。張華祖之以著博物，酈元本之以注水經。迄至我朝，化澤旁流，遠物畢至。郝氏又以今事，證彼前聞，而是經益信而有徵矣。故尊之者過其實，詆之者鄰於偏。不得其平，宜其爭也。夫不睹雲陽桂竹，豈知數圍之大；不觀玄圃木禾，詎識五尋之長。事有可驗，奚必過疑。理有固然，亦非篤信。郭氏有云：鈞天之庭，豈伶人之所躡；無航之津，豈蒼兕之所涉。然則非博物達觀者，難以語於斯矣。

郝氏之疏，曲證旁引，頗具苦心。余喜覽其言，遐想舊事。拾茲奇豔，觸我古懷。引伸爲奇，比類合采。聊以所記，書爲跋辭。

【校】

〔一〕圻夫，原本缺。據王氏文鈔本補。

書郭璞山經圖贊後

夫川瀆之奇，邱壤之美，金石瓊瑰之器，神物怪變之名，珍禽殊獸之形，嘉木豔草之質，吾於山經箋疏已備論之矣。今讀郭氏圖贊，竊愛其辭意，遂歎息而言曰：

夫一芥莫容，斯爲弱水；寸草不蓄，乃號狂山。猥人之所居，鮫客之所慕，神山以金銀爲闕，雲館則玉碧搆林。烈山之女以木石填寃，帝俊之妻爲日月宗主。近水以北，越海而東，人卸龍魚之衣，民食鳳凰之卵。炫色者不一其族，角奇者已百其身。雖登圖經，未傳歌咏。則景純之讚不容已矣。且夫棲林啄蕊，鳥慧能言；包玉含珠，魚肥有孕。婦人得荀草而練色，仙人服水玉而乘煙。玉女之手，自挹神漿幾升；鐵額之兵，日飲天酒三斗。杜衡可以走馬，礬石易於肥蠶。炎霧鬱隆，風來可扇；叢薄幽靄，竹靜自陰。凡經之所有，讚皆及之。是故氣爲寒暑，眼作昏明，所以摹燭龍也。皮充武備，角助文德，所以美靈兕也。既麗其形，亦奇其肉，所以表殊羽也。或狼其體，或虎其爪，所以狀異産也。朱實雷照，碧葉玉津，所以頌若木也。園客是採，帝女所蠶，所以譬神桑也。類獸蠲妬，則窈窕是佩；鹿蜀宜男，則子孫如雲。熙葩津穎，則桂樹炳其英；黄實紫柯，則建木挺其秀。大人之市，爛若朱霞。女子之國，浴於黄水。罔不諧茲鳳曲，騰彼禽經。至於述穆王之游，稱西母之異，敘瑶池宴飲之會，想詩歌贈答之歡，天下之大，何所不有！域外之事，難以具言。則深情遠致，見乎辭矣。雖力敵九象，未詳淮水之怪神；而肉兼十牛，工寫炎方之巨獸。亦可稱韻語之傑出，步易林之後塵也已。

余嗜奇有癖，食古過貪，嘉此瑰辭，織成丹字，請附篇末，以質邃初。

北園記

桐城之北，大河之濱，有勝地焉。取靜於紛喧，造幽於空曠，束勢於中邃，含意於高翔。一碧分其淺深，羣翠互爲掩蔽。增以曲沼，翼以飛亭，名之曰『北園』，友人方竹吾之所居也。前臨大山，阻以洪流；後接平疇，雜以比舍。就竹爲牆，倚樓成室。萬類集於豐蔚，四時無改貞萋。沙石□其聲音，雲霞助以霏藹。化工造色，微施輕素。人家入圖，如坐丹青。誠棲息之名區，宴游之奥境矣。

其山則飛崖刺日，疊巘分霄。騰霧冠峯，橫霞平嶺。新如點黛，濕若綴嵐。近瞰人而下臨，遠揖客而聳峙。其水則清泉當門，素湍激石。淨同委練，響類鳴琴。急鮮靜鱗，淺無藏甲。若山雨漲發，則驚濤天來。其植物則青松隱秀，綠篁布陰。桐飲露清，柳受風細。梅矜早貴，菊甘晚成。桃李之冶容，芙蓉之冷豔，爭美獻異者羅列而四周。又有能言之鳥，擇木之禽，報曉者不知名，呼人者難辨語。芰荷之花善覆鴛鴦，蠐螬之葉工化蝴蝶。或欲雪而鴉先噪，或將雨而鳩急啼。猿徒竊果，乘月而來；鼯族問香，穿林而至。殊品怪羽者，交集而中藏。

於是主人倚曲檻，窺遙天，騁俯仰之懷，洽仁智之性，疊石作几，敷草爲茵。約新知，集舊雨，招塵間之逸軌，想區外之遐踪。相與論古初，衡人物，窮山海之殊觀，搜仙靈之秘迹，迎羲車於晨初，送月駕於夕末。泉無鴛漿之美，酒有鶴觴之娛。接手異猿飲之歡，濡首等鷗〔一〕沒之戲。接筵拂席，愛十畝之池波；纓巒帶阜，少百尺之風觀。雖未能去來虹陛，升降雲臺，亦可以滌襟驅煩，綴目新眺。使消盛夏者不知暑，歌陽春者不言疲也。

余與方君交最深而宴飲於此者亦久，故樂爲之記。詳書其美，用告同人。

【校】

〔一〕鷗，本缺字，據王氏文鈔本補。

南園記

南園者吾友姚伯山之居也。其地限於城內，不能如北園之閑敞，而庭宇狀麗，景物繽紛，奥曠咸宜，廣狹合度。亦可以洗塵慮而悅視聽，蕩寒氛而暖心骨。余既歷游其亭院，周覽其動植，浸潤其水月，含吐其煙霞，乃感而言曰：

夫宜都之美待酈元而乃彰，曲水之游得右軍而始顯。今伯山已抗踪古先，斯園復標異城市，其人其地皆足以傳矣爾。其春日鬥麗，雜霏騁妍，花送媚於初晴，鳥繁辭於欲雨。啟牖命酌，對客飛觴，遲雲轍於未來，侍曦軒而方駐。土既謝職，金乃有聲。青松因雪以逞姿，紅蘭得露而發豔。四時之樂，皆有可言。唯當畏火司令，廣廈騰煙，霞争擁夫朝陽，雲未馳於雨府。林不流澤，葉難呈陰。坐此清凉，頓消蒸溽。赤翳盡滌，白埃不飛。小池鏡開，清流□注。碧荷影動，下戲錦鱗；青泥色沉，中隱黛甲。亂石介立，土山動摇。不起勢而爲高，長因心以成遠。雖無飛峰接座，遙阜入軒，單舟狎藻之群，疊舸乘波之會，而室富今古，地閑風月，人已共適，俯仰自寬，亦可免緣石騰峻之苦，窮谷降深之勞矣。

伯山乞文於余而未果爲，今此記成而君已在京師，將錄以寄君，致故園之風景於遠人，且使見江南折梅之信，動小山叢桂之思也。

弔師荔扉先生文

吉日良辰，登山臨水。芳草與王孫同路，落葉和哀蟬共秋。苟屬有情，尚難忘此。何況辭三春之白日，俾千載爲黄昏。驚才厄於天意，耀豔掩於土色；奇思消於墜露，瑰質冷於凝霜。靈氣如存，休化文木；寸心不死，定爲蕃蘼。先生玉鎮獨佩，華酌共傾。張宴於朱宫，布飾於紅壁。非鐘磬之樂，惟方策是娱。資烈椒邱，發潤蘭薄。丹鳳鳴而自舞，蒼鳥避而羣飛。騁步高巖，聳軀峭岸。氣吞懸圃，志抗璜臺。一入八幽，遂成孤往。片時判爲今古，寸木界其人天。幽途險多，毋爲木夫所得；天馴才逸，終非土伯能拘。任回飈之所經，使豐隆爲前導。死應返里，向西海而問程；生恨無方，致中洲之宿莽。開感深知己，誼切斯人。當嚴寒下戒之宵，憶掩雲上征之日。華燈明燭，想謦欬於生平；秋菊春蘭，共芬芳於終古。投此江水，佇看靈風。

雩都行記

自貢江溯流而上，石壁深高，沙渚平淨。兩岸霜樹隱紅，風篁駭翠，足以悅旅望而慰羈心。至雩都取道，由陸則層巖刺天，高霞翼嶺。或連崗成奇，盤旋千丈之際；或孤標秀出，獨冠羣山之巔。茂木高林，側道徧峽。百里以外，盡爲飛嵐。終日所行，不出青靄。頽亭小憩，微雨散雰。野花無風，自成馨逸。秋草飲露，不識零寒。若其地削丹崖，灘多赭石。虎牙角立，龍潭獨沉。淨湍回清，流瀑懸素。盈谿蓄霧，傾澗懷煙。翡翠一羣，宅無定在。蝙蝠百歲，身能倒懸。予徐行經此，仰瞻俯映，目不周玩。蓋若有會心焉。至於騰危躡險，凌高降深，駭魚匿淵，驚川聒谷。激沙絕岸，如聞崩聲。危磯中流，恒有傾勢。奇觀譎境，奔赴而前；乃以精靈，與之應答。鼓勇前進，空曠忽開。左右桑麻，後先橘柚。村落漸多，人煙聚處。若地鄰僻野，則絕少林棲。每當日暮途疲，雲深徑闇，月出山寂，並無哀禽。草動風腥，疑有英獸。惴慄之懼，行李難免。既抵揭陽，則土勢漸平，飛巒出秀。暫焉棲寄，可以馮襟。爰述其端，用志所歷。

孔城北遊記

由孔城至歡喜岡，平壤蔓延，雜樹交蔭。南瞰龍眠，因卑見高；西瞻霍嶽，若近而遠。亂阜在地，形同委粟。孤峯插天，狀若單楹。又三十里，抵慈濟寺。崇墉峻壁，隱現林端；華宇雕檐，聳入天表。繪彩紺發，赭白綺分。霜鐘傳響於紅泉之中，月池流影於蒼苔之上。石粉所記，金光所流，觀者恒有雲霄之想。其後則秀嶂截空，層陵斷霧，連峰疊出，直逼人前。臥石忽騰，側豎劍杪；高柯負日，寒木被潭。始則稺水濛流，伏於草際；終則頽波崩浪，會於澗濱。蓋吾宗之祠宇即在斯焉。於是瞻矚先搆，結想神棲。青松惠人以長風，白露示我以寒澤。徘徊忘倦，移時始歸。見曉禽之息飛，看暮獸之孤往。日光穿漏，霞彩丹黃。山影倒谿，水色青綠。歸途欲罄，歌嘯未終，遂以所經，退而爲記。

嘉樹記

余家中庭有老桂一株，茶花一本。先世長人公之所植焉。鬱鬱離離，蓋二百年物也。其樹根異而枝合，三冬九秋，迭爲香色。互相回抱，則有華實交資之意焉。榮於時晚，則有同保歲寒之心焉。故其擢英階下，聳幹牆西。曲房連延，崇樓隱蔽。近日時少，而得天氣豐。

風雨莫敗其妍，霜雪難殺其勁。孔城之嘉植，未有久於此者也。當其冬萼破寒，秋華隱秀，丹霞助彩於其上，白露濯姿於其下。高條依碧，低葉戴紅。桃李同豔而異其性情，蘭蕙殊芳而聯其臭味。自非良辰佳日，瓌質靈襟，鮮能解彼睇顔，發其薰烈。春夏之交，則繁華掃空，古色獨抱。蒼翠雖老，風日常新。時有好鳥珍禽，翔鳴樹側。主人對此，亦復樂之。歲往留青，室虚延緑。閒居倦憩，偶一愛玩，可以忘憂。豈必百尋之竹，上巢翠鸞；千歲之松，中藏青犬，乃足爲異哉。余思先人手澤之不可忘，而懼昔日嘉蔭之久無傳也。於是感嘆命筆而謹爲之記。

查口記

距皖六十里有查口焉。土壤平衍，風澤清曠。余以孟冬過此，經川原之綿延，見水木之明瑟。露篁隱節，紛翠飾觀；霜楓表途，驚紅綺望。既至其地，外絕囂浮，内含邃曲。微飈初拂，鼓吹秋音；流雲半垂，纓帶山腹。中有村落，悉屬農棲。斬木千頭，禿山之半；斷岡兩舌，開池爲三。田既棋分，地非繡峙。縱觀其前，則河無静瀨，沙縷淺文；清波激流，似往而復。巨石欲墜，若危而安。角菱腐根，絲楊殺蔭。野市孤僻，橋航競飛。脆魚素鱗，和餌吞月。小鳥翠色，銜草出湖。山巔漸高，可以升眺，雖近無壯[一]觀，亦取暢遙情。每當雨霽煙褰，遠峯適至，林寒澗肅，爽氣自高。行李所經，用資游矚。記而録之，亦百弓之便區，一時之寓蹟也。

【校】

[一]壯，本缺，據王氏文鈔本補。

與朱魯岑書

必欲矢誠太乙，結想靈區；揖鴻衣羽裳之流，招鹿裘皮冠之士；練精餌食，懷道宗玄；棲神於枯巖，符形於委葉；割棄慈愛，剖擊性靈，固非生人所安。若乃放志塵霄，縱心邱壑，目送夕雁，手弋晨凫；近水既異漁商，在山亦無樵隱。層崖翠發，使春舒容；古木青寒，照秋闇色。此宿情之永慕，游神之所宗矣。足下懷靈抱異，挺秀含芳，掃雜翳之深沉，窮幽煙之冥緬。嚴辰肅月，不廢古歡；清霽素朝，獨聞天籟。興發南皮之會，感歎上林之詞。別我初春，思君踰紀。臨川對郭，空自嘯歌；泛舟褰裳，孰與娛慰！何當買山共居，因崖結搆。東西竹柏，入雲淺深；左右楸桐，負日俯仰。小浦激浪，飛亭翼空；室靜牖虛，常延曦月。或攜杖四出，尋高降深。石亢無階，沙漲如雪。鳥翔碧宇，背雲面空；魚出綠潭，衣苔帶藻。晤對之樂，彼此甘之。至於命酒暢懷，凌檻望遠，山阜飛舉，若乘風勢而前；樹木蕭森，乃在霞氣之表。自非宿潦斷途，凝霜逼景，未嘗不遇幽延賞，觸奇駭觀。良願豈孤，斯言期證。見青松之在徑，想紫芝之爲人。清風明月，如或晤之。

贈陸祁生廣文序

今使植孤介之操，抱肥遯之德，綈袍華於朱黻，茅茨黼於丹楹，可以謂之高蹈，而幹時之量弗聞焉。馳精八極，勞眺三辰，託回飈以遠翔，指弱海而言邁，可以謂之逸軌，而垂範之美無取焉。至於藻厲名行，履蹈法度，生雖晚近而兼周雅之才，居遠瀟湘而多楚騷之怨，則我陸君祁生即其人矣。

祁生淵才亮茂，雅度宏毅，清裁有標世之稱，素業負絕羣之譽。羈貫之年，克荷先軌。名父之子，敦尚家風，而且含寶守信，本自性成，篤學好古，捷由天授。揚藻於時彥，藏華於當春。固宜神龍噓雲，憑尺木以致雨；棲鴻得路，階勁風以凌虛。匡贊清時，宣昭懿德，而乃局志一官，秉鐸百里，是猶鸞鳳競粒於庭場，龍麟雜廁於芻豢也。

開交君七載，縱吻千秋。朗月照人，不自覺其暱近；惠風披坐，猶時襲其清芬。離思易長，良會苦短。唯期敷陳德教，雅好人流。無秉心矯迹之奇，有揚光發輝之望。庶幾獎我善類，宏彼士林。抑下扶高，排方入直。足以陶冶薄俗，鎮靜頹風。使車笠之盟長溫，陰雨之刺不作。今之交道，久難言矣。風誼凋喪，黨習糾縈。軒己而輊人，是同而非異。互爲腹背，各有肺腸。荊棘其中而蘭蕙其外，金石其始而冰炭其終。如君亮直清方，純篤閑雅，以云求友，舍斯誰歸。所惜羊仲多貧，長卿善病。園花有榻，妻守藥爐；刺鳳爲旛，女求神艾。是蓋由絲竹之感，損謝傅於中年；芳草之情，牽王孫於遠道。離愁伐性，風景攻懷。等蒲柳之早衰，有雲鶴之清瘦。固雋才之爲累，亦多情之所致也。

開近年以來，奔命風塵，效役書史，夜對月而無興，晝御酒而寡歡。稽中散疎懶不堪，張君嗣疲倦欲死。惟煙墨宿緣，文章痼疾，則結習所不能暫釋者耳。因承惠愛，輒頌光儀。累辭無文，即以爲贈。

出皖城與周石甫大令書

久陰忽止，長江遄征。樹蘇今日之晴，山留去年之雪。早寒清厲，春陽寂寥。言念先儀，輒勞寐寤。先生吳下名流，漆園仙吏。軼氣踰夫雲客，琢辭美於錦工。江淹夢花，才固多豔；陶潛種柳，志豈在官。偶爾操刀，遂同懸鏡。馴雉有績，雕龍無方。飛其奇懷，發爲暉藻。雲紈劈素，海苔滑青。五色寶玉之衣，手自組織；四寸金壺之檢，神爲封緘。造色則崑陰之錦雲，調聲則岑華之縷管。取精則銀石之髓，御氣則金輞之車。寫生則取骨於錢唐之古梅，言懷則寄情於漢皐之芳草（時將赴官楚北）。書倉告溢，經苑恒春。開相知十年，投分一夕。飲我流雲之液，坐我崇霞之臺。照以綠桂之膏，食以紅桑之實。訣示丹醴，字印朱泥；仰沃德馨，幾醉靈府。逢回今遇，感嘆夙心。欲翔火藻之階，須入瓊華之室。以冰絲爲弋，黃鵠或來；用香金作鈎，白蛟始得。黽勉前路，悵望霽輝。何當柳暗花芳，天清霞蔚。共數晨夕，重罄歡情。唯珍垂鑒。不一。

觀水山房詩序

大江浴碧，飛巒獻青；表裏雲霞，送迎今古。是爲陳君小麓讀書之所。

小麓生當綺歲，雅有素心。結契六朝，得詩數卷。裁制文錦，切磨香瓊。超光之駿一羣，瑤華之輪十乘。自錄其作，名曰觀水山房詩鈔，皆可誦也。夫其依情作骨，振步修容。鬥妍於石蕖之花，導源於金泉之水。如鏤錦栢，如繪霞桑，如燃恒暉之燈，如操曳影之劍。其好潔也，則藉以碧蒲黃莞；其發秀也，則濯以赤陂紅波。辭之麗也如此，意之婉也若彼。故能芬芳襲佩，悱惻動神。丹蜜之雲，氣因蒸出；青砂爲壟，功以積成。每至曉窗告晴，夕簾延月，懷人木末，送客江南。感流金沉雲之聲，誦皓露秋霜之曲。焚香搆句，命筆抒情。若不勝公子之懷，風人之慕焉。然而文園病多，洗馬體弱。四時之暇，難禁宛轉之思；一篇之中，屢含哀怨之旨。鵠飛天遠，鶴音秋高。靜女令姿，不在豐脂；盛黛天人，妙服無取；奢帶修裙，約而能工，斯足貴矣。夫覩塗修之貢，始知鳳羽滿車。坐海人之舟，曾見龍膏數斗。

余與小麓，論交四載，銘寒三冬，歡娛共樽，笑談窮晷。君之用意，自謂能知。願燒陰山桂脂，添照蔓金苔色。莖黄葉綠，仙草故多奇葩；肉紫骨青，神蛟信非凡味。請言其畧，以質當時。

張辛田詩鈔序

夫鳥善使翼，故不忘乎飛翔；人各有心，誰能甘此獨處。辛田足下，天生桂質，神與芝香。宿尚冲虛，素工藻繡。柔軟香滑，採靈草以御仙；盤曲纏綿，結冰絲而成字。茗玉之華四映，蘭金之檢中含。昔在髫年，曾同游宴。坐紅葭之席，焚綠桂之煙。刻木有文螺之巵，調玉爲倒龍之佩。酒酣閑適，興發登臨。履淺卉而背城，坐春陽而面閣。好山入座，常有霽容；古人忽生，若在醉眼。雅懷夙契，靡日忘之。別逾五秋，珍傳三卷。流連歲景，繾綣都門。詞則焦泉之華，響則含英之樂。雖復雲岡素竹，淵洞紅葩，玄龜負寶於青泥，黄龍弄姿於紫沼。塗修之國，緝鳳羽以飾車；蛇洲之人，張豹皮而作屋。未敢比其光彩，方此瑰奇。僕延賞風晨，披情露夕。坐默而心私語，聽阻而耳不飛。永懷所親，長勞遠睇。良馬在野，以春草爲糧；文魚入池，食落花而病。離居之苦，甚於忍饑。晤言之難，誰與破寂。思君佳什，饜我素心。願以斯言，遠承嘉命。是爲序。

芥生詩草序

吾友朱君芥生，境貧才富，志廉學貪。沉思於九溟之深，抗懷在八柱以上。青玉書簡，白銀爲編。貫月之槎，無以窮其勝；遥香之草，不足爲其芳。有詩成集，鮑覺生侍郎及吾鄉諸君子選而刊之，誠傑思也。當其沉酣百氏，錯綜羣言，繁花獻春，流雲送曉。出怪於險，川嶽陡覺橫生；懸辭於空，風霆爲之交鬥。燕南江表，羈思歸情。悲喜一樽，離奇數卷。同游之聚散無常，而君之詩亦因境而愈工矣。余力疲往籍，遇感今游。未能盡得隋珠，亦嘗自寶燕石。永言著述，良愧推崇。仰惟前代作者，將欲攻辭，先求制勝。既奇其骨，乃豐其肌。赤手而戰古人，白頭尚悔少作。寬縱此筆，刻求寸心。故能舒卷三春，驅使百怪。紙驚墨走，字騰句飛。思往徑孤，神來靈合。起朽蠹於既死，蘂枯魚而使鮮。堅能斷屈盧之矛，利可破唐夷之甲。昔有斯志，世罕其才。夫織女報章，聚重霄之雲彩；干將鑄劍，萃六合之精英。吾當與芥生共勵之也。

靜峯詩草序

余始識方丈靜峯於平梁署中。華燈共夕，春酒傾晨。靜渚波恬，遙岑壁立。睹驥千里，莫之能先；見虎一文，已知其武。良會既邁，別緒滋多。游魚躍色於文波，言鳥聯歡於高樹。眷言舊雨，益切予懷。去歲邂逅汝陰，縱談秋末，靜峯出所爲詩卷見示。以鐘鏞之洪聲，兼絲竹之淒唳。古秀之豔，隱於幽奇；鬱怒之思，出以溫潤。正不必乞輝於淵精之闕、索珍於浮玉之山而後爲異也。夫形動者影從，川瑩者波湛。靜峯逸興飈發，亮節金固。其視非分之貴，若冬華之在林；不義之榮，類秋風之過耳。蓋惟天懷獨曠，故能吟咏彌工矣。開以文爲命，在旅猶家。口燥辭多，得酒不潤。身纖力弱，迎風欲僵。安能雄步藝林，爭新錦肆？過蒙推許，良用增慚。夫詩之爲道，太上修意，其次織情。連氣而走千言，百煉而鑄一字。故玉杓之貴，其銜也必由青雀；鉄輪之重，其駕也必待玄駒。情密古初，力疎凡近。所願爲靜峯道之也。

與張鶴舫書

將欲馭飛龍以登少廣，乘鵷鶵而游大荒。縱橫四維，揮斥八極；竊泰帝之氣母，揖姑射之神人，非生挾仙才，文多悟境，莫能與也。然則不至北海，無怪河伯之自多；未讀南華，誰云泰山之爲小？瓦不問石，石不問瓦，本一氣矣；雲者爲雨，雨者爲雲，有異致乎？先生濳心于古，與物爲春。思鳴德輝，中心竊比于鳳；欲求時夜，左臂願化爲雞。不師成心，長鑒止水。鄙折柳之唱，倚槁梧而吟。罔象之玄珠可求，帝鄉之白雲不遠。漁父數曲，秋水一篇，最所服膺，因之縱意。以爲無終無始、自本自根者道也；孰短孰長、有左有右者分也。分有定界，道無窮涯。緒餘以爲，國家塵垢，可陶堯舜。鳬脛非短，鶴膝豈長。八千歲之春華，尚嫌其暫；九萬里之風信，或以爲遲。鵬飛在天，蟲言滿地。夫百昌齊奮于土，萬物皆出於機。虚白生祥，室以人重；不黄而落，草得秋先。涉大川而葦容身，觀冥伯而柳生肘。非因物駭，各以類從。是以高言難止衆心，大聲不入里耳。箏竽競響，豈諧虞廷之音；狙猿裂衣，何論周公之服。程生馬，馬生人，徒爲氣使；夔憐蚿，蚿憐蛇，各有心知。我與子遊形骸之中，君識馬於驪黄之外。水火之冷熱不可强同，桂薑之芳辛自堪共喻。何當握手，痛敘渴懷。如內熱之飲冰，若大旱之遇雨。豈必副墨之子，授以德符；洛誦之孫，語其道要。誰能化蝶？自見夢中之形；子固非魚，請詢濠上之樂。

答光栗原書

節序屢遷，德音終阻。君留冀北，余滯江南。繁花共怨鳥分春，皎月與愁人同夜。易勝薄酒，難爲寸心。安得斯時，忽見吾子。出腴辭於揮霍，結甘意於笑言。蓋松濤之下，竹露之間，有舊日之遊迹存焉。詩酒敦槃，不可常矣；晦明風雨，如將遇之。何當披袂相逢，散髮驚叫。奇文共識，破我字妖。宿疾頓除，針茲心蠱。懸衡平理，枕泉聽聲。思濃而古語皆新，興淡而虚籟易合。長歌水碧，小隱山青。足了半生，有言偕樂。未必金華之籙可證飛升，庶幾玉塵之談永追正始。

答姚幼楷孝廉書

築臺青嶂之巔，置身白雲以上。揖山靈而就坐，招風伯以來遊。詩叩蒼穹，酒澆素月。非吾子不能共此樂也。故每當春江言別之初，秋葉迎寒之後。登樓眺遠，作賦懷人。興酣雲生，語罷劍出。空渚獻碧，遙天開青。會萬類於崇朝，渺千秋於瞬息。神往送古，手揮謝今。

然每思吾子，覺耿耿不能去于懷也。夫人之相交，神若與謀。迹合而使之離，才高而制於遇。心有獨契，身不自知。或對面而起河山，或在天而聯肝膽。交誼本無寒熱，世情自論榮枯。不圖天心，乃與時賢同見；何以我腹，止容君輩數人。豈其好劍之偏，或亦嗜痂有自。蕙蘭在澤，殊名而共芳；竹柏當秋，異幹而同性。相見何日，一往此情。近狀奚如？斯論然否？書此代面。不宣。

贈查梅史明府序

夫幹理敏捷，不皆亮特之才；性行淑均，必賴淵懿之識。故無九皋之鶴，不能流響於紫虛；非四淵之龍，安望生陰於白晝。何者？分各有大小，用各有短長也。

梅史明府天才英博，器量綽異。吐詞則凝辨洞達，決事則明慮淵深。雅慕九能，素衷純固。篤好三古，清尚宏通。發藻豔於春初，拾芬芳於木末。羣髦仰鏡，衆流趨川。而且氣志休懿，風操凝峻。和長輿之孤松千丈，周伯仁之長河萬里。非不善釣，好用直鈎；明知易撓，恥爲曲木。嗟夫！世固有丈夫其身而婢妾其性者，如明府之操行可以風矣。夫其出綰墨綬，親秉珠衡。明足以禦繁，智足以靜慝。整理庶物，精達事機。父老頌其陽春，士女沐其膏澤。德音悅暢，英風播流。加以宏獎人倫，崇邁世教。索太行之騏驥，想西岐之鳳鸞。留精拔茅，垂神幽藪。興感於和璞，致慕於隋珠。此尤近日之所疎而高明之所急也。

夫性有相反，煎水本難作冰；勢之所加，浮石可以沉木。轉移之力，存乎人爲。先黻冕而後旗常，內身家而外殿陛。此士習之所以滋變也。揚雨露而抑煙霞，退彝鼎而進金玉，此世風之所以難淳也。開每與明府慨論當時，低徊往古，追人才升降之故，推學術污隆之由，未嘗不歎風雅陵替、菁英衰薄，而不能無望於有志之振興、司化之扶植也。虞翻有言：所譽依已成，所毀依已敗。今之論士，大抵類此矣。而枯槁沉溺之彦，憔悴專一之儒，任不當熊羆之司，身不處龍鳳之署，雖制行狷潔，厲節高邈，曷足貴乎！然則藻鑒之稱，激揚之任，味精道德，抽引人物，畧尋常之高而取萬仞之嵩，使浮游之物能知四時之氣，此殆士之所期於明府，而亦明府之夙願也，願終勿忘而已。且夫開基植緒，非其人莫當；勉精勵操，待其時乃顯。

開愧無宏雅之素，徒有雕琢之能。窺星象於埳井之天，求山形於盆盎之水。妄此一鶚，未見三貍。過蒙矜期，遂忘形迹。談深燭短，興發飈生。幾欲揮玄陰而使溫，揖古人而就坐。然而賞音匪易，知心亦難。比螭於龍，各有其神變；以水受月，始識其光輝。破雲霧於崇朝，披肝膽於永夕。模範淵岳，刻鏤珪璋。言豈一端，志在千里。請以異日，各證斯文。可也。

贈章完素明府序

夫以鳥養鳥，一物自樂其天；唯蟲能蟲，庶生各適其性。善問途者，游於逍遙之域；善治生者，食於苟簡之田。故五石大瓠，宜浮江湖之上；百圍散木，願老山谷之間。入鳥亂羣，入獸亂行，非至人所無我也。于蟻棄知，于羊棄意，其達者之能忘機乎！開素昧葆光，欲濯靈府。以無爲首，請事斯言。生時於心，未逮有志。不躓高山而或蹶平地，屢觀濁水而竟迷清淵。舒肘一尋，即能知度；有喙三尺，難以言憂。我自不怒虛舟，人多致怨飄瓦。先生秉衷以仁，托宿於義。等漆園之放而傲尤甚，有子祀之病而曠亦同。非蟲臂則鼠肝，隨乎大化；絡馬首穿牛鼻，豈有天然。羞爲名尸，不被緒使。大冶聞金之語，且棄曰妖；魯國乃君之皮，去之爲幸。過而不損，有如風日。守河善在養生，毋使陰陽爲寇。視喪足若遺土，王駘所以守宗；使其心如死灰，子綦之以隱几。且夫身有真君，逆焉則謬；天爲衆父，順之則昌。言沸如波，風靜而不息；福輕似羽，人載而莫勝。神龜之藏廟堂，雖貴曷益；大鵬之負天日，不怒難飛。君見期以天池，吾將隱於邱壑。誅茅闕鼪鼬之逕，蓄水聚鼃蠙之衣。上下風之雄雌，取其神感；左右角之蠻觸，任彼力爭。游心物初，善尾道後。行當置酒百尺之觀，揖君千仞之山。放覽無涯，各言所得。視空但見野馬，於道其猶醯雞。不爲虛辭，要以他日。

再贈鄭夢白刺史序

人因交遍，就故謀新。天恐德孤，使吾見子。夢白刺史，素知春典，不謬秋常。角馬童牛，識古今之病；玉楨金幹，爲邦家之珍。兼子美午美之才，息畫人夜人之禍。開顧左失右，鋭東忘西。持斗酒而祝如懷，以明珠而彈飛肉。資黑於墨，無待深求。化白於泥，恥因習染。黄鳥別夫灌木，紅蠶困於枯桑。欲濟無裳，翻憂涉水；將飛得水，誰利登天。幸遇吾子，足稱解人。震驚則一字動心；淪浹則千言入骨。論赤天而忘熱，窮玄泉而非寒。且夫晚歲爲客，昔人所悲。雨多而澤增肥，雲潤而山殺瘦。見群峯之叢竹，卜萬物之丸蘭。近嶺多春，占星憶國。斗再南而謀隱，日一北而早歸。雖復刻勵文詞，徒搖精魄。不田而穀，此理本虛。負舟上山，其勤安用。足下珍茲一角，弋彼三飛。善飼鳳鸞，潔高梧之風露；羞交鳥鼠，費資黍于春秋。相對輸誠，於斯爲厚。冠雖弊而愈履，子能惜名；衣未成而作裳，我將改轍。謀身計拙，授館情殷。千里告行，一言爲贈。

贈呂伯謀序

今將卜上丁之辰，求大丙之御，追野馬之影，馳常羊之維。寒府熱府，調其氣淫；毛風羽風，窮其物化。觀三千里之擊水，求七百歲之赤丹。等萬類如飛塵，以一身爲浮芥。則必揮手寰中，飛踪事外，而後可也。若乃道在處世，志存匡時，則宜揚日月之光輝，渥雨露之膏澤，宏江河之志量，大雲雷之經綸。然而斯世雖寬，此才匪易。讀書萬卷，不能決一策；落筆千言，無以應四變。求其業專實用而才足有爲者，無如我伯謀孝廉矣。

伯謀生富辭藻，學有淵源。見事重閉之中，馳神八達之外。不詐詐，不姦姦，識有先見；毋老老，毋賤賤，虛能兼容。懸鏡照辭，植表望遠。其於交誼，亦異恒情。開就火乞溫，無井寄汲。辭則春蘭耀日，身則秋藥被風。顧影於日暉不覺其短，窺面于盤水但見其圓。爍膠以冬，造冰于夏。欲前手而掩雙目，何以夜行；斷右臂而爭一毛，所得利小。木無術以作釜，鉛有時乎爲刀。夫鵲巢可以養鳩雛者固也，蜂房不能容鵠卵者狹也。謂左則左，謂右則右，盲者受制於人言；意東而東，意西而西，思者難窮以方域。開之寡學，非同特珍。君有曠懷，謂可共語。近朱則赤，恨不時親；先黑後青，無從加染。自灼何能救火，拯溺遂至濡身。祈福有靈，愧病歲之芻狗；得時稱貴，遜旱地之土龍。食量腹而衣度形並無過望，天含和而地懷氣尚須待時。且夫倒生受挫，比嚴霜爲刀鋸；枯物重榮，奉春風爲父母。故伏雞雖弱，可令搏狸；乳犬何能，敢于噬虎：恩之所激也。養由抽矢，能使猿啼；孟賁探穴，翻爲鼠嗑：用貴其宜也。伏願足下抗迹清時，策名天府。善使羣力，妙展訏謨。以孤月之明分爲百星之光，奮一雷之震能散羣陰之鬱。黄髮歌德，縞帶蒙施。雖有出苞拆甲之叢，冠實銜華之植，含牙戴角之獸，厚唇弇口之蟲，前爪後距之儔，外骨内肉之屬，莫不各如其分，自樂其天。出入于醇和，回翔乎寥闊，豈不休哉！

開近者遠游重嶺，獨造幽林，山聳沒雲，谿深無景，善於狀物，聊以縱情。瞰枯楊之心空而不死，叩文梓之腹清而有聲。侶青鸞而尋高，期白鶴以超遠。經世之事，但望吾兄。惟是雨雪在塗，歲景云暮。葛屨五兩，履霜正難；紵絮三千，禦寒非具。未審足下何以教我也。

贈蔣淥初明府序

淥初明府足下：自昔離居，無從駕說。潛天潛地，疲我於神思；如玉如瑩，想君之風度。麟鳳爲德，愛服周孔之言；牛羊用人，久薄申韓之術。一昨邂逅，得輸積忱。比龍于蛇，獎飾過甚；率馬以驥，期望良深。開履素有年，殺青虛日。掌饒文理，宜喜詩書；腹非盜囊，豈慕金玉。士宜尚志，知朱紫不爲光榮；女有令儀，惡華丹之亂窈窕。獵德鮮獲，種善及時。無山雉之肥，有木雞之槁。恥事霧縠，拚棄雲英。且夫五官無心，當餐忘御；三年不目，對日如盲。業貴於勤，仁在乎熟。良舍其策，恥爲人御。般揮其斤，得自性生。然而秉志雖堅，遇人匪易。金口木舌，斯道誰宣。羊質虎皮，此類非少。譏子思之銀佩，捐尼父之象環。白璧一雙，我持欲獻。綠衣三百，色如之何。幸有吾子樹鴻卓之義，肩文雅之雄。寒谷枯林，春陽能使生息；震風凌雨，夏屋始爲帡幪。政異繭絲，文如錦肆。極才思之巧，剪花能鮮；憫民用之耗，割草不痛。伏願恢茲清德，惠彼黔黎。敬賢輔身，黃心尚須得翼；遠讒如火，赤舌毋使燒城。士民共瞻，吾徒幸甚。

贈朱魯岑序

手文愁破，腹器忌盈，愛潔則與茶辭盧，佩謙則知白守黑。誰能執熱，含一勺之涓泉；自削以觚，借五經爲括矩。足下手長於袖，目上於天。畏清商之告寒，愁白日之毁暑。高步有露，長戒妄升；沈耳于閩，不溺近響。葆赤子之樸，守黃兒之中。固已寒域得春，昏辰利月。而乃過推鄙陋，欲叩迷津。索音於朽鐘，責榮於枯木。譬之拾芳春夏而秋冬爲期，射兕東南而西北其矢，其不得也信矣。夫火焚其獸，匪獵犬之鮮功；穀盡於雞，歎文雉之無祿。古有同慨，君何獨悲。唯望出彼淵言，實以天牝。使素車不雜以翠蓋，海水無蔽於天航。守舟待風，終須有濟；粉題遇雨，暫乖於時。何損窮愁，長期榮美。

藝園記

藝園者，外舅倪醒齋先生之家塾也。先生之族，聚居雷池者，類皆棟宇綺交，樓閣鱗次，飛獸接空，迷禽闇日。先生獨規十畝之地，以爲讀書之所。華不傷質，整而能疎。所貯惟金石圖書若干卷。起土爲固，周園〔一〕若城。鑿港通流，四面阻水。其中有田足耕，有圃可種。雖無重巖疊嶂之勝，飛泉側瀨之奇，而壇宇紛羅，風煙披薄。旁鄰繡壤，外連大江。遙峯秀崿，飛翠於檐前；長塘曲池，蕩影於林外。坐卧一室，錯綜百家。鍛煉歲時，浸潤古昔。藝園之名所自來矣。當夫花氣破萼，草甲萌芽，雜樹叢柯，能令景蔽，小竹細筍，漸礙人行。紫藕牽絲，綠蘿蒙幕。老梅數本，醞釀古芳。冶桃千株，低昂春色。於是信步出眺，置酒爲娱。延曜晴初，驅愁霜旦。鳥語墮石，人來穿雲。遠火生煙，望猶積氣。游魚在水，視若乘空。俯仰之暇，則課子孫，宴賓客。慰情弋釣，託志羲皇。仲長統樂志之言，何以過此哉！開往來大雷，居是園者甚久，熟其景物，用綴駢言。蓋欲以飾美於園林，非敢云錫榮於風月也。

【校】

〔一〕園，本作『圍』，據王氏文鈔本改。

附録

序

三韓長賡

詩肇自風雅，繼以十九首，魏晉以來，代有名作。相傳相習而盛行於今日，幾幾乎家能吟詠，户有鋟版。噫，何詩之多也！起古人於九原，能無覆瓿杯水之歎乎？其中文體屢變，珉玉雜陳，在識者有以辨之耳。余夙聞皖江才子劉孟塗之名，於友人案頭見其詩集，彼時軍務倥偬，未遑卒讀為憾。辛未莫春，其哲嗣少涂南旋，道經究郡，以詩文全集見示，軒窗風雨，如遇故人，快讀一過。古今各體詩原本風騷，規模漢魏，洵足以淩轢六代，追跡三唐；其文集則潘江陸海，渾渾灝灝，皆能直舉胸臆，不傍古人。如此奇才，求之時下，不可多得也。少涂念手澤之遺，篤纘承之志，復搜集廣列女傳論語補注各種遺書，以公諸世，是克負荷也。一日問序於余，夫詩文集之美，時賢評語已盡，知有合於風雅古詩之遺意，余何序為！因綴數言於簡端以誌景仰云爾。三韓長賡識。

劉孟塗集前集卷首。道光六年檗山草堂刊本，下同。

孟塗詩集序

曾燠

曾生讀劉生詩未及卷終，喟然而嘆曰：吾聞仙骨稟之自然，慧根修于夙昔，詩之有才也，其亦由天授乎？夫子山之賦老而更成，少陵之律，亦老而漸細。劉生年甫二十有七，而所詣已如此，殆元門之先覺、禪機之頓悟乎？觀其舉杯屬月，携句問天，眼空四海，神遊八極，如黃帝張樂洞庭之野，金聲玉振，不主故常；如王母宴客瑤池之宮，琅菜綺葱，絶非世味，則青蓮之嗣響也。至其鋪陳終始，排比聲韻，雷電開闔，江海浩溔，仗天策而騎箕尾，儼勾陳而界雲漢，文似得之康水石上，句可書於天帝扇頭，則浣花之的派也。若夫前溪七曲，子夜四時，採蓮折柳之歌，玉樹春江之調，響低徊而欲絶，情曈曨而彌鮮，足以闇合曩篇，哀感頑艷，則又齊梁之妙手也。且夫沈約論詩，厥有八病，吾謂非後人所患也，後之病者蓋於陸機文賦盡之。或遺理存異，尋虛逐微，眞宰弗存，文無止泊，其病也蕩。或防露桑間，嘈囋妖治，雕繢滿眼，風骨不飛，其病也淫；或窮迹孤興，除煩去濫，神明未浹，淡乎寡味，其病也瘠；或言靡音瘁，妍媸混體，成法盡廢，古意蕩然，其病也亂。之四病者又患闇于自見，謂己爲賢，各以所長相輕所短，故大雅寥寥也。拯病之藥，豈無薑桂，用藥之人必藉扁盧。吾觀自宋以來於斯為盛，生又傑出此道，益昌削鐻于神志之間，斲輪于甘苦之外，願生以金鍼度我也。城南曾燠。

劉孟塗集前集卷首。

孟塗詩集題辭

礪堂蔣攸銛

董醇賈茂結苕岑，餘事猶看擲地金。學海瀾翻窺百代，文壇嶽立聳千尋。願爲清廟朱絃奏，不枉高山白雪吟。邱壑養成垂蔭遠用集中咏大木句意，逢時方邃濟時心。

桂舲韓崶

劉生來何方？長揖登我堂。故人陳査宋，書來盛揄揚。年華終賈少，才力韓蘇當。爽氣浮玉頰，炯炯雙眸光。袖中出詩文，崛鬱不可藏。文成如飆水，以氣為短長。蕉繭細抽剝，波瀾浩汪洋。頗出經世語，脱畧句與章。倘令老生見，舌本為之强。詩才更超越，麗則宗三唐。紫蘭秀空谷，皓露含幽香。有時放直幹，天地争低昂。崩豁九霄霧，倒落千仞岡。腹擬萬卷拄，力可九鼎扛。紛紛噉名子，欺世目少眶。虛聲借羔鴈，餒敗飽啖嘗。蔓草莽荊棘，穨波蕩濤瀧。不謂靡靡中，獨矚治水航。問源數星宿，直到天河傍。回視地上友，無異羣吠尨。君才誠卓犖，君心何悲傷。二十困一衿，漂泊潯陽江。艱難博甘旨，老母門前望。彈鋏歌未就，一刀横海邦。我久廢文字，朱墨紛匆忙。豈無唱酬侶？百怪投雜哤。繁音傾衆耳，箏琶間笙簧。以此束高閣，嬾惰逾星霜。忽枉霞上作，等閑起且僵。初讀口詰屈，蠶叢辟鴻荒。再咏得針芥，鈎餌中我腸。始信故人言，衆中有乘黄。一泓古池水，星斗中迴翔。奇峰回秀姿，四面來虛牕。與君結交始，何必多老蒼。酒酣縱談論，肝胆森劍鋩。詩豈能窮人，經史足糗糧。君氣益就斂，我心則已降。今世無退之，籍湜皆粃糠。知沿而不止，嗚呼其可量！

笠颿陳預

海澗天空任所之，蛟龍鬱律鳳鸞姿。江山有助供行卷，花鳥多情騁妙辭。天若愛才生此筆，經堪致用不徒詩。一尊夜話千秋業，珍重名賢國士知礪堂前輩不輕許可，獨於孟塗一見傾倒。

覺生鮑桂星

卯金才子龍眠客，手抉天孫錦七襄。幻出雲霞生古色，濯來江漢發奇光。洲晴芳草題鸚鵡，陂老蒼苔弔驌驦。不信三閭人去後，到今蘭芷爲君香。

大文球璧細珠璣，巨帙裒編見亦稀。鏤月裁雲辭絶妙，驅山走海筆驚飛。騰空駿馬無行地，信手雕龍有化機。見説郢歌饒白雪，幾人堪共理金徽？

劉孟塗集前集卷首。

題孟塗詩集即送之楚

夢白鄭祖琛

人中之麟文中虎，此才一出無今古。大兒文舉小德祖，餘子紛紛何足數！盛年意氣橫九霄，白日風雲生咳唾。雄師直搗千重圍，餘勇猶開萬鈞弩。欲窮造化探玄精，沉思苦吟戰風雨。揮電為鞭月作斧，上叩天關下地府。天缺地陷媧皇愁，鍊石無功筆力補。羣仙大笑山鬼泣，天女擲花為起舞。陰陽離合無常蹤，搜羅萬象歸陶鎔。三唐兩漢到此盡，四始六義追其宗。年來三戰忽三北，垂天之翼驚回風。孤琴獨彈廣陵杳，劫火燒盡龍門桐。天生奇才獨破格，忍令抑塞悲途窮。寶刀在腰杯在手，背負詩囊渡江走。踏破匡廬萬叠雲，痛飲故人一斗酒。故人薄宦寒如冰，滿面塵封一寸厚。九州何處豁雄心，一時忽縱談天口。中庭不雨風蕭蕭，銀河倒影星動搖。酒酣拔劍髮直竪，投筆直走驚班超。吁嗟呼！男兒讀書期報國，千古經綸定一室。文章海內幾人存，四座驚呼兩狂客。孤帆獨掛湘江風，高吟夜半騰蛟龍。我欲從之騎黃鶴，漢陽山色青重重。

劉孟塗集前集卷首。

讀孟塗集奉題四律

南卿周三燮

怒嘲疾捲歸文筆，明月招呼落酒杯集中有月下吟。絶業早成驚老輩，遨游太久負多才。鑱鷹目有凌霄勢，天馬休深伏櫪哀。生就珊珊仙骨好，如君終要到蓬萊。

詩歌合樂本唐虞，直溯淵源自太初見集中擬古詩序。吾道不孤端賴此，古人可作待何如。感深師友愁將母，游盡山川讀破書。莫怪哀編成巨帙，抵它一字一硨磲。

太白樓頭弔謫仙，凌雲才調比青蓮。芳蘭自結騷人佩，玉軫初揮帝子絃。聲價已聞高洛紙，唱酬新見叠蠻箋。海南異雀多文彩，輸爾毫端五色鮮。

仰望龍門御李車，韓公新喜得劉乂。眼中人物皆名士，足下他年是大家。卻遇題襟來海上，祇愁判袂又天涯。相期努力崇明德，善護三春盛放花。

劉孟塗集前集卷首。

讀孟塗詩集即題卷後

鶴舫張瓊英

嘉慶辛未，二月久雨，僕卧吉城，目病心苦。孟塗先生，來自江南。得讀是集，燭跋酒酣。喜而起舞，輒筆蕪語。一以爲神，一以爲女。磅礴萬物，綽約冰雪。雲旗電馭，總總離合。真宰迷晦，陽施陰設。闔開關機，倕般莫知。内外不鍵，曼衍天倪。處乎崑崙，以襲氣母。鴻蒙運心，不在手口。瑶闕璇宫，倏然暉空。九層千門，奇麗難蹤。鸞鶴嚮霄，萬吭寂寥。戲海龍蛇，無有常家。悄焉沉冥，山空石青。春風夜還，勾萌怒生。詩家之詩，杜魄李魂。遥遥孤源，芳草王孫。或幻蓮花，香天色地。孰諦視之，妙空文字。

劉孟塗集前集卷首。

詩前集諸家評語

陳立颿方伯

孟塗之詩取六朝三唐共爐而冶，其天才縱逸、性情樸厚，足以副之，一時儕輩罕出其右者。歲月方富，昔人所謂一日千里者，又安能量其所至乎！

鮑覺生宮詹

孟塗先生吾皖奇士也，於書無所不讀，總角便解吟咏，所爲詩不名一家，大率逸氣凌雲，清姿濯雪，蒼雄古艷，肩六代而跨三唐； 至于古文之出入韓蘇，經説之攀提孔鄭，皆近時承學之士所不逮，乃其年尚未四七也，豈非育才絶出、獨步江東者耶？ 漫志數言，不足以揄揚萬一也。

吳山尊學士

舉頭天外，御風而行，驅使萬卷，泉達火然。吾不知其去太白若何，當吾世則仲澤死矣，誰能與戰！

無一險韻冪句，自然奇卓，斯爲仙才。

昨臘風雪中快讀大集，正如春風入林，草石皆有生氣。涼秋索居，復示四卷，高奇出世之才，淹深入古之學，不為前代作者門户所限，力追魏製晉造，亦能略貌取神，擺脱窠臼，正思錄副庋之行笈，為他日風雨晤對，以起吾衰、藥吾枵。窗外落葉大作，君且報罷，携之去矣，大慟書此。

師荔扉明府

承題紀游圖八首，措一辭雲垂海立，轉一韻石破天驚，於題中應有之意，層層俱到，面面皆靈，八圖得此可以不朽矣。近時唯洪稚存、張船山差可驂乘，餘子俱難為後。

張鶴舫進士

風騷以還，五言如甄后蒲生篇，繁欽定情篇，十九首『客從遠方來』二首，七言如張衡之四愁，魏文之燕歌行，皆得永言之遺。孟塗此卷，復古而獨造，謂之倣與創皆可，要其於温柔敦厚、長言咏嘆之旨十不失七八矣，並時抗手者誰乎？宜其自命廣陵散也。

鄭夢白明府

孟塗詩力追古人，又不肯一字留古人面目。當其下筆時，剖天心鑿地窟，覃精極思，造化在我，故能鑪鑄萬物，橐籥陰陽，神力所到變幻不測。嗟呼，君方弱冠，造境若斯，由今以往，君將何地着古人也！吁，可畏哉，可畏哉！

五言小詩含情瀝思，古樂府遺音；七言截句，神韻獨絶，却從太白、龍標得來。

陳沅薌明府

壬申九月既望，讀于章江旅舍，時從茂苑初歸，挑燈竟夕，愛弗能釋。覺丁卯夏間所讀諸篇猶是元相少作，此則雄深雅健，直欲凌邁三唐，當世諸賢誰與抗手！

鄧莜原明府

拔地依雲之才，驅山駕海之氣，鏘金戛玉之節，細鍼密縷之思。沉吟反覆，始而震掉，眩惑久之，心曠神怡。乃知非奇實正，非肆實醇。每羨方盛之年，所得已臻此境，此後才愈大見愈高，又不知是何如境界矣！

周澗東明經

孟塗史事極熟，上下馳驟，數千年如指諸掌。暇出其詩若干卷示余，余讀之風飛潮湧，千軍萬馬之雜遝而來也。鎚險鑿幽，鬼斧神斤之運，奇無際也。百里一小曲，千里一大曲，黄河一瀉而泥沙土石俱淨也。蒼涼古直中饒有妖嬈生新之致，窅然以深，超然以遠。蓋孟塗生逢熙世，少負不羈，不可以詩人目之，亦不可以學人目之，獨往獨來自成一隊。他時清廟明堂之作，三光六合鑒其詞也；靈臺辟雍之述，騶虞貍首形諸咏也。於以黼黻太平之盛，豈僅校書中秘顯名東觀也耶！

劉孟塗集前集卷末。

劉孟塗傳

姚元之譔

孟塗姓劉氏，名開，字明東，一字孟塗，又字方來。家桐城東鄉之孔城。生數月而孤，年十四以書謁惜抱先生，先生大奇之，因從事先生之門，得其學。其為人落脱不羈，喜交游，與人談論輒罄肺腑言，不少隱。家貧不能養，奔走四方間，無干謁之態，以故人争重之，四方賢士無不知有劉孟塗者。嘗謂元之曰：『吾鄉多佳山水，使吾得有菽水之資，迎吾母居龍眠杯渡間，手一編，日夕諷詠，且不去吾母左右，其樂當何如？ 而顧為是僕僕者哉！』然亦習舉子業，試輒不利。卒以上舍終，年四十一。豈天將豐其才而故嗇其遇耶！ 抑既永其名即不與以壽耶！

初，孟塗游於浙過某邑，有人候於門，卒然問曰：『君得非桐城劉先生耶？』要至其家，具盛饌，酒半，告以有母，孀且老，守志數十年，欲請能文者爲壽。前夕之夜，夢其父語之曰：『三日，有桐城劉先生過吾門，非先生之文不能傳爾母也，當固請之。』既，復與遊山，至一古墓所，有碑，題曰『宋處士劉開之墓』。因目孟塗爲處士後身，而孟塗亦僾然自失，知已將終不能貴以顯也。

道光元年，亳州修邑乘，聘孟塗，乃以正月行，別其妻曰：『此去尚相見耶？』妻愕，詰之則亂以他辭。及之亳，寓佛寺，嘗以詩寄同里張用糦伯棠，有云：『故人不見青山遠，抛盡江南是此行。』張君以為不詳。閏月十一日陡得腹疾，委頓，勢不起，指佛殿金葫蘆頂示客曰：『視月色中乃吾去時也。』果以其時而逝。

嗟乎，孟塗之辭家也，若已知其不返，其逝也又預知其期，或謂孟塗生有所自來，理或然與？ 喪歸，妻倪欲以身殉，其姑止之不可，守之，倪夢孟塗遺兩鶴至迎其女，女頓夭，倪死志益堅。一日，姑往竈下，聞閤户聲，縊死矣。鄉人頌倪『一雙兒女未三年』之句，無不壯倪之烈而悲孟塗之命蹇也。

然孟塗生享盛名，文且爲鬼神所重，没又能得其婦之烈，而更有所以傳於不朽者夫！ 乃嘆天之生是人也非偶然，而其所以待是人也又未嘗不極厚也。孟塗詩有前集十卷已梓，歲久，版且損没； 後，前臺灣令家弟瑩急造其家訪遺稿，得後集二十二卷，缺第八卷，文十卷，駢體文二卷，臨漳令家弟東之懼其久而更佚也，為捐貲付剞劂併重刻其前集，屬元之任其事，鄱陽陳方海伯游偕伯棠助讐校焉。

噫！ 孟塗生以惜抱先生得名，死乃得吾兩弟成其名，其生平與元僅一再見，每辭出復返，惓惓有不忍舍去之意，豈於吾家有獨厚耶！ 可異已。丁亥閏月。

劉孟塗集前集卷末。

劉孟塗傳

鄱陽陳方海譔

孟塗名開，字明東，一字孟塗，桐城縣學生。生二歲而孤，母吳忍死自守，奉衰舅撫弱子，饑寒之中塵而相活。孟塗幼即神雋，異於常童； 長益好學，文雅優備。年十四，上書鄉先輩姚公鼐，公奇賞之，常謂人曰：『此子他日當以古文名家，望溪海峯之墜緒賴以復振，吾鄉之幸也。』孟塗既游姚公之門，名益著，絶迹千里，籠罩靡前。方聞宿儒避席惟謹，皖藩某公欲妻以女，孟塗謝之。其時，孟塗貧愈甚，既無兄弟，獨身養母，傭書四方，寒暑匪憚，嗇衣食，絶嗜欲，文采之外無他營焉。人謂孟塗節母之子必當食報，孟塗亦激卬自喜，謂不宜以秀才終，而孰知不然。奔走垂三十年，卒以客死，死時年四十一。母老矣，子裁四歲。所著續列女傳若干卷，詩已刻者十卷，未刻者若干卷，文若干卷，詩文外集若干卷。其他説經之書及雜著皆未成，悉不錄。

陳方海曰：余交孟塗始末五年，每年一再相見，談讌極歡。孟塗馳辯汪洋，懸河在口，旁推横溢，間涉偏宕，余每與之争，不以爲迕也。今孟塗竟死，思聞狂言，不可復得，悲夫，悲夫！

孟塗少時，人亦非真愛其才，徒謂有才如是光氣可畏。年三四十，不知位望若何矣，故傾心結納，以得識爲榮，游履所向，冠蓋雲委； 及久不得志，而所往益窮，甚或忌才之徒攘臂而起，競排遠術，請進末師，可笑矣哉！天於孟塗，即不欲其富貴，第假以年，所業豈有底止！然即今論定，亦可不負。觀其包孕經典，發揮事理，吐實含華，抽心呈貌，足令真宰失色，古人退聽； 篋中積稿，且過三尺； 歷觀前代，壯年著述，罕敵其多。神太用則竭，形太勞則敝，短折有由，不可不察。夫玉在山而草木潤，淵生珠而岸不枯，乃人有文而朽其軀，何邪？ 孟塗死於亳州，慮其遺書散失，無人持付其家以待其子之傳也，使彼畢生勤苦歸於埃滅，更何以為天道乎？ 嗚呼！此非余之所能測矣。

劉孟塗集前集卷末。

孟塗後集諸家評語

周蓮堂大司空

初集天才雄傑，字字皆拔地依天；二集澄懷渺慮，律愈細而境愈醇。行當黼黻隆平，揚芳藝苑。

英煦齋冢宰

文有奇氣，能直抒胸中所欲言，韓蘇軼軌於兹再見；詩亦倜儻不羣，性靈風格兩不相掩。以此追踪昔賢，豈徒一世之才，足擅千秋之業。

百菊溪相國

有横絶一世之氣，一字不落古人窠臼，真奇才可愛也。

韓桂舲大司寇

文旌戾止，兩月以來，傾倒殊深。頃又讀大集及留別諸章，高渾深厚，真令人有一字一珠之歎！

新城選五言詩，于唐獨取陳伯玉、張曲江、李供奉、韋蘇州、柳柳州五家附于漢魏六代之後，以爲變而不失於古，若少陵之鯨魚碧海、昌黎之巨刄摩天皆不録。讀孟塗此卷，足以存古詩正軌，于新城微旨庶幾有合焉。

阮雲臺宫保

久耳大名，欽慕無似，曾於王柳村兄處得讀詩篇，共爲擊節。足下才高筆健，接跡前賢，從兹奮志青雲，决爲清廟明堂之彦，是所厚望。

帥仙舟少司寇

捧誦賜章，雅瞻喬皇，可爲一洗寒儉。所示大著，儁思古艷，直逼六朝。弟以早夜趨公，未及點定，適承索取，藉使奉繳，弁記卷端。

陳雪香少司空

前讀初集，才大如海，求之儕輩，已罕倫匹；二集諸作，更覺謹嚴細密，而標舉興會，引發性靈，讀之使人神曠心怡，不僅文采藻縟傾動一時也。

鮑雙五侍郎

二集讀之三日，不忍釋手。五古固妙，七古尤工，令我低頭下拜矣。此自身有仙骨，非摹擬所能到。

吳山尊學士

自乙亥十二月至丙子三月三日，久不聞簷前溜聲，是夜忽得之。挑燈讀孟塗詩，起舞不已，童婢驚不成寐，蓋自庚午別後，眼中六年未見有此作矣！天未明雨止，孟塗亦解纜北行，憂旱惜別，因記卷端。

黎湛谿河帥

昔余守潤州，讀孟塗先生遊金山詩，不禁為之擊節，固未識其人也。甲戌之秋，孟塗自皖江以詩集初刻見寄，如觀鸞鶴，如捕龍蛇，回翔自如而不可方物。自是急欲見孟塗，更欲得孟塗之詩而盡讀之，忽忽者又數年矣。丙子春余朝京師歸，孟塗北上，乃得相見于蒲中，盡讀其前後諸集，古人中已不可多得，何況眼前作者耶！是日，微雨初晴，欄花欲語，留飲薄暮，談論風生，蓋河上久無此樂，惜相見之晚。而孟塗又于明日遂行，燈下朗吟，不覺漏已三滴，因跋數語，割愛奉還，寶劍明珠，此行甚毋輕棄也。

王篔山觀察

初集雄傑，二集俊逸，言皆有物，語必驚人，仲則、船山而外，拔戟自成一隊。

汪薌林侍御

聞孟塗先生名久矣，戊寅四月相遇齊梅麓大令署中，得盡讀所為詩，風骨高騫，波瀾壯濶，新裁古藻，觸手繽紛，有如天馬行空，不可羈勒；又如絳雲在霄，舒卷自如，信曠代逸才也。讀竟為之心醉者累日，爰繫數語，以識傾倒之私云。

胡墨莊給諫

丁卯夏，余游廬山，時鄭夢白令星子，馬元白主講白鹿洞書院，皆極道孟塗之才不置，心竊慕之。而君以前數日自山中歸，未得見也。癸酉春，夢白北上，出孟塗詩集見示，讀之不忍釋手，因題拙句其上，時君在粵，亦未相識也。今歲君來京師，始得握手道相見之晚，時初集已付剞劂，兹又以二集見示，其天骨秀挺，深情綿邈，邁往不羈，揮霍如意，近人自黃仲則而外未有其比。讀畢，因識數語於後，竝錄舊題鄙句，亦足見聞名識面未始非一番文字因緣耳。

王子卿太守

枉過得讀大著，天才俊逸，英姿爽颯，是太白眉山一輩人手筆，驚歎無似，怱怱拜送，不獲渡河，殊歉然也。

葉筠潭觀察

久企賢聲，知爲明德之裔，瑜珥蘭芽，江東獨秀。今誦賜函，並惠大集，縱横跌宕，脱去凡近，殆登青蓮之堂而嚌其胾者。間涉三十六體，亦哀感頑艷。詞壇作家，英俊領袖，非君而誰！

卞雅堂太守

大文韓蘇而上，直溯西漢；詩五律盛唐，七言得青蓮之逸，餘體沈雄不落晚近。當代才如先生者幾人？何相見之晚也！

聶蓉峯編修

細讀諸作，風骨遒上，逼近盛唐。其中如兩登黄鶴樓登滕王閣金山寺及楚中雜感粤中雜詠真能得老杜之骨；宴飛霞閣醉題平山堂遊匡廬諸詩，清雄奔放，洞徹光明，具有靈氣。往來的是青蓮後身，此外佳什甚夥，如泛珠湖而游玉海，令人目不給賞，宜亟付梓，與初集並播藝林，以公同好。

齊梅麓刺史

行神如空，行氣如虹，自是君身有仙骨，世人那得知其故！

萬廉山司馬

三復大集，豪宕之姿，舉世無兩。又能出於紀律，以範乃才，其長於太白者天姿，進求老杜者學力也。同輩中罕遇此才。其仲則之後一人乎！數年後當再窺寶藏，不知復增幾許莊嚴境矣！

陳雲伯明府

劉君孟塗見過，得讀所著初、二集詩，其初集己付梓人，海内久欽誦矣；二集天才仙骨，掩有衆長。桐城爲江山形勝處，宜我孟塗之天姿卓犖也。

鄭夢白刺史

戊辰秋，劉君孟塗襆被游匡廬，余適宰星渚，相見恨晚，成忘形交，攜手上五老峯，迤邐探香爐瀑布諸勝，十旦夕始返，詩成數十首，高歌踏雲而去。今年冬復來，大喜，出舊作已刻，入停雲館芝言。孟塗天才縱逸，馳騁古今，然其一字一句皆嘔心刳肝而出，及其成也，金石千聲，雲霞萬色，異哉！不得而測涯涘矣。是卷半與余同作，故畧道其苦心於此。

方式亭明府

雒誦大作，如天馬行空，白雲在嶺，不可名狀。大畧以青蓮之才氣，得工部之樸實，故能傾倒一時，莫與匹敵。

吳松岑明府

橫出鋭入，驚心動魄，奇才奇才！

陸祁生孝廉

才大氣盛，未知於太白何如！以方遺山洵無愧色，青邱不逮也。

彭甘亭明經

節府小住，獲慰素懷，鴻筆仙才，傾倒靡已。三復大集，真有望洋之歎！別緒忽忽，言何能罄！

陳曉峯司馬

承示大作，天才浩落，卓然成家，才人學人均當一齊俯首。

陳受笙孝廉

大集快讀一過，頭風可愈。

其天才豪邁直逼青蓮之壘，視近日之改詞爲詩、自憐俏麗者，合當羞死。

周南卿明經

西園一晤，深慰饑渴。大著靈襟鬱秀，清奏飛聲，古賢所難，時流所罕，何孟塗早成精進一至於此！塵中讀之，亦覺神氣大振，快甚！惜不獲久住燕臺，與足下鞭弭周旋也。

姚幼槎孝廉

孟塗先生仙才也。盛唐如王孟夫豈不善，然禪也，非仙也；供奉而後數百年來成絶響矣。先生初集僕已有數語識其後，今讀二集，合李杜韓蘇之長，擇其精者慎而出之，變體之宏於斯爲極，僕真仰之如泰山焉。

陳仲卿明經

弟倩友人繪泰山觀日出圖，欲求大作一首以證車笠之盟。當今作者輩出，人人自謂握靈蛇之珠，而求其橫絶一時，扶輪大雅，閣下一人而已。尚望自愛自勉，定為一代之大家也。

汪均之上舍

孟塗以詩二集見示，快讀一過，其近來學識所至與壯遊所歷，皆可窺其畧矣。臺閣名公，山林耆舊，翕然推之，今乃知不虛也。

張晉卿文學

矜才者多雜，使氣者易粗，摹風格者失之空，講性靈者失之佻。孟塗獨掃羣弊而空之，兼有眾美，不名一家。至其讀史懷古諸作，於渾灝流轉之中，極沉鬱頓挫之致，則惟少陵可以抗行，王岑不及也。

劉孟塗集後集卷末。

陳伯游與姚伯昂論刊劉孟塗集書

伯昂先生閣下：孟塗集讀竟，繳納其譌脱之字，輒以鄙意增改，無從意斷則闕焉，謹如尊恉也。集中各篇，皆方海昔年所見孟塗詩文，得稿輒錄，彙而待刪。嘗語方海云：『吾境累傭書，文虞猥雜，異時編集，不令多存。』何圖早殞，斯業未竟。今伯山明府寫刊此集，孟塗欲刪之篇往往在內，而其佳文為方海所知者，反多脱漏矣。伯山丈既視此為全書，又疑為作者自訂，不欲有所持擇，先生之見亦然，蓋其慎也。而方海昔所親聞於孟塗者，亦不得不揭明其說。蓋作者雖不免有徇人之作，而念及成家則權衡未嘗或昧，兩先生明知其有可刪之篇，而難於為政，則純駁聽其兼存，要皆君子之用心可共白於天下者也。且孟塗遺稿，方海嘗慮其散失，去年石甫丈倡議雕板，今兩先生果舉此事，此其情逾於延陵之掛劍，而功倍於巨卿之修墓。孟塗少時，習道藝、起聲譽，實賴姬傳先生，今名山之託，又荷明公羣從，始終成就皆由姚氏，事亦奇矣。孟塗集雖未及身訂定，而稿本自署，別有外集，今亦不知存不？然孟塗雅不願存其外集，特當時留以自玩耳。其駢體文有與方海論世習書，為舍弟作開軒圖記二篇，集中未見，玆特抄補。方海舊作孟塗駢體書後及傳謹呈教誨，其詩古文，皆有諸家評語，駢體獨闕鄙作，或可補之耶？閏五月二十八日陳方海謹上。

劉孟塗集後集卷末。

孟塗古文批

姚姬傳先生手書

承寄文，命意遣詞俱善。世不可無此議論，亦不可無此文。盡力如此做去，吾鄉古文一脉庶不至斷絶矣，豈獨鼎一人之幸也哉！

秦小硯

格調風力似於海峯爲近。

左仲甫

星陳天行，海涵地負，皆氣為之也。人之氣盛，則學業事功可大；文之氣盛，則高下長短皆宜。苟無蟠際充實之氣，縱有成就，不過一邱壑之位置，一花木之剪裁而已。論孟塗之文，規模昌黎難，其氣足包舉，必成大家；張平子超踰，騰躍絶世俗，同人中罕見其匹。古近體詩，皆黃鐘大吕，鏗訇鬯序，其渾逸高亮處，尤似太白。輔於詩古文詞，願學未逭，然管窺蠡測，或亦不甚河漢云。

陶雲汀

氣灝以清，筆疏以達，其志趨議論，亦卓有古賢之風，海峯姬傳兩先生後，此其嗣音矣。

曾賓谷

孟塗之名字，殆有慕於柳仲塗也。今觀所爲古文，縱橫排宕，中有實際，直欲突過仲塗矣。

蔡雲橋

讀孟塗先生詩文各集，詩則李杜，文則賈董，其聰明智慧，學術經濟，皆居第一流，真迺奇才異能、少二而寡雙，得之英年爲尤難，可謂名士名臣體用俱備者矣，爲之敬服！

查楳史

復讀近作，藴藉淵深，識見精確，議論崇閎，直逼秦漢而登作者之堂，孟塗之學，固與年俱進也。

孟塗抱負卓然，言皆有物也，他日得行其所言，必有可以自見者。道光元年正月相見於皖省，三宿而去，盡讀其古文、駢體、詩，浩瀚奇詭，無所不有，一代才也。

李申耆

數十篇中，上至鄒枚下至蘇曾，無所不有，天才閎肆，吾烏乎測其所至哉？恐望溪、海峯亦當畏此後生也。

陸祁生

本朝古文盡在桐城，作者親受業姬傳先生，文有師法，加以清剛疎樸之氣，行繼方劉而起矣！

周伯恬

氣往轢古，辭來切今，淵嶽其體，珠玉其心。吾烏能測其所至而罣然高望於古作者林。

王篔山

昌黎之論文也曰其皆醇也然後肆焉。集中大篇庶幾近之。每於提筆、折筆、宕筆，見手法、見力量。

劉孟塗集文集卷末。

孟塗駢體文書後

陳方海

駢體之文至今日而極盛。若夫容甫、稚存並轡於江表，而搗約亦抗音於海隅，豈惟振六代之飈流，實將據中華之壇坫矣。孟塗晚出，才雄氣盛，力變奇境，擘山贔屭，鑿空趦趄，以角諸家，難分勝負。第吾觀其志，恐難爲繼也。蓋諸家求爲同於古人，孟塗求爲不同於古人。求爲同者譬如經塗九軌、佩玉徐行，眾人所能學也；求爲不同者，則駕雨乘風，神騰鬼趡，焉得人人而學之？雖然，不讀唐以後書，不作宋以下語，託體未嘗不尊，至於引芳艸而契古歡，託微波而展孤笑，其情有深焉。世之君子讀其書想見其爲人可也。鄱陽陳方海。

劉孟塗集駢體文卷末。

劉孟塗軼詩

説元室主

劉孟塗先生開，嘗與鄭夢白祖琛飲於九江倡樓，戲用禁體，賦本事一詩二，一首不得用十畫下字，一不得用九畫上字。其詩集中不載，曾於抄本某説部中見其遺稿。一首云：

繡甓麒麟罽，銀鈎翡翠簾。靨霞蒸靉靆，髩霧釀䨨靈。畫筆題裙褶，豐貂勒帽簷。幽懷融淡蕩，艷質稱襇纖。藥譜囊盛膽，詩壇絮壓鹽。瓊樓嫻跨鳳，寶樹鷂鳴鶼。鸜鵡嬌傳戔，蘼蕪遜織縑。舞鸞穠髮彈，瀝蟻絳唇黏。羹嫂癡藏覆，雛鬟警漏籤。曉匳雲影嬾，宿蘂露華霑。粉褪棲蓊蝶，精銷蝕魄蟾。黛螺填鬱鬱，絃索鬬摻摻。旅館郵筒肅，翹關鏁鑰嚴。巢途瑤轂穩，潭漲錦鱗潛。媒孽羣覿舋，彌縫暫避嫌。情緘蠶繭密，盟爽蠹腸饜。塵網憐癯跛，僊機歎滯淹。寵權傾鄭袖，禪悅感蘇髯。慷慨輸虞佚，揶揄賸隴廉。誰磨碧霄鏡，雙照瘦懨懨。

其次首云：

夙昔佳公子，平生美孟姜。有心甘伉侶，不耐苦周防。地卜胥江曲，天呈茂苑芳。批杷門巷仄，杜若院亭香。乍近咸欣忭，重來反怯恇。交柯二千尺，名帖十三行。古冊芸函庇，楸枰玉局忙。八叉才易見，七札技尤良。午夜吟仍和，丁年句待匡。花姑工作伐，帚妾妒明妝。柳色回春信，松肪却老方。此君同入室，招我更由房。丙穴光初吐，巫山雨未狂。人宜奔向月，星已指昏亢。小別先私訂，相依矢弗忘。叵伊河北使，阿奉汝南王。市井言成虎，仙妃泣牧羊。分飛音上下，占卦兆空亡。乞反文姬旆，除非大士杭。因風常企止，宛在水中央。

張船山評兩詩，謂前如七寶莊嚴，後如明珠娟朗。疑詩腸中兼有造字臺也。

原載清代名人軼事。